READER'S DIGEST AUSWAHLBÜCHER

Reader's Digest
DEUTSCHLAND · SCHWEIZ · ÖSTERREICH

INHALT

Seite 7

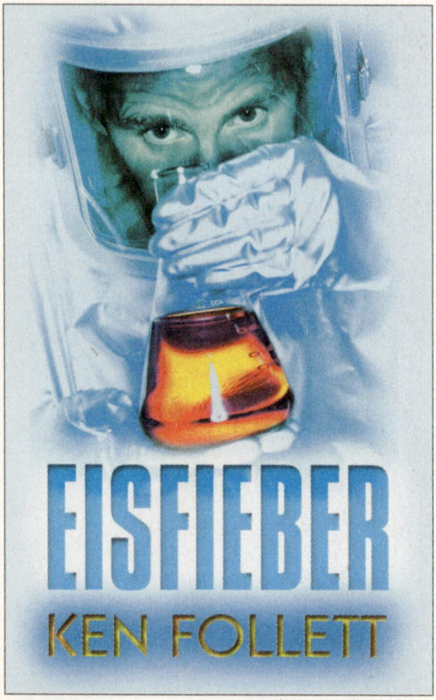

Aus einem schottischen Pharmalabor werden in einer sturmdurchtosten Winternacht Ampullen mit einem tödlichen Virus entwendet. Antonia Gallo, die Sicherheitschefin des Labors, setzt alle Hebel in Bewegung, um die Diebe rasch zu fassen. Denn Antonia befürchtet, dass das Virus im Auftrag von Terroristen gestohlen wurde. Und das heißt: Es geht nicht nur um Antonias Firma und ihren Job, sondern um das Leben von tausenden von Menschen.

Seite 185

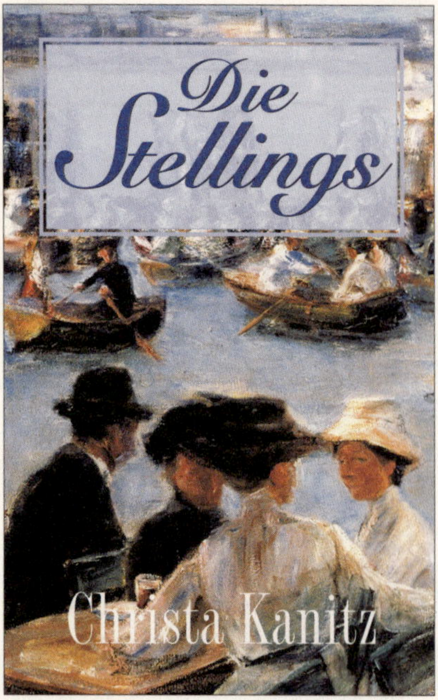

Nach der Brandkatastrophe von 1842 ist die führende Position des Hamburger Handelshauses Stelling bedroht. Das Familienoberhaupt Johannes und seine Frau Annette haben alles verloren – nur nicht ihren Mut. Der wird jedoch auf eine harte Probe gestellt, als Nesthäkchen Viktoria alle mit einer unerhörten Forderung überrascht: Sie will den Kaufmannsberuf erlernen und die Geschäfte des Hauses weiterführen.

Seite 341

Eigentlich hatte es ein sorgloser Ausflug ans Mittelmeer werden sollen, doch dann wandelt sich Ingas Urlaub jählings zum Albtraum. Marius, ihr Mann, zeigt sich ungewohnt aggressiv, und auf einem Segeltörn im Sturm kommt es zu heftigem Streit. Inga versucht sich in die Kajüte zu retten, stürzt und bleibt bewusstlos liegen. Als sie wieder zu sich kommt, ist Marius verschwunden …

Seite 509

Der siebenjährige Joseph versteht die Welt nicht mehr: Nur weil sie Juden sind, müssen seine Eltern aus dem von Deutschen besetzten Brüssel fliehen. Er selbst findet Unterschlupf im katholischen Internat von Pater Bims, der dort unter Lebensgefahr jüdische Jungen vor den Nazis versteckt hält. Von ihm lernt Joseph, dass er einem auserwählten Volk angehört, dessen Glauben er trotz aller Bedrohungen um jeden Preis verteidigen muss.

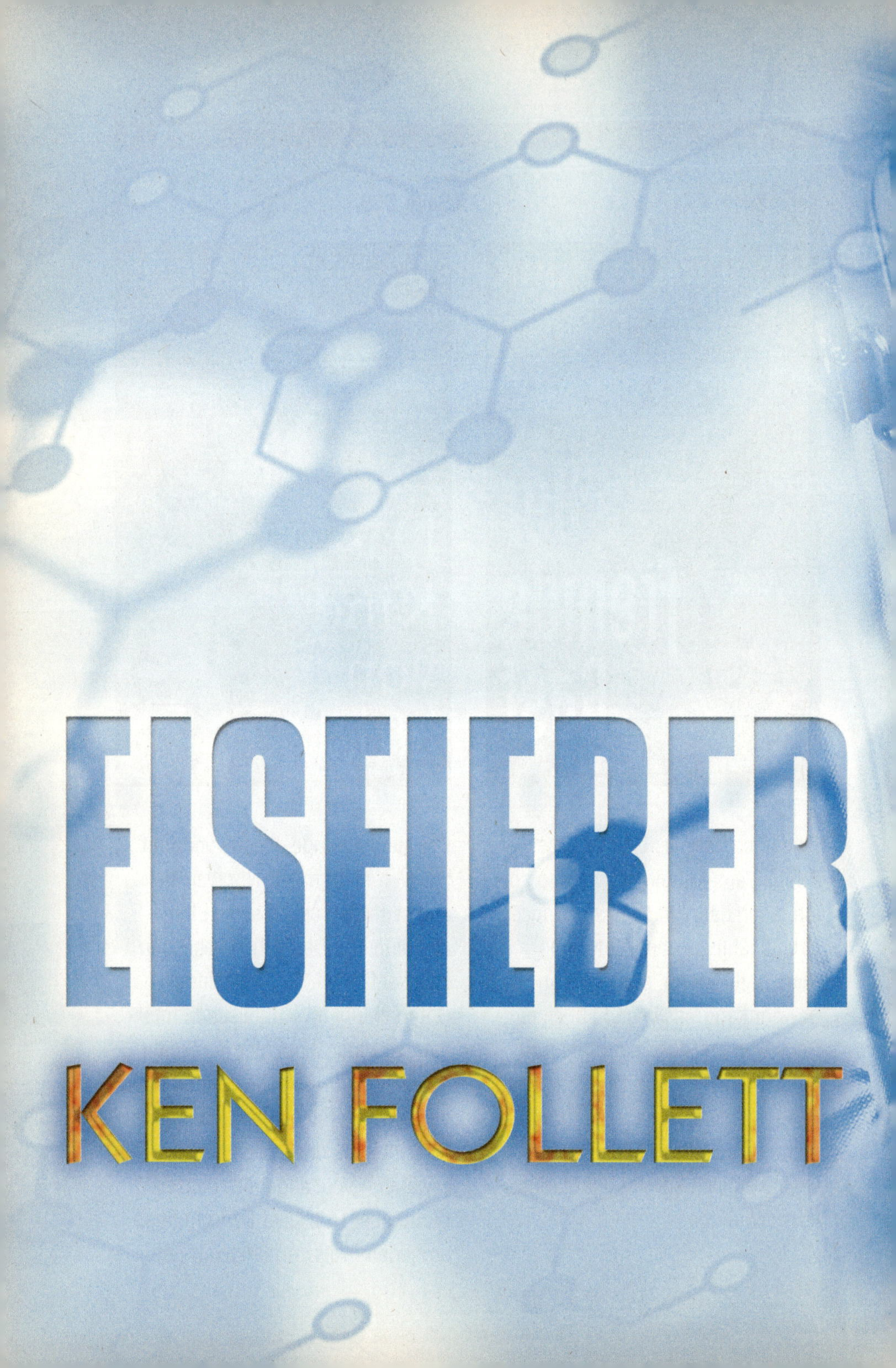
EISFIEBER
KEN FOLLETT

400

Ein Schneesturm beschert
Schottland weiße Weihnachten.
Viel zu weiße Weihnachten.
Doch nur die entfesselten
Naturgewalten können verhindern,
dass eine tödliche Waffe
in die falschen Hände gerät.

Heiligabend

1 Uhr

Zwei müde Männer sahen Antonia Gallo mit verärgerten, ja feindseligen Blicken an. Sie wollten nach Hause, aber das würde Antonia nicht zulassen. Beiden war klar, dass sie Recht hatte – und das machte die ganze Sache noch schlimmer.

Alle drei befanden sich im Personalbüro der Pharmafirma Oxenford Medical. Antonia – Rufname Toni – war Abteilungsleiterin und Sicherheitsbeauftragte. Bei Oxenford Medical wurden Viren erforscht, die tödlich sein konnten. Sicherheit war daher eine todernste Angelegenheit.

Bei einer unangemeldeten Bestandskontrolle hatte Toni festgestellt, dass zwei Proben aus einer Experimentierreihe fehlten. Die Substanz, ein Reagens mit antiviraler Wirkung, unterlag größter Geheimhaltung, und die dazugehörige Formel war unbezahlbar. Gut möglich, dass die Proben mit der Absicht, sie an eine Konkurrenzfirma zu verkaufen, gestohlen worden waren. Die dunklen Ringe um Tonis grüne Augen und der Ausdruck düsterer Besorgnis in ihrem sommersprossigen Gesicht hatten jedoch eine andere Ursache. Es gab nämlich noch eine weitere Möglichkeit, und die war ungleich prekärer: Womöglich hatte der Dieb die Proben gestohlen, weil er sie für sich selbst brauchte. Dafür gab es aber nur einen einzigen plausiblen Grund: Irgendjemand hatte sich mit den tödlichen Viren infiziert, mit denen in den Labors von Oxenford Medical gearbeitet wurde.

Diese befanden sich in einem weitläufigen Gebäude aus dem 19. Jahrhundert, das einst als schottisches Ferienhaus für einen viktorianischen Millionär errichtet worden war. Weil es sich hinter zwei Zaunreihen mit Stacheldraht verschanzte, die Eingänge von uniformierten Werkschutzleuten kontrolliert wurden und auch die elektronischen Sicherheitsvorkehrungen stets dem neuesten Stand entsprachen, hieß es im Volksmund „der Kreml". Dabei sah es mit seinen Spitzbogen, einem Türmchen und den zahlreichen Wasserspeiern, die das Dach säumten, eigentlich eher wie eine Kirche aus.

Toni und die beiden Männer waren damit beschäftigt, alle Mitarbeiter anzurufen, die zum Betreten des Hochsicherheitslabors berechtigt waren. Es gab vier Sicherheitsstufen, so genannte *Bio Safety Levels*. In der höchsten, BSL-4, arbeiteten die Wissenschaftler mit Viren, gegen die es keinen Impfschutz und keinerlei Gegenmittel gab, und mussten daher Schutzkleidung tragen, die an die Raumanzüge von Astronauten erinnerte. BSL-4 war naturgemäß die am besten gesicherte Abteilung im Hause, daher waren die verschwundenen Proben auch dort gelagert gewesen.

Nur ein kleiner Kreis von Mitarbeitern hatte zum BSL-4-Labor Zugang, und dafür war ein spezielles Sicherheitstraining für biologische Störfälle unbedingte Voraussetzung. Auch Toni hatte sich dieser Ausbildung unterzogen, damit sie jederzeit die Sicherheitsvorkehrungen innerhalb des Labors überprüfen konnte.

Insgesamt waren nur 27 der achtzig Firmenangehörigen berechtigt, das Hochsicherheitslabor zu betreten. Doch viele von ihnen hatten sich schon in den Weihnachtsurlaub verabschiedet, und der Montag war bereits zum Dienstag geworden, als die drei für die Klärung des Falles Verantwortlichen endlich auch den Letzten von ihnen aufspürten.

Toni fragte sich bis in eine Ferienanlage auf Barbados durch und überredete den Direktor mit Engelszungen, eine chemisch-technische Laborantin namens Jenny Crawford ausfindig zu machen und ans Telefon zu holen.

Während sie wartete, betrachtete Toni ihr Spiegelbild im Fenster. Dafür, dass es schon so spät war, hielt sie sich ganz gut. Ihr schokoladenbrauner Anzug mit den hellen Nadelstreifen wirkte immer noch geschäftsmäßig, und auch ihrem Gesicht war die Müdigkeit kaum anzusehen. Ihr Vater war Spanier gewesen, doch sie hatte die blasse Haut, die grünen Augen und das rotblonde Haar ihrer schottischen Mutter geerbt. Sie war groß gewachsen und wirkte sportlich-fit. Nicht schlecht für eine 38-Jährige, dachte sie.

Endlich meldete sich Jenny Crawfords Stimme am Telefon. „Das muss doch mitten in der Nacht sein bei euch!“ Sie war ein wenig beschwipst.

„Wir haben einen Fehlbestand im BSL-4“, erklärte Toni scharf. „Wann waren Sie das letzte Mal dort?“

„Am Dienstag, glaub ich. Aber das muss Ihnen doch eigentlich der Computer sagen, oder?“

Das stimmte. Aber Toni wollte wissen, ob Jennys Aussage mit den Computerdaten übereinstimmte. „Und wann waren Sie zum letzten Mal am Tresor?“ Der so genannte Tresor war ein verschlossener Kühlschrank innerhalb des Labors.

Jennys Tonfall verriet, dass ihr die Befragung allmählich auf die Nerven ging. „Das weiß ich nicht mehr genau, aber das wird doch alles aufgezeichnet." Das über ein Tastenfeld gesteuerte Kombinationsschloss des Tresors aktivierte eine Videokamera, die so lange lief, wie die Tür geöffnet war.

„Erinnern Sie sich daran, wann Sie das letzte Mal mit Madoba-2 zu tun hatten?" Madoba-2 war das Virus, mit dem die Wissenschaftler gegenwärtig arbeiteten.

Jenny erschrak. „Au, verdammt! Fehlt die Probe etwa davon?"

„Nein. Trotzdem …"

„Ich habe niemals konkret mit einem echten Virus zu tun gehabt. Meistens arbeite ich im Labor für Gewebekulturen."

Das stimmte mit den Informationen überein, die Toni vorliegen hatte. „Ich danke Ihnen, Jenny. Vermutlich handelt es sich bloß um einen Irrtum im Protokollbuch. Trotzdem müssen wir der Sache nachgehen."

Toni legte den Hörer auf. „Jenny Crawford scheidet aus."

Howard McAlpine, der Leiter des Labors, lehnte sich in seinem Sessel zurück. „Sie können doch mit an Sicherheit grenzender Wahrscheinlichkeit davon ausgehen, dass das Material, für das der Nachweis fehlt, von einer dazu berechtigten Person benutzt wurde, die lediglich vergessen hat, die Entnahme ins Protokollbuch einzutragen."

„Ich hoffe, Sie haben Recht", erwiderte Toni unverbindlich. Sie erhob sich und trat ans Fenster. Vom Personalbüro aus konnte man den Anbau sehen, in dem das BSL-4-Labor untergebracht war. Er war ein Betonkasten mit drei Etagen, in dem die Labors das gesamte Erdgeschoss einnahmen. Im ersten Stock waren die Luftfilteranlagen untergebracht, und im Keller befand sich eine komplizierte Anlage für die Sterilisation aller Abfallstoffe, die in den Laboratorien anfielen. Außer den Menschen verließ nichts diesen Ort lebend.

Toni wandte sich an den anderen Mann, James Elliot. Er war der Personalchef. „Sind wir mit der Liste durch?", fragte sie ihn.

Elliot sah von seinem Computermonitor auf. „Außer einem haben wir mit allen Mitarbeitern gesprochen, die zum BSL-4 Zugang haben."

„Und wer fehlt noch?"

„Michael Ross, ein Laborant. Er arbeitet seit acht Jahren für uns und ist noch niemals negativ aufgefallen."

McAlpine fuhr mit dem Finger über einen Computerausdruck und ergänzte: „Sonntag vor drei Wochen war er zum letzten Mal im Labor. Es ging um eine Routineüberprüfung der Versuchstiere."

„Und was hat er seitdem getan?"

„Er war in Urlaub. Er hätte heute zurückkommen müssen.“ Elliot warf einen Blick auf seine Armbanduhr. „Oder nein, gestern. Aber er ist nicht aufgetaucht und hat auch nicht angerufen.“

Toni zog die Brauen hoch. „Und er ist nicht erreichbar?“

„Bisher nicht. Er meldet sich weder unter seiner Privat- noch unter seiner Handynummer.“

„Kommt Ihnen das nicht seltsam vor?“, fragte Tony McAlpine.

Der Laborleiter machte aus seiner Betroffenheit keinen Hehl. „Er ist normalerweise sehr gewissenhaft. Unentschuldigtes Fehlen würde mich bei ihm sehr wundern.“

„Welcher Kollege ist das letzte Mal mit ihm zusammen im Labor gewesen?“, fragte Toni. Dass Ross nicht allein dort gewesen sein konnte, lag an der so genannten Zweipersonenregel: Wegen des hohen Risikos war es niemandem gestattet, allein im BSL-4 zu arbeiten.

McAlpine prüfte die Liste. „Dr. Monica Ansari, eine Biochemikerin.“

Toni griff zum Telefon. „Nummer?“

Monica Ansari klang, als sei sie aus dem Tiefschlaf gerissen worden. „Mr McAlpine hat mich vorhin doch schon angerufen“, murmelte sie.

„Tut mir Leid, dass ich Sie noch einmal behelligen muss. Es geht um Michael Ross. Wir können ihn nicht erreichen und wissen nicht, wo er steckt. Wenn ich richtig informiert bin, waren Sie Sonntag vor drei Wochen mit ihm im BSL-4.“

„Ja, das stimmt … Augenblick, ich muss erst mal Licht machen …“ Nach kurzer Pause stöhnte Monica: „Mein Gott, es ist ja mitten in der Nacht!“

„Ross ist am nächsten Tag in Urlaub gefahren“, fügte Toni in drängendem Ton hinzu.

„Er wollte zu seiner Mutter in Devon. Hat er mir jedenfalls erzählt.“

„Das ist ein guter Tipp. Bleiben Sie dran, ja?“ Toni wandte sich an Elliot. „Haben wir die Anschrift und die Telefonnummer seiner Mutter?“

Er bewegte seine Maus und klickte etwas an. „Ja, sie ist als nächste Verwandte registriert.“ Er nahm den Telefonhörer auf.

Toni wandte sich wieder an Monica. „Hat Ross an jenem Nachmittag normal gewirkt?“

„Vollkommen.“

„Haben Sie das BSL-4 gemeinsam betreten?“

„Ja. Aber dann haben wir uns natürlich in getrennten Umkleidekabinen umgezogen. Doch er war schneller als ich. Denn als ich ins eigentliche Labor kam, war er schon dort.“

„Haben Sie Seite an Seite gearbeitet?"

„Nein. Ich war in einem Nebenraum und habe mich mit Gewebekulturen beschäftigt. Michael hat sich um die Versuchstiere gekümmert."

„Haben Sie das Labor gleichzeitig mit ihm verlassen?"

„Er ging ein paar Minuten vor mir raus."

„Er hätte also leicht an den Tresor gehen können, ohne dass Sie etwas davon bemerkt hätten."

„Ohne weiteres, ja."

Neben Toni telefonierte Elliot mit irgendjemandem und bat darum, mit Michael Ross oder seiner Mutter sprechen zu können.

Toni beendete das Gespräch. „Nochmals vielen Dank, Monica. Ich hoffe, Sie können wieder einschlafen." Sie legte auf. „Ross hatte genug Zeit, den Tresor zu öffnen." Sie blickte Elliot an. „Haben Sie seine Mutter erreicht?"

„Es war ein Altenheim." Man sah ihm an, dass ihm der Schreck noch in den Knochen steckte. „Mrs Ross ist im vergangenen Winter gestorben."

ZWEI Lieferwagen fuhren um drei Uhr morgens mit halsbrecherischer Geschwindigkeit durch die Tore des Kreml. Beide waren mit vier durchbrochenen schwarzen Kreisen auf leuchtend gelbem Grund gekennzeichnet, dem internationalen Symbol für Biogefährdungen.

Den ersten Wagen steuerte Toni. Bei ihr saßen drei erfahrene Dekontaminationsexperten. Das zweite Fahrzeug war eine mobile Quarantänestation mit einem Sanitäter am Steuer und einem weiteren im Heck sowie der Ärztin Ruth Solomons auf dem Beifahrersitz.

Toni fürchtete, es könnte ein Fehler gewesen sein, auf einen bloßen Verdacht hin Alarmstufe „Rot" ausgelöst zu haben. Es war durchaus möglich, dass Michael Ross seinen Urlaub eigenmächtig um ein paar Tage verlängert hatte und es sich bei der Geschichte mit seiner Mutter um ein Missverständnis handelte. Kann schon sein, dass er friedlich schlummernd in seinem Bett liegt und sein Telefon abgestellt hat, dachte Toni und zuckte bei dem Gedanken, wie sie das am kommenden Vormittag ihrem Chef Stanley Oxenford erklären sollte, unwillkürlich zusammen.

Sollte sie andererseits mit ihren Befürchtungen Recht behalten und das Madoba-2-Virus war tatsächlich auf irgendeine Weise freigesetzt worden, wäre alles noch viel, viel schlimmer. Das Virus war hochinfektiös und verbreitete sich rasch durch Tröpfcheninfektion, also vor allem durch Husten und Niesen. Und es war absolut tödlich.

Da die Straße völlig frei war, dauerte es nur zwanzig Minuten, bis sie das einsam gelegene Steincottage von Michael Ross erreichten. Toni hielt neben einem VW Golf, von dem sie annahm, dass er Ross gehörte. Nirgendwo brannte Licht. Sie drückte auf die Hupe. Lang und laut schallte es durch die Nacht. Nichts geschah. Es gingen keine Lichter an. Stille. Wenn Ross nicht hier war, warum stand dann sein Wagen vor der Tür?

„Volle Montur bitte, meine Herren", sagte Toni.

Alle Beteiligten stiegen in ihre orangefarbenen Schutzanzüge. Das war gar nicht so einfach: Die Schutzkleidung bestand aus schwerem Kunststoff, der sich nur mühsam biegen oder falten ließ und mit einem luftdichten Reißverschluss zugezogen wurde. Man half sich gegenseitig, die Handschuhe mit Isolierband um die Handgelenke zu schließen. Zum Schluss zwängten sie die Plastikfüße in große Gummistiefel.

Die Schutzanzüge waren absolut dicht. Die Träger atmeten durch einen hochwirksamen Luftpartikelfilter, der sämtliche lungengängige Partikel fernhielt, die mit Bazillen oder Viren verseucht sein und über die Atemluft aufgenommen werden konnten. Über einen in den Helm eingebauten Kopfhörer und ein Mikrofon konnte man sich sowohl untereinander als auch mit der Vermittlung im Kreml verständigen.

„Ich gehe voran." Mit steifen Schritten stakste Toni in der unförmigen Schutzkleidung zur Eingangstür, klingelte und ließ auch den Türklopfer scheppern. Als sich nichts rührte, ging sie um das Gebäude herum. Hinter dem Haus lag ein gepflegter Garten mit einem Holzschuppen. Toni stellte fest, dass die Hintertür nicht verschlossen war. Sie betrat das Haus und durchquerte es rasch. Es war sauber, ordentlich aufgeräumt – und menschenleer.

„Niemand zu Hause", ließ sie die anderen über ihr Mikrofon wissen.

Sie ging wieder in den Garten hinaus und probierte die Türklinke am Schuppen. Er war ebenfalls unverschlossen. Drinnen war es stockdunkel; Fenster gab es keine. Toni tastete nach einem Lichtschalter. Als sie ihn gefunden hatte, drückte sie ihn herunter – und stieß einen Schrei des Entsetzens aus.

„Alles hierher, schnell! Ins Gartenhäuschen. Ruth zuerst!"

Mit dem Gesicht nach oben lag Michael Ross auf dem Boden. Er blutete aus Augen, Nase, Mund und Ohren. Toni wusste, dass multiple Blutungen ein klassisches Symptom von Madoba-2 waren. Aber Ross lebte. Sein Brustkorb hob und senkte sich, und aus seinem Mund drang ein schwaches, blubberndes Geräusch.

Toni beugte sich über ihn. „Michael!“, schrie sie, damit er sie durch ihren Plastikhelm hindurch verstehen konnte. „Ich bin’s, Toni Gallo aus dem Labor.“

In Ross’ blutunterlaufenen Augen blitzte es auf; offenbar hatte er sie erkannt. Er öffnete den Mund und stammelte irgendetwas.

„Was?“ Toni beugte sich noch näher zu ihm hin.

„Unheilbar“, röchelte Ross, bevor er sich übergab. Die Flüssigkeit klatschte gegen Tonis Visier. Sie zuckte zurück und stieß einen Schrei aus, obwohl sie wusste, dass ihr Anzug sie schützte.

Sie wurde beiseite geschoben, und Ruth Solomons beugte sich über den Kranken. „Der Puls ist sehr schwach“, ließ sich die Ärztin über den Sprechfunk vernehmen. „Ich brauche ein Laryngoskop! Schnell!“

Sekunden später stürzte einer der Sanitäter herbei und brachte ihr das gewünschte Instrument. Sie intubierte Ross und räumte seinen Rachen frei, sodass er wieder besser atmen konnte. „Holt jetzt so schnell wie möglich die Quarantänebahre!“ Dr. Solomons öffnete ihren Arztkoffer, entnahm ihm eine Spritze, die, wie Toni vermutete, bereits mit Morphium und einem Blutgerinnungsmittel gefüllt war, stach die Injektionsnadel in Ross’ Hals und drückte den Kolben hinunter. „Gut, bringen wir ihn hier raus.“

Die zwei Sanitäter hoben Ross hoch und trugen ihn zu einer Bahre, über die sich ein durchsichtiges Plastikzelt wölbte. Sie ließen den Patienten durch eine Schleuse ins Innere des Zelts gleiten und verschlossen die Öffnung sorgfältig. Dann rollten sie die Bahre durch den Garten zurück. Bevor sie jedoch in den Krankenwagen steigen durften, mussten sie sich und die Trage dekontaminieren. Ein Mann aus Tonis Team hatte bereits eine flache Plastikwanne geholt, die aussah wie ein Kinderplantschbecken. Dr. Solomons und die Sanitäter stellten sich der Reihe nach hinein und ließen sich mit einem Desinfektionsmittel absprühen, das alle Viren abtötete.

Nachdem die Sanitäter die Bahre in den Krankenwagen verfrachtet hatten, schwang sich Dr. Solomons zu ihrem Patienten ins Heck. Die Türen wurden zugeworfen, und schon fuhr der Wagen an und verschwand mit aufheulendem Motor in der Nacht.

„An die Arbeit“, sagte Toni. „Machen wir sauber!“

Einer ihrer Mitarbeiter entrollte ein gelbes Band mit der Aufschrift BIOLOGISCHER UNFALL – BETRETEN VERBOTEN! und begann das gesamte Grundstück damit abzusperren. Glücklicherweise lebte Michael Ross allein, und in der Nähe gab es auch keine anderen Häuser, die hätten betroffen sein können. Die übrigen Mitarbeiter holten Müllsackrollen, mit Desinfektionsmitteln gefüllte Gartensprinkleranlagen, Kartons voll Reinigungstücher und große weiße Plastiktonnen herbei. Sämtliche Oberflächen mussten besprüht und abgewischt werden. Wertgegenstände mussten in den versiegelten Tonnen in den Kreml gebracht und dort in einem Dampfhochdruck-Autoklaven sterilisiert werden. Alles andere würde in doppelten Müllsäcken verschwinden und später in der Verbrennungsanlage für medizinische Abfälle unterhalb des BSL-4-Labors entsorgt werden.

Toni bat einen der Männer, die Substanz, die Michael Ross erbrochen hatte, von ihrem Schutzanzug zu wischen und sie selbst abzusprühen. Während die Männer mit den Reinigungsarbeiten beschäftigt waren, sah Toni sich um und versuchte Hinweise auf die Hintergründe des Geschehens zu finden. Wie von ihr befürchtet, hatte Ross die Probe gestohlen, weil er gewusst oder zumindest vermutet hatte, dass er mit Madoba-2 infiziert war. Aber wie war es zu dieser Infektion gekommen?

In dem Schuppen stieß Toni auf einen Glasbehälter mit einer Wasserstrahlpumpe zur Erzeugung eines Vakuums, der einer Art improvisiertem Sicherheitslabor glich. Ein totes Kaninchen lag darin. Ob das Tier aus dem Labor stammte?

Neben dem Kadaver stand ein Trinknapf mit der Aufschrift JOE. Das war ein wichtiger Hinweis. Wer im Labor arbeitete, gab den Versuchstieren nur selten Namen. Man verhielt sich den künftigen Opfern der Experimente gegenüber freundlich, achtete aber darauf, dass sich keine persönliche Zuneigung zu den todgeweihten Tieren entwickelte. Ross hatte seinem Kaninchen dagegen eine Identität gegeben, es wie ein Haustier behandelt. Hatte er seines Berufs wegen etwa ein schlechtes Gewissen?

Toni ging zurück ins Haus und betrat Ross' Arbeitszimmer. Sie setzte sich an den Schreibtisch, fuhr den Computer hoch und las die E-Mails. Ross hatte bei einem Onlineversand ein Buch mit dem Titel *Tierethik* bestellt. Der Internetbrowser verriet Toni zudem, dass er in jüngster Zeit wiederholt die Homepages von Tierschutzverbänden angeklickt hatte. Es lag auf der Hand, dass ihm Zweifel an der moralischen Rechtfertigung seiner Tätigkeit gekommen waren. Toni konnte ihn gut verstehen. Doch ihrer Meinung nach waren Tierversuche eine traurige Notwendigkeit. Sie musste an ihren Vater denken, der mit Mitte fünfzig an einem Gehirntumor gestorben war. Eines Tages könnten solche Leiden vielleicht geheilt werden – dank der Versuche, die an Affenhirnen durchgeführt wurden.

In einer Schublade fand Toni Michael Ross' Adressbuch. Während sie es aufschlug, blitzte es draußen vor dem Fenster blau auf. Sie sah hinaus und erblickte eine graue Limousine mit rotierendem Blaulicht auf dem Dach.

Toni hatte damit gerechnet, dass die Polizei auftauchen würde. In Übereinstimmung mit dem von ihr selbst entwickelten Krisenplan hatte der Werkschutz im Kreml nach dem roten Alarm automatisch die zuständige Polizeiwache in Inverburn informiert, und diese hatte nun jemanden geschickt, um vor Ort zu überprüfen, wie ernst die Lage war. Sie hoffte, es wäre Superintendent Jim Kincaid, der für das Krisenmanagement bei chemischen, biologischen, radiologischen und nuklearen Unfällen zuständig war.

Bis vor zwei Jahren war Toni selbst bei der Polizei gewesen. Lange Zeit hatte sie dort als Vorzeigefrau gegolten, die rasch Karriere gemacht hatte und den Medien als Prototyp der modernen, bürgernahen Polizistin präsentiert worden war. Viele hatten in ihr schon die künftige erste Polizeipräsidentin Schottlands gesehen. Doch dann hatte sie sich mit ihrem Chef überworfen. Es war um ein brisantes Thema gegangen: Rassismus in der Truppe. Der Chef war der Ansicht gewesen, es handele sich um bedauerliche Einzelfälle, nicht um ein allgemeines Problem. Toni hatte dagegengehalten, dass Polizisten rassistische Übergriffe routinemäßig vertuschten – und damit sei das „Problem" die Regel und nicht die Ausnahme. Die Presse hatte von der Auseinandersetzung Wind bekommen und darüber berichtet. Als Toni sich geweigert hatte, ihre Vorwürfe, von deren Berechtigung sie fest überzeugt war, zurückzunehmen, war sie zur Kündigung ihres Dienstverhältnisses genötigt worden.

Ohne mit ihm verheiratet zu sein, hatte sie damals schon seit acht Jahren mit Frank Hackett zusammengelebt, auch er ein Polizist. Als Toni in Ungnade gefallen war, hatte er sich von ihr getrennt. Es tat noch immer weh.

Sie verließ das Haus und ließ sich von einem ihrer Mitarbeiter dekontaminieren. Dann nahm sie ihren Helm ab, um den Superintendenten zu begrüßen. Doch der Mann im Polizeiwagen war nicht Jim, sondern Superintendent Frank Hackett, ihr Exfreund.

Schlagartig war ihre Stimmung vollends im Keller. Obwohl die Trennung von ihm ausgegangen war, tat Frank stets, als wäre er derjenige gewesen, der am meisten darunter zu leiden gehabt hätte.

Er stieg aus dem Wagen. „Was geht hier vor?", wollte er wissen.

„Einer unserer Laboranten ist offenbar von einem Virus befallen worden. Wir haben ihn gerade in einem Quarantänefahrzeug abtransportieren lassen. Wo ist Jim Kincaid?"

„Im Urlaub in Portugal."

Schade, dachte Toni. Kincaid versteht was von Biogefährdungen, Frank hat keine Ahnung.

Er schien ihre Gedanken zu lesen. „Keine Sorge." Er wies auf eine dicke fotokopierte Akte, die er in der Hand hielt. „Ich habe das Protokoll hier." Es handelte sich um den Notfallplan, den Toni mit Kincaid ausgearbeitet hatte. „Aber es gefällt mir nicht, denn hierdurch werden Zivilpersonen mit der Verantwortung für einen Krisenschauplatz betraut. Wie hat sich euer Mann dieses Virus eigentlich eingefangen? Ich dachte, ihr tragt im Labor immer eure Schutzanzüge."

„Das muss die Gesundheitsbehörde rausfinden", erwiderte Toni, um eine Ausrede bemüht. „Es hat keinen Sinn, jetzt darüber zu spekulieren."

„Habt ihr hier irgendwelche Tiere vorgefunden?"

Toni zögerte. Frank genügte das. Er war ein guter Kriminalbeamter, weil ihm nur selten etwas entging. „Dann ist also ein Versuchstier ausgebrochen und hat den Laboranten infiziert, als der gerade keinen Schutzanzug trug?"

Bevor sie reagieren konnte, hörte Toni ein Klingeln aus ihrem Helm. „Ein Anruf für mich", teilte sie Frank mit. Sie nahm den Kopfhörer mit dem Mikrofon aus dem Helm und setzte ihn auf.

Dr. Solomons war am Apparat. „Michael Ross ist tot."

Toni schloss die Augen. „Oh Gott, das tut mir so Leid!"

„Ich bin mir fast sicher, dass er Madoba-2 hatte. Haben Sie eine Ahnung, wie das geschehen konnte?"

„Ross hat sich offenbar über die grausame Behandlung von Labortieren empört. Ruth, die Polizei ist gerade bei mir. Ich rufe Sie später zurück."

„In Ordnung." Die Verbindung wurde unterbrochen, und Toni nahm den Kopfhörer ab.

„Dann ist er also tot", konstatierte Frank.

„Der Mann hieß Michael Ross. Er hatte sich anscheinend mit einem Virus angesteckt, das die Bezeichnung Madoba-2 trägt."

„Und was war das für ein Tier?"

Aus einer plötzlichen Eingebung heraus beschloss Toni, Frank eine kleine Falle zu stellen. „Ein Hamster namens Fluffy."

„Ist es möglich, dass sich auch andere Personen infiziert haben?"

„Ross lebte allein hier. Wer ihn vor Ausbruch der Krankheit besucht hat, dürfte ungefährdet sein, es sei denn, sie wären einander sehr nahe gekommen, indem sie zum Beispiel ein und dieselbe Injektionsnadel benutzt hätten. Hätte ihn dagegen jemand aufgesucht, als sich bereits die Symptome zeigten, hätte derjenige sicher sofort einen Arzt gerufen. Es besteht also eine gute Chance, dass Ross das Virus gar nicht weitergegeben hat. Aber wie dem auch sei, wir müssen jetzt so schnell wie möglich alle Personen aufspüren, die mit ihm in den vergangenen 16 Tagen Kontakt hatten. Ich habe vorhin sein Adressbuch gefunden."

Frank versuchte es auf einem anderen Weg. „Wie du gesagt hast, war der Mann ein großer Tierfreund. Woher weißt du das?"

„Ich habe seine persönlichen Unterlagen überprüft."

„Das ist Aufgabe der Polizei."

„Richtig. Aber ihr dürft nicht ins Haus."

„Ich kann doch auch so einen Schutzanzug anziehen."

„Mit dem Anzug allein ist es nicht getan. Ehe man so ein Ding überhaupt anziehen darf, muss man eine entsprechende Ausbildung nachweisen."

Frank wurde langsam ärgerlich. „Dann bringt mir das Zeug halt hierher!"

„Ich kann dir von einem meiner Mitarbeiter alle Papiere zufaxen lassen, was hältst du davon? Außerdem können wir dir den gesamten Inhalt seiner Festplatte kopieren."

„Ich will keine Kopien, sondern die Originale! Was verbirgst du in dem Haus?"

„Nichts, Ehrenwort. Aber das Haus und alles, was sich darin befindet, muss dekontaminiert werden, entweder mit einem Desinfektionsmittel oder einem Hochdruckdampfreiniger. Bei beiden Vorgängen wird Papier zerstört, und natürlich kann auch der Computer beschädigt werden."

„Ich werde dafür sorgen, dass dieser Notfallplan geändert wird. Ich frage mich wirklich, ob der Polizeipräsident überhaupt weiß, was Kincaid euch alles durchgehen lässt."

Toni war es überdrüssig. Sie musste eine hochbrisante Krise in den Griff bekommen, und da kam auch noch diese beleidigte Leberwurst von Exlover daher und erwartete, dass man auf seine Empfindlichkeiten Rücksicht nahm … „Herrgott, Frank, kann ja sein, dass du Recht hast, aber so ist die Lage nun mal. Können wir die Vergangenheit nicht endlich ruhen lassen und vernünftig zusammenarbeiten?"

„Deine Vorstellung von Zusammenarbeit besteht darin, dass alles nach deiner Pfeife tanzt."

Toni lachte. „Du hast's erfasst! Und was sollen wir *deiner* Meinung nach als Nächstes tun?"

„Ich werde das Gesundheitsamt informieren. Laut Plan liegt die Federführung in solchen Fällen dort. Sobald es seine Experten für Biounfälle aufgetrieben hat, wird ein Krisenstab eingesetzt werden, voraussichtlich gleich heute Morgen. Währenddessen sollten wir schon damit anfangen, die möglichen Kontaktpersonen von Michael Ross ausfindig zu machen.

Ich werde ein paar Kollegen ans Telefon setzen und sämtliche Nummern in seinem Adressbuch anrufen lassen. Du solltest unterdessen alle Angestellten eurer Firma befragen.“

„Einverstanden …“ Toni zögerte. Sie musste Frank noch um etwas bitten. Sein bester Freund war Carl Osborne, ein Reporter beim Lokalfernsehen, der mehr von Sensationen hielt als von seriöser Berichterstattung. „Es gibt da im Protokoll noch einen Punkt, auf den ich dich aufmerksam machen wollte. Dort heißt es, dass gegenüber der Presse keine Stellungnahmen abgegeben werden sollen, ohne dass die beteiligten Parteien, darunter die Polizei, das Gesundheitsamt und die Firma, sich zuvor darüber abgestimmt haben. Wir wollen nichts verheimlichen, aber die offiziellen Mitteilungen sollten ruhig und maßvoll ausfallen. Es besteht keinerlei Anlass zu Panik.“

Frank grinste. „Ich weiß schon, du hast Angst, die Revolverblätter könnten Storys über Killerhamster bringen, die durchs schottische Hochland streifen.“

„Du bist mir noch was schuldig. Ich hoffe, du hast das nicht vergessen.“

Seine Miene verdüsterte sich. „Ich dir was schuldig?“

„Du erinnerst dich doch an Farmer Johnny Kirk …“

Dieser war ein dicker Fisch im Kokainschmuggel gewesen. Eine Farm hatte er bestenfalls von außen gesehen, doch weil er wegen seiner Hühneraugen immer übergroße grüne Gummistiefel getragen hatte, war ihm der Spitzname Farmer verpasst worden. Frank hatte gegen ihn ermittelt. Während des Prozesses war Toni dann zufällig auf Beweismaterial gestoßen, das der Verteidigung gerade recht gekommen wäre. Sie hatte Frank informiert, aber der hatte es unterlassen, dem Gericht darüber Mitteilung zu machen. Farmer hatte ohne jeden Zweifel genug Dreck am Stecken, und Franks Meinung dazu war klar – doch sollte jemals die Wahrheit herauskommen, war es um seine Karriere bei der Polizei geschehen.

„Willst du mir etwa drohen für den Fall, dass ich nicht tue, was du sagst?“, entgegnete er ärgerlich.

„Nein. Ich will dich bloß daran erinnern, dass es mal eine Zeit gab, in der du auf mein Schweigen angewiesen warst. Und da habe ich geschwiegen.“

„Jeder von uns verstößt mal gegen die eine oder andere Regel. So ist das Leben.“

„Ja. Und deshalb bitte ich dich jetzt, weder Carl Osborne noch irgendwelchen anderen Medienvertretern etwas von diesem Fall zu erzählen.“

Frank grinste. „Aber Toni!“, erwiderte er in gespielter Empörung. „Du weißt doch, dass ich so etwas nie tun würde.“

7 Uhr

Kit Oxenford erwachte früh am Morgen. Eine gespannte Erwartung beherrschte ihn, aber er hatte auch Angst. Heute war der Tag, an dem er Oxenford Medical bestehlen würde.

Es versprach ein Geniestreich zu werden, wie es ihn noch nie gegeben hatte, vor allem aber würde er Rache an seinem Vater nehmen. Die Firma würde diesen Schlag nicht überleben, und Stanley Oxenford wäre finanziell ruiniert. Und dass der Alte nie erfahren würde, wer ihm das angetan hatte, setzte dem Ganzen die Krone auf. Kit versprach sich davon eine klammheimliche Befriedigung, von der er sein Leben lang zehren würde.

Er blieb noch liegen und dachte darüber nach, welche Hindernisse es zu überwinden galt. Da waren zunächst einmal die physikalischen Sicherheitsvorkehrungen rund um den Kreml: der doppelte Zaun mit messerscharfem Stacheldraht, Scheinwerfer, Bewegungsmelder sowie die Alarmanlage, die gegen Sabotageeingriffe gesichert und direkt mit der regionalen Polizeidirektion in Inverburn verbunden war. Dann gab es noch den Werkschutz, der neuralgische Punkte über eine interne Videoanlage im Auge behielt und stündlich auf dem Gelände patrouillierte. Und schließlich wurde der Zutritt zu den sicherheitsrelevanten Bereichen durch eine ausgeklügelte Personenkontrolle geregelt: Alle Mitarbeiter besaßen Plastikausweise in Kreditkartenformat, die nicht nur mit einem Foto des autorisierten Benutzers, sondern auch mit den in einem Chip gespeicherten Daten seines Fingerabdrucks versehen waren. Dieses System auszutricksen war außerordentlich schwierig – aber Kit wusste, wie es ging.

Er war studierter Informatiker und hatte die Abschlussprüfungen als Jahrgangsbester bestanden. Viel wichtiger und vorteilhafter war jedoch ein anderer Umstand: Die Software für die Sicherheitsvorkehrungen im Kreml hatte er selbst geschrieben. Damit hatte er seinem undankbaren Vater ein fantastisches Sicherheitssystem eingerichtet, das für Außenstehende praktisch unüberwindbar war. Nur er selbst kannte dessen Geheimnisse.

Heute Nacht würde er ungefähr zur Geisterstunde mit seinem Komplizen, einem in seiner stillen Art etwas bedrohlich wirkenden Londoner namens Nigel Buchanan, ins Allerheiligste vordringen, das BSL-4-Labor, das der vermutlich am besten bewachte Ort in ganz Schottland war. Dort würde er mit einem einfachen vierstelligen Code den Kühlschranktresor öffnen, und

Nigel würde Proben des wertvollen neuen Antivirenmedikaments von Stanley Oxenford entwenden.

Lange würden sie die Proben nicht behalten. Nigel hatte rigorose Zeitvorgaben: Am ersten Weihnachtsfeiertag musste er die Proben bis zehn Uhr vormittags abliefern. Kit wusste nicht, wer deren Endabnehmer war, obgleich er es sich denken konnte, denn im Grunde kam nur ein internationaler Pharmakonzern infrage. Dergleichen war natürlich unredlich und illegal, doch eine Analyse der Proben würde dem Konkurrenten jahrelange Forschungsarbeit ersparen. Er wäre dann imstande, binnen kürzester Zeit eine eigene Version des Medikaments zu entwickeln, und Oxenford Medical würden Lizenzgebühren in Millionenhöhe entgehen.

Am besten gefiel Kit an seinem Plan, dass der Einbruch erst bemerkt werden würde, wenn er und Nigel längst über alle Berge waren. Heute, Dienstag, war Heiligabend. Die beiden folgenden Tage waren arbeitsfreie Feiertage. Ob aber der Diebstahl am Freitag überhaupt bemerkt werden würde, war fraglich. Dann folgte das Wochenende. Gut möglich also, dass ihnen bis nächsten Montag Zeit blieb, ihre Spuren zu verwischen.

Kit setzte sich im Bett auf. Er wollte rechtzeitig zum Mittagessen bei seinem Vater sein – offiziell zu einem Weihnachtsbesuch, in Wirklichkeit aber, um etwas zu stehlen, was er für den Einbruch dringend benötigte.

Er schlurfte in die Küche und setzte Kaffee auf. Es hatte ihm schon immer großen Spaß gemacht, die Sicherheitssysteme der Computer anderer Leute zu knacken. Und einen seiner besten Coups hatte er gelandet, als er für seinen Vater das Sicherheitssystem für das BSL-4-Labor entwickelt und installiert hatte. Mithilfe von Ronnie Sutherland, dem damaligen Sicherheitsbeauftragten von Oxenford Medical, hatte er eine Methode ausgetüftelt, mit der sich unbemerkt die Firmenkonten anzapfen ließen. Er hatte die Buchhaltungssoftware so manipuliert, dass der Computer beim Zusammenzählen von Lieferantenrechnungen immer ein Prozent auf die Gesamtsumme aufschlug und dieses Prozent automatisch auf Ronnies Konto überwies, ohne dass diese Transaktion irgendwo angezeigt wurde.

Der Betrug konnte aber nur funktionieren, solange niemand auf den Gedanken kam, die Rechenkünste des Computers zu überprüfen – was auch nie passiert war, bis Toni Gallo eines Tages Ronnies Frau dabei beobachtet hatte, wie diese vor einem Modegeschäft in Inverburn aus einem brandneuen Mercedes-Coupé gestiegen war.

Die verbissene Hartnäckigkeit, mit der von Toni Gallo in diesem Fall ermittelt worden war, hatte Kit an den Rand der Verzweiflung getrieben.

Sie hatte einfach nicht lockergelassen, ja schlimmer noch: Als sie Kit schließlich auf die Schliche gekommen war, hatte sie sich durch nichts und niemanden davon abbringen lassen, seinen Vater von den Vorgängen in Kenntnis zu setzen.

Stanley Oxenford hatte seinen Sohn sofort entlassen, und seitdem hatte Kit keine neue Anstellung mehr gefunden. Seiner Spielleidenschaft in einem illegalen Casino, wo man ihm großzügig Kredit einräumte, hatte das jedoch leider keinen Abbruch getan. Kit versuchte, die Höhe der Schulden, die inzwischen aufgelaufen waren, zu verdrängen. Doch der Lohn für die Tat, die er heute Abend begehen wollte, würde nicht nur seine Schulden decken, sondern auch noch für einen neuen Start reichen.

Er nahm seinen Kaffee mit ins Badezimmer, schaltete dort das kleine Fernsehgerät für die Lokalnachrichten an und begann sich zu rasieren. Er hörte die vertraute Stimme von Carl Osborne – und dann gefror ihm das Blut in den Adern. Auf dem Bildschirm sah er, dass Osborne vor den Toren von Oxenford Medical stand. „Was ist denn da los?“, murmelte Kit besorgt.

Der Reporter trug einen unförmigen Anorak. „In dem Gebäude hinter mir experimentieren Wissenschaftler mit einem der gefährlichsten Krankheitserreger, die die Menschheit kennt. Aber die Natur rächt sich offenbar für die unerbetene Einmischung: Heute Nacht starb ein junger Laborangestellter, der sich mit diesen Viren angesteckt hatte.“

Der Fall würde dem Ansehen von Oxenford Medical in der Öffentlichkeit nachhaltig schaden, das stand fest. An jedem anderen Tag hätte Kit sich über den Ärger, der sich über seinem Vater und der Firma zusammenbraute, diebisch gefreut – nur heute nicht. Es war gut möglich, dass die negative Publicity seine eigenen Pläne durchkreuzte.

„Der 31-jährige Michael Ross starb an einem Virus namens Ebola. Die grauenhafte Seuche verursacht schmerzhafte, eiternde Geschwüre, die den gesamten Körper des Opfers befallen …“

Kit war sich ziemlich sicher, dass Osbornes Bericht mit den konkreten Fakten nicht viel zu tun hatte, doch die Fernsehzuschauer konnten das nicht wissen. Die Sendung war Sensationshascherei auf niedrigstem Niveau.

„Oxenford Medical hat immer wieder verlauten lassen, seine Forschungen stellten absolut kein Sicherheitsrisiko für die Bevölkerung und die Umwelt dar“, fuhr Osborne fort. „Die Berechtigung dieser Behauptung muss nach dem Tod von Michael Ross ernsthaft angezweifelt werden. Ross wurde möglicherweise von einem Hamster namens Fluffy gebissen, den er aus einem Labor hier gestohlen und mit nach Hause genommen hatte. Er wohnte nur wenige Kilometer entfernt."

„Das darf doch nicht wahr sein!", entfuhr es Kit. Die Sache wurde ja immer schlimmer. Hoffentlich wurde dadurch nicht sein genialer Plan torpediert. Das würde er nicht ertragen.

„Handelte Michael Ross auf eigene Faust – oder war er Teil einer größeren Organisation, die es darauf anlegt, noch mehr virenverseuchte Versuchstiere aus den Labors von Oxenford Medical zu befreien? Müssen wir damit rechnen, dass in absehbarer Zeit zahlreiche harmlos aussehende Hunde und Kaninchen durch unsere schöne schottische Landschaft streunen, die überall dieses tödliche Virus verbreiten? Niemand hier ist bereit, diese Frage zu beantworten", schloss Osborne.

Kit schaltete den Fernseher aus. Die apokalyptische Vorhersage des Reporters über die Ausbreitung eines Killervirus mochte falsch sein. Eines war jedoch gewiss: Die Sicherheitsvorkehrungen im Kreml würden nun weiter verschärft werden. Der heutige Abend war also plötzlich der denkbar ungeeignetste Termin für den Diebstahl. Die ganze Aktion musste abgeblasen werden. Wütend ging Kit ins Schlafzimmer zurück. Der Wecker zeigte 7.28 Uhr. Es war eigentlich noch zu früh, um zu telefonieren, doch die Sache war eilig. Kit nahm das schnurlose Gerät zur Hand und wählte.

Sofort wurde abgenommen. „Ja?", meldete sich eine Männerstimme.

„Hier ist Kit. Ich muss ihn sofort sprechen. Es ist wichtig."

„Er schläft noch."

Kit fluchte. Er wollte keine Nachricht hinterlassen. „Sag ihm, dass ich vorbeikomme." Er legte auf, ehe der Mann am anderen Ende der Leitung etwas erwidern konnte.

ES WAR halb acht, und Toni rechnete damit, bis zur Mittagspause entlassen zu sein. Sie sah sich in ihrem Büro um. Lange arbeitete sie hier noch nicht, weshalb der Raum erst allmählich so etwas wie eine persönliche Note gewann. Auf dem Schreibtisch stand ein Foto, das Toni mit ihrer Mutter und ihrer Schwester Bella zeigte. Es war vor ein paar Jahren entstanden, zu einer Zeit, als ihre Mutter noch kerngesund gewesen war.

Toni konnte kaum glauben, dass sie diesen Job schon wieder verloren haben sollte. Mittlerweile war ihr klar, was Michael Ross getan hatte. Mit Geschick und Raffinesse war es ihm gelungen, alle ihre Sicherheitsvorkehrungen zu umgehen. Die Schuld lag also eindeutig bei ihr.

Vor zwei Stunden, als sie Stanley Oxenford, den Vorstandsvorsitzenden und Mehrheitsaktionär von Oxenford Medical, angerufen hatte, war sie noch nicht so schlau gewesen. Sie hatte das Gespräch gefürchtet, denn sie hatte ihrem Chef etwas mitzuteilen gehabt, was kaum schlimmer hätte sein können, und war bereit gewesen, die Verantwortung dafür zu übernehmen. Sie war auf alles gefasst gewesen – Enttäuschung, Empörung, sogar Wut.

„Wie geht es Ihnen?“, hatte er stattdessen gefragt.

Toni wäre fast in Tränen ausgebrochen. Dass seine erste freundliche Frage ihrem Wohlbefinden galt, hätte sie sich nicht träumen lassen. „Danke, gut“, hatte sie geantwortet. „Wir hatten alle Schutzanzüge an, als wir das Grundstück betreten haben.“

„Aber Sie müssen doch total erschöpft sein.“

„Ich habe gegen fünf ein Stündchen geschlafen.“

„Gut.“ Danach war Stanley zur Sache gekommen. „Michael Ross ist mir bekannt. Ein ruhiger Bursche, erfahrener Laborant. Sagen Sie, wie konnte das passieren?“

„Ich habe in seiner Gartenhütte in einem improvisierten Isolator ein totes Kaninchen gefunden. Ich vermute, er hat ein Versuchstier aus dem Labor mit nach Hause genommen und wurde von ihm gebissen.“

„Das bezweifle ich“, hatte Stanley trocken erwidert. „Ross kann nicht ganz allein im BSL-4 gearbeitet haben. Und selbst wenn der betreffende Kollege ihm nicht ständig auf die Finger geschaut hat – sämtliche Räume dort sind videoüberwacht. Man kann nicht einfach ein Kaninchen klauen, das würde doch alles aufgezeichnet. Und auf dem Weg hinaus kommt man an mehreren Sicherheitskontrollen vorbei. Jedem Werkschutzmitarbeiter wäre es aufgefallen, wenn Ross mit einem Kaninchen auf dem Arm vorbeigekommen wäre. Außerdem hätten die Mitarbeiter, die am nächsten Morgen ins Labor kamen, sofort gemerkt, dass eines ihrer Versuchstiere fehlte.“ Er hatte kurz innegehalten. „Ich darf davon ausgehen, dass Ross' letzter Aufenthalt im BSL-4 auf Video aufgezeichnet wurde?“

„Das steht als nächster Punkt auf meiner Liste“, hatte Toni geantwortet.

„Ich bin gegen acht im Büro. Bitte halten Sie dann ein paar Antworten für mich bereit.“

„Noch etwas, Sir. Sobald heute Morgen die ersten Kollegen eintreffen, werden Gerüchte die Runde machen. Darf ich den Leuten sagen, dass Sie dazu eine Stellungnahme abgeben werden?“

„Gut, dass Sie das ansprechen. Ja, ich werde mich zu dem Fall äußern – sagen wir um halb zehn in der Großen Halle.“ Die Eingangshalle des alten

Hauses war der größte Raum auf dem Firmengelände. Alle Betriebsversammlungen wurden dort abgehalten.

Als Nächstes hatte Toni Susan Mackintosh rufen lassen, die zum Werkschutz gehörte. „Ich brauche jemanden, der alle Mitarbeiter beim Betreten des Gebäudes abfängt. Lassen Sie einen Schreibtisch in der Großen Halle aufstellen, an dem alle vorbeimüssen. Sagen Sie den Leuten, dass es eine Sicherheitspanne im Virusbereich gegeben hat und Professor Oxenford die Mitarbeiter noch heute Vormittag persönlich über den Stand der Dinge informieren wird. Und dann fragen Sie jeden Einzelnen, wann er oder sie Michael Ross zum letzten Mal gesehen hat. Wenn jemand ihn nach Antritt seines Urlaubs noch gesehen hat, geben Sie mir bitte sofort Bescheid."

Dieses Gespräch lag jetzt zwei Stunden zurück. Toni hatte die Zeit weitgehend damit verbracht, sich die Videoaufzeichnungen anzusehen, die bei Ross' letztem Aufenthalt im BSL-4 entstanden waren, und kannte nun die Antworten für Stanley Oxenford. Sie war fest entschlossen, ihm klipp und klar zu sagen, was vorgefallen war – und hielt es für sehr wahrscheinlich, dass er sie daraufhin ersuchen würde, ihren Abschied zu nehmen.

Toni konnte sich noch gut an ihre erste Begegnung mit Stanley erinnern. Damals war sie am tiefsten Punkt ihres bisherigen Lebens angelangt und gab sich als freie Sicherheitsberaterin aus, obwohl sie keinen einzigen Kunden hatte. Frank hatte sie sitzen lassen, und ihre Mutter wurde allmählich senil. Stanley bot ihr einen kurzfristigen Vertrag an. Er hatte ein wertvolles Medikament entwickelt, von dem er fürchtete, es könne das Interesse von Industriespionen erregen. Toni sollte sich um diese Angelegenheit kümmern. Dass es ihr allererster Auftrag war, verschwieg sie ihm.

Nachdem sie zunächst das Gebäude nach Abhöranlagen durchkämmt hatte, begann sie sich dafür zu interessieren, ob von den wichtigsten Mitarbeitern jemand über seine Verhältnisse lebte. Einem Spion kam sie dabei nicht auf die Spur – aber einem Dieb. Sie war entsetzt, als sie entdeckte, dass ausgerechnet Stanleys Sohn Kit die Firma systematisch bestahl.

Was für ein Schock! Sie hatte Kit für einen charmanten Filou gehalten, hätte ihm aber niemals zugetraut, dass er seinen eigenen Vater hinterging. Kit hatte versucht, sie davon zu überzeugen, dass es das Beste wäre, die ganze Affäre auf sich beruhen zu lassen. Doch nach längerem Zögern hatte sie Stanley alles erzählt.

Seine Miene würde sie nie vergessen. Er war leichenblass geworden, hatte das Gesicht verzogen und gestöhnt, als hätte ihn plötzlich ein innerer Schmerz überfallen. In diesem Augenblick, da Stanley sich alle Mühe gab zu verbergen, wie tief ihn die Nachricht getroffen hatte, fühlte Toni sich sehr zu ihm hingezogen, denn ihr wurde bewusst, dass seine innere Kraft ebenso groß war wie seine Empfindsamkeit.

Tonis Aufrichtigkeit war belohnt worden. Stanley hatte Kit entlassen und ihr eine feste Anstellung gegeben. Für Toni war daher klar, dass sie ihm immer währende Loyalität schuldete, komme, was da wolle. Ihre Lebensumstände verbesserten sich. Stanley beförderte sie schon bald von der Sicherheitsbeauftragten zur Abteilungsleiterin und erhöhte ihre Bezüge. Toni kaufte sich einen roten Porsche.

Stanley war zwanzig Jahre älter als sie. Doch je besser sie ihn kennen lernte, desto besser gefiel er ihr. Bis ihr eines Tages klar wurde, dass sie ihn nicht einfach nur mochte. Es war mehr als das. Jetzt hatte sie das Gefühl, das Schlimmste, was ihr beim Verlust ihres Arbeitsplatzes drohte, war der Umstand, dass sie Stanley dann nicht mehr sehen würde.

Sie war gerade im Begriff, in die Große Halle zu gehen und sich dort mit ihm zu treffen, wenn er in die Firma kam, als ihr Telefon klingelte. Eine Frauenstimme mit südenglischem Akzent meldete sich. „Hallo, hier ist Odette."

„Grüß dich!" Toni freute sich über den Anruf. Odette Cressy war Kommissarin bei der Londoner Polizei. Sie hatten sich vor fünf Jahren bei einer Fortbildungsveranstaltung kennen gelernt und sich auf Anhieb gut verstanden. Alle 14 Tage telefonierten sie miteinander.

„Es geht um euer Virusopfer", sagte Odette.

„Wieso interessiert euch das?" Odette arbeitete in der Antiterrorismusabteilung. „Aber wie ich euch kenne, darf ich das gar nicht fragen."

„Ich kann dir nur sagen, dass der Begriff Madoba-2 hier die Alarmglocken hat klingeln lassen."

Toni runzelte die Stirn. Als ehemalige Polizistin konnte sie sich gut vorstellen, was da im Gange war: Odette verfügte über Geheimdienstinformationen, die besagten, dass sich irgendwer für Madoba-2 interessierte.

„Ich glaube nicht, dass Ross ein Terrorist war", sagte Toni. „Wie es aussieht, hatte er lediglich eines der Labortiere lieb gewonnen."

„Und was ist mit seinen Freunden?"

„Ich habe sein Adressbuch gefunden. Die Polizei in Inverburn überprüft gerade die Namen. Ich habe eine Kopie gemacht und kann sie dir zufaxen."

„Danke." Odette nannte eine Nummer, und Toni notierte sie. „Ach, wie geht's dir eigentlich mit deinem gut aussehenden Chef?"

Toni hatte niemandem gegenüber jemals erwähnt, was sie für Stanley empfand, doch Odette schien ihre Gedanken lesen zu können. „Von Sex am Arbeitsplatz halte ich nicht viel, das weißt du ja. Außerdem ist seine Frau gerade erst gestorben."

„Vor 18 Monaten, wenn ich mich richtig erinnere."

„Nach fast vierzig Ehejahren ist das noch keine lange Zeit."

„Eins kann ich dir jedenfalls sagen: Wenn du ihn nicht willst, dann überlass ihn mir, ich nehm ihn sofort. Aber bis dahin – sag mir Bescheid, wenn du was Neues über Michael Ross rausfindest."

„Ja, natürlich." Toni legte auf und sah zum Fenster hinaus. Stanleys dunkelblauer Ferrari bog gerade auf den für den Chef reservierten Parkplatz ein. Toni legte die kopierten Seiten von Ross' Adressbuch auf das Faxgerät und wählte Odettes Nummer.

Dann stand sie auf, um sich mit ihrem Vorgesetzten zu treffen.

Mit ihren hohen Bogenfenstern erinnerte die Große Halle an ein Kirchenschiff. Etwas deplatziert stand in ihrer Mitte ein moderner ovaler Empfangstresen. Ein uniformierter Werkschutzmann saß im Innern des Ovals auf einem Stuhl.

Stanley Oxenford betrat die Große Halle durch den Haupteingang. Er war ein hoch gewachsener Sechziger mit vollem grauem Haar und blauen Augen. Er war stets gut gekleidet, ohne bieder zu wirken. Heute trug er einen grauen dreiteiligen Tweedanzug.

Neben dem Eingang hatte Susan Mackintosh einen Tisch aufstellen lassen. Sie wechselte ein paar Worte mit Stanley, bevor dieser sich an Toni wandte. „Gute Idee, sich die Leute einzeln vorzuknöpfen und sie zu fragen, wann sie Ross das letzte Mal gesehen haben."

„Danke." Wenigstens einmal habe ich das Richtige getan, dachte Toni.

„Wissen Sie inzwischen, was geschehen ist?"

„Ja. Sie sollten sich die Videoaufzeichnungen ansehen."

Durch einen langen Flur gingen sie zur zentralen Überwachungsstation, die allgemein nur „der Kontrollraum" genannt wurde. Eine Wand war mit einer Reihe von Fernsehmonitoren bedeckt, auf denen alle sicherheitsrelevanten Bereiche, darunter jeder einzelne Raum des BSL-4-Labors, zu sehen waren. Auf einem langen Kontrollpult befanden sich *Touchscreens*, über die die Alarmanlagen bedient wurden. Ein Werkschutzmitarbeiter saß vor dem Bildschirm, über den man Zugang zum zentralen Sicherheitscomputer bekam. Der angrenzende Raum war voll gestellt mit elektronischem Gerät, darunter der Zentralrechner, der die Telefonanlage steuerte.

Nebeneinander setzten sich Toni und Stanley vor einen Monitor, und sie gab die Befehle ein, mit denen die Bilder aufgerufen wurden, die sie ihrem Chef zeigen wollte.

Auf dem Monitor war nun zu sehen, wie Michael Ross vor dem Haupttor eintraf und seinen Ausweis vorwies. Dann zeigte ein neues Bild, wie sein grüner Golf gerade in eine Parkbucht einbog. Ross stieg aus und hatte eine Art Matchsack dabei.

„Achten Sie auf den Tragesack", sagte Toni. „Da ist ein Kaninchen drin."

„Wie hat er das gemacht?"

„Ich glaube, das Tier ist betäubt und fest eingewickelt."

Die nächste Bildsequenz dokumentierte, wie Ross erneut seinen Ausweis präsentierte, diesmal am Empfang. Derweil betrat eine hübsche, ungefähr vierzigjährige Pakistanerin die Große Halle.

„Das ist ja Monica Ansari", wunderte sich Stanley.

„Sie war mit ihm im Labor. Sie musste sich um ihre Gewebekulturen kümmern, während er seine routinemäßige Wochenendkontrolle durchführte, um zu sehen, ob mit den Versuchstieren alles in Ordnung war."

Die beiden schritten den gleichen Flur hinunter wie vorhin Stanley und Toni, bogen aber nicht zum Kontrollraum ab, sondern gingen weiter bis zu einer Stahltür am Ende des Korridors. An der Wand neben der Tür prangte das gelb-schwarze Warnschild für Biogefährdung. Dr. Ansari hielt ihre Chipkarte vor ein automatisches Lesegerät und drückte dann den Zeigefinger der linken Hand auf einen kleinen Bildschirm. Es dauerte einen Augenblick, bis der Computer überprüft hatte, dass ihr Fingerabdruck mit der Information auf der Chipkarte übereinstimmte. Dann ging die Tür auf, und Dr. Ansari trat über die Schwelle. Michael Ross folgte ihr.

Die nächste Einstellung zeigte die beiden in einem kleinen Vorraum, wo sie in den Umkleideräumen für Männer beziehungsweise Frauen verschwanden. „Dort hat er das Kaninchen aus dem Matchsack genommen", erklärte Toni. „Hätte er an diesem Tag einen männlichen Kollegen gehabt, wäre aus seinem Plan nichts geworden. Aber er war zusammen mit Monica eingeteilt, und in den Umkleideräumen sind natürlich keine Videokameras installiert."

Die nächsten Aufnahmen stammten von innerhalb des Labors. Sie zeigten herkömmliche Kaninchenställe, die mit einer durchsichtigen Plastikisolierung abgedeckt waren. Toni hielt das Bild an und fragte: „Können Sie mir sagen, was genau unsere Forscher in diesem Labor treiben?"

„Unser neues Medikament wirkt gegen eine ganze Reihe von Viren, aber eben nicht gegen alle. Bei diesem Experiment wird es auf seine Wirksamkeit gegen Madoba-2 getestet, eine Mutation des Ebolavirus, das bei Kaninchen und Menschen ein tödliches hämorrhagisches Fieber hervorruft. Zwei verschiedene Kaninchengruppen wurden mit diesem Virus infiziert. Einer Gruppe wurde dann das Gegenmittel gespritzt, der anderen nicht."

„Und was kam dabei heraus?"

„Bei Kaninchen wirkt unser Mittel leider nicht gegen Madoba-2. Wir sind ziemlich enttäuscht, denn damit steht nahezu hundertprozentig fest, dass es auch beim Menschen nichts ausrichtet."

„Aber vor 16 Tagen wussten Sie das noch nicht?"

„Nein, da haben Sie Recht."

„Wenn das so ist, dann weiß ich jetzt vermutlich, was Ross vorhatte."

Toni gab einen Befehl ein, der den Film weiterlaufen ließ. Eine Gestalt in einem Schutzanzug aus hellblauem Plastik und mit einem durchsichtigen Helm auf dem Kopf trat ins Blickfeld. Sie schob ihre Füße in große Gummistiefel, dann angelte sie sich einen gelben Luftschlauch, der von der Decke herunterhing, und schloss ihn an ein Ventil an ihrem Gürtel an, wodurch der Anzug aufgeblasen wurde.

„Das ist Ross", erklärte Toni. „Er hat sich schneller umgezogen als Monica und befindet sich daher in diesem Augenblick allein im Raum."

Auf dem Bildschirm war nun zu sehen, wie der Laborant sich auf die Kaninchenställe zubewegte. Dann blieb er mit dem Rücken zur Kamera stehen, und für kurze Zeit verdeckte der aufgeblähte Anzug, was Ross tat. Schließlich wandte er sich wieder ab und ließ einen Gegenstand auf eine Arbeitsfläche aus rostfreiem Stahl fallen.

„Haben Sie etwas bemerkt?", fragte Toni.

„Nein."

„Genauso wenig wie unsere Werkschutzleute an den Monitoren. Aber sehen Sie noch einmal genau hin." Sie ließ den Film zurücklaufen und hielt ihn an der Stelle an, wo Michael Ross ins Blickfeld trat. „Im Käfig oben rechts befindet sich ein Kaninchen, ein einziges."

„Ja, das sehe ich."

„Und jetzt sehen Sie sich Ross genau an. Er trägt etwas unter dem Arm."

„Ja, eingewickelt in blaues Plastik. Es ist das gleiche Zeug, aus dem die Schutzanzüge sind."

Toni ließ den Film vorlaufen und hielt ihn wieder an, als Ross sich von den Ställen abwandte. „Wie viele Kaninchen befinden sich jetzt in dem Käfig oben rechts?"

„Zwei, verflucht noch mal!" Stanley konnte seine Verblüffung nicht verbergen. „Ich dachte, Ihre Theorie lautet, dass er ein Kaninchen aus dem Labor hat mitgehen lassen. Dabei haben Sie mir gerade gezeigt, wie er eines hineingeschmuggelt hat!“

„Ja, einen Ersatz. Den Forschern wäre ja sonst sofort aufgefallen, dass ein Tier fehlt.“

„Und was sollte das? Was waren seine Motive? Um ein Kaninchen zu retten, verurteilte er ein anderes zum Tode.“

„Ich kann mir nur vorstellen, dass das gerettete Kaninchen für ihn eine besondere, persönliche Bedeutung hatte.“ Toni spulte den Film vor. „Ansonsten hat er seine üblichen Aufgaben erledigt und den Tieren Futter und Wasser gegeben. Monica ist sofort, nachdem sie aus der Umkleide kam, in einem Nebenraum verschwunden, wo sie an ihren Gewebekulturen arbeitete; sie konnte Ross also nicht sehen. Er ging dann in das größere Labor nebenan, um sich um die Makaken zu kümmern. Die nächste Szene zeigt, wie er von dort zurückkommt – und jetzt schauen Sie!“

Michael Ross betrat die Kammer, in welcher der verschlossene Kühlschrank untergebracht war, in dem sich die Proben mit den lebenden Viren und auch sämtliche Vorräte des unbezahlbaren Antivirenmittels befanden. Er tippte eine Zahlenkombination in das Tastenfeld des Tresors ein und öffnete die Tür. Die Überwachungskamera innerhalb des Kühlschranks zeigte, wie er zwei Einwegspritzen mit einer jeweils bereits abgemessenen Dosis des Medikaments an sich nahm.

„Die kleinere Dosis ist für das Kaninchen gedacht, die größere vermutlich für ihn selbst“, erläuterte Toni. „Wie Sie ist er davon ausgegangen, dass das Mittel gegen Madoba-2 wirksam ist. Er wollte das Kaninchen heilen und sich selbst immunisieren.“

„Die Videoüberwacher hätten doch sehen müssen, wie er das Mittel aus dem Kühlschrank nahm.“

„Das haben sie sicher auch – aber sie fanden es nicht verdächtig. Ross war zum Umgang mit diesen Substanzen berechtigt.“

„Aber es hätte ihnen doch auffallen müssen, dass er nichts ins Protokollbuch eingetragen hat.“

„Hätte, ja. Aber vergessen Sie nicht, dass ein Kollege 37 Monitore überwachen muss – und außerdem mit den Arbeitsabläufen im Labor nicht vertraut ist. Ross dürfte davon ausgegangen sein, dass der Fehlbestand erst bei der Jahresinventur auffallen würde, und selbst da hätte er sich auf ein Versehen herausreden können. Er wusste nicht, dass ich eine außerplanmäßige Inspektion vorhatte.“

Auf dem Monitor war jetzt zu sehen, wie Ross den Tresor schloss und in das Labor mit den Kaninchenställen zurückkehrte. Wieder war nicht zu erkennen, was er dort tat, weil er der Kamera den Rücken zukehrte.

„Das ist der Moment, wo er sein Lieblingskaninchen aus dem Stall holt und es, wie ich glaube, in einen eigenen Minischutzanzug steckt, den er wahrscheinlich aus Teilen eines ausgemusterten Anzugs hergestellt hat", erklärte Toni.

Als Ross zum Ausgang ging, konnte man nur seine linke Körperseite sehen. Unter dem rechten Arm schien er etwas zu tragen, aber was es war, ließ sich nicht erkennen.

Wer das BSL-4-Labor verließ, musste zunächst durch eine chemische Dusche, die den Schutzanzug dekontaminierte. Bevor man wieder in seine Alltagskleidung schlüpfte, war noch eine normale Dusche vorgeschrieben.

„In der chemischen Dusche war das Tier durch den Kaninchenanzug geschützt", fuhr Toni fort. „Danach hat Ross ihn vermutlich in die Verbrennungsanlage geworfen. Die Wasserdusche machte dem Tier nichts aus, und im Umkleideraum hat Ross es dann in den Matchsack gesteckt. Als er das Gebäude verließ, haben die Sicherheitsleute gesehen, dass er den gleichen Matchsack bei sich hatte wie bei seiner Ankunft, und sich nichts dabei gedacht."

Stanley lehnte sich zurück. „Ich bin erschüttert. Ich hätte jeden Eid geschworen, dass so etwas nicht möglich wäre."

„Ross hat das Kaninchen mit nach Hause genommen. Wahrscheinlich hat es ihn gebissen, als er ihm das Gegenmittel gespritzt hat. Er hat es sich dann selbst injiziert und geglaubt, damit gegen eine Ansteckung immun zu sein. Nur lag er damit leider falsch."

Stanley wirkte auf einmal traurig. „Dieser arme, dumme Junge!"

„Jetzt wissen Sie alles, was ich weiß", schloss Toni.

Er sah sie direkt an. „Es gibt eine nahe liegende Sicherheitsvorkehrung, die diese Panne verhindert hätte."

„Ich weiß", erwiderte Toni. „Wir hätten bei jedem, der das BSL-4-Labor betritt oder verlässt, die Taschen durchsuchen müssen. Heute Morgen habe ich eine entsprechende Anordnung erlassen."

„Und so die Stalltür geschlossen, nachdem das Pferd ausgebüxt ist."

„Es tut mir Leid. Sie bezahlen mich dafür, dass es nicht zu solchen Vorfällen kommt. Ich habe es nicht verhindert und daher versagt. Ich gehe davon aus, Sie erwarten von mir jetzt, dass ich kündige."

Er wirkte verärgert. „Wenn ich Sie rauswerfen will, erfahren Sie das früh genug."

Sie starrte ihn an. War das ein Strafaufschub?

Stanleys Gesicht wirkte jetzt weniger streng. „Sie sind gewissenhaft und fühlen sich schuldig, obwohl weder Sie noch sonst jemand einen solchen Fall voraussehen konnte. Lassen Sie sich also Folgendes gesagt sein: Seit Sie hier angefangen haben, sind unsere Sicherheitsvorkehrungen so scharf wie nie zuvor. Sie sind verdammt gut in Ihrem Job, und ich möchte Sie behalten. Also Schluss mit dem Selbstmitleid, ja?"

Toni war so erleichtert, dass ihr ganz schwach wurde. „Ich danke Ihnen."

„Heute gibt es viel zu tun – am besten fangen wir gleich damit an." Stanley stand auf und verließ den Raum.

Erleichtert schloss Toni die Augen. Danke, dachte sie, vielen Dank.

Miranda Oxenford steckte das Wechselgeld ein und trug das Tablett mit ihrem Frühstück zu dem Tisch, an dem ihre Schwester Olga bereits auf sie wartete. Sie liefen sich morgens ziemlich oft in diesem Café im Herzen Glasgows über den Weg. Sie arbeiteten beide in der Nähe: Miranda war Geschäftsführerin einer Jobagentur für IT-Fachkräfte und Olga Anwältin.

Kein Mensch käme auf die Idee, uns für Schwestern zu halten, dachte Miranda, als ihr ein Spiegel kurz ihr Ebenbild zeigte. Sie war klein, hatte gelocktes blondes Haar und eine – nun ja – etwas mollige Figur. Olga hingegen war so groß wie ihr Vater und hatte die gleichen schwarzen Augenbrauen wie ihre verstorbene Mutter, eine gebürtige Italienerin.

Als ihre Schwester sich setzte, fragte Olga: „Du arbeitest heute, an Heiligabend?"

„Nur ein Stündchen. Es soll über die Feiertage nichts liegen bleiben."

„Bei mir auch nicht."

„Hast du schon die Nachrichten gehört? Ein Laborangestellter im Kreml ist an einem Virus gestorben."

„Oh Gott, das wird uns bestimmt die Weihnachtsstimmung vermiesen."

Manchmal klingt Olga richtig herzlos, dachte Miranda. Dabei ist sie das überhaupt nicht. „Ich hab's im Radio gehört. Anscheinend hat der arme Kerl einen Versuchshamster aus dem Labor lieb gewonnen und mit nach Hause genommen. Vermutlich hat das Tier ihn gebissen. Für Daddy ist das ziemlich schlimm. Bestimmt fühlt er sich verantwortlich."

„Er hätte sich lieber in einer weniger gefährlichen wissenschaftlichen Branche engagieren sollen, in der Atomwaffenforschung zum Beispiel."

Miranda lächelte. Sie freute sich, dass sie Olga getroffen hatte, denn das gab ihr die erhoffte Chance auf ein paar Worte unter vier Augen. Am

Nachmittag würde sich die ganze Familie für die Feiertage auf dem väterlichen Anwesen Steepfall versammeln. Miranda wollte ihren Bräutigam Ned Hanley mitbringen und legte großen Wert darauf, dass Olga nett zu ihm war. Allerdings sprach sie das Thema nicht direkt an.

„Hoffentlich verdirbt uns diese Geschichte nicht das Fest, ich habe mich schon so sehr darauf gefreut“, sagte sie. „Weißt du, dass sogar Kit kommt?“

„Ich bin mir zutiefst der hohen Ehre bewusst, die unser kleiner Bruder uns zuteil werden lässt.“

„Erst wollte er nicht kommen, aber dann habe ich ihn dazu überredet.“

„Daddy wird entzückt sein.“ Der Sarkasmus in Olgas Stimme war nicht zu überhören.

„Jawohl, er wird sich freuen“, gab Miranda nicht ohne Vorwurf zurück. „Es hat ihm schier das Herz gebrochen, als er Kit rausschmeißen musste, das weißt du ganz genau. Inzwischen möchte er aber alles vergeben und vergessen.“

„Seine Großmut kennt keine Grenzen. Hat Kit denn endlich mit der Spielerei aufgehört?“

„Muss er wohl. Er hat es Daddy versprochen. Aber genug jetzt von Kit. Du wirst dieses Weihnachten auch Ned besser kennen lernen. Es wäre mir sehr lieb, wenn du ihn als Familienmitglied behandeln könntest.“

„Wann heiratet ihr denn endlich? Für eine lange Verlobungszeit bist du zu alt. Außerdem warst du schon mal verheiratet, genauso wie er – und es ist ja nicht so, dass ihr noch für die Aussteuer sparen müsst.“

„Ach, du kennst doch Ned. Er lebt in seiner eigenen Welt.“ Ned war Redakteur bei einer angesehenen kulturpolitischen Zeitschrift, aber alles andere als ein praktischer Mensch.

„Ich weiß nicht, wie du das aushältst. Mir würde dieses unentschlossene Herumgeeiere fürchterlich auf den Geist gehen.“

„Eins kannst du mir glauben: Nach Jasper ist er ein wahrer Segen.“ Mirandas erster Mann war ein brutaler Haustyrann gewesen. Ned war das genaue Gegenteil – und das war einer der Gründe, warum sie ihn liebte. „Und außerdem versteht sich Ned sehr gut mit Tom“, fügte sie hinzu. Der Elfjährige war ihr Sohn.

„Apropos Stiefkinder … Wie kommst du denn mittlerweile mit Sophie zurecht?“ Neds Tochter aus erster Ehe war 14.

„Sie kommt auch mit nach Steepfall – wir holen sie später ab.“ Miranda trank einen Schluck Kaffee. „Sophie ist manchmal ganz schön schwierig, aber das ist nicht ihre Schuld. Ihre Mutter hasst mich, und das Kind ahmt sie einfach nach. Ned meint, dass Sophie einfach noch Zeit braucht, um sich an den Gedanken zu gewöhnen, dass wir heiraten wollen."

„Aber wenn sie die Einstellung ihrer Mutter übernimmt, wie du gerade gesagt hast, heißt das letztendlich nichts anderes, als dass Ned dich erst heiraten wird, wenn ihm seine Exfrau die Erlaubnis dazu gibt."

„Olga, ich bitte dich! Nimm die Anwaltsperücke ab, wenn du mit mir sprichst. Ich bin deine Schwester und keine Zeugin der Gegenpartei."

„Tut mir Leid. Ich hätte lieber meine Klappe halten sollen."

„Schon gut. Es ist mir sogar ganz recht, dass du kein Blatt vor den Mund genommen hast. Ich will nämlich unter allen Umständen vermeiden, dass du mit Ned so sprichst. Er ist der Mann, den ich liebe und heiraten möchte. Und deshalb bitte ich dich, ihn über Weihnachten nett zu behandeln."

Olga berührte Mirandas Hand. „In Ordnung. Ich werde ganz brav sein."

9 Uhr

Oxenford Medical stand unter Belagerung. Ein Massenaufgebot an Reportern, Fotografen und Fernsehteams bedrängte vor den Eingangstoren die Angestellten, die zu ihren Arbeitsplätzen wollten. Schlimmer noch: Eine Gruppe von Tierschutzaktivisten demonstrierte vor dem Kreml. Und da es sonst nicht viel zu filmen gab, konzentrierten sich die Kameraleute auf die Tierschützer.

Toni befand sich in Stanleys Büro. Ihr Chef stand neben ihr am Fenster, und ihre Schultern berührten einander fast. Mit Entsetzen sahen sie, wie die Menge immer lauter und aggressiver wurde.

„Es tut mir wirklich furchtbar Leid", entschuldigte Toni sich unglücklich. „Ich weiß – kein Selbstmitleid mehr, haben Sie gesagt ... Aber erst lasse ich zu, dass ein Versuchskaninchen durch die Sicherheitskontrollen geschmuggelt wird, und dann ist es ausgerechnet mein verdammter Ex, der diesen Carl Osborne vom Fernsehen informiert."

„Sie haben offenbar Probleme mit Ihrem Ex."

„Ehrlich gesagt, ich habe keine Ahnung, warum Frank mich so hasst. Die Trennung ging nicht von mir aus, im Gegenteil: Er hat mich verlassen – und das zu einem Zeitpunkt, als ich seine moralische Unterstützung dringend gebraucht hätte. Und jetzt fällt er mir schon wieder in den Rücken!"

„Sie sind für ihn ein ständiger unausgesprochener Vorwurf. Jedes Mal wenn er Sie sieht, wird er daran erinnert, wie schwach und feige er sich benommen hat, als Sie ihn damals gebraucht haben."

Auf diesen Gedanken war Toni noch nie gekommen, doch ließ sich damit Franks Verhalten in gewisser Weise erklären. Dankbarkeit durchflutete sie. Sorgfältig bedacht, nicht zu viel Gefühl zu zeigen, entgegnete sie: „Das klingt sehr plausibel."

Stanley zuckte mit den Schultern. „Jenen, denen wir Unrecht getan haben, können wir niemals vergeben." Sachte legte er ihr eine Hand auf die Schulter. War das nur eine aufmunternde Geste, oder hatte es mehr zu bedeuten? Seine Hand wärmte ihre Haut unter der Seidenbluse.

Da klopfte es an der Tür, und Cynthia Creighton, die Leiterin der Abteilung für Öffentlichkeitsarbeit, betrat das Büro. Im selben Augenblick verschwand Stanleys Hand von Tonis Schulter. Normalerweise eher zögerlich und zurückhaltend, befand Cynthia sich jetzt am Rande der Hysterie. Ihr Haar war zerzaust, sie atmete schwer. „Diese Leute haben mich geschubst. Die benehmen sich ja wie Tiere!"

Toni erkannte mit Schrecken, dass Cynthia nicht in der Lage war, mit der Krise fertig zu werden. Was ihr fehlte, war jedwede konkrete Erfahrung im Umgang mit dem Rudel von Schakalen, in das sich die britische Presse verwandelte, sobald sie Blut geleckt hatte, und sie war viel zu durcheinander, um noch vernünftige Entscheidungen treffen zu können.

Stanley sah das offenbar genauso. „Ich möchte, dass Sie in dieser Angelegenheit mit Toni zusammenarbeiten, Cynthia. Sie hat Medienerfahrung aus ihrer Zeit bei der Polizei."

„Ach ja?" Sichtlich erleichtert und dankbar sah Cynthia Toni an.

„Ich habe ein Jahr in der Presseabteilung gearbeitet", bestätigte diese.

„Was, meinen Sie, sollen wir tun? Uns entschuldigen?"

„Nein, das würde uns als Eingeständnis dafür ausgelegt, dass wir nachlässig waren, und das stimmt einfach nicht." Toni überlegte einen Augenblick. „Wir sollten zunächst einmal betonen, dass wir hier medizinische Forschung betreiben, die Menschenleben retten wird. Diese Art Forschung birgt selbstverständlich auch Risiken, aber unser Sicherheitssystem ist auf höchstem Niveau. Und eines steht fest: Sollten wir unsere Arbeit einstellen müssen, werden viele Menschen unnötigerweise sterben."

„Das klingt gut", lobte Stanley sie. „Und wie bringen wir die Botschaft rüber?"

„Ich bin der Ansicht, Sie sollten in zwei Stunden eine Pressekonferenz geben, Stanley. Und Sie, Cynthia, informieren darüber zuerst die Leute da draußen. Dann haben sie eine erste Meldung für ihre Redaktionen und geben vielleicht erst einmal Ruhe. Als Nächstes rufen Sie die Nachrichtenagenturen an und bitten sie um die Bekanntgabe des Termins, damit auch jene davon erfahren, die bislang noch keine Leute vor Ort haben."

„Ja … gut." Unsicher wandte Cynthia sich zum Gehen.

Als sie verschwunden war, seufzte Stanley: „Ich hoffe, wir können die Journalisten davon überzeugen, wie wichtig unsere Forschungen sind."

„Wenn es nicht klappt, was hieße das für Sie?", wollte Toni wissen.

„Ich wäre bankrott", erwiderte Stanley mit finsterer Miene. „Ich habe meinen letzten Penny in das neue Labor gesteckt. Mein Konto habe ich um eine Million Pfund überzogen. Wenn das Gesundheitsamt oder die schottische Regierung hier ein Sicherheitsrisiko vermutet und uns den Boden unter den Füßen wegzieht, kann ich meine Schulden nicht zurückzahlen."

„Aber das neue Medikament ist doch Millionen wert."

„Es wird so viel wert sein, ja. Eines Tages. Aus wissenschaftlicher Sicht habe ich daran nicht den geringsten Zweifel, und deshalb habe ich mir ja auch solche Summen geliehen. Aber ich hatte nicht geahnt, dass so ein Projekt allein durch eine negative Darstellung in der Öffentlichkeit zerstört werden kann." Stanley erhob sich. „Jammern hilft uns jetzt aber nicht weiter. Wir müssen die Lage eben in den Griff bekommen."

„Da stimme ich Ihnen zu. Es ist Zeit. Sie wollten vor der Belegschaft sprechen. Sind Sie so weit?"

„Ja."

Gemeinsam verließen sie sein Büro. „Das ist eine gute Übung für die Pressekonferenz danach."

Kit Oxenford wartete über eine Stunde auf Harry McGarry.

Dieser war als Harry Mac bekannt und hatte mit Drogengeschäften, illegalem Glücksspiel, Diebstahl und Zuhälterei viel Geld verdient. Er lebte in einem großen neuen Haus mit Swimmingpool.

Unter den Augen eines dicken Leibwächters in einem billigen schwarzen Anzug saß Kit in der großen Diele herum und wartete nervös.

Harry Macs Reich erstreckte sich über Schottland und den Norden Englands. Er arbeitete mit seiner Tochter Diana zusammen, die immer nur Daisy genannt wurde. Der Spitzname, der sowohl „reizend" als auch „Gänseblümchen" bedeutete, war blanker Hohn – Daisy war eine gewalttätige, sadistische Schlägertype.

Harry war der Besitzer des illegalen Casinos, in dem Kit spielte. Dieser war fest davon überzeugt, dass ein intelligenter Spieler eigentlich immer gewinnen musste. Beim Blackjack gab es für jede mögliche Hand die richtige Spielweise. Seine Chancen verbesserte Kit dadurch, dass er sich die Karten, die verteilt wurden, merkte. Auf dieser Basis kalkulierte er sein Risiko. Aber dann hatte er eine längere Pechsträhne gehabt, und als sich seine Schulden auf 50 000 Pfund beliefen, hatte Harry sein Geld verlangt.

Kit hatte seinen Vater um Hilfe gebeten – ein demütigender Bittgang, denn bei seiner Entlassung hatte er ihm noch bittere Vorwürfe gemacht, dass er sich überhaupt nicht um seinen Sohn schere. In Wirklichkeit verhielt es sich natürlich ganz anders: Sein Vater liebte ihn und hätte nahezu alles für ihn getan. Stanley hatte gezahlt, und Kit hatte ihm versprechen müssen, dass er nie wieder spielen würde, und auch die besten Vorsätze gehabt. Doch die Versuchung war einfach zu groß gewesen.

Als seine Schulden erneut auf 50 000 Pfund angewachsen waren, war er wieder zu seinem Vater gegangen, der diesmal jedoch hart geblieben war. „Ich habe das Geld nicht. Vielleicht könnte ich es mir leihen, aber was hätte das für einen Sinn? Du würdest es verlieren und immer wieder zu mir kommen, bis wir am Ende alle beide pleite sind."

Kit hatte ihn einen herzlosen Geizhals geschimpft und geschworen, nie wieder mit ihm zu reden. Seine Worte waren sehr verletzend gewesen, aber sein Vater hatte sich nicht umstimmen lassen.

Zu diesem Zeitpunkt wäre es für Kit das Beste gewesen, wenn er das Land verlassen hätte. Doch stattdessen versuchte er, das Geld, das er am Spieltisch verloren hatte, am Spieltisch zurückzugewinnen. Seine Schulden stiegen auf eine Viertelmillion Pfund. Für eine solche Summe würde Harry Mac ihn bis zum Nordpol verfolgen.

Dann, vor drei Wochen hatte man ihn in Harrys Haus einbestellt. Ihm war übel geworden vor Angst, denn für ihn hatte festgestanden, dass man ihn brutal zusammenschlagen würde. Doch nachdem man ihn in den Salon geführt hatte, hatte Harry gesagt: „Da ist ein Herr, der dir eine Frage stellen möchte."

Der Herr war ein ruhiger Mittvierziger namens Nigel Buchanan gewesen. „Können Sie mich ins Hochsicherheitslabor von Oxenford Medical bringen?", hatte er in weichem Londoner Tonfall gefragt.

Zwei weitere Personen waren bei diesem Gespräch zugegen gewesen. Zum einen Harrys Tochter Daisy, eine junge Frau von etwa 25, sehr muskulös, mit kahl geschorenem Schädel, unreiner Haut und einem Ring durch die Unterlippe. Zum anderen war da Elton gewesen, ein gut aussehender Schwarzer in Daisys Alter und ein Freund von Nigel.

In seiner Erleichterung darüber, dass man ihn nicht zum Krüppel schlug, hätte Kit zu allem Ja gesagt. Nigel hatte ihm 300 000 Pfund für die Arbeit einer Nacht geboten. Kit hatte sein Glück kaum fassen können. Das war mehr, als er brauchte, um seine Schulden zu begleichen.

Später hatte Harry in ehrfurchtsvollem Ton über Nigel gesprochen. Der Mann war professioneller Einbrecher, stahl aber nur auf Bestellung und für ein vorher festgesetztes Entgelt. „Er ist der Größte", hatte Harry erläutert. „Du möchtest ein Bild von Michelangelo? Kein Problem. Einen Atomsprengkopf? Er besorgt ihn dir – vorausgesetzt, du kannst ihn dir leisten."

In den drei Wochen, die seither vergangen waren, hatte Kit den Diebstahl des Antivirenmittels vorbereitet. Ab und zu plagte ihn zwar ein wenig das schlechte Gewissen, doch meistens löste die Vorstellung, sich an seinem Vater und Toni Gallo rächen zu können, eine Art trunkene Schadenfreude in ihm aus.

Mit großer Sorgfalt ging Nigel die Einzelheiten mit ihm durch. Er hinterfragte alles. Gelegentlich beriet er sich mit Elton. Dieser und Daisy sollten an dem Bruch teilnehmen, angeblich, um das Team im Notfall schlagkräftiger zu machen, doch Kit vermutete, dass Daisys Hauptfunktion darin bestand, ihn um 250 000 Pfund zu erleichtern, sobald er seinen Lohn in Händen hielt.

Er schlug vor, dass sie sich auf einem aufgelassenen Flugplatz in der Nähe des Kreml treffen sollten. Nigel sah Elton an, und der meinte: „Klasse! Wir könnten uns dort auch gleich mit dem Käufer treffen. Kann ja sein, dass er einfliegen will." Am Ende fand Nigel den Plan brillant, und Kit strahlte vor Freude.

Doch nun hatte sich die Situation schlagartig verändert, und Kit musste Harry klar machen, dass der Plan nicht durchgeführt werden konnte. Er fühlte sich elend: enttäuscht, deprimiert und voll Angst.

Endlich wurde er zu Harry geführt. Nervös folgte er dem Leibwächter zu dem Pavillon, in dem sich der Swimmingpool befand. In einen Bademantel gekleidet, saß Harry an einem schmiedeeisernen Tisch und trank Kaffee. Daisy befand sich im Wasser und schwamm unermüdlich ihre Bahnen.

„Ich habe keine Veranlassung, mich mit dir zu treffen", knurrte Harry. „Ich will dich nicht sehen, ich weiß nichts von dir und dem, was du heute Abend vorhast. Verstehst du mich?"

Die Luft war heiß und feucht. Kit trug seinen besten Anzug, einen mitternachtsblauen Mohair. Seine Haut unter der Kleidung fühlte sich unangenehm feucht an. Ihm wurde jetzt klar, dass er mit seinem Besuch am Tag eines geplanten Coups gegen die Etikette des kriminellen Milieus verstoßen hatte. Aber er hatte keine Alternative.

„Ich musste mit dir reden“, entgegnete er. „Hast du die Nachrichten gesehen? Bei Oxenford Medical ist ein Laborant an einem Virus krepiert.“

„Und was soll ich da tun? Vielleicht Blumen schicken?“

„Die Sicherheitsvorkehrungen werden jetzt drastisch verschärft. Es ist der denkbar schlechteste Zeitpunkt, um dort einen Bruch zu machen. Wir müssen die Sache abblasen.“

„Ich werde dir jetzt was erklären“, erwiderte Harry. „Erstens: Ich habe gesagt, dass es heute passieren wird. Wenn ein Mann sagt, dass etwas passieren wird, und dann passiert es nicht, gilt er allgemein als Wichser.“

„Ja, aber …“

„Es sollte dir nicht mal im Traum einfallen, mich zu unterbrechen! Zweitens: Nigel Buchanan ist eine Legende, und – wichtiger noch – er verfügt über hervorragende Kontakte zu einigen höchst respektablen Herrschaften in London. Und wenn man mit solchen Herrschaften zu tun hat, will man noch viel weniger als Wichser gelten.“

Er machte eine Pause, als wollte er Kit zum Widerspruch herausfordern, doch der stand wie gelähmt da.

„Drittens: Du schuldest mir eine Viertelmillion. Bisher hat es noch nie jemanden gegeben, der mir so lange so viel Geld geschuldet hat und nicht an Krücken geht. Ich glaube, ich habe mich klar genug ausgedrückt.“

Kit nickte schweigend. Ihm war so schlecht vor Angst, dass er fürchtete, sich übergeben zu müssen.

„Also erzähl mir nicht, dass wir die Sache abblasen müssen.“

Kit zwang sich zu einer Antwort. „Ich meinte doch verschieben, nicht abblasen“, brachte er heraus. „Das hat doch keinen Sinn, wenn man uns mit Sicherheit dabei erwischt!“

Doch Harry würdigte ihn keiner Antwort mehr. Es war, als redete Kit gegen eine Wand an.

Harrys Blick schweifte zum Schwimmbecken. Er winkte mit der Hand, und Daisy kletterte aus dem Wasser.

„Kit möchte, dass wir auf unser Geld noch warten.“ Harry stand auf und zog den Gürtel seines Bademantels straff. „Sei so gut und erkläre ihm, was wir davon halten, Daisy – ich bin zu müde.“ Er entfernte sich.

Seine Tochter packte Kit bei den Aufschlägen seines Anzugs, riss ihn von den Beinen und warf ihn ins Schwimmbecken.

Kit war schockiert, wusste aber im gleichen Augenblick, dass er sich glücklich schätzen konnte, wenn sein Anzug das einzige Opfer der Attacke blieb. Kaum hatte er jedoch den Kopf wieder über die Wasseroberfläche gebracht, da sprang Daisy auf ihn drauf. Ihre Knie krachten in seinen Rücken und verursachten einen höllischen Schmerz. Kit schrie auf und schluckte Wasser, als er erneut unterging. Sie befanden sich am flachen Ende des Beckens. Als Kits Füße auf den Boden trafen, wollte er sich aufrichten, doch im selben Moment umklammerte Daisy seinen Kopf wie ein Schraubstock und drückte sein Gesicht unter Wasser.

Als er Luft holen musste, begann er sich gegen die Umklammerung zu wehren, aber die junge Frau war einfach zu stark. Er konnte die Luft nicht mehr lange anhalten, doch Daisys Griff um seinen Kopf wurde noch eiserner. Panik überkam Kit. Sein nach Sauerstoff gierender Körper zwang ihn, nach Atem zu ringen, und Wasser strömte in seine Lungen. Er hustete und erbrach sich gleichzeitig, und bei jedem Anfall floss mehr Wasser in seinen Rachen. Wenn das so weiterging, war er bald tot, das war ihm völlig klar.

Die Todesangst verlieh ihm neue Kräfte, und diesmal fiel es Daisy nicht mehr so leicht, ihn festzuhalten. Doch sosehr er sich auch bemühte, es gelang ihm nicht, seinen Kopf über Wasser zu bekommen. Schließlich versuchte er erst gar nicht mehr, den Mund geschlossen zu halten, sondern ließ das Wasser einfach in sich hineinströmen. Je eher er ertrank, desto schneller war diese Quälerei vorbei. Dann verlor er das Bewusstsein.

NED HATTE keinen Führerschein, deshalb setzte Miranda sich ans Steuer. Ihr Sohn Tom saß mit seinem Gameboy hinter ihr. Als sie die Straße verließen, in der Mirandas Wohnung lag, begann es leicht zu schneien.

Sie wollten Neds Tochter Sophie abholen, bevor sie nach Steepfall weiterfuhren. Kurz nach zehn hielt Miranda vor dem kleinen Steinhaus, in dem Ned mit seiner Frau Jennifer bis zu ihrer Trennung vor zwei Jahren gelebt hatte. Miranda ließ den Motor laufen und blieb mit Tom im Wagen sitzen, während Ned zum Eingang ging. Miranda betrat das Haus nie. Obwohl Ned sie erst kennen gelernt hatte, nachdem er das eheliche Heim längst verlassen hatte, benahm sich Jennifer ihr gegenüber so feindselig, als wäre Miranda für das Scheitern der Ehe verantwortlich.

Die 14-jährige Sophie öffnete die Tür. Ned gab ihr einen Kuss und ging hinein.

Schneeflocken wirbelten um den Wagen. Miranda stellte die Heizung höher. Auf dem Rücksitz piepste Toms Gameboy in unregelmäßigen Abständen. Ned kam wieder aus dem Haus und trat an Mirandas Wagenfenster. Er wirkte verärgert. „Jennifer ist nicht da, und Sophie hat noch nicht mal angefangen, sich reisefertig zu machen. Wärst du so gut, mit reinzukommen und ihr beim Packen zu helfen?"

„Ach, Ned, ich glaube nicht, dass das gut wäre." Miranda fühlte sich alles andere als wohl in ihrer Haut. Es war ihr unangenehm, das Haus zu betreten – auch und gerade dann, wenn Jennifer nicht da war.

„Ehrlich gesagt, ich habe keine Ahnung, was so ein Mädchen alles braucht", jammerte Ned.

Das glaubte Miranda sofort. Für ihn war es ja schon eine fast unlösbare Aufgabe, seinen eigenen Koffer zu packen. Sie seufzte und stellte den Motor ab. „Tom, du kommst dann aber bitte auch mit."

Sophie lag im Wohnzimmer auf dem Sofa und sah fern. Sie hatte einen gepiercten Nabel mit einem billigen Halbedelstein darin.

„So, Sophie", sagte Ned, „Miranda wird dir jetzt beim Packen helfen, in Ordnung?" Ein flehentlicher Unterton, der Miranda innerlich schaudern ließ, lag in seiner Stimme.

„Ich guck mir gerade diesen Film an", erwiderte Sophie mürrisch.

Miranda war klar, dass das Mädchen jetzt nur auf Befehle reagieren würde, nicht auf Bitten. Also griff sie entschlossen nach der Fernbedienung und stellte den Fernseher ab. „Zeig mir bitte dein Zimmer", sagte sie in einem Ton, der keinen Widerspruch duldete.

Widerwillig erhob sich Sophie und schlurfte los. Miranda folgte ihr die Treppe hinauf in ein total unaufgeräumtes Jungmädchenzimmer.

Sie öffnete den Schrank. „Für abends brauchst du ein paar anständige Klamotten." Sie nahm ein rotes Kleid mit Spaghettiträgern heraus, das für eine 14-Jährige viel zu sexy war. „Das ist aber hübsch", log sie.

Sophie taute ein wenig auf. „Es ist neu."

„Wir sollten es so einpacken, dass es nicht knittert. Habt ihr irgendwo Seidenpapier?"

„In der Küche, glaub ich."

„Gut, ich hol's. Und du suchst unterdessen saubere Jeans."

Miranda ging hinunter. Ned und Tom sahen im Wohnzimmer fern. Während Miranda auf die Küche zuging, rief sie: „Sag mal, Ned, weißt du, wo das Seidenpapier ist?"

„Nein, tut mir Leid."

Miranda begann eine Schublade nach der anderen aufzuziehen. Das Seidenpapier fand sich schließlich ganz hinten in einem Schränkchen mit Nähzeug. Miranda musste sich auf den Fliesenboden knien, um das Papier hervorzukramen. Da hörte sie die Hintertür klappern und kurz darauf die Schritte einer Frau. Sie blickte auf und sah Jennifer vor sich stehen.

„Was zum Teufel treiben Sie denn hier?“ Jennifer war eine kleine Frau, die es aber hervorragend verstand, gut auszusehen.

Miranda rappelte sich auf. „Ich habe Seidenpapier gesucht.“

„Das sehe ich! Ich will wissen, was Sie überhaupt in meinem Haus zu suchen haben.“

Im Türrahmen erschien Ned. „Hallo, Jenny, ich habe dich gar nicht kommen hören.“

„Ja, offenbar habe ich dir nicht genug Zeit gelassen, Alarm zu schlagen“, erwiderte Jennifer sarkastisch.

„Tut mir Leid, aber ich bat Miranda hereinzukommen, damit sie …“

„Das war ein Fehler!“, unterbrach ihn seine Verflossene. „Ich will deine Weiber nicht in meinem Haus haben!“ Das klang, als unterhielte Ned einen ganzen Harem.

„Ich wollte bloß Sophie helfen“, warf Miranda ein.

„Um die kümmere ich mich. Und nun verlassen Sie bitte mein Haus!“

„Es tut mir wirklich Leid, dass wir dich so überfallen haben, aber …“, stotterte Ned.

„Spar dir deine Entschuldigungen. Sorg bloß dafür, dass sie verschwindet!“

Miranda lief tiefrot an. So unverschämt war sie noch nie behandelt worden. „Dann geh ich wohl besser.“ Wütend eilte sie in den Flur. Als sie die Eingangstür erreichte, rief sie: „Tom, komm mit!“

Ihr war zum Heulen zumute, als sie in den Wagen stieg. Ned hat sich unmöglich benommen. Er hatte zugelassen, dass Jennifer sie beleidigte, ohne auch nur ein Wort dagegen zu sagen. Stattdessen hatte er sich unentwegt entschuldigt. Und wofür? Wenn Jennifer rechtzeitig den Koffer ihrer Tochter gepackt hätte, hätte Miranda das Haus gar nicht erst betreten müssen. Eine Träne rollte ihr über die Wange, und sie wischte sie rasch fort.

„Viren töten Tag für Tag tausende von Menschen“, führte Stanley aus. „Die Spanische Grippe forderte 1918 mehr Todesopfer als der gesamte Erste Weltkrieg. Im Jahr 2002 starben weltweit drei Millionen Menschen an Aids, das durch das HIV hervorgerufen wird. Außerdem spielen Viren bei zehn Prozent aller Krebserkrankungen eine Rolle.“

Toni saß neben ihm in der Großen Halle und beobachtete die Gesichter der versammelten Reporter. Sie besaß Erfahrung mit Journalisten. Einige wenige fühlten sich der Wahrheit verpflichtet und berichteten entsprechend, die Mehrheit aber hatte solche Skrupel nicht, sondern war nur an Sensationen interessiert. Toni fand es empörend, dass solche Figuren über das Schicksal eines Mannes wie Stanley bestimmen konnten.

„Viren sind Teil unseres Lebens", fuhr dieser fort, „aber die Forschung ist in der Lage, sie zu besiegen. Vor Aids hieß die große Menschheitsgeißel Schwarze Pocken – bis Edward Jenner 1796 eine Schutzimpfung dagegen fand. Heute leben wir in einer Welt ohne Pocken. Und in der Zukunft wird es uns auch gelingen, die Grippe, Aids und letztlich sogar den Krebs zu besiegen – und diejenigen, die das schaffen, werden Wissenschaftler sein wie wir und in Laboratorien wie den unseren hier in dieser Firma arbeiten."

Eine Frau hob die Hand und rief: „Edie McAllan, Wissenschaftskorrespondentin von *Schottland am Sonntag*. Woran arbeiten Sie hier genau?"

„Wir haben ein Antivirenmittel entwickelt", antwortete Stanley. „So etwas ist selten. Es gibt zahllose Antibiotika, die Bakterien bekämpfen, aber nur wenige Medikamente gegen Viren. Im Gegensatz zu Bakterien ist bis heute kein einziges Virus bekannt, das für den Menschen nützlich wäre. Aus diesem Grunde ist die Einführung eines neuen Antivirenmittels eine so gute Nachricht für die Menschheit."

„Gegen welche Art von Viren ist Ihr Mittel denn geeignet?"

„Das ist genau die Frage, um deren Beantwortung wir uns gegenwärtig bemühen. Wir erproben das Mittel an einer Vielzahl von Viren, damit wir uns ein Bild von seinem Wirkungsspektrum machen können."

„Clive Brown vom *Tagesanzeiger*", stellte sich ein Mann vor. „Sind auch gefährliche Viren dabei?"

„Ja. Niemand braucht ein Medikament gegen harmlose Viren", entgegnete Stanley.

Die Zuhörer lachten, Brown dagegen wirkte sichtlich verärgert. Tonis Zuversicht schwand. Ein gedemütigter Journalist würde nicht ruhen, bis er sich gerächt hatte.

„Ich danke Ihnen für Ihre Frage, Clive", meldete sie sich in dem Versuch, ihn zu besänftigen, schnell zu Wort. „Wir haben hier bei Oxenford Medical in den Labors die bestmöglichen Sicherheitsvorkehrungen. Im BSL-4-Labor ist das Alarmsystem direkt mit dem Polizeipräsidium in Inverburn verbunden. Das Labor wird rund um die Uhr von Sicherheitskräften bewacht, und heute Morgen erst habe ich das Personal verdoppelt."

Doch Brown ließ sich damit nicht beschwichtigen. „Wie konnte dieser Hamster denn dann herauskommen, wenn Ihre Sicherheitsvorkehrungen so perfekt sind?“

Auf diese Frage war Toni vorbereitet. „Dazu will ich Ihnen dreierlei sagen. Erstens: Es handelte sich nicht um einen Hamster. Sie haben diese Information von der Polizei, aber sie ist falsch. Was die reinen Fakten hinsichtlich der Vorgänge hier bei uns im Hause angeht, so möchte ich Sie alle bitten, sich auf unsere Version zu verlassen. Es handelte sich um ein Kaninchen, und es hörte nicht auf den Namen Fluffy.“

Wieder gab es Lacher. Selbst Brown schmunzelte.

„Zweitens: Das Kaninchen wurde in einem Matchsack aus dem Labor geschmuggelt. Wir haben daraufhin sofort eine obligatorische Durchsuchung aller Taschen angeordnet, damit so etwas nie wieder passieren kann. Drittens: Ich habe nicht gesagt, dass unser Sicherheitssystem perfekt ist, sondern lediglich von den ‚bestmöglichen Sicherheitsvorkehrungen‘ gesprochen.“

„Sie geben also zu, dass Ihr Labor eine ständige Gefahrenquelle für die Bevölkerung Schottlands darstellt?“

„Nein. Bei uns sind Sie sicherer aufgehoben als auf der Autobahn. Viren töten täglich viele Menschen, aber es ist nur ein einziges Mal vorgekommen, dass jemand an einem Virus aus unseren Labors gestorben ist – und das war ein Angestellter, der sich mit voller Absicht über unsere Vorschriften hinweggesetzt und bewusst ein großes Risiko auf sich genommen hat.“

Im Großen und Ganzen lief es bis jetzt recht gut. Toni hielt nach dem nächsten Fragesteller Ausschau. Die Fernsehkameras surrten, die Blitzlichter flammten auf, und Stanley kam als das herüber, was er war: ein brillanter Wissenschaftler mit ausgeprägtem Verantwortungsgefühl. Allerdings stand zu befürchten, dass die Sender die Bilder von der Pressekonferenz zu undramatisch fanden und stattdessen nur die jungen Leute vor den Werkstoren zeigten, die mit Sprechchören für die Rechte der Tiere demonstrierten. Nur allzu gerne hätte Toni den Kameraleuten etwas anderes Interessantes vorgeführt.

Jetzt meldete sich erstmals Franks Freund Carl Osborne zu Wort. „Können Sie uns präzise sagen, wie groß die Gefahr für die Öffentlichkeit war, die durch dieses Kaninchen entstanden ist?“

„Das Virus ist über die Artgrenzen hinaus nicht besonders ansteckend“, antwortete Stanley. „Um Michael Ross infizieren zu können, muss das Kaninchen ihn wohl gebissen haben.“

„Was wäre passiert, wenn das Kaninchen entkommen wäre?"

Stanley sah aus dem Fenster. Draußen fielen Schneeflocken vom Himmel. „Es wäre erfroren."

„Angenommen, es wäre von einem anderen Tier gefressen worden. Hätte sich beispielsweise ein Fuchs mit dem Virus infizieren können?"

„Nein. Viren sind jeweils auf eine sehr geringe Anzahl von Arten spezialisiert. Das Virus, über das wir hier sprechen, befällt keine Füchse oder andere wild lebende Tiere in Schottland. Es befällt nur Menschen, Makaken – das ist eine Affenart – und bestimmte Kaninchenrassen."

„Hätte Ross andere Menschen mit dem Virus anstecken können?"

„Ja, durch Tröpfcheninfektion beim Niesen oder dergleichen. So, wie es momentan aussieht, hatte er aber in der kritischen Phase keinen Kontakt zu Kollegen oder Freunden. Dennoch wären wir Ihnen sehr verbunden, wenn Sie auch über das Fernsehen und die Presse dazu aufrufen würden, dass alle, die in dieser Zeit doch mit ihm Kontakt gehabt haben sollten, sich bitte unverzüglich bei uns melden."

„Wir versuchen nicht, die Sache herunterzuspielen", warf Toni hastig ein. „Wir sind vielmehr tief betroffen von dem Vorfall und haben, wie ich Ihnen schon erläuterte, unsere Sicherheitsvorkehrungen noch einmal verschärft. Fakt ist aber, dass für die Öffentlichkeit keine Gefahr bestand."

Man soll aufhören, wenn man gerade eine Glückssträhne hat, dachte sie und beschloss, die Pressekonferenz zu beenden. „Ich möchte diese Fragestunde nicht vorzeitig abbrechen, aber ich weiß, dass einige von Ihnen um zwölf Redaktionsschluss haben."

„Eine Frage noch", ließ sich Clive Brown vernehmen. „Was sagen Sie zu der Demonstration da draußen?"

„Die jungen Leute glauben eine einfache Antwort auf eine komplizierte ethische Fragestellung zu haben", entgegnete Stanley. „Wie die meisten einfachen Antworten ist sie leider falsch."

Seine Reaktion war korrekt, klang aber ein bisschen hartherzig, weshalb Toni hinzufügte: „Außerdem hoffen wir, dass sie sich nicht erkälten."

Die Journalisten lachten. Toni erhob sich zum Zeichen, dass die Pressekonferenz beendet war. Im gleichen Moment kam ihr eine Idee. Sie winkte Cynthia Creighton zu sich und sprach in leisem, eindringlichem Ton mit ihr. Cynthia nickte und eilte davon.

Toni wandte sich an Stanley. „Gut gemacht! Das haben Sie perfekt hingekriegt."

„Ich hoffe, damit sind wir aus dem Schneider."

„Das wissen wir spätestens nach den Mittagsnachrichten. Aber jetzt sollten Sie besser verschwinden, sonst werden Sie von denen noch zu Exklusivinterviews genötigt."

„Gute Idee! Ich muss ohnehin nach Hause." Er lebte auf einer umgebauten Farm an der Steilküste, acht Kilometer von der Firma entfernt. „Ich möchte dort sein, wenn meine Familie eintrifft."

Toni war enttäuscht. Sie hatte sich darauf gefreut, die Pressekonferenz mit ihm bewerten zu können. „Na gut. Ich warte hier die Reaktionen ab."

Stanley nickte über ihre Schulter. „Da kommt Osborne."

„Ich fange ihn ab." Toni ging auf den Journalisten zu, während Stanley die Halle durch eine Seitentür verließ. „Hallo, Carl. Ich hoffe, du hast alles bekommen, was du brauchst?"

„Ja, ja, ich denke schon." Er wechselte das Thema. „Ich habe dich kaum gesehen, seit du dich von Frank getrennt hast. Wir sollten uns mal zusammensetzen und uns wieder auf den letzten Stand der Dinge bringen."

Toni hatte keine Lust, ihre Zeit mit Osborne zu vertun, doch sie antwortete höflich: „Ja, warum nicht?"

„Wie wär's? Möchtest du heute Abend mit mir essen gehen?"

Das war nun das Letzte, womit sie gerechnet hatte. „Nein!", lehnte sie ab, versuchte aber gleich, ihrer Zurückweisung die Schärfe zu nehmen. „Es tut mir Leid, Carl, du hast mich total überrascht. Ich kenne dich schon so lange, aber eben nicht … nicht so."

„Vielleicht kann ich dein Bild von mir ändern." Er sah plötzlich sehr jungenhaft und verletzlich aus.

Carl war ein gut aussehender, charmanter Mann, sogar eine lokale Berühmtheit. Doch Toni fühlte sich überhaupt nicht zu ihm hingezogen. „Ich fühle mich sehr geschmeichelt", log sie. „Aber trotzdem – nein."

So leicht gab er allerdings nicht auf. „Weißt du, dass ich schon immer von dir geträumt habe, selbst als du noch mit Frank zusammen warst? Das musst du doch gespürt haben."

„Du hast gern mit mir geflirtet – aber das hast du auch mit den meisten anderen Frauen."

„Das war nicht dasselbe. Na komm, geh heute Abend mit mir aus."

„Ich habe zu tun."

„Du trauerst doch nicht etwa immer noch Frank nach, oder?"

Toni lachte bitter. „Das habe ich tatsächlich eine Weile getan. Aber inzwischen bin ich darüber hinweg."

„Jemand anders also?"

„Nein, nichts Festes."

„Aber du interessierst dich für jemanden. Doch nicht etwa für den alten Herrn Professor?"

„Mach dich nicht lächerlich!", wehrte Toni ab.

„Du wirst doch nicht etwa rot, oder? Mein Gott, du spekulierst wirklich auf Stanley Oxenford!" Carl konnte die Zurückweisung nicht ertragen. In seiner Wut verzerrte sich sein Gesicht zu einer hässlichen Fratze. „Natürlich, er ist ja Witwer, nicht wahr? Die Kinder sind aus dem Haus, und dann das viele Geld, das ihr zwei ganz allein verjubeln könnt."

„Das ist wirklich ekelhaft, Carl!" Sie musste dem ein Ende setzen, ehe sie noch die Beherrschung verlor. „Gehab dich wohl." Sie ließ ihn stehen.

Toni zitterte vor Wut, versuchte aber, sich zu beruhigen. Mitten in einer schweren beruflichen Krise konnte sie ihren Emotionen nicht einfach freien Lauf lassen. Sie zog ihren Mantel an und ging hinaus zum Wachhäuschen neben dem Tor. Die Kantinenmitarbeiter schenkten heiße Getränke an die Demonstranten aus. Toni hatte Cynthia gebeten, das zu organisieren. Die Demonstranten hatten ihre Sprechchöre vorübergehend eingestellt und die Spruchbänder beiseite gelegt. Stattdessen lächelten sie und plauderten miteinander.

Und alle Kameras waren auf sie gerichtet.

Toni kehrte in ihr Büro zurück. Die Pressekonferenz hatte sie voll im Griff gehabt. Sie hatte Stanley Osborne vom Leib gehalten, und der Trick mit den heißen Getränken für die Demonstranten hatte prima funktioniert. Warum also fühlte sie sich so niedergeschlagen? Teilweise lag es sicher an Osborne. Der Hauptgrund für ihre triste Stimmung war jedoch Stanley. Nach allem, was sie an diesem Vormittag für ihn getan hatte, war er praktisch ohne ein Wort des Dankes verschwunden. Er ist eben der Chef, dachte sie. Und wie wichtig ihm seine Familie ist, weiß ich ja auch nicht erst seit heute. Ich dagegen bin nur eine Mitarbeiterin – geschätzt, gemocht, respektiert, aber eben nicht geliebt …

Das Telefon klingelte. Toni starrte den Apparat an und ärgerte sich über das fröhliche Gedudel. Sie wollte mit niemandem reden, nahm dann aber doch ab.

Es war Stanley. Er rief aus seinem Wagen an. „Warum kommen Sie nicht in einer Stunde bei mir vorbei? Wir könnten uns gemeinsam die Nachrichten ansehen und erfahren, wie es um unser Schicksal bestellt ist."

Tonis Laune besserte sich schlagartig. „Einverstanden. Es ist mir ein Vergnügen."

12 Uhr

Auf der Fahrt nach Norden begann es heftiger zu schneien. Der Schnee schien Mirandas Wagen schalldicht abzuschotten, denn außer dem leisen Hintergrundgeräusch der Reifen gab es nichts mehr, was mit der klassischen Musik aus dem Radio hätte konkurrieren können.

Die Atmosphäre im Wageninnern war gedrückt. Hinten hatte Sophie sich Kopfhörer übergestreift und hörte ihre eigene Musik, während Tom völlig in der piepsenden Welt des Gameboys versunken war. Auch Ned sagte kein Wort und blickte in den Schnee hinaus. Er spürte Mirandas Unzufriedenheit. „Es tut mir Leid, dass Jennifer so ausgeflippt ist."

„Sie war absolut unverschämt", entgegnete Miranda. „Aber was mich wirklich aufregt, ist nicht Jennifers Benehmen, sondern deines. Du hast mich überhaupt nicht verteidigt!"

„Ich bin eigentlich davon ausgegangen, dass du das selbst kannst."

„Du begreifst es einfach nicht! Natürlich kann ich das und brauche nicht bemuttert zu werden. Aber du solltest mein Beschützer sein."

„Ich hielt es für wichtiger, dass sich die Situation erst einmal ein wenig beruhigt."

„Und damit lagst du eben falsch! Wenn ich angegriffen werde, erwarte ich von dir keine abgewogene Lagebeurteilung, sondern dann möchte ich, dass du mir zur Seite stehst."

„Ich fürchte, so ein Kämpfertyp bin ich nicht."

„Das weiß ich", erwiderte sie, und beide schwiegen.

Miranda war deprimiert. Selbst wenn ihre Familie Ned herzlich aufnahm – wollte sie wirklich einen so passiven Mann heiraten? Sie hatte sich nach einem netten, gebildeten und intelligenten Partner gesehnt, doch jetzt war ihr klar, dass er auch stark sein sollte. War sie zu anspruchsvoll?

Ihre Stimmung besserte sich, als sie sich Steepfall näherten. Man erreichte die Farm über eine lange, gewundene Straße, die durch einen Wald führte. Wieder im offenen Gelände, umrundete sie eine Landzunge, deren Küste steil zum Meer hin abfiel.

Zuerst kam die Garage mit den drei Kipptoren in Sicht. Miranda fuhr daran vorbei auf das Hauptgebäude zu. Der dunkelblaue Ferrari ihres Vaters stand vor dem Haus. Stanley überließ es immer Luke, dem Hausmeister, ihn in die Garage zu fahren.

Miranda brachte den Wagen zum Stehen. Tom rannte sofort ins Haus, und Sophie folgte ihm, wenn auch langsamer. Sie war noch nie hier gewesen. Miranda beschloss, Jennifer fürs Erste zu vergessen. Hand in Hand mit Ned ging sie hinein. Wie immer betraten sie das Haus durch die Küchentür an der Seite. Zunächst gelangten sie in einen kleinen Vorraum und von dort durch eine weitere Tür in die geräumige Küche.

Eine ausgewachsene schwarze Königspudelhündin namens Nellie wackelte vor Freude mit dem ganzen Körper und schleckte alle ab, deren sie habhaft werden konnte. Miranda begrüßte Luke und Lori, das philippinische Bedienstetenehepaar, das gerade das Mittagessen vorbereitete.

„Ihr Vater ist auch erst eingetroffen. Er macht sich gerade frisch“, teilte Lori den Neuankömmlingen mit.

Miranda trug Tom und Sophie auf, den Tisch zu decken. Sie wollte nicht, dass die Kinder vor dem Fernsehapparat Wurzeln schlugen und sich den ganzen Nachmittag nicht mehr von der Stelle bewegten. „Du kannst Sophie zeigen, wo alles ist, Tom.“

Im Kühlschrank lagen einige Flaschen von Mirandas Lieblingsweißwein. Sie entkorkte eine Flasche und goss Ned ein Glas ein. Kein schlechter Anfang, fand sie. Vielleicht war dieser Augenblick die richtige Einstimmung auf die Feiertage, nicht die Szene mit Jennifer.

Das Telefon klingelte. Miranda griff nach dem Apparat, der an der Wand neben dem großen Kühlschrank hing. „Hallo?“

„Miranda? Hier ist Kit.“

Sie freute sich. „Hallo, kleiner Bruder! Wie geht’s dir?“

„Ich bin fix und fertig, um ehrlich zu sein.“

„Und warum?“

„Ich – ich bin in einen Swimmingpool gefallen. Lange Geschichte. Wie sieht’s aus in Steepfall?“

„Wir trinken Wein und wünschen uns, du wärst auch hier.“

„Na ja, ich bin bereits unterwegs. Aber hör mal – kann ich im Gästehaus schlafen?“

„Warum nicht? Letztlich muss es Daddy entscheiden, aber ich rede mit ihm.“

Kaum hatte Miranda den Hörer wieder aufgehängt, trat ihr Vater in die Küche. Er begrüßte Ned mit Handschlag und gab seiner Tochter und den Kindern einen Kuss. Dann warf er einen nervösen Blick auf seine Armbanduhr. „Ich muss mir die Mittagsnachrichten ansehen.“

In diesem Moment ging die Hintertür auf, und Olga kam herein – und wie immer, wenn sie ein Zimmer betrat, sprudelten die Worte aus ihr heraus.

„Dieses Wetter ist ja ein Albtraum! Nichts als rutschende und schlitternde Menschen! Hallo, Daddy, wie geht's dir? Ich habe von dem Typ gehört, der da gestorben ist. Ist das schlimm für dich?"

„Das kann ich dir sagen, sobald ich die Nachrichten gesehen habe."

Hinter Olga betrat ihr Ehemann Hugo die Küche, ein kleiner Mann mit lausbübischem Charme. Als er Miranda küsste, verharrten seine Lippen eine Sekunde zu lang auf ihrer Wange.

„Wohin soll Hugo das Gepäck bringen?", fragte Olga.

„Nach oben", erwiderte Miranda.

„Das Gästehaus hast offenbar du dir unter den Nagel gerissen, was?"

„Nein, da möchte Kit übernachten. Er hat ausdrücklich darum gebeten."

„Also, ich bitte dich!", protestierte Olga. „Das große Doppelbett, das schöne Bad und die Kitchenette – alles für eine Person, während wir uns zu viert das enge alte Bad da oben teilen müssen?"

Miranda begann sich über ihre Schwester zu ärgern. „Um Himmels willen, Olga, denk doch abwechslungshalber ein einziges Mal nicht nur an dich selbst! Du weißt doch, dass Kit seit … seit damals nicht mehr hier gewesen ist. Mir liegt sehr daran, dass er sich bei uns wohl fühlt."

„Dann bekommt er also die beste Unterkunft, weil er Daddy bestohlen hat – ist das deine Logik?"

„Schluss jetzt, ihr beiden", ging ihr Vater in einem Tonfall dazwischen, den sie noch aus ihrer Kinderzeit kannten. „In diesem Fall muss ich Olga Recht geben. Es ist egoistisch von Kit, das ganze Gästehaus für sich zu beanspruchen. Miranda und Ned können dort schlafen."

„Dann bekommt also keiner, was er will", maulte Olga.

„Das wird euch lehren, nicht dauernd zu streiten."

„Nein, das wird es nicht. Seit dreißig Jahren sprichst du diese salomonischen Urteile, und wir haben bis heute nichts dazugelernt."

Stanley lächelte. Der Auftritt von Caroline und Craig, den Kindern von Hugo und Olga, beendete die Auseinandersetzung. Die 17-jährige Caroline trug einen Käfig mit mehreren weißen Ratten. Sie sah in ihrer Beziehung zu Tieren eine Möglichkeit, den Umgang mit Menschen zu meiden.

Der 15-jährige Craig hatte das lausbübische Grinsen seines Vaters, war aber so groß wie Olga. Er setzte die Taschen ab, begrüßte die Anwesenden flüchtig und ging dann schnurstracks auf Sophie zu. Miranda fiel ein, dass die beiden sich auf Olgas letzter Geburtstagsfeier bereits kennen gelernt hatten. „He, Sophie, du hast dir ja deinen Bauchnabel piercen lassen", staunte Craig. „Cool! Hat es wehgetan?"

Jetzt erst bemerkte Miranda, dass sich auch eine fremde Person in der Küche aufhielt. Die Frau stand an der Tür zum Flur und hatte das Haus demnach durch den Haupteingang betreten. Sie war groß, eine ausgesprochene Schönheit und betrachtete amüsiert die muntere Szene in der überfüllten Küche. Miranda fragte sich, wie lange sie schon schweigend dastehen und zusehen mochte.

Auch die anderen entdeckten nun den neuen Gast, und allmählich wurde es still in der Küche. Schließlich drehte sich Stanley um. „Oh, Toni!" Überrascht stellte Miranda fest, dass er sich über den Besuch sehr zu freuen schien. „Nett, dass Sie vorbeischauen! Kinder, das ist meine Mitarbeiterin Antonia Gallo."

Die Frau lächelte. Das muss diese ehemalige Polizistin sein, die Kit damals überführt hat, dachte Miranda. Daddy scheint sie aber trotzdem zu mögen.

Stanley stellte Toni seine Familie vor, und sie sagte: „Es freut mich sehr, Sie kennen zu lernen." Es klang durchaus ehrlich. Allerdings war ihr anzumerken, dass sie unter starker nervlicher Anspannung stand.

„Sie haben sicher einen anstrengenden Tag hinter sich", wandte Miranda sich an sie. „Das Unglück mit diesem Laboranten tut mir sehr Leid."

„Es war Toni, die ihn gefunden hat", erklärte Stanley.

„Oh Gott!"

Toni nickte. „Wir sind uns, dem Himmel sei Dank, ziemlich sicher, dass er sonst niemanden angesteckt hat. Jetzt müssen wir einfach hoffen, dass uns die Medien nicht kreuzigen."

Stanley sah erneut auf seine Uhr. „Entschuldigt uns", sagte er zu seiner Familie. „Wir sehen uns die Nachrichten in meinem Arbeitszimmer an." Er hielt Toni die Tür auf und verließ mit ihr die Küche.

Die Kinder plapperten wieder los, und Miranda wandte sich an Olga. Ihr Streit war vergessen. „Attraktive Frau", meinte sie nachdenklich.

„Ja", bestätigte Olga. „Ziemlich genau mein Alter, oder?"

„Siebenunddreißig, achtunddreißig, ja. Eine gemeinsam gemeisterte Krise bringt die Menschen einander näher."

„Geschieht das nicht gerade?"

„Also, was denkst du?"

„Das Gleiche wie du."

Miranda trank ihren Wein aus. „Ja, das dachte ich mir."

Toni war hingerissen von der Szene, die sich ihr in der Küche geboten hatte. Ihr war gewesen, als wäre sie mitten in eine fröhliche Party geraten, auf der sie niemanden kannte. Minutenlang hatte sie ebenso fasziniert wie verwirrt dagestanden.

Als man sie endlich bemerkt hatte, hatte sie die kritischen Blicke Olgas und Mirandas, der beiden Töchter, auf sich gespürt. Es war eine sorgfältige Prüfung gewesen: detailliert, unverfroren, feindselig. Ob Stanley diese unterschwelligen Widerstände wahrgenommen hatte?, fragte Toni sich, als sie ihm nun in sein Arbeitszimmer folgte.

Es war ein maskulin wirkender Raum mit einem viktorianischen Säulenfußschreibtisch und einer abgewetzten Ledercouch vor einem offenen Kamin, in dem ein Holzfeuer brannte. Der Hund war hinter ihnen hergetappt und streckte sich nun vor dem Feuer aus. Auf dem Kaminsims stand ein gerahmtes Foto von einer sehr schönen dunkelhaarigen Frau – Stanleys verstorbener Frau Marta.

Toni setzte sich neben ihn auf die Couch und versuchte sich auf die aktuelle Krisensituation zu konzentrieren. So viel hing von den kommenden Minuten ab. Sie konnten das Aus für die Firma bedeuten. Vielleicht war Stanley danach bankrott, Toni selbst stand wieder einmal auf der Straße, und die Welt verlor einen hervorragenden Wissenschaftler.

In den schottischen Nachrichten, die vor den englischen gesendet wurden, war der Tod von Michael Ross nach wie vor der Aufmacher, doch war es diesmal ein Nachrichtensprecher, der das Thema einführte. Die lächerlich falsche Darstellung der wissenschaftlichen Fakten durch Osborne blieb den Zuschauern daher erspart.

„So weit, so gut“, murmelte Stanley.

Die nächste Einstellung zeigte die Szene vor den Toren des Kreml. „Tierversuchsgegner nutzten den tragischen Todesfall zu einer Protestaktion vor den Werkstoren von Oxenford Medical“, meldete der Sprecher dazu.

Toni war angenehm überrascht. Dieses Urteil war positiver, als sie erhofft hatte, besagte es doch indirekt, dass man die Demonstranten als zynische Opportunisten ansah, die den Medienrummel für ihre eigenen Ziele ausnutzen wollten.

Nach der Demo erschien die Große Halle auf dem Bildschirm. Carl Osborne wurde mit seiner Frage gezeigt: „Können Sie uns präzise sagen, wie groß für die Öffentlichkeit die Gefahr war, die durch dieses Kaninchen entstanden ist?“ Toni beugte sich vor. Jetzt kam die entscheidende Stelle.

Der Wortwechsel zwischen dem Reporter und Stanley folgte: Osbornes Horrorszenarien und Stanleys begründete Zurückweisungen. Die letzte Einstellung von der Pressekonferenz war eine Nahaufnahme von Stanley, der sagte: „... und in der Zukunft wird es uns auch gelingen, die Grippe, Aids und letztlich sogar den Krebs zu besiegen – und diejenigen, die das schaffen, werden Wissenschaftler sein wie wir und in Laboratorien wie den unseren in dieser Firma hier arbeiten."

„Das ist gut", sagte Toni. „Sie wirken sehr Vertrauen erweckend."

Auf den letzten Aufnahmen waren Kantinenmitarbeiter zu sehen, die dampfend heiße Getränke an die Demonstranten im Schnee verteilten. „Toll, sie bringen die Bilder tatsächlich!", rief Toni aus.

„Das habe ich gar nicht mitbekommen", meinte Stanley. „Wer ist denn auf diese Idee gekommen?"

„Ich."

Carl Osborne hielt einer Angestellten ein Mikrofon vor die Nase und fragte: „Diese Leute hier demonstrieren gegen Ihren Betrieb. Warum geben Sie ihnen Kaffee?"

„Weil's hier draußen so kalt ist", erwiderte die Frau.

Toni und Stanley lachten über die Schlagfertigkeit der Mitarbeiterin und freuten sich über das positive Licht, das diese Szene auf die Firma warf.

Der Nachrichtensprecher kam wieder ins Bild. „Der schottische Ministerpräsident sagte heute Morgen in einer Stellungnahme: ‚Ich habe heute früh mit den Verantwortlichen von Oxenford Medical, der Polizei von Inverburn und den regionalen Gesundheitsbehörden gesprochen und mich davon überzeugt, dass alles Menschenmögliche getan wird, um eine Gefährdung der Öffentlichkeit auszuschließen.' Und nun zu weiteren Nachrichten."

„Mein Gott", seufzte Toni, „ich glaube, wir haben es geschafft!"

„Heiße Getränke an die Demonstranten! Das war wirklich eine gute Idee! Wann ist Ihnen das denn eingefallen?"

„In allerletzter Sekunde. Aber schauen wir, was die Engländer bringen."

In der Hauptnachrichtensendung wurde zunächst über ein Erdbeben in Russland und dann über den Tod von Michael Ross berichtet. Das Bildmaterial ähnelte dem in den schottischen Nachrichten, und die Berichterstattung war im gleichen unhysterischen Ton gehalten. Tonis Erleichterung war grenzenlos.

„Gut zu wissen, dass nicht alle Journalisten so sind wie dieser Osborne", sagte Stanley.

„Er hat mich zum Abendessen eingeladen." Im gleichen Augenblick fragte sich Toni, warum sie das erzählte.

Stanley sah sie überrascht an. „Und was haben Sie geantwortet?"

„Ich habe ihm natürlich einen Korb gegeben."

„Na, das beruhigt mich aber …" Stanley wirkte verlegen und fügte rasch hinzu: „Nicht, dass es mich etwas anginge, aber der ist Ihrer nicht wert." Er stellte den Apparat ab. „Eine öffentliche Hinrichtung durch die Medien ist uns wohl erspart geblieben.“

„Morgen ist Weihnachten, da gibt es keine Zeitungen“, bemerkte Toni. „Wenn nichts Außergewöhnliches mehr geschieht, dürften wir das Schlimmste überstanden haben.“

„Ja, aber wenn uns ein zweites Kaninchen abhanden kommt, geht alles wieder von vorn los.“

„Es wird keine weiteren Sicherheitspannen geben“, versicherte Toni in festem Ton. „Dafür werde ich sorgen.“

Stanley nickte. „Ich muss Ihnen sagen, dass Sie diese Krise hervorragend gemeistert haben. Ich bin Ihnen dafür sehr dankbar.“

Toni strahlte. „Wir haben die Wahrheit gesagt, und man hat uns geglaubt.“

Sie lächelten einander an; es war ein Augenblick glücklicher Intimität. Überschwänglich schloss Stanley Toni in die Arme und drückte sie an sich. Sie schlang die Arme um ihn und erwiderte die Umarmung.

Wäre es nach ihr gegangen, hätten sie ewig so stehen bleiben können. Doch nach einigen Sekunden machte Stanley sich sanft los. Er wirkte plötzlich ganz schüchtern. Der große Pudel stand auf und stupste ihn an. Wie um die Form wieder herzustellen, sagte Stanley: „Nellie möchte Gassi gehen. Wollen wir ein bisschen frische Luft schnappen?“

„Gerne.“

Toni zog ihren Parka an, und Stanley schlüpfte in einen blauen Anorak. Dann traten sie in eine weiße Welt hinaus. Der Hund lief auf die Klippen zu, und sie folgten ihm.

„Wie verbringen Sie das Fest?“, erkundigte sich Stanley.

„Ich leiste mir eine kleine Wellnesskur mit Freunden, lauter Singles und kinderlose Paare. Ein Weihnachtsfest für Erwachsene ohne Gans, Plätzchen und Christkind. Wir lassen uns nur ein bisschen verwöhnen und plaudern miteinander.“

„Klingt sehr verlockend. Ich dachte, Sie hätten zu Weihnachten Ihre Mutter bei sich.“

„Diesmal nimmt meine Schwester Bella sie – was mich ziemlich überrascht hat, wie ich gestehen muss.“

„Überrascht?“

Toni verzog das Gesicht. „Bella hat drei Kinder und meint, das befreie sie von allen anderen Verpflichtungen. Aber ich weiß nicht, ob das fair ist.“

„Wollen Sie eines Tages auch Kinder haben?“

„Vielleicht. Ich beneide Sie um Ihre Familie. Aber ich möchte nicht unbedingt alles andere in meinem Leben aufgeben, nur um Mutter werden zu können."

„Ich glaube nicht, dass man alles aufopfern muss."

„Und Sie? Sie könnten doch auch noch mal eine Familie gründen."

„Ich? Oh nein", erwiderte er schnell. „Meine Kinder wären höchst empört darüber."

Toni war enttäuscht, dass er sich in diesem Punkt so entschieden gab.

Sie erreichten die Klippe. Zu ihrer Linken senkte sich die Landzunge sanft zum Strand ab, während zu ihrer Rechten die Felsen senkrecht ins Meer abfielen. Der Klippenrand war mit einem gut einen Meter hohen Holzzaun gesichert. Stanley und Toni lehnten sich dagegen und blickten auf die Wellen, die dreißig Meter tiefer gegen die Felsen schlugen.

„Was für ein wunderschönes Fleckchen Erde", sagte Toni.

„Noch vor ein paar Stunden dachte ich, dass ich es verlieren würde. Ich habe das Haus als Sicherheit für meinen Kredit eingesetzt. Wenn ich Bankrott gehe, kriegt die Bank mein Haus."

„Aber Ihre Familie ..."

„Es würde meinen Kindern und Enkeln das Herz brechen. Und nun, nachdem Marta von mir gegangen ist, sind sie mein Ein und Alles."

Toni sah ihn an. Seine Miene war ernst. Warum erzählte er ihr das? Er wollte ihr zu verstehen geben, wie wichtig für ihn die Einheit der Familie war. Und nachdem sie ihn vorhin in der Küche erlebt hatte, verstand sie das auch. Aber warum hatte er es ihr ausgerechnet hier und jetzt gesagt? Vielleicht befürchtete er, dass sie einen falschen Eindruck bekommen hatte. In den vergangenen Stunden war enorm viel geschehen, doch alles war irgendwie vieldeutig geblieben. Er hatte sie berührt, umarmt und gefragt, ob sie Kinder haben wolle. Steckte mehr dahinter – oder nicht?

Deshalb fragte sie: „Wollen Sie damit sagen, dass Sie nie etwas tun würden, was Ihre familiäre Gemeinschaft gefährden könnte?"

„Ja. Sie alle schöpfen Kraft daraus, ob es ihnen nun bewusst ist oder nicht."

Toni sah ihm jetzt direkt in die Augen. „Und das ist so wichtig für Sie, dass Sie niemals auf die Idee kämen, eine neue Familie zu gründen?"

„Ja."

Die Botschaft war eindeutig. Er mochte sie, wollte aber nicht, dass etwas Ernstes daraus wurde. Die Umarmung im Arbeitszimmer war eine impulsive Geste aus einem Triumphgefühl heraus gewesen. Und nun ruderte er zurück. Toni spürte, wie ihr Tränen in die Augen stiegen. Sie wandte sich ab. „Dieser Wind …"

Der kleine Tom war ihre Rettung. Er kam durch den Schnee auf sie zugerannt und rief: „Opa! Opa! Onkel Kit ist da!"

Zusammen mit dem Jungen kehrten sie zum Haus zurück. Keiner von ihnen sprach ein Wort, beide waren verlegen.

Toni wollte Kit nicht sehen. Aber sie hatte ihre Tasche im Haus gelassen, weshalb ihr nichts anderes übrig blieb, als Stanley hineinzubegleiten.

Kit wurde in der Küche von seiner Familie willkommen geheißen – wie der verlorene Sohn, dachte Toni. Sie stand in der Küchentür und sah zu, wie Stanley Kit begrüßte. Dieser wirkte vorsichtig und streckte ihm die Hand entgegen, doch sein Vater schloss ihn in die Arme. „Es freut mich wirklich sehr, dass du gekommen bist, mein Sohn."

„Na, dann hol ich mal meine Reisetasche aus dem Wagen", erwiderte Kit. „Ich bin im Gästehaus untergebracht, nicht wahr?"

„Nein", erwiderte Miranda nervös, „du schläfst oben."

„Aber du hast doch …"

Olga ließ ihn nicht ausreden. „Daddy hat das so entschieden, und es ist sein Haus."

Toni sah nackte Wut in Kits Augen aufblitzen, aber er hatte sich schnell wieder im Griff. „Na, meinetwegen." Er versuchte, so zu tun, als sei ihm diese Entscheidung gleichgültig, doch seine erste Reaktion hatte ihn verraten.

Toni schlüpfte in Stanleys Arbeitszimmer. Ihre Handtasche lag noch auf seinem Schreibtisch. Sie warf sie sich über die Schulter und trat wieder auf den Flur hinaus. Stanley stand noch in der Küche und sprach mit der Köchin. Als Toni ihm zuwinkte, kam er zu ihr.

„Nochmals vielen Dank für alles. Und fröhliche Weihnachten!"

„Ja, Ihnen auch." Rasch ging sie hinaus.

Dort öffnete Kit gerade den Kofferraum seines Wagens. Toni hoffte, wortlos an ihm vorbeizukommen, doch als sie die Tür ihres Porsche aufschloss, sah er auf, und ihre Blicke trafen sich.

„Fröhliche Weihnachten, Kit", sagte sie höflich.

Er hob einen kleinen Koffer aus dem Kofferraum und schlug den Deckel zu. „Verpiss dich, du Nutte!", fauchte er und verschwand im Haus.

CRAIG war ganz begeistert über das Wiedersehen mit Sophie. Auf der Geburtstagsfeier seiner Mutter hatte er Feuer gefangen. Sophie war hübsch, ein dunkeläugiger, dunkelhaariger Typ, aber es war nicht ihr Aussehen, das ihn verzaubert hatte, sondern ihr Auftreten. Nichts konnte sie beeindrucken – weder Großvaters Ferrari noch Craigs eigene fußballerische Leistungen, noch die Tatsache, dass seine Mutter Anwältin war. Sophie kleidete sich, wie es ihr gefiel, sie rauchte, und wer sie langweilte, dem konnte es passieren, dass sie ihn mitten im Satz stehen ließ.

Es war nicht leicht, mit ihr klarzukommen, das merkte Craig, als er ihr Steepfall zeigte. Nichts schien ihr zu gefallen, und Schweigen war das Einzige, was man halbwegs als Zustimmung betrachten konnte. Davon abgesehen, äußerte sie hin und wieder abschätzige Kürzel wie „voll krass!", „echt derb!" oder „total crazy!", aber sie ließ ihn jedenfalls nicht stehen. Daher wusste Craig, dass er sie wenigstens nicht langweilte.

Er führte sie zur ehemaligen Scheune. Im Erdgeschoss war ein Freizeitraum mit Billardtisch, Kicker und einem großen Fernsehapparat eingerichtet. „Hier kann man's ganz gut aushalten", bemerkte Craig.

„Cool", bemerkte Sophie, was geradezu einem Begeisterungssturm gleichkam.

Craig deutete auf zwei Feldbetten. „Da schlafen Tom und ich. Aber jetzt komm mit rauf, ich zeig dir dein Schlafzimmer."

Eine Leiter führte zum Heuboden hinauf. Oben standen zwei frisch bezogene Einzelbetten. Ansonsten bestand die Einrichtung lediglich aus einer Garderobenstange, auf der man seine Kleider aufhängen konnte, und einem Drehspiegel. Mit sichtlichem Missfallen sah Sophie sich um.

„Das Badezimmer ist unten", erklärte Craig. „Eine Wanne gibt's nicht, aber die Dusche funktioniert."

„Was für ein Luxus!" Sophie stieg die Leiter wieder hinunter.

Craig folgte ihr. Es gab da noch etwas, was sie vielleicht doch aus der Reserve locken konnte. „Ich zeig dir noch was." Er führte sie wieder ins Freie.

Sie traten auf den großen, rechteckigen Hof, der auf allen vier Seiten von Gebäuden umgeben war: dem Haupthaus, dem Gästehaus, der Scheune, aus der sie gerade kamen, und der Garage, in der drei Fahrzeuge Platz fanden. Craig führte Sophie um das Haupthaus herum zum Vordereingang und die Treppen hinauf zur Suite seines Großvaters im neuen Anbau. Er klopfte an die Tür; es konnte ja sein, dass Großvater im Zimmer war. Als niemand antwortete, trat Craig ein.

Er durchquerte das Schlafzimmer mit dem großen Doppelbett. Im Ankleideraum dahinter öffnete er eine Schranktür und schob eine Reihe von Anzügen beiseite. Er ging auf die Knie, streckte den Arm in den Schrank und versetzte der Rückwand einen Stoß. Eine ungefähr einen Quadratmeter große, an einem Scharnier befestigte Klappe sprang auf. Craig krabbelte durch die Öffnung, und Sophie folgte ihm. Er langte durch die Öffnung und zog die Schranktür wieder zu, dann schloss er die Klappe und tastete in der entstandenen Dunkelheit nach dem Lichtschalter. Eine nackte Glühbirne, die von einem Dachbalken herunterhing, flammte auf.

Sie befanden sich auf einem Speicher. Der Raum wurde von einem großen alten Sofa beherrscht, aus dem an mehreren Rissen die Füllung herausquoll. Daneben stapelten sich diverse Pappkartons und Teekisten.

„Dieser Teil des Hauses war früher, als es hier noch Landwirtschaft gab, die Molkerei", erklärte Craig. „Großvater hat sie in eine Küche umbauen lassen. Weil das Dach so hoch war, haben sie einfach noch eine Zwischendecke eingezogen und den Raum hier oben als Speicher genutzt. Du kannst von hier aus in die Küche sehen. Und zwar da drüben, wo der Abzug vom Herd durch die Decke kommt."

Er legte sich flach auf den Boden und spähte durch einen breiten Spalt zwischen den Dielenbrettern und einem Metallrohr. Von dort ließ sich die gesamte Küche überblicken: die Flurtür am anderen Ende, der lange Kiefernholztisch, die Tür, durch die man ins Esszimmer kam, sowie die beiden Türen, die links und rechts vom Herd in die Speisekammer beziehungsweise durch einen Vorraum mit einem Stiefelschrank zum Hintereingang führten. Die meisten Familienmitglieder hatten sich um den Küchentisch versammelt. Miranda schenkte Wein ein, Ned las den *Guardian*, und Lori pochierte einen Lachs in einem Fischtopf.

„Ich glaube, Tante Miranda betrinkt sich", sagte Craig.

Das schien Sophie zu interessieren. Sie legte sich neben ihm auf die Dielen. „Können die uns nicht sehen?", flüsterte sie.

Er sah zu, wie sie durch den Spalt linste. Die Haut ihrer Wange sah unheimlich zart und weich aus. „Achte mal drauf, wenn du das nächste Mal in der Küche bist", antwortete er. „Unmittelbar neben dem Spalt ist eine Deckenlampe montiert. Er ist daher nur schwer zu erkennen, selbst wenn du weißt, wo er ist."

„Also weiß praktisch niemand, dass du hier oben bist?"

„Na ja, den Speicher kennen natürlich alle. Und pass vor allem auf Nellie auf. Sobald du dich rührst, hebt sie den Kopf, spitzt die Ohren und lauscht. Sie weiß genau, dass du hier oben bist – und wer sie beobachtet, könnte ebenfalls Verdacht schöpfen."

„Trotzdem cool. Sieh mal, mein Vater! Tut so, als ob er die Zeitung liest, und macht in Wirklichkeit Miranda schöne Augen. Kotz, würg!"

Craig spähte noch einmal durch den Spalt. Lori streute gerade gehackte Petersilie über eine Schüssel mit dampfenden Kartoffeln. Auf einmal hatte er Hunger. „Das Essen ist fertig. Ich zeig dir, wie du hier sonst noch rauskommst.“

Er ging zum anderen Ende des Speichers und öffnete dort eine große Tür. Ein schmaler Sims ragte aus der Mauer hervor. Der Hof lag ungefähr fünf Meter unter ihnen.

„Von so weit oben kann ich aber nicht runterspringen“, sagte Sophie.

„Musst du auch nicht.“ Craig ging auf dem Sims bis zu dessen Ende und gelangte mit einem großen Schritt hinunter auf das Pultdach über der Stiefelkammer, dem Vorraum bei der Küche. „Kinderleicht.“

Sophie folgte ihm, doch er sah ihr an, dass sie Angst hatte. Als sie am Ende des schneebedeckten Simses angelangt war, bot er ihr die Hand, und sie griff unnötig fest zu. Er half ihr hinüber aufs Dach, ging noch einmal zurück, um die Speichertür zu schließen, und war dann schnell wieder bei ihr. Vorsichtig bewegten sie sich über die rutschige, abschüssige Fläche des Daches nach unten. Am Rand angelangt, legte Craig sich auf den Bauch, glitt rückwärts über die Kante und ließ sich auf den Boden plumpsen.

Sophie tat es ihm nach. Als ihre Beine über die Kante herabbaumelten, packte Craig sie mit beiden Händen an den Hüften und hob sie herunter.

„Danke“, sagte Sophie mit triumphierendem Blick, als habe sie ein waghalsiges Abenteuer bestanden.

So schwierig war es ja nun auch wieder nicht, dachte Craig, als sie zum Essen gingen. Vielleicht ist sie doch nicht so selbstbewusst, wie sie immer tut.

15 Uhr

Der Kreml sah richtig hübsch aus. Überall auf seinen Wasserspeiern und Fenstersimsen lag Schnee und zeichnete die viktorianischen Verzierungen weiß nach. Toni stellte ihren Wagen ab und betrat das Gebäude. Die meisten Angestellten waren bereits nach Hause gegangen.

Sie fühlte sich verletzt und überempfindlich. Sie hatte so etwas wie einen emotionalen Autounfall hinter sich. Aber über Stanleys Worte nachzugrübeln, dazu war später noch Zeit. Jetzt ging die Arbeit vor.

Ein Satz von Stanley wollte ihr jedoch nicht aus dem Kopf: *Aber wenn uns ein zweites Kaninchen abhanden kommt, geht alles wieder von vorn los …* Er hatte Recht. Ein zweiter Vorfall dieser Art würde die Affäre sofort wieder hochkochen lassen, nur wäre dann alles zehnmal schlimmer, und mit PR-Tricks allein ließe sich der Skandal dann nicht verhindern.

Toni betrat ihr Büro. Die einzige Bedrohung, die sie sich vorstellen konnte, ging von den Tierversuchsgegnern aus. Der Tod von Michael Ross mochte sie auf dumme Gedanken bringen, und sie könnten versuchen, weitere Labortiere zu „befreien".

Sie rief Odette Cressy bei Scotland Yard an.

„Ich habe dich in den Nachrichten gesehen", verkündete ihre Freundin.

„Und wie habe ich ausgesehen?"

„Autoritär. Wie dem auch sei – zwischen deinem Madoba-2-Vorfall und meinen Interessen scheint es keine Querverbindungen zu geben."

„Gut", sagte Toni. „Und was ist mit diesen Tierversuchsgegnern? Habt ihr die überprüft?"

„Natürlich. Die sind harmlos. Mehr als vielleicht mal eine Straßenblockade habt ihr von denen kaum zu erwarten."

„Das ist eine gute Nachricht. Mir geht es bloß darum zu verhindern, dass sich so ein Vorfall wiederholt."

„Aus meiner Sicht ist das eher unwahrscheinlich."

„Danke, Odette. Du bist eine wahre Freundin."

Toni legte auf und ließ Steve Tremlett kommen, den Werkschutzleiter. Eine Minute später stand er mit einem Aktenordner in ihrem Büro. „Die Polizei glaubt nicht, dass Michael Ross Mittäter hatte", teilte sie ihm mit. „Trotzdem müssen wir absolut sicher sein, dass der Kreml heute Nacht perfekt bewacht wird."

„Kein Problem."

„Haben Sie den Schichtplan dabei?"

Tremlett reichte ihr ein Blatt Papier. Im Normalfall taten nachts, an Wochenenden und Feiertagen drei Wachen Dienst. Eine saß draußen im Pförtnerhaus, eine am Empfang, und eine dritte überwachte die Monitore im Kontrollraum. Der Wachhabende an der Rezeption machte jede Stunde die Runde durchs Hauptgebäude, und der Kollege aus dem Pförtnerhaus patrouillierte auf dem Gelände. Toni hatte die Wachen für die Weihnachtsfeiertage verdoppelt, sodass alle drei Posten mit jeweils zwei Personen besetzt waren und halbstündlich patrouilliert werden konnte.

„Wie ich sehe, haben Sie heute Abend selbst Dienst, Steve."

„Ich brauche die Überstunden."

„Gut. Kann ich die Notfallliste sehen?"

Tremlett reichte ihr eine laminierte Seite aus dem Ordner. Sie enthielt die Telefonnummern, die im Brandfall, bei Überflutung, bei Stromausfall, beim Zusammenbruch des Computersystems oder der Telefonanlage und bei anderen akuten Problemen angerufen werden mussten.

„Ich möchte, dass Sie in der nächsten Stunde all diese Nummern anwählen und sich erkundigen, ob sie über Weihnachten besetzt sind." Toni gab Tremlett die Seite zurück. „Und haben Sie keine Hemmungen, die Polizei in Inverburn anzurufen, wenn Ihnen irgendetwas komisch vorkommt, und sei es auch nur eine Kleinigkeit. Ich selbst lasse mein Handy Tag und Nacht angeschaltet. Ich möchte, dass Sie mich sofort anrufen, sobald Ihnen die geringste Unregelmäßigkeit auffällt, egal, zu welcher Zeit."

„Selbstverständlich."

„Das ist alles. In ein paar Minuten bin ich fort. Frohes Fest, Steve."

„Ihnen auch, danke." Er ging.

Draußen brach bereits die Dämmerung herein. Es war Zeit, dass Toni sich auf den Weg machte. Sie musste nach Hause, sich umziehen und dann noch zu dem Wellnesshotel fahren, immerhin eine Strecke von 85 Kilometern. Je eher sie loskam, desto besser: Das Wetter sollte laut Vorhersage zwar nicht schlechter werden, aber Vorhersagen konnten auch falsch sein.

KIT WAR wegen der Übernachtungsregelung fuchsteufelswild.

Mit seinem Vater, seinem Neffen Tom, seinem Schwager Hugo und Mirandas Verlobtem Ned saß er im Wohnzimmer. Die Frauen bereiteten das Festessen für morgen vor, und die Jugendlichen hielten sich in der Scheune auf. Die Männer und der Junge sahen sich im Fernsehen einen Film an, doch es fiel Kit schwer, der Handlung zu folgen. Er war zu angespannt.

Er hatte Miranda ausdrücklich gesagt, dass er im Gästehaus schlafen wolle, denn er musste Steepfall heute Abend verlassen und morgen früh zurückkehren, ohne dass jemandem seine Abwesenheit auffiel. Hätte er im Gästehaus schlafen können, wäre es viel einfacher gewesen, sich davonzustehlen. Doch nun lag sein Zimmer neben dem von Olga und Hugo im alten Teil des Hauses mit seinen quietschenden Dielenbrettern. Hier musste er warten, bis sich auch das letzte Familienmitglied zurückgezogen hatte. Wenn alles still war, musste er sich aus seinem Zimmer stehlen, sich auf Zehenspitzen die Treppe hinunterschleichen und geräuschlos das Haus verlassen. Doch wenn irgendwer aufwachte und auf den Flur trat, was sollte er dann sagen? „Ich will eben mal frische Luft schnappen“ – mitten in der Nacht in den Schnee hinaus? Und wie sollte das morgen früh gehen? Da würde es sich kaum vermeiden lassen, dass ihn auf dem Weg zurück ins Zimmer jemand sah. Dann müsste er sich darauf hinausreden, dass er einen Morgenspaziergang unternommen habe. Aber wenn später die Polizei kam und Fragen stellte, würde sich der oder die Betreffende an den für Kit absolut untypischen Spaziergang sicherlich erinnern.

Er versuchte, sich alle Bedenken aus dem Kopf zu schlagen. Es gab ein drängenderes Problem: Er musste seinem Vater die Chipkarte stehlen, die ihm Zugang zum BSL-4-Labor verschaffte. Sie besaß den richtigen Ortscode für den Kreml, der dafür sorgte, dass die Karte nur dort funktionierte. Allerdings waren auf dem Fingerabdruckchip die Daten seines Vaters gespeichert, nicht seine eigenen. Aber auch dazu hatte Kit sich etwas einfallen lassen.

Er stand auf, murmelte etwas von „Toilette“ und verließ den Raum. Vom Flur aus warf er einen Blick in die Küche, wo Olga gerade einen riesigen Truthahn füllte und Miranda Rosenkohl putzte.

Kit verschwand im Arbeitszimmer seines Vaters und schloss die Tür hinter sich. Am wahrscheinlichsten war, dass die Chipkarte in einer der Anzugtaschen seines Vaters steckte. Kit hatte damit gerechnet, dass das Jackett entweder am Kleiderhaken hinter der Tür oder über der Rückenlehne des Schreibtischstuhls hängen würde, doch nun erkannte er auf den ersten Blick, dass es sich nicht im Raum befand. Immerhin stand aber die Aktentasche seines alten Herrn auf dem Boden neben dem Schreibtisch. Kit durchsuchte sie schnell. Doch die gesuchte Ausweiskarte war nicht da.

Kit verließ das Arbeitszimmer und stieg leise die Treppe hinauf. Die einzige Möglichkeit, die noch infrage kam, war das Schlafzimmer seines Vaters. Kit schlich hinein und schloss die Tür hinter sich.

Auf beiden Seiten des Bettes stand je eine kleine viktorianische Kommode aus schwerem Mahagoni, die als Nachttisch diente. Sein Vater hatte immer auf der rechten Seite des großen Doppelbetts geschlafen. Kit öffnete die Schubladen auf dieser Seite und fand eine Taschenlampe und einen Band von Marcel Prousts Gesammelten Werken. Die Schubladen auf der ehemaligen Bettseite von Kits Mutter waren alle leer.

Er betrat das Ankleidezimmer, einen quadratischen Raum, der ringsum von Schränken gesäumt war. Draußen war es schon dämmerig, doch für Kits Vorhaben reichte das Licht noch aus, sodass er darauf verzichten konnte, die Lampen anzuknipsen. Er öffnete die Tür zu dem Schrank, in dem die Anzüge seines Vaters untergebracht waren. Über einem Kleiderbügel hing das Jackett zu dem Anzug, von dem Stanley im Augenblick noch Weste und Hose trug. Aus der Innentasche zog Kit eine schwarze Lederbrieftasche hervor. Sie enthielt ein kleines Bündel Banknoten sowie mehrere Plastikkarten. Eine davon war die Ausweiskarte für den Kreml.

„Bingo", flüsterte Kit.

In diesem Augenblick öffnete sich nebenan die Schlafzimmertür. Kit hatte die Tür zum Ankleidezimmer nicht geschlossen, sodass er nun sehen konnte, wie Miranda mit einem Wäschekorb den Raum betrat. Geistesgegenwärtig versteckte Kit sich hinter der Zimmertür. Wenn er vorsichtig dahinter hervorsah, konnte er Miranda im großen Schlafzimmerspiegel erkennen. Seine Schwester schaltete das Licht ein und fing an, das Bett abzuziehen. So, wie es aussah, hatten sie und Olga einige von Loris Pflichten übernommen.

Während Miranda das Bett mit frischen Laken bezog, betrat Hugo das Schlafzimmer. Er machte die Tür hinter sich zu.

„Was willst du?", fragte Miranda. Es klang argwöhnisch.

Hugo grinste sie mit Verschwörermiene an, erwiderte aber nur: „Ich dachte, ich könnte dir vielleicht ein bisschen helfen." Er ging ums Bett herum und fing an, das Laken festzustecken.

Miranda warf einen sauberen Kopfkissenbezug übers Bett. „Hier."

Hugo stopfte das Kissen hinein. Gemeinsam streiften sie den Bettbezug über. „Ich vermisse dich", sagte Hugo plötzlich.

„Quatsch keinen Blödsinn!", erwiderte Miranda kühl.

Kit konnte sich keinen Reim darauf machen. Was ging hier vor?

Hugo ging um das Bett herum auf Miranda zu, doch sie nahm den Wäschekorb und hielt ihn wie einen Schutzschild vor sich. Hugo grinste sie unverschämt an. „Na, wie wär's mit einem Küsschen? Um der alten Zeiten willen?"

„Hör auf, und zwar sofort!", entgegnete Miranda mit fester Stimme.

Hugo packte den Wäschekorb und versetzte ihm einen leichten Stoß, sodass Mirandas Waden gegen die Bettkante stießen und sie sich unwillkürlich setzen musste. Sie ließ den Korb los und versuchte sich mit den Händen abzustützen. In diesem Augenblick stieß Hugo den Wäschekorb zur Seite, drückte Miranda aufs Bett und kniete sich über sie.

„Runter von mir!", fauchte Miranda.

Kit wusste nicht, was er tun sollte. Das hier ging ihn nichts an. Konnte er sich vielleicht an den beiden vorbeistehlen, während sie auf dem Bett miteinander rangen? Nein, dazu war das Schlafzimmer zu klein. Also blieb er wie gelähmt stehen und behielt das Geschehen im Auge.

„Nur ein Quickie“, bettelte Hugo. „Kein Mensch erfährt was davon.“

Miranda holte mit dem rechten Arm aus und versetzte ihrem Schwager eine gewaltige Ohrfeige. Dann riss sie abrupt ein Knie hoch und traf ihn an einer sehr empfindlichen Stelle. Sie wand sich wie eine Schlange, warf Hugo ab und sprang auf die Füße.

Hugo blieb auf dem Bett liegen. „Mensch, tut das weh!“, jammerte er.

„Geschieht dir recht“, erwiderte Miranda. „Mach das niemals wieder!“

Mühsam erhob er sich. „Warum nicht? Was willst du denn tun – Ned davon erzählen?“

„Ich sollte es ihm erzählen, ja, aber dazu fehlt mir der Mut. Es stimmt, ich habe einmal mit dir geschlafen, als ich sehr einsam und depressiv war, aber ich bereue es zutiefst, bis auf den heutigen Tag.“

Ach, so war das!, dachte Kit. Hugos Benehmen überraschte ihn nicht – ein kleines Verhältnis mit der eigenen Schwägerin war eine Vorstellung, die vielen Männern gefiel. Aber Miranda war in solchen Dingen moralisch bis zur Prüderie. Kit hätte geschworen, dass sie niemals mit einem verheirateten Mann schlafen würde, geschweige denn mit dem ihrer Schwester.

„Womit drohst du mir dann?“, wollte Hugo wissen. „Mit Olga?“

„Sie würde sich von dir scheiden lassen und nie wieder ein Wort mit mir sprechen. Das würde die Familie zerstören.“

„Tja, dann stehst du eigentlich ziemlich hilflos da, oder täusche ich mich?“, resümierte Hugo zufrieden. „Und da wir keine Feinde sein können – warum küsst du mich nicht ganz lieb und bleibst meine Freundin?“

„Weil du mich anwiderst!“ Mirandas Stimme war eiskalt.

„Ach ja? Gut, dann hasst du mich eben. Was mich betrifft, so bete ich dich an – nach wie vor.“ Hugo schenkte ihr sein charmantestes Lächeln und entfernte sich, wobei er leicht hinkte.

Als die Tür ins Schloss fiel, schimpfte Miranda ihm hinterher. „Hurensohn!“ Sie hob den Wäschekorb auf. Doch statt das Zimmer zu verlassen, kam sie auf Kit zu. Er hatte keine Chance mehr zu entkommen. Mit drei Schritten war Miranda im Ankleideraum und knipste das Licht an.

Kit konnte gerade noch die Chipkarte in seine Hosentasche gleiten lassen. Im nächsten Augenblick hatte Miranda ihn auch schon entdeckt und quietschte vor Schreck auf. „Kit! Was tust du denn hier? Meine Güte, hast du mich erschreckt!“ Dann wurde sie leichenblass und fügte hinzu: „Du musst das ja alles mitbekommen haben.“

„Tut mir Leid." Er zuckte mit den Schultern. „Das wollte ich nicht."

„Du erzählst das aber nicht weiter, oder?"

„Nein, natürlich nicht."

„Ich meine es ernst, Kit. Niemand darf davon erfahren. Es wäre grauenhaft. Du könntest zwei Ehen damit zerstören."

„Ich weiß, ich weiß."

Jetzt erst sah sie die Brieftasche in seiner Hand. „Was hast du eigentlich hier zu suchen?"

„Ich brauche Geld." Er zeigte ihr die Scheine in der Brieftasche.

„Ach, Kit!" Es klang traurig, aber nicht anklagend.

Er setzte eine Armesündermiene auf. „Mir steht das Wasser bis zum Hals, ehrlich gesagt."

„Ich gebe dir Geld!" Sie stellte den Wäschekorb ab, griff in eine ihrer Rocktaschen, zog zwei Fünfzigpfundnoten heraus und reichte sie ihrem Bruder. „Wende dich halt an mich. Ich lass dich schon nicht hängen."

„Danke, Mandy." Kit nannte sie bei ihrem Rufnamen aus Kindertagen.

„Aber klau niemals mehr von Daddy! Und erzähle um Himmels willen niemandem etwas von Hugo und mir!"

„Versprochen."

TONI hatte ungefähr eine Stunde lang tief geschlafen, als der Wecker sie aus ihren Träumen riss. Es war fünf Uhr nachmittags, und sie stellte fest, dass sie angezogen auf ihrem Bett lag. Nicht einmal Jacke und Schuhe hatte sie abgestreift, so müde war sie gewesen. Doch der kurze Schlaf hatte ihr gut getan, sie fühlte sich jetzt wesentlich frischer.

Sie stand auf und zog die Bürokleidung aus. Mit einem Hausmantel über der Unterwäsche lief sie geschäftig hin und her und packte den Koffer für die fünf Übernachtungen im Hotel. Ursprünglich hatte sie bereits heute Mittag abfahren wollen; es gab also einiges aufzuholen.

Ihre Mutter musste inzwischen bei Bella sein. Sie war eine intelligente Frau, die allmählich ihren Verstand verlor. Sie war früher Gymnasiallehrerin für Mathematik gewesen, doch inzwischen nicht einmal mehr imstande, im Laden ihr Wechselgeld zu zählen. Toni liebte ihre Mutter sehr und war tieftraurig über ihren geistigen Verfall.

Leider war Tonis Schwester Bella ein bisschen oberflächlich. Sie putzte, wenn sie gerade Lust dazu hatte, und kochte, wenn sie Hunger hatte. Ihr Mann Bernie arbeitete wegen einer nicht näher diagnostizierten Brustkrankheit nur selten. Doch ihre Mutter hatte an Bellas chaotischer Haushaltsführung nie Anstoß genommen, im Gegenteil: Sie war immer gern nach Glasgow gereist und hatte in der zugigen Sozialwohnung zusammen mit den geliebten Enkelkindern halbgare Pommes gemampft.

Als der Koffer fertig gepackt war, nahm Toni ein Bad, um die zwei Tage höchster innerer Anspannung abzuspülen. Dann zog sie braune Jeans und einen dunkelgrünen Pullover an. Als sie gerade den Koffer zumachte, klingelte das Telefon. Es war ihre Schwester.

„Hallo, Bella. Wie geht's Mutter?"

„Sie ist nicht hier."

„Was? Du solltest sie doch um 13 Uhr abholen!"

„Weiß ich. Aber ich bin nicht weggekommen. Bernie hatte den Wagen."

„Und du bist immer noch nicht unterwegs? Was denkst du dir eigentlich dabei?"

„Das Problem ist, dass das Wetter inzwischen sehr schlecht ist."

„Es schneit in ganz Schottland, aber nicht stark."

„Na ja, Bernie will jedenfalls nicht, dass ich bei diesem Wetter hundert Kilometer durch Nacht und Nebel fahre."

„Wenn du Mutter zum vereinbarten Zeitpunkt abgeholt hättest, würdest du nicht bei Nacht und Nebel fahren müssen!"

„Oje, jetzt bist du mir böse, ich hab's ja kommen sehen."

„Zerbrich dir nicht den Kopf darüber, wie ich mich fühle. Denk doch mal an Mutter! Glaubst du nicht, dass sie jetzt sehr enttäuscht ist? Was wirst du nun tun?"

„Da gibt's nicht viel, was ich noch tun kann."

„Dann lässt du sie also über Weihnachten im Heim?"

„Es sei denn, du holst sie zu dir. Von dir aus sind's ja nur 15 Kilometer."

„Bella, ich habe eine Wellnesskur gebucht, das weißt du doch! Sieben Freunde warten schon auf mich. Ich habe vierhundert Pfund angezahlt und freue mich wahnsinnig auf eine kleine Auszeit."

„Das klingt ein bisschen egoistisch."

„Einen Moment: Die letzten drei Male hat Mutter Weihnachten bei mir verbracht. Ist das egoistisch?"

„Du hast ja keine Ahnung, wie schwer es mit drei Kindern und einem Mann ist, der zu krank ist, um zu arbeiten. Du brauchst dich nur um dich selbst zu kümmern."

„Dann möchtest du also, dass ich auf meinen Urlaub verzichte, Mutter aus dem Heim hole und mich über Weihnachten um sie kümmere."

„Das liegt bei dir. Du musst dich eben nach deinem Gewissen richten."

„Danke für den nützlichen Rat.“ Tonis Gewissen sagte ihr, sie müsse sich um ihre Mutter kümmern, und Bella wusste das ganz genau. Toni brachte es einfach nicht über sich, ihre Mutter über Weihnachten in diesem Heim zu lassen. „Also gut, ich fahr hin und hol sie.“

„Ich bedauere nur, dass du das nicht ein bisschen freundlicher sagen konntest“, erwiderte ihre Schwester.

„Ach, leck mich doch, Bella!“ Toni legte auf.

Deprimiert rief sie im Hotel an und machte ihre Buchung rückgängig. Dann rief sie ihre Freunde an und erklärte ihnen, was vorgefallen war.

UM 19 UHR stellte Kit seinen Computer in der Rumpelkammer auf, einem winzigen Raum, den man nur von seinem Schlafzimmer aus erreichte, und verkabelte einen Fingerabdruckscanner sowie ein Schreib-und-Lese-Gerät für Chipkarten mit dem Laptop.

Die Rumpelkammer war schon immer sein Reich gewesen. Als er noch klein gewesen war, hatte die Familie nur drei Schlafzimmer im Altbau besessen: die Eltern das größte, die beiden Mädchen das mittlere und Kit mit seinem Kinderbettchen die angrenzende Rumpelkammer. Nach Errichtung des Anbaus und nachdem Olga zum Studium fortgezogen war, hatte Kit das alte Mädchenzimmer übernommen. Dennoch war die Rumpelkammer stets seine Bude geblieben, in der er sich am wohlsten fühlte. Das Mobiliar entsprach immer noch den Bedürfnissen eines Schülers: ein billiger Schreibtisch, ein Bücherregal und ein Schlafsessel, der sich zu einem schmalen Bett ausklappen ließ. Oft hatte er Schulfreunden, die bei Kit übernachtet hatten, als Lager gedient.

Er setzte sich an den Schreibtisch, nahm die Chipkarte, die er seinem Vater gestohlen hatte, zur Hand und steckte sie in das Schreib-Lese-Gerät. Der obere Teil ragte aus dem Schlitz heraus, und deutlich waren die aufgedruckten Worte OXENFORD MEDICAL zu erkennen. Hoffentlich kam jetzt keiner herein.

Der Chip auf der Karte enthielt Detailangaben zu dem Fingerabdruck von Kits Vater. Es handelte sich nicht bloß um ein einfaches Bild, denn das wäre zu leicht zu fälschen gewesen – ein Foto des Fingers hätte einen normalen Scanner täuschen können. Stattdessen hatte Kit eine Vorrichtung erfunden, die durch die Messung winziger elektrischer Spannungsunterschiede zwischen den Erhebungen und Vertiefungen 25 Punkte des Fingerabdrucks erfasste. Außerdem hatte er ein Programm zur Kodierung dieser Daten entwickelt.

Er gab dem Laptop den Befehl, die Karte zu lesen. Nach ein paar Sekunden erschien auf dem Bildschirm eine Seite mit kodierten Daten: die Angaben zu den Fingerabdrücken seines Vaters. Kit speicherte die Datei ab, dann stellte er das Programm auf Lesefunktion und drückte den Zeigefinger seiner rechten Hand auf das Glas des Scanners. Das Programm untersuchte den Abdruck und kodierte die Merkmale. Kit sicherte diese neue Datei. Zum Schluss lud er die Angaben seines Fingerabdrucks auf die Chipkarte und überschrieb damit die Daten seines Vaters. Die Karte enthielt jetzt nicht mehr dessen verschlüsselte Fingerabdruckdaten, sondern Kits eigene. Er zog die Karte wieder aus dem Gerät und steckte sie in die Tasche. Damit bekam er Zugang zum BSL-4-Labor.

Sobald er danach wieder auf Steepfall war, wollte er die Prozedur rückgängig machen – das heißt die eigenen Fingerabdruckdaten löschen, die seines Vaters wieder darauf spielen und dann die Chipkarte zurück in die Brieftasche stecken. Im Kremlcomputer wäre dann gespeichert, dass Stanley Oxenford das BSL-4-Labor in den frühen Morgenstunden des 25. Dezember betreten hatte. Er würde natürlich protestieren und behaupten, er habe daheim im Bett gelegen. Toni Gallo aber würde der Polizei erzählen, wegen der Überprüfung des Fingerabdrucks könne nur er selbst die Karte benutzt haben. Die Vorstellung, wie ratlos und verblüfft sie alle sein würden, bereitete Kit ein königliches Vergnügen.

Er war mit sich zufrieden. Er besaß jetzt einen Schlüssel für das BSL-4-Labor. Doch bevor ihm der etwas nutzen konnte, musste er erst einmal in den Kreml hineinkommen.

Er zog sein Mobiltelefon aus der Tasche und wählte die Handynummer von Hamish McKinnon, einem der Werkschutzmänner, die heute im Kreml Dienst hatten. Hamish war der Dealer der Firma: Er versorgte die jüngeren Forscher mit Marihuana und Ecstasy. Kit hatte ihn für heute Nacht zu seinem Vertrauten gemacht; er konnte sich seiner sicher sein, denn McKinnon hatte ja selbst Geheimnisse, von denen er wollte, dass sie gewahrt blieben.

„Ich bin's", sagte Kit, als Hamish sich meldete. „Kannst du reden?"

„Dir auch frohe Weihnachten, Ian, alter Kumpel!", erwiderte Hamish gut gelaunt. „Warte eine Sekunde, ich geh mal kurz raus, das ist besser."

„Alles in Ordnung?"

Hamishs Stimme klang jetzt sehr ernst. „Ja, aber sie hat die Wachen verdoppelt. Ich bin mit Willie Crawford auf Schicht im Pförtnerhaus."

„Wie viele Wachen seid ihr insgesamt?"

„Sechs. Zwei hier, zwei an der Rezeption und zwei im Kontrollraum."

„Okay. Das ist zu schaffen. Gib mir Bescheid, wenn irgendwas Unvorhergesehenes geschieht.“

Kit beendete das Gespräch. Als Nächstes wählte er die Nummer, die ihm Zugang zum Telefoncomputer des Kreml verschaffen würde. Diese Nummer wurde von der Telefongesellschaft Hibernian Telecom – der Firma, die das Telefonsystem eingerichtet hatte – genutzt, um bei Störfällen Ferndiagnosen zu stellen. Kit hatte eng mit HT zusammengearbeitet, da die von ihm installierten Alarmsysteme Telefonleitungen nutzten; von daher kannte er die Nummer und den Zugangscode.

Sein Handy war mit dem Laptop über einen Funkkontakt verbunden. Über den Computer stellte Kit nun eine Verbindung zum Zentralrechner der Telefonanlage im Kreml her. Das System hatte Detektoren, die ein Eindringen von außen registrierten, schlugen aber nicht Alarm, wenn dazu die firmeneigene Telefonleitung mit der entsprechenden Codekennung benutzt wurde.

Als Erstes schaltete Kit alle Telefone im Kreml ab, ausgenommen jenes am Empfang. Danach leitete er sämtliche Anrufe, die im Kreml ankamen oder von dort hinausgingen, auf sein Handy um. Er hatte seinen Laptop bereits dahin gehend programmiert, dass dieser die Nummern erkannte, die am ehesten infrage kamen – wie jene von Toni Gallo. So konnte Kit die Anrufe selbst beantworten oder den Anrufern vorgefertigte Antworten vorspielen. Es war ihm sogar möglich, Anrufe weiterzuleiten und die Gespräche abzuhören. Zum Schluss veranlasste er sämtliche Telefone im Kreml, fünf Sekunden lang zu klingeln, um den Werkschutz aufzuscheuchen. Dann unterbrach er die Leitung, setzte sich auf die Stuhlkante und wartete.

Er war sich ziemlich sicher, was nun geschehen würde. Die Wachen hatten eine Liste mit Nummern, die in verschiedenen Notsituationen angerufen werden mussten. Ihre erste Reaktion müsste jetzt ein Anruf bei der Telefongesellschaft sein.

Kit brauchte nicht lange zu warten. Sein Handy klingelte, und auf dem Bildschirm des Laptops erschien die Meldung: KREML RUFT TONI GALLO.

Damit hatte Kit nicht gerechnet, aber er war auf alle Eventualitäten vorbereitet. Rasch aktivierte er eine für solche Fälle aufgenommene Ansage. Eine weibliche Stimme teilte dem Werkschutzmann, der mit Toni sprechen wollte, mit, das Handy, das er angewählt habe, sei nicht angeschaltet oder nicht erreichbar. Der Mann legte auf.

Schon klingelte Kits Telefon erneut. Er hoffte, dass der Werkschutz nun die Telefongesellschaft anrief, sah sich aber auch diesmal enttäuscht. Auf dem Bildschirm erschien die Meldung: KREML RUFT RPHQ. Die Sicherheitsleute riefen also bei der regionalen Polizeistation in Inverburn an. Kit leitete den Anruf an die richtige Nummer weiter und hörte mit.

„Hier ist Steven Tremlett, Werkschutzleiter bei Oxenford Medical. Wir haben ein Problem mit unseren Telefonleitungen. Ich bin nicht sicher, ob unsere Alarmanlagen in diesem Fall funktionieren."

„Ich hab's notiert. Können Sie die Leitungen reparieren lassen?"

„Ich rufe gleich beim Notdienst der Telefongesellschaft an, aber wann die am Heiligabend kommen, weiß der Himmel."

„Sollen wir einen Streifenwagen schicken?"

„Wenn sonst nicht viel los ist, wäre es jedenfalls kein Fehler."

Nachdem das Gespräch beendet war, klingelte Kits Handy ein drittes Mal, und diesmal las er: KREML RUFT HIBERNIAN. Na endlich, dachte er erleichtert. Er drückte einen Taste und meldete sich an seinem Telefon. „Hibernian Telecom."

„Hier ist Oxenford Medical", erklang Tremletts Stimme. „Wir haben ein Problem mit unserer Telefonanlage."

Kit übertrieb seinen schottischen Akzent, damit seine Stimme nicht erkannt wurde. „Worin liegt das Problem?"

„Alle Telefonapparate sind tot außer dem hier, von dem ich spreche. Das Gebäude ist natürlich leer. Aber unsere Alarmanlagen sind an die Telefonleitungen angeschlossen. Wir müssen sicher sein, dass sie funktionieren."

Just in diesem Augenblick betrat Stanley das Zimmer.

Kit erstarrte vor Schreck. Sein Vater warf einen Blick auf den Computer und das Handy und zog die Brauen hoch. Kit riss sich zusammen und sagte ins Telefon: „Ich rufe Sie in zwei Minuten zurück." Dann drückte er eine Taste auf dem Laptop, und der Bildschirm wurde schwarz.

„Du arbeitest an Weihnachten?", fragte Stanley.

„Ich habe versprochen, diese Software bis zum 24. zu liefern."

„Inzwischen ist dein Kunde längst zu Hause."

„Aber sein Computer wird ihm sagen, dass ich ihm das Programm rechtzeitig vor Mitternacht zugemailt habe. Er kann also nicht behaupten, dass ich zu spät geliefert habe."

Stanley lächelte. „Na gut – es freut mich, dass du so gewissenhaft bist." Dann stand er sekundenlang wortlos da. „Ist unsere Auseinandersetzung jetzt wirklich beendet, mein Sohn?"

Kit versuchte mühsam, seine brennende Ungeduld zu bezähmen. „Ja, ich glaube schon."

„Ich weiß, dass du dich ungerecht behandelt fühlst. Die Logik dahinter ist mir zwar schleierhaft, aber ich akzeptiere, dass es sich so verhält. Auch ich habe das Gefühl, dass du mir gegenüber nicht fair warst. Aber wir sollten versuchen, das zu vergessen, und wieder Freunde sein."

Kit verschanzte sich hinter einer nichts sagenden Miene, um sich sein schlechtes Gewissen nicht anmerken zu lassen. „Ich tue mein Bestes."

Stanley schien diese Antwort zu genügen. „Nun, mehr kann ich von dir wohl auch nicht verlangen." Er legte Kit die Hand auf die Schulter, beugte sich vor und küsste ihn auf die Stirn. „Eigentlich bin ich gekommen, um dir zu sagen, dass das Abendessen gleich fertig ist."

„Ich bin auch gleich so weit. In fünf Minuten komme ich runter."

„Schön." Stanley ging wieder.

Kit ließ sich auf seinem Stuhl zurücksinken. Er zitterte, erfüllt von einer Mischung aus Scham und Erleichterung. Als seine Hände wieder einigermaßen ruhig waren, wählte er die Nummer des Kreml.

Steve Tremlett meldete sich sofort. „Oxenford Medical."

„Hibernian Telecom", entgegnete Kit mit verstellter Stimme. „Ich bekomme keinen Zugang zu Ihrem Zentralcomputer."

„Die Leitung ist also auch tot. Sie müssen jemanden herschicken."

Darauf hatte Kit spekuliert. Aber er musste aufpassen, dass Tremlett ihm seine Begeisterung nicht anhörte. „Es wird schwer sein, jemanden zu finden, der Ihnen am Heiligabend die Leitung repariert."

„Kommen Sie mir nicht mit solchen Ausreden!" Tremletts Stimme verriet Ärger. „Sie haben uns garantiert, dass Sie jeden Fehler innerhalb von vier Stunden reparieren, und zwar rund um die Uhr, an jedem Tag des Jahres. Für diesen Service werden Sie von uns bezahlt."

„Schon gut, schon gut, regen Sie sich nicht auf. Ich tue mein Bestes, dass bis Mitternacht jemand bei Ihnen ist."

„Danke, wir warten." Tremlett legte auf.

Kit legte sein Handy beiseite. Bis jetzt lief alles nach Plan.

20.30 Uhr

Miranda fühlte sich wohl. Das Essen war herzhaft und sättigend, und ihr Vater hatte dazu zwei Flaschen Rotwein geöffnet. Kit war ruhelos – wenn sein Handy klingelte, rannte er immer wieder die Treppe hinauf –, aber alle anderen waren entspannt. Die vier Kinder aßen schnell und verzogen sich dann wieder in die Scheune. So kam es, dass am Ende nur noch die Erwachsenen am Tisch saßen. Lori schenkte Kaffee ein, während Luke die Geschirrspülmaschine füllte.

„Was hieltet ihr davon, wenn ich mich nach einer neuen Frau umsehen würde?“, fragte Stanley unvermittelt.

Niemand sagte ein Wort.

„Ich nehme an, du sprichst von Toni Gallo“, bemerkte Miranda nach einer Weile.

Er wirkte verblüfft. „Nein. Ich meine keine bestimmte Person, sondern mir geht es ganz allgemein ums Prinzip. Marta ist seit anderthalb Jahren tot. Fast vier Jahrzehnte war sie die einzige Frau in meinem Leben. Ich bin jetzt sechzig und habe vielleicht noch zwanzig Jahre vor mir, die ich nicht unbedingt allein verbringen möchte.“

Olga reagierte patzig. „Was fragst du uns? Du brauchst doch wohl nicht unsere Genehmigung, wenn du deine Sekretärin flachlegen willst. Oder wen sonst auch immer.“

„Ich bitte euch nicht um Erlaubnis. Ich möchte wissen, was ihr davon hieltet, wenn es geschehen würde. Im Übrigen wird es gewiss nicht meine Sekretärin sein, denn Dorothy ist sehr glücklich verheiratet.“

„Ich glaube, es würde uns allen nicht leicht fallen, dich mit einer anderen Frau in diesem Haus zu sehen, Daddy“, meldete Miranda sich wieder zu Wort. „Aber wir wollen, dass du glücklich bist, und ich denke, wir würden uns alle Mühe geben, eine Frau, die du liebst, in unserem Kreis willkommen zu heißen.“

Stanley verzog das Gesicht und sah sie an. „Klingt nicht gerade nach begeisterter Zustimmung, aber ich danke dir dafür, dass du dich bemühst, der Sache einen positiven Aspekt abzugewinnen.“

„Von mir kriegst du so was nicht zu hören“, keifte Olga. „Mein Gott, was sollen wir dazu schon sagen? Willst du diese Frau heiraten oder was? Willst du vielleicht noch Kinder in die Welt setzen?“

„Ich will überhaupt niemanden heiraten“, erwiderte Stanley unwirsch. „Aber ausgeschlossen ist gar nichts“, setzte er hinzu.

„Das ist doch unerhört!“, polterte Olga los. „Als Kind habe ich dich kaum je zu Gesicht bekommen. Du warst doch immer in deinem Labor. Ich will jetzt endlich meinen Lohn für das Opfer, das ich gebracht habe. Ich möchte, dass meine Kinder das Geld erben, das du verdient hast – und nicht, dass sie es mit einem Haufen Bälger teilen müssen, die von irgendeiner Schlampe geworfen wurden.“

Stanleys Miene verdüsterte sich. „Ich habe nicht die Absicht, irgendeiner Schlampe den Hof zu machen."

Olga sah ein, dass sie zu weit gegangen war. „War nicht so gemeint." Für ihre Verhältnisse kam das einer Entschuldigung gleich.

„Ich dachte mir, euch wäre es vielleicht unangenehm, wenn eine andere Frau den Platz eurer Mutter einnähme", sagte Stanley. „Aber dass eure Hauptsorge meinem Testament gilt, darauf wäre ich nie gekommen."

Es tat Miranda weh, wie ihre Schwester mit ihrem Vater umgegangen war. „Worauf es ankommt, ist, dass die Familie zusammenhält", sagte sie, an Olga gewandt. „Egal, wie Daddy sich entscheidet, wir dürfen uns dadurch nicht auseinander dividieren lassen."

„Halt du mir keine Vorträge über Familienbande", erwiderte Olga wütend. „Red lieber mit unserem Bruder darüber. Er ist es doch, der mit seinen krummen Touren die Familie fast auf den Hund gebracht hat."

„Du kannst mich mal, Olga!", brauste Kit auf.

„Ich möchte nicht, dass diese alte Geschichte wieder aufgewärmt wird", warnte Stanley.

„Nun hab dich mal nicht so, Daddy!", schimpfte Olga. „Was kann denn für den Zusammenhalt einer Familie gefährlicher sein als ein Dieb in den eigenen Reihen?"

Scham und Wut trieben Kit das Blut ins Gesicht. „Ich werde euch mal was erzählen …"

Miranda wusste, was jetzt kommen würde. Entsetzt streckte sie Kit ihren Arm entgegen, um ihm Einhalt zu gebieten. „Ich bitte dich, beruhige dich", flehte sie.

„Ich werde euch jetzt erzählen, was für die Familie noch gefährlicher sein könnte. Ich rede von einer Person …"

Miranda stand auf und brüllte: „Kit, halt jetzt bloß deinen Mund!"

„… die mit …"

Miranda ergriff ein Glas Wasser und schüttete Kit den Inhalt ins Gesicht.

Er wischte es sich mit seiner Serviette ab. Während alle noch erschrocken schwiegen und ihn anstarrten, vollendete er seinen Satz: „… dem Ehemann ihrer Schwester schläft."

Olga wusste beim besten Willen nicht, woran sie war. „Das ist doch Unfug. Ich habe nie mit Jasper geschlafen – oder mit Ned."

„Ich rede nicht von dir", erwiderte Kit.

Olga sah Miranda an, doch diese wandte den Blick ab.

Lori, die noch immer mit der Kaffeekanne in der Hand dastand, hielt schockiert laut vernehmbar die Luft an.

Miranda schaute zu Ned. Auch er war entsetzt. „Stimmt das?“, fragte er. Sie antwortete nicht.

Olga drehte sich zu ihrem Mann um. „Du und meine Schwester?“

Hugo versuchte es mit seinem Lausbubengrinsen, worauf Olga ausholte und ihm ins Gesicht schlug. „Du lausiger, verlogener …“ Sie rang nach Worten. „Du Schweinehund! Du Scheißkerl …“ Dann ging sie auf Miranda los. „Du auch!“

Miranda wagte es nicht, sie anzusehen, und starrte auf die Tischplatte.

„Wie konntest du?“, kreischte Olga. „Wie konntest du nur?“

Miranda würde versuchen, es ihr zu erklären. Irgendwann einmal. Doch jetzt schüttelte sie nur den Kopf.

Olga stand auf und verließ den Raum. Hugo sah ihr dümmlich nach. „Ich glaube, es ist besser, ich …“ Er erhob sich und folgte ihr.

Stanley wandte sich an Kit. „Das war ein starkes Stück.“ Seine Stimme zitterte vor Wut.

„Ach so, ich bin schuld?“, murrte Kit. „Habe ich vielleicht mit Hugo geschlafen?“ Er warf seine Serviette auf den Tisch und stapfte hinaus.

Wie vom Donner gerührt saß Ned da. „Äh … entschuldigen Sie mich bitte.“ Mit diesen Worten verschwand auch er.

Zurück blieben nur Miranda und ihr Vater. Stanley stand auf, ging zu ihr hin und legte ihr die Hand auf die Schulter. „Sie werden sich alle irgendwann beruhigen. Es ist schlimm, aber es geht vorüber.“

Sie drehte sich zu ihm und presste ihr Gesicht in den weichen Stoff seiner Weste. „Oh, Daddy, es tut mir ja so Leid!“ Sie begann zu weinen.

DAS WETTER wurde immer schlimmer. Schon die Hinfahrt zum Altersheim hatte sich in die Länge gezogen, doch die Rückfahrt ging noch langsamer vonstatten. Die dünne, von Autoreifen fest gefahrene Schneeschicht auf der Straße war gefroren. Ängstliche Fahrer schlichen nur noch im Schritttempo dahin, und Tonis Porsche war bei diesen rutschigen Straßenverhältnissen auch nicht unbedingt in seinem Metier.

Ihre Mutter saß zufrieden auf dem Beifahrersitz. Sie trug einen grünen Wollmantel und einen Filzhut und war Bella nicht im Geringsten böse.

Toni ärgerte das. Sie musste immer wieder an ihre Freunde im Hotel denken, die vor einem großen Kaminfeuer Kaffee tranken. Alle amüsierten sich königlich, nur sie fuhr hier mit ihrer Mutter durch den Schnee … Ach was, hör auf zu jammern!, schimpfte sie mit sich selbst. Du bist erwachsen, und Erwachsene haben eben ihre Pflichten. Wer weiß, wie lange Mutter noch lebt? Du solltest froh sein über jede Minute, die du sie noch hast.

Doch wenn sie an Stanley dachte, fiel es ihr schwerer, auch die gute Seite zu sehen. Sie hatte sich ihm an diesem Vormittag so nahe gefühlt – und jetzt war die Kluft zwischen ihnen größer als der Grand Canyon.

Vor ihnen schimmerten die Lichter einer Tankstelle durch die Nacht. „Musst du mal zur Toilette, Mutter?“, fragte Toni.

„Ja, bitte.“

Toni bremste und stoppte vor einer Zapfsäule. Sie füllte den Tank auf und half ihrer Mutter dann heraus. Während sie zahlte, verschwand ihre Mutter in der Toilette. Als Toni zum Wagen zurückkehrte, klingelte ihr Handy. Der Kreml, schoss es ihr durch den Kopf. Schnell riss sie das Telefon ans Ohr.

„Toni Gallo.“

„Hier spricht Stanley.“

„Oh!“ Das war eine Überraschung, mit der sie nicht im Entferntesten gerechnet hatte.

„Ich hoffe, ich rufe nicht zu einem unpassenden Zeitpunkt an“, sagte er höflich.

„Nein, nein, nein“, entgegnete sie schnell und glitt auf den Fahrersitz. „Ich dachte, der Anruf käme vielleicht aus dem Kreml, und fürchtete schon, es gäbe dort Probleme.“ Sie schloss die Tür.

„Dort ist alles in Ordnung, soweit ich weiß. Wie gefällt es Ihnen in Ihrem Wellnesshotel?“

„Ich bin woanders.“ Sie erzählte ihm kurz, was geschehen war.

„Das muss ja eine bittere Enttäuschung für Sie sein“, bedauerte er sie.

„Und Sie? Wie geht es Ihnen, ist alles in Ordnung?“

„Das Abendessen im Kreise der Familie endete mit einem großen Streit. Um es kurz zu machen: Kit hat uns allen enthüllt, dass Miranda mit Olgas Mann geschlafen hat.“

„Ach du meine Güte!“ Das war in der Tat eine schlimme Geschichte – aber dass Stanley sie ihr erzählte, verwunderte Toni noch mehr. Wieder einmal behandelte er sie, als wären sie gute, intime Freunde. „Und was halten Sie davon?“, hakte sie nach.

„Nun ja, Hugo war schon immer ein Windhund. Olga fühlt sich gedemütigt und tobt natürlich, aber ich glaube, sie wird ihm am Ende vergeben. Miranda hat mir den Hintergrund der Angelegenheit geschildert. Sie hatte kein längeres Verhältnis mit Hugo, sondern hat ein einziges Mal mit ihm geschlafen, in einer depressiven Phase nach dem Scheitern ihrer Ehe, und seither schämt sie sich jeden Tag dafür. Ich denke, dass Olga ihr schließlich auch verzeihen wird. Wer mich mehr bekümmert, ist Kit." Stanleys Stimme wurde traurig. „Ich habe mir immer einen mutigen, prinzipienfesten Sohn gewünscht, der zu einem aufrechten, ehrlichen Mann heranwächst und von aller Welt respektiert werden kann. Aber Kit ist leider hinterhältig und schwach. Aber ich sollte Sie nicht mit all diesen Dingen belasten. Ich rufe aus einem ganz anderen Grund an. Darf ich Sie in den Tagen nach Weihnachten einmal zum Abendessen einladen?"

Was soll denn das jetzt bedeuten, dachte Toni, aber sie antwortete: „Ja, natürlich dürfen Sie. Es würde mich sehr freuen, mit Ihnen zu essen."

„Mir ist unser Gespräch von heute Mittag auf den Klippen nicht aus dem Kopf gegangen. Ich habe da etwas zu Ihnen gesagt, was ich seither zutiefst bedauere."

„Und was …" Jetzt blieb ihr fast die Luft weg. „Und was war das?"

„Dass ich Ihre Frage, ob ich mir vorstellen könnte, eine neue Familie zu gründen, rundweg verneint habe. Ich habe das gesagt, weil ich … weil ich plötzlich Angst bekommen hatte. Seltsam, nicht wahr? Dass man in meinem Alter noch Angst hat …"

„Angst wovor?"

Nach langer Pause antwortete er: „Vor meinen Gefühlen. Als Sie erwähnten, dass Osborne Sie gebeten hat, mit ihm auszugehen, wurde mir klar, dass Sie nicht ewig Single bleiben werden." Er zögerte. „Aber bitte sagen Sie es mir sofort, wenn Sie der Meinung sind, dass ich mich wie ein totaler Narr verhalte, und machen Sie diesem Elend ein Ende."

„Nein …" Toni schluckte. „Nein, Sie verhalten sich nicht wie ein totaler Narr."

„Ich hatte heute Mittag den Eindruck, dass Sie mir … gewisse Sympathien entgegenbringen, und das machte mir Angst. Aber sagen Sie, ist es überhaupt richtig, dass ich Ihnen all dies erzähle? Ich wünschte, ich könnte Ihr Gesicht sehen."

„Ich bin sehr froh", erwiderte Toni mit leiser Stimme. „Ich bin sehr, sehr glücklich."

„Wirklich? Wann kann ich Sie sehen? Es gibt noch viel, worüber ich mit Ihnen sprechen möchte."

„Ich bin mit meiner Mutter unterwegs. Wir befinden uns gerade an einer Tankstelle, und in diesem Augenblick sehe ich, wie meine Mutter aus der Toilette kommt." Toni stieg aus dem Wagen, das Telefon noch immer am

Ohr. „Sprechen wir doch morgen miteinander." Sie winkte ihrer Mutter zu, hielt ihr die Beifahrertür auf und half ihr beim Einsteigen. „Ich beende gerade noch das Telefongespräch", teilte sie ihr mit, bevor sie die Beifahrertür schloss.

„Ich würde Sie morgen gerne sehen", bat Stanley. „Wir haben beide unsere familiären Verpflichtungen, aber auch das Recht auf ein wenig Zeit für uns selbst."

„Wir finden schon eine Möglichkeit. Aber ich muss jetzt weiter – meiner Mutter wird allmählich kalt."

„Bis dann. Rufen Sie mich an, sobald Sie wollen."

„Bis dann!" Toni schaltete das Handy ab und stieg ein.

„Na, das ist aber ein strahlendes Lächeln", sagte ihre Mutter. „Du bist ja auf einmal bester Laune! Wer war denn das, der dich da angerufen hat – ein netter Mensch?"

„Ja", antwortete Toni. „Ein sehr netter Mensch."

22.30 Uhr

Ungeduldig wartete Kit in seiner Rumpelkammer darauf, dass sich die anderen endlich zur Ruhe begaben. Er musste sich so schnell wie möglich auf den Weg machen.

Nervös lauschte er auf die Geräusche des Hauses. Er hörte, wie sich Olga und Hugo im Schlafzimmer nebenan stritten. Unten in der Küche klapperten Luke und Lori noch ungefähr eine halbe Stunde mit Kochtöpfen und Geschirr, dann machten sie sich auf den Weg in ihr anderthalb Kilometer entferntes Häuschen, und die Tür fiel hinter ihnen ins Schloss. Die Kinder waren in der Scheune, während Miranda und Ned sich vermutlich ins Gästehaus zurückgezogen hatten. Kit hörte auch seinen Vater die Treppe heraufkommen und die Schlafzimmertür schließen. Schließlich herrschte auch bei Olga und Hugo Ruhe – sie hatten sich entweder versöhnt oder waren einfach erschöpft. Von Nellie war anzunehmen, dass sie in der Küche neben dem Herd lag.

Nachdem Kit noch eine Weile abgewartet hatte, fragte er sich, ob er sich jetzt davonmachen konnte. Er war bereit. Er trug Jeans und einen schwarzen Pullover. Die Stiefel wollte er die Treppe hinuntertragen und erst unten anziehen. Er stand auf – und hörte im selben Augenblick unten die Hintertür klappen. Kit fluchte. Irgendjemand war hereingekommen und stieg die Treppe herauf.

Sekunden später hörte er, wie die Tür zu seinem Schlafzimmer aufging. Schritte durchquerten den Raum – und Miranda stand vor ihm in der Rumpelkammer. Sie trug ein Nachthemd und schleppte ein Laken und eine Bettdecke mit sich. Ohne ein Wort zu verlieren, ging sie zum Schlafsessel und klappte ihn auf.

Kit wurde fuchsteufelswild. „Was willst du denn hier?"

„Ich schlafe hier", erwiderte Miranda leise.

„Das geht nicht!" Panik ergriff Kit. „Du sollst doch draußen im Gästehaus pennen!"

„Ich habe mich mit Ned gestritten – dank deiner Enthüllungen am Abendbrottisch."

„Ich will dich hier nicht haben!"

„Es interessiert mich nicht die Bohne, was du willst oder nicht willst."

Kit überkam die schiere Verzweiflung, als er sah, wie seine Schwester sich ein Bett auf dem Schlafsessel zurechtmachte. Wie sollte er denn nur hier wegkommen, ohne dass sie etwas merkte? Und morgen früh wachte sie garantiert auf, bevor er zurück war, und fragte sich, wo er sich herumtrieb. Er erkannte, dass sein Alibi zusammenbrach wie ein Kartenhaus.

Doch er musste jetzt aufbrechen. Also gab er sich noch wütender, als er ohnehin schon war. „Leck mich doch!", giftete er seine Schwester an. „Ich bleibe nicht, solange du da bist." Er nahm den Laptop und ging ins Schlafzimmer.

„Wo willst du denn hin?"

Ohne dass Miranda es sehen konnte, schnappte er sich seine Stiefel. „Ins Wohnzimmer. Ich hock mich vor den Fernseher."

„Stell ihn nicht zu laut!" Sie schlug die Kammertür zu.

Auf Zehenspitzen schlich Kit über den dunklen Flur und die Treppe hinunter. Nellie kam aus der Küche angelaufen, stellte sich schwanzwedelnd vor die Tür und hoffte, zu einem nächtlichen Spaziergang ausgeführt zu werden. Kit setzte sich auf die Treppe und zog seine Stiefel und seine schwarze Puffa-Jacke über. Er schob Nellie von der Tür weg und öffnete sie. Draußen war es bitterkalt, und es schneite heftig. Kit trat hinaus und zog leise die Tür hinter sich zu.

Sein Wagen stand am hinteren Ende der Garage. Er stieg ein, legte den Laptop auf den Beifahrersitz und drehte den Zündschlüssel. Hoffentlich hörte keiner den Motor.

Der Schnee fiel so dicht, dass Kit gezwungen war, die Scheinwerfer schon jetzt anzustellen. Er konnte nur beten, dass gerade niemand aus dem Fenster schaute. Er fuhr los. Das Auto schlingerte gefährlich, doch es gelang ihm, im Schritttempo die Zufahrt zu erreichen, und er folgte ihr zur Hauptstraße.

Hier war der Schnee nicht mehr jungfräulich; in beiden Richtungen verliefen Reifenspuren. Kit wandte sich nach Norden und hielt den Wagen in der Fahrspur, bis er ihn zehn Minuten später auf eine Nebenstraße lenkte. Schließlich sah er ein Schild mit der Aufschrift FLUGSCHULE INVERBURN und bog in eine Einfahrt ab. Die Tore im Zaun standen offen. Im Lichtkegel der Scheinwerfer erschienen ein Hangar und ein Kontrollturm.

Das Gelände schien menschenleer zu sein. Doch das Tor des Hangars stand halb offen, und Kit fuhr langsam hinein. Im Innern befanden sich keine Maschinen – der Flugbetrieb beschränkte sich auf die Sommermonate –, doch Kit erkannte sofort Nigel Buchanans Bentley, neben dem ein Lieferwagen mit der Aufschrift HIBERNIAN TELECOM parkte. Aus dem Treppenhaus drang ein schwacher Lichtschein. Kit packte seinen Laptop unter den Arm, stieg aus und folgte der Treppe zum Kontrollturm hinauf.

In einem Rollkragenpullover unter einem Blazer saß Nigel am Schreibtisch und hielt ein Handy ans Ohr. Elton lehnte an der Wand. Er trug einen braunen Trenchcoat, und vor seinen Füßen lag ein großer Seesack. Daisy lümmelte sich in einem Sessel, ihre schweren Stiefel ruhten auf der Fensterbank. Sie trug eng sitzende Handschuhe aus hellbraunem Wildleder.

Nigel sprach mit seiner sanften Londoner Stimme ins Telefon. „Hier schneit es ziemlich heftig, aber laut Wettervorhersage bekommen wir nur Ausläufer des Sturms mit … Ja, Sie können morgen früh sicher fliegen, kein Problem … Wir werden deutlich vor zehn Uhr hier sein … Nein, es gibt keinerlei Schwierigkeiten, solange Sie das Geld dabeihaben – und zwar die gesamte Summe in gemischten Scheinen, wie vereinbart.“

Die Erwähnung des Geldes ließ Kit einen erwartungsfrohen Schauer über den Rücken laufen. In weniger als zwölf Stunden würde er 300 000 Pfund in seinen Händen halten. Sicher, den größten Teil davon würde er sofort an Daisy abtreten müssen, aber 50 000 gehörten ihm.

„Ich danke *Ihnen*“, sagte Nigel, „auf dann.“ Er drehte sich um. „He, Kit, du bist ja pünktlich wie die Maurer.“

„Mit wem hast du da gerade telefoniert? Mit dem Kunden?“

„Mit seinem Piloten. Er kommt mit einem Helikopter.“

Kit runzelte die Stirn. „Und was steht auf seinem Flugplan?“

„Dass er in Aberdeen startet und in London landen wird. Von der unplanmäßigen Zwischenlandung hier erfährt kein Mensch was.“

„Machen wir uns auf die Socken, okay?“ Elton zog vier Overalls aus dem Seesack, auf deren Rücken der Schriftzug HIBERNIAN TELECOM aufgedruckt war. Sie schlüpften hinein.

„Deine Handschuhe passen nicht zum Overall“, tadelte Kit Daisy.

„Was für ’n Pech aber auch“, gab sie zurück.

Er starrte sie kurz an, dann senkte er den Blick. Mit der würde es noch Ärger geben. Er hatte Angst vor ihr – und er hasste sie für das, was sie ihm an diesem Vormittag angetan hatte.

Elton verteilte nun gefälschte Ausweiskarten mit der Aufschrift HIBERNIAN TELECOM – WARTUNGSDIENST. Kits Ausweis war mit dem Foto eines Mannes versehen, der schwarzes Haar hatte sowie einen schweren Zapata-Schnauzbart und eine Brille trug.

Elton griff erneut in seinen Seesack und reichte Kit eine schwarze Perücke, einen schwarzen Schnurrbart und eine Brille mit schwerem Gestell. Außerdem gab er ihm einen Handspiegel und eine kleine Tube Klebstoff. Kit klebte sich den Schnauzbart auf die Oberlippe und stülpte sich die Perücke über. Als er in den Spiegel sah, erkannte er zufrieden, dass die Verkleidung sein Äußeres radikal veränderte. Er hatte sich zwar fest vorgenommen, den Werkschutzleuten möglichst fern zu bleiben, war aber ziemlich zuversichtlich, dass sie ihn nicht erkennen würden, wenn er doch gezwungen sein sollte, mit ihnen zu reden.

Elton hatte auch an Verkleidungen für Nigel, Daisy und sich selbst gedacht. Da die Wachen der Polizei später Beschreibungen der Eindringlinge geben würden, galt es sicherzustellen, dass die Aussagen keine Rückschlüsse auf ihr wahres Aussehen zuließen. Auch Nigel trug jetzt Brille und Perücke. Sein eigenes Haar war sandfarben und kurz, das der Perücke grau meliert und kinnlang. Daisys geschorenen Schädel bedeckte eine Perücke mit langen blonden Haaren. Gefärbte Kontaktlinsen verwandelten ihre hellblauen Augen in braune. Sie sah jetzt noch grässlicher aus als sonst.

Für sich selbst hatte Elton die subtilste Verkleidung ausgesucht. Sie bestand lediglich aus falschen Zähnen, durch die er einen Überbiss bekam – und trotzdem hatte sich sein Äußeres total verändert. Aus dem hübschen Kerl war ein linkischer Strebertyp geworden.

Sie waren fertig. Nach einem Augenblick, in dem sie einander nur wortlos ansahen, sagte Nigel: „Die Show kann beginnen.“

Sie verließen den Kontrollturm, gingen die Treppe zum Hangar hinunter und stiegen in den Lieferwagen. Als Elton losfuhr, klingelte Kits Handy. Er klappte seinen Laptop auf. Auf dem Bildschirm stand: TONI GALLO RUFT IM KREML AN.

ALS TONI das Tankstellengelände verließ, war ihre Mutter eingeschlafen, und als sie die Vororte von Inverburn erreichten, schlief sie immer noch. Es war halb zwölf, und immer noch waren Nachtschwärmer unterwegs. Der kontinuierliche Verkehr sorgte dafür, dass die Straßen in der Stadt schneefrei blieben, und Toni konnte etwas schneller fahren, ohne befürchten zu müssen, dass der Wagen jeden Augenblick ins Schleudern geraten konnte. Sie nutzte die Gelegenheit zu einem Anruf im Kreml, nur zur Sicherheit.

Steve Tremlett meldete sich. „Oxenford Medical."

„Hier ist Toni. Wie ist die Lage?"

„Wir haben ein kleines Problem, aber das kriegen wir in den Griff. Die Telefonanlage ist ausgefallen – bis auf den Apparat hier am Empfang."

Ein kalter Schauer überlief Toni. „Wie ist das passiert?"

„Keine Ahnung. Vielleicht liegt's am Schnee."

„Unsere Telefonanlage hat ein paar hunderttausend Pfund gekostet. Die darf doch nicht einfach ausfallen, bloß weil das Wetter schlecht ist! Wird der Schaden repariert?"

„Ja. Ich habe den Notdienst von Hibernian angerufen. Der Wartungstrupp müsste in den nächsten Minuten hier sein."

„Was ist mit der Alarmanlage?"

„Ich weiß nicht, ob sie funktioniert."

„Verdammt. Haben Sie die Polizei informiert?"

„Ja. Vorhin war ein Streifenwagen hier. Die Polizisten haben sich ein bisschen umgesehen, aber nichts Verdächtiges entdeckt. Sie sind schon wieder weg. Und wo sind Sie?"

„In Inverburn."

„Ich dachte, Sie machen Wellnessurlaub."

„Wollte ich auch, aber dann gab es ein familiäres Problem. Lassen Sie mich wissen, was die Leute von HT rausfinden, ja? Sie können mich über mein Handy erreichen." Toni beendete das Gespräch. „Teufel auch!", fluchte sie vor sich hin. Erst Mutter – und nun das!

Sie kurvte durch die Straßen, die sich durch die Wohnviertel schlängelten. Vor dem Haus, in dem ihr Apartment lag, hielt sie an, stieg aber nicht aus. Sie musste in den Kreml. Sie konnte nicht daheim bleiben, wenn es in der Firma nicht mit rechten Dingen zuging. Zwar würde die Fahrt bei diesem Wetter statt der üblichen 15 Minuten mindestens eine Stunde dauern, aber das war ohne weiteres zu machen. Das einzige Problem war ihre Mutter. Toni konnte sie nicht allein lassen. Ich nehme sie einfach mit, beschloss sie.

Sie wollte gerade anfahren, als aus einem hellen Jaguar, der am Straßenrand parkte, ein Mann ausstieg und über den Bürgersteig auf sie zukam. Es war Carl Osborne, der Reporter. Er trug ein kleines Bündel in der Hand.

Toni kurbelte das Fenster herunter. „Hallo, Carl! Was tust du denn hier?“

„Ich warte auf dich. Wollte gerade schon aufgeben.“

„Und warum wartest du auf mich?“

„Ich habe ein Geschenk für dich gekauft.“ Er zeigte, was er in der Hand hielt. Es war ein Hundebaby. „Fröhliche Weihnachten!“ Er ließ den Welpen in Tonis Schoß fallen.

„Carl, mach dich nicht lächerlich!“ Sie sah den Welpen an. Es war ein englischer Schäferhund, ungefähr acht Wochen alt. Der kleine Hund in ihren Händen war weich und warm. Doch sie zwang sich, ihre Gefühle zu unterdrücken, packte das Fellbündel und gab es Osborne zurück. „Ich will kein Haustier. Ich bin eine allein stehende Frau mit einem anstrengenden Job und einer alten Mutter – ich habe weder die Zeit noch die Kraft, einem Hund die Zuwendung und Aufmerksamkeit zu schenken, die er braucht.“

Carl wirkte enttäuscht. „Überleg’s dir noch mal. Ich behalte ihn heute Nacht und ruf dich morgen wieder an.“

„Nein, lass das bitte bleiben.“ Sie legte den ersten Gang ein.

„Du bist ein hartherziges Weib“, klagte er, als sie anfuhr.

Toni starrte durch die Windschutzscheibe in die wirbelnden Schneeflocken. Sie ließ ihre Straße hinter sich und steuerte die große Ausfallstraße an. Als sie in den Rückspiegel sah, stellte sie fest, dass ihnen der Jaguar folgte. Kurz entschlossen hielt sie am Straßenrand an, und Osborne stoppte unmittelbar hinter ihr. Sie stieg aus und trat an sein Fenster. „Was soll das?“

„Es ist Heiligabend, schon beinahe Mitternacht, und du kümmerst dich um deine alte Mutter“, antwortete er. „Und trotzdem sieht es so aus, als wärst du zum Kreml unterwegs. Ich wittere eine Story.“

Erster Weihnachtsfeiertag

Null Uhr

Als der Lieferwagen auf das Haupttor des Kreml zurollte, war Kit heilfroh. Allen Vorhersagen zum Trotz wuchs sich das Tief mehr und mehr zu einem regelrechten Blizzard aus, und die Fahrt vom Flugplatz hierher hatte viel länger gedauert als erwartet.

Toni Gallos Anruf beunruhigte ihn. Er hatte sie zu Steve Tremlett durchgestellt, weil er befürchtet hatte, sie könnte, wenn er ihr eine falsche Nachricht vorspielte, direkt zum Kreml fahren, um herauszufinden, was dort vor sich ging. Doch nachdem er das Gespräch mitgehört hatte, musste er davon ausgehen, dass Toni auf jeden Fall kommen würde.

Die erste der beiden Schranken ging hoch. Elton fuhr hindurch, stoppte vor dem Pförtnerhaus und drehte das Seitenfenster herunter.

Einer der Wächter beugte sich hinaus. „'n Abend, Jungs. Freut uns, euch zu sehen."

Kit kannte den Mann nicht, aber das musste Willie Crawford sein, denn im Hintergrund erkannte er Hamish McKinnon.

„Ist nett von euch, dass ihr Weihnachten hier rausgefahren seid", sagte Willie.

„Alles Service", erwiderte Elton.

„Ich muss von jedem von euch den Ausweis sehen."

Alle zogen ihre gefälschten Karten heraus. Willie begutachtete sie und schrieb sich alle Namen von den Ausweisen ab, bevor er sie zurückgab.

„Fahrt zum Haupteingang", sagte er. „Am Empfang findet ihr einen Mr Tremlett, der erklärt euch dann, wo's langgeht."

Die zweite Schranke hob sich, und Elton fuhr hindurch. Nun waren sie drin. Kit war schlecht vor Angst. Das hier war ein regelrechter Einbruch, und wenn man erwischt wurde, kam man in den Knast … Er versuchte sich zu konzentrieren und dachte an die riesige Summe, die er Harry Mac schuldete. Er erinnerte sich auch an die Todesangst, die ihn an diesem Morgen befallen hatte, als er von Daisy um ein Haar ertränkt worden war. Er musste diesen Coup jetzt durchziehen.

Elton hielt vor dem Haupteingang, und sie stiegen aus. Kit nahm seinen Laptop mit, Nigel und Daisy holten sich aus dem Laderaum Werkzeugkästen, und Elton trug eine teuer aussehende Aktentasche aus burgunderfarbenem Leder – nach Kits Empfinden ein bisschen seltsam für einen Mann vom Telefonreparaturservice.

Sie betraten die Große Halle. Am Empfangstresen befanden sich zwei weitere Leute vom Werkschutz: eine attraktive junge Frau, die Kit nicht kannte, und Steve Tremlett. Kit hielt sich im Hintergrund, weil er vermeiden wollte, dass Tremlett ihn aus der Nähe sah.

„Sie wollen zum Zentralrechner, nehme ich an?“, fragte der Werkschutzleiter. „Susan zeigt Ihnen den Weg. Ich muss am Telefon bleiben.“

Die junge Frau lächelte ihnen freundlich zu und führte sie einen Korridor entlang.

Sie betraten den Kontrollraum. Auch hier waren die Wachen verdoppelt worden. Sie saßen an einem Tisch und behielten die Monitore im Auge. Susan stellte sie als Don und Stu vor. Kit kannte weder den einen noch den anderen. Susan öffnete die Tür zum Geräteraum. „Und hier ist der Zentralrechner.“

Einen Augenblick später betrat Kit das Allerheiligste. Einfach so, dachte er, obwohl mich die Vorbereitung Wochen gekostet hat. In diesem Raum befanden sich die Computer und alle anderen Geräte, die nicht nur das Telefonsystem, sondern auch die Beleuchtung, die Überwachungskameras und die Alarmanlagen steuerten. „Vielen Dank“, sagte er zu Susan, „hier übernehmen wir.“

„Wenn Sie irgendwas brauchen, kommen Sie einfach zur Rezeption.“ Sie ging davon.

Als Kit seinen Laptop an den Telefoncomputer anschloss, sah ihm Daisy misstrauisch zu. „Geh nach nebenan“, wies er sie an, „und behalte die Wachen im Auge.“

Sie warf ihm einen wütenden Blick zu, folgte seiner Anordnung aber.

Kit holte tief Luft. Er wusste genau, was er zu tun hatte. Zuerst loggte er sich in das Programm ein, das die Videobilder aus den 37 Überwachungskameras kontrollierte. Vor dem Eingang zum BSL-4-Labor schien alles normal zu sein. Das Bild vom Empfang zeigte Tremlett, aber nicht Susan. Kit überflog die Bilder der übrigen Kameras und fand sie auf einer Patrouille anderswo im Haus. Er notierte sich die Zeit. Nigel und Elton sahen ihm in gespanntem Schweigen zu.

Das enorme Gedächtnis des Computers speicherte die Kamerabilder vier Wochen lang, bevor sie neu überspielt wurden. Kit rief die Videobilder aus den BSL-4-Kameras für den gleichen Zeitraum in der vorangegangenen

Nacht auf und überprüfte, ob auch kein verrückter Wissenschaftler auf die Idee gekommen war, mitten in der Nacht im Labor zu arbeiten. Als Nächstes fütterte er die Monitore, die von den heutigen Wachen überprüft wurden, mit den Bildern aus der vorangegangenen Nacht. Jetzt konnte man im BSL-4-Labor herumspazieren und tun und lassen, was man wollte, ohne dass der Werkschutz davon etwas mitbekam.

Kit trat in den Kontrollraum und musterte die Wand mit den Bildschirmen. Alles wirkte ganz normal. Auf allen Monitoren stand unten eine Textzeile mit Datum und Uhrzeit. Die Zeitangabe von gestern stimmte mit der heutigen überein, dafür hatte Kit gesorgt. Allerdings beinhaltete die Zeile von gestern auch das Datum von gestern. Kit wäre aber jede Wette eingegangen, dass kein Mensch jemals auf das Datum achtete. Hoffentlich irre ich mich da nicht, dachte er.

Da klingelte sein Handy. Er ging in den Geräteraum zurück. Die Nachricht auf dem Bildschirm seines Laptops lautete: KREML RUFT TONI GALLO AN. Kit leitete den Anruf weiter und hörte dann über sein Handy mit.

„Toni Gallo." Sie saß in ihrem Auto – Kit hörte den Motor laufen.

„Hier ist Steve. Der Stördienst von Hibernian ist jetzt hier."

„Haben sie schon rausgefunden, was los ist?"

„Sie haben gerade erst angefangen. Ich hoffe, ich habe Sie nicht aufgeweckt."

„Nein. Ich bin nicht im Bett, ich bin auf dem Weg zu Ihnen."

Kit fluchte still in sich hinein. Genau das hatte er befürchtet.

„Wo sind Sie denn jetzt?", wollte Tremlett wissen.

„Gar nicht weit weg, aber die Straßenverhältnisse sind katastrophal. Ich brauche mindestens noch eine halbe, vielleicht sogar eine ganze Stunde, bis ich da bin."

Die beiden legten auf, und Kit fluchte wieder. Mit Toni Gallos Anwesenheit erhöhte sich die Wahrscheinlichkeit, dass etwas schief ging, mindestens um den Faktor zehn. Doch das Einzige, was sie machen konnten, war, sich zu beeilen.

Kits nächste Aufgabe bestand darin, Nigel Zugang zum Labor zu verschaffen, ohne dass der Werkschutz etwas davon bemerkte. Das Hauptproblem bildeten die Patrouillen. Einmal pro Stunde trat einer der beiden Wachhabenden am Empfang einen Rundgang durch das ganze Gebäude an, der etwa zwanzig Minuten dauerte. Sobald der Posten den Eingang zum BSL-4-Labor passiert hatte, bestand eine Stunde lang keine Gefahr mehr.

Wenige Minuten zuvor hatte Kit Susan auf ihrem Rundgang gesehen. Jetzt überprüfte er das Bild von der Rezeption und sah die junge Frau bei Tremlett hinter dem Tresen sitzen. Sie hatte ihre Patrouille offenbar beendet. Kit sah auf seine Uhr. Ihm blieb noch eine gute halbe Stunde, bevor sie zum nächsten Rundgang aufbrach.

Um die Kameras im Hochsicherheitslabor hatte Kit sich gekümmert, nicht jedoch um jene, die den Eingang zum BSL-4 überwachte. Er holte sich die Aufzeichnungen vom Vortag auf den Bildschirm und ließ sie mit doppelter Geschwindigkeit durchlaufen. Als die gestrige Patrouille auf dem Schirm erschien, hielt er inne und fütterte das Material von dem Moment an, da die Wache aus dem Bild ging, in den Monitor im angrenzenden Raum. Don und Stu sollten in der nächsten Stunde – oder jedenfalls so lange, bis Kit die Anlage wieder auf Normalbetrieb schaltete – nur einen leeren Korridor sehen. Er wandte sich an Nigel. „Gehen wir."

Elton blieb im Geräteraum, um darauf zu achten, dass niemand sich am Laptop zu schaffen machte.

Im Kontrollraum sagte Kit zu Daisy: „Wir holen eben den Nanometer aus dem Wagen. Du kannst hier bleiben." Es gab gar keinen Nanometer – doch woher sollten Don und Stu das wissen?

Daisy brummte irgendetwas. Besonders überzeugend spielte sie ihre Rolle nicht. Kit hoffte, dass die Wachen ihr Verhalten einfach als schlechte Laune interpretierten.

Auf schnellstem Wege begaben sich Kit und Nigel zum BSL-4. Kit hielt die Chipkarte seines Vaters vor den Scanner und drückte seinen linken Zeigefinger auf den Bildschirm. Nun mussten sie warten, bis der Zentralcomputer die Informationen vom Monitor mit denen auf der Karte verglichen hatte. Kit fiel auf, dass Nigel Eltons schicke burgunderrote Aktentasche bei sich trug.

Da sagte eine Frauenstimme hinter ihnen: „Tut mir Leid, hier dürfen Sie nicht rein."

Die beiden Männer drehten sich um. Hinter ihnen stand Susan. Sie gab sich freundlich, wirkte aber beunruhigt. Wieso sitzt die nicht am Empfang?, schoss es Kit panisch durch den Kopf. Ihr nächster Rundgang ist doch erst in einer halben Stunde fällig … Es sei denn, Toni Gallo hatte die Zahl der Patrouillen ebenso verdoppelt wie die der Wachen.

Eine Klingel ertönte wie von einer Türglocke. Alle drei richteten den Blick auf das Licht über der Tür. Es wurde grün, und langsam glitt die schwere Tür auf.

„Wie haben Sie die denn aufgekriegt?“ Jetzt verriet Susans Stimme Angst. Unwillkürlich schaute Kit auf die gestohlene Karte in seiner Hand. Susan folgte seinem Blick. „So eine Chipkarte dürfen Sie doch gar nicht haben!“

Nigel trat auf sie zu, doch Susan machte auf dem Absatz kehrt und lief davon. Nigel setzte ihr nach, aber er war ungefähr doppelt so alt wie sie. Der erwischt sie nie, dachte Kit. Da tauchte Daisy aus dem kleinen Gang auf, der zum Kontrollraum führte. Sie musste dort auf den Monitoren gesehen haben, wie Susan vom Empfang aufgebrochen war und den Weg zum BSL-4-Labor eingeschlagen hatte. Daisy hatte die Gefahr sofort erkannt und sich entschlossen, ihr zu begegnen.

Als Susan Daisy erblickte, zögerte sie einen Moment, rannte dann aber weiter, offenkundig entschlossen, sich an ihr vorbeizudrängen. Doch Daisy holte aus und ließ ihre behandschuhte Faust mit voller Wucht in Susans Gesicht krachen. Die junge Frau stürzte zu Boden, als wäre sie gegen eine Mauer gerannt, während Daisy sich mit selbstzufriedener Miene ihre Fingerknöchel rieb.

Susan stemmte sich auf die Knie. Ein Wimmern blubberte durch das Blut, das ihre Nase und ihren Mund verschmierte. Aus ihrer Jackentasche zog Daisy einen gut zwanzig Zentimeter langen biegsamen Totschläger, der aus stählernen Kugellagern in einer Lederhülle bestand. Als sie den Arm hob, schrie Kit: „Nein!“

Doch Daisy hieb Susan den Totschläger über den Kopf, und die junge Frau vom Werkschutz brach lautlos zusammen.

„Hör auf!“, brüllte Kit.

Daisy hob den Arm, um noch mal zuzuschlagen, doch Nigel trat ihr in den Weg und packte sie am Handgelenk. „Kein Grund, sie umzubringen.“

Widerstrebend trat Daisy zurück.

„Du bist ja wahnsinnig, du blöde Kuh!“, schrie Kit sie an. „Wir kriegen alle einen Mordprozess an den Hals!“ Er starrte die bewusstlose Frau auf dem Boden an. „Das hätte nie passieren dürfen. Was tun wir jetzt mit ihr?“

„Fesseln und irgendwo verstecken“, brummte Daisy.

Kit begann wieder klar zu denken. „Wir bringen sie ins BSL-4. Da dürfen die Wachen nicht rein.“

„Zieh du sie rüber“, wies Nigel Daisy an. „Ich suche so lange was, womit wir sie fesseln können.“ Er machte eine Bürotür auf.

Kit öffnete die Labortür, die sich automatisch wieder geschlossen hatte, ein zweites Mal. Daisy legte ihre Arme um Susans Brust und schleifte sie über den Teppich zum Labor. Derweil hatte Nigel in dem Büro ein langes Stromkabel gefunden. Alle betraten sie jetzt das BSL-4, und die Tür schloss sich hinter ihnen.

Sie befanden sich nun in einem kleinen Vorraum, der zum Umkleidebereich führte. Daisy lehnte Susan an die Wand, und Nigel fesselte sie mit dem Stromkabel an Händen und Füßen. Dann verließen die drei den Vorraum wieder. Dazu brauchte man keine Chipkarte: Die Tür öffnete sich, wenn man einen grünen Knopf an der Wand drückte.

Verzweifelt suchte Kit nach einem Alternativplan. „Sie werden Susan bald vermissen. Wenn nicht schon Don und Stu Verdacht schöpfen, weil sie von den Monitoren verschwunden ist, wird spätestens Tremlett Alarm schlagen, wenn sie nicht von ihrem Rundgang zurückkehrt. Wie auch immer – wir kommen nicht rechtzeitig ins Labor und wieder raus. Verdammt, alles ist schief gegangen!“

„Immer mit der Ruhe“, sagte Nigel. „Wir kommen schon noch klar. Wir müssen bloß die anderen Wachen genauso ausschalten wie die Kleine.“

Toni kam nur noch mit höchstens zwanzig Stundenkilometern voran. Weit übers Steuerrad gebeugt, starrte sie mit zusammengekniffenen Augen in das dichte Schneegestöber und versuchte, die Straße zu erkennen.

„Wo sind wir?“, fragte ihre Mutter. Sie war gerade aufgewacht.

„Gute Frage.“ So vertraut ihr die Straße auch war – Toni konnte sie kaum noch erkennen. Sie hielt Ausschau nach bestimmten Orientierungspunkten am Straßenrand und glaubte jetzt, ein Landhaus mit einem charakteristischen schmiedeeisernen Tor zu erkennen. Das hob ihre Laune beträchtlich. „In einer Viertelstunde sind wir da, Mutter.“

Toni warf einen Blick in den Rückspiegel und sah die Scheinwerfer, die sie schon seit Inverburn verfolgten: Carl Osborne in seinem Jaguar.

Sie kam an eine Rechtskurve. Auf der Gegenfahrbahn tauchten Scheinwerfer auf und näherten sich, sodass die hundert Meter, die noch zwischen den beiden Wagen lagen, plötzlich überschaubar waren. Toni registrierte nervös, dass das entgegenkommende Auto ziemlich schnell fuhr. Während sie die lange, weite Kurve durchfuhr, hielt sich Toni streng an ihre Spur. Aber der andere Wagen nicht. Er schlitterte in die Straßenmitte und direkt auf sie zu. Es war ein mit vier Männern besetzter Kombi. Für einen Sekundenbruchteil konnte Toni die Insassen erkennen, sah sie lachen und ahnte, dass sie ausgiebig gefeiert hatten und viel zu betrunken waren, um zu begreifen, in welcher Gefahr sie sich befanden.

Sekundenbruchteile bevor der Porsche dem schleudernden Wagen frontal in die Seite gekracht wäre, zog Toni das Steuerrad nach links und trat gleichzeitig das Gaspedal durch. Der Wagen machte einen Satz nach vorn und geriet ins Schleudern. Einen Moment lang befanden sich die beiden Fahrzeuge Seite an Seite auf gleicher Höhe, nur wenige Zentimeter voneinander getrennt. Dann rutschte der Porsche in einem Winkel nach links weg. Gleich darauf schepperte es laut, und Toni realisierte, dass der Kombi ihre Stoßstange gestreift hatte.

Es war zwar kein richtiger Zusammenstoß, doch der Porsche geriet durch die Berührung aus der Bahn. Das Heck scherte nach links aus. Verzweifelt drehte Toni das Lenkrad ebenfalls nach links, doch bevor die Kurskorrektur greifen konnte, rammte der Wagen eine Trockenmauer am Straßenrand. Diesmal krachte es furchtbar, und der Porsche kam zum Stehen.

Tonis erster besorgter Blick galt ihrer Mutter. Die alte Frau starrte vor sich hin, sichtlich verwirrt, aber unverletzt. Tonis Erleichterung war groß, doch dann fiel ihr Osborne ein. Ängstlich blickte sie in den Rückspiegel, wo die roten Rücklichter des Kombi und die weißen Scheinwerferlampen des Jaguar zu sehen waren. Der Kombi schlingerte, und der Jaguar wich ihm knapp aus, indem er hart an den Straßenrand fuhr. Dann fing sich der Kombi wieder und fuhr vorbei. Der Jaguar hielt an, und das Fahrzeug mit den Trunkenbolden verschwand in der Nacht. Wahrscheinlich lachten sie immer noch.

„Ich habe einen Knall gehört. Sind wir mit diesem Auto zusammengestoßen?“, fragte Tonis Mutter mit zittriger Stimme.

„Nicht ganz. Wir sind gerade noch mal davongekommen.“

„Du solltest wirklich etwas vorsichtiger fahren, Toni.“

0.35 Uhr

Kit musste einen Anfall von Panik niederkämpfen. Sein brillanter Plan war praktisch Makulatur. Die Chance, dass der Einbruch erst nach den Feiertagen entdeckt würde, war dahin. Allenfalls noch bis zum Schichtwechsel des Werkschutzes um sechs Uhr morgens konnte er geheim gehalten werden – doch wenn Toni Gallo tatsächlich hier aufkreuzte, blieb ihnen noch weniger Zeit.

Kits Plan hatte auch keine Gewaltanwendung vorgesehen. Aber selbst jetzt noch, so dachte er in hilfloser Frustration, wäre es definitiv ohne Gewalt gegangen. Susan hätte auch ohne Daisys brutales Vorgehen unverletzt gefangen genommen und gefesselt werden können. Kit hoffte verzweifelt, dass sie die anderen Wachen ohne Blutvergießen überwältigen konnten.

Doch als sie jetzt zum Kontrollraum liefen, zogen Nigel und Daisy plötzlich Pistolen. Kit war entsetzt. „Keine Waffen!" protestierte er. „Das war so ausgemacht!"

„Ein Glück, dass wir uns nicht dran gehalten haben", gab Nigel zurück.

Sie standen jetzt vor der Tür, und Nigel drückte die Klinke herunter.

Daisy stürmte in den Raum und schrie mit sich überschlagender Stimme: „Auf den Fußboden! Alle beide!"

Nach kurzem Zögern warfen sich die beiden Männer zu Boden. Elton erschien im Durchgang zum Geräteraum. Mit einem einzigen Blick erfasste er die Situation.

„Gesicht runter, Hände auf den Rücken, Augen zu!", kreischte Daisy die Wachposten an. „Dalli, dalli, oder ich schieße!"

Obwohl die Männer gehorchten, trat sie Don mit einem ihrer schweren Stiefel ins Gesicht. Er schrie auf und zuckte zur Seite, blieb jedoch auf dem Bauch liegen.

Kit pflanzte sich direkt vor Daisy auf. „Das reicht!", brüllte er.

Die boshafte Häme in ihrer Miene machte ihm Angst, aber er konnte ihr nicht erlauben, alles zu ruinieren; zu viel stand für ihn auf dem Spiel. „Hör zu! Du bist noch nicht im Labor, und auf diese Weise kommst du auch nie rein! Wenn du so weitermachst, stehen wir um zehn mit leeren Händen vor unserem Kunden. Schluss jetzt mit diesen Brutalitäten, verstanden?"

Nigel sprang ihm bei. „Immer mit der Ruhe, Daisy. Tu, was er sagt, und fessele die beiden hier, ohne ihnen dabei den Schädel einzutreten."

„Wir bringen sie zu dem Mädchen ins Labor", entschied Kit.

Mit Stromkabeln fesselte Daisy ihnen die Hände, dann trieben sie und Nigel die beiden mit vorgehaltener Pistole hinaus. Elton blieb zurück, behielt die Monitore im Auge und achtete besonders auf Tremlett am Empfang. Kit folgte den anderen zum BSL-4 und öffnete die Tür. Im Vorraum zwangen sie Don und Stu auf den Fußboden neben Susan und fesselten ihnen auch die Füße. Don blutete aus einer schlimm aussehenden Stirnwunde. Anscheinend war Susan mittlerweile wieder bei Bewusstsein, aber sie war schwer angeschlagen.

„Einer noch", sagte Kit, als sie wieder hinausgingen. „Tremlett in der Großen Halle. Aber keine unnötige Gewalt!"

Daisy grunzte abfällig.

„Und du, Kit, hältst von jetzt an besser den Mund, wenn die Posten in Hörweite sind“, ermahnte Nigel ihn. „Kein Wort mehr von unserem Kunden und unserem Zehnuhrtermin. Wenn du ihnen zu viel verrätst, werden wir sie töten müssen.“

Mit Entsetzen erkannte Kit, was er angestellt hatte. Er fühlte sich wie der letzte Idiot.

Sein Handy klingelte. „Das könnte Toni Gallo sein. Das muss ich überprüfen.“ Er rannte in den Geräteraum. Auf dem Bildschirm seines Laptops stand: TONI GALLO RUFT IM KREML AN. Er legte das Gespräch auf den Apparat am Empfang und hörte dann mit.

„Hallo, Steve, Toni hier. Gibt's was Neues?“

„Die Leute von HT sind immer noch da.“

„Und sonst? Alles in Ordnung?“

Mit dem Handy am Ohr trat Kit in den Kontrollraum, um Tremlett auf dem Monitor beobachten zu können.

„Ja, ich glaube schon. Nur sollte Susan von ihrem Rundgang eigentlich schon zurück sein. Aber vielleicht ist sie noch zur Toilette gegangen.“

„Wie lange ist sie überfällig?“, fragte Toni besorgt.

Tremlett sah auf seine Armbanduhr. „Fünf Minuten.“

„Warten Sie noch weitere fünf. Wenn sie dann immer noch nicht da ist, machen Sie sich auf die Suche nach ihr.“

„In Ordnung. Wo sind Sie jetzt?“

„Gar nicht mehr weit weg, aber ich hatte einen Unfall. Ein Wagen voll Besoffenen hat meinen Porsche am Heck erwischt.“

„Wie geht es Ihnen?“

„Mir geht's gut, aber mein Wagen ist kaputt. Glücklicherweise war jemand hinter mir, der mich aufgegabelt und mitgenommen hat.“

„Wann werden Sie hier sein?“

„In zwanzig Minuten, vielleicht in dreißig.“ Toni verabschiedete sich und beendete das Telefonat.

Kit bekam weiche Knie. Zwanzig Minuten, höchstens dreißig! Sie brauchten allein zwanzig, um die Schutzkleidung für das Labor anzuziehen! Er lief auf den Flur hinaus. „Sie wird in zwanzig oder dreißig Minuten hier sein“, erklärte er. „Und sie bringt noch jemanden mit. Ich weiß nicht, wen. Wir müssen uns beeilen!“

Sie rannten den Korridor entlang. Daisy, die vorneweg lief, stürmte in die Große Halle und kreischte: „Hinlegen – sofort!“

Kit und Nigel, die unmittelbar hinter ihr ankamen, blieben abrupt stehen.

Die Halle war leer. Vor zwanzig Sekunden hatte Tremlett noch am Empfang gesessen. Er konnte also nicht weit sein. Nigel und Daisy überprüften die Korridore, die strahlenförmig von der Halle abzweigten, und rissen eine Tür nach der anderen auf. Rasch durchquerte Kit die Halle und betrat die Herrentoilette. „Mr Tremlett?" Er öffnete alle Toilettentüren. Es war niemand da.

Doch als er den Raum verließ, sah er Tremlett an die Rezeption zurückkehren. Demnach war der Werkschutzmann in der Damentoilette gewesen und hatte Susan gesucht.

Tremlett hatte Kit gehört und drehte sich um. „Sie suchen mich?"

„Ja." Kit erkannte, dass er den anderen nicht allein überwältigen konnte. Er wandte sich um und rief Nigel und Daisy zu: „He! Hier in der Halle!"

Tremlett wirkte misstrauisch. „Was ist eigentlich los? Wieso wandern Sie durchs ganze Haus? Mir gefällt das nicht." Er hob den Telefonhörer von seinem Apparat auf dem Tresen und wählte eine Nummer. Als das Handy in Kits Tasche zu läuten begann, runzelte Tremlett die Stirn – und auf einmal ging ihm ein Licht auf. „Sie haben die Anlage manipuliert!"

„Bewahren Sie die Ruhe", sagte Kit, „dann passiert Ihnen nichts."

Doch Tremlett sprang mit einem Satz über den Tresen und rannte zur Tür.

„Halt!", schrie Kit.

Im selben Moment stürmte Daisy in die Halle, erblickte Tremlett und schlug einen Haken, um ihm den Weg zum Haupteingang abzuschneiden.

Tremlett merkte sofort, dass er es nicht zur Tür schaffen würde. Er machte kehrt und lief in den Korridor, der zum BSL-4-Labor führte. Daisy und Kit jagten hinter ihm her. Sie war Kit ein gutes Stück voraus und bewegte die Arme wie eine Sprinterin. Tremlett jedoch war wieselflink und vergrößerte den Abstand zwischen ihnen stetig. Er würde ihnen entwischen. Kit erinnerte sich, dass es auf der rückwärtigen Seite des Gebäudes einen Hinterausgang gab. Wenn Tremlett es bis dorthin schaffte und ins Freie entkam, standen die Chancen, ihn noch zu erwischen, schlecht. Doch als er auf Höhe der Tür zum Kontrollraum ankam, trat Elton vor ihm auf den Gang. Tremlett war zu schnell, um ausweichen zu können. Elton brauchte bloß ein Bein auszustrecken – der Werkschutzleiter stolperte und stürzte zu Boden.

Sofort ließ Elton sich mit beiden Knien auf ihn fallen und drückte ihm den Lauf einer Pistole an die Wange. „Keine Bewegung, das erspart dir die Kugel im Gesicht." Elton stand wieder auf und hielt Tremlett, der liegen blieb und sich nicht rührte, mit seiner Waffe in Schach.

Nun schloss auch Nigel zu ihnen auf. „Was ist passiert?"

„Das ist jetzt egal!“, rief Kit. „Die Zeit läuft uns davon!“

„Was ist mit den beiden im Pförtnerhäuschen?“, fragte Nigel.

„Die können wir vergessen. Sie wissen nicht, was hier passiert. Bei dem Wetter bleiben sie die ganze Nacht lang in ihrem Kabuff.“ Kit deutete auf Elton. „Hol meinen Laptop aus dem Geräteraum, und warte auf uns im Wagen.“ Er wandte sich an Daisy. „Bring Tremlett ins BSL-4, fessele ihn und setz dich dann auch in den Wagen. Wir müssen ins Labor – sofort!“

ZWAR hatte Craigs Mutter angeordnet, dass in der Scheune um Mitternacht das Licht gelöscht werden müsse, doch war sie nicht wieder erschienen, um nachzusehen, ob ihre Anweisung auch befolgt wurde. Die Jugendlichen blieben daher einfach vor dem Fernseher sitzen und sahen sich einen alten Horrorfilm an. Caroline streichelte eine ihrer weißen Ratten. Tom stopfte sich mit Schokolade voll und hielt sich nur mühsam wach. Sophie rauchte eine Zigarette nach der anderen und sprach kein Wort, während Craig auf eine Gelegenheit lauerte, sie zu küssen.

Als der Film einen Durchhänger hatte, fragte er sie: „Weißt du schon, was du zu Weihnachten kriegst?“

„Ein Mischpult, damit ich als DJ loslegen kann. Und du?“

„Snowboardferien zu Ostern. Du willst also mal DJ werden?“

„Ich glaube, das könnte ich gut.“

„Dann ist das sozusagen dein Berufswunsch?“

„Keine Ahnung.“ Sophie wirkte sauer. „Was ist denn deiner?“

„Ich möchte Wissenschaftler werden, so wie Großvater.“

„Voll öde, findest du nicht?“

„Nein, überhaupt nicht! Er entdeckt fantastische neue Medikamente, ist sein eigener Boss, macht einen Haufen Kies und fährt einen Ferrari. Was ist daran öde?“

Sophie zuckte mit den Schultern. „Gegen die Karre hätte ich nichts.“

„Gott, bin ich müde!“, verkündete Caroline in diesem Moment. Sie stand auf, kletterte schwerfällig die Leiter hinauf und verschwand.

Ein paar Minuten später stand auch Tom auf. Er zog einen Schlafanzug an, putzte sich die Zähne und kletterte in sein Feldbett.

Als sie endlich allein auf dem Sofa saßen, zog Craig Sophie zu sich heran. Sie wehrte sich nicht. Er küsste sie auf den Mund, und sie erwiderte den Kuss, schien aber zu zögern, als wisse sie nicht genau, wie sie reagieren solle. Vielleicht hat sie ja auch noch gar nicht so oft geküsst, dachte Craig. Er legte seinen Arm um sie und küsste sie erneut.

Eine luftdichte Schleuse wie das Schott auf einem U-Boot führte vom Umkleideraum in den Hochsicherheitsbereich. Um 0.55 Uhr drehte Kit das Rad mit den vier Speichen, öffnete die Tür und betrat den Duschraum. Nigel folgte ihm, in den Händen die burgunderfarbene Aktentasche.

Kit schloss die Tür hinter ihnen. Durch eine weitere Tür gelangten sie in einen Raum, in dem Schutzanzüge aus blauem Plastik an Haken hingen. Kit zog seine Schuhe aus. „Such dir einen in deiner Größe, und steig rein", sagte er zu Nigel. „Wir müssen die Sicherheitsvorkehrungen abkürzen."

„Das höre ich aber gar nicht gern."

Auch Kit war davon alles andere als begeistert, aber sie hatten keine Wahl. „Die übliche Prozedur dauert zu lang", erklärte er. „Da musst du deine Klamotten komplett ablegen und dich gründlich abschrubben wie ein Chirurg, bevor es weitergeht." Er nahm einen der Anzüge vom Haken und machte sich daran hineinzusteigen. „Beim Rausgehen dauert's noch länger. Da musst du dich in diesem Anzug duschen, zuerst mit einer Dekontaminationslösung, dann mit Wasser, und zwar in einer genau vorbestimmten Abfolge, die fünf Minuten dauert. Dann kannst du den Anzug ausziehen und duschst und schrubbst dich nackt für weitere fünf Minuten. Danach kannst du dich anziehen. Wenn wir uns an diese Vorgabe halten, steht schon die halbe Polizeitruppe von Inverburn vor der Tür, bis wir endlich hier rauskommen. Also verzichten wir auf die Duscherei. Wir ziehen nachher bloß die Anzüge wieder aus und machen uns vom Acker."

Nigel war entsetzt. „Wie gefährlich ist das?"

„Es wird dich nicht umbringen, solange du es dir nicht zur Gewohnheit machst. Nun zieh dir schon einen Anzug über!" Kit schloss seinen Helm. Dann half er seinem Komplizen. Mit Isolierband befestigte er die zu dessen Anzug gehörigen Stulpenhandschuhe an den steifen runden Armbünden und bedeutete Nigel dann, bei ihm das Gleiche zu tun.

Aus dem Raum mit den Anzügen traten sie in die Dekontaminationsdusche und von dort ins eigentliche Labor. Einen Moment lang empfand Kit blanke Angst. Hier lag etwas in der Luft, was ihn töten konnte. Sein ganzes gescheites Gerede über die Abkürzung der Sicherheitsmaßnahmen kam ihm nun tollkühn vor. Er atmete langsam durch und beruhigte sich wieder. Du bist nicht auf die Luft hier drin angewiesen, du atmest nur saubere Luft von außerhalb des Labors ein, sprach er sich Mut zu. Kein Virus der Welt kommt durch diese Anzüge. Reiß dich zusammen!

Von der Decke baumelten gelbe Luftschläuche. Kit griff sich einen, befestigte ihn an der Öffnung an Nigels Gürtel und sah, wie sich dessen

Schutzanzug aufblies. Bei sich tat er das Gleiche und hörte gleich darauf, wie die Luft in seinen Anzug strömte. Seine Ängste legten sich.

Kit deutete auf eine Tür. „Der Tresor ist dort drin.“ Er öffnete die Tür zu einer kleinen Kammer, in der sich ein Kühlschrank mit einem durch ein Tastenfeld gesteuerten Kombinationsschloss befand. Da Kit es selbst installiert hatte, waren ihm die Zahlen vertraut. Er tippte die Kombination ein und zog am Türgriff. Der Kühlschrank ging auf. Nigel trat hinter Kit und blickte ihm über die Schulter. Abgemessene Dosen des kostbaren Antivirenmedikaments lagerten in kleinen Pappkartons. Kit deutete auf das betreffende Kühlschrankfach und hob die Stimme, sodass Nigel ihn durch die Schutzanzüge hindurch verstehen konnte. „Das ist das Medikament.“

„Das interessiert mich nicht“, erwiderte Nigel.

Kit glaubte sich verhört zu haben. „Wie bitte? Wozu sind wir dann hier?“

Nigel schwieg. Im zweiten Fach lagerten diverse Virenproben, mit denen die Versuchstiere infiziert wurden. Aufmerksam studierte Nigel die Etiketten und wählte schließlich eine Probe Madoba-2 aus.

„Was willst du denn damit?“, fragte Kit.

Wortlos räumte Nigel sämtliche Madoba-2-Proben aus dem Kühlschrankfach. Es waren insgesamt zwölf Schachteln. Um jemanden umzubringen, genügte eine einzige. Zwölf konnten eine Epidemie auslösen.

„Ich dachte, du handelst im Auftrag von so einem internationalen Pharmamulti“, sagte Kit.

„Ich weiß.“

Nigel konnte es sich leisten, ihm 300 000 Pfund zu zahlen. Kit wusste nicht, was Elton und Daisy bekamen, doch selbst wenn es erheblich weniger war, mussten Nigels Ausgaben bei gut einer halben Million liegen. Damit sich das Geschäft für ihn lohnte, musste sein eigenes Honorar mindestens eine Million betragen. Das Medikament war diesen Preis leicht wert. Aber wer war schon bereit, eine Million Pfund für ein tödliches Virus zu bezahlen?

Kaum hatte sich Kit diese Frage gestellt, fiel ihm schon die Antwort ein.

Nigel trug die Schachteln mit den Proben quer durchs Labor und stellte sie in eine Sterilbank. Das war ein Glaskasten mit einem Schlitz auf der Stirnseite, durch den der Wissenschaftler die Arme stecken konnte, um innerhalb des Kastens Experimente durchzuführen. Eine Pumpe sorgte dafür, dass die Luft von außen nach innen strömte. Eine perfekte Versiegelung war nicht notwendig, sofern der Wissenschaftler einen Schutzanzug trug.

Als Nächstes öffnete Nigel die Aktentasche. Die obere Hälfte war mit Kühlaggregaten aus blauem Plastik ausgelegt. Virusproben mussten, wie Kit wusste, bei niedrigen Temperaturen aufbewahrt werden. Die untere Hälfte war mit weißen Styroporchips angefüllt, auf denen ein ganz gewöhnlicher Parfümzerstäuber lag. Er war leer.

Nigel stellte ihn in die Vitrine, wo er sofort beschlug. „Sie haben mir gesagt, ich soll den Luftabzug anstellen. Wo ist der Schalter?“

„Warte!“, rief Kit. „Was tust du da? Du musst das erklären!“

Nigel fand den Schalter und knipste ihn an. „Der Kunde will das Produkt in anwendbarer Form. Ich fülle die Proben in die Parfümflasche um, und zwar hier unter der Sterilbank. Anderswo wäre es zu gefährlich.“

Er drehte die Verschlusskappe von dem Flakon und öffnete die erste Schachtel mit einer Probe. Zutage kam ein durchsichtiges Fläschchen aus Glas mit einer weißen Skala für die Mengenangabe auf der Seite. Die Handschuhe ließen Nigels Handgriffe plump und ungeschickt erscheinen. Er schraubte den Deckel des Fläschchens ab und goss die Flüssigkeit in den Parfümzerstäuber um. Dann verschloss er das Fläschchen wieder und nahm das nächste.

„Die Leute, denen du das verkaufst …“, stammelte Kit. „Weißt du, wofür die das Zeug haben wollen?“

„Ich kann's mir vorstellen.“

„Es wird Menschen töten – hunderte, wenn nicht gar tausende!“

„Ich weiß.“

Der Zerstäuber bot eine geradezu ideale Methode, die Viren unter die Leute zu bringen. Die farblose Flüssigkeit wirkte vollkommen harmlos. Eine Frau konnte sie an jedem beliebigen Ort aus der Handtasche nehmen und mit Unschuldsmiene die Luft mit einem Virus verseuchen, das für alle Menschen, die es einatmeten, tödlich war. Dass sie sich damit auch selbst umbringen würde, war unter Terroristen ja nichts Besonderes.

„Das ist Massenmord, wovon du da sprichst!“, sagte Kit voller Entsetzen.

„Ja.“ Nigel drehte sich um und sah ihm ins Gesicht. „Und du bist jetzt Mitwisser und Mittäter, also halt den Mund, und stör mich nicht länger, damit ich mich konzentrieren kann.“

Kit stöhnte auf. Nigel hatte Recht. Diebstahl – das war alles, woran Kit gedacht hatte, als er sich auf diese Geschichte eingelassen hatte, und als Daisy Susan zusammengeschlagen hatte, war er entsetzt gewesen. Doch was jetzt geschah, war tausendmal schlimmer. Aber wenn er sich jetzt querstellte, brachte Nigel ihn vermutlich um. Wenn Nigel allerdings nicht aufpasste und beim Umfüllen der Proben schlampte, starb er sowieso.

Die Arme in die Sterilbank gesteckt, füllte Nigel den Inhalt aller Probenfläschchen in den Zerstäuber um und schraubte ihn wieder zu. Die Außenseite des Flakons war jetzt zweifellos kontaminiert – deshalb steckte Nigel ihn in das mit Dekontaminierungsflüssigkeit gefüllte Durchreichegefäß und holte ihn auf der anderen Seite wieder heraus. Er trocknete ihn ab, nahm zwei verschließbare Plastiktüten aus der Aktentasche, steckte die Parfümflasche in eine davon, verschloss sie und stülpte die zweite Tüte darüber. Schließlich deponierte er den doppelt verpackten Flakon wieder in der Aktentasche und ließ das Schnappschloss einrasten.

„Fertig!“

Sie gingen durch die Dekontaminationsdusche, ohne sie zu benutzen – dazu blieb keine Zeit. Im anschließenden Raum stiegen sie aus den Schutzanzügen und zogen ihre Schuhe wieder an. Kit hielt gebührenden Abstand zu Nigels Anzug, denn zumindest die Handschuhe waren garantiert mit den Spuren des Virus kontaminiert. Auch den normalen Duschraum durchquerten sie, ohne ihn zu benutzen. Im Raum vor der Umkleide saßen die vier Werkschutzleute immer noch gefesselt an die Wand gelehnt.

Kit warf einen Blick auf seine Uhr. Dreißig Minuten waren vergangen, seit er Toni Gallos Telefongespräch mit Steve Tremlett belauscht hatte. Er drückte auf den grünen Knopf, und die Tür öffnete sich. Den Korridor hinunter rannten sie in die Große Halle. Zu Kits unendlicher Erleichterung war sie leer: Toni Gallo war noch nicht eingetroffen.

Der Lieferwagen stand mit laufendem Motor vor dem Haupteingang. Elton saß am Steuer, Daisy hinten. Nigel sprang hinein, Kit hinterher. „Los!“, rief er. „Raus hier, so schnell wie möglich!“ Elton gab Gas, noch bevor Kit die Tür hinter sich schließen konnte. Am Tor hielten sie an, und Elton ließ das Seitenfenster herunter.

Willie Crawford beugte sich heraus. „Alles erledigt?“

„Noch nicht ganz“, antwortete Elton. „Wir brauchen ein paar Ersatzteile. Wir kommen noch mal zurück.“

„Das wird wohl eine Weile dauern bei dem Wetter.“

„Wir machen so schnell, wie’s eben geht.“ Elton drehte die Scheibe wieder hoch.

Sekunden später hob sich die Schranke, und sie fuhren hindurch. Da leuchteten Scheinwerfer auf. Ein Wagen näherte sich von Süden her.

Elton bog nach Norden ab und gab Gas. Im Rückspiegel sah Kit, wie die Scheinwerfer des Wagens von der Hauptstraße abbogen und vor dem Kremltor hielten. Toni Gallo. Eine Minute zu spät.

Carl Osborne hielt neben dem Pförtnerhäuschen. Neben ihm auf dem Beifahrersitz saß Toni, hinter ihr im Fond ihre Mutter mit dem Welpen. Toni reichte Carl ihren Firmen- sowie den Rentnerausweis ihrer Mutter. „Gib die Papiere dem Wachmann. Und zeig ihm auch deinen Presseausweis." Alle Besucher von Oxenford Medical mussten sich ausweisen.

Carl ließ das Seitenfenster herunter und händigte die Papiere aus.

Als Toni an ihm vorbeisah, erblickte sie Hamish McKinnon. „Hallo, ich bin's!", rief sie. „Ich habe zwei Besucher mitgebracht."

„Hallo, Ms Gallo", erwiderte der. „Hat die Dame dahinten etwa einen Hund auf dem Schoß?"

„Keine Fragen bitte", entgegnete Toni.

Hamish schrieb sich die Namen auf und gab die Ausweise zurück. „Steve ist an der Rezeption."

„Funktioniert das Telefon wieder?"

„Noch nicht. Die HT-Leute sind gerade weggefahren, um ein Ersatzteil zu holen." Hamish ließ die Schranke hoch, und Carl fuhr durch.

Toni unterdrückte den Ärger auf die Leute der Hibernian Telecom, der in ihr aufsteigen wollte. In einer Nacht wie dieser sollten sie eigentlich auf alle Eventualitäten gefasst sein und die erforderlichen Ersatzteile dabeihaben. Das Wetter wurde immer schlechter, und man musste damit rechnen, dass die Straßen in Kürze völlig unpassierbar waren.

Carl hielt vor dem Haupteingang. „Warte hier!" Toni sprang aus dem Wagen, bevor der Reporter widersprechen konnte. Sie lief die Stufen hinauf und stieß die Eingangstür auf. Zu ihrer Verblüffung war der Empfang unbesetzt. Einer der Wachleute war vielleicht auf Patrouille – doch beide zusammen?

Toni ging zum Kontrollraum. Die Monitore würden ihr zeigen, wo sich die Werkschutzleute aufhielten. Doch auch der Kontrollraum war menschenleer. Ihr wurde eiskalt ums Herz. Da stimmte etwas nicht.

Sie studierte die Monitore. Jeder einzelne zeigte leere Räume. Wenn sich tatsächlich vier Wachleute im Haus befanden, musste zumindest einer von ihnen binnen Sekunden auf einem der Bildschirme erscheinen. Doch nirgends rührte sich etwas.

Dann fiel ihr etwas ins Auge, und sie sah sich den Text unter den Bildern aus dem BSL-4-Labor genauer an. Als Datum erschien der 24. Dezember. Toni sah auf ihre Armbanduhr. Es war nach ein Uhr morgens, also bereits der 25., der erste Weihnachtsfeiertag. Die Bilder auf den Monitoren stammten vom Vortag. Irgendjemand hatte das Überwachungssystem manipuliert.

Sie setzte sich ans Terminal und loggte sich ins Programm ein. Binnen drei Minuten war ihr klar, dass alle Bildschirme, die das BSL-4-Labor überwachten, Material vom vergangenen Tag zeigten. Sie stellte den Normalzustand wieder her und betrachtete die Bilder von neuem.

Im Vorraum zur Umkleide saßen vier Personen auf dem Fußboden. Entsetzt starrte Toni auf den Monitor. Bitte, lieber Gott, dachte sie, lass sie nicht tot sein … Da bewegte sich einer der vier. Toni sah genauer hin. Das waren Leute vom Werkschutz, und sie waren gefesselt. Es blieb nur eine Schlussfolgerung: Der Kreml war überfallen worden.

Wäre sie ihrem ersten Impuls gefolgt, so wäre sie sofort zum Labor gerannt und hätte die Gefesselten befreit. Doch dann setzte sich die Vernunft der geschulten Polizistin durch. Ruhe bewahren, die Lage einschätzen, dann erst die Reaktion planen. Die Verantwortlichen für den Überfall konnten sich noch immer im Gebäude aufhalten – auch wenn Toni vermutete, dass sie in dem Lieferwagen der Hibernian Telecom saßen, der gerade erst weggefahren war. Sie ergriff den Hörer des Telefonapparats auf dem Tisch.

Natürlich – die Leitung war tot. Der Ausfall der Telefonanlage passte ins Bild. Sie zog ihr Handy aus der Tasche und rief die Polizei an. „Ich bin Toni Gallo, Sicherheitsbeauftragte bei Oxenford Medical. Hier hat es einen Zwischenfall gegeben. Vier unserer Werkschützer sind überfallen worden."

„Sind die Täter noch auf dem Gelände?"

„Ich glaube nicht, aber hundertprozentig sicher kann ich es nicht sagen."

„Wurde jemand verletzt?"

„Ich weiß es noch nicht. Ich sehe gleich nach. Ich wollte nur sofort die Polizei informieren."

„Wir schicken Ihnen einen Streifenwagen – das heißt, wir versuchen es jedenfalls. Die Straßen sind ja in einem schlimmen Zustand." Der Mann am Telefon klang nach einem jungen, unsicheren Constable.

Toni versuchte ihm klar zu machen, dass es sich um eine dringende Angelegenheit handelte. „Es ist möglich, dass wir es mit einem biologischen Störfall zu tun haben. Gestern ist ein Laborant an einem Virus aus unserer Firma gestorben."

„Wir tun unser Möglichstes."

„Im Übrigen ist hier die Telefonanlage ausgefallen, wofür vermutlich die Einbrecher verantwortlich sind. Ich gebe Ihnen daher meine Handynummer." Sie diktierte sie dem jungen Beamten. „Und Ihr Name ist?"

„Constable David Reid."

„Vielen Dank, Constable Reid. Wir warten auf Ihre Kollegen.“ Toni beendete das Gespräch. Dann rannte sie auf schnellstem Wege zum BSL-4-Labor, schob ihre Chipkarte durch das Lesegerät, hielt ihre Fingerspitze auf den Scanner und betrat den Raum.

Da waren sie – Steve Tremlett, Susan, Don und Stu lehnten alle vier nebeneinander mit gefesselten Händen und Füßen an der Wand. Susan sah aus, als wäre sie gegen einen Baum gerannt: Ihre Nase war dick angeschwollen, Blutflecken bedeckten Kinn und Brust. Don hatte eine üble Schürfwunde an der Stirn.

Toni kniete nieder und begann, die vier loszubinden. „Was ist passiert?“

DER LIEFERWAGEN pflügte durch dreißig Zentimeter hohen Schnee. Elton fuhr höchstens zwanzig Stundenkilometer, allerdings untertourig, um die Schleudergefahr zu verringern. Dicke Schneeflocken trieben in Schwaden gegen die Windschutzscheibe.

Kit war zutiefst verzweifelt. Er fragte sich, wer Nigels Kunde war: muslimische Fundamentalisten, eine Splittergruppe der IRA? Die Antwort war im Grunde gleichgültig: Wer immer die Viren kaufte, würde sie auch freisetzen, und unzählige Menschen würden elend krepieren. Aber was kann ich tun?, fragte sich Kit. Er erwog, aus dem fahrenden Wagen zu springen. Langsam genug fuhr der ja. Vielleicht konnte er in diesem Schneesturm entkommen, ohne dass sie ihn fanden. Aber die Viren hatten sie trotzdem, und die Viertelmillion Schulden bei Harry würde er auch nicht los …

Nein, es blieb ihm nichts anderes übrig: Er musste die Sache bis zum bitteren Ende durchstehen. Vielleicht konnte er der Polizei ja, wenn alles vorbei war, einen anonymen Hinweis geben. Dann bestand vielleicht noch die Hoffnung, dass das Virus aufgespürt wurde, bevor es Schaden anrichten konnte.

Vor ihnen am Straßenrand schimmerte ein beleuchtetes Reklameschild mit der Aufschrift DEW DROP MOTEL durch den Schneesturm. Elton bog von der Straße ab. Über der Eingangstür brannte Licht, und auf dem Parkplatz standen acht oder neun Autos. Das Motel hatte geöffnet.

Elton hielt direkt neben einem Opel Kombi. „Wir haben ja geplant, das Telecomfahrzeug hier zu lassen. Es ist zu leicht zu erkennen. Und eigentlich soll uns dieser Astra hier zum Flugfeld bringen. Die Frage ist nur, ob er und wir das schaffen.“

„Wieso hast du keinen Landrover genommen, du blöder Trottel?“, raunzte Daisy vom Rücksitz her.

„Weil der Astra einer der am weitesten verbreiteten und am wenigsten auffälligen Wagen in Großbritannien ist und weil es in der Wettervorhersage hieß, kein Schnee, du hässliche Kuh!“

„Hört auf, ihr zwei“, ging Nigel ruhig dazwischen. Er zog sich die Perücke vom Kopf und die Brille von der Nase. „Legt eure Verkleidungen ab. Wir wissen nicht, wie bald die Werkschutzleute der Polizei Beschreibungen von uns liefern.“ Die anderen folgten seinem Beispiel.

„Wir könnten hier bleiben, uns Zimmer nehmen und warten, bis der Schneesturm vorüber ist“, schlug Elton vor.

„Zu gefährlich“, widersprach Nigel. „Wir sind bloß ein paar Kilometer vom Labor entfernt. Außerdem haben wir einen Termin.“

„Bei diesem Deckswetter fliegt der Kunde mit seinem Helikopter bestimmt nicht.“

Kits Handy klingelte. Er sah auf seinem Laptop nach. Es war ein normaler Anruf, kein umgeleiteter aus der Telefonanlage des Kreml. Er meldete sich. „Ja?“

„Ich bin's.“ Kit erkannte die Stimme von Hamish McKinnon. „Ich ruf übers Handy an. Muss mich beeilen, Willie ist nur kurz zur Toilette.“

„Was ist los?“

„Kaum wart ihr fort, ist die Gallo hier aufgetaucht. Sie hat die gefesselten Kollegen gefunden und die Polizei gerufen. Gerade ist sie hier bei uns im Pförtnerhaus gewesen und hat uns die Bullen angekündigt ... Tut mir Leid, ich muss aufhören.“ McKinnon beendete das Gespräch.

Kit steckte sein Handy wieder in die Tasche. „Toni Gallo hat die Werkschutztypen gefunden“, verkündete er. „Sie hat die Polizei gerufen, und die ist jetzt unterwegs.“

„Damit ist alles klar“, entschied Nigel. „Wir steigen in den Astra um.“

CRAIG schob gerade seine Hand unter den Saum von Sophies Pullover, als er Schritte hörte. Er löste die Umarmung und drehte sich um.

Seine Schwester stieg im Nachthemd die Leiter vom Heuboden herunter und ging ins Bad.

Frustriert wandte Craig seine Aufmerksamkeit dem Film zu. Wenig später tauchte Caroline wieder auf, stieg die Leiter hinauf und kroch zurück ins Bett.

„Hier bleiben wir nie ungestört“, flüsterte Sophie.

„Genauso gut könnten wir's in Glasgow am Hauptbahnhof treiben“, erwiderte Craig und küsste sie trotzdem noch einmal. Diesmal öffnete sie den Mund, und ihre Zunge kam seiner entgegen.

Lustvoll stöhnte Craig auf. Er schob seine Hand wieder unter Sophies Pulli, bis er ihre Brust spürte. Jetzt stöhnte sie unwillkürlich auf.

Da piepste Tom: „Hört auf, hier rumzugrunzen, ich kann nicht pennen!"

Craig zog seine Hand unter Sophies Pullover hervor und murmelte. „Tut mir Leid."

„Wieso gehen wir nicht woandershin?", fragte Sophie.

„Wohin denn?"

„Wie wär's mit dem Dachboden, den du mir heute gezeigt hast?"

Craig war begeistert. Dort wären sie vollkommen allein, und niemand würde sie stören. „Tolle Idee!"

2 Uhr

Toni saß im Kontrollraum und starrte auf die Monitore. Von den Werkschützern war sie inzwischen über die Ereignisse informiert worden. Don hatte berichtet, dass einer der Männer seine Kumpane vor zu brutaler Gewaltanwendung gewarnt hatte. Die Worte, die er dabei benutzt hatte, brannten sich in Tonis Hirn ein: *Wenn du so weitermachst, stehen wir um zehn mit leeren Händen vor unserem Kunden.*

Es war ganz klar: Diese Leute waren eingedrungen, um etwas aus dem Labor zu stehlen, und sie hatten es in der Ledertasche mitgenommen. Toni schwante Schreckliches; sie glaubte zu wissen, worum es sich handelte.

Sie ließ die Bilder aus den Überwachungskameras im BSL-4-Labor von 0.55 Uhr bis 1.15 Uhr durchlaufen. Obwohl die Monitore zu dieser Zeit andere Bilder gezeigt hatten, waren die aktuellen Aufnahmen vom Computer gespeichert worden. Toni konnte jetzt zwei Männer in Schutzanzügen erkennen, die sich im Labor zu schaffen machten. Sie hielt unwillkürlich die Luft an, als sie sah, wie einer der Männer die Tür zu dem kleinen Raum mit dem Tresor öffnete. Er tippte die Nummern auf dem Tastenfeld ein – er kannte also den Kode! – und öffnete die Kühlschranktür. Dann begann der andere Mann, bestimmte Proben herauszunehmen.

Toni hielt das Bild an. Die Kamera befand sich über der Tür und blickte sozusagen über die Schulter des Mannes in den Kühlschrank. Er hatte beide Hände voll mit kleinen weißen Schachteln. Toni vergrößerte das Bild. Der Kerl stahl Virusproben! Die Aufschrift auf einer der Schachteln lautete MADOBA-2.

Genau das hatte Toni befürchtet. Sie ließ die Aufzeichnung weiterlaufen und beobachtete voller Entsetzen, wie einer der Einbrecher den Inhalt der Fläschchen in einen Parfümzerstäuber umfüllte, den Flakon sorgfältig in zwei Tüten verpackte und in der Aktentasche verstaute.

Geradezu gelähmt vor Schreck saß Toni da und starrte auf den Bildschirm. Madoba-2 war das gefährlichste Virus, das man sich überhaupt vorstellen konnte, und so ansteckend, dass es durch eine Vielzahl von Sicherheitsvorkehrungen bewacht werden musste. Der Umgang damit war nur bestens geschultem Personal in Schutzkleidung gestattet. Doch jetzt befand es sich in den Händen einer Diebesbande, die es in einer lächerlichen Aktentasche spazieren trug! Diese Typen konnten einen Autounfall haben, sie konnten in Panik geraten und die Tasche einfach wegwerfen – die Risiken waren unermesslich! Und selbst wenn die Gangster das Virus nicht durch Nachlässigkeit oder bei einem Unfall freisetzten – ihr „Kunde" würde es garantiert und mit voller Absicht tun, um tausende von Menschen zu töten.

Toni hatte genug gesehen. Sie wusste nun, was zu tun war. Die Polizei musste so schnell wie möglich eine Großfahndung einleiten. Bei raschem Handeln konnten die Diebe vielleicht noch abgefangen werden, bevor das Virus dem Kunden übergeben wurde. Sie verließ den Kontrollraum.

Die Leute vom Werkschutz saßen in der Großen Halle auf den Sofas, die normalerweise Besuchern vorbehalten waren, und tranken Tee.

„Wir haben wichtige Dinge zu tun", erklärte Toni knapp. „Stu, Sie gehen bitte in den Kontrollraum und nehmen Ihre Arbeit wieder auf. Steve, Sie kehren an den Empfang zurück. Sie, Don, bleiben, wo Sie sind." Er trug einen notdürftigen Verband über seiner Stirnwunde.

Susan lag ausgestreckt auf einem der Sofas. Das Blut hatte man ihr aus dem Gesicht gewaschen, doch sie schien ernsthaft verletzt zu sein.

„Sie Arme, das alles tut mir furchtbar Leid", bedauerte Toni sie. „Wie fühlen Sie sich?"

Susan brachte ein schwaches Lächeln zustande. „Ziemlich belämmert."

Tonis Mutter saß neben Don. Der Welpe kauerte zu ihren Füßen, und sie fütterte ihn mit Keksen. „Dieser Junge namens Steve hat mir eine Tasse Tee gemacht", erzählte sie. „Wäre ein netter Freund für dich."

„Er ist verheiratet", gab Toni zurück und wandte sich an Tremlett. „Wo ist Carl Osborne?"

„Auf der Toilette."

Toni nickte und zog ihr Handy hervor. Es war Zeit, die Polizei zu benachrichtigen. Auch diesmal meldete sich Constable Reid. Als Toni ihren

Namen nannte, sagte er: „Wir haben einen Streifenwagen zu Ihnen geschickt, aber die Kollegen sind wieder umgekehrt. Das Wetter …"

Toni war entsetzt. Sie hatte mit dem baldigen Eintreffen der Polizei gerechnet. „Meinen Sie das im Ernst?", fragte sie mit erhobener Stimme.

„Haben Sie sich die Straßen mal angesehen? Überall sind Fahrzeuge liegen geblieben. Es muss ja nicht auch noch unsere Streife im Schnee stecken bleiben."

„Herrgott! Was für Waschlappen stellt die Polizei denn heutzutage ein?"

„Diese Bemerkung war jetzt fehl am Platz, Madam."

„Ja, Sie haben Recht, ich bitte um Entschuldigung. Aber die Lage ist folgende: Die Diebe haben eine erhebliche Menge des tödlichen Virus Madoba-2 gestohlen, das heißt, wir haben es mit einer Biogefährdung zu tun."

„Biogefährdung", wiederholte Reid, und es klang, als notierte er sich das Wort.

„Zweitens: Bei den Tätern handelt es sich um drei Männer – zwei weiß, einer schwarz – und eine weiße Frau. Sie fahren einen Lieferwagen mit dem Schriftzug der Hibernian Telecom. Drittens: Wir haben hier zwei Verletzte, die einen Arzt brauchen. Viertens: Die Täter waren bewaffnet."

„Um welche Art von Waffen handelt es sich?"

Toni wandte sich an Tremlett. „Haben Sie die Pistolen identifizieren können?"

Er nickte. „Alle drei hatten eine automatische Pistole vom Typ Browning neun Millimeter – die mit einem Dreizehnermagazin. Für mich sah das nach alten Armeebeständen aus."

Toni gab die Beschreibung an den Polizisten weiter.

„Bewaffneter Raubüberfall also", erwiderte er.

„Richtig. Aber das Wichtigste ist, dass sie noch nicht weit gekommen sein können und das Fluchtfahrzeug leicht zu identifizieren ist. Wenn wir uns beeilen, können wir sie vielleicht noch erwischen."

„Heute Nacht kann sich niemand beeilen."

„Sie brauchen doch nur Schneepflüge!"

„Die Polizei hat keine Schneepflüge."

„Es muss hier in der Gegend welche geben! Wir brauchen sie doch fast jeden Winter."

„Die Straßen von Schnee freizuhalten fällt nicht in die Zuständigkeit der Polizei, sondern obliegt den Gemeindeverwaltungen."

Vor Frustration hätte Toni schreien können, doch sie biss sich auf die Zunge. „Ist Superintendent Hackett da?"

„Nein, er ist zu Hause. Aber er hat Bereitschaftsdienst."

„Danke, Constable." Sie brach das Gespräch ab und wählte Franks Privatnummer. „Hier Toni", sagte sie, als er sich meldete. „Bei Oxenford Medical ist eingebrochen worden. Die Täter haben eine erhebliche Menge von Madoba-2 mitgenommen. Das ist das Virus, an dem Michael Ross gestorben ist."

„Wie konnte dir das passieren?"

Genau diese Frage stellte sich Toni selbst schon die ganze Zeit, doch nun, da sie von Frank kam, tat es weh. „Wenn du so supergescheit bist", gab sie zurück, „dann überleg dir schnellstens, wie wir die Diebe fassen können, bevor sie über alle Berge sind."

„Na ja, da heute Nacht alle im Schnee stecken bleiben, kommen die Täter auch nicht weit."

„Aber wer sagt denn, dass die Polizei im Schnee stecken bleiben muss? Ihr könnt doch mit einem Schneepflug herkommen."

„Wir haben keinen Schneepflug."

„Die Gemeinde hat mehrere. Ruf sie an!"

Nach einer längeren Denkpause erwiderte Frank: „Nein, das tu ich besser nicht. Ich kann eine bewaffnete Bande nicht von Unbewaffneten jagen lassen. Wir müssen eine Sondereinsatztruppe aus qualifizierten Leuten zusammenstellen, sie mit kugelsicheren Westen, Waffen und Munition ausstatten. So etwas dauert etwa zwei Stunden."

„Inzwischen entkommen die Diebe mit einem Virus, das tausende von Menschen das Leben kosten kann!"

„Ich schreibe das Fluchtfahrzeug zur Fahndung aus."

„Wahrscheinlich wechseln sie den Wagen. Wahrscheinlich steht schon irgendwo ein Jeep mit Vierradantrieb bereit."

„Auch damit kommen sie nicht weit."

„Und wenn sie einen Hubschrauber haben?"

„In Schottland gibt es keine Diebe mit Hubschraubern."

„Frank, diese Leute wollen vielleicht eine Epidemie auslösen, die vergleichbar mit der Pest ist!"

„Erzähl du mir nicht, wie ich meine Arbeit zu tun habe! Du bist nicht mehr bei der Polizei."

„Frank …" Toni schwieg abrupt. Er hatte die Verbindung einfach unterbrochen. Fieberhaft überlegte sie, wie sie ihm doch noch Feuer unterm Hintern machen konnte. Sie scrollte durch das Verzeichnis ihres Handys und fand die Privatnummer von Odette Cressy, ihrer Freundin bei Scotland Yard. Es dauerte eine kleine Ewigkeit, bis Odette sich meldete.

„Hier ist Toni. Tut mir Leid, dass ich dich aufwecke."

„Schon in Ordnung. Was gibt's?"

Toni erzählte es ihr.

„Oh Gott!", erwiderte Odette. „Das ist genau der Fall, den wir immer befürchtet haben. Gibt es irgendeinen Hinweis darauf, wann und auf welche Weise dieses Teufelszeug eingesetzt werden soll?"

„Zwei Hinweise kann ich dir geben. Zum einen haben sie die Flüssigkeit nicht einfach gestohlen, sondern sie noch im Labor in einen Parfümzerstäuber umgefüllt. Sie ist also jederzeit einsatzbereit, voraussichtlich an einem Ort, wo viele Menschen zusammen sind. Niemand würde davon etwas mitbekommen."

„Wenigstens wissen wir jetzt, wonach wir suchen. Und zweitens?"

„Ein Kollege vom Werkschutz hat gehört, wie sie davon sprachen, dass sie ihren Kunden um zehn Uhr treffen wollen."

„Um zehn? Die sind aber schnell."

„Genau. Wenn sie das Zeug schon heute Vormittag übergeben, kann es bereits am Abend in London sein. Das Virus könnte also ohne weiteres morgen freigesetzt werden."

„Gute Arbeit, Toni. Noch was?"

„Sie sind Richtung Norden gefahren, als sie von hier aufbrachen; ich habe das Fahrzeug noch gesehen. Aber wir haben hier gerade einen Schneesturm, sodass die Straßen kaum noch passierbar sind. Wahrscheinlich sind sie noch nicht weit gekommen."

„Das heißt, es besteht die Chance, dass wir sie erwischen, bevor sie ihre Ware abliefern können."

„Richtig. Nur ist es mir bisher leider nicht gelungen, die hiesige Polizei von der Dringlichkeit der Sache zu überzeugen."

„Das überlass mal mir. Denen mach ich Beine. Deine Provinzbullen werden demnächst einen Anruf aus Downing Street Nummer 10 kriegen. Was brauchst du – Hubschrauber?"

„Sie sollen sich in Bereitschaft halten. Aber in diesem Blizzard kann wahrscheinlich kein Helikopter starten. Nein, was ich brauche, ist ein Schneepflug. Der soll die Straße von Inverburn hierher freiräumen, dann kann die Polizei die Fahndung von hier aus koordinieren."

„Verlass dich auf mich – und halt mich auf dem Laufenden, ja?"

„Mach ich. Danke, Odette." Toni steckte ihr Handy wieder ein und drehte sich um.

Direkt hinter ihr stand Carl Osborne und machte sich Notizen.

ELTON saß am Steuer des Astra. Er fuhr sehr langsam, während der Wagen durch über dreißig Zentimeter hohen, weichen Neuschnee pflügte. Neben Elton saß Nigel, während Kit sich mit Daisy den Rücksitz teilte. Alle ein, zwei Kilometer passierten sie ein stecken gebliebenes Fahrzeug.

Als sie an der Abzweigung nach Steepfall vorbeikamen, fiel der Schnee so dicht, dass durch die Windschutzscheibe kaum noch etwas zu sehen war – nichts als Weiß. Ihre Geschwindigkeit sank weiter auf die eines flotten Spaziergängers. Hätten wir doch bloß einen besseren Wagen, dachte Kit. In Vaters Land Cruiser, der nur drei Kilometer von hier in der Garage auf Steepfall steht, sähen unsere Chancen besser aus.

„Werden wir's mit diesem Wagen schaffen?", fragte Nigel zweifelnd.

„Auf dieser Straße hier höchstwahrscheinlich", antwortete Elton. „Aber auf dem Weg zu diesem Flugplatz steht uns noch eine sechs, sieben Kilometer lange Nebenstraße bevor."

Kit meldete sich zu Wort. „Ich weiß, wo wir einen Land Cruiser mit Vierradantrieb herkriegen können."

„Besser als der Astra wär er auf jeden Fall", meinte Nigel. „Wo steht er?"

„Bei meinem Vater. Genauer gesagt: in seiner Garage, und das Garagentor kann man vom Haus aus nicht sehen."

„Wie weit ist es bis dahin?"

„Auf dieser Straße eineinhalb Kilometer zurück, dann noch mal anderthalb Kilometer über eine Seitenstraße. Wir parken im Wald unweit der Farm, leihen uns den Land Cruiser und fahren zum Flugplatz. Danach bringt Elton den Land Cruiser zurück und nimmt den Astra wieder mit."

„Hat irgendwer eine bessere Idee?", fragte Nigel in die Runde.

Niemand antwortete, und Elton wendete den Wagen.

„Bieg hier ab", sagte Kit nach ein paar Minuten.

Elton hielt an. „Unmöglich. Der Schnee auf dieser Straße liegt fast einen halben Meter hoch, und hier ist seit Stunden keiner mehr langgefahren. Wir kommen keine fünfzig Meter weit."

„Wie weit ist es noch bis zum Haus deines Vaters?", fragte Nigel.

„Nicht ganz …" Kit schluckte. „Knapp anderthalb Kilometer. Ihr könnt ja hier warten, während ich losmarschiere und den Land Cruiser hole."

Nigel schüttelte den Kopf. „Zu unsicher. Dir könnte was passieren. Du könntest im Schnee stecken bleiben, und wir würden dich nie finden. Wir bleiben besser zusammen."

Es gibt noch einen weiteren Grund, vermutete Kit: Nigel traut mir nicht über den Weg. Wahrscheinlich hat er Angst, dass ich türme und die Polizei informiere.

Eine Zeit lang sagte niemand ein Wort. Sie saßen einfach still da, nicht willens, die Wärme, die aus der Autoheizung strömte, zu verlassen. Schließlich drehte Elton den Zündschlüssel, der Motor verstummte, und sie stiegen alle aus. Eisern hielt Nigel die Aktentasche mit ihrem tödlichen Inhalt fest. Kit nahm seinen Laptop mit. Elton fand eine Taschenlampe im Handschuhfach und reichte sie Kit. „Du gehst voraus."

Kit stapfte durch den kniehohen Schnee los. Es war grässlich kalt, und da alle vier davon ausgegangen waren, dass sie sich nur in Fahrzeugen und geschlossenen Räumen aufhalten würden, war keiner von ihnen dem Wetter entsprechend angezogen. Es dauerte nicht lange, und Kit begann vor Kälte zu zittern. Der Schnee durchnässte seine Jeans bis zu den Knien und tropfte in seine Stiefel. Ohren und Nase schienen gefroren zu sein. Die anderen folgten ihm in erschöpftem Schweigen.

Sie waren etwa eine halbe Stunde unterwegs, als Kit das Gefühl beschlich, er ginge im Kreis. Sein Orientierungssinn versagte vollkommen, und er bekam es mit der Angst zu tun. Als er den Eindruck gewann, der Schnee falle nicht mehr ganz so heftig, wäre er fast gegen einen großen Baum gestoßen. Sie hatten demnach den Wald unweit von Steepfall erreicht. Kit fühlte sich so erleichtert, dass er am liebsten niedergekniet wäre und ein Dankgebet gesprochen hätte. Während er dem Pfad folgte, der sich durch die Bäume schlängelte, deutete ein schwacher Schimmer die Lichter der Farm an. Schließlich traten sie aus dem Wald hervor und erreichten die Garage.

Die großen Tore waren geschlossen, aber es gab eine Seitentür, die immer offen blieb. Kit ging hinein, die drei anderen folgten ihm. Der blaue Ferrari seines Vaters stand dort, wo ihn Luke tags zuvor abgestellt hatte, daneben der weiße Ford des Bedienstetenehepaars. Das war eine Überraschung, denn normalerweise fuhren Luke und Lori damit nach Hause. Waren sie über Nacht geblieben oder …?

Kit ließ den Strahl der Taschenlampe bis zum anderen Ende der Garage wandern, wo sonst immer der Land Cruiser stand. Der Platz war leer.

Sofort war Kit klar, was passiert sein musste. Luke und Lori lebten in einem Häuschen am Ende eines Feldwegs, fast zwei Kilometer von der Farm entfernt, und sein Vater hatte ihnen wegen des schlechten Wetters erlaubt, den Wagen mit Vierradantrieb zu nehmen.

Kit hätte heulen können. „Verdammt, jetzt stecken wir ganz gewaltig im Schlamassel."

Carl Osborne sprach in sein Handy. „Ist schon jemand im Nachrichtenbüro? Gut, stellen Sie mich durch."

Toni stand am Rande der Verzweiflung. Mit einem reißerischen Bericht, der alle Welt in Panik versetzte, konnte der Reporter unermesslichen Schaden anrichten. Sie kam durch die Große Halle auf ihn zu. „Tut mir Leid, du kannst das hier nicht benutzen. Bitte leg auf."

Doch Carl sprach weiter. „Macht euch bereit für eine Stimmaufnahme – und bringt dazu ein Standfoto von mir, wenn ihr es sendet. Seid ihr so weit?"

Toni hätte ihn umbringen können.

„Ich befinde mich auf dem Gelände der Firma Oxenford Medical, einer schottischen Pharmafabrik, die nun schon zum zweiten Mal innerhalb von zwei Tagen Schauplatz eines schweren biologischen Störfalls ist."

Wie kann ich den Kerl noch aufhalten?, fragte sich Toni. Sie sah sich um. Tremlett saß am Empfang. Sie legte die Hand über Carls Sprechmuschel. „Steve! Kommen Sie bitte her, sofort!"

Osborne drehte sich weg und meldete in sein Handy: „Man versucht, mich an der Fortsetzung meiner Reportage zu hindern … Habt ihr das?"

Toni sprach nun so laut, dass es am anderen Ende der Leitung zu hören sein musste. „Mobiltelefone können die empfindlichen elektronischen Geräte in unseren Labors stören. Daher dürfen sie hier nicht benutzt werden." Das stimmte zwar nicht, war aber immerhin ein halbwegs plausibles Argument. „Bitte stell dein Handy ab, Carl!"

Er hielt das Gerät außerhalb ihrer Reichweite und rief: „Lass mich los!"

Toni nickte Tremlett zu, der Osborne das Handy aus der Hand riss und es ausschaltete.

„Das dürft ihr nicht!", protestierte der Journalist.

„Selbstverständlich dürfen wir. Du bist hier Besucher, und ich bin für die Sicherheit der Firma zuständig."

„Dann gehe ich eben nach draußen. Du kannst mich nicht am Verlassen des Firmengeländes hindern."

Toni zuckte die Schultern. „Das stimmt. Aber dein Handy wird aus Sicherheitsgründen konfisziert. Wir schicken es dir per Post zu."

„Dann gehe ich eben in eine Telefonzelle."

„Viel Glück." Bis zur nächsten Zelle waren es fast zehn Kilometer.

Osborne zog seinen Mantel an und ging hinaus. Toni und Tremlett beobachteten durch das Fenster, wie er Schnee von der Windschutzscheibe kratzte, einstieg und davonfuhr. Der Schnee türmte sich vor dem Jaguar, der nur mühsam den Anstieg zur Ausfahrt bewältigte, zu hohen Wechten auf. Hundert Meter vor dem Tor hielt er an.

Tremlett grinste. „Hab mir doch gedacht, dass er nicht weit kommt."

Als die Innenbeleuchtung des Jaguar anging, runzelte Toni besorgt die Stirn.

„Was tut er denn da ?", fragte Tremlett. „Sieht aus, als würde er mit sich selbst reden."

Schlagartig realisierte Toni, was geschah, und ihre Hoffnungen schwanden. „Er hat ein Autotelefon! Verflucht, dass ich daran nicht gedacht habe!"

„Soll ich rauslaufen und verhindern, dass er weiterquatscht?"

„Schon zu spät. Bis Sie dort sind, wird er alles Wesentliche ausgeplaudert haben. Aber wenn er wieder reinkommt, schleichen Sie raus und schauen nach, ob er seinen Schlüssel hat stecken lassen. Wenn ja, sperren Sie den Wagen ab und stecken den Schlüssel ein. Auf diese Weise verhindern wir wenigstens weitere Telefonate."

Ihr Handy klingelte, und sie meldete sich.

„Odette hier." Sie klang ziemlich erschüttert.

„Was ist los?"

„Laut jüngsten Erkenntnissen versuchen Terroristen an Madoba-2 zu gelangen. Wir glauben, dass eure Diebe in deren Auftrag handeln."

„Weißt du Genaueres?"

„Sie wollen das Virus schon morgen freisetzen, irgendwo an einem öffentlichen, viel frequentierten Ort in Großbritannien."

Toni stockte der Atem. Am zweiten Weihnachtstag gingen überall im Land die Familien ins Kino, ins Theater, zum Kegeln. Es gab unzählige Möglichkeiten. „Aber wo genau? An welchem Ort?"

„Wissen wir nicht! Wir müssen daher unbedingt diese Diebe erwischen. Eure Polizei hat inzwischen einen Schneepflug organisiert und ist unterwegs zu euch. Der Bursche, der die Sache leitet, heißt Frank Hackett. Kommt mir irgendwie bekannt vor – das ist doch dein Ex, oder?"

„Stimmt. Und er ist ein Teil meines Problems. Er sagt nämlich sehr gerne Nein zu mir."

„Nun, der Bursche ist geläutert, du wirst es sehen. Der *Chancellor of the Duchy of Lancaster* hat ihn nämlich angerufen; er ist unser Topmann in der Terroristenfahndung. Dein Ex muss bei seinem Anruf aus dem Bett gefahren sein, als hätte die Matratze Feuer gefangen. Und danach hat ihn sich auch noch mein Chef telefonisch zur Brust genommen. Auch das ist eine Erfahrung fürs Leben, das kann ich dir sagen. Der arme Tropf ist jetzt jedenfalls auf dem Weg zu dir. Mit dem Schneepflug."

3.45 Uhr

Daisy zitterte so heftig, dass sie kaum die Leiter festhalten konnte. Mit eisiger Hand eine Heckenschere umklammernd, kletterte Elton die Sprossen hinauf. Kit sah mit klappernden Zähnen vom Garagentor aus zu, während Nigel, die Arme um die Aktentasche geschlungen, in der Garage geblieben war.

Die Leiter lehnte an der Mauer des Hauptgebäudes von Steepfall, an jenem Eck, wo die Telefonleitung das Haus verließ. Wer an dieser Stelle die Leitung kappte, schnitt die gesamte Farm vom Telefonnetz ab. Nigel hatte auf dieser Vorsichtsmaßnahme bestanden, obwohl ihnen allen klar war, dass sich mehrere einsatzbereite Handys im Haus befanden. Die Leiter und die Heckenschere hatte Kit in der Garage gefunden.

Er kam sich vor wie in einem nicht enden wollenden Albtraum. Sie mussten sich zu Luke und Lori durchschlagen und dort den Land Cruiser entwenden. Aber sie konnten sich nicht sofort auf den Weg machen. Sie waren fix und fertig. Schlimmer noch: Kit war sich keineswegs sicher, dass er bei diesem Wetter Lukes Häuschen finden würde. Sie mussten also abwarten, bis der Schneesturm nachließ. Und damit sie absolut sicher sein konnten, dass niemand etwas von ihrer Anwesenheit erfuhr, schnitten sie die Telefonleitung durch.

Nachdem es Elton gelungen war, das Kabel zu durchtrennen, stieg er die Leiter herunter und trug sie in die Garage zurück.

Nigel ließ seinen Blick über die nackten Steinmauern des umgebauten Stalls schweifen. „Hier können wir nicht bleiben. Wir sind durchgefroren und durchnässt, und hier drin gibt's keine Heizung. Wir holen uns hier den Tod."

„Ich will 'ne Tasse Tee und 'nen Schnaps", maulte Daisy. „Ich geh jetzt ins Haus."

„Nein!" Allein schon die Vorstellung erfüllte Kit mit Entsetzen. Diese drei in seinem Elternhaus? Unmöglich! Und dazu noch die Aktentasche! Wollten die etwa diese teuflischen Viren mit in die Küche nehmen?

„Hast Recht, Daisy", stimmte Elton zu. „Gehen wir ins Haus."

„Und wie soll ich meinen Leuten erklären, was ihr bei uns zu suchen habt?", wollte Kit wissen.

„Die schlafen doch alle."

„Und wenn es immer noch schneit, wenn sie am Morgen aufstehen?"

„Sag ihnen einfach, du kennst uns nicht näher", schlug Nigel vor. „Du hast uns auf der Straße getroffen. Unser Wagen ist ein paar Kilometer von hier in einer Schneewehe stecken geblieben. Du hattest Mitleid mit uns und hast uns mit zu euch genommen."

„Die sollen doch gar nicht wissen, dass ich das Haus verlassen habe!"

„Dir wird schon eine glaubhafte Geschichte einfallen. Aber jetzt lass uns erst mal reingehen, bevor uns noch die Füße abfrieren."

„Ihr habt eure Verkleidungen im Lieferwagen gelassen. Meine Familie wird eure Gesichter sehen."

„Macht doch nichts. Wir sind bloß ganz gewöhnliche Mitbürger, die das Pech hatten, im Schnee stecken zu bleiben. Von dieser Sorte gibt's heute Nacht bestimmt hunderte, das wird sicher auch in den Nachrichten kommen. Kein Mensch in deiner Familie wird uns mit den Leuten in Verbindung bringen, die in das Labor eingebrochen sind. Wir benehmen uns einfach höflich und reden nicht viel."

„Am besten wär's, ihr hieltet total die Klappe. Ein falscher Ton, und das Spiel ist aus." Kit drehte sich zu Daisy um. „Halt dich bloß zurück!"

Nigel unterstützte ihn. „Ganz recht, Daisy, pass bloß auf, dass du uns nicht verrätst. Benimm dich ausnahmsweise mal wie ein braves Mädchen, nur für ein paar Stunden, okay?"

„Ja, ja, ja!", knurrte sie und wandte sich ab.

Erst jetzt wurde Kit bewusst, dass er an irgendeinem Punkt der Diskussion nachgegeben hatte. Mit dem fatalistischen Gefühl, auf eine Katastrophe zuzusteuern, führte er die drei ums Haus herum zur Hintertür, die wie immer unverschlossen war.

Als er sie öffnete, sagte er: „Alles klar, Nellie, ich bin's", damit der Hund nicht bellte.

Er tätschelte dem Tier den Kopf und betrat die Stiefelkammer, wo warme Luft ihn einhüllte. Dann führte er die anderen in die Küche. Dort zogen alle ihre nassen Jacken und Mäntel aus, und Nigel stellte die Aktentasche auf den Küchentisch. „Setz Wasser auf, Kit."

Dieser legte seinen Laptop ab und stellte das kleine Fernsehgerät an, das auf dem Küchentresen stand. Er suchte einen Nachrichtenkanal, dann füllte er den Wasserkessel.

„Da überraschenderweise der Wind umschlug, wurden große Teile Schottlands von einem Schneesturm heimgesucht, der selbst für Experten völlig unerwartet kam", meldete eine hübsche Nachrichtensprecherin.

Nigel, Daisy und Elton setzten sich um den Kiefernholztisch, als wären sie hier zu Hause. Bald kochte das Wasser, und Kit goss sowohl Tee als auch Kaffee auf.

Auf dem Fernsehschirm erschien nun ein Meteorologe vor einer Wetterkarte. Der Schneesturm, so verkündete er, werde am Vormittag ebenso schnell enden, wie er begonnen habe.

„Na also!“, sagte Nigel triumphierend.

Elton schenkte sich Tee ein. „Wir können es immer noch schaffen.“

Kit teilte seinen Optimismus. „Wir sollten gleich beim ersten Tageslicht aufbrechen.“

Daisy stand auf, öffnete die Tür zum Esszimmer und spähte in die Dunkelheit. „Was ist das für ein Raum?“

„Wo willst du hin?“, fragte Kit.

„Ich brauch ’nen ordentlichen Schuss in den Tee.“ Sie knipste das Licht an und verschwand in dem Zimmer. Gleich darauf hörte Kit, wie sie die Hausbar öffnete.

Im selben Augenblick betrat Stanley die Küche vom Flur aus. Er trug einen grauen Pyjama. „Guten Morgen. Was ist denn hier los?“

„Morgen, Daddy“, begrüßte Kit ihn. „Du, ich muss dir was erklären …“

In diesem Moment kam Daisy aus dem Esszimmer, in ihrer behandschuhten Hand eine volle Flasche Glenmorangie.

Stanley sah sie an und zog eine Augenbraue hoch. „Möchten Sie ein Glas Whisky?“

„Nein, danke“, antwortete sie. „Ich hab schon ’ne ganze Pulle.“

ALS SIE endlich einen Moment Zeit fand, wollte Toni bei Stanley anrufen. Sie fürchtete sich vor dem Gespräch, in dem sie ihm mitteilen musste, dass sie für eine Katastrophe verantwortlich war, die sein Leben ruinieren konnte. Was wird er danach von mir denken?, fragte sie sich ängstlich.

Sie wählte seine Privatnummer, bekam jedoch nur eine Auskunft vom Band. „Dieser Anschluss ist vorübergehend nicht erreichbar.“ Anscheinend war das Telefon gestört; vielleicht hatte der Schnee die Leitung lahm gelegt. Ein Handy trug Stanley nie bei sich, doch in seinem Ferrari war ein Autotelefon installiert. Toni wählte es an und hinterließ eine Nachricht mit der Bitte, sie auf ihrem Handy zurückzurufen.

Wo blieb nur die Polizei mit dem Schneepflug? Toni hoffte, die Beamten würden sich gar nicht lange aufhalten, sondern sich so schnell wie möglich auf die Fährte des vermeintlichen Lieferwagens der Hibernian Telecom setzen. Aber wahrscheinlich hatten die Verbrecher schon ein paar Minuten nach ihrer Flucht den Wagen gewechselt. Toni hätte an ihrer Stelle einen unauffälligen Pkw an einem Ort abgestellt, an dem ein Fahrzeug stundenlang stehen konnte, ohne Aufmerksamkeit zu erregen. Welche Möglichkeiten boten sich da? Sie ging zum Empfang, holte sich einen Notizblock und einen Kugelschreiber und erstellte eine Liste.

Golfklub Inverburn
„Dew Drop Motel"
Schnellimbiss „Happy Eater"
Greenfingers Gartencenter

Sie wollte nicht, dass Carl Osborne erfuhr, was sie im Sinn hatte. Der Reporter hatte seinen Wagen verlassen und trieb sich wieder in der warmen Eingangshalle herum, neugierig und aufdringlich wie eh und je. Er wusste zwar noch nicht, dass er vom Autotelefon keine Gespräche mehr führen konnte – Tremlett war heimlich hinausgeschlichen, hatte den Schlüssel aus der Zündung gezogen und den Wagen abgeschlossen –, doch Toni wollte kein Risiko eingehen.

Flüsternd unterhielt sie sich mit ihrem Mitarbeiter. „Wir müssen ein bisschen Polizeiarbeit machen." Sie riss ihren Zettel in der Mitte durch und gab dem Werkschutzleiter die eine Hälfte. „Rufen Sie da an. Vielleicht bekommen Sie ja irgendwelche Hausmeister oder Nachtwächter an die Strippe. Teilen Sie den Leuten mit, bei uns sei eingebrochen worden, erwähnen Sie aber nicht, was gestohlen wurde. Sagen Sie ihnen, das Fluchtfahrzeug könne möglicherweise auf ihrem Gelände abgestellt worden sein. Und fragen Sie dann konkret nach einem Lieferwagen der Hibernian Telecom, der vielleicht irgendwo auf dem jeweiligen Gelände steht."

Tremlett nickte. „Gute Idee. Vielleicht können wir der Polizei gleich einen heißen Tipp geben."

„Genau. Aber telefonieren Sie nicht von der Rezeption aus – ich möchte nicht, dass Osborne mithört. Benutzen Sie das Handy, das Sie ihm abgenommen haben, und führen Sie die Gespräche von einer Stelle aus, an der er Sie nicht belauschen kann."

Toni entfernte sich ebenfalls aus Osbornes Blickfeld, rief den Golfklub an und sprach mit dem verschlafen klingenden Manager. Aber es stand kein Lieferwagen auf dem Parkplatz dort. Als Nächstes wählte Toni die Nummer des Dew Drop Motels.

Ein munterer junger Mann hob ab. „Was kann ich für Sie tun?“

Toni stellte sich vor und erzählte ihre Geschichte. „Ich suche in diesem Zusammenhang einen Lieferwagen der Hibernian Telecom. Steht ein solches Fahrzeug vielleicht bei Ihnen auf dem Parkplatz?“

„Unser Parkplatz ist ziemlich voll. Ich sehe gerade auf den Überwachungsbildern nach, kann aber keinen Lieferwagen entdecken. Allerdings überwacht die Kamera nicht den gesamten Parkplatz.“

„Könnten Sie dann bitte mal einen Blick aus dem Fenster werfen und nachsehen?“

„Bleiben Sie dran.“ Der Motelangestellte entfernte sich und kam kurz darauf wieder ans Telefon. „Ja, er steht hier.“

„Wirklich?“ Toni konnte es kaum glauben.

„Ein blauer Lieferwagen mit HIBERNIAN TELECOM in weißen Buchstaben auf der Seite. Er kann noch nicht lange da sein, weil noch nicht so viel Schnee draufliegt wie auf den anderen Wagen. Deshalb konnte ich auch die Aufschrift noch erkennen.“

„Das hilft mir ein gutes Stück weiter, vielen Dank! Ob ein anderer Wagen fehlt, können Sie mir wahrscheinlich nicht sagen, oder? Ich meine das Fahrzeug, mit dem die Gangster vermutlich ihre Flucht fortgesetzt haben.“

„Nein, tut mir Leid.“

„Gut – und nochmals vielen Dank!“ Toni beendete das Gespräch und sah zu Tremlett hinüber. „Ich habe das Fluchtauto gefunden!“

Er nickte mit dem Kopf Richtung Fenster. „Und da kommt der Schneepflug.“

DAISY leerte ihre Teetasse und füllte sie wieder – mit Whisky.

Kit konnte die Anspannung kaum noch ertragen. Nigel und Elton fanden sich in der Rolle der zufällig in ein Unwetter geratenen Autoreisenden offenbar ganz gut zurecht, aber bei Daisy war Hopfen und Malz verloren. Sie sah aus wie eine Ganovin und benahm sich wie ein Hooligan.

Als sie den Whisky auf den Küchentisch stellte, nahm Stanley die Flasche an sich und sagte mit sanfter Stimme: „Passen Sie auf, dass Sie sich nicht betrinken, junge Frau.“

Daisy sah ihn an, als wäre sie drauf und dran, ihm den Hals umzudrehen. Stanley verkorkte die Flasche und stellte sie in den Küchenschrank. In diesem Augenblick betrat Miranda in einem geblümten Schlafrock die Küche und sorgte mit ihrem Auftritt für eine gewisse Entspannung.

„Hallo, meine Liebe, du bist aber früh auf", begrüßte Stanley sie.

„Ich konnte nicht schlafen. Ich hatte mich in Kits Zimmer auf den alten Schlafsessel gelegt." Neugierig musterte sie die Gäste. „Ist es nicht noch ein bisschen früh für Weihnachtsbesucher?"

„Das ist meine Tochter Miranda", stellte Stanley sie vor. „Mandy, das sind Nigel, Elton und Daisy."

Erst vor wenigen Minuten hatte Kit die drei seinem Vater vorgestellt und ihm dabei, bevor er gemerkt hatte, dass dies ein Fehler war, ihre richtigen Namen genannt.

Miranda nickte ihnen zu. „Hat euch das Christkind gebracht?"

„Ihr Wagen hat oben an der Hauptstraße den Geist aufgegeben", erklärte Kit. „Ich habe sie mitgenommen. Dann kamen wir auch mit meinem Wagen nicht mehr weiter und mussten den Rest des Weges zu Fuß gehen."

„Ich wusste gar nicht, dass du unterwegs warst! Mitten in der Nacht und bei diesem Wetter! Wo warst du denn nur, um alles in der Welt?"

„Ach, weißt du …" Kit grinste dämlich. „Ich konnte auch nicht schlafen. Ich habe mich einsam gefühlt und bin dann irgendwann los, um eine alte Freundin in Inverburn zu besuchen. Aber sie war gar nicht zu Hause."

Miranda griff nach der Kaffeekanne. Kit fragte sich, ob sie ihm die Geschichte abnahm. Besonders gut war sie nicht.

Während Miranda sich Kaffee einschenkte, wandte sich Stanley an Nigel. „Wo kommen Sie denn her? Vom Akzent her sind Sie kein Schotte."

In gelassenem Tonfall antwortete Nigel: „Ich wohne in Surrey, arbeite aber in London. Ich vermittle Hightechsysteme in Drittweltländer." Es klang absolut glaubwürdig.

Miranda trat mit ihrem Kaffeebecher an den Tisch. „Was für hübsche Handschuhe!" Daisys Wildlederhandschuhe waren total durchnässt. „Warum lassen Sie sie nicht trocknen?"

Kit war sofort wieder auf der Hut. Jedes Gespräch mit Daisy war brandgefährlich.

Das Mädchen bedachte Miranda mit einem bösen Blick, doch diese bemerkte es nicht und sparte nicht mit guten Ratschlägen. „Sie müssen sie ausstopfen, damit sie nicht die Form verlieren." Sie stand auf und holte eine Rolle Haushaltspapier von der Anrichte. „Hier, nehmen Sie das."

„Ich brauch nix!", brummte Daisy gereizt.

Miranda zog verblüfft eine Augenbraue hoch. „Oh, ich bin Ihnen doch hoffentlich nicht zu nahe getreten?"

Oh Gott, dachte Kit, gleich ist es so weit …

Da ergriff Nigel wieder das Wort. „Komm schon, Daisy, sei nicht blöd, du willst dir doch nicht deine schönen Handschuhe ruinieren." Der Unterton in seiner Stimme ließ keinen Widerspruch zu. Offenbar teilte er Kits Besorgnis. „Tu, was die Dame sagt, sie meint es doch nur gut."

Die erwartete Explosion blieb aus. Zu Kits Erstaunen zog Daisy ihre Handschuhe tatsächlich aus, und noch überraschter war er, als er ihre Hände sah: Sie waren schmal, hübsch und sehr gepflegt. Die blassrosa lackierten Nägel waren blitzsauber. Kit konnte sich keinen Reim darauf machen. Irgendwo in diesem Ungeheuer steckte anscheinend ein ganz normales Mädchen.

Miranda half ihr, die Handschuhe mit Küchenpapier auszustopfen. „Wie gehören Sie drei denn zusammen?", fragte sie freundlich.

Daisy schwieg, doch ihre Miene zeigte einen Anflug von Panik. Das Schweigen wurde schon peinlich, als Nigel die Situation rettete. „Daisys Vater ist ein alter Freund von mir. Und Elton arbeitet für mich."

Miranda lächelte den Schwarzen an. „Sind Sie seine rechte Hand?"

„Sein Fahrer", erwiderte Elton kurz angebunden.

Ein Glück, dass wenigstens Nigel wusste, wie man sich benahm. Sein Charme war so bezwingend, dass er für alle drei reichte.

Kit hielt es nicht länger auf seinem Stuhl aus, die Anspannung war nicht mehr zu ertragen. „Ich habe Hunger." Er sprang auf. „Ist es dir recht, Dad, wenn ich für uns alle ein paar Eier in die Pfanne schlage?"

„Selbstverständlich", erwiderte Stanley.

Irgendwie muss ich beweisen, dass ich mit den anderen nichts zu tun habe, überlegte Kit, während er am Herd herumhantierte. Ich muss so tun, als kämen mir Nigels Geschichten nicht ganz koscher vor. Am besten stelle ich die eine oder andere skeptische Frage. Ehe er jedoch seine Absichten in die Praxis umsetzen konnte, wurde Elton unvermittelt gesprächig.

„Was ist mit Ihnen, Professor Oxenford?", erkundigte er sich. „Sieht so aus, als hätten Sie zu Weihnachten die ganze Familie um sich versammelt. Sie haben zwei Kinder?"

„Drei."

„Mit den jeweiligen Ehepartnern natürlich."

„Nur meine Töchter haben Partner, Kit ist unverheiratet."

„Und haben Sie Enkel?"

„Ja, vier."

„Das ist sicher sehr schön für Sie und Ihre Gattin."

„Meine Frau ist leider gestorben."

„Oh, das tut mir aufrichtig Leid."

Was soll denn dieses Verhör?, wunderte Kit sich. Der führt doch was im Schilde. Doch Elton war noch nicht fertig.

„Das muss ja ein großes Haus sein, wenn hier … Wie viele sind Sie jetzt? Zehn? … Wenn die alle hier übernachten können."

„Wir haben noch ein paar Nebengebäude. Ein Gästehaus und eine umgebaute Scheune."

„Sehr nützlich. Und dann gewiss auch noch eine Unterkunft fürs Personal, nicht wahr?"

„Unser Personal hat ein kleines Häuschen etwa anderthalb Kilometer von hier. Ich fürchte nur, dass wir die beiden heute nicht zu Gesicht bekommen werden."

„Wie schade." Elton schwieg wieder – nachdem er erfahren hatte, wie viele Personen sich derzeit auf der Farm aufhielten.

Kit fragte sich, ob das außer ihm selbst noch jemandem aufgefallen war.

5 Uhr

Es dauerte nicht lang, bis der Schneepflug die Auffahrt vom Pförtnerhaus bis zum Haupteingang des Kreml geräumt hatte. Als das schwere Gefährt vor dem Eingang hielt, hatte Toni bereits ihren Mantel an und war abmarschbereit.

Dem Schneepflug folgten drei Streifen- und ein Krankenwagen. Die Sanitäter kamen als Erste herein. Sie legten Susan auf eine Bahre und trugen sie hinaus, obwohl sie sagte, sie könne selbst gehen. Don weigerte sich mitzukommen. „Wenn ein Schotte jedes Mal, wenn ihm einer was vor den Latz knallt, ins Krankenhaus rennen wollte, kämen die Ärzte ja gar nicht mehr nach", brummte er.

Nun betrat Frank Hackett die Große Halle. Toni schwante Schlimmes: An seiner finsteren Miene erkannte sie sofort, dass er auf Streit aus war. Dass er von höchster Stelle gezwungen worden war, nach ihrer Pfeife zu tanzen, musste ihn furchtbar aufregen.

Hinter ihm kamen zwei Kriminalbeamte mit großen Taschen herein. Die Spurensicherung, nahm Toni an. Frank nickte ihr zu und schüttelte Osborne die Hand, sprach jedoch Tremlett an. „Sie sind der Werkschutzleiter?"

„Jawohl. Steve Tremlett."

„Nach meinen Informationen wurden vier Leute aus Ihrer Schicht überfallen.“

„Richtig, ich und noch drei andere.“

„Fanden die Überfälle alle am selben Ort statt?“

Was soll die Fragerei?, dachte Toni ungeduldig. Es kommt doch darauf an, dass wir so schnell wie möglich die Fahndung nach den flüchtigen Tätern aufnehmen.

„Susan wurde im Korridor niedergeschlagen“, antwortete Tremlett. „Mir haben sie ungefähr an der gleichen Stelle ein Bein gestellt, als ich flüchten wollte. Don und Stu wurden im Kontrollraum mit vorgehaltener Waffe in Schach gehalten und gefesselt.“

„Zeigen Sie mir bitte die Schauplätze.“

Toni verstand die Welt nicht mehr. „Wir müssen diese Gangster verfolgen! Wieso überlässt du diese Nebensächlichkeiten nicht deinen Leuten?“

„Spar dir deine Ratschläge“, gab Frank zurück, „ich weiß selbst, was ich zu tun habe.“ Er wandte sich wieder an Tremlett. „Gehen Sie voran.“

Toni unterdrückte einen Fluch und folgte den beiden. Carl Osborne schloss sich ihnen an.

Mit Klebeband markierten die Kriminalbeamten die Stelle im Flur, wo die Verbrecher Tremlett ein Bein gestellt und Susan mit dem Totschläger bewusstlos geschlagen hatten. Danach zog die kleine Gruppe zum Kontrollraum weiter, wo Stu vor den Monitoren saß.

„Wir wurden alle vier gefesselt und ins BSL-4 gebracht“, berichtete Tremlett. „Genauer gesagt, nicht ins eigentliche Labor, sondern nur in den Vorraum.“

„Wo ich sie dann gefunden habe“, ergänzte Toni. „Aber das ist schon vier Stunden her, und mit jeder Minute, die verstreicht, wächst der Vorsprung der Bande!“

„Wir sehen uns erst den nächsten Schauplatz an“, entschied Frank.

„Nein, das kommt nicht infrage“, widersprach Toni. „Das ist ein Hochsicherheitslabor, der Zutritt ist streng reglementiert. Ohne spezielle Schulung darf niemand durch diese Tür, das ist Vorschrift.“

„Deine Vorschrift kannst du dir an den Hut stecken! Ich leite hier die Ermittlungen.“

Trotz seiner Worte machte Frank auf dem Absatz kehrt. Toni folgte ihm zurück in die Große Halle, wo jetzt zwei Polizisten in grellgelben Sicherheitsjacken und Gummistiefeln warteten. Frank fing an, sie einzuweisen.

„Sie überprüfen jedes Fahrzeug, an dem Sie vorbeikommen. Sie wissen ja, wonach wir suchen: nach einer Gruppe aus drei Männern und einer Frau. Vermeiden Sie jeden direkten Kontakt zu den Insassen. Diese Leute sind bewaffnet und Sie nicht, deshalb beschränken Sie sich strikt auf die reine Aufklärungsarbeit. Ein bewaffnetes Einsatzkommando ist unterwegs und wird aktiv, sobald wir den Aufenthaltsort der Täter ausfindig gemacht haben. Ist das klar?"

Die beiden Beamten nickten.

„Sie fahren nach Norden und biegen an der ersten Abzweigung nach Osten ab. Ich glaube, dass die Täter diesen Fluchtweg genommen haben."

Doch Frank irrte sich, und Toni wusste es. „Die Diebe sind nicht nach Osten gefahren", ließ sie sich vernehmen.

„Wahrscheinlich sagt dir das deine weibliche Intuition, wie?"

Einer der Polizisten lachte.

„Der Fluchtwagen steht auf dem Parkplatz des Dew Drop Motels, etwa acht Kilometer nördlich von hier", erwiderte Toni ruhig.

Franks Gesicht wurde dunkelrot. „Und woher weißt du das?"

„Ich habe meine eigenen Ermittlungen angestellt. Ich habe ein bisschen herumtelefoniert. Das ist besser als jede Intuition."

Wieder lachte einer der beiden Polizisten, hörte aber sofort auf, als Franks finsterer Blick ihn traf.

„Es ist möglich, dass sich die Diebe noch in dem Motel aufhalten", fuhr Toni fort, „aber ich glaube eher, dass sie dort nur den Wagen gewechselt haben und weitergefahren sind."

Frank schluckte seinen Zorn hinunter. „Fahren Sie zu diesem Motel", befahl er den zwei Polizisten. „Sie erhalten weitere Anweisungen von mir, wenn Sie unterwegs sind."

Die beiden eilten hinaus. Endlich! Toni überlegte den nächsten Schritt. Sie wollte den Fahndern möglichst auf den Fersen bleiben, aber sie hatte kein Auto. Und außerdem war ihre Mutter noch immer hier.

Da sah sie, wie sich Carl Osborne leise mit Frank unterhielt. Der Journalist deutete auf seinen Jaguar, der immer noch auf halbem Wege zum Pförtnerhaus feststeckte. Frank nickte und wandte sich an einen uniformierten Kollegen, der daraufhin hinausging und mit dem Fahrer des Schneepflugs sprach. Offenbar ging es darum, Osbornes Wagen freizubekommen.

„Du willst dem Schneepflug folgen?", fragte Toni den Reporter.

„Wir leben in einem freien Land", erwiderte er blasiert.

„Dann vergiss nicht, den Hund mitzunehmen."

„Den wollte ich eigentlich hier lassen."

„Ich muss nach Steepfall zu Stanley Oxenford. Das liegt auf der Strecke, keine zehn Kilometer hinter dem Dew Drop Motel. Du könntest mich und meine Mutter eigentlich dort absetzen.“ Wenn Toni Stanley informiert hatte, konnte sie ihre Mutter in Steepfall lassen, sich dort einen Wagen borgen und dann selbst dem Schneepflug hinterherfahren.

„Kommt gar nicht infrage.“ Carl zog seinen Mantel an.

Sie nickte. „Na gut, aber sag mir Bescheid, wenn du deine Meinung ändern solltest.“

Osborne runzelte die Stirn. Dass Toni die Ablehnung so schnell akzeptierte, machte ihn misstrauisch. Aber er verlor kein weiteres Wort.

Als Tremlett etwas sagen wollte, bedeutete Toni ihm mit einer Geste, den Mund zu halten. „Vergiss den Hund nicht“, wiederholte sie, als Osborne zur Tür eilte.

Er nahm den Welpen tatsächlich mit und ging hinaus zu seinem Wagen. Durchs Fenster sah Toni, wie der Pflug den Schneehaufen vor dem Jaguar beiseite räumte und danach die Steigung zum Pförtnerhaus hinaufkroch. Einer der Streifenwagen folgte ihm. Als Osborne in seinen Jaguar steigen wollte, ging die Tür nicht auf. Er rüttelte vergeblich daran und kehrte dann in die große Eingangshalle zurück.

„Wo ist mein Autoschlüssel?“, fragte er verärgert.

Toni lächelte ihn freundlich an. „Hast du deine Meinung geändert? Dürfen wir vielleicht doch mitfahren?“

Tremlett klimperte mit dem Schlüsselbund in seiner Hosentasche.

Osborne zog ein langes Gesicht. „Steigt ein, verdammt noch mal!“

MIRANDA hatte kein gutes Gefühl, was das seltsame Trio betraf. Waren sie wirklich, was sie zu sein vorgaben? Hatten Nigel und Elton keine Familien, die das Weihnachtsfest mit ihnen verbringen wollten? Und dass Nigel ein Freund von Daisys Familie war, hielt Miranda für ausgeschlossen. Es war keine Vertrautheit zwischen ihnen. Sie verhielten sich eher wie Leute, die notgedrungen zusammen sein mussten, obwohl sie nicht gut miteinander auskamen. Doch wenn dem wirklich so war – warum hatten sie sich dann ein Lügenmärchen ausgedacht?

Auch ihr Vater wirkte angespannt. Miranda fragte sich, ob er ebenfalls einen Verdacht hegte.

Allmählich wurde die Küche von köstlichen Düften erfüllt: Es roch nach gebratenem Speck, frisch gebrühtem Kaffee und Toast. Kit reichte jedem einen Teller mit knusprigem Speck, frischen Tomatenscheiben und Rührei, dazu in Dreiecke geschnittenen und mit Butter bestrichenen heißen Toast. Obwohl Miranda kaum Hunger hatte, aß sie eine Gabel voll Rührei.

Kit versuchte, das Gespräch in Gang zu halten. „Was machen Sie denn beruflich, Daisy?“

Sie nahm sich lange Zeit für ihre Antwort. „Ich arbeite für meinen Vater.“

„Und was ist sein Metier?“

Die Frage schien Daisy zu überfordern.

Nigel lachte. „Mein alter Freund Harry hat seine Finger überall drin. Es ist schwer, ihn auf ein einziges Gebiet festzulegen.“

„Na gut, dann nennen Sie uns doch mal ein Beispiel für seine vielfältigen Tätigkeiten.“

Diese aggressive Fragerei passt gar nicht zu Kit, überlegte Miranda. Vielleicht fällt es ja auch ihm schwer, die Geschichten dieser Leute zu glauben. Irgendwie war sie erleichtert. Damit war klar, dass er die drei nicht kannte. Insgeheim hatte sie nämlich befürchtet, ihr Bruder könnte mit den seltsamen Gästen in irgendwelche unsauberen Geschäfte verwickelt sein. Bei Kit konnte man nie wissen.

Wie aus einer plötzlichen Eingebung heraus sagte Daisy: „Er macht in Grundstücken.“ Miranda hatte den Eindruck, sie plappere einfach einen Satz nach, den sie irgendwann einmal gehört hatte.

„Und worin genau besteht Ihre Tätigkeit im Geschäft Ihres Vaters?“, bohrte Kit weiter.

Daisy starrte ihn feindselig an. „Ich tu mal dies und mal das.“

„Und dies gewiss mit Charme und Effizienz.“

Das ist doch reiner Sarkasmus, dachte Miranda besorgt. Daisy ist sicher nicht die Hellste, aber wenn man sie beleidigt, merkt sie es bestimmt.

Die gespannte Atmosphäre verdarb Miranda das Frühstück. Sie musste unbedingt mit ihrem Vater über die Situation reden. Sie nahm einen Bissen, hustete und tat so, als hätte sie sich verschluckt. Hektisch stand sie auf und simulierte den nächsten Hustenanfall. Ihr Vater ergriff ein Glas und füllte es mit Wasser aus der Leitung. Noch immer hustend, verließ Miranda die Küche. Dass ihr Vater ihr hinaus auf den Flur folgte, entsprach genau ihrer Absicht. Sie schloss die Küchentür und bedeutete ihm mit einer Geste, ins Arbeitszimmer zu gehen. Um glaubhaft zu wirken, hustete sie noch einmal heftig, bevor sie ihm hineinfolgte.

Er wollte ihr das Glas reichen, aber sie lehnte es ab. „Ich habe bloß so getan als ob. Ich wollte mit dir sprechen. Was hältst du von unseren Gästen?“

Er stellte das Glas auf den Schreibtisch. „Das sind ziemlich schräge

Vögel. Ich dachte schon fast, die stammen aus Kits zwielichtigem Bekanntenkreis, doch als er dann anfing, das Mädchen auszufragen …“

„Mir ging's genauso. Ich glaube, die lügen uns was vor.“

„Aber warum? Wenn sie gekommen sind, um uns auszurauben, müssten sie allmählich mal in die Gänge kommen.“

„Ich weiß nicht, was sie vorhaben, aber ich habe ein ungutes Gefühl.“

„Soll ich die Polizei rufen?“ Stanley nahm den Telefonhörer ab und hielt ihn ans Ohr. Dann runzelte er die Stirn. „Kein Freizeichen. Wahrscheinlich liegt's am Wetter. Bei so heftigem Schneefall kommt es schon mal vor, dass Leitungen beschädigt werden. Wo ist denn dein Handy?“

„Im Gästehaus. Hast du keines?“

„Nur das Autotelefon in meinem Wagen.“

„Olga hat auch eines.“

„Kein Grund, sie zu wecken.“ Stanley blickte zum Fenster hinaus. „Ich werfe mir einen Mantel über und gehe zur Garage.“

Sie traten wieder in den Korridor hinaus. Stanley ging zur Haustür und schlüpfte dort in seine Stiefel. Miranda legte die Hand auf den Knauf der Küchentür, hielt dann aber inne. Olgas Stimme war zu hören. Seit von Kit am Vorabend das Geheimnis hinausposaunt worden war, hatte Miranda nicht mehr mit ihrer Schwester gesprochen. Was sollte sie sagen? Was würde Olga sagen?

Doch schließlich öffnete Miranda die Tür. In einem schwarzseidenen Morgenmantel lehnte Olga an der Anrichte. Sie hatte sich bereits in Fahrt geredet und verhörte die Fremden, als befände sie sich im Gerichtssaal. Eben fragte sie Nigel: „Was in aller Welt hatten Sie denn so spät in der Nacht da draußen zu suchen?“ Er musste sich vorkommen wie ein straffällig gewordener Jugendlicher.

In der Tasche des seidenen Morgenmantels bemerkte Miranda eine rechteckige Beule: Ohne ihr Handy ging Olga nirgendwohin.

Missbilligend runzelte Nigel die Stirn. „Wir waren auf dem Weg zurück nach Glasgow.“

„Und wo waren Sie vorher? Hier im Norden gibt's ja nicht viele Möglichkeiten.“

„In einem großen Landhaus. Wir waren dorthin eingeladen.“

„Wahrscheinlich kennen wir die Besitzer. Wie heißen sie denn?“

„Robinson.“

„Robinson? Wüsste nicht, wer das sein sollte. Was war denn der Anlass zu dieser Einladung?“

„Eine Party."

Olga hob ihre dunklen Augenbrauen. „Sie kommen nach Schottland, um Weihnachten mit Ihrem alten Freund zu verbringen, und dann fahren Sie mit seiner Tochter zu einer Party und lassen den armen Mann allein?"

„Er hat sich nicht wohl gefühlt."

Olga nahm sich jetzt Daisy vor. „Was sind Sie denn für eine Tochter? Lassen Ihren kranken Vater am Heiligabend einfach allein?"

Daisy schwieg verstockt und sah Olga nur finster an. Miranda bekam es mit der Angst zu tun. Diese Daisy sah aus, als könnte sie jeden Augenblick gewalttätig werden. Kit hatte offenbar ähnliche Befürchtungen, denn er versuchte, seine ältere Schwester zu bremsen. „Nun mach mal halblang, Olga."

Sie ignorierte ihn. „Nun?", fragte sie Daisy. „Haben Sie nichts zu Ihrer Entlastung vorzubringen?"

Daisy zog sich die Handschuhe wieder an. „Ich brauche Ihre Fragen nicht zu beantworten."

„Da bin ich aber ganz anderer Meinung." Olga nahm wieder Nigel ins Visier. „Drei Fremde sitzen in der Küche meines Vaters, schlagen sich den Bauch voll und tischen uns eine völlig unglaubwürdige Geschichte auf. Ich glaube schon, dass Sie uns noch einige Auskünfte schuldig sind."

„Dieses Verhör gefällt mir nicht", erwiderte Nigel sichtlich verärgert.

„Wenn es Ihnen nicht gefällt, können Sie ja gehen. Doch wenn Sie hier in meinem Elternhaus bleiben wollen, lassen Sie sich gefälligst was Besseres einfallen als das Blabla, das Sie uns bisher geboten haben." Olga deutete auf die Aktentasche auf dem Tisch. „Was ist das eigentlich?"

„Das ist meine", antwortete Nigel.

„Nun, bei uns stellt man sein Gepäck nicht auf den Esstisch." Olga streckte die Hand aus und nahm die Tasche vom Tisch. „Ist ja nicht schwer … Aua!" Nigel hatte sie am Arm gepackt. „Das tut weh!", schrie sie.

„Stellen Sie die Tasche wieder hin", sagte Nigel leise, aber unmissverständlich. „Sofort."

Unvermittelt tauchte Stanley neben Miranda auf. „Was fällt Ihnen ein?", fuhr er Nigel an. „Lassen Sie sofort meine Tochter los!"

Daisy griff nach der Tasche, doch Olga versuchte, sie festzuhalten – und plötzlich ging sie auf. Verpackungschips aus Styropor fielen heraus und verteilten sich auf dem Küchentisch. Kit stieß einen Angstschrei aus, über den Miranda sich wunderte: Wovor fürchtete ihr Bruder sich denn? Eine Parfümflasche in zwei durchsichtigen Plastikbeuteln kullerte aus der Tasche.

Olga gab Nigel mit der freien Hand eine Ohrfeige. Er schlug sofort zurück, und plötzlich brüllte alles durcheinander. Stanley schob sich an Miranda vorbei und ging auf Nigel los. „Nein!“, rief Miranda.

Daisy stellte sich Stanley in den Weg. Als er versuchte, sie beiseite zu schieben, kam es zu einem kurzen Gerangel. Plötzlich schrie Stanley auf und taumelte zurück. Aus seinem Mund lief Blut.

Und mit einem Mal hielten Nigel und Daisy Pistolen in den Händen.

Alle schwiegen bis auf Nellie, die wie verrückt bellte. Elton drehte ihr mit dem Halsband die Luft ab, bis sie still war.

„Wer zum Teufel sind Sie?“, keuchte Olga.

Sorgenvoll betrachtete Stanley den Parfümzerstäuber auf dem Tisch. „Warum ist diese Flasche doppelt verpackt?“

Heimlich stahl Miranda sich hinaus.

ENTSETZT starrte Kit auf den Flakon auf dem Küchentisch. Aber das Glas war nicht zerbrochen, der Verschluss hatte sich nicht gelöst, und auch die beiden Tüten waren unversehrt. Die tödliche Flüssigkeit blieb sicher verwahrt in ihrem zerbrechlichen Behältnis. Aber nachdem Nigel und Daisy ihre Waffen gezogen hatten, konnten die drei ihre Maskerade als unschuldige Opfer des Schneesturms nicht länger aufrechterhalten. Sobald die Nachricht von dem Überfall auf das Labor bekannt wurde, waren sie automatisch die Hauptverdächtigen.

Fieberhaft suchte Kit nach einem Ausweg aus der verfahrenen Lage. Dann, als alle wie festgefroren dastanden und auf die bösartigen kleinen Pistolen starrten, hatte er eine Idee. Meine Familie, rief er sich ins Bewusstsein, hat bis jetzt keinen Grund, mich zu verdächtigen. Die drei Ganoven können mir auf ihrer Flucht was vorgemacht haben. Ich kenne sie nicht, jedenfalls nach außen hin, und keiner kann mir das Gegenteil beweisen.

Langsam hob er die Hände – die traditionelle Geste der Kapitulation. „Dad, es tut mir so Leid, dass ich diese Leute ins Haus gebracht habe. Ich hatte ja keine Ahnung …“

Sein Vater sah ihn lange nachdenklich an. Dann nickte er. „Woher hättest du auch wissen sollen, wen du da aufgegabelt hast. In einem Schneesturm weist man niemanden ab.“

Nigel kam Kit bei seinem Täuschungsmanöver zu Hilfe. „Es tut mir aufrichtig Leid, dass ich Ihre Gastfreundschaft so missbrauche … Kit, nicht wahr? Ja, es stimmt: Sie haben uns da draußen im Schnee das Leben gerettet, und nun bedrohen wir Sie mit Pistolen. Aber hätte Ihre vorlaute Schwester nicht ihre Nase in unsere Angelegenheiten gesteckt, dann hätten Sie nie erfahren, was für Schlitzohren wir sind. Aber sie hat es ja geradezu darauf ankommen lassen."

Elton runzelte die Stirn, und Daisy gab einen grunzenden Laut von sich. Aber Kit stellte erleichtert fest, dass auch diese beiden ihn nicht verraten würden. Ein Glück, dass sie mich noch brauchen, versuchte er sich zu beruhigen. Nur ich kenne den Weg zu Lukes Häuschen und damit zu dem Land Cruiser. Ohne mich finden sie ihn nie.

„Der Inhalt dieser Flasche ist sehr viel Geld wert", erklärte Nigel abschließend.

„Was ist denn da drin?", erkundigte sich Kit, um die Illusion aufrechtzuerhalten.

„Das geht Sie nichts an", erwiderte Nigel.

In diesem Moment klingelte Kits Handy. Wie gelähmt stand er da. Er wusste nicht, was er tun sollte. Der Anruf kam vermutlich von Hamish McKinnon, der ihm berichten wollte, was sich in der Zwischenzeit im Kreml zugetragen hatte. Aber wie sollte er mit Hamish sprechen, ohne sich vor seiner Familie zu verraten?

Nigel löste das Problem, indem er befahl: „Geben Sie mir den Apparat."

Kit reichte ihm das Handy, und Nigel nahm den Anruf entgegen. „Ja, Kit hier", meldete er sich, und sein schottischer Tonfall war nicht einmal schlecht. Der Anrufer am anderen Ende ging ihm offenbar auf den Leim, denn Nigel hörte ihm schweigend zu. „Verstanden", sagte er schließlich. „Danke." Er beendete das Gespräch und steckte das Telefon in seine Tasche. „Da wollte Sie jemand vor drei gefährlichen Desperados warnen, die sich hier in der Nähe herumtreiben. Offenbar werden sie von der Polizei mit einem Schneepflug gejagt."

Auf dem Sofa auf dem Dachboden liegend, befanden sich Craig und Sophie in ihrem eigenen Universum. Er wurde einfach nicht schlau aus ihr. In der einen Minute war sie unglaublich verschämt und schüchtern – und in der nächsten wieder so draufgängerisch, dass es ihn verlegen machte. Craig fragte sich, ob Sophie einfach genauso unerfahren war wie er selbst. Beim Küssen jedenfalls war sie nach ein paar Stunden Übung jetzt ganz begeistert bei der Sache. Craig barst schier vor Liebe, Zärtlichkeit und Lust, als plötzlich unten in der Küche Krach zu hören war.

„Was war das denn?", wunderte sich Sophie.

Craig hatte bereits mitbekommen, dass sich unter ihnen jemand aufhielt. Er hatte Stimmengemurmel gehört, sich für die zugegebenermaßen ungewöhnlich frühen Aktivitäten in der Küche allerdings nicht weiter interessiert, weil er davon ausging, dass sie ihn und Sophie in ihrem Schlupfwinkel unterm Dach nicht stören würden. Doch nun ließen sich die Geräusche nicht mehr überhören. Zuerst hörte Craig seinen Großvater schreien. Dann fing Nellie wie verrückt zu bellen an, und gleich darauf brüllten mehrere Stimmen durcheinander.

„Was ist denn da unten los?", flüsterte Sophie ängstlich.

In der Küche wurde es schlagartig still.

„Seltsam", murmelte Craig.

„Ich finde das unheimlich." Sophie sah verschreckt aus.

Craig stand auf, knöpfte seine Jeans zu und schlich zu dem Loch in den Dielenbrettern. Er legte sich hin und spähte hindurch. Er sah seine Mutter, die schockiert und verängstigt wirkte. Großvater wischte sich Blut vom Kinn, und Onkel Kit hielt die Hände über den Kopf. Auch drei Fremde befanden sich in der Küche. Zuerst hielt Craig sie für drei Männer, doch dann erkannte er, dass darunter auch ein hässliches Mädchen mit kahl rasiertem Schädel war. Der ältere der beiden Männer und das Mädchen hielten Pistolen in den Händen.

„Au verdammt, was ist denn da unten los?", murmelte Craig.

Sophie legte sich neben ihn. „Sind das Pistolen?", flüsterte sie. „Oh Gott, jetzt sitzen wir aber in der Tinte!"

Craig dachte nach. „Wir müssen die Polizei rufen. Wo hast du dein Handy?"

„Das habe ich in der Scheune gelassen.Was können wir bloß tun?"

„Nachdenken. Wir brauchen ein Telefon." Craig zögerte. Wo war der nächste Apparat? „An Großvaters Bett ist ein Nebenanschluss."

„Ich kann gar nichts tun. Ich habe viel zu viel Angst", wisperte Sophie.

„Du bleibst am besten hier." Craig stand auf und schlich zu der niedrigen Klappe. Er holte tief Luft, öffnete sie, kroch in den Schrank mit Großvaters Anzügen, stieß dessen Tür auf und stand gleich darauf im Ankleideraum. Das Licht brannte. Craig ging ins Schlafzimmer. Das Bett war ungemacht, als wäre Großvater gerade erst aufgestanden. Auf dem Nachttisch daneben stand das Telefon.

Craig hob den Hörer ab. Es kam kein Freizeichen. Warum funktionierte das Telefon nicht? Er zog die Nachttischschublade auf. Eine Taschenlampe und ein Buch lagen darin, aber kein Handy.

Dann fiel es ihm wieder ein: Großvater hatte ein Autotelefon, aber kein Handy.

Craig hörte ein Geräusch im Ankleidezimmer. Sophie streckte ihren Kopf aus dem Kleiderschrank. Ihre Miene war völlig verängstigt. „Da kommt jemand!“, zischte sie, und gleich darauf hörte Craig schwere Schritte auf dem Treppenabsatz.

Er huschte zurück ins Ankleidezimmer, während Sophie bereits wieder auf den Dachboden kroch. Craig ließ sich auf die Knie fallen und krabbelte im selben Moment durch den Schrank, da er hörte, wie die Schlafzimmertür geöffnet wurde. Er wand sich durch die Klappe, drehte sich sofort wieder um und schloss sie leise hinter sich. Die Schranktür hatte er in der Eile allerdings nicht mehr zumachen können.

„Der Ältere hat dem Mädchen gesagt, sie soll das Haus durchsuchen“, flüsterte Sophie. „Er hat sie Daisy genannt. Hast du die Polizei erreicht?“

Er schüttelte den Kopf. „Das Telefon ist gestört.“

Sie hörten Daisys schwere Schritte im Ankleidezimmer. Die offene Schranktür musste ihr auffallen. Aber ob sie auch die kleine Tür hinter den Anzügen entdecken würde? Craig spürte, dass er zitterte. Daisy war nicht groß – ein paar Zentimeter kleiner als er selbst –, aber sie sah absolut Furcht erregend aus. Die Stille zog sich in die Länge. Endlich fiel die Tür zum Schlafzimmer krachend ins Schloss.

„Ich habe solche Angst!“, jammerte Sophie.

„Ich auch“, entgegnete Craig.

MIRANDA befand sich mit Hugo in Olgas Schlafzimmer.

Als sie aus der Küche geschlüpft war, hatte sie nicht gewusst, wohin sie sich wenden sollte. Sie war die Treppe hinaufgerannt, oben aber zaudernd stehen geblieben. Sie musste die Polizei rufen, das war jetzt das Allerwichtigste. Olgas Handy befand sich in der Tasche von deren Morgenmantel, aber Hugo besaß vermutlich ein eigenes.

Rasch hatte sie die Tür zu Olgas Zimmer geöffnet, war hineingeschlüpft und hatte die Tür leise hinter sich geschlossen.

Hugo stand am Fenster und blickte hinaus. Er war nackt und stand mit dem Rücken zur Tür. „Schau dir nur dieses beschissene Wetter an“, sagte er, offenbar in der Meinung, seine Frau sei zurückgekommen.

Sein beiläufiger Ton irritierte Miranda. Anscheinend hatten Olga und Hugo ihren Streit beigelegt, nachdem sie sich die halbe Nacht lang angeschrien hatten. „Ich bin’s“, sagte Miranda.

Hugo fuhr herum. Im ersten Moment war er überrascht, dann grinste er. „Und auch noch so leicht bekleidet – was für eine hübsche Überraschung! Komm schnell ins Bett!“

Hugo sah aus wie ein kleiner runder Gnom, und Miranda fragte sich, wie sie ihn jemals hatte attraktiv finden können. Da hörte sie Schritte auf der Treppe. „Ruf sofort die Polizei an. Wo ist dein Handy?“

„Hier.“ Er deutete auf den Nachttisch. „Was ist denn los?“

„In der Küche sind Leute mit Pistolen – ruf 999 an, schnell!“

Die schweren Schritte kamen näher. Miranda war wie gelähmt und rechnete jeden Augenblick damit, dass die Tür aufgerissen würde, doch da entfernten sich die Schritte wieder. Mirandas Stimme klang jetzt wie ein leiser Schrei. „Nun mach schon, die suchen mich!“

Hugo schnappte sich sein Telefon und stellte es an. „Das verdammte Ding braucht ewig!“, schimpfte er. „Hast du wirklich ‚Pistolen‘ gesagt?“

„Ja!“

„Wie sind die denn reingekommen?“

„Sie haben behauptet, sie wären im Schnee stecken geblieben … Was ist mit dem Telefon?“

„Es sucht noch. Na los, Beeilung!“

Die Schritte kamen wieder näher. Diesmal aber war Miranda bereit. Kurz bevor die Tür aufflog, warf sie sich auf den Boden und schlüpfte seitwärts unter das große Doppelbett. Sie versuchte sich ganz klein zu machen. Sie sah Hugos nackte Füße, ein Paar schwarze Motorradstiefel und hörte, wie ihr Schwager säuselte: „Hallo, schöne Frau, wer sind denn Sie?“

Doch bei Daisy verfing sein Charme nicht. „Her mit dem Handy!“, herrschte sie ihn an.

„Ich wollte bloß … Hier, nehmen Sie’s.“

„Und kommen Sie mit.“

„Ich muss mir erst was anziehen.“

„Los, mach schon, du fetter Sack!“

Miranda sah, wie sich Hugos Füße von Daisy wegbewegten. Die Stiefel setzten ihm sofort nach, dann erklang so etwas wie ein Schlag, und Hugo stieß einen Schrei aus. Beide Fußpaare gingen nun auf die Tür zu und verschwanden aus Mirandas Blickfeld. Gleich darauf hörte sie, wie die zwei die Treppe hinuntergingen.

„Oh mein Gott“, sagte Miranda zu sich selbst. „Was mach ich denn jetzt bloß?“

Craig und Sophie lagen Seite an Seite auf den Bodenbrettern des Dachbodens und spähten durch das Loch hinunter, als Craigs Vater von Daisy nackt in die Küche gezerrt wurde.

Der Junge war entsetzt. Es war eine Szene wie aus einem Albtraum. Diese gedemütigte, hilflose Gestalt sollte sein Vater sein, der Herr im Haus und der einzige Mensch, der seiner dominanten Mutter die Stirn zu bieten wagte? Craig konnte es kaum fassen.

Sophie begann leise zu weinen. „Das ist so furchtbar“, flüsterte sie. „Die bringen uns bestimmt alle um.“

Craig legte seinen Arm um ihre schmalen Schultern. „Noch sind wir nicht tot. Wir können Hilfe holen. Wo genau ist dein Handy?“

„Ich hab's in der Scheune gelassen, oben auf dem Heuboden, neben dem Bett. Ich glaube, ich hab's beim Umziehen in meinen Koffer fallen lassen.“

„Wir müssen es holen und die Polizei anrufen.“

„Und wenn uns diese schrecklichen Leute sehen?“

„Wir müssen uns von den Küchenfenstern fern halten.“

„Das geht doch gar nicht – die Scheunentür liegt direkt gegenüber!“

Craig wusste, dass Sophie Recht hatte, aber sie mussten das Risiko eingehen. „Die werden doch nicht dauernd zum Fenster rausschauen. Außerdem kann man bei diesem Schneetreiben kaum was sehen.“ Er küsste sie auf die Wange. „Komm schon, sei tapfer.“

Sie wischte sich die Nase an ihrem Ärmel ab. „Ich versuch's.“

Sie zogen ihre Jacken und Stiefel an und gingen zur Speichertür. Craig öffnete sie, und ein eiskalter Wind blies eine Schneewolke in den Raum.

„Komm“, forderte er Sophie auf.

Sie stand neben ihm und sah hinunter in den Schnee. „Du zuerst.“

Wäre Craig allein gewesen, wäre er vor Entsetzen vermutlich wie gelähmt gewesen, doch Sophies Angst verlieh ihm Mut. Er fegte den Schnee mit der Hand vom Sims und ging dann Schritt für Schritt zum Pultdach über der Stiefelkammer hinüber. Dort befreite er einen kleinen Abschnitt des Daches vom Schnee, richtete sich auf und streckte Sophie die Hand entgegen. Sie schubste die Speichertür zu, und während sie Zentimeter um Zentimeter über den Sims balancierte, hielt sie Craigs Hand.

„Gut machst du das“, lobte er sie leise. Schließlich trat sie neben ihn auf das Dach, von wo sie beide hinuntersprangen und sicher im Schnee landeten.

6.15 Uhr

Miranda blieb lange Zeit reglos unter dem Bett liegen. Die Angst vor einer möglichen Rückkehr Daisys lähmte sie. Der Gedanke an ihren Sohn war es schließlich, der ihre Lebensgeister neu belebte. Sie musste Tom beschützen – die Frage war nur, wie. Sie musste unbedingt ein Telefon auftreiben und Hilfe herbeirufen.

Und das bedeutete, dass sie ungesehen ins Gästehaus gelangen musste. Sie musste unter dem Bett hervorkriechen, das Schlafzimmer verlassen, die Treppe hinunterschleichen – und konnte nur hoffen und beten, dass die Gangster in der Küche sie nicht hörten. Dann musste sie sich einen Mantel und Stiefel schnappen, denn barfuß, wie sie war, und mit nichts auf dem Leib außer ihrem Baumwollnachthemd käme sie in einem Blizzard bei über einem halben Meter Neuschnee auf dem Hof keine drei Meter weit. Sie würde zum Gästehaus stapfen, sich dabei von allen Fenstern fern halten und ihr Handy holen müssen, das in ihrer Handtasche steckte.

Zitternd schlüpfte sie unter dem Bett hervor. Die Schlafzimmertür stand offen. Miranda spähte hinaus, und als sie sah, dass die Luft rein war, trat sie auf den Treppenabsatz hinaus. In der Küche waren Stimmen zu hören. Sie blickte hinunter.

Am Fuß der Treppe gab es einen Garderobenständer. Die Mäntel und Stiefel waren größtenteils in einem Schrank in der Stiefelkammer vor der Hintertür verstaut. Nur ihr Vater ließ seine Sachen immer im Flur – sein blauer Anorak war folglich auch das einzige Kleidungsstück am Garderobenständer. Darunter standen seine Gummistiefel. Das musste eigentlich reichen, damit sie auf dem Weg ins Gästehaus nicht erfror.

Auf Zehenspitzen schlich Miranda die Treppe hinunter. Die Stimmen, die aus der Küche drangen, wurden lauter. Sie erkannte Nigels Stimme: „Dann such eben noch mal, zum Teufel!“ Sollte das heißen, dass jemand das Haus von oben bis unten durchkämmen würde? Miranda machte kehrt und lief die Treppe wieder hinauf. Kaum war sie oben, hörte sie unten im Flur schwere Stiefelschritte – Daisy.

Zurück unters Bett konnte sie nicht, das war unmöglich. Beim zweiten Mal sah Daisy bestimmt überall gründlicher nach. Miranda verschwand im Schlafzimmer ihres Vaters. Es gab noch ein Versteck – den Dachboden. Die Schranktür im Ankleideraum stand offen. Als Miranda Daisys Tritte auf dem Treppenabsatz hörte, ließ sie sich auf die Knie fallen, kroch in den Schrank und öffnete die kleine Klappe, die auf den Dachboden führte. Dann drehte sie sich um, schloss die Schranktür hinter sich, schob sich in gebückter Haltung rückwärts durch die Klappe und machte sie wieder zu.

Im gleichen Augenblick ging ihr siedend heiß auf, dass sie einen möglicherweise fatalen Fehler gemacht hatte. Erst vor einer Viertelstunde hatte Daisy das Haus durchsucht. Dabei musste ihr aufgefallen sein, dass die Tür zu dem Schrank mit Vaters Anzügen offen stand. Würde sie sich jetzt daran erinnern?

Im Ankleidezimmer erklangen nun Schritte. Miranda hielt den Atem an, als sie hörte, wie die Schranktür aufgerissen wurde und Daisy in den Anzügen herumstöberte. Die niedrige Klappe war kaum zu sehen – es sei denn, man ging in die Knie und sah unter den herabhängenden Kleidungsstücken nach. Ob Daisy wohl so gründlich war?

Sekundenlang herrschte absolute Stille. Dann entfernten sich Daisys Schritte durch das Schlafzimmer. Miranda hätte vor Erleichterung am liebsten geweint. Doch sie riss sich zusammen: Du musst tapfer sein, sagte sie sich. Was war in der Küche los? Das Loch in den Dielenbrettern fiel ihr ein. Sie kroch hin und beugte sich darüber.

HUGO bot ein so erbarmungsvolles Bild, dass Kit beinahe Mitleid mit ihm empfand. Sein Schwager war ein kleiner Mann und ziemlich schwammig. Die dünnen Beine unter dem runden Rumpf ließen ihn wie eine misslungene Puppe erscheinen. Nach außen hin wirkte Hugo normalerweise stets selbstsicher und gelassen und trug gern schicke Anzüge, die seiner Figur schmeichelten. Jetzt aber wirkte er albern und verschreckt.

Die Familie saß zusammengedrängt an einem Ende des Tisches: Kit selbst, seine Schwester Olga, sein Vater, dessen Lippen nach Daisys brutalem Faustschlag geschwollen waren, und der nackte Hugo. Außerdem hielt Stanley Nellie fest und streichelte die Hündin unablässig, um sie zu beruhigen. Nigel und Elton standen auf der anderen Seite des Tisches, und Daisy durchsuchte das obere Stockwerk.

Hugo stand auf und trat einen Schritt vor. „In der Wäschekammer sind Handtücher und dergleichen. Kann ich mir kurz was holen? Ich möchte mir gerne was umlegen."

Daisy, die gerade zurückkam, hörte ihn und ergriff ein Geschirrtuch. „Wie wär's damit?" Sie schlug mit dem Tuch nach seinem Schritt. Hugo jaulte unwillkürlich auf und drehte sich schützend in eine Ecke weg. Daisy lachte schallend.

„Hör mit dem Zirkus auf!“, befahl Nigel wütend. „Ich will jetzt wissen, wo diese zweite Schwester ist, diese Miranda. Wo ist sie hin?“

„Ich hab das ganze Haus zweimal abgesucht, hier drin ist sie nicht mehr“, antwortete Daisy.

Kit wusste allerdings, wo Miranda sich aufhielt. Vor ein paar Minuten hatte er beobachtet, wie Nellie plötzlich den Kopf hob und ein Ohr aufstellte. Irgendjemand war auf den Dachboden gegangen – wer anders als Miranda sollte das sein? Aber ohne Telefon war sie da oben keine große Bedrohung. Dennoch überlegte Kit, ob er Nigel nicht vor ihr warnen konnte. Der hatte keine Zeit mehr zu verschwenden; er musste die gesamte Familie festsetzen, bevor jemand über ein Handy Hilfe holte. Doch Kit waren die Hände gebunden: Jeder Tipp, den er Nigel gab, hätte ihn als Komplizen entlarvt. Daher hielt er weiterhin den Mund.

„Vielleicht ist sie rausgegangen“, überlegte Elton.

„Sie hatte doch bloß ein Nachthemd an“, gab Nigel zu bedenken. „Weit gekommen ist sie damit bestimmt nicht.“ Er runzelte die Stirn und überlegte. „Wir haben jetzt drei Handys kassiert – von Kit, dem nackten Zwerg und der Schwester, die das Maul nicht halten kann. Steht damit fest, dass kein unentdecktes Handy mehr im Haus ist?“

„Kein einziges.“ Daisy hatte bei ihrer Durchsuchung speziell auch nach Mobiltelefonen Ausschau gehalten.

„Okay, dann durchsuchen wir jetzt am besten die anderen Gebäude. Seht zuerst in der Garage nach – in den Fahrzeugen sind bestimmt Telefone. Danach durchsucht das Gästehaus und zum Schluss die Scheune. Treibt den Rest der Familie zusammen, und bringt die Leute hierher.“

„Wenn Elton zum Gästehaus geht, knöpf ich mir die Garage vor.“ Daisy steckte ihre Waffe ein und zog den Reißverschluss ihrer Lederjacke hoch.

„Bevor ihr geht“, sagte Nigel, „schließen wir diese Gesellschaft hier am besten irgendwo ein, wo sie keinen Schaden anrichten kann.“

In diesem Augenblick sprang Hugo Nigel an.

Die Attacke überraschte ausnahmslos alle. Auch Kit hatte seinen Schwager bereits abgeschrieben – doch nun sprang dieser mit furioser Energie vor und schlug Nigel wieder und wieder mit beiden Fäusten ins Gesicht. Er hatte den Zeitpunkt für seinen Angriff gut gewählt, denn Daisy hatte ihre Waffe eingesteckt und Elton die seine nie gezogen. Der einzige Gangster mit einer Pistole in der Hand war daher Nigel, und der war so sehr damit beschäftigt, Hugos Schlägen auszuweichen, dass er sie im Augenblick gar nicht benutzen konnte.

Elton reagierte als Erster. Er griff nach Hugo und versuchte ihn zurückzuziehen, doch sein Gegner war nackt und daher schwer zu packen. Mehrmals rutschten Eltons Hände von Hugos Schultern ab. Und als Stanley Nellie losließ, bellte sie wild und stürzte sich sofort auf Elton, um ihn in die Beine zu beißen.

Als Daisy ihre Pistole ziehen wollte, ergriff Olga einen Teller und schleuderte ihn quer durch die Küche auf sie. Doch Daisy wich aus, und der Teller traf sie nur an der Schulter.

Kit trat einen Schritt vor und wollte seinerseits Hugo packen, überlegte es sich dann aber doch anders. Dass die Bande von seiner Familie überwältigt wurde, war das Letzte, was er wollte. Auch wenn ihn die wahren Absichten, die hinter dem von ihm organisierten Diebstahl standen, schockiert hatten – sein eigenes Überleben besaß für ihn höchste Priorität. Es war noch keine 24 Stunden her, da hatte Daisy ihn in diesem Schwimmbecken fast umgebracht, und eines wusste er genau: Wenn er ihrem Vater die Schulden nicht zurückzahlte, stand ihm ein bitteres Ende bevor, ein Tod, der um keinen Deut weniger schmerzhaft wäre als das qualvolle Leiden, welches das Virus aus der Parfümflasche verbreiten würde. Wenn es keinen anderen Ausweg mehr gab, musste er also auf Nigels Seite in den Kampf eingreifen und gegen seine eigene Familie vorgehen. Die Frage lautete nur, ob das jetzt schon nötig war? Nach wie vor wollte er die Fiktion aufrechterhalten, dass er Nigel und die anderen beiden vor diesem Abend noch nie gesehen hatte. Von gegensätzlichen Gefühlen hin- und hergerissen, blieb er daher einfach stehen und sah dem Spektakel hilflos zu.

Endlich gelang es Elton, wie ein Bär beide Arme um Hugo zu legen und ihn festzuhalten. Hugo wehrte sich zwar tapfer, doch er war kleiner als Elton und weniger fit, sodass es ihm nicht gelang, ihn abzuschütteln. Elton hob ihn einfach hoch, trat zurück und zog ihn damit von Nigel fort.

Derweil trat Daisy Nellie mit einem ihrer schweren Stiefel gezielt in die Rippen. Der Hund jaulte auf und verkroch sich in eine Zimmerecke.

Nigel blutete aus Nase und Mund. Zornerfüllt starrte er Hugo an und hob seine Rechte, die noch immer die Pistole umklammerte.

Olga trat vor und schrie: „Nein!“

Postwendend richtete Nigel die Waffe auf sie.

Stanley packte seine Tochter am Arm, um sie zurückzuhalten, und flehte im gleichen Atemzug: „Nicht schießen! Bitte schießen Sie nicht!“

Nigel behielt Olga im Visier und fragte: „Daisy, hast du deinen Prügel noch?“ Mit hochzufriedener Miene zog sie ihren Totschläger aus der

Tasche, und Nigel wies mit dem Kopf auf Hugo. „Zeig's dem Scheißkerl."

Hugo sah, was auf ihn zukam. Verzweifelt versuchte er sich aus der Umklammerung zu befreien, doch Elton verstärkte seinen Griff. Daisy holte weit aus und schmetterte Hugo den Totschläger ins Gesicht. Der Schlag traf seinen Wangenknochen und wurde von einem Übelkeit erregenden Knirschen begleitet. Hugo schrie auf. Dann ließ Daisy den Totschläger auf den Kopf ihres Opfers krachen, worauf Hugo bewusstlos zusammensackte.

Von Kummer und Zorn überwältigt, heulte Olga auf, riss sich von ihrem Vater los und stürzte sich auf Daisy. Diese holte aus, um die Angreiferin mit dem Totschläger zu erwischen, doch Olga war ihr schon zu nahe, sodass der Schlag hinter ihrem Kopf vorbeisauste.

Elton ließ Hugo fallen, der auf den Fliesen zusammenbrach. Als der Schwarze versuchte, Olga zu packen, bekam diese gerade Daisy zu fassen und zog ihr ihre Fingernägel durch das Gesicht.

Nigel hielt die Pistole immer noch auf Olga gerichtet, wagte aber nicht abzudrücken, weil er befürchten musste, Elton oder Daisy zu treffen, die beide mit Olga rangen.

In diesem Augenblick drehte Stanley sich zum Herd um und griff sich die schwere Bratpfanne, in der Kit zuvor Rührei gemacht hatte. Er hob sie hoch und ließ sie auf Nigels Kopf hinabsausen. Im letzten Moment erkannte Nigel die Gefahr und schaffte es gerade noch auszuweichen. Die Pfanne traf ihn jedoch an der rechten Schulter. Er schrie vor Schmerz auf, und die Pistole flog ihm aus der Hand.

Stanley versuchte sie aufzufangen, verfehlte sie aber. Sie landete einen Finger breit neben der Parfümflasche auf dem Küchentisch, rutschte weiter über den Tischrand hinaus und fiel auf den Boden, direkt vor die Füße von Kit. Dieser bückte sich und hob sie auf.

Nigel und Stanley starrten ihn an. Olga, Daisy und Elton spürten die dramatische Wende. Sie brachen ihr Gerangel ab, drehten sich um und sahen Kit mit der Pistole in der Hand.

Er zögerte. Der Entscheidungsdruck zerriss ihn fast.

Schließlich gab er die Waffe Nigel zurück.

Craig und Sophie hatten ihren ganzen Mut zusammengenommen und waren quer über den Hof zur Scheune gegangen, während sie darum beteten, dass niemand in der Küche aus den Fenstern sah. Die Zeit, die sie in dem hohen Schnee für die zwanzig Schritte von der einen Hofseite zur anderen brauchten, kam ihnen wie eine Ewigkeit vor. Als sie endlich die Scheunentür erreicht hatten, zog Craig sie auf und schloss sie dankbar wieder, nachdem Sophie und er hineingeschlüpft waren. Er zitterte vor Kälte, und Sophies Zähne klapperten wie Kastagnetten. Sie warf ihren Anorak beiseite und setzte sich auf einen der großen Heizkörper, die aussahen wie die in einem Krankenhaus. Auch Craig hätte sich gerne ein wenig aufgewärmt, doch dafür fehlte die Zeit – er musste schnellstens Hilfe holen.

Der Raum wurde von einer Nachttischlampe neben Toms Feldbett schwach erhellt. Der Junge schlief tief und fest. Es hat keinen Sinn, ihn aufzuwecken, entschied Craig. Der Kleine konnte absolut nichts tun und hätte bloß entsetzliche Angst.

Schnell stieg Craig die Leiter hinauf, die zu dem Schlafzimmer auf dem Heuboden führte. Auf einem der schmalen Betten türmten sich die Decken, unter denen Caroline lag. Sie schien ebenfalls fest zu schlafen. Craig weckte auch seine Schwester nicht.

Auf dem Boden neben dem zweiten Bett waren im Halbdunkel die Umrisse eines aufgeklappten Koffers zu erkennen. Als Craig sich bückte, um das Handy zu suchen, vernahm er das leise Rascheln und Quieken von Carolines Ratten, die er in ihrem Käfig aufgescheucht hatte.

Da er nichts sah, konnte er sich bei der Durchsuchung des Koffers nur auf seinen Tastsinn verlassen. Im Wesentlichen befand sich Kleidung darin. Dann schloss sich seine Hand um das längliche Gehäuse eines Mobiltelefons. Er klappte es auf, doch das Display blieb dunkel, und bei den herrschenden Lichtverhältnissen konnte er den Knopf zum An- und Ausschalten nicht finden.

Mit dem Telefon in der Hand eilte er die Leiter wieder hinunter. Am Bücherregal gab es eine Stehlampe. Er knipste sie an und hielt Sophies Handy ins Licht, fand den Einschaltknopf und drückte ihn. Nichts geschah. „Ich krieg das blöde Ding nicht an!“, flüsterte Craig.

Sophie nahm den Apparat und drückte mehrmals rasch hintereinander auf denselben Knopf. „Der Akku ist leer“, sagte sie schließlich.

„Wo ist das Ladegerät?“

„Weiß ich nicht.“

„In deinem Koffer?“

„Nein, ich glaube nicht.“

Craig ging allmählich die Geduld aus. „Wie ist das möglich, dass du überhaupt keine Ahnung hast, wo dein Ladegerät ist?“

„Ich glaube", antwortete Sophie noch leiser als zuvor, „ich hab's zu Hause liegen lassen."

„Verdammter Mist!" Craig hätte sie am liebsten eine dumme Gans geschimpft, aber das hätte ihnen jetzt auch nicht weitergeholfen. Also hielt er den Mund – und musste plötzlich daran denken, wie es gewesen war, als er sie geküsst hatte. Nein, er konnte ihr nicht böse sein. Sein Zorn verflog, und er nahm sie in die Arme. „Schon gut. Ist ja nicht so schlimm."

Sie legte den Kopf an seine Brust. „Es tut mir so Leid. Es müssen doch noch mehr Handys da sein – oder wenigstens ein Ladegerät, das zu meinem Handy passt."

Craig schüttelte den Kopf. „Caroline und ich haben kein Handy. Mutter erlaubt es uns nicht."

„Tom hat auch keines. Miranda sagt, er ist noch zu jung dafür."

„Moment mal! Im Wagen von Großvater ist ein Telefon. Und die Schlüssel lässt er immer stecken. Wir brauchen bloß zur Garage zu gehen und können von dort die Polizei anrufen."

„Soll das heißen, dass wir noch mal da rausmüssen?"

„Du kannst ja hier bleiben."

„Nein. Ich komme mit. Ich möchte lieber bei dir sein."

Craig versuchte, sich seine Freude über diese Antwort nicht anmerken zu lassen. „Fertig?", erkundigte er sich.

Sophie sprang von der Heizung, und Craig half ihr in ihren Anorak. Es war noch immer stockfinstere Nacht, als sie ins Freie traten, und die Schneeflocken fielen dicht herab. Craig nahm Sophie an der Hand, führte sie zum Ende der Scheune und von dort aus quer über den Hof zur Garage. Der Seiteneingang war wie üblich nicht abgeschlossen. Drinnen war es genauso kalt wie draußen. Da die Garage keine Fenster besaß, riskierte Craig es, das Licht anzuknipsen.

Er ging zum Ferrari und zog am Griff der Tür, doch sie ging nicht auf. „Der Wagen ist abgesperrt." Er spähte ins Fahrzeuginnere. „Und die Schlüssel sind auch weg."

„Oh nein!"

„Als Luke den Wagen gestern in die Garage gefahren hat, muss er ihn abgeschlossen und die Schlüssel ins Haus gebracht haben."

„Kommen wir irgendwie an sie ran?"

„Möglich ist alles."

„Wo werden sie denn aufbewahrt?"

„Im Schlüsselkasten, und der hängt in der Stiefelkammer an der Wand."

„Gleich hinter der Küche?"

Craig nickte mit grimmiger Miene. „Keine zwei Meter von diesen Typen mit ihren Knarren entfernt."

6.45 Uhr

Der Schneepflug kam auf der zweispurigen Landstraße nur sehr langsam voran. Carl Osbornes Jaguar folgte dichtauf. Am Steuer saß Toni, die stur geradeaus sah, während die Scheibenwischer alle Mühe hatten, mit dem dicht fallenden Schnee fertig zu werden. Ihre Mutter saß mit dem Welpen auf dem Schoß auf dem Rücksitz und schlief. Carl hockte beleidigt auf dem Beifahrersitz. Obwohl er Toni gesagt hatte, er hasse es, andere Leute ans Steuer seines Wagens zu lassen, hatte er nachgeben müssen, als sie darauf bestanden hatte, selbst zu fahren, denn sie besaß die Schlüssel.

Beim Dew Drop Motel hatten sie den Fluchtwagen gefunden. Perücken, falsche Schnurrbärte und Brillen mit Fensterglas hatten die Gangster darin zurückgelassen, aber keinerlei Hinweis darauf, in welche Richtung sie sich abgesetzt hatten. Der Streifenwagen war dort geblieben, und der junge Angestellte wurde von den Beamten vernommen.

Der Schneepflug mit zwei weiteren Polizisten im Führerhaus fuhr auf Frank Hacketts Anweisung weiter Richtung Norden. Er hielt nicht an, wenn er an parkenden oder liegen gebliebenen Fahrzeugen vorbeikam. Manche Autos waren stehen gelassen worden, in anderen waren ein oder zwei Insassen zu sehen. Drei Männer und eine Frau waren bisher aber nicht darunter gewesen. Die meisten Fahrer waren heilfroh darüber, dass ein Schneepflug vorbeikam. Sie starteten sofort und fuhren ihm auf der geräumten Strecke hinterher.

Toni hatte gehofft, zu diesem Zeitpunkt bereits eine heiße Spur der Bande gefunden zu haben – schließlich waren die Straßen schon nahezu unpassierbar gewesen, als die Gangster den Parkplatz vor dem Motel verlassen hatten. Während der Konvoi Kilometer um Kilometer weiter nach Norden kroch, wuchs in Toni jedoch die Befürchtung, dass sie sich geirrt hatte und die Verbrecher in Wirklichkeit in Richtung Süden unterwegs waren.

In ihrem Blickfeld tauchte ein vertrauter Wegweiser mit der Aufschrift ZUM STRAND auf, der ihr verriet, dass sie sich in der Nähe von Steepfall befanden. Nun galt es, den zweiten Teil ihres Plans in die Tat umzusetzen: Sie musste zu Stanley fahren und ihn über die Ereignisse der vergangenen Stunden informieren. Sie fürchtete sich vor der Begegnung.

Frank war im Kreml geblieben. Toni benutzte Osbornes Autotelefon und wählte seine Handynummer. Aus dem Lautsprecher der Freisprechanlage erklang Franks Stimme. „Superintendent Hackett."

„Hier ist Toni. Der Schneepflug befindet sich jetzt bald an der Abzweigung nach Steepfall, wo Stanley Oxenford wohnt. Ich würde ihn gern von den Geschehnissen in Kenntnis setzen. Ich kann ihn telefonisch nicht erreichen, aber das Haus liegt nur etwa anderthalb Kilometer von der Hauptstraße entfernt."

„Dann vergiss es. Ich habe jetzt eine Spezialeinheit hier. Die Kollegen sind bis an die Zähne bewaffnet und platzen schier vor Tatendrang. Ich werde nichts tun, was die Suche nach der Bande verzögert."

„Es dauert allenfalls fünf oder sechs Minuten, bis die Zufahrt zum Haus geräumt ist – und danach bist du mich los. Und meine Mutter auch."

„Klingt sehr verführerisch. Aber ich habe nicht die geringste Absicht, die Fahndung auch nur fünf Minuten lang aufzuhalten. Es bleibt dabei: Kommt überhaupt nicht infrage."

Doch Toni hatte noch einen Trumpf im Ärmel. „Erinnere dich an Farmer Johnny."

„Fahr zur Hölle!"

„Ich benutze eine Freisprechanlage. Carl sitzt neben mir, er kann also uns beide hören. Erzähl mir doch bitte noch mal, wohin ich fahren soll."

„Schnapp dir das verdammte Telefon!"

Toni nahm den Hörer aus der Ablage und hielt ihn sich ans Ohr, sodass Osborne den Polizisten nicht mehr hören konnte. „Sei so gut, Frank, und ruf den Fahrer des Schneepflugs an."

„Du Hexe! Immer wieder drohst du mir mit Farmer Johnny! Dabei weißt du genau, dass er schuldig war."

„Das weiß jeder. Aber nur du und ich wissen, wie es zu der Verurteilung gekommen ist. Und Carl hört jedes Wort, das ich sage."

„Er würde die Story von Farmer nie bringen. Er ist ein Freund von mir."

„Dein Vertrauen in ihn ist geradezu rührend – und das, obwohl er Journalist ist."

Am anderen Ende blieb es eine ganze Weile still.

„Entschließe dich, Frank", drängte Toni. „Wir sind kurz vor der Abzweigung. Entweder biegt der Schneepflug ab, oder ich verbringe die nächste Stunde damit, Carl eine heiße Story über Farmer zu erzählen."

Ein Klicken war zu hören, dann ein Summen. Frank hatte aufgelegt.

„Um was ging's denn?", fragte Osborne.

„Wenn wir an der nächsten Abzweigung nicht links abbiegen, erzähle ich's dir."

Wenige Augenblicke später bog der Schneepflug in die Nebenstraße ein, die nach Steepfall führte.

BLUTEND lag Hugo auf den Küchenfliesen. Er war bewusstlos, doch er atmete noch. Olga weinte, Stanleys Gesicht war grau vor Entsetzen. Mit einer Mischung aus Verzweiflung, Verwirrung und unterdrücktem Zorn in seiner Miene starrte er seinen Sohn an. Die Frage *Wie kannst du uns das antun?* stand unausgesprochen in seinem Gesicht.

Kit platzte schier vor Wut. Jetzt wusste seine Familie, dass er mit den Verbrechern unter einer Decke steckte, und damit stand fest, dass über kurz oder lang auch die Polizei Bescheid wusste. Damit war er zu lebenslanger Flucht vor dem Gesetz verdammt. Hinzu kam die nackte Angst. Die Virusprobe in der Parfümflasche lag, lediglich von zwei durchsichtigen Plastiktüten geschützt, immer noch offen auf dem Küchentisch herum.

Mit vorgehaltener Pistole zwang Nigel Stanley und Olga, sich mit dem Gesicht nach unten neben Hugo auf den Boden zu legen. Elton suchte und fand Behelfsfesseln – ein Kabel, ein Stück Wäscheleine und ein Knäuel Paketschnur –, und Daisy fesselte Olga, den bewusstlosen Hugo sowie Stanley, indem sie ihnen Hände und Füße auf dem Rücken zusammenband.

„Ich brauche mein Telefon", sagte Kit zu Nigel.

„Warum?"

„Für den Fall, dass jemand im Kreml anruft und ich das Gespräch unterbrechen oder umleiten muss."

Nigel zögerte. Dann zuckte er mit den Schultern und erfüllte Kits Wunsch.

„Wie kannst du das nur tun, Kit?", wollte Olga wissen. „Wie kannst du dabei zusehen, wie deine eigene Familie so misshandelt wird?"

„Das ist nicht meine Schuld", erwiderte er zornig. „Wenn ihr euch mir gegenüber anständig verhalten hättet, wäre das alles nicht passiert!"

„Es ist nicht *deine* Schuld?", fragte sein Vater verblüfft.

„Ich habe Schulden bei diesen Gangstern. Man hat mich gezwungen, bei dieser Sache mitzumachen!"

„Kein Mensch", erwiderte Stanley, und in seiner Stimme klang jene autoritäre Geringschätzung mit, die Kit von Kindesbeinen an vertraut war, „kein Mensch muss sich zu so etwas zwingen lassen!"

Kit hasste diesen Ton, der seit jeher bedeutete, dass sein Vater ihn mal wieder bei einer besonderen Dummheit ertappt hatte. „Du verstehst das nicht."

„Ich fürchte, ich verstehe das nur allzu gut. Was bezweckt ihr eigentlich mit dieser Sache?"

„Halt die Schnauze!", fuhr Daisy ihn an, während sie ihm die Hände hinter dem Rücken fesselte.

Stanley ignorierte sie. „Was in Gottes Namen habt ihr vor, Kit – du und diese Leute? Was ist in der Parfümflasche?"

„Schnauze, hab ich gesagt!" Daisy trat ihm ins Gesicht.

Er stöhnte auf vor Schmerz, und aus seinem Mund sickerte Blut.

Geschieht dir recht, dachte Kit, von einer wilden Befriedigung erfüllt.

„Stell die Glotze an, Kit!", befahl Nigel. „Ich will wissen, ob diese beschissene Schneierei endlich aufhört."

Elton nahm Nellie am Halsband und schloss sie im Esszimmer ein. Hugo bewegte sich und schien zu sich zu kommen. Leise sprach Olga auf ihn ein.

Auf dem Bildschirm erschien ein Nachrichtensprecher. „Ein außergewöhnlicher Schneesturm fegt seit gestern Abend über Schottland. Der Blizzard soll aber bei Tagesanbruch abflauen. Noch im Laufe des Vormittags wird dann Tauwetter einsetzen."

Gott sei Dank, dachte Kit. Vielleicht schaffen wir es ja noch, zur vereinbarten Zeit am Treffpunkt zu sein.

Nigel hatte offenbar den gleichen Gedanken. „Wie weit ist es bis zu dem Geländewagen, Kit?"

„Anderthalb Kilometer etwa."

„Dann brechen wir im Morgengrauen auf. Habt ihr hier die Zeitung von gestern?"

„Die muss irgendwo rumliegen. Wieso?"

„Sieh mal nach, wann die Sonne aufgeht."

Kit ging ins Arbeitszimmer seines Vaters und fand dort die Ausgabe von *The Scotsman* vom Vortag. Er nahm das Blatt mit in die Küche. „Vier Minuten nach acht."

Nigel warf einen Blick auf seine Armbanduhr. „Keine Stunde mehr." Er wirkte besorgt. „Anderthalb Kilometer zu Fuß durch diesen Schnee und dann noch mal 15 mit dem Wagen. Das wird verdammt knapp." Er zog ein Handy aus seiner Tasche und wählte. „Ja, ich bin's", meldete er sich kurz darauf. „Wie sieht's aus bei diesem Wetter?"

Kit nahm an, dass er mit dem Piloten seines Kunden sprach.

„Richtig, soll ungefähr in einer Stunde oder so nachlassen … Ich kann's noch schaffen, aber schaffen Sie's auch? … In Ordnung. Dann bleibt es also beim vereinbarten Zeitpunkt." Nigel steckte das Handy in seine Hosentasche zurück.

„Auf dem Höhepunkt des Schneesturms brachen Diebe ins Laboratorium der Firma Oxenford Medical in der Nähe von Inverburn ein", verkündete der Nachrichtensprecher in diesem Augenblick.

Schlagartig herrschte in der Küche absolute Stille. Das war's, dachte Kit. Jetzt kommt alles raus.

„Sie entkamen mit Proben eines lebensgefährlichen Virus, Madoba-2."

„Das ist also in der Parfümflasche." Stanley sprach undeutlich; seine Lippen waren aufgeplatzt. „Seid ihr vollkommen verrückt geworden?"

„Carl Osborne berichtet vom Tatort." Auf dem Bildschirm erschien ein Standfoto des Reporters, und seine Stimme kam über eine Telefonleitung.

„Das tödliche Virus, das gestern den Tod des Labortechnikers Michael Ross verursachte, befindet sich nun in den Händen von Gangstern. Bei einem genauestens geplanten Weihnachtscoup überwanden drei Männer und eine Frau die hochmoderne Sicherheitstechnik und drangen in ein Hochsicherheitslabor ein, wo die Firma in einem tresorartigen Kühlschrank Proben von äußerst gefährlichen ansteckenden Viren aufbewahrt, gegen die es keine Gegenmittel gibt."

„Dabei hast du ihnen doch bestimmt nicht geholfen, Kit, oder?", fragte Stanley.

„Selbstverständlich hat er denen geholfen", meldete sich Olga angewidert zu Wort.

„Mit Waffengewalt überfiel die Bande den Werkschutz, wobei zwei Personen verletzt wurden. Sollte das Virus jedoch freigesetzt werden, muss mit sehr vielen Toten gerechnet werden."

Stanley nahm seine ganze Kraft zusammen, rollte sich herum und setzte sich auf. „Sie bringen sich selbst um. Wenn in der Flasche auf dem Tisch wirklich Madoba-2 ist, gibt es kein Gegenmittel. Wenn Sie die Flasche fallen lassen und die Flüssigkeit läuft aus, sind Sie tot. Und wenn Sie das Zeug verkaufen und Ihre Kunden setzen das Virus frei, müssen Sie immer noch mit dem Schlimmsten rechnen. Diese Krankheit verbreitet sich rasend schnell. Sie können sich jederzeit anstecken und daran sterben. Ein solches Risiko ist mit Geld nicht aufzuwiegen, egal, wie hoch die Summe ist."

„Ich bin nicht mehr im Land, wenn das Zeug freigesetzt wird", entgegnete Nigel.

Stanley wandte sich an Kit. „Das ist doch völlig aberwitzig, das musst du doch zugeben."

Er hat Recht, dachte Kit, die Sache grenzt an Wahnsinn. Aber im Grunde ist ja die ganze Welt verrückt. „Wenn ich meine Schulden nicht zahlen kann, bin ich ohnehin ein toter Mann."

„Ach komm, die werden dich doch nicht wegen ein paar Schulden umbringen."

„Und ob wir das tun", warf Daisy ein.

„Wie hoch ist denn die Summe?"

„Eine Viertelmillion Pfund", antwortete Kit.

„Ach du meine Güte!"

„Ich habe dir schon vor drei Monaten gesagt, dass ich nicht mehr ein noch aus weiß, aber das hat dich ja nicht interessiert!"

„Wie zum Teufel kann man Schulden in dieser Höhe anhäufen?"

„Ich habe auf Kredit gespielt. Mein System ist gut – ich hatte nur eine ziemlich lange Pechsträhne."

„Kit, ich bin mir absolut sicher, dass wir das Problem lösen können."

„Dazu ist es jetzt leider zu spät. Ich habe meine Entscheidung getroffen und muss die Sache durchziehen."

„Aber denk doch mal nach, Junge! Willst du den Tod von Dutzenden Menschen auf dein Gewissen laden? Von tausenden? Oder gar Millionen?"

„Ich sehe nur, dass du nichts dagegen hast, wenn ich umgebracht werde. Du willst tausenden von fremden Leuten das Leben retten, aber die Rettung deines eigenen Sohns ist dir nichts wert!"

Stanley stöhnte auf. „Gott weiß, wie sehr ich dich liebe! Ich will nicht, dass du stirbst, Kit – aber ich wüsste gerne, ob du wirklich bereit bist, dein eigenes Leben um diesen Preis zu retten!"

Kit setzte gerade zu einer Antwort an, als sein Handy klingelte. Er zog es aus der Tasche. Hamish McKinnon war am Apparat. „Toni Gallo fährt hinter dem Schneepflug her und hat den Fahrer überredet, einen Abstecher nach Steepfall zu machen. Sie kann jede Minute bei euch sein. In dem Laster hocken auch zwei Polizisten."

Kit beendete das Gespräch und wandte sich an Nigel. „Die Polizei ist auf dem Weg hierher. Sie wird gleich da sein."

CRAIG öffnete die Seitentür der Garage und spähte hinaus. In der Giebelwand des Haupthauses waren drei Fenster erleuchtet, doch da die Vorhänge zugezogen waren, bestand nicht die Gefahr, dass man ihn zufällig sehen konnte.

Er sah sich nach Sophie um. Zwar hatte er das Licht in der Garage ausgeknipst, doch wusste er, dass sie in Lukes Ford auf dem Beifahrersitz saß.

So schnell er konnte, stakste er durch den tiefen Schnee an der fensterlosen Garagenwand entlang, bis er sich auf gleicher Höhe mit der Vorderseite des Hauses befand. Er wollte die Ferrarischlüssel holen – und das bedeutete, dass er sich in den Vorraum hinter der Küche schleichen musste, wo der Schlüsselkasten hing. Sophie hatte mitgehen wollen, aber er hatte sie davon überzeugt, dass es zu zweit noch riskanter war als allein.

Doch ohne Sophie hatte er noch mehr Angst. Unschlüssig stand er an der Ecke und spähte zum Haus. Sein Weg würde ihn am Wohn- und am Esszimmerfenster vorbeiführen, wo die Vorhänge nicht zugezogen waren. Er gab sich einen Ruck und marschierte los. Er kam an den schneebedeckten Autos seiner Tante Miranda sowie seiner eigenen Familie vorbei und bog um die Hausecke. In der Stiefelkammer brannte Licht. Am Fensterrahmen vorbei riskierte er einen vorsichtigen Blick ins Innere. Die Tür zwischen Stiefelkammer und Küche war geschlossen. Was für ein Glück!

Craig lauschte, doch im Haus herrschte absolute Stille. Er griff nach dem Knauf der Hintertür, drehte ihn vorsichtig herum und drückte dagegen. Die Tür ging auf, und er trat ein. Die Kammer war nur ein kleiner Vorraum, der durch den massiven alten Backsteinkamin und den großen Schrank, in dem Mäntel und Stiefel aufbewahrt wurden, zusätzlich verengt wurde. Der Schlüsselkasten hing an der Kaminwand. Craig öffnete ihn. Er enthielt zwanzig nummerierte Haken; an manchen hingen nur Einzelschlüssel, an anderen ganze Bunde. Craig erkannte die Ferrarischlüssel sofort. Er griff danach und hob sie an, doch der Schlüsselanhänger verhakte sich und ließ sich nicht sofort lösen. Hektisch fummelte Craig daran herum und versuchte die Panik niederzukämpfen, die ihn zu überkommen drohte. Im gleichen Augenblick rüttelte jemand an der Klinke der Küchentür.

Craig schlug das Herz bis zum Hals. Irgendjemand versuchte, die Tür zwischen Küche und Stiefelkammer zu öffnen. Doch wer immer es war – die Person kannte sich im Haus nicht aus, denn anstatt die Tür von innen aufzuziehen, drückte sie dagegen. Diese Verzögerung nutzte Craig: Er verschwand zwischen den Mänteln im großen Schrank und zog die Tür hinter sich zu. Dann hielt er die Luft an und lauschte.

NIGEL rüttelte an der Klinke, bis ihm klar wurde, dass sich die Tür nicht nach außen, sondern nach innen öffnete. Er zog sie sperrangelweit auf und warf einen Blick in die Stiefelkammer.

„Nein, das taugt nichts. Eine Tür und ein Fenster." Er durchquerte die Küche und riss die Tür zur Speisekammer auf. „Hier, das ist schon besser! Keine weitere Tür und nur ein Fenster, das auf den Hof rausgeht. Steck sie hier rein, Elton."

„Da drin ist es kalt", protestierte Olga. Die Speisekammer enthielt eine Klimaanlage.

„Mir kommen gleich die Tränen", erwiderte Nigel sarkastisch.

„Wir brauchen einen Arzt für meinen Mann."

„Er kann von Glück reden, dass er keinen Totengräber braucht!" Nigel wandte sich an Elton. „Stopf denen irgendwas ins Maul, damit sie keinen Lärm machen können."

In einer Schublade fand Elton saubere Geschirrtücher, mit denen er Stanley, Olga und den benommenen Hugo knebelte. Zum Schluss zerrte er die gefesselten Gefangenen auf die Füße und stieß sie in die Speisekammer.

„Jetzt zu dir." Nigel wandte sich an Kit. „Hör mir gut zu! Wenn die Bullen kommen, empfängst du sie an der Tür. Sei freundlich zu ihnen, und spiel den gelassenen, gesetzestreuen Bürger. Sag ihnen, dass hier alles in Ordnung ist und alle anderen im Haus noch schlafen."

„Was ist, wenn sie reinkommen wollen?"

„Red's ihnen aus. Wenn sie drauf bestehen, führ sie in die Küche. Wir verschwinden so lang in dem kleinen Vorraum." Er deutete auf die Stiefelkammer. „Sieh einfach zu, dass du sie schnellstens wieder loswirst."

„Mit den Bullen kommt auch Toni Gallo", gab Kit zu bedenken. „Sie wird meinen Vater sprechen wollen."

„Sag ihr, das geht nicht."

„Ich glaube nicht, dass sie sich damit abwimmeln lässt."

Nigel hob die Stimme. „Was kann sie denn schon tun? Dich k. o. schlagen und über deinen bewusstlosen Körper hinweg ins Haus marschieren? Sag ihr einfach, sie soll sich verpissen!"

„Okay. Aber wir müssen dafür sorgen, dass auch meine Schwester Miranda den Mund hält. Sie versteckt sich auf dem Dachboden."

„Auf dem Dachboden? Wo?"

„Direkt über uns. Schaut in den ersten Kleiderschrank im Ankleidezimmer meines Vaters. Hinter den Anzügen ist eine niedrige kleine Klappe, die auf den Dachboden führt."

Nigel sparte sich die Frage, woher Kit wusste, dass seine Schwester sich dort aufhielt, sondern wandte sich sofort an Daisy. „Kümmre dich drum!"

MIRANDA hörte, wie ihr Bruder ihr Versteck preisgab. Im Nu lief sie zur Klappe und kroch durch den Schrank ins Ankleidezimmer.

Auch Kits Ankündigung, dass die Polizei unterwegs sei, hatte sie mitbekommen und schon gehofft, der böse Spuk werde bald vorüber sein. Als Nigel dann aber darauf gedrängt hatte, die Beamten abzuwimmeln, war ihr klar geworden, dass sie sich zu früh gefreut hatte. Für den Fall, dass die Polizei Anstalten traf, unverrichteter Dinge wieder abzuziehen und die Bande unbehelligt zu lassen, hatte Mirandas Plan darin bestanden, ein Schlafzimmerfenster aufzureißen und laut um Hilfe zu schreien. Aber jetzt hatte Kit auch diese Absicht zunichte gemacht.

Der Gedanke an eine neuerliche Begegnung mit Daisy erfüllte Miranda mit Entsetzen, aber noch konnte sie sich auf ihren gesunden Menschenverstand verlassen. Während Daisy den Dachboden durchsuchte, würde sie sich gegenüber in Kits Zimmer verstecken und von dort aus um Hilfe rufen. Sie rannte durch das Schlafzimmer ihres Vaters und wollte gerade die Tür öffnen, als sie draußen die schweren Stiefel auf der Treppe hörte. Es war zu spät.

Die Tür flog auf, und Miranda versteckte sich dahinter. Ohne sich umzusehen, stürmte Daisy durch das Schlaf- ins Ankleidezimmer. Miranda schlüpfte zur Tür hinaus, schlich über den Flur in Kits Zimmer und eilte zum Fenster, weil sie hoffte, Streifenwagen mit blinkenden Lichtern zu erblicken. Es wurde allmählich hell, und sie konnte erkennen, dass die Bäume am Waldrand voller Schnee waren. Von irgendwelchen Fahrzeugen war jedoch nichts zu sehen.

Daisy würde sehr schnell spitzkriegen, dass auf dem Dachboden niemand mehr war. Ich brauche Zeit, überlegte Miranda. Wann wird die Polizei endlich eintreffen? Aber ich könnte Daisy auf dem Dachboden einschließen!

Sie verschwendete keinen Gedanken auf die möglichen Risiken, sondern rannte wieder in das Zimmer ihres Vaters. Die Schranktür stand offen – offenbar befand sich Daisy noch auf dem Speicher. Miranda klappte die Schranktür zu. Diese hatte kein Schloss, war jedoch aus solidem Holz. Wenn Miranda sie irgendwie verkeilen konnte, würde Daisy Mühe haben, sie aufzubekommen. Unter der Tür gab es einen schmalen Spalt. Dort musste der Keil hinein, und die Tür würde festklemmen. Was eignete sich dazu? Miranda zog die Schublade am Nachttisch ihres Vaters auf und fand ein Buch mit Werken von Marcel Proust. Sie ergriff es und begann, Seiten herauszureißen.

Kit hörte nebenan den Hund. Es war jene Art von Gebell, wie Nellie es nur anstimmte, wenn sich Fremde dem Haus näherten. Kit schob sich durch die Schwingtür, die ins Esszimmer führte. Die Hündin stand auf den Hinterbeinen und hatte die Vorderpfoten aufs Fensterbrett gelegt. Kit trat ans Fenster und blickte zum Wald hinüber. Zwischen den Bäumen tauchte ein großer Lastwagen auf. Er schob eine Räumschaufel vor sich her, und auf dem Dach blinkte ein orangefarbenes Licht.

„Sie sind da!", rief Kit.

Nigel kam herein, drückte sich flach an die Wand neben dem Fenster und spähte vorsichtig hinaus.

Der Schneepflug räumte eine Spur von annähernd drei Meter Breite frei. Er fuhr an der Haustür vorbei und schob den Schnee vor Hugos und Mirandas Wagen weg. Dann setzte er zurück zur Garage und räumte auf dem betonierten Vorplatz zwei Streifen vor den Toren frei. Unterdessen fuhr auf der vom Schnee befreiten Straße ein heller Jaguar vor und hielt unmittelbar vor der Haustür. Eine Frau in einer ledernen Fliegerjacke stieg aus. Kit erkannte Toni Gallo.

„Sieh zu, dass du sie wieder loswirst!" Nigel zog sich zu Elton in die Stiefelkammer zurück.

Kit ging zur Vordertür und öffnete sie. Toni half gerade jemandem, der auf dem Rücksitz gesessen hatte, beim Aussteigen. Kit runzelte die Stirn. Es war eine alte Dame in einem langen Wollmantel, die einen Welpen auf dem Arm hatte.

Toni nahm die Frau am Arm und führte sie zum Haus. Ihre Miene verdüsterte sich, als sie erkannte, wer ihnen die Tür geöffnet hatte. „Hallo, Kit."

„Was wollen Sie denn hier?"

„Ich muss Ihren Vater sprechen. Es gibt einen Störfall im Labor."

„Daddy schläft noch."

„Für das, was ich ihm mitzuteilen habe, steht er garantiert auf."

„Wer ist die alte Frau?"

„Diese *Dame* ist meine Mutter, Mrs Kathleen Gallo."

„Von wegen alte Frau", sagte die alte Frau. „Ich bin 71 und fit wie ein Turnschuh, also achten Sie auf Ihre Manieren, junger Mann."

„Schon gut, Mutter, er hat es nicht so gemeint."

Der Schneepflug hatte vor der Garage gewendet und fuhr nun auf der Straße, die er frei geräumt hatte, wieder zurück. Der Jaguar folgte ihm.

Kit bekam es mit der Angst zu tun. Die Fahrzeuge waren fort – aber Toni und ihre Mutter immer noch da. „Sie können nicht reinkommen."

„Das Haus gehört nicht Ihnen, sondern Ihrem Vater“, erwiderte sie, „und er wird mich mit absoluter Sicherheit empfangen.“

Kit war mit seinem Latein am Ende. Er hatte natürlich damit gerechnet, dass Toni im eigenen Wagen unterwegs war, und ihr sagen wollen, sie solle später wiederkommen. Im ersten Moment erwog er, hinter dem Jaguar herzurennen und den Fahrer zur Umkehr zu bewegen. Aber wie wollte er das begründen – ganz abgesehen davon, dass die Polizisten im Schneepflug misstrauisch werden konnten. Nigels Anweisung war nicht zu erfüllen. Andererseits konnte man mit Toni allein fertig werden.

„Dann kommen Sie halt rein“, seufzte Kit.

„Danke. Der Welpe heißt übrigens Osborne.“ Die beiden Frauen traten in die Diele. „Mutter, du musst sicher auf die Toilette, nicht wahr?“, fragte Toni. „Sie ist gleich hier.“

Kit sah, wie die Lichter des Schneepflugs und des Jaguar im Wald verschwanden, und entspannte sich ein wenig. Jetzt hatten sie zwar Toni auf dem Hals, aber wenigstens waren sie die Polizei losgeworden. Er schloss die Haustür.

Da ertönte im Obergeschoss ein lautes Klopfen, das klang, als schlüge jemand mit einem Hammer gegen die Wand.

„Was war das denn?“, wunderte sich Toni.

MIRANDA hatte einen Packen Seiten aus dem Buch zu einem Keil gefaltet und in den Spalt unter der Schranktür geklemmt. Dann schleifte sie unter Aufbietung all ihrer Kräfte eine schwere Mahagonitruhe heran, stemmte sie im 45-Grad-Winkel hoch und lehnte sie gegen die Schranktür. Bereits im nächsten Moment stieß Daisy von der anderen Seite dagegen, und als sie merkte, dass das nichts half, fing sie an, heftig gegen die Tür zu hämmern. Miranda nahm an, dass Daisy – den Oberkörper noch im Dachboden, die Beine im Schrank – auf dem Boden lag und mit ihren schweren Stiefeln gegen die Tür trampelte.

Diese erzitterte zwar, ging jedoch nicht auf. Miranda hatte ein paar kostbare Augenblicke gewonnen. Sie huschte zum Fenster. Zu ihrer Bestürzung sah sie einen Lkw und einen Pkw vom Haus wegfahren. „Nein!“ Beide Wagen waren schon zu weit entfernt, als dass die Insassen ihre Schreie noch hätten hören können.

Sie rannte aus dem Schlafzimmer und hielt an der Treppe abrupt inne. Unten in der Diele ging eine alte Frau, die sie noch nie gesehen hatte, gerade in die Gästetoilette. Was war da los? Dann sah sie Toni Gallo, die eine

Fliegerjacke auszog und an den Garderobenständer hängte. Ein kleiner schwarz-weißer Welpe schnüffelte an den Regenschirmen.

Während unten nun auch noch Kit in Mirandas Blickfeld trat, krachte es im Ankleidezimmer wieder. „Anscheinend sind die Kinder aufgewacht“, sagte Kit zu Toni.

Es krachte wieder, diesmal noch lauter. Daisy musste sich jetzt aus dem Schrank befreit haben.

Miranda reagierte spontan. „Toni!“, kreischte sie.

Toni blickte nach oben und sah Miranda am Geländer stehen.

„Verdammt!“, fluchte Kit.

„Die Diebe“, schrie Miranda, „sie sind hier im Haus! Sie sind bewaffnet!“

Da stürmte Daisy aus dem Schlafzimmer und warf sich auf Miranda, die daraufhin kopfüber die Treppe hinunterstürzte.

7.30 Uhr

Sekundenlang stand Toni wie fest gefroren da. Neben ihr sah Kit mit wutverzerrtem Gesicht die Treppe hinauf. „Schnapp sie dir, Daisy!“, murmelte er mit verkniffenem Mund.

Während Miranda die Treppe herunterfiel, stürmte eine hässliche junge Frau hinter ihr her, ganz in Leder gekleidet und mit kahl rasiertem Schädel.

Schlagartig begriff Toni, dass dies die Leute sein mussten, die den Einbruch im Kreml verübt hatten. Das glatzköpfige Mädchen war demnach die Blonde, die Toni auf der Videoaufzeichnung im Kreml gesehen hatte. Ihre Perücke war in dem Fluchtfahrzeug gefunden worden. Und Kit steckte mit den Gangstern unter einer Decke. Somit erklärte sich auch, wie die Bande es geschafft hatte, sämtliche Sicherheitsvorkehrungen zu umgehen.

Toni hatte keine Zeit, weiter darüber nachzudenken, denn in diesem Augenblick schlang Kit ihr einen Arm um den Hals. Gleichzeitig schrie er: „Nigel!“

Aber Toni wehrte sich. Sie versetzte Kit einen heftigen Ellbogenstoß in die Rippen und registrierte, wie er vor Schmerzen aufstöhnte. Der Griff um ihren Hals lockerte sich, sodass es ihr gelang, sich umzudrehen und Kit die linke Faust in die Magengegend zu rammen. Er versuchte zurückzuschlagen, doch Toni wich ihm mühelos aus. Just als sie mit der Rechten ausholte, um Kit endgültig außer Gefecht zu setzen, landete Miranda am Fuß der Treppe und krachte von hinten in ihre Beine. Toni kippte nach hinten. Einen Sekundenbruchteil später stolperte die Frau in Leder über Miranda und Toni und prallte gegen Kit, sodass alle vier auf dem Boden übereinander fielen.

Toni erkannte sofort, dass sie diesen Kampf nicht gewinnen konnte. Schon jetzt hatte sie mit Kit und dieser Daisy zwei Gegner, und wahrscheinlich kamen gleich noch weitere hinzu. Am besten verdrückte sie sich, sah zu, dass sie wieder zu Atem kam, und ließ sich dann in Ruhe etwas einfallen.

Sie wand sich aus dem Menschenknäuel heraus. Kit war flach auf dem Rücken gelandet, Miranda hatte sich zu einer Kugel zusammengerollt. Sie wirkte angeschlagen, aber nicht ernsthaft verletzt. Da stemmte sich Daisy auf die Knie und schlug, anscheinend in blinder Wut, auf Mirandas Arm ein. Ihre Fäuste steckten in eleganten hellbraunen Wildlederhandschuhen.

Toni kam auf die Füße, sprang über Kit hinweg zur Haustür, riss sie auf, stürmte hinaus und warf sie hinter sich ins Schloss. Sie wandte sich nach rechts und lief auf der vom Schneepflug geräumten Spur davon. Hinter ihr knallte ein Schuss, und ganz in ihrer Nähe zersplitterte eine Scheibe. Jemand hatte aus dem Haus auf sie geschossen. Aber die Kugel hatte sie verfehlt.

Toni lief zur Garage und bog auf die ebenfalls geräumte Betonfläche vor den Toren ab. Nun lag die Garage zwischen ihr und dem Schützen.

Der Schneepflug war inzwischen schon zu weit weg, als dass Toni ihn zu Fuß noch hätte einholen können. Jetzt war guter Rat teuer. Natürlich konnte sie sich verstecken – aber wo? Im Wald gab es Deckung in Hülle und Fülle, aber sie hatte ihre Fliegerjacke ausgezogen, kurz bevor Miranda sie gewarnt hatte. Toni war klar, dass sie es nicht lange im Freien aushalten würde, und sie konnte sich denken, dass es in der Garage auch nicht viel wärmer war.

Sie lief zum anderen Ende des Gebäudes und spähte um die Ecke. Die Scheunentür befand sich nur wenige Meter entfernt. Konnte sie es wagen, den Hof zu überqueren, obwohl man sie vom Haus aus sehen konnte? Ihr blieb keine andere Wahl. Sie wollte sich gerade auf den Weg machen, als gegenüber die Tür aufging und ein kleiner Junge auftauchte. Er trug einen Mantel über seinem Pyjama und an den Füßen Gummistiefel. Es war Tom, Mirandas Sohn. Er sah sich nicht weiter um, sondern wandte sich sofort nach links, stapfte durch den tiefen Schnee zum Gästehaus und verschwand darin.

Toni lief los. Besorgt behielt sie das Hauptgebäude im Auge, konnte aber an keinem Fenster eine menschliche Gestalt erkennen. Obwohl es kaum länger als eine Minute dauerte, den Hof zu überqueren, kam ihr jeder Schritt unendlich lang vor. Doch dann erreichte sie endlich die Scheune, trat ein und zog das Tor hinter sich zu. Ich lebe noch, dachte sie erleichtert.

Eine kleine Lampe erhellte einen Billardtisch, ein paar alte Sofas, einen Fernseher sowie zwei Feldbetten, die beide leer waren. Eine Leiter führte zu einer Art Heuboden. Toni kletterte hinauf. Auf halbem Weg nach oben konnte sie den Heuboden bereits überblicken. Mehrere Paare kleiner roter Augen starrten ihr entgegen und erschreckten sie: Carolines Ratten. Hier oben waren zwei weitere Nachtlager eingerichtet. Die friedlich schlummernde Gestalt in dem einen Bett war Caroline, das andere Bett war unberührt.

Die Bande wird bald ausschwärmen und mich suchen, dachte Toni. Höchste Zeit, dass ich Hilfe hole. Sie griff nach ihrem Handy. Erst jetzt merkte sie, dass sie es nicht bei sich hatte. Natürlich, es steckte in der Tasche ihrer Fliegerjacke, und die hatte sie an den Garderobenständer im Flur des Hauptgebäudes gehängt. Und was tue ich jetzt?, fragte sie sich.

„Wir müssen ihr hinterher!“, tobte Nigel. „Wahrscheinlich hängt sie schon am Telefon und holt die Bullen!“

„Moment.“ Kit ging zum Garderobenständer und durchsuchte Tonis Jacke. Triumphierend zog er ein Handy aus einer der Taschen. „Die Bullen kann sie nicht anrufen.“

„Gott sei Dank!“ Nigel sah sich im Flur um. Daisy hielt Miranda mit dem Gesicht nach unten auf dem Fußboden fest; die Arme hatte sie ihr auf den Rücken gebogen. Elton stand im Durchgang zur Küche. „Hol uns noch eine Strippe oder ein Kabel, damit Daisy die fette Kuh hier fesseln kann.“ Dann wandte Nigel sich wieder an Kit. „Deine Schwestern sind ein verdammt lästiges Pärchen.“

„Das ist völlig nebensächlich. Wir können jetzt doch abhauen, oder? Wir können mit jedem Wagen fahren. Die Straße ist ja geräumt.“

„Dein Kontaktmann in der Firma sagte, in diesem Schneepflug säßen Bullen.“

„An einer Stelle suchen sie bestimmt nicht – nämlich direkt hinter sich.“

Nigel nickte. „Gute Idee. Aber was tun wir, wenn der Schneepflug von unserer Route abweicht?“

„Schau zum Fenster raus. Es hat aufgehört zu schneien. Und bald fängt's an zu tauen, hieß es doch in der Vorhersage."

Elton kam mit einem Kabel in der Hand herbei. „Kit hat Recht. Wenn wir jetzt losfahren, sollten wir es locker bis zehn schaffen." Er reichte das Kabel an Daisy weiter, die Miranda damit die Hände auf dem Rücken fesselte.

„Na gut", stimmte Nigel zu. „Aber zuerst müssen wir alle Leute hier auf der Farm zusammentreiben, auch die Kinder. Niemand darf in den nächsten Stunden in der Lage sein, Hilfe zu holen."

Daisy zerrte Miranda in die Speisekammer.

„Mirandas Handy müsste im Gästehaus sein, sonst hätte sie es längst benutzt", sagte Kit. „Dort ist auch ihr Freund Ned."

„Elton, du kümmerst dich um dieses Gästehaus", befahl Nigel.

„Außerdem befindet sich ein Telefon in Daddys Ferrari", fuhr Kit fort. „Ich schlage vor, Daisy geht in die Garage und sorgt dafür, dass niemand damit Schaden anrichten kann. Die Scheune können wir uns bis zuletzt aufheben. Dort sind die Kinder. Caroline, Craig und Tom haben kein Handy. Bei Sophie weiß ich es nicht genau."

„Alles klar", sagte Nigel. „An die Arbeit – und beeilt euch!"

In diesem Augenblick ging die Tür zur Toilette auf, und Toni Gallos Mutter kam heraus. Kit und Nigel starrten sie verdutzt an. Kit hatte völlig vergessen, dass sich die alte Dame dort aufhielt.

„Steckt sie in die Speisekammer zu den anderen", entschied Nigel, der als Erster seine Fassung wiederfand.

„Oh nein", widersprach Mrs Gallo, „ich setze mich lieber neben den Christbaum." Sie hob den kleinen Hund hoch, durchquerte den Flur und verschwand im Wohnzimmer.

Kit sah Nigel fragend an, doch der zuckte bloß mit den Schultern.

CRAIG öffnete die Tür des Stiefelschranks einen Spalt weit und lugte hinaus. Die Luft schien rein zu sein. Doch als er sich gerade entschlossen hatte, sein Versteck zu verlassen, kam einer der Banditen, dieser Elton, aus der Küche. Craig zog die Tür wieder zu. So ging das nun schon seit einer Viertelstunde. Einer von den Kerlen war immer in der Nähe. Ich muss weiter warten, beschloss Craig.

Vor einigen Minuten hatte Nellie gebellt – offenbar war jemand an die Tür gekommen. Craigs Herz hatte voller Hoffnung höher geschlagen, und er wäre am liebsten aus dem Schrank gestürmt und um Hilfe schreiend zur Tür gerast, doch nur wenige Zentimeter von ihm entfernt hatten Nigel und

Elton gestanden und miteinander geflüstert. Leider hatte er nicht verstehen können, worum es gegangen war. Von oben war plötzlich wüster Lärm ertönt. Es hatte geklungen, als ob jemand versuchte, eine Tür aufzubrechen. Dann Geschrei und ein Knallen wie von einem Silvesterböller – oder aber einem Pistolenschuss.

Nach dem Schuss liefen Nigel und Elton in die Küche, ließen jedoch die Tür zur Stiefelkammer offen. So konnte Craig Elton sehen, der am gegenüberliegenden Ende der Küche stand und hastig mit jemandem im Flur sprach. Nach einer Weile kam er zurück, ging aber durch die Hintertür hinaus und ließ sie sperrangelweit offen.

Endlich war Craigs Chance gekommen. Er schlüpfte aus seinem Versteck und schnappte sich die Ferrarischlüssel aus dem Schränkchen. Diesmal klappte alles problemlos. Mit zwei großen Sätzen war er auch schon zur Tür hinaus. Allmählich brach der Tag an. Links von Craig stapfte Elton durch den Schnee zum Gästehaus. Craig wandte sich nach rechts und bog um die Ecke, sodass der Schwarze ihn nicht mehr sehen konnte – und hielt entsetzt inne. Nur wenige Meter vor sich erblickte er Daisy.

Offenbar hatte sie das Haus durch die Vordertür verlassen. Sie wandte Craig den Rücken zu, ging um die Hausecke herum und verschwand damit aus seinem Blickfeld. Er folgte ihr, so schnell es ging. Daisy hielt auf die Seitentür der Garage zu. Wenn sie dort hineinging, würde sie garantiert Sophie in Lukes Ford finden. Hilflos sah Craig zu, wie sie die Tür öffnete.

In der Speisekammer war es kalt. Gemeinsam mit ihrem Vater, ihrer Schwester und Hugo stand Miranda zusammengepfercht in einem Raum von nicht einmal einem Quadratmeter Grundfläche, von Lebensmitteln umgeben.

Am schlechtesten ging es Hugo, der anscheinend nur zeitweise bei Bewusstsein war. Er lehnte an der Wand, und Olga drückte sich in dem Bemühen, ihn warm zu halten, an seinen nackten Körper. Stanleys Gesicht sah aus, als wäre es von einem Lastwagen gerammt worden, aber er stand aufrecht, und seine Miene verriet Wachsamkeit.

Während die anderen mit Geschirrtüchern geknebelt waren, hatte sich Daisy bei Miranda die Mühe erspart – vermutlich in der Annahme, nun, da die Polizei wieder fort war, sei es ohnehin sinnlos zu schreien. Miranda erkannte, dass sie die anderen vielleicht von ihren Knebeln befreien konnte.

„Beug dich zu mir runter, Daddy." Folgsam neigte er sich über sie, wobei das Ende des Knebels aus seinem Mund hing. Miranda hob den Kopf, bekam die Ecke des Geschirrtuchs mit den Zähnen zu fassen und zog daran. Der Knebel kam heraus und fiel auf den Fußboden.

„Danke“, ächzte Stanley. „Mein Gott, war das grässlich!“

Miranda wiederholte die Prozedur bei Olga, die dann Hugo auf die gleiche Weise von seinem Knebel befreite. „Versuch, wach zu bleiben“, beschwor sie ihn.

„Was geht da draußen vor?“, wollte Stanley von Miranda wissen.

„Toni ist mit einem Schneepflug und ein paar Polizisten gekommen“, berichtete sie. „Kit hat die Tür geöffnet und so getan, als wäre alles in bester Ordnung. Die Polizisten sind dann wieder abgefahren, aber Toni hat darauf bestanden zu bleiben. Ich habe es noch geschafft, sie zu warnen.“

„Gut gemacht!“

„Ich hatte mich auf dem Dachboden versteckt. Diese entsetzliche Daisy hat mich dann die Treppe hinuntergestoßen, aber Toni ist ihnen entkommen. Ich weiß nicht, wo sie sich jetzt aufhält.“

„Sie kann die Polizei anrufen.“

Miranda schüttelte den Kopf. „Sie hat ihr Handy in ihrer Jackentasche gelassen, und Kit hat es gefunden.“

„Toni wird sich was anderes überlegen – sie ist eine bemerkenswert einfallsreiche Frau. Auf jeden Fall ist sie unsere einzige Hoffnung, denn sonst ist niemand mehr frei, abgesehen natürlich von Ned und den Kindern.“

„Ned wird uns, fürchte ich, keine große Hilfe sein“, erwiderte Miranda mutlos. Sie warf einen Blick zum Fenster hinaus und erblickte das Gästehaus, in dem Ned schlief. Plötzlich sah sie ihn herauskommen, unmittelbar gefolgt von Elton, der ihm eine Pistole an den Hinterkopf hielt. Mit der linken Hand umklammerte der Schwarze Toms Arm.

Miranda hielt vor Schreck die Luft an. Sie hatte ihren Sohn in der Scheune vermutet, doch der Junge musste aufgewacht sein und nach ihr gesucht haben. Miranda musste mit den Tränen kämpfen.

Die drei kamen aufs Hauptgebäude zu, doch plötzlich ertönte ein Schrei, und sie blieben stehen. Einen Augenblick später kam Daisy in Sicht. Sie zog Sophie an den Haaren hinter sich her. Sophie taumelte gebeugt durch den Schnee und weinte vor Schmerzen.

Daisy sagte irgendetwas zu Elton, was Miranda nicht verstehen konnte. Dann schrie Tom Daisy an: „Lass sie los! Du tust ihr weh!“

„Still, Tommy, sei still“, murmelte Miranda angstvoll, obwohl er sie nicht hören konnte. „Es ist nicht so schlimm, wenn man sie an den Haaren zieht.“

Elton lachte. Daisy grinste und riss noch brutaler an Sophies Haaren.

Wahrscheinlich war es das Gefühl, ausgelacht zu werden, das bei Tom endgültig die Sicherungen durchbrennen ließ. Mit einem Ruck befreite er seinen Arm aus Eltons Griff und warf sich auf Daisy.

„Nein!", schrie Miranda.

Daisy war so überrascht von der Attacke, dass sie tatsächlich Sophies Haare losließ, das Gleichgewicht verlor und auf dem Hintern im Schnee landete. In der nächsten Sekunde war Tom über ihr und trommelte mit seinen kleinen Fäusten auf sie ein.

„Hör auf! Hör auf!", schrie Miranda vergeblich.

Daisy stieß Tom weg und kam wieder auf die Füße. Sie traf ihn mit der Faust an der Schläfe, und er fiel in den Schnee. Sie hob ihn hoch, hielt ihn mit der Linken aufrecht und wollte mit der Rechten auf ihn einschlagen.

Miranda kreischte auf.

Urplötzlich kam Bewegung in Ned. Ohne Rücksicht auf die Pistole, die Elton ihm an den Kopf hielt, trat er zwischen Daisy und Tom. Er sagte etwas, was Miranda nicht hören konnte, und legte in einer beschwichtigenden Geste eine Hand auf Daisys Arm.

Miranda staunte: Ned, der schwache Ned, leistete diesen Ganoven Widerstand!

Ohne Tom loszulassen, boxte Daisy Ned in die Magengrube. Er krümmte sich vor Schmerz zusammen. Doch als Daisy sich erneut anschickte, auf Tom einzuschlagen, richtete Ned sich auf und stellte sich ihr abermals in den Weg. Sie schlug nach ihm und traf seinen Mund. Ned hob die Hände vors Gesicht, aber er rührte sich nicht von der Stelle. Als er die Hände wieder wegnahm, sah Miranda, dass ihm Blut aus dem Mund lief. Da schlug Daisy ein drittes Mal zu.

Miranda konnte es nicht fassen. Ned war wie eine Mauer. Er stand einfach da und steckte die Schläge ein – und dies nicht einmal für sein eigenes Kind, sondern für Tom. Miranda schämte sich, dass sie ihn für einen Schwächling gehalten hatte.

Neds eigenes Kind nutzte die allgemeine Verwirrung aus. Hatte Sophie bis eben wie vor Schreck gelähmt dagestanden und zugesehen, so drehte sie sich jetzt um und ergriff die Flucht. Elton wollte sie festhalten, doch sie entschlüpfte ihm. Während er vorübergehend die Balance verlor, fing Sophie an zu laufen. Und als Elton sich hastig wieder aufgerichtet hatte, war sie bereits verschwunden.

Elton packte Tom und schrie Daisy an: „Lass das Mädchen nicht entkommen!" Und als Daisy ihn ansah, als wollte sie ihm widersprechen, brüllte er noch lauter als zuvor: „Ich kümmere mich um die beiden hier. Und jetzt hau ab! Los!"

Daisy warf noch einen gehässigen Blick auf Ned und Tom, dann nahm sie die Verfolgung von Sophie auf.

Es WAR acht Uhr, als Craig den Schlüssel im Zündschloss des Ferrari drehte. Hinter ihm erwachte der riesige V-12-Heckmotor zum Leben – und erstarb wieder. Craig schloss die Augen und drehte den Schlüssel noch einmal. Der Motor zündete, stotterte – und brüllte dann auf wie ein wütender Stier. Craig sah auf das Telefon. Gerade hatte er die Nummer des Notrufs gewählt. SUCHE teilte ihm die Leuchtanzeige mit. „Nun mach schon", drängte er. „Ich hab nicht viel Zeit!"

Da flog die Seitentür der Garage auf, und Sophie taumelte herein. Craig war vollkommen perplex. Nach allem, was er wusste, befand Sophie sich in der Gewalt der grässlichen Daisy – schließlich hatte er beobachtet, wie diese Sophie aus der Garage gezerrt hatte. Nur zu gern hätte er Sophie befreit, doch er hatte sich eingestehen müssen, dass seine Chancen, Daisy im Kampf zu überwältigen, gleich Null waren, und das selbst dann, wenn sie unbewaffnet gewesen wäre. Er musste vielmehr aufpassen, dass er sich selbst nicht erwischen ließ, und die Polizei anrufen – das war das Beste, was er für Sophie tun konnte.

Aber jetzt schien sie sich ohne Hilfe befreit zu haben. Sie schluchzte und war in Panik, was darauf hindeutete, dass Daisy hinter ihr her war.

Der Wagen stand so dicht an der Wand, dass sich die Beifahrertür nicht öffnen ließ. Craig stieß daher die Fahrertür weit auf und rief Sophie zu: „Schnell, rein mit dir. Steig über mich drüber!"

Sie stolperte auf den Wagen zu und fiel praktisch hinein.

Craig zog die Tür zu. Jede Sekunde konnte Daisy auftauchen.

Es blieb keine Zeit mehr zum Telefonieren – erst mussten sie hier raus, und zwar so schnell wie möglich. Während Sophie sich in den Beifahrersitz fallen ließ, tastete Craig unter dem Armaturenbrett nach der Fernbedienung für das Garagentor und drückte darauf. Ein Blick in den Rückspiegel verriet ihm, dass sich das Tor langsam nach oben zu schieben begann.

Da stürmte Daisy herein. Ihre Augen waren vor Wut weit aufgerissen. Sie blieb in der Tür stehen und kniff die Augen zusammen, um in der düsteren Garage besser sehen zu können. Endlich blieb ihr starrer Blick an Craig am Steuer des Ferrari hängen.

Der Junge drückte die Kupplung und schob den Schalthebel in den Rückwärtsgang. Als Craig das letzte Mal hier gewesen war, hatte sein Großvater ihn in die Garage fahren lassen. Aber auf einer normalen Straße war er mit dem Ferrari noch nie gefahren.

Daisy lief zur Fahrerseite. Ihr hellbrauner Handschuh schloss sich um den Türgriff. Das Garagentor war noch nicht ganz offen, doch Craig konnte nicht länger warten. Im selben Moment, als Daisy die Tür öffnen wollte, ließ er die Kupplung los und trat aufs Gaspedal.

Der Wagen machte einen Satz nach hinten. Das Dach stieß gegen den unteren Aluminiumrand des Garagentors, und es tat einen hellen Schlag. Sophie kreischte auf vor Furcht. Der Wagen schoss aus der Garage wie der Korken aus einer Champagnerflasche. Craig trat auf die Bremse. Der Schneepflug hatte die dichte Schneedecke, die über Nacht gefallen war, zwar beiseite geräumt, doch inzwischen war wieder etwas Neuschnee gefallen. Entsprechend glatt war der Vorplatz. Die Reifen griffen jedenfalls nicht, und der Ferrari rutschte mit einem heftigen Rums rückwärts in eine Schneewehe.

Vor dem Garagentor erschien Daisy. Craig konnte sie im grauen Morgenlicht deutlich sehen. Sie schien zu zögern.

Plötzlich meldete sich eine weibliche Stimme aus dem Lautsprecher des Autotelefons. „Sie haben eine neue Nachricht."

Craig schaltete und konnte nur hoffen, dass er auch tatsächlich den ersten Gang erwischt hatte. Er ließ die Kupplung los, und zu seiner großen Erleichterung griffen die Reifen. Der Wagen rollte vorwärts. Craig drehte das Lenkrad in Richtung Zufahrt.

Daisy fummelte in ihrer Jackentasche herum und zog eine Pistole heraus.

„Runter mit dir!", schrie Craig Sophie zu. „Die schießt gleich!"

Als Daisy die Waffe hob, trat er aufs Gaspedal und drehte gleichzeitig am Lenkrad. Nichts wie weg … das war alles, was er noch denken konnte. Der Wagen geriet erneut ins Schleudern und rutschte über den eisigen Beton. Craig versuchte es mit Gegensteuern, und einen Moment lang griffen die Reifen erneut, doch dann überzog er, und der Wagen schlitterte in die entgegengesetzte Richtung und beschrieb einen Halbkreis.

Aber sie hatten unheimliches Glück: Der Ferrari blieb schließlich mitten auf der Auffahrt stehen, und die Front zeigte genau in die richtige Richtung, also vom Haus weg und zur Straße hin. Craig drückte aufs Gaspedal, doch nichts passierte. Der Motor war ausgegangen. Aus den Augenwinkeln sah der Junge, wie Daisy die Pistole hob und sorgfältig auf sie zielte.

Er drehte den Zündschlüssel, und der Wagen macht einen Satz nach vorn: Craig hatte vergessen, den Gang herauszunehmen. Im gleichen Moment hörte er den typischen Knall eines Schusses. Das Fenster auf der Beifahrerseite zerbarst, und Sophie kreischte auf. Craig schaltete in den Leerlauf und drehte abermals den Schlüssel. Als er die Kupplung trat und in den ersten Gang schaltete, sah er, dass Daisy sie schon wieder im Visier hatte. Als der Wagen anfuhr, duckte Craig sich unwillkürlich – und hatte ein weiteres Mal Glück, denn diesmal zerschlug die Kugel das Fenster auf seiner Seite und jagte gleich darauf auch noch durch die Windschutzscheibe.

Dort hinterließ sie ein undurchsichtiges Gewirr von Rissen. Craig konnte nur noch verschwommene Silhouetten aus Dunkel und Hell erkennen. Trotzdem ließ er den Fuß auf dem Gaspedal und hielt den Wagen, so gut er konnte, auf dem Fahrweg. Neben ihm hatte sich Sophie auf dem Beifahrersitz zu einer Kugel zusammengerollt. Im Rückspiegel sah Craig, dass Daisy hinter dem Ferrari herrannte.

„Stanley, hier Toni“, kam es aus dem Lautsprecher des Telefons. „Schlechte Nachrichten – ein Einbruch im Labor. Rufen Sie mich bitte so bald wie möglich auf meinem Handy zurück.“

Craig nahm an, dass die Gangster, die Steepfall überfallen hatten, etwas mit dem Einbruch zu tun haben mussten, aber er hatte keine Zeit, weiter darüber nachzudenken. Durch das zertrümmerte Seitenfenster versuchte er, den Ferrari zu steuern. Aber schon nach wenigen Sekunden kam der Wagen von der geräumten Piste ab, und die Silhouette eines Baumes tauchte vor dem Labyrinth der gesprungenen Windschutzscheibe auf. Craig trat die Bremse bis zum Anschlag durch, doch es war schon zu spät. Mit einem entsetzlichen Krachen fuhr der Ferrari gegen den Baum.

Craig wurde nach vorn geschleudert. Sein Kopf knallte gegen die Scheibe, die daraufhin endgültig zersprang, und mit der Brust prallte er gegen das Lenkrad. Sophie krachte gegen das Armaturenbrett.

Wieder war der Motor ausgegangen. Benommen warf Craig einen Blick in den Rückspiegel. Daisy befand sich vielleicht noch zehn Meter hinter ihnen. Sie stapfte durch den Schnee und kam, die Pistole in der Hand, Schritt für Schritt heran. Craig erkannte instinktiv, dass sie nur eines im Sinn hatte: Sie wollte Sophie und ihn töten und näherte sich, um keinen weiteren Fehlschuss zu riskieren. Ihm blieb nur eine einzige Chance: Er musste sie selbst töten.

Wieder drehte er den Zündschlüssel, und der Ferrari sprang an. Daisy war jetzt nur noch fünf Meter entfernt. Direkt hinter dem Wagen hob sie den Arm mit der Pistole. Craig schaltete in den Rückwärtsgang und schloss die Augen. Im selben Moment, als er die Kupplung losließ und aufs Gaspedal trat, hörte er einen Knall. Die Heckscheibe zerbarst. Der Wagen schoss zurück, unmittelbar auf Daisy zu, und es gab einen schweren Schlag.

Craig nahm den Fuß vom Gas, und der Wagen rollte aus. Wo war Daisy? Er drückte Scherben aus der Windschutzscheibe heraus und entdeckte sie. Durch den Zusammenprall war sie zur Seite geschleudert worden und lag auf dem Boden; eines ihrer Beine stand in einem merkwürdigen Winkel ab. Craig starrte sie an, entsetzt über seine Tat.

Da bewegte sie sich. Als sie den rechten Arm ausstreckte und ihre Waffe aufhob, die unweit von ihr im Schnee lag, legte Craig den ersten Gang ein.

Daisy sah ihm in die Augen und zielte mit der Pistole auf ihn.

Er ließ die Kupplung los und trat das Gaspedal bis zum Anschlag durch. Der Schuss übertönte das Brüllen des Ferrarimotors, traf aber nichts. Craig ließ seinen Fuß auf dem Gaspedal. Daisy versuchte, sich aus der Gefahrenzone zu schleppen, aber Craig schlug leicht ein und steuerte mit voller Absicht direkt auf sie zu. In dem Sekundenbruchteil vor dem Aufprall sah er ihr Gesicht, das blanke Entsetzen in ihrer Miene. Ein hässlicher, dumpfer Schlag folgte, und Daisy verschwand unter der Kühlerpartie. Das Auto holperte über ein Hindernis. Erst jetzt bemerkte Craig, dass er erneut auf den Baum zufuhr, den er schon einmal gerammt hatte. Er bremste zu spät – schon krachte es wieder, und der Wagen saß fest.

Das Autotelefon, das gerade erklärt hatte, wie man Nachrichten aufzeichnete, brach mitten im Satz ab. Craig versuchte, den Motor wieder zu starten, aber diesmal rührte er sich nicht. Die Elektronik hatte endgültig ihren Geist aufgegeben – kein Wunder nach dieser Behandlung.

Aber das hieß auch, dass das Telefon nicht mehr funktionierte.

Und wo war Daisy?

Craig stieg aus. Auf der Piste hinter ihm lag ein Haufen aus zerfetztem schwarzem Leder, weißem Fleisch und schimmerndem rotem Blut. Sie rührte sich nicht.

Sophie stieg ebenfalls aus und stellte sich neben Craig. „Oh Gott, ist sie das?“

Er nickte nur. Ihm war so übel, dass er kein Wort hervorbrachte.

„Glaubst du, sie ist tot?“, flüsterte Sophie.

Er nickte noch einmal, dann überwältigte ihn die Übelkeit. Er drehte sich zur Seite und übergab sich in den Schnee.

Kit beobachtete, wie Elton Ned und Tom mit vorgehaltener Pistole in die Küche brachte. Ned blutete aus mehreren Wunden im Gesicht, und auch Tom hatte Prellungen und weinte, aber sie gingen aufrecht und schwankten nicht. Ned hielt Tom an der Hand.

Wer lief jetzt noch frei herum? Kit zählte nach: Sophie war weggelaufen, und wo sie sich aufhielt, würde Craig nicht weit sein. Caroline lag vermutlich noch immer in der Scheune und schlief. Und dann natürlich Toni Gallo. Vier Personen, darunter drei Kinder – die mussten von einem erfahrenen Gangstertrio doch rasch einzufangen sein, oder? Doch die Zeit lief ihnen davon; ihnen blieben nicht einmal mehr zwei Stunden, um die Viren zum Flugfeld zu bringen.

Elton knallte Mirandas Handy auf den Küchentisch. „War in einer Handtasche im Gästehaus. Der Kerl scheint keines zu haben."

Dann fesselte er Ned und Tom. Als er die Tür zur Speisekammer öffnete, um die beiden hineinzuschieben, stellte Kit mit Erstaunen fest, dass sich die Gefangenen von ihren Knebeln befreit hatten.

Olga war die Erste, die sich zu Wort meldete. „Bitte, lasst Hugo hier raus. Er ist schwer verletzt und völlig unterkühlt. Ich fürchte, er überlebt das nicht. Es reicht ja schon, wenn er in der Küche auf dem Boden liegen kann, da ist es warm."

Kit schüttelte verdutzt den Kopf. Er konnte Olgas Loyalität zu ihrem untreuen Ehemann schlichtweg nicht begreifen.

„Er hätte mich eben nicht ins Gesicht schlagen sollen", erwiderte Nigel.

Elton quetschte Ned und Tom in die Speisekammer zu den anderen.

„Bitte, ich flehe Sie an!", sagte Olga.

Doch Elton schloss die Tür, und Kit verdrängte Hugo aus seinen Gedanken. „Wir müssen unbedingt Toni Gallo finden. Wenn uns jemand gefährlich werden kann, dann sie."

„Wo versteckt sie sich – was glaubst du?", wollte Nigel wissen.

„Hier im Haus ist sie nicht und im Gästehaus auch nicht, denn das hat Elton gerade durchsucht. Die Garage kommt auch nicht infrage, weil Daisy sich dort umgesehen hat. Sie ist also vermutlich in der Scheune."

„Alles klar", sagte Elton. „Ich sehe dort nach."

Toni stand in der Scheune am Fenster und schaute hinaus. Es hatte aufgehört zu schneien. Mittlerweile hatte sie drei der vier Personen identifiziert, die den Einbruch im Kreml zu verantworten hatten. Die erste war natürlich Kit. Dann war da diese junge Frau, die er Daisy genannt hatte.

Und ebendiese Daisy hatte vor ein paar Minuten den jungen Schwarzen mit Elton angesprochen. Den Vierten im Bunde hatte Toni noch nicht zu Gesicht bekommen, doch sie wusste, dass er Nigel hieß, denn Kit hatte im Flur nach ihm gerufen.

In Toni selbst lagen Angst und eine Art gespannte Erregung im Widerstreit. Angst verspürte sie, weil sie wusste, dass sie es mit Profis zu tun hatte, die sie, wenn sie es für notwendig hielten, ohne Bedenken töten würden und obendrein im Besitz der tödlichen Viren waren. Die Spannung rührte daher, dass sie selbst eine Chance sah, die Bande außer Gefecht zu setzen und sich damit zu rehabilitieren. Die Frage war nur: Wie sollte sie das schaffen? Ihre eigenen Karten standen verdammt schlecht, denn laut Steve Tremlett verfügten drei der Gangster über automatische Pistolen. Toni hatte nur dann eine Chance, wenn sie die Verbrecher einen nach dem anderen ausschalten konnte.

Fieberhaft suchte sie nach einer Lösung, als ihr die Initiative plötzlich aus der Hand genommen wurde. Elton verließ das Haus, überquerte den Hof und kam direkt auf die Scheune zu. In der rechten Hand hielt er eine Pistole. Toni blieben nur noch wenige Augenblicke, um sich nach einer Waffe umzusehen. Eilig überflog ihr Blick die Gegenstände in ihrer Reichweite. Ein Billardqueue? Nein, viel zu leicht. Billardkugeln waren da schon viel gefährlicher: schwer, solide und hart. Toni steckte zwei davon in ihre Hosentaschen. Wenn ich nur eine Pistole hätte!, schoss es ihr durch den Kopf.

Dann hastete sie die Leiter zum Heuboden hinauf. Caroline schlief noch immer ganz fest. Auf dem Boden neben dem Bett stand ein offener Koffer, und oben auf den Kleidern lag ein Einkaufsbeutel aus Plastik. Neben dem Koffer stand der Käfig mit den weißen Ratten.

Als die Scheunentür geöffnet wurde, ließ Toni sich flach auf den Boden fallen. Aus dieser Position heraus konnte sie nicht nach unten sehen, daher wusste sie auch nicht genau, wo Elton sich befand. Sie horchte angestrengt. Elton drehte die Feldbetten um. Dann klappte die Tür zum Badezimmer auf. Nun blieb nur noch der Heuboden. Jede Sekunde war nun damit zu rechnen, dass Elton die Leiter heraufkam. Was sollte Toni tun?

Das unangenehme Quieken der Ratten drang an ihr Ohr, und plötzlich hatte sie eine Idee. Noch immer auf dem Bauch liegend, holte sie den Plastikbeutel aus dem offenen Koffer und nahm das in Weihnachtspapier gewickelte Päckchen darin heraus. Dann öffnete sie die Tür des Rattenkäfigs.

Vorsichtig nahm sie eine Ratte nach der anderen heraus und steckte sie in den Plastikbeutel. Insgesamt waren es fünf Tiere.

Ein leichtes Vibrieren des Fußbodens verriet Toni, dass Elton die Leiter heraufstieg. Jetzt oder nie! Sie streckte beide Arme aus und leerte den Beutel mit den Ratten über der Leiter aus. Elton brüllte vor Schreck und Ekel auf, als ihm die fünf Ratten auf den Kopf fielen. Der Lärm weckte Caroline. Sie kreischte laut und setzte sich in ihrem Bett auf. Von unten ertönte ein Krachen – Elton hatte den Halt auf der Leiter verloren und war hinuntergefallen.

Toni sprang auf und sah hinab. Elton war auf dem Rücken gelandet. Er schrie in panischer Angst und versuchte, hektisch herumfuchtelnd, die Ratten von seinem Körper zu vertreiben. Seine Pistole konnte Toni nirgendwo entdecken. Sie zögerte nur den Bruchteil einer Sekunde, dann sprang sie. Mit beiden Füßen landete sie auf Eltons Brust. Er stieß ein verzweifeltes Stöhnen aus, als ihm die Luft genommen wurde. Nachdem sie aufgekommen war, machte Toni wie eine Bodenturnerin eine Rolle vorwärts.

Von oben vernahm sie einen Schrei. „Meine Babys!" In einem lavendelfarbenen Schlafanzug stand Caroline oben an der Leiter. Toni war sich ziemlich sicher, bei der Landung ein oder zwei von Carolines Lieblingen zerquetscht zu haben, doch die Ratten wuselten herum und erfreuten sich anscheinend bester Gesundheit.

Toni rappelte sich auf. Wo war die Pistole? Elton musste sie bei seinem Sturz von der Leiter verloren haben. Er war zwar verletzt, konnte sich vermutlich aber noch bewegen. Toni griff nach einer der Billardkugeln in der Tasche ihrer Jeans, doch als sie sie herauszuziehen versuchte, rutschten ihre Finger ab. Einen Moment lang überfiel sie pure Panik – das Gefühl, ihr Körper gehorche ihrem Gehirn nicht mehr. Dann probierte sie es mit beiden Händen, schob mit der einen von außen, griff mit der anderen nach der Kugel – und endlich glitt diese aus der Hosentasche.

Es war nur eine kurze Verzögerung, doch sie genügte, um Elton wieder zu sich kommen zu lassen. Als Toni die Rechte hob, um ihn mit der Kugel bewusstlos zu schlagen, rollte er zur Seite, sodass sie in letzter Sekunde umdisponieren musste: Anstatt zuzuschlagen, warf sie die Kugel nach ihrem Gegner.

Aber der Wurf war zu schwach. Zwar traf die Kugel Eltons Schädel, und er heulte vor Schmerzen auf – aber er brach eben nicht bewusstlos zusammen. Vielmehr kam er schließlich sogar auf die Füße.

Toni zog die zweite Kugel aus der Hosentasche.

Elton sah sich um und suchte auf dem Boden nach seiner Pistole.

In der Zwischenzeit war Caroline die Leiter zur Hälfte hinuntergeklettert und sprang nun auf den Boden. Als sie sich bückte und eine ihrer Ratten packte, die sich hinter einem Bein des Billardtisches versteckt hatte, sah Toni aus den Augenwinkeln heraus dort etwas aufblitzen. Sie schaute genauer hin und erblickte die Pistole, deren stumpfes Grau sich vom dunklen Holz des Fußbodens abhob.

Elton entdeckte die Waffe zur gleichen Zeit. Er warf sich auf die Knie, doch als er unter den Tisch langte, holte Toni weit aus und schlug die Billardkugel mit aller Kraft auf seinen Hinterkopf. Bewusstlos sackte Elton zusammen.

Toni nahm die Pistole an sich, sicherte sie und stopfte sie sich in den Hosenbund. Dann zog sie den Stecker des Fernsehers aus der Dose, riss das Kabel aus dem Gehäuse des Apparats und fesselte Elton damit die Hände auf dem Rücken.

CRAIG brauchte lange, bis er den Mut aufbrachte, Daisys übel zugerichteten Körper noch einmal anzusehen. Bei diesem Anblick war ihm zuvor selbst aus einiger Entfernung so schlecht geworden, dass er sich abermals hatte übergeben müssen. Als nichts mehr aus ihm herauskam, putzte er sich den Mund mit ein paar Händen voll Schnee aus. Dann kam Sophie zu ihm und legte ihm die Arme um die Taille, und er umarmte sie, ganz bewusst mit dem Rücken zu Daisy.

„Und was tun wir jetzt?“, fragte Sophie.

Craig schluckte. Es war ja noch nicht vorbei. Diese Daisy war nur eine von dreien – und hinzu kam auch noch Onkel Kit. „Am besten nehmen wir ihre Pistole mit.“

Sophies Miene verriet ihm, wie wenig sie davon hielt. „Weißt du, wie man damit umgeht?“

„Das kann ja nicht so schwierig sein, oder?“ Er nahm Sophie bei der Hand, und gemeinsam gingen sie auf die Leiche zu. Etwa vier Schritte davor blieben sie stehen.

Daisy lag mit dem Gesicht nach unten, die Arme befanden sich unter ihrem Körper. Ihre lederne Hose war völlig zerfetzt. Das rechte Bein war in einem unnatürlichen Winkel abgespreizt, das andere aufgerissen und blutverschmiert. Auch der kahl rasierte Schädel war über und über mit Blut bedeckt. Ihr im Schnee vergrabenes Gesicht war nicht zu erkennen.

„Ich kann die Pistole nirgendwo entdecken“, sagte Craig. „Wahrscheinlich liegt sie unter ihr.“ Sie traten näher. „Ich habe noch nie eine Leiche gesehen“, flüsterte Sophie.

Sie ließ Craigs Hand los, kniete sich auf den Boden und streckte die Hand nach dem blutbefleckten Körper aus. Da hob Daisy unerwartet und schnell wie eine Schlange den Kopf, packte Sophie am Handgelenk und zog ihren eigenen rechten Arm unter dem Körper hervor. In der Hand hielt sie die Pistole. Sophie schrie vor Entsetzen auf.

„Oh mein Gott!“, brüllte Craig und wich ein paar Schritte zurück.

Daisy rammte die Mündung der kleinen grauen Pistole in die weiche Haut von Sophies Hals. Sie sah aus, als trüge sie eine Mütze aus Blut, doch ihr Gesicht war völlig unversehrt, wenn auch von blankem Hass verzerrt. „Wenn du willst, dass deine kleine Freundin am Leben bleibt, dann tu genau, was ich dir sage, und zwar sofort. Einmal gezögert, und sie ist tot.“

Craig spürte, dass sie es bitterernst meinte.

„Komm her!“, befahl Daisy. „Auf die Knie!“

Ihm blieb keine Wahl. Er trat näher und kniete sich neben sie.

Daisys hasserfüllter Blick richtete sich auf Sophie. „Jetzt lass ich deinen Arm los, aber wenn du versuchst abzuhauen, knall ich dich ab.“ Sie gab Sophies Arm frei, drückte ihr die Pistole jedoch weiterhin fest gegen den Hals. Dann legte sie ihren linken Arm um Craigs Schultern. „Nimm mein Handgelenk!“, befahl sie.

Craig packte Daisys Handgelenk, das über seine Schulter baumelte.

„Jetzt du, Kleine. Unter meinen rechten Arm.“

Sophie veränderte ihre Position langsam, und Daisy legte ihr den rechten Arm um die Schultern. Dabei schaffte sie es irgendwie, Sophie ununterbrochen mit der Pistole zu bedrohen.

„So, jetzt hebt mich hoch, und tragt mich zum Haus. Aber vorsichtig! Ich glaub, mein rechtes Bein ist gebrochen. Wenn ihr mich zu sehr durchrüttelt, könnte mir das wehtun. Und wenn ich zusammenzucke, löst sich vielleicht versehentlich ein Schuss … Also seid vorsichtig. Und jetzt hoch!“

Craig verstärkte seinen Griff um Daisys Handgelenk und erhob sich langsam aus seiner knienden Position. Damit die Last für Sophie leichter wurde, legte er seinen rechten Arm um Daisys Taille und trug auf diese Weise den Großteil ihres Gewichts. Langsam richteten sich die drei auf.

Toni näherte sich dem Hauptgebäude, um dort die Lage zu erkunden. Caroline hatte sie in der Scheune zurückgelassen. Das Mädchen suchte ihre Kuschelratten zusammen, während Elton gefesselt, geknebelt und mit verbundenen Augen unter dem Billardtisch lag.

Toni schlich an der Rückwand des Hauses entlang und riskierte einen Blick durch das erste Fenster. Es war die Speisekammer. Auf engstem Raum waren dort sechs Personen zusammengepfercht. Sie waren an Händen und Füßen gefesselt, standen aber aufrecht: Olga und ihr Mann – Hugo hatte offenbar nichts an –, Miranda, Tom, Ned und Stanley.

Als sie ihn erblickte, überkam sie ein großes Glücksgefühl, und ihr wurde bewusst, dass sie die ganze Zeit über unterbewusst gefürchtet hatte, er könne tot sein. Sie hielt den Atem an, als sie sein blutverschmiertes, von den Schlägen und Tritten entstelltes Gesicht sah. Just in diesem Moment erblickte er sie, und seine Augen weiteten sich vor Freude und Überraschung. Mit Erleichterung stellte Toni fest, dass seine Verletzungen nicht allzu schwer zu sein schienen. Als er den Mund öffnete und offenkundig etwas sagen wollte, legte Toni rasch einen Finger an die Lippen. Stanley klappte seinen Mund wieder zu und nickte zum Zeichen, dass er verstanden hatte.

Toni huschte zum nächsten Fenster und blickte in die Küche. Dort saßen zwei Männer mit dem Rücken zum Fenster. Einer davon war Kit. Der zweite trug einen Rollkragenpullover und war offenbar derjenige, den Kit Nigel genannt hatte. Beide sahen gerade die Nachrichten in einem kleinen Fernsehgerät. Auf dem Bildschirm war ein Schneepflug zu sehen, der eine Schnellstraße räumte. Nachdenklich kaute Toni auf ihrer Lippe herum. Sie hatte zwar inzwischen eine Pistole, doch selbst damit konnte es schwierig sein, die beiden Männer in Schach zu halten. Aber ihr blieb keine andere Wahl.

Sie zögerte noch, als Kit aufstand. Schnell duckte sie sich unter den Fenstersims, damit er sie nicht sehen konnte.

8.45 Uhr

Sie räumen die Straßen", sagte Nigel. „Wir müssen jetzt los."

„Diese Toni Gallo macht mir Sorgen", wandte Kit ein.

„Aber wenn wir noch länger warten, verpassen wir unseren Kunden."

Kit warf einen Blick auf seine Armbanduhr. Nigel hatte Recht. „Mist!"

„Wir nehmen den Mercedes da draußen", entschied Nigel. „Such die Schlüssel."

Kit verließ die Küche und lief die Treppe hinauf. In Olgas Schlafzimmer sah er Hugos Blazer über einer Stuhllehne hängen. Die Mercedesschlüssel steckten in der rechten Tasche.

Als er wieder in die Küche kam, fragte Kit: „Wieso braucht Elton so lange? Und Daisy? Wo bleiben die?“ Er merkte selbst, dass seine Stimme fast hysterisch klang.

„Ich weiß es nicht“, antwortete Nigel. „Verlier jetzt bloß nicht die Nerven. Geh raus, und lass den Wagen an. Und wisch den Schnee von den Scheiben.“

„Gut.“ Beim Hinausgehen fiel Kits Blick auf den Parfümzerstäuber, der in seiner doppelten Verpackung noch immer auf dem Küchentisch lag. Einer spontanen Eingebung folgend, nahm er das Fläschchen vom Tisch und stopfte es sich in die Jackentasche. Dann ging er hinaus.

TONI linste um die Hausecke und sah Kit aus der Hintertür kommen. Er ging in die entgegengesetzte Richtung, zur Frontseite des Hauses. Toni folgte ihm und sah, wie er den grünen Mercedes-Kombi aufschloss.

Ihre Chance war gekommen. Sie zog Eltons Pistole aus dem Hosenbund und entsicherte sie. Im Griff befand sich ein volles Magazin, das hatte sie bereits überprüft. Sie rannte ins Haus. Die Hintertür führte in einen kleinen Vorraum, der unmittelbar an die Küche anschloss. Toni riss die Küchentür auf und stürmte hinein. Nigel stand am Fenster und sah hinaus.

„Keine Bewegung!“, schrie Toni.

Nigel fuhr herum.

Sie zielte auf ihn. „Hände hoch!“

Er zögerte. Die Konturen seiner Pistole zeichneten sich in seiner Hosentasche ab.

„Pfoten weg!“, warnte Toni ihn vorbeugend. „Versuchen Sie es gar nicht erst.“

Langsam hob er die Hände.

„Auf den Boden! Gesicht nach unten! Schnell!“

Er kniete nieder, die Hände noch immer erhoben. Dann legte er sich mit gespreizten Armen auf den Boden. Toni musste ihn entwaffnen. Sie beugte sich über ihn, nahm ihre eigene Pistole in die linke Hand und stieß ihm den Lauf in den Nacken. Dann ging sie in die Knie und steckte die Hand in seine Hosentasche.

Nigel reagierte blitzschnell. Er rollte sich herum und traf Toni mit seinem rechten Arm. Sie zögerte den Bruchteil einer Sekunde abzudrücken – und schon war es zu spät. Nigels Attacke brachte sie aus dem Gleichgewicht, und sie kippte zur Seite. Um den Sturz abzufangen, stützte sie sich mit der flachen Linken auf den Fußboden – und ließ dabei die Pistole fallen.

Wild trat Nigel nach ihr und traf sie an der Hüfte. Doch Toni fing sich, rappelte sich auf und stand schon wieder, bevor Nigel auf die Füße kam. Er war noch auf den Knien, als ihn ihr Tritt im Gesicht traf. Er fiel nach hinten, erholte sich aber schnell. Sein Blick war voller Wut.

Toni hob die Pistole auf und zielte auf ihn. Nigel erstarrte in seiner Bewegung.

„Zweiter Versuch", sagte sie. „Diesmal ziehen Sie die Waffe selber raus."

Er fasste in seine Hosentasche und zog die Pistole heraus.

„Lassen Sie sie auf den Boden fallen."

Er grinste. „Haben Sie schon mal auf einen Menschen geschossen?"

„Fallen lassen – sofort!"

„Ich glaube nicht, dass Sie das schon mal getan haben ..."

Es stimmte. Toni wusste zwar, wie man mit Waffen umging, doch wirklich geschossen hatte sie bisher nur auf Pappkameraden.

„Sie werden nicht auf mich schießen", fuhr Nigel fort.

„In einer Sekunde wissen Sie Bescheid", erwiderte Toni.

Nigel hob seine Waffe.

Toni schoss ihn in die rechte Schulter.

Sie stand nur zwei, drei Schritte von ihm entfernt, weshalb es ein Leichtes für sie war, ihn genau an der richtigen Stelle zu verwunden. Sie drückte zweimal ab, genau wie sie es gelernt hatte. Der zweifache Knall war ohrenbetäubend. Gleich darauf zeigten sich auf dem Pullover an der Stelle, wo Arm und Schulter zusammentrafen, zwei runde, nebeneinander liegende Löcher. Nigel schrie vor Schmerzen auf und taumelte rückwärts. Seine Pistole fiel auf den Boden.

Toni war entsetzt, hatte sie es doch bis eben noch für unmöglich gehalten, auf einen Menschen schießen zu können.

„Du Drecksnutte!", schrie Nigel.

Seine Verwünschung wirkte wie ein Zauberspruch: Toni fasste sich sofort wieder. „Sie können heilfroh sein, dass ich Ihnen nicht in den Bauch geschossen habe. Runter jetzt!"

Eine Hand auf seine Wunde gepresst, ließ Nigel sich auf den Boden sacken.

Toni hob die Pistole auf, die er hatte fallen lassen, sicherte sie und steckte beide Waffen in den Bund ihrer Jeans. Dann öffnete sie die Tür zur Speisekammer.

„Was ist passiert?", erkundigte sich Stanley. „Ist wer getroffen worden?"

„Ja, Nigel", erwiderte Toni ruhig. Sie nahm eine Küchenschere aus dem Messerblock und schnitt die Wäscheleine durch, mit der Stanley an Händen und Füßen gefesselt war. Kaum war er frei, nahm er sie in die Arme und drückte sie fest an sich. „Ich danke Ihnen“, murmelte er ihr ins Ohr.

Toni schloss die Augen. Eine kostbare Sekunde lang erwiderte sie die Umarmung, dann reichte sie Stanley die Schere. „Befreien Sie die anderen.“ Sie zog eine der Pistolen aus ihrem Hosenbund. „Kit ist irgendwo in der Nähe. Er muss die Schüsse gehört haben. Ist er bewaffnet?“

„Das glaube ich nicht“, erwiderte Stanley zu Tonis Erleichterung. Das vereinfachte die Sache.

Stanley drehte sich zu Olga um und wollte ihr gerade die Fesseln durchschneiden, als plötzlich Kits Stimme erklang. „Keine Bewegung!“

Toni fuhr herum und richtete die Pistole auf ihn. Kit stand in der offenen Tür. Eine Pistole hatte er nicht – aber er hielt einen einfachen Parfümzerstäuber aus Glas wie eine Waffe in der Hand. Toni kannte den Flakon: Es war derselbe, den das Werkschutzvideo gezeigt hatte, als er mit Madoba-2 gefüllt worden war.

„Hier sind die Viren drin. Einmal gesprüht, und es ist aus mit euch.“

Wie zu Salzsäulen erstarrt, blieben alle stehen.

KIT STARRTE Toni an. „Wenn Sie mich erschießen, lass ich die Flasche fallen. Dann zerbricht das Glas auf den Fliesen.“

„Wenn Sie uns mit dem Zeug einsprühen, bringen Sie sich auch selber um“, antwortete sie.

„Dann sterbe ich eben. Es ist mir inzwischen völlig egal. Ich habe alles auf eine Karte gesetzt. Ich habe den Plan ausgearbeitet, meine Familie verraten und mich auf eine Verschwörung zur Ermordung tausender von Menschen eingelassen. Und nun soll ich aufgeben? Lieber sterbe ich.“ Ihm fiel auf, dass er die absolute Wahrheit gesagt hatte. Selbst das Geld hatte mittlerweile seine Bedeutung verloren – er wollte nur noch gewinnen.

„Wie konnte es nur so weit kommen?“, fragte Stanley.

Kit sah seinem Vater in die Augen und erkannte in dessen Blick Zorn, aber auch tiefen Kummer. Es war der gleiche Blick wie damals, als seine Frau Marta gestorben war. Pech für dich, dachte Kit wütend, das hast du dir ganz allein zuzuschreiben.

Er blickte zu Nigel, der auf dem Boden saß und sich mit der linken Hand seine blutende rechte Schulter hielt. Damit war klar, was es mit den beiden Schüssen auf sich gehabt hatte. Als sie gefallen waren, hatte Kit sich entschlossen, das virenhaltige Spray als Waffe einzusetzen, und war ins Haus zurückgekehrt.

Nigel rappelte sich auf. „Verdammt, das tut vielleicht weh!“

„Her mit den Pistolen, Toni!“, befahl Kit. „Sonst macht's pfffffff ...“

Sie zögerte. Dann legte sie die beiden Pistolen auf den Küchentisch.

„Nimm sie an dich, Nigel“, sagte Kit.

Nigel ergriff die eine Pistole mit der Linken und steckte sie in seine Hosentasche. Dann nahm er die zweite, hob sie hoch – und schlug sie Toni blitzschnell ins Gesicht. Sie schrie auf und taumelte rückwärts.

Kit hatte dafür kein Verständnis. „Was soll das denn?“, brüllte er Nigel wütend an. „Für so einen Quatsch haben wir keine Zeit! Wir müssen los!“

„Du hast mir gar nichts zu befehlen!“, schrie Nigel zurück. „Diese blöde Kuh hat mich angeschossen!“

Ein Blick in Tonis Gesicht verriet Kit, dass sie dabei war, mit ihrem Leben abzuschließen. Aber es fehlte die Zeit, genüsslich Rache zu nehmen. „Diese Kuh hat mein ganzes Leben ruiniert“, sagte er, „aber deswegen verliere ich jetzt keine Zeit mit irgendwelchen Strafaktionen. Komm endlich!“

Nigel zögerte. „Was ist mit Elton und Daisy?“

„Zum Teufel mit ihnen! Bringst du's nicht in dein Hirn, dass wir keine Zeit mehr haben?“

„Also gut, machen wir, dass wir hier fortkommen“, erwiderte Nigel.

Kit lief nach draußen, wo der Mercedes im Leerlauf tuckerte. Er sprang hinter das Steuer und stopfte dabei den Parfümflakon wieder in die Jackentasche. Vor Schmerzen stöhnend, kletterte Nigel auf den Beifahrersitz.

Kit stellte den Automatikhebel auf Fahren, gab Gas und beschleunigte auf der freigeräumten Zufahrt. Als sie die Garage passierten, tauchte Daisy vor ihnen auf. Unwillkürlich trat Kit auf die Bremse. Auf der einen Seite von Craig, auf der anderen von Sophie gestützt, kam Daisy auf sie zu. Ihre Beine schleiften nutzlos hinter ihr her, und ihr Kopf war über und über mit Blut bedeckt. Hinter den dreien stand Stanleys Ferrari, die sinnliche Silhouette zertrümmert und verformt. Was zum Teufel war passiert?

„Halt an, und nimm sie mit!“, sagte Nigel.

Kit musste daran denken, wie Daisy ihn gestern im Schwimmbecken ihres Vaters beinahe ertränkt hätte. „Die kann mich mal!“ *Er* saß am Steuer, und sie sollte seine Flucht nicht länger aufhalten! Er gab wieder Gas.

Als der Mercedes auf sie zuschoss, blieb Craig nur eine Sekunde. Mit der Rechten griff er die Kapuze von Sophies Anorak und riss sie daran von der Fahrbahn. Und da sie Daisy mitschleppten, fielen alle drei in den weichen Schnee am Straßenrand. Daisy brüllte auf vor Wut und Schmerzen.

Das Auto verfehlte sie nur um Zentimeter und raste an ihnen vorbei. Craig bekam gerade noch mit, dass sein Onkel Kit am Steuer saß. Er verstand die Welt nicht mehr. Der hätte mich beinahe umgebracht, dachte er. Ob Absicht dahinter steckte?

„Mistkerl!“, kreischte Daisy hinter dem Wagen her und hob ihre Pistole.

Kit beschleunigte. Er raste an dem zerbeulten Ferrari vorbei und versuchte über die kurvenreiche Straße entlang den Klippen zu entkommen.

Craig war wie gelähmt. Er sah zu, wie Daisy zielte und dabei trotz der Schmerzen, die sie quälen mussten, eine ruhige Hand bewahrte. Sie drückte ab, und eines der hinteren Seitenfenster des Mercedes zerbarst. Daisy gab weitere Schüsse ab. Als sich bereits mehrere Einschusslöcher an der Seite des Wagens abzeichneten, ertönte eine andere Art von Knall. Einer der Vorderreifen war geplatzt.

Eine Sekunde lang fuhr der Mercedes geradeaus weiter, dann schlingerte er zur Seite. Die Motorhaube streifte den Schneehaufen am Straßenrand, und eine weiße Fontäne stieg in die Luft. Gleich darauf scherte das Heck aus und krachte gegen die niedrige Mauer, die am Klippenrand verlief. Daisy feuerte weiter. Die Windschutzscheibe zersplitterte, und dann begann der Wagen sich langsam zur Seite zu neigen. Zunächst schien er zu zögern – doch schließlich kippte er vollends um. Auf dem Dach rutschte er noch ein Stückchen über die Straße und blieb dann liegen.

Als das leere Magazin klickte, schloss Daisy die Augen und kippte rücklings in den Schnee. Die Pistole fiel ihr aus der Hand. Während Sophie zu weinen anfing, ließ Craig Daisys Gesicht nicht aus den Augen. Der Gedanke, sie könnte die ihren wieder öffnen, entsetzte ihn.

FLACH ausgestreckt lag Kit auf der Innenseite des Autodachs. Sein Nacken schmerzte, aber er konnte alle Gliedmaßen bewegen. Mühsam richtete er sich auf. Neben ihm lag Nigel; er war bewusstlos, möglicherweise sogar tot.

Kit versuchte, ins Freie zu kommen. Er zog am Handgriff und stieß gegen die Tür, doch sie rührte sich nicht. Panik überkam ihn. Da fiel sein Blick auf die zersplitterte Windschutzscheibe. Er presste die flache Hand dagegen und konnte problemlos ein großes Stück der Scheibe nach draußen drücken. Durch das entstandene Loch kroch er ins Freie, rappelte sich auf und sah sich um.

Auf der Zufahrtsstraße kamen sein Vater und Toni auf ihn zugelaufen.

Toni blieb stehen und musterte Daisy, die offenbar das Bewusstsein verloren hatte. Craig und Sophie wirkten völlig verängstigt, schienen aber unverletzt zu sein. „Was ist passiert?“, fragte Toni.

„Sie hat auf uns geschossen“, antwortete Craig. „Da habe ich sie überfahren.“

Toni folgte dem Blick des Jungen und sah Stanleys verbeulten Ferrari. Sämtliche Fenster waren kaputt.

„Gütiger Gott!“, stöhnte Stanley.

Toni legte ihre Hand an Daisys Hals und fühlte nach dem Puls. Er war vorhanden, aber nur schwach. „Sie lebt – noch.“

Craig und Sophie ging es so weit gut. Toni blickte nach vorn. Der Mercedes lag auf dem Dach, und Kit war gerade herausgeklettert. Toni lief auf ihn zu, und Stanley folgte ihr auf den Fersen.

Kit rannte die Straße entlang auf die Klippen zu.

Als Toni den Mercedes erreichte, warf sie einen raschen Blick hinein. Zusammengekrümmt lag Nigel da, seine weit aufgerissenen Augen hatten den starren Blick eines Toten. Drei Gangster wären erledigt, dachte Toni: Nummer eins gefesselt, Nummer zwei bewusstlos, Nummer drei tot. Bleibt nur noch Kit.

Dieser rutschte auf dem vereisten Fahrweg aus, geriet ins Stolpern, fand sein Gleichgewicht jedoch wieder. Er drehte sich um, zog die Parfümflasche aus seiner Jackentasche und hielt sie wieder wie eine Waffe vor sich. „Halt, oder ich bringe uns alle um!“, rief er.

Toni und Stanley blieben stehen.

Schmerz und Wut verzerrten Kits Gesicht. Toni sah einen Mann, der seine Seele verloren hatte. In diesem Zustand war er zu allem fähig – ein Mann, der seine Familie und sich selbst auslöschen konnte und bereit war, die ganze Welt mit sich in den Abgrund zu reißen.

„Hier draußen wirkt es nicht“, sagte Stanley.

Toni überlegte, ob das stimmte, und auch Kit schien an der Aussage zu zweifeln, denn er fragte: „Warum nicht?“

„Spürst du nicht den Wind?“, erläuterte Stanley. „Die Tröpfchen werden sich verteilen, bevor sie Schaden anrichten können.“

„Zur Hölle damit!“, schrie Kit und warf die Flasche hoch in die Luft. Dann drehte er sich um, sprang über die niedrige Mauer und rannte, so schnell er konnte, auf den nur wenige Meter entfernten Klippenrand zu.

Stanley setzte ihm nach, während Toni den Flakon auffing, bevor dieser auf dem Boden zerschellen konnte.

Mit einem Hechtsprung gelang es Stanley, seinen Sohn am linken Bein zu packen und sich daran festzukrallen. Als Kit nun ebenfalls stürzte, ragten sein Kopf und seine Schultern weit über den Klippenrand hinaus. Stanley warf sich über ihn. Kit wehrte sich heftig, doch sein Vater drückte ihn mit seinem Gewicht fest auf den Boden. Endlich gab Kit seinen Widerstand auf und lag still.

Langsam stand Stanley auf und zog seinen Sohn hoch. Kit hielt die Augen geschlossen. Er zitterte und bebte vor innerer Erregung, als hätte er einen Anfall. „Es ist vorbei." Stanley legte die Arme um seinen Sohn und hielt ihn fest. „Es ist alles vorbei." So standen sie am Klippenrand, und der Wind zerzauste ihnen das Haar, bis Kit sich allmählich beruhigte und aufhörte zu zittern. Da drehte Stanley seinen Sohn sachte um und führte ihn zurück zum Haus.

Die Familie hatte sich im Wohnzimmer versammelt. Es war ziemlich still im Raum. Alle waren sie noch wie benommen. Stanley rief über Kits Handy den Notarzt in Inverburn an. In mehrere Decken gewickelt, lag Hugo auf der Couch, und Olga wusch ihm seine Wunden. In gleicher Weise kümmerte sich Miranda um Tom und Ned. Kit lag mit geschlossenen Augen auf dem Fußboden. Craig und Sophie saßen in einer Ecke und unterhielten sich flüsternd. Caroline hatte sämtliche Ratten wieder eingefangen und hielt den Käfig auf den Knien. Direkt neben ihr saß Tonis Mutter mit dem jungen Hund auf dem Schoß.

Toni rief Odette an. „Wo, sagtest du, sind diese Hubschrauber?"

„Sie befinden sich jetzt in Inverburn und warten auf weitere Instruktionen. Warum fragst du?"

„Ich habe die Bande dingfest gemacht und die Viren zurückgeholt, aber ..."

„Was, du allein?" Odette staunte nicht schlecht.

„Das ist momentan nebensächlich. Es kommt jetzt darauf an, dass wir diesen Kunden erwischen, der das Zeug kaufen will. Wir können es schaffen, wenn wir schnell handeln. Kannst du mir einen Hubschrauber nach Steepfall, Stanley Oxenfords Farm, schicken? Sie liegt 25 Kilometer nördlich von Inverburn, direkt an der Steilküste, und besteht aus vier Gebäuden, die zu einem Rechteck angeordnet sind. Außerdem befinden sich zwei Autowracks auf dem Gelände, die kann der Pilot von oben sehen."

„Meine Güte, du warst aber fleißig!"

„Der Heli soll mir so einen Minisender mitbringen, wie ihr ihn Leuten unterjubelt, denen ihr auf den Fersen bleiben wollt. Das Ding muss 48 Stunden funktionieren und so klein sein, dass es in eine Verschlusskappe passt."

„So was müsste auf der Hauptwache in Inverburn vorrätig sein."

„Noch was. Ich brauche eine Flasche Parfüm." Sie schaute auf das Etikett des Flakons. „Es heißt *Diablerie*."

„Das haben sie bestimmt nicht auf der Hauptwache. Da hilft nur eines: Die Kollegen müssen in der Parfümerie an der Hauptstraße einbrechen."

„Wir haben nicht viel Zeit … Warte mal."

Olga hatte etwas gesagt. „Ich kann Ihnen eine Flasche *Diablerie* geben", wiederholte sie, „genau die gleiche, die auf dem Tisch lag. Es ist zufällig das Parfüm, das ich benutze."

„Danke." Toni sprach wieder ins Telefon. „Das mit dem Parfüm hat sich erledigt. Wie schnell kann der Helikopter hier sein?"

„In zehn Minuten. Wo willst du denn hin, wenn er dich aufgelesen hat?"

„Das sag ich dir, sobald ich's selber weiß." Toni beendete das Gespräch.

Sie kniete sich auf den Fußboden direkt neben Kit. Er war blass und hatte die Augen geschlossen, schlief aber nicht. Er atmete flach, und von Zeit zu Zeit zitterte er am ganzen Körper.

„Kit", sprach Toni ihn an. Er reagierte nicht. „Kit, ich muss Sie was fragen. Es ist sehr wichtig."

Er öffnete die Augen.

„Sie wollten sich um zehn Uhr mit dem Kunden treffen, nicht wahr?"

Er sah Toni an, sagte aber kein Wort.

„Ich muss wissen, wo Sie sich mit ihm treffen wollten", fuhr Toni fort.

Er wandte den Blick ab.

„Bitte, Kit."

Seine Lippen öffneten sich. „Nein", flüsterte er.

„Denken Sie darüber nach. Man wird Ihnen das eines Tages hoch anrechnen."

Seine Augen wanderten von einem Familienmitglied zum anderen.

Toni wusste, was in ihm vorging. „Sie haben Ihrer Familie großes Unrecht angetan, aber noch scheint niemand Sie im Stich lassen zu wollen. Alle sind noch hier, sind bei Ihnen. Es könnte der erste Schritt zu Ihrer eigenen Rettung sein."

„Bitte, Kit, tu nach all diesen furchtbaren Dingen einmal was Gutes", beschwor ihn Miranda. „Tu es für dich selbst, nur um dir selbst zu beweisen, dass du im Grunde gar kein so schlimmer Kerl bist. Sag ihr, was sie wissen muss."

Kit presste die Augenlider fest zusammen, und Tränen quollen hervor. „Flugschule Inverburn", murmelte er schließlich.

„Danke", flüsterte Toni.

Um zehn Uhr saß Toni im Kontrollturm des Flugplatzes. Außer ihr befanden sich noch Frank Hackett, Kit sowie ein Kommissar der schottischen Polizei in dem kleinen Raum. Für neugierige Augen verborgen, wartete im Hangar der Militärhubschrauber, der sie hergebracht hatte. Sie hatten es gerade noch rechtzeitig geschafft.

Kit umklammerte die burgunderfarbene Aktentasche. Er war blass, seine Miene ausdruckslos. Er befolgte sämtliche Anweisungen wie ein Automat.

Alle spähten sie durch die großen Fenster auf das Flugfeld hinaus. Die Wolkendecke war aufgebrochen, und Sonnenschein ergoss sich über die schneebedeckte Rollbahn. Von einem anfliegenden Hubschrauber war weit und breit nichts zu sehen.

„Er müsste längst hier sein“, sagte Toni sorgenvoll.

„Kann ja sein, dass er sich nur um ein paar Minuten verspätet“, brummte Frank.

Er hatte kaum ausgesprochen, da schwebte ein Helikopter durch die Wolken herab.

Toni zog ihr Handy aus der Tasche und rief Odette an, die sich mittlerweile im Lagezentrum von Scotland Yard aufhielt. „Kunde in Sicht.“

Odette konnte ihre Aufregung nicht verhehlen. „Gib mir die Registriernummer am Heck.“

„Moment …“ Toni wartete, bis sie die Kombination aus Buchstaben und Zahlen entziffern konnte, und gab sie an ihre Freundin weiter. Odette wiederholte sie und legte auf.

Der Helikopter landete etwa hundert Meter vom Kontrollturm entfernt.

Frank drehte sich zu Kit um und nickte. „Los mit Ihnen.“

„Verhalten Sie sich einfach genauso wie geplant“, ermunterte Toni ihn. „Das klappt schon, Kit.“

Mit der Aktentasche unter dem Arm ging er die Treppe hinunter.

Toni hatte keine Ahnung, ob er die Anweisungen befolgen würde. Er hatte seit über 24 Stunden nicht mehr geschlafen und einen schweren Autounfall sowie einen psychischen Zusammenbruch hinter sich. In diesem Zustand war ihm alles zuzutrauen.

Auf den Vordersitzen des Hubschraubers befanden sich zwei Männer. Einer der beiden, vermutlich der Kopilot, stieg aus. Er schleppte einen großen Koffer mit sich. Sekunden später kam Kit ins Blickfeld. Durch den Schnee ging er auf den Hubschrauber zu.

Auf halbem Weg trafen sich die beiden Männer. Ein kurzer Wortwechsel folgte. Was Kit wohl sagte?

Tonis Handy klingelte. Es war Odette. „Der Hubschrauber ist auf Adam Hallan zugelassen, einen Bankier aus London. Aber er ist nicht an Bord. Die beiden Piloten sind bei ihm angestellt. Der von ihnen eingereichte Flugplan nennt Battersea Heliport als Ziel – das ist auf der Themseseite direkt gegenüber von Mr Hallans Haus am Cheyne Walk."

„Dann ist *er* also der große Unbekannte?"

„Darauf kannst du Gift nehmen. Wir sind schon lange hinter ihm her."

Der Kopilot deutete auf die burgunderfarbene Aktentasche. Kit öffnete sie und zeigte ihm das Fläschchen *Diablerie* in seinem Nest aus Styroporchips. Daraufhin setzte der Kopilot den Koffer ab und öffnete auch ihn. Er war bis zum Rand mit gebündelten Fünfzigpfundnoten gefüllt. Toni schätzte, dass es sich um mindestens eine Million, wenn nicht gar zwei Millionen Pfund handeln musste. Kit verhielt sich den Instruktionen entsprechend: Er nahm ein Bündel heraus und blätterte es durch.

Die beiden Männer auf dem Flugplatz schüttelten sich die Hände. Kit übergab dem Kopiloten die Tasche und hob den Koffer auf. Der Kopilot ging zum Hubschrauber zurück, und Kit kam wieder in den Kontrollturm.

„Die Übergabe ist erfolgt", meldete Toni an Odette.

Der Kopilot war kaum eingestiegen, als der Helikopter auch schon abhob.

„Könnt ihr die Signale des Senders in der Flasche empfangen, Odette?"

„Laut und deutlich. Jetzt kriegen wir die Schweine."

Zweiter Weihnachtsfeiertag

19 Uhr

In London war zwar kein Schnee gefallen, doch peitschte ein eisiger Wind um die Gebäude. Die Menschen zogen die Schals enger um den Hals. Alle hatten es eilig und strebten der Wärme der Pubs, Restaurants und Kinos entgegen.

Toni saß neben Odette im Fond eines unauffälligen grauen Audi. Auf den beiden Vordersitzen saßen zwei Kommissare; einer fuhr, und der andere studierte einen Funkempfänger, der die Richtung vorgab, und sagte dem Kollegen am Steuer, wie er fahren sollte.

Seit 37 Stunden verfolgte die Polizei die Parfümflasche inzwischen. Wie erwartet war der Hubschrauber in Südwestlondon gelandet. Der Pilot war in ein bereitstehendes Auto umgestiegen und über die Battersea Bridge zu Adam Hallans Haus an der Themse gefahren. Die ganze Nacht hindurch hatte sich der Standort des Senders nicht verändert; seine Signale waren kontinuierlich aus einem Zimmer in dem eleganten Haus aus dem 18. Jahrhundert gekommen. Odette wollte Hallan jedoch noch nicht verhaften. Ihr Ziel war es, so viele Terroristen wie möglich in dem Netz zu fangen, das sie ausgelegt hatte.

Toni war am Vorabend nach London geflogen, und am Morgen schloss sie sich mit Odette dem Team an, das Hallans Haus observierte. An diesem Tag hatte Hallan eine Lunchparty gegeben, und fünfzig Gäste der verschiedensten Nationalitäten waren erschienen. Einer davon hatte das Haus mit der Parfümflasche verlassen. Toni, Odette und die Londoner Polizisten verfolgten den Sender bis in den Stadtteil Bayswater und überwachten dort den ganzen Nachmittag über ein Studentenwohnheim.

Erst um sieben Uhr abends setzte sich das Signal wieder in Bewegung.

Eine junge Frau kam aus dem Haus. Im Licht der Straßenlaternen konnte Toni erkennen, dass sie wunderschönes dunkles Haar hatte, es war voll und glänzend. Sie trug eine Schultertasche. Ein Kommissar in Jeans und Anorak stieg aus einem hellbraunen Rover und folgte ihr.

„Ich glaube, jetzt ist es bald so weit", sagte Toni. „Sie ist auf dem Weg, um das Virus freizusetzen."

„Ich will es sehen", erwiderte Odette. „Ich brauche gerichtstaugliche Zeugenaussagen für einen Mordversuch."

Als die junge Frau eine U-Bahn-Station betrat, verloren sie sie aus den Augen. Das Funksignal wurde Besorgnis erregend schwach, als die Frau unter der Erde verschwand. Eine Weile blieb es stationär, dann bewegte es sich wieder; vermutlich war die Frau in eine U-Bahn gestiegen. Sie folgten dem schwachen Signal, bis die junge Frau am Piccadilly Circus wieder an die Oberfläche kam. Der Kommissar war ihr immer noch auf den Fersen. Nachdem die beiden in einer Seitenstraße verschwunden waren, meldete sich der Kommissar über sein Handy und berichtete, die Frau sei in ein Theater gegangen.

Der zivile Polizeiwagen fuhr vor dem Theater vor. Gefolgt von den zwei Fahndern aus ihrem Wagen, gingen Odette und Toni hinein. Die junge Frau mit dem wunderschönen Haar hatte sich in die Schlange der Besucher eingereiht, die ihre vorbestellten Karten abholten.

Plötzlich nahm sie eine Parfümflasche aus ihrer Schultertasche und sprühte sich mit einer raschen Bewegung, die vollkommen natürlich wirkte, Kopf und Schultern ein. Kein Mensch in ihrer unmittelbaren Umgebung nahm davon Notiz. Wenn sich überhaupt jemand Gedanken darüber machte, dann nahm er sicher an, dass die junge Frau sich für den Mann zurechtmachte, mit dem sie sich verabredet hatte. Schönes Haar sollte auch schön duften. Dass das Spray seltsamerweise geruchlos war, schien niemandem aufzufallen.

„Das war schon ganz gut“, sagte Odette. „Aber sie soll's ruhig noch einmal tun.“

Obwohl das Fläschchen nur Wasser enthielt, lief Toni ein kalter Schauer über den Rücken, als sie die Luft einsog. Ohne den Austausch der Flakons wären jetzt lebende Madoba-2-Viren freigesetzt worden, und wer die einatmete, war so gut wie tot.

Die Frau holte ihre Eintrittskarte ab und ging hinein. Odette sprach mit dem Kontrolleur und zeigte ihm ihren Dienstausweis. Die Polizisten blieben der Frau auf den Fersen. Im Foyer ging sie zur Bar, wo sie sich erneut einsprühte. Schließlich setzte sie sich auf ihren Platz im Parkett und besprühte sich noch einmal. Toni vermutete, dass sie beabsichtigte, das vermeintliche Virenspray noch mehrmals einzusetzen: in der Pause, auf der Toilette, beim Verlassen des Zuschauerraums. Am Ende der Veranstaltung hätte nahezu jeder Besucher die feinen Tröpfchen aus dem Flakon eingeatmet. Zehn oder zwölf Tage später wären alle mit grippeähnlichen Symptomen erkrankt, und die tödliche Infektion hätte sich in Windeseile unter Angehörigen, Nachbarn und Freunden ausgebreitet. Doch nichts dergleichen würde geschehen.

„Gut“, sagte Odette zu den anderen Zivilfahndern. „Wir haben genug gesehen. Schnappt sie euch, aber ganz lieb und freundlich.“

Die beiden Männer schritten die Gänge hinunter und nahmen an den beiden Enden der Reihe, in der die junge Frau mit dem schönen Haar saß, Aufstellung. Sie blickte erst den einen, dann den anderen Beamten an. „Bitte folgen Sie uns, Miss“, forderte der Polizist, der näher bei ihr stand, sie auf.

Im Zuschauerraum wurde es still. Das Publikum war auf die Szene aufmerksam geworden.

Die junge Frau blieb sitzen, nahm jedoch ihr Parfümfläschchen aus der Tasche und sprühte sich noch einmal ein. Der Kommissar schob sich durch die Reihe auf sie zu. „Kommen Sie jetzt mit!“, befahl er, worauf sie aufstand, den Flakon in die Luft hielt und auf den Zerstäuberkopf drückte. „Sparen Sie sich die Mühe“, sagte der Polizist, „da ist bloß Wasser drin.“ Er packte die junge Frau am Arm, führte sie durch die Reihe ab und den Seitengang hinauf.

Toni musterte die Festgenommene. Sie war jung und attraktiv – und zum Selbstmord bereit gewesen. Toni fragte sich, warum.

Odette nahm der jungen Frau das Parfümfläschchen ab und ließ es in einen Beutel der Spurensicherung gleiten. „*Diablerie* – das ist Französisch. Wissen Sie, was es heißt?“

Die junge Frau schüttelte den Kopf.

„Teufelei.“ Odette wandte sich an den Polizisten. „Legen Sie ihr Handschellen an, und führen Sie sie ab.“

Erster Weihnachtsfeiertag, ein Jahr später

17.50 Uhr

Toni kam nackt aus dem Bad und ging quer durch das Hotelzimmer zum klingelnden Telefon.

„Mein Gott, siehst du gut aus!“, sagte Stanley, der auf dem Bett lag.

Toni grinste ihn an. Ihr Ehemann trug einen blauen Bademantel, der ihm zu kurz war, sodass seine langen, muskulösen Beine zu sehen waren. „Du schaust auch nicht gerade übel aus.“

Sie nahm den Hörer ab. Es war ihre Mutter. Toni wünschte ihr fröhliche Weihnachten. „Wie geht's meiner Schwester?“

„Sie bereitet gerade das Weihnachtsessen vor.“

Toni warf einen Blick auf ihre Armbanduhr. Hier in der Karibik war es kurz vor sechs Uhr abends, dann war es bei Mutter in Schottland kurz vor 22 Uhr. Aber Bella schaffte es ja nie, ein Essen pünktlich auf den Tisch zu bringen. „Was hat sie dir geschenkt?“

„Wir kaufen im Januar was im Ausverkauf, das ist billiger.“

„Hat dir denn mein Geschenk gefallen?“ Toni hatte ihrer Mutter einen Cardigan aus lachsrosafarbenem Kaschmir geschenkt.

„Sehr gut, wirklich. Ich danke dir, meine Liebe.“

„Wie geht's Osborne?“ Tonis Mutter hatte den Welpen behalten – allerdings war er nun ein ausgewachsener, großer, zotteliger Hund.

„Er beträgt sich sehr gut.“

„Und wie geht's deinen Enkeln?“

„Die rennen durch die Wohnung und machen ihre Geschenke kaputt. Ich muss jetzt aufhören, die Queen ist im Fernsehen.“

„Danke für deinen Anruf, Mutter. Mach's gut.“ Sie legte auf.

„Vor dem Abendessen bleibt wohl keine Zeit mehr für ein bisschen … Du-weißt-schon-was?“, säuselte Stanley.

Toni spielte die Erschrockene. „Wir hatten doch gerade erst ein bisschen Du-weißt-schon-was!“

„Das ist schon Stunden her! Aber wenn du müde bist … Ich weiß schon, wenn eine Frau erst einmal ein gewisses Alter erreicht …“

„Ein gewisses Alter?“ Mit einem Satz sprang Toni aufs Bett und kniete sich über Stanley. „Ein gewisses Alter?“ Sie packte sich ein Kissen und schlug damit auf ihn ein.

Lachend bettelte Stanley um Gnade. Toni gab nach und küsste ihn.

Da klopfte es an der Tür. „Wer da?“, rief Stanley.

„Olga. Toni wollte mir eine Halskette leihen.“

Toni sah, dass Stanley drauf und dran war, seine Tochter wegzuschicken. Kurz entschlossen legte sie ihm die Hand auf den Mund und rief: „Ich komme gleich, Olga!“

Sie löste sich von Stanley, der sich vom Bett erhob und im Bad verschwand. Toni zog sich einen Morgenmantel über und öffnete die Tür.

Olga kam herein. Sie war bereits für das Dinner gekleidet und trug ein schwarzes Baumwollkleid mit tiefem Ausschnitt. „Du hast gesagt, du würdest mir die Kette mit den Jettsteinen leihen.“

„Klar. Ich muss sie nur eben suchen.“

Im Badezimmer wurde die Dusche angestellt.

Olga senkte die Stimme. „Was ich dich noch fragen wollte … Hat er sich mit Kit getroffen?“

„Ja, er hat ihn einen Tag vor unserem Abflug im Gefängnis besucht.“

„Und? Wie geht's meinem Bruder?“

„Er ist frustriert und gelangweilt. Aber er könnte sich ja mit Elton und Hamish McKinnon die Zeit vertreiben. Schließlich sitzen die im selben Knast wie er ein.“ Toni fand die Halskette und legte sie Olga um. „Dir steht sie besser als mir – Schwarz ist wirklich nicht meine Farbe. Wieso fragst du Stanley nicht direkt nach Kit?“

„Er ist so glücklich, ich will ihm nicht die Laune verderben. Dir macht es doch nichts aus, oder?"

„Nein, überhaupt nichts." Ganz im Gegenteil, Toni fühlte sich geschmeichelt. Olga verhielt sich wie eine Tochter, die sich an ihre Mutter wendet, um etwas über ihren Vater zu erfahren, weil sie ihn selbst nicht mit Fragen belästigen will, die Männer ungern hören.

„Sag mal, hast du auch schon das Neueste von dieser Daisy gehört?", fragte Olga. „Sie hat im Frauengefängnis eine Mitgefangene umgebracht und ist wegen Mordes vor Gericht gekommen. Sie hat lebenslänglich gekriegt, zusätzlich zu ihrer derzeitigen Strafe, und das heißt, dass sie hinter Gittern bleibt, bis sie siebzig ist. Aber es wäre doch besser, wir hätten noch die Todesstrafe."

Toni konnte Olgas Hass verstehen. Hugo hatte sich von Daisys Attacke mit dem Totschläger nie wieder richtig erholt. Er war jetzt auf einem Auge blind und hatte sein altes Gehabe gänzlich verloren. Er war stiller geworden, nicht mehr der alte Filou und Witzbold. Sein Lausbubengesicht zeigte er nur noch selten.

„Schade, dass ihr Vater immer noch frei herumläuft", seufzte Toni.

Zwar hatte Harry Mac als Komplize auf der Anklagebank gesessen, doch Kits Zeugenaussage hatte dem Gericht nicht für eine Verurteilung gereicht. Die Geschworenen hatten auf „nicht schuldig" befunden, worauf Harry Mac seine kriminellen Geschäfte sofort wieder aufgenommen hatte.

„Von dem gibt's auch Neuigkeiten", berichtete Olga. „Er hat Krebs. Fing in den Lungen an, doch inzwischen hat er überall Metastasen. Die Ärzte geben ihm noch drei Monate."

„Sieh an, sieh an. Es gibt also doch noch so was wie Gerechtigkeit."

STANLEY hatte für die zehnköpfige Familie Oxenford einen Nebenraum des Restaurants reservieren lassen. Ein Kellner ging herum und schenkte jedem Champagner ein. Nur Sophie fehlte noch. Sie warteten eine Weile auf sie, dann stand Stanley auf, und alle schwiegen erwartungsvoll.

„Im vorigen Jahr hatten wir kein richtiges Weihnachtsfest, deshalb dachte ich, dieses Jahr sollte es ein ganz besonderes sein."

„Vielen Dank für die schöne Reise, Daddy", warf Miranda ein.

„Die letzten zwölf Monate waren das schlimmste Jahr meines Lebens – und gleichzeitig auch das beste", fuhr Stanley fort. „Niemand von uns wird über das, was heute vor einem Jahr auf Steepfall passiert ist, jemals vollständig hinwegkommen."

Craig warf einen Blick auf seinen Vater. Der wurde sicher nie wieder der Alte.

„Wäre Toni nicht gewesen – Gott allein weiß, wie die ganze Sache ausgegangen wäre“, sprach Stanley weiter.

Craig musterte Toni. In ihrem kastanienbraunen Seidenkleid, das ihr rotes Haar bestens zur Geltung brachte, sah sie wirklich toll aus. Großvater ist total verknallt in sie, dachte der Junge. Dem geht es mit Toni so wie mir mit Sophie.

„Der ganze Albtraum hat mir nachhaltig in Erinnerung gerufen, wie kurz das Leben ist“, setzte Stanley seine Rede fort, „und mir wurde klar, dass ich euch allen ohne weiteren Verzug sagen musste, was ich für Toni empfinde. Heute brauche ich euch wohl kaum noch zu erklären, wie glücklich wir sind. Hinzu kam, dass endlich die Genehmigung erteilt wurde, mein neues Medikament im klinischen Test zu erproben. Damit war die Zukunft der Firma gesichert, und ich konnte mir nicht nur einen neuen Ferrari leisten, sondern auch Fahrstunden für Craig finanzieren.“

Während alle lachten, lief der Junge rot an.

„So viel zur Vergangenheit. Trinken wir auf die Gegenwart! Ich wünsche euch allen fröhliche Weihnachten!“

„Fröhliche Weihnachten!“, antworteten alle im Chor.

Sophie erschien, als der erste Gang serviert wurde. Sie sah wunderbar aus. Sie hatte sich die Haare hochgesteckt und trug schmale, herabbaumelnde Ohrringe. Sie sah so erwachsen aus, mindestens wie zwanzig! Bei dem Gedanken, dass sie seine Freundin war, wurde Craig der Mund ganz trocken.

Als sie an seinem Stuhl vorbeikam, beugte sie sich zu ihm hinab und flüsterte ihm ins Ohr: „Miranda hat mir Kondome geschenkt.“

Er war so überrascht, dass er ein wenig Champagner verschüttete. Dann grinste er Sophie an.

„Was gibt’s denn zu grinsen, Craig?“, erkundigte sich Stanley.

„Ach, ich bin einfach glücklich, Großvater, das ist alles.“

KEN FOLLETT

Foto: Barbara Follett

Im Schutzanzug durchs Hochsicherheitslabor

Nachdem Ken Follett sein Millionenpublikum zuletzt mit *Mitternachtsfalken* in eine Zeit entführte, in der die Welt den Schrecken des Zweiten Weltkriegs ausgeliefert war, schlägt er mit *Eisfieber* den Bogen zu einem Schrecken unserer Tage: der terroristischen Bedrohung durch Biowaffen. Gleichzeitig versteht es der 1949 geborene Autor perfekt, dieses brandaktuelle Thema mit einem klassischen Familiendrama zu verbinden: „Mein ursprünglicher Einfall handelte von einem Anwesen auf einer Klippe und einer Familie, die dort Weihnachten feiert. Und natürlich musste ihr etwas Schreckliches passieren. Meines Erachtens ist ein Thriller nur dann packend, wenn der Leser sich Sorgen um die Leute macht, die in der Geschichte in Gefahr geraten."

Seit Follett 1978 mit seinem Debüt *Die Nadel* Weltruhm erlangte, ist sein Schaffensprozess der gleiche geblieben: Seine Ausgangsideen gründen auf ausführlichen Recherchen und werden dann durch seine Vorstellungskraft weiterentwickelt. Für *Eisfieber* war es ihm möglich, zwei Biolabors in London und Kanada zu besuchen. Für den Autor eine zwiespältige Erfahrung: „Einerseits war es in gewisser Weise Vertrauen erweckend, weil man sieht, wie sorgfältig die Kontrollen sind. Andererseits befällt einen aber doch ein mulmiges Gefühl, wenn man in einen dieser Schutzanzüge steigt und durch einen Filter atmet." Der Aufenthalt im Hochsicherheitsbereich dauerte nur 15 Minuten, doch auf mehr legte der Schriftsteller auch keinen Wert. „Da drin ist es klaustrophobisch. Man kann atmen, aber der Verstand will es nicht wirklich glauben."

Die Stellings
Christa Kanitz

Hamburg um 1850:

Eine Frau setzt sich gegen den Widerstand ihrer Familie und der Hamburger Gesellschaft durch – sie wird die erste Kauffrau der Hansestadt.

1

Johannes Stelling ging nachdenklich die knarrende Holztreppe hinauf. Wie jeden Abend hatte er seinen Rundgang durch die Kontorräume beendet. Obwohl er wusste, dass Jens Alberti zuverlässig und korrekt war, fand er keine Ruhe, wenn er nicht selbst noch einmal nach dem Rechten sah. Er hatte das Türschloss und die Fensterriegel überprüft, den Kassenschrank kontrolliert und die beiden Kamine, die die Schreibräume mit Wärme versorgten.

Johannes Stelling war müde. Der lange, feuchte Winter steckt mir in den Knochen, dachte er. Er spürte seine 55 Jahre. Und dann die ständige Konkurrenz zwischen ihm und dem alten Reeder Brennicke – ein Kampf, der nun in der dritten Generation unterschwellig brodelte.

In der Wohnung über dem Kontor war es still. Annette und die Kinder waren zu Bett gegangen. Die Kerzen waren gelöscht bis auf die eine, die Annette für ihn stehen gelassen hatte. Er nahm den Halter und ging mit dem flackernden Licht durch die Wohnräume. Er sah nach den Fensterläden und nach dem Hund, der artig auf der Decke lag und seinen Herrn aufmerksam beobachtete. Johannes beugte sich zu dem Setter und kraulte ihn hinter den Ohren. „Benno, du hast auch schon bessere Zeiten gesehen. Erinnerst du dich an die Hetzjagden in Wulfswede? Nun ja, aus dem Alter sind wir beide heraus."

Johannes sog den leichten Duft von Bienenwachs ein, mit dem die Holzböden und die Treppe poliert wurden, damit das alte Holz nicht zu sehr knarrte. Oben warf er einen Blick auf die Stiege, die zu den Zimmern der Hausangestellten in der Mansarde führte. Da oben müssen sie selbst für Ordnung sorgen, dachte er und schaute kurz nach seinen Kindern. Patrizia und Viktoria schliefen bei leicht geöffneten Fenstern. Er schloss sie und sah in das Zimmer seiner Söhne Michael und Thomas.

Es war fast Mitternacht, als Johannes den ehelichen Schlafraum betrat. Auch seine Frau hatte ein Fenster geöffnet, das er nun schloss. Dabei warf er einen Blick auf die schlafende Stadt. Von hier oben konnte er bis zum Hopfenmarkt und zur Nikolaikirche sehen. In den engen Gassen mit den dicht aneinander gebauten schmalen Häusern herrschte tiefe Nacht. Bis auf die Eckleuchten waren auch die Straßenlaternen gelöscht. Beruhigt kleidete er sich aus, legte sein Beinkleid und den Gehrock sorgfältig gefaltet über den Stuhl, band den Bartschoner um und löschte das Licht. Müde schlüpfte er in seinem wieder einmal zu hart gestärkten Hemd unter das dicke Federbett und legte sich auf die Seite, darauf bedacht, mit seinen langen Beinen nicht gegen das hölzerne Fußende des Bettes zu stoßen. Seine Frau hatte einen leichten Schlaf, und er wollte sie nicht wecken.

Mit Annette habe ich wirklich eine gute Frau gefunden, stellte Johannes zufrieden fest. Seit 22 Jahren waren sie jetzt verheiratet, und richtigen Streit hatte es nie gegeben, höchstens etwas Ärger, wenn sie zu viel Geld für zu viel Tand ausgab. Sie wollte eben immer etwas Besonderes sein, eine Frau ganz weit oben in der gehobenen Gesellschaft. Johannes lächelte vor sich hin. Dabei war er nur ein Reeder, der eher mit bescheidenen als mit großen Schiffen seinen Handel trieb. Auch sein Speicher in der Steintwiete war einer von der kleineren Sorte, dafür aber wohl gefüllt mit exklusiven Waren. Vor allem seltene Gewürze aus Madagaskar waren es, die sein Geld vermehrten, und natürlich Kaffee, Kakao und chinesischer Tee.

Behaglich drehte er sich auf die andere Seite. Einen großen Wunsch hatte er ja seiner Annette im letzten Jahr erfüllen können. Sie wollte, wie zwei befreundete Familien auch, ein Sommerhaus am großen Alstersee. Das hatte er vom Baumeister Lingen klein, aber fein errichten lassen, und Annette freute sich, obwohl sie ein größeres, eleganteres Haus erwartet hatte. Auch er beglückwünschte sich zu seinem Entschluss. Das Leben in der Enge der Stadt mit der ständig wachsenden Zahl von Menschen, mit dem stinkenden Unrat auf den Straßen und mit den neuen Fabriken, die die Luft verdarben, mit diesen Unannehmlichkeiten ließ es sich wirklich nicht angenehm leben. Da war es schön, an den Sonntagen mit der ganzen Familie hinaus ins Grüne zu fahren. Mit den Gedanken an die fröhlichen Gartenfeste, die der Hauseinweihung gefolgt waren, schlief er ein.

Das stürmische Läuten einer Alarmglocke weckte ihn wenig später. Er fuhr hoch. Das musste die Glocke von einem Spritzenwagen sein. Herrgott, was war denn los? Jetzt hörte er auch Stimmen auf der Straße, panikartige Schreie, lautes Rufen. Er stürzte zum Fenster. Menschen rannten durch die Gasse. In vollem Tempo preschte der Spritzenwagen einer Löschmannschaft durch die Menge. Die Pferde, zum Galopp gepeitscht, rasten rücksichtslos zwischen den Menschen hindurch. Die Männer, die auf schmalen Holzbänken zu beiden Seiten des Wagens kauerten, klammerten sich an Haltegriffen fest, um nicht hinuntergeschleudert zu werden. Und dann sah Johannes das Feuer über den Dächern in der Deichstraße. Rot wölbte sich das grässliche Licht bis hinauf in die tief hängenden, vom Südwind getriebenen Wolken. Südwind? Der Wind treibt das Feuer genau hierher!

Johannes schüttelte seine Frau: „Annette, zieh dich an, weck die Kinder, und dann nichts wie raus hier! Wir haben ein Großfeuer am Hafen, und es treibt direkt auf uns zu. Schnell, nur anziehen und auf die Straße! Ich wecke die Mamsell in der Mansarde, sie soll sich um die anderen kümmern. Beeilt euch um Gottes willen!"

Annette, das lange, leicht ergraute Haar zu einem dicken Zopf geflochten und das Leinenhemd mit dem Spitzenkragen bis unter das Kinn zugeknöpft, starrte ihren Mann an. „Hannes, was sagst du da? Das ist doch nicht möglich, das kann doch gar nicht sein. Was soll ich machen? Was wird aus unseren Sachen? Hannes, die Kleider, die Möbel!"

„Annette, weck die Kinder, zieht euch an und dann raus aus dem Haus! Wir werden abbrennen, Anni, mach schnell, ich muss nach oben."

Er hatte sein Beinkleid und die Schuhe angezogen, dann schlüpfte er in seinen bereitliegenden Hausmantel, donnerte gegen die Türen seiner Kinder, schrie: „Aufstehen und raus aus dem Haus!" und eilte die Stiege hinauf in die Mansarde. Licht brauchte er nicht, denn durch alle Fenster leuchtete inzwischen das flackernde Feuer. Er hämmerte gegen die Tür der Mamsell und rief: „Aufstehen, ganz schnell raus auf die Straße, gleich brennt das Haus!"

Er selbst kletterte eine kleine Leiter zum Dachfenster hinauf, stieß den Eisenrahmen auf und sah hinaus. Es verschlug ihm den Atem. Die Speicher am Nikolaifleet standen wie lodernde Fackeln am Nachthimmel. Auch sein Speicher in der Steintwiete, dicht an dicht an die anderen Häuser gebaut, brannte lichterloh. Entsetzt schloss Johannes für einen Augenblick die Augen. Jahrzehnte hatten die Stellings zum Aufbau der Firma gebraucht, immer gegen die Konkurrenz der Brennickes gekämpft, und jetzt war alles dahin. Dann besann er sich, kletterte die Leiter hinunter, kontrollierte die Mansardenkammern und die Schlafzimmer seiner Familie und hastete nach unten. Verstört standen alle im großen Salon, unfähig, ohne ihn zu entscheiden, wie es weitergehen sollte.

„Raus aus dem Haus, schnell, wartet auf der Straße, ich komme gleich nach! Thomas, du kümmerst dich um Benno, lass ihn nicht von der Leine.

Patrizia, pass auf Viktoria auf. Annette, sorge dafür, dass alle zusammenbleiben. Draußen herrscht das Chaos."

Als er sicher war, dass alle das Haus verlassen hatten, rannte er in sein Kontor, zog den Hausmantel aus und legte ihn auf den Boden. Dann öffnete er den Kassenschrank und packte Familiendokumente, Geschäftsbücher, Urkunden, Stempel, die kleine Schmuckschatulle seiner Frau und das wenige Bargeld, das er in dem Schrank verwahrte, auf den Mantel, wickelte ihn zusammen und klemmte ihn unter den Arm. Traurig verließ er sein geliebtes Kontor. Er musste mit den Tränen kämpfen, als er einen letzten Blick auf das Bild seines Vaters warf.

In der Tür stand Michael, sein Ältester, Kleidungsstücke über dem Arm. „Hier, Vater, zieh den Mantel an. Ich trage den Packen."

Die anderen warteten zitternd vor Aufregung und Angst vor dem Haus. Annette mit Patrizia und Viktoria neben sich, gleich dahinter die Mamsell mit der Köchin und dem Zimmermädchen. Alle nur notdürftig bekleidet und schreckensbleich. Michael verteilte die Mäntel, die er vom Garderobenhaken gerissen hatte.

Das Feuer erfasste bereits das Nachbarhaus. Knallend, zischend und stinkend fraßen sich die Flammen in ungeheurer Geschwindigkeit durch die Etagen. Die alten Häuser aus Holz und Fachwerk boten keinen Widerstand.

„Schnell weg hier! Alles läuft zur Binnenalster. Wenn wir uns verlieren, treffen wir uns dort am Ufer beim Bootssteg. Beeilt euch, der Wind ist schneller, als ihr laufen könnt."

Die Gassen waren verstopft von Menschen, die in Panik flüchteten, und von Helfern, die dem Flüchtlingsstrom entgegenliefen, um zu retten, was nicht mehr zu retten war. Und über ihren Köpfen flogen die Funken von Haus zu Haus, gepeitscht vom Südwind. Auf den Fleeten stauten sich die überladenen Boote fliehender Schiffer, und in den Gängevierteln, wo es dunkel war, rotteten sich die ersten Plünderer zusammen. Ordnungshüter auf Pferden, Männer der Bürgergarde, Krankenwagen, deren Gespanne die Menschen eher bedrohten als retteten, und immer neue Spritzenwagen, von überaus nervösen Pferden gezogen, vervollständigten das Chaos.

Johannes Stelling hatte große Mühe, seiner Familie einen Weg durch das Inferno zu bahnen. Seine größte Sorge galt den Booten auf der Alster. Gab es noch Fähren, die hinaus in das Vorland fuhren, die den angestauten Alstersee überquerten? Wo der Fluss die Wallanlagen durchbrach, hatte Felix Wümmer seine Boote liegen. Dorthin drängte Johannes die Familie.

Annette Stelling weinte. Patrizia hatte den Arm um ihre Schultern gelegt und versuchte, sie zu trösten. „Papa wird alles wieder in Ordnung bringen. Er weiß alles, er kann alles, du wirst sehen, Papa macht das."

Während Johannes die kleine Gruppe vorwärts drängte, sah er seine große Tochter an. Ein liebes Mädchen, dachte er, und so vernünftig mit ihren achtzehn Jahren. Eine wirkliche Stütze für die Familie, wie sie ihre Mutter im Arm und die wilde Viktoria an der Hand hielt. Auf seine Große war Verlass, das wusste Johannes. Er sah sich nach Michael um, der als Letzter die kleine Gruppe zusammenhielt. Auch ein Prachtjunge mit seinen zwanzig Jahren, nur leider zu sensibel. Ihm fehlte die innere Stärke, die seinen sechzehnjährigen Bruder Thomas auszeichnete. Und dann war da noch seine Jüngste, die vierzehnjährige Viktoria, ein widerspenstiges Geschöpf, das so gar nicht gehorchen wollte und immer einen eigenen Kopf hatte.

Endlich erreichten sie den Jungfernstieg, dann den Anlegesteg. Aber von Felix Wümmer und seinen Booten war nichts zu sehen.

„Weit und breit kein Boot", entfuhr es Johannes. „Wir müssen weitergehen." Aber bevor er seine Familie wieder in das Gedränge führte, sah er Felix Wümmer mit einem Boot durch den kleinen Kanal in das Binnengewässer kommen.

Der Fährmann war völlig erschöpft. „Ich kann einfach nicht mehr, Herr Stelling. Sie müssen das verstehen. Ich kann keinen Arm mehr heben, um zu rudern. Seit drei Uhr in der Nacht bin ich unterwegs. Immer hin und her, jetzt geht es nicht mehr."

Johannes ließ sich von Michael sein Bündel geben und entnahm ihm ein paar Goldstücke. „Wümmer, bitte, nehmen Sie das Geld. Es reicht für ein ganz neues Boot, aber bitte bringen Sie meine Familie nach Harvestehude. Meine Söhne können beim Rudern helfen." Stelling konnte erkennen, wie der Mann mit sich kämpfte, dann Michael und Thomas ansah und schließlich nickte.

Michael sah ihn an: „Und du, Vater, kommst du nicht mit?"

„Nein, mein Sohn, ich muss zurück. Es ist meine Pflicht, bei der Rettung der Stadt zu helfen."

„Aber Johannes", unterbrach ihn Annette mit Panik in der Stimme. „Du kannst uns doch jetzt nicht allein lassen."

Er umarmte seine Frau. „Wümmer bringt euch hier heraus, und im Sommerhaus seid ihr in Sicherheit. Dorthin wird das Feuer niemals kommen. Also, keine Angst, meine Anni. Und auf mich selbst passe ich schon auf."

Er half den Frauen beim Einsteigen und reichte Michael sein Bündel. „Du bist jetzt der Herr im Hause, pass gut auf alle auf, bis ich wieder da bin." Er winkte ihnen kurz zu und lief zurück in das Getümmel.

Für Wümmer wurde es höchste Zeit abzulegen, immer mehr Menschen drängten in Panik auf den Anlegesteg, und er war kaum noch in der Lage, sie vom Entern des kleinen Bootes abzuhalten. „Los, Jungs, packt die Ruder und paddelt, was die Arme hergeben. Eins und zwei und eins und zwei und …“

2

Die voll besetzte kleine Fähre kam nicht vorwärts. Sie drehte sich und geriet immer weiter in die Mitte der Binnenalster, statt durch den schmalen Zufluss in das äußere Gewässer zu gelangen.

Schließlich sprang Viktoria auf. Das ganze Boot geriet ins Schwanken, und Annette schrie entsetzt: „Setz dich hin, Kind, du wirfst uns alle um!“

Aber Viktoria kümmerte sich nicht darum. Sie sah, dass der alte Wümmer im Heck eingeschlafen war, kletterte ans Ende des Bootes und nahm den Steuerknüppel selbst in die Hand. Sie rief ihren Brüdern zu: „Ihr müsst gleichmäßig rudern, im Takt, sonst kommen wir nie von der Stelle und landen mit der Strömung in der Elbe!“

Sie hatte Recht. Auch der geschwächte, von Viktorias Rufen geweckte Wümmer griff jetzt zu den Rudern, aber sie stand im Heck und kommandierte.

„Du sitzt hinten, Michael, und hast Thomas vor dir. Du musst dich nach seinem Takt richten.“ Und unter ihren Befehlen begann das Boot endlich in die gewünschte Richtung zu schwimmen.

Die nur 52 Kilometer lange Alster, in Hamburg zur Außen- und Binnenalster aufgestaut, hatte durch das Gefälle eine starke Strömung, und um gegen sie mit einem überladenen Boot anzurudern, brauchte man nicht nur Kraft, sondern Geschick. Viktoria erkannte im Gegensatz zu dem erschöpften Fährmann, dass sie mit den ungeübten Ruderern hart umspringen musste, sollte das Boot die schmale Passage gegen den Sog bezwingen.

Es war dieser Augenblick, in dem, von niemandem recht bemerkt, Viktoria das Geschick der Familie Stelling in die Hand nahm.

Mit kräftiger Stimme und kurzen Kommandos erreichte sie den Rhythmus, der das Boot schließlich vorwärts trieb. Dann hatten sie die Durchfahrt bezwungen und tauchten hinein in das ruhige Wasser des großen

Sees, in dem sich die aufgehende Sonne in zarten Pastelltönen spiegelte. Langsam schob sich das Boot in Ufernähe nach Norden. Von weit her kam der Ruf eines Blässhuhns. Ein anderes antwortete. Trauerweiden streiften mit langen Zweigen das Wasser. Schafe, Ziegen und Rinder weideten auf den moorigen Wiesen. Die Sonne begann die frierenden, kaum bekleideten Menschen in ihrem Boot zu wärmen.

Viktorias Befehle wurden leiser. Sie beobachtete ihren Bruder Thomas. Er war der Einzige in der Familie, der sich ab und zu Mühe gab, sie zu verstehen. Sie war ein Mädchen voller Widersprüche: Sie war zärtlich und heftig, aufbrausend und verträumt, wild und nüchtern, opferbereit und berechnend. Ein Mädchen von vierzehn Jahren und die Einzige in der Familie, die dem Vater äußerlich wie aus dem Gesicht geschnitten und innerlich das absolute Gegenteil von ihm war. Noch waren sie nicht aneinander geraten, der Vater und die Tochter, aber das war nur noch eine Frage der Zeit. Annette Stelling, die Frieden und Eintracht in ihrem Umfeld liebte, sah die Entwicklung mit Schrecken, war aber nicht in der Lage, die Situation zu ändern.

Langsam driftete das Boot am Schilfgürtel entlang. Seit dem letzten Gartenfest im Oktober sind wir nicht mehr hier gewesen, aber es hat sich überhaupt nichts verändert, dachte Annette. Sie sah zwei Fischer auf dem Steg, wie sie die langen Leinen einzogen, als die Fähre näher kam, und aufstanden. Der Fährmann nahm das Steuer wieder selbst in die Hand, um das Schiff vorsichtig zum Steg zu lenken.

Sie beobachtete Michael, der sich die rot gescheuerten Hände rieb. Sie wusste, körperliche Schwerarbeit und Menschenmassen waren ihm ein Gräuel. Er selbst bezeichnete sich als Feingeist, verkannt von der ganzen Familie. Es ist schlimm genug, dachte sie, dass der Vater von ihm fordert, Kaufmann zu werden, und dass er seine Tage als Lehrling im Kontor zubringen muss. Sobald er aber Zeit und Gelegenheit hat, frönt er seiner Liebhaberei, dem Malen. Um die Zukunft der Familie macht er sich wenig Sorgen. Ich bezahle von meinem Nadelgeld seine heimlichen Malstunden, und wenn sein Lehrer ihm nichts mehr beibringen kann, wird er nach Italien reisen, um dort weiterzustudieren. Gedankenversunken sah Annette in die Zukunft, und erst der leichte Stoß, mit dem das Boot an die Holzpfähle stieß, holte sie in die Wirklichkeit zurück.

Viktoria war auf den Steg gesprungen und vertäute das Boot mit einem Strick am Pfosten. Dann half sie ihrer Mutter und der Mamsell beim Aussteigen und nahm Benno an die Leine, damit er nicht davonpreschte.

Michael verließ als Letzter das Boot, das Bündel mit Geld, Papieren und der Schmuckschatulle fest an sich gepresst. Er wusste, er hielt den letzten Besitz der Familie in den Armen, und achtete sorgfältig darauf, nichts zu verlieren. Viel ist es nicht, was wir gerettet haben, dachte er, aber viel haben wir sowieso nie besessen. Vater hat immer alles in die Firma gesteckt. Ihm war es wichtiger, einen gefüllten Speicher zu besitzen als ein gefülltes Portmonee.

Alle machten sich auf den Weg zum Sommerhaus an der Ecke zur alten Rabenstraße. Nur Viktoria dachte daran, dem alten Fährmann zu danken. Das weiß getünchte ebenerdige Haus mit dem flachen Walmdach leuchtete schon von weitem durch das frische Grün der ersten Maitage. Für einen Augenblick blieben alle stehen, um den Anblick zu genießen.

Annette hob abwehrend die Hände: „Das Haus ist viel zu klein, als dass man lange darin wohnen könnte. Im Salon kann man keine Gäste standesgemäß empfangen, und im Speisezimmer können höchstens zwölf Personen tafeln."

„Mutter, wir können froh sein, dass wir dieses Haus jetzt besitzen. Wir haben wenigstens ein Dach über dem Kopf. Denk doch mal an all die Menschen, die in Notlagern hausen müssen", unterbrach Viktoria das Jammern. „Such bitte den Schlüssel in deinem Beutel, damit wir endlich eintreten können." Dann nahm sie den Schlüssel, öffnete die Tür und forderte die Familie auf hineinzugehen. Viktoria sah sich um und bat die Mamsell: „Babette, öffnen Sie bitte überall die Fenster. Stinchen soll Holz holen und in allen Zimmern die Kachelöfen einheizen, hier steckt der Winter noch in den Mauern. Und Sie, Simone, sollten loslaufen und sehen, wo wir etwas zu essen kaufen können. Weiter oben am Mittelweg gab es im Sommer einen Krämerladen." Und an den Bruder gewandt, sagte sie: „Michael, gib mir etwas Geld aus dem Bündel, wir müssen schließlich essen und trinken."

Während Stinchen, das Stubenmädchen, durch den Garten lief, zählte Viktoria Geld ab und fragte die Köchin: „Was brauchen wir am dringendsten?"

„Ich denke: Mehl, Butter, Salz, Eier, Milch und Kartoffeln. Ich versuche auch, ob ich etwas Kaffee für die gnädige Frau bekomme und alles, was ich zum Brotbacken brauche. Außerdem müssen wir Reis, Mais und Graupen haben." Die Köchin sah sie unglücklich an. „Aber, gnädiges Fräulein, ich bin im Nachthemd, und dieser Mantel ist mir viel zu groß. Ich habe in meiner Kammer noch Sachen vom letzten Jahr, dürfte ich mich nicht erst einmal umziehen?"

Viktoria sah sie an und musste lachen. „Ja, natürlich, so kannst du wirklich nicht gehen. Zieh dich an und dann nichts wie los. Wir haben Hunger." Kurz entschlossen und liebevoll drückte sie die Frau an sich.

Michael stand immer noch mit dem Bündel im Arm am Tisch, das wenige Geld, das sie gerettet hatten, vor sich ausgebreitet.

Annette besah sich die Gold- und Silberstücke. „Was sollen wir davon nur zuerst kaufen? Ich brauche unbedingt etwas zum Anziehen. Meine ganze Garderobe ist verbrannt, und ohne Hut kann ich auch nicht ausgehen." Sie setzte sich auf einen Stuhl und barg das Gesicht in den Händen.

Viktoria stieß ihre Schwester an. „Bring Mama in ihr Zimmer, und schau nach, was dort im Schrank noch an Kleidung ist. Und nimm die Schmuckschatulle mit, vielleicht tröstet sie der Anblick ihres Geschmeides." Und zu ihrem Bruder gewandt, sagte sie: „Thomas, verriegle die Gartenpforte, und lass Benno laufen, bevor hier im Haus ein Unglück geschieht."

Der Junge ließ es sich nicht zweimal sagen. Für ihn war das alles ein riesiges Abenteuer. Er wollte unbedingt zurück ans Ufer und das Feuer beobachten. Dass seine Eltern ihr Vermögen und der Vater seine Existenz verloren hatten, berührte ihn nur so weit, wie seine Zukunft infrage gestellt war. Er wollte Pferde züchten, Jagden reiten und Derbyrennen gewinnen. Und dazu brauchte man viel Geld. Mit seinen sechzehn Jahren wusste er genau, dass gute Pferde ein Vermögen kosteten. Und für ihn kamen natürlich nur die besten infrage. Blieb das Problem, den Vater von seinen Wünschen zu überzeugen. Der dachte immer noch, dass seine Söhne in die Firma eintreten und die Tradition der Kaufmannsfamilie fortsetzen würden. Oh nein, so dumm wie Michael war er nicht. Mit ihm konnte man nicht machen, was man wollte. Das würde er Papa schon erklären, wenn es an der Zeit war.

Michael stand unschlüssig im Zimmer herum und blätterte in den Dokumenten, die verstreut auf dem Tisch lagen.

„Du solltest sie in Vaters Zimmer bringen, da ist ein kleiner Wandtresor, in dem wir sie aufheben können", forderte Viktoria ihn auf.

„Du hast gar nichts zu bestimmen, Vater hat mir die Verantwortung für die Familie übergeben."

„Dann kümmere dich auch darum."

„Was ich mache, geht dich gar nichts an, kleine Schwester, werde du erst einmal erwachsen, bevor du mitredest."

„Es kommt nicht aufs Reden an, sondern aufs Tun. Schau mal, die kleine Stine schleppt sich mit den schweren Holzkörben krumm und lahm. Wie wäre es, wenn du ihr dabei hilfst? Dann wird es endlich warm hier drinnen. Mutter wird sonst frieren, und die Verantwortung hast ja du."

Missmutig ging er nach draußen. Ob er wirklich half, konnte Viktoria nicht sehen. Sie wusste genau, wie gern er sich vor körperlichen Arbeiten drückte, immer darauf bedacht, seine Künstlerhände zu schonen. Dann hörte sie, wie das Stubenmädchen den Salon betrat.

„Stinchen, mach zuerst Feuer im Kachelofen der gnädigen Frau, dann in den anderen Öfen. Und vergiss den Herd in der Küche nicht. Küche und Wirtschaftsräume sind im Keller."

Viktoria nahm die Dokumente und das restliche Geld und schloss alles im Wandtresor ihres Vaters ein. Dann endlich ging sie in ihr Zimmer.

3

Johannes Stelling verließ schweren Herzens den Bootssteg an der Binnenalster. Er wollte die Innenstadt mit dem brennenden Inferno umgehen, um die Speicher in Hafennähe zu erreichen. Dass sein Kontorhaus nicht mehr zu retten war, hatte er mit eigenen Augen gesehen, aber ob der Speicher mit all dem kostbaren Lagergut verbrannt war, war noch nicht sicher. Obwohl er wusste, dass in angrenzenden Speichern vor allem Arrak, Schellack und Gummi gelagert wurden, Waren also, die wie Zunder brannten, hegte er noch einen Funken Hoffnung.

Als er den Jungfernstieg hinter sich hatte und zum Alten Wall hinüberlaufen wollte, brannten dort bereits ganze Häuserzeilen. Die Hitze war unbeschreiblich. Am Fischmarkt war kein Weiterkommen mehr. Krankenpfleger, die ein paar Zelte für Verletzte aufgebaut hatten, riefen ihm zu: „Sie können nicht weitergehen! Hier werden gleich Häuser gesprengt, um Feuerschneisen zu schaffen. Bleiben Sie stehen, sonst ist Ihr Leben in Gefahr."

Johannes ging hinüber zu den Männern, um die Sprengungen abzuwarten. Immer noch kamen Krankenwagen aus den brennenden Straßen geprescht und luden ihre stöhnende Last vor den Zelten ab. Die Pferde, von Schweiß bedeckt, bebten am ganzen Körper und waren so nervös, dass der Kutscher sie kaum halten konnte. In den hochrädrigen roten Kastenwagen mit den flachen Dächern waren die Verletzten regelrecht aufgestapelt, damit möglichst viele Menschen mit einer Fahrt gerettet werden konnten. Viele hatten schwere Brandwunden, andere hatten sich beim Sprung aus dem Fenster oder vom Dach ihres Hauses Gliedmaßen gebrochen. Johannes, der sah, dass viel zu wenig Helfer da waren, griff ein und half, die Menschen auszuladen und in den Zelten auf Strohmatten zu legen. Dann hörten sie das Signal, das die Sprengung der Häuser ankündigte.

Die Detonationen waren ohrenbetäubend. Steine, Holz und Dachziegel, Möbelstücke, Stofffetzen und Sand flogen bis auf den Fischmarkt. Hunde, Katzen und Ratten rasten aus ihren Verstecken, Hühner und Tauben schwirrten verstört durch die Luft. Aber auch Funken flogen, und die Krankenpfleger hatten alle Hände voll zu tun, die Glut von den Zelten zu wischen und erste kleine Feuer auf den Strohlagern zu zertreten.

Johannes erkannte als Erster, wie gefährdet der Standort dieser Samariterzelte war, und redete mit einigen Männern. „Hier können wir nicht bleiben. Die Menschen verbrennen uns unter den Händen, wenn der Wind den nächsten Funkenflug herüberbläst."

Einer der Männer drehte sich um und zeigte auf die qualmende Schneise. „Das ist doch jetzt eine breite Lücke, reicht die denn nicht?"

Johannes schüttelte den Kopf. „Der Sturm ist zu gewaltig und der Funkenflug zu stark." Er blickte in die Runde. „Wer ist hier der Kommandant?"

Aber die Männer zuckten mit den Schultern. „Der Arzt, der uns hergebracht und die Zelte besorgt hat, ist längst wieder weg, um an einer anderen Stelle zu helfen."

„Dann müssen wir selbst etwas unternehmen. Wir müssen nach Norden, so weit wie möglich an die Wallanlagen heran. Da stehen die Häuser nicht so eng, da findet das Feuer nicht so viel Nahrung."

Die heranpreschenden Krankenwagen wurden sogleich weitergeschickt. Mit dem ersten fuhr Johannes mit. Mühsam kletterte er auf den hohen Kutschbock und klemmte sich zwischen den Kutscher und seinen Helfer. Mit aller Macht stemmte er seine Beine gegen das Fußbrett, um sich abzustützen, jeden Augenblick darauf gefasst, von dem hohen Bock heruntergeschleudert zu werden. Hinter den Kurzen Mühren ließ er anhalten, denn der Wall machte dort einen Bogen nach Norden, und diese Bodenfläche war unbebaut. Rutschend kamen die Pferde zum Stehen.

„Fahren Sie bitte sofort zurück zum Fischmarkt, und holen Sie die anderen Verletzten. Die müssen dort so schnell wie möglich fortgebracht werden", bat Johannes. Dann hoben sie die Verletzten vorsichtig aus dem Wagen und betteten sie auf den Grünstreifen am Fuße des Walls. Die Pferde, Schaum vor dem Maul und Blut in den Nüstern, standen völlig erschöpft mit bebenden Flanken vor dem Wagen.

Andere Krankenwagen kamen, und bald lagen die Verunglückten Seite an Seite nebeneinander. Männer stöhnten, Frauen weinten, Kinder schrien

Angst und Schmerzen laut hinaus. Es gab keinen Arzt, kaum Verbandszeug und immer mehr Verletzte. Johannes hatte plötzlich eine Verantwortung zugeschoben bekommen, der er sich nicht gewachsen fühlte. Musste ein Entschluss gefasst werden, sahen ihn die Menschen erwartungsvoll an; tauchten Fragen auf, kamen sie Hilfe suchend zu ihm. Eine Situation, die ihn fest umklammerte und ihm keine Zeit ließ, an eigene Probleme zu denken. Nachmittags fing der Turm der Nikolaikirche Feuer, und gegen 16 Uhr brach er brennend zusammen. Kurz darauf stand die Bogenstraße in Flammen. Wie gut, dass wir rechtzeitig den Fischmarkt geräumt haben, dachte Johannes und ging an den Reihen der Verletzten entlang.

Es wurde bereits dunkel, als er seinen Namen hörte. Suchend blickte er sich um, dann sah er einen Menschen winken, seine Stimme war heiser und sein Kopf beinahe vollkommen bandagiert. Besorgt trat er näher und bückte sich zu dem Verletzten hinunter.

„Ich bin es, der Heinz vom Speicher", flüsterte der Mann.

„Heinz Kramer, mein Lagerverwalter? Mein Gott, was ist Ihnen passiert?"

„Ich war in meiner Kammer, als das Feuer ausbrach", erklärte er. „Ich war kaum angezogen, da schlugen schon Leute an die Tür und schrien, ich müsse ganz schnell rauskommen. Aber ich wollte natürlich nach dem Lager sehen und bin die Treppen rauf, als nebenan beim Kaufmann Brennicke der ganze Speicher in die Luft flog. Der hat doch den ganzen Speicher voller Fässer mit Arrak und Rum, die sind wie verrückt explodiert. Ja, und dann sind brennende Balken und Dachschindeln zu uns herübergeflogen, und im selben Augenblick stand unser Speicher auch in Flammen. Mich hat ein Stück vom Treppengeländer am Kopf und am Rücken erwischt. Jedenfalls bin ich brennend aus dem Haus gerannt, und draußen haben Leute Decken über mich geworfen und das Feuer an mir gelöscht. Dann haben sie mich verbunden, aber meine Haare sind alle weg."

Johannes war entsetzt. Der arme Mann. Irgendwann musste er das wieder gutmachen. Ja, nun hatte er also die Gewissheit: Auch sein Speicher war verloren. Und zwar durch die Dummheit und Schuld seines großen Konkurrenten. Es war seit vielen Jahren verboten, leicht entflammbare Waren in den Häusern der Steintwiete zu lagern. Aber die Lastschiffe konnten von der Elbe aus direkt in die Fleete fahren und dort bequem an den Speichern anlegen. Dann musste man die Güter nicht erst auf Pferdefuhrwerke verladen, um einen Lagerraum am Stadtrand zu erreichen.

Der Reeder beugte sich wieder zu seinem Arbeiter hinunter. „Ich muss Sie jetzt allein lassen, Kramer, aber ich komme wieder."

Die Flammen breiteten sich immer weiter aus. Gegen drei Uhr wurde das Rathaus an der Trostbrücke gesprengt und eine weitere Schneise geschaffen, aber das Feuer ließ sich nicht mehr aufhalten. Es hatte von allen Seiten die Innenstadt erreicht.

Die Krankentransporte waren für ein paar Stunden eingestellt worden, denn die Pferde waren am Ende ihrer Kräfte.

Auch Johannes Stelling war zu Tode erschöpft. Mit letzter Kraft schleppte er sich an die Seite seines Lagerverwalters und ließ sich ins Gras fallen. Kramer schlief. Auch Johannes versuchte zu schlafen. Aber seine Gedanken waren zu mächtig. Er hatte fast alles verloren. Seine Vorfahren hatten die Piraterie an der Störmündung und die Verschwörungen der Händler, die Machenschaften der Konkurrenz und die Attacken der Politiker bezwungen und ein Geschäft aufgebaut, zu dem die Kunden Vertrauen hatten. Und nun war das alles vorbei. Kein Mensch würde mehr nach Ehrlichkeit und Zuverlässigkeit fragen, wenn es um einen neuen Anfang ging. Jetzt hieß es kämpfen. Doch womit? Wer stand hinter ihm, um ihm zu helfen?

Johannes Stelling wusste sehr gut, dass er mit seiner Familie nicht rechnen konnte. Michael, der älteste Sohn, war ein Schwächling, der nicht das geringste Interesse an der Firma hatte, ihm standen Farben und Pinsel sehr viel näher als Bilanzen. Und Thomas hatte nur Pferde im Kopf. Nun ja, dann waren da natürlich noch die beiden Mädchen: Patrizia, die hübsche, wohl geratene Tochter, und die kleine, vorlaute und undurchschaubare Viktoria, die immer das letzte Wort haben musste, keinen Respekt zeigte und sich gegen alles sträubte, was man als gute Erziehung bezeichnen konnte. Sie war die Intelligenteste, aber eben nur ein Mädchen. Sie sollten in gute, einflussreiche Familien einheiraten, damit er sich dann mit deren Firmen verbinden und seine Reederei vergrößern konnte. Das war sein Traum. Aber jetzt konnte er ihn vergessen.

4

Die beiden Reiter waren seit zwei Tagen unterwegs, als sie endlich bei Hoopte die Elbe erreichten. Sie hatten zum Schluss ein scharfes Tempo vorgelegt, um noch vor der Dunkelheit über den Fluss zu kommen. Breit und behäbig zog der Strom durch das flache Land, im Norden von den Hügeln des Geestrückens begrenzt. Nach Süden hin verlor sich das Tal in der Weite.

Der Himmel hatte eine fast grünliche Farbe angenommen, und im Osten tauchte ein orangeroter Mond aus den ersten Abendnebeln.

Als sie endlich den Fähranleger erreichten, lag das breite Boot fahrbereit am Ufer. Sie saßen ab, führten die Tiere über die Rampe und sprachen beruhigend auf sie ein. Der Fährmann und sein Gehilfe kamen zum Bootssteg, jeder mit einem Korb voll frischem Gras, das sie den Pferden hinwarfen.

„Sie stehen besser, wenn sie etwas zu fressen haben", erklärte der alte Mann. Er und sein Gehilfe lösten die Taue, zogen die Rampe an Bord, nahmen die langen Stangen zum Staken in die Hände und stießen das Boot vom Ufer ab. Sie mussten schwer arbeiten, um gegen die Strömung anzukommen, und riefen sich gegenseitig Kommandos zu.

Auf den letzten fünfzig Metern gab es keine Strömung mehr, ruhig schwappte das Wasser in Ufernähe. Der Gehilfe stellte sich mit dem Seil neben die aufgezogene Vorderrampe, um die Fähre zu vertäuen. Knirschend schob sich die Rampe über die Bohlen am Ufer. Die beiden Reiter hakten ihre Mäntel bis zum Hals zu. Der Ältere gab dem Fährmann eine Silbermünze, dann saßen sie auf und ritten davon. Nach wenigen Metern hatte die Dämmerung sie verschluckt.

„Wo werden wir übernachten, Vater?" Der Jüngere auf einem starken Schimmel war ein groß gewachsener, breitschultriger Mann, ein Reiter, der mit seinem Pferd eine vollkommene Einheit bildete.

Heinz Brennicke, ein stämmiger Mann, der sicherlich zwei Zentner auf die Waage brachte, zog den Hut tiefer ins Gesicht und deutete nach vorn. „Wir rasten in Howe. Ich kenne das Wirtshaus. Sie sorgen gut für die Pferde, und für uns wird vernünftig gekocht. In einer knappen Stunde sind wir da." Er strich dem Braunen über die Mähne. „Die Pferde haben sich gut gehalten. Du hast den richtigen Blick beim Pferdekauf, Jens. Ich wünschte, du hättest ihn auch beim Lesen der Handelsbücher."

„Fang nicht wieder davon an, Vater. Du hast keinen Grund, dich zu beklagen, und das weißt du auch."

Der Alte ritt schweigend weiter. Mit seinen sechzig Jahren musste er an die Zukunft denken, und Jens war sein einziger Sohn. Der war zwar fleißig, aber er hatte seinen eigenen Kopf, und der musste noch zurechtgerückt werden.

Jens sah sich aufmerksam um, aber in der einsetzenden Dunkelheit war nichts zu erkennen. „Irgendwo scheint es zu brennen, Vater."

„In Howe werden sie es wissen. Der Wind kommt aus Südwest, das ist die Richtung, in die wir morgen weitermüssen, spätestens dann werden wir sehen, welche Scheune abgebrannt ist."

Feine Nebelschwaden stiegen vom nahen Fluss herauf. Dann erreichten sie das Dorf; die Häuser lagen im Dunkeln, nur erkennbar am Licht in den Fenstern oder an den Öllampen neben den Toren. Brennicke bog vom Weg ab und gab das Zeichen zum Halten. „Wir sind da." Er hielt vor einem Stallgebäude und saß ab.

Jens versuchte sich zu orientieren. Er sah einen Waschbottich mit den Resten gewaschener Wäsche in einem daneben stehenden Korb. Sie führten die Pferde in ein offen stehendes Gebäude. Wohlige Wärme und warmer Tierbrodem umgab die beiden Reiter, die ihre Mäntel öffneten und die Pferde absattelten. Dann kam ein Knecht und führte die Pferde in zwei leere Ständer.

Brennicke gab ihm ein Silberstück. „Gut abreiben und geschroteten Hafer füttern. Später Wasser und so viel Heu, wie sie wollen."

„Ja, mein Herr, Sie können sich auf mich verlassen."

Steif von dem langen Ritt gingen sie über das Kopfsteinpflaster hinüber zum Wirtshaus.

Die Fenster warfen gedämpftes Licht nach draußen. Die beiden groß gewachsenen Männer mussten sich bücken, um durch die Tür zu kommen. Dicke Schwaden von Tabak und Rauch aus dem Kamin hingen unter den Deckenbalken. Der Holzboden schimmerte rötlich im Widerschein der Flammen. Männer standen am Tresen und sahen den beiden Fremden entgegen. Mädchen lachten im Hintergrund. Es roch nach Bier und Braten.

Der Wirt erkannte Heinz Brennicke und kam ihm entgegen. „Wieder einmal auf dem Heimweg, Herr? Und, gute Geschäfte abgeschlossen?"

„Wie immer", erwiderte Brennicke. „Wir haben Hunger und Durst, und wir sind müde. Die Mamsell soll sich mit dem Kochen beeilen." Er setzte sich auf einen der klobigen Stühle und legte die Arme besitzergreifend auf die blank gescheuerte Tischplatte. „Zuerst einmal brauchen wir ein gutes Bier. Komm, Jens", er winkte seinem Sohn zu. „Setz dich."

Der Wirt beeilte sich mit dem Bier. Er kannte seinen späten Gast, Zeit hatte der nie. Seine Frau flüsterte: „Was will er essen? Hat er einen bestimmten Wunsch?"

„Nein, nur schnell soll es gehen, wie immer."

„Gut, dann röste ich ein paar Scheiben fetten Speck mit Grütze für den Anfang und backe ihnen Schinken im Brotteig. Sorg du für Bier, dann vergeht ihnen die Zeit, und ich kann noch Sauerkraut dünsten und ein paar Erdäpfel braten."

Die beiden zogen die Reitermäntel aus, und Jens hängte sie über die Haken an der Tür. Dann setzte er sich auch, und sie tranken den ersten Krug mit kühlem Bier. Die Männer in der Gaststube prosteten ihnen zu.

„Wohl bekomm's!", rief einer, und alle hoben die Krüge.

„Draußen riecht es nach Rauch. Brennt irgendwo ein Heuschober?" Jens rieb sich die Augen. War es die Müdigkeit oder der Rauch, der in der Luft hing und in den Augen brannte?

„In Hamburg soll es brennen!", rief einer der Männer, und ein anderer bestätigte: „Schon seit zwei Tagen, das hat ein Kutscher erzählt, der auf dem Weg nach Boizenburg ist."

Brennicke horchte auf. „Ein Feuer seit zwei Tagen? Unmöglich! Wir haben doch Löschmannschaften und die Bürgergarde. Die werden mit einem Feuer in zwei Stunden fertig. Die brauchen keine zwei Tage dafür."

„Soll ein ziemlich großes Feuer sein, Herr", erklärte der Wirt und beeilte sich mit dem zweiten Bier.

Brennicke sah seinen Sohn an. „Was kann da passiert sein? Wir sollten so schnell wie möglich nach Hause reiten."

„Vater, die Pferde müssen rasten, und wir sind auch ganz schön kaputt. Jetzt in der Nacht kommen wir sowieso nicht vorwärts. Lass uns ausruhen und bei Tagesanbruch losreiten, dann geht es umso schneller." Doch Jens kannte seinen Vater. Vielleicht konnten die Pferde noch in Ruhe fressen, aber dann spätestens würde er aufbrechen wollen.

Der Wirt bemerkte die Unruhe und beeilte sich, die Schüssel mit der fertigen Grütze und dem knusprigen Speck auf den Tisch zu stellen.

Brennicke füllte seinen Teller und sah sich um. „Wer weiß noch etwas über das Feuer?"

Die Männer zuckten mit den Schultern. Dann sagte einer: „Löschmannschaften aus dem Lauenburgischen sollen nach Hamburg gefahren sein."

„Und wo genau brennt es?"

„Keiner weiß etwas Genaues. Eine Kirche soll aber auch schon verbrannt sein." Der Wirt stellte die nächsten beiden Bierkrüge seinen späten Gästen hin.

„Dann brennt es in der Innenstadt. Dann ist unser Haus an der Elbe nicht in Gefahr." Jens wollte seinen Vater beruhigen. Jede Minute, die sie länger hier saßen, verschaffte den müden Pferden Ruhe.

„Aber unser Kontorhaus an der Trostbrücke und der Speicher sind in Gefahr. Wir haben ein Vermögen für die Fässer ausgegeben, die im Speicher lagern."

„Die dort gar nicht liegen dürften, Vater. Ich habe dir oft genug gesagt, dass es verboten ist, in diesen Speichern Spirituosen zu lagern.“

„Blödsinn!“, fuhr Brennicke seinen Sohn an. „Es ist ja nur vorübergehend, bis der Speicher in der Neustadt fertig ist. Jeder zusätzliche Transport kostet Geld, wie du weißt, und wir brauchen im Augenblick jede Courantmark für das Geschäft mit dem Lüneburger Salz. Schließlich sind wir genau deshalb hier unterwegs.“

Jens wusste, dass es keinen Zweck hatte, mit seinem starrsinnigen Vater zu diskutieren. Der alte Mann war hart und brutal, wenn es darauf ankam, einen Vorteil durchzusetzen. Der Dickschädel bestimmte ja nicht nur das geschäftliche Geschehen. Nein, er mischte sich genauso in die privaten Belange der Familie. Er bestimmte, mit wem die Brennickes verkehren durften, und als der Vater durch einen dummen Zufall erfuhr, dass Jens sich für Patrizia Stelling interessierte, hatte er ihn fast aus dem Haus gejagt. Jens hatte sich gehütet, den Namen Stelling noch einmal in den Mund zu nehmen. Im Geheimen aber hatte er sich nach dem hübschen Mädchen erkundigt, und überrascht stellte er fest, dass er bereit war, um sie zu kämpfen. Was interessierten die jungen Leute die Fehden der Alten?

Jens füllte sich zum zweiten Mal Grütze auf den Teller und aß mit Genuss den mit frischen Kräutern gewürzten Brei. Er dachte zurück an das Osterfest vor wenigen Wochen. Er war gerade aus London gekommen, wo er zwei Jahre bei Lloyd's Schiffsrecht und Seeversicherungen studiert hatte, und ein paar Freunde nahmen ihn mit zum Osterfeuer am Elbeufer. Ein riesiger Holzstoß war aufgebaut und angezündet worden, Bierbrauer hatten Fässer mitgebracht und angestochen, und die Blaskapelle der Bürgergarde spielte zum Tanz auf.

Da hatte er das Stelling-Mädchen wiedergesehen. Früher, da war sie nichts weiter als ein kleines Schulmädchen für ihn gewesen, jetzt war sie aber plötzlich eine wunderschöne junge Frau. Die dunklen Haare, an den Seiten hochgesteckt, fielen wie braune Kaskaden über ihre Schultern, das Gesicht, leicht vom Feuer gerötet, war weich und zart und ihr schlanker Körper zum Umarmen schön. Er hätte sie gern zum Tanz aufgefordert, aber sie stand zwischen ihren Eltern, und er wusste um den Konkurrenzkampf der Familien. Der alte Stelling war genauso ein Dickkopf wie sein Vater.

„Träume nicht, Junge. Iss auf und mach dich fertig.“ Der Vater warf ein paar Silbermünzen auf den Tisch, stand auf und zog seinen Mantel an. Zum Wirt gewandt erklärte er: „Tut mir Leid, sag's der Mamsell. Und gib den Braten den Männern, wenn sie Hunger haben. Bezahlt ist alles.“ Er verließ den Raum. Jens musste ihm folgen, wollte er den alten Mann nicht allein in die Nacht hineinreiten lassen. Hoffentlich haben wenigstens die Pferde fertig gefressen, dachte er. Jens galt, obwohl er erst 25 Jahre alt war, bereits als gewandter und gewitzter Geschäftsmann, aber auch als großer Tierfreund, der mit knapp zwanzig Jahren ein Tierasyl in Hamburg eingerichtet und von seinem knappen Lohn finanziert hatte.

Brennicke hatte sein Pferd bereits gesattelt, als Jens den Stall betrat. Erschrocken stand der Knecht neben dem tänzelnden Pferd und hielt die Satteltaschen. Er konnte nicht begreifen, dass zwei Männer einen finsteren Nachtritt dem warmen Bett im Wirtshaus vorzogen. Aber Brennicke gab keine Erklärung, sondern forderte nur: „Kratzen Sie die Hufe aus, und ziehen Sie die Sattelgurte fest, die Taschen befestige ich selbst." Dann sah er sich nach seinem Sohn um. „Fertig, Jens?"

„Ja, Vater, aber du machst einen Fehler. In drei Stunden wird es hell, dann könnten wir auf ausgeruhten Pferden im Galopp nach Hamburg reiten. Jetzt steht uns ein mühseliges Wegesuchen mit viel Stolpern bevor."

„Es ist meine Entscheidung. Du kannst ja bleiben." Aber der Alte wusste genau, dass sein Sohn ihn nicht allein lassen würde, und führte sein Pferd auf den Hof. Er hatte Mühe beim Aufsitzen.

„Verdammt", hörte Jens ihn fluchen, „kann mal einer das Pferd halten?"

Der Knecht lief nach draußen und hielt die Zügel, bis der Reiter aufgesessen war. Jens führte seinen Schimmel aus der Stallgasse, hakte sich den Reitermantel zu und saß auf.

Der Mond schien hell genug, sodass der Weg zu erkennen war. Eine Zeit lang ritten sie am Wasser entlang. Dunkel strömte die Elbe der Mündung entgegen. Jens ritt neben dem Vater und beobachtete, wie er mit fester Hand sein Pferd zügelte und es gleichzeitig mit den Sporen antrieb. So legten die Tiere einen schnellen Schritt vor. Nach kurzer Zeit bogen sie nach Norden ab, hatten die Elbe bald hinter sich gelassen und den breiten Lauenburger Weg erreicht.

Tiefe Wagenspuren und die von Pferdehufen aufgewühlte Erde zeugten von einem regen Verkehr auf dieser Strecke, und es war nicht schwer, den Spuren zu folgen. Vielleicht hat der Vater ja doch Recht, wenn es ihn nach Hause treibt, dachte der junge Mann und spornte sein Pferd ebenfalls zu einer schnelleren Gangart an. Auch er dachte mit Sorge an das Kontorhaus an der Trostbrücke. Es war die Schaltstelle der Firma. Die Geschäftsbücher, alle Dokumente, die Adressenlisten der Kunden, das Bargeld, es wäre katastrophal, wenn das alles verbrannte.

5

Patrizia hatte alle Hände voll damit zu tun, das Sommerhaus bewohnbar zu machen. Nachdem sie die Mutter zu einer Ruhestunde auf dem Diwan überredet hatte, begann sie mit der Mamsell zusammen die weißen Schonbezüge zu entfernen, die während der Wintermonate die Möbel vor Staub und Mottenfraß geschützt hatten. Dann schloss sie die Wäschekammer auf und gab der Mamsell die Laken und Bezüge für die Betten, damit sie die Schlafzimmer herrichten konnte.

„Babette, du weißt, meine Mutter bekommt immer lindgrüne Wäsche mit Seidenspitzen, Viktoria will es knallbunt, und die Jungen ziehen Streifen vor."

„Ja, ich weiß", sagte die Mamsell lachend, „die Geschmäcker sind sehr verschieden. Sie haben es am liebsten schlicht weiß."

„Nun ja", auch Patrizia musste lachen, „wirklich, eine etwas wunderliche Familie, aber warum soll man nicht auf die kleinen Sonderlichkeiten Rücksicht nehmen, wenn man die Lieben damit glücklich macht?"

Babette nickte, nahm den Stapel Wäsche auf den Arm und begann mit der Arbeit. Bettenbeziehen mochte sie überhaupt nicht. Aber leider gehörte es zu ihren Hauptaufgaben in dieser Familie, die jeden zweiten Tag frische Bezüge verlangte. Mit einem versteckten Seufzer machte sie sich an die Arbeit. Patrizia sah ihr lächelnd nach.

Sie ist seit acht Jahren bei uns und war immer zufrieden. Zuerst war sie nur Zimmermädchen, aber sie war zuverlässig und fleißig, dachte Patrizia, und als die alte Mamsell aufhörte, durfte sie ihre Nachfolgerin werden. Das ist auch schon sechs Jahre her, überlegte sie und begann das Haus zu kontrollieren. In diesem Haus müssen die Jungen in einem gemeinsamen Zimmer schlafen, ging es ihr durch den Kopf, hoffentlich geht das gut, aber diese kleine Villa ist nun einmal nicht so groß wie das dreistöckige Kontorhaus am Rödingsmarkt. Ein bisschen konnte sie ihre Mutter verstehen, die sich so sehr eine große, repräsentative Villa an der Elbe gewünscht hatte. Aber ich finde dieses kleine Haus sehr viel gemütlicher. Nicht so viel Arbeit wie in einem großen Haus, vor allem nicht so viele Gäste, die bedient sein wollen. Nein, von großen Partys hielt Patrizia nicht viel.

Sie summte leise vor sich hin. Natürlich, das Feuer in der Stadt war schrecklich, aber sie hatten großes Glück. Sie hatte ein Dach über dem

Kopf, einen gefüllten Teller und ein paar Kleider vom letzten Jahr im Schrank, warum sollte sie traurig sein? Die Mutter traf das sehr viel schmerzhafter, die hatte ja auch viel größere Ansprüche, und um die würde es in Zukunft schlecht bestellt sein.

Patrizia hatte inzwischen Geschirr und Silber sortiert und ging hinüber in die Wohnräume, die sich vorne im Mittelteil des Hauses befanden. Die Öfen waren wohl versorgt, und sie begann den Tisch für das Mittagessen zu decken.

Dann traf sie die Mamsell: „Hast du meine Geschwister gesehen, Babette? Wenn es Arbeit gibt, sind sie immer verschwunden."

„Der Thomas ist mit dem Hund unterwegs, Fräulein Patrizia, das Fräulein Viktoria und den Herrn Michael habe ich nicht gesehen."

„Wenn du Viktoria entdeckst, schicke sie zu mir, wir müssen unbedingt das Silber putzen. Da kann sie sich nützlich machen."

Wenig später fand die Mamsell Viktoria. Sie hatte sich in das kleinste Zimmer zurückgezogen, ein Zimmer, das der Hausherr im letzten Sommer an seinen freien Tagen als Kontor benutzte, und blätterte in den geretteten Geschäftsbüchern.

„Fräulein Viktoria, Ihre Schwester sucht Sie überall." Babette drückte sich sehr vorsichtig aus, sie wusste, wie schnell die Kleine ärgerlich wurde, wenn etwas gegen ihren Willen ging.

„Was will Patrizia?" Misstrauisch sah Viktoria die Mamsell an. „Wie Sie sehen, bin ich beschäftigt. Sagen Sie das bitte meiner Schwester."

Babette nickte, eine andere Antwort hatte sie nicht erwartet.

Aber Patrizia ließ sich nicht so schnell abspeisen. Sie ging hinüber in das Kontor, den Korb mit Bestecken und Silberputztüchern am Arm, und stellte ihn vor Viktoria auf den Schreibtisch. „Bitte, das muss bis zum Abendessen blitzblank sein."

Aber Viktoria schüttelte den Kopf. „Nimm das Zeug gleich wieder mit, ich habe Wichtigeres zu erledigen."

„Und was wäre das?"

„Ich muss mir einen Überblick über die Geschäfte unserer Firma verschaffen." Selbstbewusst sah sie die ältere Schwester an.

Patrizia beugte sich vor, um einen Blick in die Bücher zu werfen. „Spinnst du? Das ist Männersache."

„Ach ja? Und wo sind die Männer? Du meinst doch wohl nicht unsere feinen Brüder? Und Vater? Der ist vielleicht tagelang nicht erreichbar", triumphierte die Vierzehnjährige und sah die Schwester verächtlich an.

„Und wenn du deinen Überblick hast, was dann?“

„Dann werde ich entscheiden, wie wir diese ganze Misere am besten in den Griff kriegen.“

Verärgert verließ Patrizia den kleinen Raum, den Korb aber ließ sie mitten auf dem Tisch stehen. Wenn Viktoria nicht half, würden sie eben mit den Fingern essen. Ein Jammer, dass keiner von den Erwachsenen mit dem frechen Mädel fertig wurde.

Viktoria sprang wütend auf, riss den Korb vom Tisch und stellte ihn mit Wucht auf die Erde. Was fiel ihrer Schwester ein! Wusste sie nicht, dass dies Vaters Lieblingsmöbel war? Sie setzte sich wieder und strich behutsam mit den Händen über die zerkratzte Fläche. Da war der kleine rote Fleck, wo dem Großvater einmal Siegellack hingetropft war. Da gab es die Tintenkleckse und dort die kleine Kerbe. Aus England hatte der Urgroßvater den Tisch mitgebracht. Auch damals war er schon alt, aber die Männer der Familie konnten sich nicht von ihm trennen. Und nun saß sie hier und beschloss, dass genau dieser Schreibtisch einmal ihr gehören würde.

Sie dachte an die lange Geschichte ihrer Familie und an den Stammbaum, der in der alten Bibel aufgezeichnet war. Bis in das Jahr 1526 reichte er zurück. Die Familie hatte zu jener Zeit einen kleinen Handel mit Webstühlen und Stoffen. Später waren dann die ersten eigenen Schiffe dazugekommen. Schon vor zweihundert Jahren waren sie bis nach Russland gesegelt; auch das stand in der Bibel. Und heute hatten die Stellings eines der größten Handelshäuser in der Stadt. Aber wer weiß, was von der Firma noch existiert, dachte sie traurig, und dann fiel ihr ein, dass auch die alte Bibel im Kontorhaus verbrannt war, und zum ersten Mal weinte sie ein Weilchen vor sich hin.

Schließlich trocknete Viktoria die Tränen und nahm sich wieder die Bücher vor. Sie wollte wissen, wie es um die Geschäfte stand. Wann immer es Gelegenheit dazu gab, hatte sie genau zugehört, wenn von Einkauf und Verkauf geredet wurde. Vater brachte beinahe täglich Geschäftsfreunde mit nach Hause. An diesen gemeinsamen Mahlzeiten durfte sie seit einem Jahr teilnehmen. Da ging es um Plus und Minus, um Soll und Haben, um Gold und Silber. Viktoria nickte in Gedanken an die Gespräche, die sie in die Geheimnisse großer Männer und reicher Familien einweihten. Schon vor langer Zeit hatte sie sich vorgenommen, einmal eine Kauffrau von allererstem Rang zu werden. Dann wollte sie es den Männern zeigen, die immer der Meinung waren, nur ein Mann könne erfolgreich Geschäfte tätigen. Sie hatte durchgesetzt, dass sie seit einem Jahr eine öffentliche Schule besuchen durfte.

Dort hatte sie sich in der Klasse eingeschrieben, in der vor allem Geographie, Mathematik und fremde Sprachen unterrichtet wurden. Neben dem Rechnen waren das Wissen um andere Länder und die Verständigung mit fremden Menschen das A und O einer Reederei, das wusste sie sehr genau.

Viktoria zündete die kleine Öllampe an, die auf dem Tisch stand und leider nur ein müdes Licht abgab. Und es dauerte gar nicht lange, da wusste sie, welches Schiff mit welcher Ladung wo unterwegs war. Sie erkannte den Wert der Fracht und den Gewinn, den die Firma durch den Verkauf erlangen konnte. Sie rechnete und schrieb, und dann wurde sie so müde, dass sie den Kopf auf die aufgeschlagenen Bücher legte und einschlief.

THOMAS war glücklich, dass er mit dem Hund herumlaufen konnte. Er rannte hinunter zum Anlegesteg. Von hier aus kann ich das Feuer beobachten, und wenn ich Glück habe, kann ich zusehen, wie die alte Schule verbrennt, dachte er und lief bis ans äußerste Ende des Stegs, um einen besseren Blick zu haben. Aber die ganze Innenstadt war so in schwarzen Rauch gehüllt, dass er keine Einzelheiten erkennen konnte.

Thomas hasste das Gymnasium. Dieses Stillsitzen und Ruhigsein, dieses Büffeln, und wenn man nachmittags entlassen wurde, dann gaben sie einem noch einen Packen Hausaufgaben auf. Wozu brauche ich Mathematik und Latein? Und dann die Lehrer, diese verknöcherten Langweiler, die nur ihren Unterricht, ihre Zeugnisse und ihre Strafen im Kopf haben. Die haben doch überhaupt keine Ahnung davon, was sechzehnjährige Jungen gern machen. Er jedenfalls wusste, was ihm Spaß machte, und damit wollte er gleich anfangen. Er rief Benno und lief zum Alsterufer zurück. „Jetzt geht's los, mein Alter, komm, beweg die Knochen, wir laufen bis rauf nach Harvestehude und schauen nach, ob es den Reitstall noch gibt." Fröhlich bellend rannte der Hund vor ihm her. Sie liefen direkt am Ufer entlang; das war zwar etwas weiter, aber auf dem offiziellen Weg war so viel Verkehr, dass Thomas Angst hatte, Benno könnte überfahren werden. Da waren nicht nur Kutschen und Reiter unterwegs wie sonst immer. Heute rasten Feuerwehrwagen und Krankentransporte mit übernervösen Pferden den Weg hinauf und hinunter, Meldereiter galoppierten nach irgendwohin, und auch die Bürgergarde war unterwegs.

Thomas beobachtete eine Weile den Verkehr. Nicht einmal Kutschenpferde gehören uns, dachte er bekümmert. Aber auf seine Frage nach eigenen Pferden sagte der Vater immer, diesen Luxus brauchten wir nicht.

Na schön, laufen wir also zu den alten Klosteranlagen. Da ist wenigstens ein kleiner Stall, und wenn ich Glück habe, lässt man mich im Zirkel reiten, überlegte er und lächelte in Gedanken an das Vergnügen, auf einem Pferderücken zu sitzen.

Aber aus dem Reiten wurde nichts. Verlassen und verschmutzt lag das baufällige Stallgebäude am Rande der Hofanlage. Von Rädern und Hufen aufgewühlte Erde zeugte von regem Verkehr in den letzten Stunden, aber jetzt war kein Pferd zu sehen. Als Thomas gerade gehen wollte, kam ein Landarbeiter über den Hof, eine Forke über der Schulter und ein Bund Stroh im Arm.

Thomas ging ihm entgegen. „Hallo, ich suche die Pferde, ich wollte fragen, ob ich reiten kann.“

Verblüfft sah der Alte ihn an. „Sie haben aber Probleme, junger Mann. Unsere Pferde sind seit Stunden im Einsatz. Haben Sie noch nichts von dem Feuer gehört?“

„Doch, natürlich. Aber ich wusste nicht, dass man auch diese Pferde hier braucht. Es sind doch Reitpferde und keine Wagenpferde.“

„Nun, es gibt ja auch jede Menge Reiter, die als Kuriere unterwegs sind. Die Bürgergarde hat sie alle beschlagnahmt und mitgenommen. Kommen Sie ruhig zurück, wenn das Feuer aus ist, dann können Sie auch wieder reiten. Bis dahin also.“

Enttäuscht lief Thomas zur Alster hinunter, nahm Benno an die Leine und trat den Rückweg an. Wer weiß, dachte er, wann ich wieder einmal Gelegenheit habe, hierher zu kommen. Wenn Vater erst wieder auftaucht, ist es vorbei mit den Ausflügen, dann heißt es wieder, für die Schule zu pauken und die Fesseln der Familie zu ertragen.

6

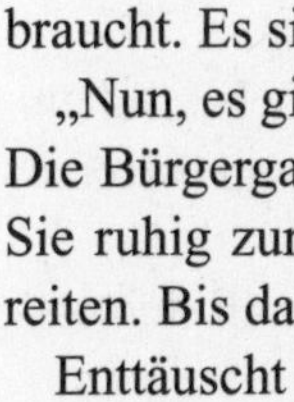

Am Abend des dritten Tages kam Johannes Stelling zurück in das Sommerhaus Ecke Alte Rabenstraße und Harvestehuder Weg. Schmutzig, ungepflegt und in zerrissenem Anzug öffnete der zum Umfallen müde Mann das Gartentor. Benno hörte ihn zuerst. Mit lautem Gebell rannte er durch die Halle und sprang seinem Herrn entgegen.

Die Familie nahm gerade das Abendessen ein und diskutierte die Schäden in der Firma. Simone hatte gerade den Fisch serviert, als Johannes den Speiseraum betrat.

Annette entfuhr ein kleiner Schreckensschrei, bevor sie sich erhob und ihm vorsichtig entgegenging. Die Söhne und Töchter sahen ihn stumm an. Sie hatten ihren eleganten Vater noch nie in einem solchen Zustand erlebt.

Patrizia war die Erste, die sich fing, aufstand und ihren Vater auf die Wange küsste. „Vater, schön, dass du wieder da bist. Komm, ich begleite dich in dein Zimmer und sorge für heißes Wasser, damit du dich waschen und umziehen kannst."

Annette nickte. „Ja, ja, das ist gut. Wir werden mit dem Essen warten, bis du fertig bist. Simone kann den Fisch noch einmal in den Ofen schieben." Dann klingelte sie nach der Mamsell. „Wir brauchen viel heißes Wasser für den Herrn und ein weiteres Gedeck für den Tisch."

Aber Johannes schüttelte den Kopf. „Esst bitte weiter. Ich werde mich waschen, und dann muss ich erst einmal schlafen. Ich bin seit drei Tagen auf den Beinen, ich will nur noch meine Ruhe." Er lächelte die anderen an und nickte Patrizia zu. „Bleib hier, Tochter, ich weiß noch den Weg zu meinem Zimmer, und für heißes Wasser wird die Mamsell sorgen."

Nur Benno ließ sich nicht abweisen, freudig wedelnd lief er neben Johannes her – auch er wusste noch den Weg in das Schlafzimmer seines Herrn, in dem immer eine Decke für ihn bereitlag.

Annette betupfte sich die Nase mit einem Schnupftuch und sah sich entschuldigend um. „Mein Gott, was für ein Geruch!"

„Na und?" Viktoria hielt nichts davon, um Tatsachen herumzureden. „Er riecht wie eine Kloake, ist das denn verwunderlich? So, wie Vater aussieht, hat er Tag und Nacht in Ruinen gewühlt, Menschen gerettet und Feuer gelöscht." Sie sah sich um. „Na los, lasst uns weiteressen, bevor alles kalt wird. Und wenn ich fertig bin, bringe ich ihm eine Flasche Rotwein ans Bett, die wird ihm gut tun. Wir haben doch noch Wein im Keller, Mutter?"

„Natürlich, aber den werde ich ihm bringen. Es ist nicht schicklich für ein Mädchen, den Vater im Schlafzimmer zu besuchen."

Viktoria sah die Mutter ungläubig an. „Also wirklich! Warum soll eine vierzehnjährige Tochter nicht den Vater im Schlafzimmer besuchen? Nein, der Rotwein war meine Idee, und ich werde ihn ihm bringen."

Als die Mahlzeit beendet war, stand sie auf, ließ sich in der Küche von Simone eine Flasche Wein und ein Glas geben und ging mit dem kleinen Tablett zu ihrem Vater. Unterwegs fragte sie die Mamsell: „Ist der Herr fertig mit dem Waschen?" Und als Babette nickte, klopfte sie und trat ein.

„Hallo, Vater, ich denke, eine kleine Stärkung wird dir gut tun. Danach kannst du bestimmt tief und fest schlafen." Sie stellte das Glas auf den

Nachttisch und schenkte dem müden Mann den Wein ein. „Bitte sehr, Vater. Schön, dass du wieder da bist."

Johannes nahm das Glas und sah seine Jüngste an. „Ich wusste gar nicht, dass du so nett sein kannst, Viktoria."

„Nun ja, Vater, vielleicht wird es höchste Zeit, dass wir uns besser kennen lernen. Und jetzt lass ich dich allein. Schlaf gut."

Leise schloss sie die Tür. Der Vater würde sich noch wundern. Sie konnte sehr nett sein, wenn sie es für richtig hielt. Er würde sie langsam schätzen lernen und Hochachtung vor ihr bekommen, und dann konnte sie mit ihm machen, was sie wollte. Und sie hatte eine Menge mit ihm vor.

Im Speisezimmer war das Dessert serviert worden. Viktoria genoss den Sagopudding mit Cremesoße. Für süße Sachen war sie immer zu haben. Keiner sprach, aber sie spürte eine gewisse Unruhe seit dem plötzlichen Erscheinen des Vaters. Auch sie selbst hatte es eilig. Sie wollte diese letzten Stunden ohne den Vater ausnutzen und die restlichen Papiere studieren, die noch ungeordnet auf dem Schreibtisch herumlagen. Sie hatte in diesen drei Tagen einen wichtigen Einblick in die Geschäfte des Handelshauses bekommen. Vor allem hatte sie festgestellt, dass der Großvater vor etwa zwanzig Jahren eine Versicherung mit der General-Feuercassa abgeschlossen hatte, von der ihr Vater vielleicht nicht einmal eine Ahnung hatte.

Kaum hatte sich die Mutter erhoben, standen auch die Brüder auf, und Michael erklärte: „Wir laufen noch ein Stück am Wasser entlang, ab morgen ist es mit solchen Freizeiten wieder vorbei."

Die Mutter sah ihnen nach. „Es wird höchste Zeit, dass der Vater wieder die Regie in dieser Familie übernimmt. Hier macht seit drei Tagen jeder, was er will." Sie sah ihre älteste Tochter an. „Viktoria ist auch schon wieder fort. Ich möchte wissen, was sie dauernd in dem kleinen Büro tut."

„Sie versucht, Ordnung in die geretteten Papiere zu bringen, das ist doch sehr nett von ihr", versuchte Patrizia die Schwester in Schutz zu nehmen. Sie selbst fand Viktorias so genannte Arbeit anmaßend und ungerechtfertigt, sagte aber nichts mehr dazu. Schließlich konnte es nicht schaden, wenn wenigstens einer dem Vater helfen wollte.

Die jungen Männer hatten ihre Paletots angezogen und das Haus verlassen. Kaum waren sie außer Hörweite, versicherte Michael: „Jetzt heißt es wieder schuften, und zwar mehr als je zuvor." Gereizt schob er die Hände in die Taschen.

„Unsinn. Es gibt kein Kontor mehr und keinen Büroleiter Jens Alberti, der dich antreiben könnte", erwiderte Thomas.

Michael schoss mit dem Fuß einen Stein ins Wasser und sah den Wellen nach. „Eines weiß ich bestimmt, mit meiner Malerei ist es erst einmal vorbei. Mutter hat kein Nadelgeld mehr, um meinen heimlichen Unterricht zu bezahlen, und Vater dreht durch, wenn ich ihm sage, dass ich Maler werden will und nicht Kaufmann. Aber im Oktober werde ich einundzwanzig, dann mache ich, was ich will“, sagte er selbstbewusst und legte einen schnelleren Schritt vor.

„Du willst ausreißen?“ Jetzt war Thomas schockiert.

„Ausreißen eigentlich nicht, aber wenn ich volljährig bin, kann ich gehen, wohin ich will.“

„Und wohin wäre das?“

„Nach Italien natürlich. Ein echter Künstler muss in Florenz oder in Venedig gearbeitet haben, sonst reicht es nie zu einem Ansehen.“

Thomas war nun doch erschrocken. „Du bist ja ganz schön rücksichtslos. Willst du Vater jetzt, wo er in der größten Misere seines Lebens steckt, deine Pläne erzählen?“

„Nein, natürlich nicht“, Michael schüttelte den Kopf, „erst einmal mache ich alles, wie er es will. Aber sobald das Gespräch auf die Zukunft kommt, sage ich ihm, dass ich Hamburg verlasse.“

Thomas nickte. „Ich habe ja die gleichen Probleme. Ich muss zwar erst einmal weiter in die Schule gehen, aber eines Tages werde ich Pferde züchten. Das steht für mich fest, und da wird keiner etwas dran ändern.“

Michael sah ihn zweifelnd an. „Und woher nimmst du das Geld? Weißt du, was ein Gestüt kostet?“

„Bevor ich damit anfangen kann, muss ich lernen, und wenn ich irgendwo auf einem Gestüt arbeite, treffe ich Leute und kann Verbindungen knüpfen, und dann wird man weitersehen. Wichtig ist, dass man selbst sicher ist, was man will. Alles andere kommt dann schon.“

Michael legte den Arm um die Schultern des jüngeren Bruders, der nun auch schon so groß war wie er selbst. „Sag bloß keinem etwas von unseren Plänen.“

„Ist doch selbstverständlich.“

Auch Patrizia beschäftigte sich an diesem Abend mit ihrer Zukunft. Über eine Stickerei gebeugt, hatte sie Zeit und Ruhe zu überlegen, wohin ihr Weg sie führen würde. Sie wusste, dass die Eltern für sie eine Einheirat in eine der ersten Kaufmannsfamilien der Stadt planten. Vater wollte dadurch an Einfluss gewinnen, seine Firma sogar zu vergrößern versuchen, und Mutter wollte endlich an die Spitze der Aristokratie. Nur sie selbst wurde nicht nach ihren Wünschen gefragt. Sie wusste, dass es üblich war unter Hanseaten, die unter Hamburger Bürgern die regierende Oberschicht darstellten, Verbindungen zu arrangieren, ohne die Betroffenen zu fragen. Das betraf die Söhne genauso wie die Töchter, die Töchter allerdings waren meist gehorsamer.

Aber Patrizia war sicher, dass aus den Plänen der Eltern jetzt nichts mehr werden würde. Abgesehen davon, dass es keinen jungen Mann in Hamburg gab, der ihr gefiel, war sie jetzt ein mittelloses Mädchen, und welche wohlhabende Familie streckte wohl die Hand nach einer Jungfrau ohne Mitgift aus? Patrizia schüttelte den Kopf und seufzte. Außerdem hatte sie ganz andere Pläne, und von denen würde sie sich nicht abbringen lassen.

Die Mutter, aufgeschreckt durch ihren Seufzer, sah sie erschrocken an. „Was hast du denn, mein Kind? Fühlst du dich nicht wohl?“

Patrizia schüttelte den Kopf. „Doch, Mutter, es ist alles in Ordnung. Ich bin nur etwas müde und werde bald ins Bett gehen.“

Es war so typisch für ihre Mutter. Ein kleiner Seufzer, und ihre Sorge brachte sie beinahe um. Wenn sie aber mit ihren Heiratsplänen das Herz eines Menschen zerriss, störte sie das in keiner Weise. Hauptsache, ihr Ehrgeiz wurde gestillt.

7

Inmitten eines weitläufigen Parks stand die weiße Villa der Brennickes. Das Palais, nach dem Modell eines Südstaatenhauses in Virginia gebaut, in dem der Reeder während eines Besuches bei seinem Tabaklieferanten gewohnt hatte, war der Traum Heinz Brennickes gewesen. Vor zehn Jahren hatte er diesen Traum in die Wirklichkeit umgesetzt. Seitdem galt das Haus als feinste Adresse an der Elbchaussee. Ein schmiedeeisernes Tor verschloss den Zugang zum Grundstück, exotische Bäume und Sträucher, die in dem kühlen Hamburger Klima ständig ums Überleben kämpften, verhinderten den Blick auf die weiße Villa. Das Haus selbst öffnete sich mit imposanter, säulenverzierter Südseite zur Elbe hin. Der Blick reichte weit über den breiten Fluss bis hinüber zu den fernen Harburger Bergen.

Heinz Brennicke liebte diesen Blick über alles und am meisten, wenn unten seine Schiffe vorbeifuhren. Freilich, die Zeit, die er in seinem Haus verbrachte, war begrenzt. Er war tagsüber in seinem Kontorhaus am Alten Wall oder auf Reisen. Ein Kaufmann muss fremde Länder kennen und ein

Reeder die Weltmeere, war seine Meinung. Oft war er monatelang unterwegs, nahm seine kluge Frau Irmgard mit und genoss den Luxus eigener Schiffe, auf denen er wie ein König behandelt wurde. Aber nicht immer waren Reisen luxuriös und bequem, und manchmal veränderten sie ein ganzes Leben. Das hatte er soeben erfahren. Er hatte die Strapaze auf sich genommen und war persönlich nach Lüneburg geritten, um ein paar Schiffsladungen Salz zu kaufen, und schon erwartete ihn das Chaos. Sein großes, aus Backstein gebautes Kontorhaus an der Trostbrücke war bis auf die Grundmauern abgebrannt.

Es war schwer gewesen, überhaupt in die Stadt hineinzukommen. Die Pferde waren störrisch und ängstlich. Der Gestank von Asche und Müll vermischte sich mit dem Geruch aus den Fleeten, die bei Niedrigwasser die reinste Kloake bildeten. Der Stadt fehlten Kanalisation und Sielsysteme für die Beseitigung der Abwässer, wie sie in London und anderen Großstädten längst vorhanden waren.

Heinz Brennicke machte es seinem Sohn nach und wickelte sich den Schal um Mund und Nase. Den Pferden konnte er allerdings nicht helfen, sie mussten den Gestank ertragen.

„Vater, am Haus ist nichts mehr zu retten. Wie du siehst, ist bis in die Kellerräume hinunter alles abgebrannt. Entweder hatten unsere Angestellten Zeit, unser Geschäftsmaterial zu retten, dann können wir froh und dankbar sein, und wenn nicht, können wir daran auch nichts ändern."

„Gut. Reiten wir zum Speicher."

„Und du denkst, da sieht es anders aus? Bei den Waren, die da gelagert waren, dürfte der alte Fachwerkbau wie eine Rakete in die Luft geflogen sein."

„Wahrscheinlich hast du Recht, aber überzeugen möchte ich mich selbst."

„Nun gut, hoffentlich verhaftet uns die Bürgergarde nicht sofort, weil wir Spirituosen gelagert hatten."

„Dann such uns eine Strecke, auf der sie uns nicht findet."

Aber aus dem gemeinsamen Weg wurde nichts. Als sie den Rödingsmarkt erreichten, scheuten die Pferde und waren durch nichts zu bewegen, auch nur noch einen Meter weiterzulaufen. Immer noch rasten Pferdegespanne mit Löschfahrzeugen und Mannschaftswagen durch das Chaos. Menschen suchten schreiend nach Angehörigen. Herrenlose Schafe und Ziegen, Hühner und Gänse, deren kleine Ställe in den Hinterhöfen abgebrannt waren, streiften auf der Suche nach Futter durch die Trümmer. Überall stiegen noch stinkende Rauchwolken auf. Feuerwehrmänner mit Spitzhacken zogen Trümmerreste auseinander, um schwelende Brände zu finden und zu löschen.

Männer der Bürgergarde errichteten Sperren, um Plünderer fern zu halten und Passanten vor einstürzenden Ruinen zu schützen.

„Hier kommen wir nicht weiter, Vater. Ich schlage vor, du bleibst mit den Pferden hier am Fleet, und ich versuche, zu Fuß zur Steintwiete zu laufen. Ich nehme mir eine Spitzhacke und tue so, als gehöre ich zu den Löschmannschaften, und dann werde ich schon durchkommen. In einer halben Stunde bin ich zurück."

Brennicke nickte. „In Ordnung, Jens, aber sei vorsichtig."

Als der Sohn zurückkam, sah er ihm schon von weitem an, dass er keine guten Nachrichten hatte.

Jens schüttelte den Kopf und stieg auf sein Pferd. „Von dem Speicher ist nicht einmal mehr ein Mauerrest übrig. Ich habe von einer Gruppe von Männern erfahren, dass sie zu einer Kommission gehören, die klären soll, weshalb unser Speicher in die Luft geflogen ist und dadurch alle anderen Gebäude in der Steintwiete mit ins Verderben gerissen hat. Der Kaufmann Stelling hat Anzeige erstattet. Der hatte den Speicher neben uns."

„Verdammt! Dieser Stelling mit seinem kleinen Handelshaus. Das hat mir gerade noch gefehlt. Der wird sich noch wundern."

„Komm, Vater, steig auf, und vergiss nicht, dass du selbst schuld daran bist, dass der Speicher in die Luft geflogen ist."

„Blödsinn! Da soll man erst einmal klären, woher das Feuer kam." Der alte Mann saß auf und nahm energisch die Zügel in die Hand.

Als sie eine Stunde später das Ufer verließen und den Abhang hinauf zur Straße ritten, um an das Parktor zu gelangen, waren die Pferde schweißnass. Das Anwesen lag in völliger Dunkelheit.

„Kannst du mir sagen, was diese Finsternis zu bedeuten hat? Der Pferdeknecht müsste uns doch längst gehört haben." Brennicke führte seinen Braunen über den Kies zum Stall.

Jens schloss das Tor wieder sorgsam – bei dem Chaos wusste man nicht, welches Gesindel sich in der Nacht und in der Nähe herumtrieb – und folgte mit dem Schimmel am Zügel dem Vater. „Seltsam, kein Mensch zu sehen", stimmte er dem Alten zu. Und dann, als er den Stall betrat, bemerkte er: „Die Kutschpferde sind auch nicht da. Vielleicht ist Mutter zu ihrer Familie nach Glückstadt gefahren, als sie von dem Feuer hörte."

„Unsinn", knurrte der Alte, „los, versorgen wir die Pferde, und kümmern wir uns um das Haus." Die beiden Reiter rieben ihre Pferde trocken, streuten ihnen frisches Stroh in die Boxen, schütteten geschroteten Hafer in die Krippen und kontrollierten die Tränken. Brennicke war mit Recht stolz darauf, dass sein Haus als eines der ersten am Elbehang fließendes Wasser und sogar im Stall Frischwasser für die Pferde hatte.

Als sie an der Remise vorbeigingen, stellte Jens fest, dass beide Kutschen, der Reisewagen und auch der Jagdwagen, fehlten. Im Haus war es kalt und dunkel. Jens nahm die Zündhölzer, die neben jeder Öllampe lagen, und machte Licht in der Halle.

Heinz Brennicke rief laut durch das Haus: „Hallo, ist hier keiner?“ Zunächst blieb es still, dann hörten sie, wie sich oben an der Galerie eine Tür öffnete. Ein kleiner Lichtschein fiel auf das Treppengeländer.

„Heinrich, bist du es?“

„Ja, natürlich, wer denn sonst? Was ist hier los? Wo sind die Pferde und die Männer, und weshalb ist es kalt und dunkel hier?“

„Kommt in meinen Salon, der ist warm. Ich erzähle euch alles.“

Jens war schon die Treppe hinaufgeeilt und hatte die Mutter umarmt. „Gut, dass du da bist, Mutter, wir hatten schon Angst um dich.“

Brennicke folgte seinem Sohn. Auch in Irmgard Brennickes Zimmer brannte nur eine Öllampe. Irmgard holte Sherry und Gläser aus ihrer Vitrine. „Setzt euch, und trinkt einen Schluck.“ Als sie angestoßen hatten, berichtete sie: „Gleich am ersten Tag, als das Feuer in der Stadt ausgebrochen war, kam die Bürgergarde in alle Häuser und beschlagnahmte die Pferde, die Kutschen und auch die Männer, den Knecht, den Kutscher und die beiden Gärtner.“

„Das ist unerhört, das ist einfach unglaublich!“ Heinz Brennicke war aufgesprungen und ging im Zimmer hin und her.

„Sie haben gesagt, alle müssten helfen, das Feuer zu löschen, und es sei ein Befehl vom Senat. Die Kutschen würden für die Krankentransporte gebraucht und um obdachlose Menschen in Sicherheit zu bringen.“

„Und wo ist das Hauspersonal? Ich habe den Eindruck, du bist ganz allein hier.“ Jens war aufgestanden und versuchte, das Feuer neu zu entfachen.

„Ja, die Mamsell, die Köchin und die Hausmädchen waren natürlich sehr in Sorge um ihre Angehörigen. Ihr wisst, dass alle aus den einfachsten Verhältnissen in den Gängevierteln kommen, und als sie hörten, dass das Feuer dort besonders wütete, konnte sie hier nichts mehr halten. Sie wollten nach ihren Familien suchen und helfen, wenn noch etwas zu retten war. Sie haben mich alle um Erlaubnis gebeten. Ich konnte doch nicht Nein sagen.“

„Und seitdem sitzt du allein hier in dem kalten Haus.“

„Heinrich, reg dich nicht auf. Mir fehlt es an nichts. Ich habe mir das Holz zum Heizen eben selbst geholt, und in der Küche weiß ich schließlich auch Bescheid.“

„Ich will mich aber aufregen. Es ist unerhört, dich allein hier zu lassen. Kaum bin ich eine Woche weg, und schon bricht alles zusammen.“

„Unsinn, Heinrich, nichts ist zusammengebrochen. Du solltest mich eigentlich besser kennen. So, und jetzt gehen wir in die Küche, und ich richte euch ein Abendessen. So, wie ihr ausseht, könntet ihr ein kräftiges Mahl gebrauchen. Jens, du holst bitte vorher Holz und sorgst für Wärme, und du, Heinrich, kannst dich schon einmal waschen und umziehen. Ihr stinkt, wenn es erlaubt ist, das zu sagen. Und beim Essen werdet ihr mir erzählen, wie es in der Stadt aussieht.“

Mit wenigen Worten hatte Irmgard Brennicke das Kommando übernommen. Beide Männer wussten, dass Irmgard eine starke Frau war, und als eine Stunde später das Essen auf dem Tisch stand, brannte überall Licht, die Öfen waren warm, und Jens hatte noch einmal nach den Pferden gesehen.

Irmgard war eine ausgezeichnete Köchin. Sie hatte als junges Mädchen im Internat gelernt, ein wohlhabendes Haus zu führen, und sie konnte jeder Angestellten zeigen, wie ein solcher Haushalt zu funktionieren hatte.

Als Tochter einer begüterten Familie in Glückstadt, in der alle Söhne seit Generationen Offiziere wurden und die Mädchen in reiche Familien einheirateten, war es selbstverständlich gewesen, die Kunst der Haushaltsführung zu studieren. Sie konnte perfekt Konversation betreiben, Gesellschaften organisieren, Feste veranstalten und einen hanseatischen Haushalt führen. Sie konnte Tennis, Bridge und Klavier spielen, und genau darauf kam es in den reichen Hamburger Familien an.

Die beiden Männer waren von den derben Wirtshausgerichten, die sie während ihrer Reise zu sich genommen hatten, nicht gerade verwöhnt und langten kräftig zu, als Irmgard servierte. Es gab zwar nur kalte Speisen, aber sie hatte alles mit Sorgfalt ausgewählt und mit Liebe zubereitet.

Jens streckte sich behaglich, als er endlich aufstehen und ein Zigarillo anstecken durfte. Seinem Vater, das sah er deutlich, fiel das Aufstehen sehr viel schwerer. Körperliche Strapazen sollte er vermeiden, dachte Jens, und das Reisen mir überlassen. Aber so ist Vater nun einmal, nur nichts aus der Hand geben. Dabei war Jens lange genug in London gewesen, um zu lernen, wie moderne Reedereien aufgebaut und Handelshäuser attraktiv gemacht wurden. Aber genau das ist es, was den Alten am Ruder hält, dachte der Sohn. Nur nichts ändern, nichts riskieren.

Und die Mutter bestärkte den Vater in seiner veralteten Arbeitsweise. „Uns ist es nie schlecht gegangen, wir gehören seit Generationen zu den angesehensten Familien, warum willst du etwas ändern, etwas riskieren, nur weil man in London andere Wege geht? Lass deinen Vater in Ruhe, und akzeptiere ihn, wie er ist.“

Aber damit war es jetzt vorbei, das spürte Jens und machte ihn optimistisch. Jetzt nach dem Chaos muss sich vieles ändern, und wenn der Vater nicht spurt, muss ich härter mit ihm umspringen.

Jens war nach draußen auf die Terrasse gegangen. Noch immer wehte dieser frische Südwind von der Elbe herauf. Dunkel lag das Land vor ihm, nur hin und wieder unterbrochen von einzelnen Lichtern. Gott sei Dank ist der Himmel über Hamburg nicht mehr glutrot. Sie haben das Feuer besiegt, dachte er, aber um welchen Preis! Er hatte die Ohren gespitzt, als er nach dem Speicher suchte, und einiges von dem aufgefangen, was die Männer dort erzählten. Viertausend Wohnungen und über hundert Speicher sollten verbrannt sein. Mehr als fünfzig Menschen waren umgekommen, hundertfünfzig schwer verletzt, und zwanzigtausend Menschen hatten kein Zuhause mehr. Das sind zehn Prozent der Hamburger Bevölkerung, rechnete er aus und schüttelte den Kopf. Sieben Gotteshäuser waren abgebrannt, zwei davon waren die größten der Stadt: Sankt Nikolai und Sankt Petri. Fast alle öffentlichen Gebäude liegen in Schutt und Asche: das Rathaus, die Bank, die alte Börse, das Zuchthaus und das Archiv. Ein Neuanfang auf der ganzen Linie, dem kann sich auch der Vater nicht versperren.

Er setzte sich auf die oberste Stufe der Terrassentreppe, die in elegantem Schwung auf die Rasenfläche vor dem Haus führte.

Schön ist es hier, dieses Haus und der Park, das war wirklich feudal. Hier wollte er leben, hier wollte er glücklich sein, und hier sollten seine Kinder groß werden. Und wenn er an Kinder dachte, dann sah er Patrizia Stelling vor sich. Sie ist die richtige Mutter für meine Kinder. Sie werden ihre Schönheit, ihre Größe, ihre Anmut haben – nun ja, die Mädchen hoffentlich, die Jungen brauchen meine Kraft.

8

Auch Patrizia Stelling träumte an diesem Abend von der Zukunft: Die Brände in der Stadt sind gelöscht, der Vater ist heimgekehrt, und ein normales Leben könnte wieder anfangen, dachte sie, wenn das Feuer nicht unsere Zukunft zerstört hätte. Sie saß in ihrem Zimmer im ausgebauten Dachgeschoss und sah hinaus in die Dunkelheit, die ihr den schönen Ausblick auf den großen Alstersee verwehrte. Wie oft hatte sie hier im vergangenen Sommer gesessen und über ihr Leben nachgedacht. Jetzt war sie achtzehn Jahre alt, und es wurde Zeit, dass sie sich entschloss, das von ihr geplante Lebensziel anzustreben.

Genau gegenüber auf der anderen Seite des Wassers war jener Stadtteil, nach dem sie sich sehnte. Manchmal war sie in Begleitung der Mamsell – denn allein hätte sie das Haus niemals verlassen dürfen, um durch fremde Stadtteile zu spazieren – in jenen Straßen unterwegs gewesen. So kam es auch, dass die Mamsell die Einzige im Hause Stelling war, die ihre Pläne kannte.

In St. Georg, so hatte Patrizia im Konfirmandenunterricht erfahren, lebte Amalie Sieveking, eine Frau aus allerfeinster hanseatischer Familie, die sich um arme und kranke Menschen kümmerte. Sie hatte mit ihrer Arbeit angefangen, als 1831 die Cholera in Hamburg ausbrach und fast tausend Menschen daran erkrankten. Unter katastrophalen Verhältnissen hatte sie vor allem kranke Kinder gepflegt und ihr Leben eingesetzt, um den Ärmsten der Armen zu helfen, denn unter ihnen wütete die Krankheit am meisten. Als die Epidemie besiegt war, hatte sie sechs verheiratete und sechs unverheiratete Frauen aus wohlhabenden Familien in ihrer Wohnung versammelt und mit ihnen 1832 den „Weiblichen Verein für Armen- und Krankenpflege" gegründet. Diese Amalie wusste, dass viele junge Frauen, wenn kein Mann um ihre Hand anhielt, zu einem kümmerlichen, unausgefüllten Leben bei Verwandten verurteilt waren, wo sie höchstens mit Handarbeiten ein kleines Taschengeld verdienen durften. Es war eben unvorstellbar, dass eine Dame einem Beruf nachging. Sie wäre wegen unweiblichen und nicht standesgemäßen Verhaltens von ihrer Familie und der Gesellschaft gemieden worden. In dem nun seit zehn Jahren bestehenden Verein erhielten Frauen neue Lebensperspektiven, indem sie in der Kinderbetreuung und in der Armen- und Krankenpflege ausgebildet wurden.

Zu dieser Frau wollte Patrizia. Sie wollte im Amalienstift Krankenpflege lernen und später, sobald sie 21 Jahre alt war, mit einem Auswandererschiff nach Amerika reisen und dort genauso eine Schule gründen. Sie fühlte sich zu dieser Arbeit berufen, darin sah sie ihre Zukunft. Es wäre natürlich sehr hilfreich, dachte sie, wenn ich dafür das Geld einer Mitgift zur Verfügung hätte. Aber wer nach Amerika auswandert, hat selbst nichts außer seinem Pioniergeist und dem starken Willen zu überleben. Diesen Willen hatte sie auch, und sie war zäh und hatte Kraft, wenn man sie hier in der Familie auch wie eine Puppe behütete.

Patrizia stand auf und löste die strengen hochgesteckten Zöpfe, die sie tagsüber trug. Im Spiegel sah sie eine große, schlanke Frau mit langen dunklen Haaren, die ihr in hübschen Wellen über die Schultern fielen. Ihre Gesichtszüge waren ebenmäßig, und die schön geschwungenen Brauen verliehen ihr den etwas distanzierten Ausdruck, den sie bevorzugte. Dabei war sie ein sehr liebevolles Mädchen, hilfsbereit und verständnisvoll, und sie wusste als Einzige in der Familie, wie man die exzentrische Mutter taktvoll behandelte.

Patrizia liebte ihre Familie sehr und wusste: Eine Familie, die zusammenhält, braucht keine Angst vor der Zukunft zu haben. Sie wusste aber auch, dass sie diese Familie verlassen musste. Der Abschied würde ihr unendlich schwer fallen. Dennoch, der Wille zu einem eigenen ausgefüllten Leben, so, wie sie es sich vorstellte, war stärker als alles andere. Es würde nicht leicht werden, die Eltern davon zu überzeugen, aber bis zu einem Abschied hatte sie ja noch drei Jahre Zeit. Jetzt war es erst einmal nötig, in St. Georg nachzusehen, ob das Stift das Feuer überstanden hatte. Und anmelden wollte sie sich auch. Zwar würde man die Meldung erst akzeptieren, wenn der Vater eingewilligt hatte, aber einen ersten Schritt wollte sie morgen tun.

PÜNKTLICH um sieben Uhr am nächsten Morgen versammelten sich alle zum Frühstück. Johannes Stelling hatte zwar gut geschlafen, aber die Sorgen war er dadurch nicht losgeworden. Er aß mürrisch sein Butterbrot und löffelte die doppelte Menge Zucker in den Kaffee.

Annette, wie immer musterhaft gekleidet und frisch wie der junge Morgen, sah ihn missbilligend an. Sie mochte es nicht, wenn er seinen Ärger vor den Kindern zeigte. „Was für Geschäfte hast du heute, Johannes?“, wollte sie wissen und versuchte ihm die Zuckerdose zu entwenden.

„Lass den Zucker da“, knurrte er, „und von Geschäften kann wohl kaum die Rede sein. Ich werde versuchen, Kontorräume zu mieten und meine Mitarbeiter zu finden. Dann komme ich und hole die Handelsbücher. Und irgendwann können wir vielleicht auch wieder von Geschäften reden.“

„Vater“, unterbrach ihn Viktoria, „du musst auch Speicherplatz besorgen, der Klipper mit der Wolle aus Liverpool läuft heute mit der Flut ein.“

Verblüfft sah Johannes seine Jüngste an. „Was weißt du denn von der *Seemaid*?“

„Ich habe in den letzten Tagen ein bisschen in deinen Unterlagen geblättert. Da ich nicht weiß, wie es um meine Schule in der Großen Johannisstraße bestellt ist, wollte ich mich etwas weiterbilden. Das ist dir doch recht, nicht wahr?"

„Was fällt dir denn ein, dich in meine Geschäfte zu mischen?"

„Vater, du hast so viel um die Ohren. Hättest du daran gedacht, dass sie so schnell wie möglich entladen werden muss, weil die Gespanne aus Altona für morgen bestellt sind, um die Wolle in den Speicher zu transportieren, und dass übermorgen die Ware aus Hannover kommt, die der Klipper nach Amsterdam bringen soll? Sei doch froh, dass ich dir helfe, Vater."

„Unsinn. Kein einziger Termin kann eingehalten werden. In der Stadt und am Hafen herrscht das Chaos, nichts wird funktionieren."

„Vater", widersprach Viktoria, „weder in Liverpool noch in Hannover oder in Amsterdam fragt man nach dem Chaos von Hamburg. Geschäft ist Geschäft, und jeder erwartet termingerechte Lieferungen. Das sagst du doch auch immer."

„Und das muss ich mir jetzt von einer Vierzehnjährigen erklären lassen! Na gut, an die *Seemaid* hätte ich heute nicht gedacht, das gebe ich zu. Aber in Zukunft wirst du dich aus meinen Geschäften heraushalten und die Nase in deine Schulbücher stecken. Ist das klar?"

„Nein, Vater, ich denke, dass du jede Hilfe brauchst, die du bekommen kannst, und ich kann dir helfen. Besser, als du denkst."

„Kommt nicht infrage, eine Frau hat im Geschäft nichts zu suchen", sagte Johannes und zu Michael gewandt: „Du übernimmst die *Seemaid*. Hol dir ein Pferd aus dem Mietstall, reite runter an die Elbe, und erkundige dich beim Hafenmeister, wann der Klipper gemeldet ist. Dann …"

Aber der Sohn ließ ihn nicht ausreden. „Tut mir Leid, Vater, ich habe nicht damit gerechnet, heute arbeiten zu müssen. Ich habe eine andere Verabredung, die ich nicht mehr absagen kann."

Plötzlich herrschte am Tisch absolutes Schweigen. Der Hund erhob sich mit eingeklemmter Rute und legte sich in der Nähe der Tür nieder, als spüre er die geladene Atmosphäre.

Johannes sprang auf und schlug mit der Hand auf den Tisch. „Was willst du damit sagen? Du hast keine Zeit? Du hast eine Verabredung? Du bist nicht nur mein Sohn, der zu gehorchen hat, solange er seine Beine unter meinen Tisch stellt, du bist auch mein Angestellter und verdienst dein Geld bei mir. Du wirst das tun, was ich dir sage, und sonst gar nichts." Johannes ließ sich auf den Stuhl fallen. „Himmel, womit habe ich das verdient!"

„Bitte beruhige dich, Johannes", Annette legte ihm besänftigend die Hand auf den Arm. „Niemand von uns konnte wissen, wann du zurückkommst und wann es wieder ein Kontor für die Firma gibt. Die Kinder haben eigene Pläne für die nächsten Tage gemacht, das musst du verstehen.“ Sie nickte Michael zu. Er wollte zum Malunterricht, das wusste sie, schließlich hatte sie ihm das Geld dafür gegeben. Und es war die letzte Stunde, denn sein Lehrer würde für immer nach Italien übersiedeln. Michael wollte mit ihm Adressen in Italien austauschen, einen Briefwechsel und eine eigene spätere Reise besprechen. Sie sah ihren erzürnten Mann an, schenkte ihm neuen Kaffee ein und rückte die Zuckerdose wieder in seine Nähe. „Darf ich einen Vorschlag machen?“

„Bitte.“

„Du reitest in die Stadt und mietest ein neues Kontor. Thomas kann dir bei der Suche nach deinen Mitarbeitern helfen. Viktoria reitet zum Hafen und erwartet dein Schiff. Wenn Michael seine Angelegenheit erledigt hat, besorgt er den nötigen Speicherraum, und alles läuft nach Plan.“

Johannes beobachtete seine Frau. So viel und so lange hatte sie selten mit ihm geredet. Er schüttelte den Kopf. „Wenn ich nur wüsste, was hier passiert ist. Ich bin drei Tage nicht da, und alle haben einen eigenen Kopf und machen, was sie wollen.“

„Du vergisst, Johannes“, beruhigte ihn seine Frau, „auch wir haben schwere Stunden erlebt. Da ist es doch verständlich, dass sich jeder Gedanken um die Zukunft macht. Lass uns etwas Zeit, dann richtet sich alles wieder ein.“

Johannes stand auf und wandte sich zur Tür. „Also gut. Thomas, du besorgst die Pferde für uns beide im Mietstall. Viktoria kann den Pferdebus zum Hafen nehmen, er muss zwar Umwege fahren, aber die Strecke funktioniert wieder. Wie und wohin Michael will, ist seine Sache, aber pünktlich um zwölf Uhr will ich ihn beim Hafenmeister sehen. Und dich, Annette“, er sah seine Frau an, „möchte ich bitten, mit der Mamsell zusammen meine Geschäftsunterlagen für das Kontor zu ordnen und einzupacken. Thomas holt sie dann gegen Mittag.“ Enttäuscht und verärgert verließ er das Frühstückszimmer und ging mit dem Hund nach draußen.

Auf dem Harvestehuder Weg waren zahlreiche Reiter und Kutschen stadteinwärts unterwegs. Hinter seinem Haus, wo der Weg endete, bogen sie in die Alte Rabenstraße ein, um dann über den Mittelweg und um die Moorweiden herum zum Dammtor und in die Stadt zu gelangen. Johannes Stelling war erstaunt, wie viele Menschen hier unterwegs waren. Er wich den schweren Wagen aus, die mit Gemüse, Kohlen, Holz oder Schlachtvieh beladen auf dem Weg zu den Märkten waren, und hielt den Setter fest, der bellend und fröhlich den feinen Herren folgen wollte, die mit ihren Zylindern in Kutschen und auf Pferden unterwegs zu ihren Geschäften in der Stadt waren. Es sieht ganz so aus, als ob dieses Gebiet sich zu einer der besten und teuersten Wohngegenden der Stadt entwickelt, dachte er. Da wird es höchste Zeit, dass ich mich selbst nach Bauland umsehe. Allerdings, überlegte er, direkt am Wasser werde ich nicht bauen, hier sind zu viele Ausflugsgäste unterwegs. Der Mittelweg ist besser für ein Haus. Es gibt dort bereits ein paar Geschäfte, ein Pferdeomnibus fährt regelmäßig durch die Straße, der Weg ist gepflastert worden, und die neu gepflanzten Bäume werden ihn in eine hübsche Allee verwandeln. Er schob die Hände in die Taschen des Gehrocks. Er würde zwar arbeiten müssen bis zum Umfallen, aber er würde es schaffen: erst der Speicher, damit meine Schiffe ihre Anlaufstelle haben, dann das Kontorhaus, damit meine Geschäfte wieder ihr Fundament bekommen, und dann das Haus, damit die Familie ihr Heim hat. Aber zuerst sichere ich mir eine erstklassige Parzelle am Mittelweg. Ja, genauso werde ich es machen. Verlieren wir also keine Minute.

Zurück im Haus, stellte er fest, dass die Bücher, die Dokumente und alle anderen Unterlagen auf das Beste sortiert und geordnet waren. Hatten Annette und die Mamsell so schnell gearbeitet? Er rief nach seiner Frau, die mit Babette im Garten stand. „Annette, wer hat meine Papiere so trefflich geordnet?“

„Das weiß ich nicht. Vielleicht Patrizia?“

Aber auch Patrizia zuckte nur mit den Schultern, als der Vater sie fragte. Doch dann fiel ihr ein: „Ich habe gesehen, dass Viktoria ein paarmal in deinem Zimmer war. Vielleicht hat sie dir die Arbeit abgenommen?“

„Viktoria? Unmöglich, die versteht doch von Geschäftsbüchern nichts.“

Doch Patrizia hob abwehrend die Hände. „Da wäre ich gar nicht so sicher, Vater. Ich glaube, sie interessiert sich sehr für die Firma.“

„Unsinn, sie ist ein Schulmädchen und soll sich um ihre Hausaufgaben und ihren Klavierunterricht kümmern. Ich nehme an, dass Michael sich damit beschäftigt hat, um mich zu versöhnen. Dann verzeih ich ihm auch seine frechen Worte von heute Morgen.“

Als Thomas eine halbe Stunde später mit den Pferden kam, hatte Johannes sich beruhigt. Die beiden ritten die Alte Rabenstraße hinauf, dann ein Stück den Mittelweg entlang und danach quer über die moorigen Weiden vor dem Dammtor, wo ein alter Hirte eine Herde schwarzbunter Kühe hütete.

Nach einigem Suchen fand Stelling ein Kontor am Gänsemarkt, der vom

Feuer verschont worden war. Als der Vertrag unterschrieben und die ersten Courantmark bezahlt waren, schrieb Johannes Stelling die neue Adresse auf ein weißes Pappschild und bat Mitarbeiter und Geschäftspartner, ihn in seinem neuen Domizil aufzusuchen.

„So, Thomas, hier ist eine Aufgabe für dich. Du reitest zu den Ruinen vom alten Kontorhaus, bringst das Schild dort gut sichtbar an und holst dann aus Harvestehude meine Papiere. Ich werde inzwischen die Räume so einrichten, wie ich sie brauche, und dann kann es mit der Arbeit losgehen."

„Vater, werden wir es schaffen?"

„Aber ja doch, mein Junge, wenn ihr alle mit anpackt, sind wir bald wieder oben." Er gab seinem Sohn einen freundschaftlichen Schlag auf die Schulter. „Du kannst gleich damit anfangen."

Der junge Mann, der so ganz andere Pläne hatte, ritt mit sehr gemischten Gefühlen davon.

9

Annette Stelling war zutiefst unglücklich. Mehr als ein Jahr war seit dem großen Brand vergangen, aber der Wiederaufbau der Firma kam kaum voran. Alle vier Kinder gingen eigene Wege. Ja, und Johannes, dieser früher so liebevolle, höfliche Mann, wurde mit jedem Tag schweigsamer und schwieriger. Womit hatte sie so viel Unglück verdient?

Sie saß im Garten und stickte an einer Kaffeedecke, die sie St. Katharinen für den Weihnachtsbasar spenden wollte. Sie war sehr einsam und an vielen Tagen ganz allein mit dem Personal, weil Johannes und Michael sich um die Firma kümmern mussten, Patrizia ihren Kopf durchgesetzt hatte und bei Amalie Sieveking arbeitete und Viktoria neben ihrem Schulunterricht noch eine Handelsschule besuchte, in der sie zwar das einzige Mädchen, gleichzeitig aber Klassenbeste war. Sie entwickelt sich wirklich zu einem Ausnahmegeschöpf, dachte die Mutter. Weil sie den Vater überzeugen konnte, dass die Feuercassa zahlen musste, verlangte sie als Belohnung den Besuch dieser Handelsschule, und Johannes musste zustimmen. Sie wäre sonst ohne seine Einwilligung zum Unterricht gegangen.

Annette liebte den kleinen Garten zwischen dem Sommerhaus und dem Gesindehäuschen. Sie hatte Johannes überredet, eine Bank zwischen die Stauden von stahlblauem Rittersporn und mattroten Levkojen zu stellen, und nun verbrachte sie viele Stunden im Schatten eines alten Apfelbaumes, der wohl noch aus jener Zeit stammte, in der dieses ganze Land zum Harvestehuder Frauenkloster gehörte.

Es ist unerträglich schwül, dachte Annette und betupfte die feuchte Stirn. Im Dunst konnte sie kaum das gegenüberliegende Ufer der Alster erkennen. Dort irgendwo ist Patrizia unterwegs, überlegte sie betrübt, weshalb kümmert sie sich um fremde Menschen und nicht um ihre Mutter?

Alles war falsch gelaufen in diesem vergangenen Jahr. Obwohl die Feuercassa für die beiden versicherten Gebäude eine Abfindung gezahlt hatte, klappte es mit den Neubauten nicht. Es gab kaum Baumeister in der Stadt und weder ein geeignetes Gelände und Baumaterial noch Handwerker, und zu unterschiedlich waren die Meinungen im Rathaus, wenn es um die Planung der Innenstadt ging.

Annette erinnerte sich, wie sehr sich Johannes beklagt hatte, weil sich Bürgermeister, Senatoren, Architekten und Bürgerschaft nicht einigen konnten.

„Um mit dem Wiederaufbau zu beginnen, müssen viele Grundstücke enteignet werden“, erklärte ihr Johannes, „und dagegen sträuben sich die Besitzer. Man hat Experten mit einem neuen Stadtkonzept beauftragt. Der britische Ingenieur Lindley will ein Kanalsystem mit Sielen nach Londoner Vorbild bauen, um die stinkenden Abwässer in unterirdische Kanäle zu leiten. Alle wollen viel verändern, aber keiner will zahlen.“

Dabei hatte Johannes ihr endlich ein elegantes, repräsentatives Haus am Mittelweg versprochen. Der Mittelweg würde eine attraktive Wohnstraße werden, hatte er gesagt, in der nur Einfamilienhäuser mit Vor- und Hintergärten stehen würden und in der es verboten war, Geschäfte mit üblem Geruch oder übermäßigem Lärm zu errichten. Er hatte mit ihr das Grundstück besichtigt, das er gekauft hatte, und ihr erlaubt, eigene Pläne für die Zimmeraufteilung zu entwickeln. Ach, und fließendes Wasser und Toiletten mit Wasserspülung würden sie haben und nicht wie hier diesen Abtritt im Anbau und diese Eimerträger, die in jeder Woche einmal kamen, um die stinkenden Behälter gegen gereinigte auszutauschen. Aber nun wartete sie seit mehr als zwölf Monaten vergeblich auf den Baubeginn.

Wenn sie hörte, wie die vorlaute Viktoria den Vater bedrängte, Passagierschiffe zu kaufen, um Auswanderer nach Übersee zu transportieren, weil es das größte Geschäft der Zukunft würde, dann konnte sie sich ausrechnen, dass in absehbaren Zeiten kein Stelling-Haus am Mittelweg gebaut werden konnte. Dabei hatte sie nicht einmal Platz genug im Haus, um einen Empfang mit Dinner zu geben. Sie konnte nur Einladungen für Gartenfeste aussprechen, und die konnten nur bei gutem Wetter stattfinden. Und wann gab es in Hamburg gutes Wetter?

PATRIZIA, wie alle Frauen, die im Amalienstift arbeiteten, in ein dunkelblaues Kattunkleid mit weißen Pünktchen gekleidet, wischte sich den Schweiß vom Gesicht. Hier drinnen in den voll belegten Krankenzimmern war die Luft stickig und übel riechend. Manchmal fiel ihr die Arbeit wirklich schwer! Draußen war es schwül, bleigrau hing der Himmel über der Stadt. Sie sah verstohlen auf die kleine Uhr, die sie an einer Kette um den Hals trug. Noch zwei Stunden bis zur Ablösung. Sie hatte zwar damit gerechnet, dass die Arbeit schwer war, aber sie hatte sich den Tagesablauf nicht so hart vorgestellt. Während ältere Pflegerinnen ihre wohlverdienten Ruhepausen genossen, mussten die Lehrlinge zum theoretischen Unterricht. Und wenn irgendwo Not an Pflegekräften war, mussten ebenfalls die jungen Frauen einspringen. Trotzdem fühlte sich Patrizia im Amalienstift und in den angrenzenden Pflegestationen wohl. Sie wurde gebraucht, und ihre Arbeit wurde anerkannt.

Patrizia zog die Schleife ihrer kleinen weißen Spitzenhaube fest und begann das Geschirr vom Abendessen einzusammeln. Alle Pflegerinnen trugen, wie Amalie Sieveking, diese Spitzenhaube und die gleichen blauen Kleider. Ihre Lehrmeisterin wollte, dass man ihre Pflegerinnen auch draußen auf der Straße erkannte. Die Frauen waren stolz auf ihr Gewand, es sicherte ihnen Aufmerksamkeit und höfliche Beachtung.

Als Patrizia die letzten Teebecher abgetrocknet und ins Regal gestellt hatte, hörte sie den ersten leisen Donner in der Ferne. Sie rollte die Ärmel hinunter, knöpfte die Manschetten zu und band die Schürze ab. Hoffentlich komme ich vor dem Gewitter nach Hause, dachte sie, die Fähre setzt bestimmt nicht bei Sturm und Regen über den breiten See. Als die Nachtpflegerin ins Zimmer kam, verabschiedete sich Patrizia eilig. „Ich will versuchen, noch über die Alster zu kommen, sonst muss ich den ganzen Umweg über die Lombardsbrücke machen und werde bestimmt sehr nass."

„Ja, lauf nur, ich komme schon zurecht. Bis morgen dann."

Patrizia winkte noch einmal, nahm ihre Tasche und einen Schirm, den sie immer in ihrem Schrank hatte, und ging nach draußen. Vor der Tür in der kleinen Gasse stand ein Reiter mit einem Schimmel am Zügel, den das herannahende Gewitter nervös machte.

„Mademoiselle Stelling?"

„Ja?"

„Erlauben Sie bitte, dass ich mich vorstelle. Mein Name ist Jens Brennicke. Ich …" Ein kräftiger Donner verschluckte die nächsten Worte, und der junge Mann musste sich noch einmal vorstellen. „Ich bin Jens Brennicke, und ich wollte Sie fragen, ob Sie mir die Ehre erweisen, Sie nach Hause begleiten zu dürfen."

Patrizia war im ersten Augenblick angetan von dem guten Aussehen und dem einwandfreien Benehmen des jungen Mannes, dann hob sie jedoch abwehrend die Hände. „Oh nein, vielen Dank, ich nehme die Fähre, und bitte halten Sie mich nicht auf, sonst verpasse ich die Abfahrt."

Aber Jens Brennicke hatte nicht vor, so schnell aufzugeben. Zu lange hatte er versucht zu erfahren, wo und wann das Fräulein Stelling tätig war, das seit einem Jahr spurlos aus dem Gesellschaftsleben der Stadt verschwunden war. „Mademoiselle Stelling, es wird ein furchtbares Gewitter geben, und ich sehe mich gezwungen, Sie zu begleiten und zu schützen."

„Monsieur", sie lief weiter, „ich bin es gewohnt, bei jedem Wetter unterwegs zu sein. Ich habe einen Schirm bei mir, und wenn ich schnell genug bin, erreiche ich mein Haus, ohne nass zu werden."

Aber Jens Brennicke ließ sich nicht abweisen. Obwohl der Schimmel immer wieder am Zügel zerrte und lieber rückwärts als vorwärts gehen wollte, blieb Jens neben Patrizia. „Mademoiselle, besteht denn die Möglichkeit, dass ich Sie einmal einlade?"

Patrizia lachte und eilte weiter. „Ich denke, Sie wissen ganz genau, dass es sich für eine Frau nicht schickt, mit einem Mann auszugehen, der ihr nicht offiziell vorgestellt wurde."

„Ich halte nichts von diesen mittelalterlichen Gepflogenheiten. Aber wenn Sie Wert darauf legen, werde ich einen Freund bitten, uns ganz hanseatisch-korrekt miteinander bekannt zu machen."

Das Gewitter kam sehr schnell näher. Es hatte die Elbe übersprungen und zog mit nachtschwarzen Wolken und heftiger werdendem Wind von Süden her über die Stadt. Patrizia eilte die Stiftstraße entlang und dann in der Langen Reihe weiter. Bis zum Fähranleger am Schwanenwik musste sie noch zehn Minuten rechnen. An ihrer Seite nach wie vor dieser beharrliche Mann, der ihr von einem Mendelssohn-Bartholdy-Konzert erzählte, zu dem er gern mit ihr gehen würde, und von einem Zirkusbesuch, der auch sehr lohnend sein sollte.

Als die ersten Regentropfen fielen und Patrizia den Schirm aufspannte, sah sie ihn gereizt an. „Monsieur, merken Sie eigentlich nicht, dass Sie mir lästig sind? Ihre Konzerte und zirzensischen Abenteuer sind bestimmt sehr nett, aber ich habe dafür keine Zeit. Bitten reiten Sie nach Hause. Ihr Pferd mag das Wetter und auch meinen Schirm nicht."

„Unsinn, mein Hassan gehorcht aufs Wort. Er ist nur so nervös, weil ich es bin. So etwas überträgt sich eben."

„Und weshalb sind Sie nervös?" Der Regen prasselte inzwischen so stark auf den Schirm, dass Patrizia schreien musste, um sich verständlich zu machen.

„Abgesehen von Ihrer Ablehnung, frage ich mich die ganze Zeit, wie ich Sie vor dem Unwetter, das hinter uns heraufzieht, schützen soll."

Patrizia sah sich um. Ihr stockte der Atem. Der Himmel war nicht nur von Blitzen erhellt, sondern zeigte eine schwefelgelbe Farbe, die den Weltuntergang zu verkünden schien. „Mein Gott, wie furchtbar!", entfuhr es ihr. „Was machen wir denn jetzt? Bei diesem Wetter fährt doch keine Fähre mehr."

„Danke, dass Sie zum ersten Mal wir gesagt haben. Wir laufen, so schnell wir können, zum Ende der Langen Reihe, da gibt es einen Mietstall. Sicher können wir uns dort unterstellen."

Inzwischen regnete es in Strömen. Jens zog seinen Gehrock aus und legte ihn Patrizia über die Schultern. „Bitte, behalten Sie ihn an, es genügt, wenn einer von uns nass wird."

Sie nickte ihm zu und sah, wie sein fein gefaltetes Hemd von einem Augenblick zum nächsten wie ein nasser Lappen an seiner Haut klebte. Sie bedankte sich und lief, tief unter ihren Schirm gebeugt, neben ihm her. Über der Stadt entlud sich das Gewitter mit voller Gewalt. Grellgrüne Blitze zerteilten den Himmel, das Krachen der Donner hörte überhaupt nicht auf, und der Regen fiel wie ein grauer Vorhang senkrecht vom Himmel.

Jens musste sich anstrengen, um seinen Schimmel zu beruhigen und mit einem Arm zu halten. Den anderen hatte er um Patrizias Schultern gelegt, als er sah, dass sie vor Angst und Kälte zitterte. Dann endlich hatten sie den Mietstall erreicht. Jens stieß das Stalltor auf. Dumpfe, feuchtwarme Luft schlug ihnen entgegen. Es roch nach Pferden, Heu und Sattelzeug, zu sehen war nichts. Nicht eine einzige Öllampe brannte.

Jens rief: „Hallo, ist hier jemand?" Aber niemand antwortete. „Hier scheint kein Mensch zu sein." Er nahm Patrizia an die Hand. „Kommen Sie ein paar Schritte weiter, damit ich Hassan hereinführen kann. Es ist zwar dunkel hier drinnen, aber wenigstens trocken."

Patrizia nahm den durchweichten Gehrock ab, und Jens rieb an der Stallmauer ein Zündholz an. Für einen Augenblick konnten sie sehen, dass einige Pferdeständer leer waren. Jens führte seinen Schimmel in die erste Box und nahm ihm den Sattel ab. Dann nahm er Patrizia an die Hand und führte sie im Schein der Blitze, die durch die schmalen Stallfenster zuckten, zu den gebündelten Heuballen.

„Bitte setzen Sie sich, wir werden hier warten müssen, bis das Unwetter nachlässt.“

Patrizia, seit ihrer Kindheit ängstlich, wenn ein Gewitter tobte, fühlte sich höchst unwohl. Diese krachenden Elemente draußen, dieser unbekannte Mann hier drinnen, die späte Stunde – man erwartete sie natürlich längst zu Hause und hatte womöglich einen der Jungen ausgeschickt, um nach ihr zu suchen –, all das behagte ihr gar nicht. Vielleicht denkt man zu Hause, ich habe Nachtdienst, überlegte sie. Sie befühlte ihren Kopf. Die gestärkte Haube klebte wie ein unförmiger Lappen an ihrem Haar.

Jens, der die Bewegung im Schein eines Blitzes gesehen hatte, bat: „Nehmen Sie doch diese nasse Mütze ab. Sie haben so wunderschönes Haar, es ist schade, dass Sie es unter so viel Tüll verstecken.“

„Woher kennen Sie denn mein Haar?“

„Im vorigen Jahr beim Osterfeuer an der Elbe habe ich es gesehen. Ich kannte Sie schon als kleines Schulmädchen, aber dort unten an der Elbe, da …“, und wieder zerriss ein Donner seinen Satz. Aber das war auch gut so, er konnte ihr doch nicht sagen, dass er seit damals in sie verliebt war und sie gesucht hatte.

Patrizia fragte nicht nach. Sie spürte, dass das Gesprächsthema heikel wurde, und das wollte sie vermeiden. Sie löste die Nadeln und schüttelte das feuchte Haar, damit es trocknen konnte.

„Schade, dass es so dunkel ist, die Farbe Ihrer Haare ist einmalig. Es war das Erste, was mir an Ihnen so gut gefallen hat.“

Patrizia rückte ein wenig ab. Sie hatte kein Interesse an Schmeicheleien und keine Zeit. Das musste sie ihm so schnell wie möglich erklären. Er durfte sich keine falschen Hoffnungen machen.

Jens Brennicke war trotz seiner beeindruckenden Statur und seiner beachtlichen, wenn auch nicht immer fairen geschäftlichen Erfolge ein sehr feinfühliger Mann. Frauen mochten ihn, und vor allem wussten sie seinen gesellschaftlichen Stand, seinen geschäftlichen Erfolg und seinen Reichtum zu schätzen. Dass Patrizia Stelling all dem widerstand, kränkte ihn zutiefst. Aufgeben würde er jedenfalls nicht, im Gegenteil, die Herausforderung reizte ihn in ganz besonderem Maße. Dass er früher oder später als Sieger dastehen würde, stand für ihn fest.

Das Unwetter ließ nach. Patrizia stand auf, flocht die Haare in zwei Zöpfe, steckte sie hoch und zog die nasse Spitzenhaube über das Geflecht. „Ich werde in das Amalienstift zurückgehen und dort die Nacht verbringen. Der Fährbetrieb ist mit Sicherheit eingestellt."

„Dann erlauben Sie mir, dass ich Sie begleite?"

„Das wäre freundlich. Die Gassen von St. Georg sind nicht sehr sicher, wenn man nachts als Frau allein unterwegs ist."

Als er sich vor dem Stift von ihr verabschiedete, fand sie ihre Unruhe bestätigt. Er fragte: „Wann darf ich Sie wiedersehen?"

Sie zuckte mit den Schultern. „Überlassen wir es dem Zufall."

„Ich glaube, auf den Zufall werde ich mich nicht verlassen, Mademoiselle." Er verbeugte sich und küsste formvollendet ihre Hand. Und Patrizia wusste, dass sie deutlicher werden musste.

„Monsieur, ich sehe meine Lebensaufgabe in der Betreuung hilfsbedürftiger Menschen, und ich bitte Sie, das zu respektieren."

„Das würde mir nicht gefallen, Mademoiselle. Sie werden erlauben müssen, dass ich damit nicht einverstanden bin." Er lächelte, stieg auf den Schimmel und sagte: „Gute Nacht, Patrizia." Dann ritt er davon.

10

Die junge Frau hoffte, ungesehen das Stift betreten zu können. Aber die Tür war verschlossen, und sie musste die Pförtnerin herausklingeln. Etwas verwundert betrachtete die verschlafene alte Frau Patrizia.

„Es tut mir Leid, dass ich Sie herausklingeln musste, Schwester Ursula, aber ich bin auf dem Heimweg in das Unwetter geraten und musste mich unterstellen. Und jetzt bekomme ich keine Fähre mehr für die Überfahrt."

„Kommen Sie, Kindchen, ziehen Sie sich um. Ich mache Ihnen inzwischen in der Küche eine heiße Schokolade."

Patrizia lächelte dankbar, zog sich um und brachte die nassen Sachen auf dem Weg zur Küche in die Wäscherei. Auf der Küchenuhr sah sie, dass Mitternacht längst vorbei war, und dachte zurück an die vergangenen Stunden. Noch nie hatte ihr ein Mann den Hof gemacht, und nun kam dieser gut aussehende und von allen Frauen sehr begehrte Jens Brennicke und bemühte sich um ihre Bekanntschaft. Sie hoffte sehr, dass sie sich deutlich ausgedrückt hatte und diese kleine Affäre damit beendet war. Denn sie wusste natürlich auch, dass eine Verbindung mit diesem rivalisierenden Handelshaus, selbst wenn sie an einer festen Beziehung interessiert gewesen wäre, niemals infrage kam.

JENS BRENNICKE hatte einen anstrengenden Tag vor sich. Er ritt zum Kontorhaus, das die Firma an der Trostbrücke wieder aufgebaut hatte, gab den Hengst einem Stallknecht und suchte sein Büro auf. Dort hatten die Brennicke-Männer, die oft bis in die späte Nacht hinein arbeiteten oder Geschäftspartner bewirteten, Liegen und notwendige Kleidung zum Wechseln in Kemenaten neben ihren Büros. Zum Glück konnten die Mitarbeiter während der Feuersbrunst, als er mit seinem Vater in Lüneburg weilte, alle Geschäftspapiere und fast das gesamte Inventar retten, sodass außer an dem Gebäude kein allzu großer Schaden entstanden war.

Jens wollte unbedingt noch ein paar Stunden schlafen, bevor er sich dem Ärger des Tages aussetzen musste. Für elf Uhr, mit beinahe einjähriger Verspätung, war die Verhandlung vor dem Hanseatischen Gericht anberaumt, bei der die Frage geklärt werden sollte, ob die Reederei Brennicke schuld daran war, dass die Speicher in der Steintwiete abgebrannt waren, und ob sie für die Verluste aufkommen musste. Einer der Kläger war Johannes Stelling, der behauptete, dass verbotenerweise dort gelagerte Spirituosen der Firma Brennicke explodiert waren. Dies habe keinem der Lagerbesitzer Zeit gelassen, seine Waren in Sicherheit zu bringen, was ohne die Explosionen durchaus möglich gewesen wäre. Experten hatten die Beschuldigung bestätigt, und andere Kaufleute hatten sich der Klage angeschlossen.

Jens wusste, dass die Kläger Recht hatten, obwohl der Vater die Anklage weit von sich wies. Er wusste aber auch, dass er sich auf die Seite seines Vaters stellen musste; zum einen, weil er sich nicht gegen den alten Herrn wenden konnte, zum andern, weil die Firma in die Nähe eines Bankrotts gedrängt wurde, wenn die Reederei für die Verluste aufkommen müsste.

Die Verhandlung fand in der Neuen Börse statt, weil das abgebrannte Gerichtsgebäude noch nicht wieder aufgebaut worden war. Jens traf seinen Vater auf dem Korridor vor dem Sitzungssaal. Er war mit den drei altbewährten Firmenanwälten gekommen, die auf das Genaueste instruiert waren und deren Honorar vom Erfolg der Verhandlung abhing. Jens zweifelte keinen Augenblick daran, dass das Ergebnis zugunsten der Firma Brennicke ausfallen würde.

Nachdem alle Beteiligten Platz genommen hatten, sah Jens, dass bis auf

Johannes Stelling, der persönlich gekommen war, alle anderen Kläger nur ihre Anwälte geschickt hatten. Feiges Pack, dachte er und freute sich insgeheim. Die Herren ahnen, was es bedeutet, sich mit der Reederei Brennicke anzulegen.

Stelling war mit seinem Anwalt gekommen und mit seiner Tochter Viktoria. Die hatte allerdings versprechen müssen, sich vollkommen ruhig zu verhalten und unter das Publikum zu mischen.

Nachdem die Anwälte den Sachverhalt und die Feuerschutzexperten die Ergebnisse ihrer Nachforschungen geschildert hatten, begann der eigentliche Kampf. Der Stelling beweist erstaunlichen Mut, dachte Jens und bewunderte im Stillen den Mann, der einen Rechtsbeistand an seiner Seite hatte, der eher ängstlich als optimistisch auftrat. Aber je länger die Verhandlung dauerte, desto entmutigter wirkte auch Johannes Stelling.

Und dann plötzlich wendete sich das Blatt. Mitten unter den Zuschauern erhob sich ein junges Mädchen. Nachdem sie ihren Namen genannt hatte, erlaubte der Richter – da sie ja ebenfalls durch die Explosionen Verluste erlitten hatte –, dass Viktoria Stelling als Nebenklägerin auftreten dürfe. Mit erstaunlicher Kenntnis der Sachverhalte und mit genauem Wissen um die Rechte der Kläger hielt sie eine Rede, die alle Beteiligten aufhorchen ließ und der ganzen Verhandlung eine entgegengesetzte Richtung gab. Es gab zwar noch das eine oder andere Geplänkel unter den Anwälten, aber die Tatsachen standen jetzt klar im Raum.

Die hat sich auf das Gründlichste auf diesen Tag vorbereitet, dachte Jens und empfand große Bewunderung und abgrundtiefen Hass. Denn dass dieses Mädchen der Reederei Brennicke einen tödlichen Stoß versetzt hatte, ließ sich nicht mehr leugnen.

Er erhob sich und ordnete die Papiere auf seinem Tisch. Die Advokaten beider Seiten verabredeten gemeinsame Sitzungen, in denen die zu erstattenden Summen festgelegt und Termine geregelt werden sollten. Der Richter hatte die Verhandlung mit genauen Angaben über Schadenserstattung und Fristen beendet und forderte schnelle Vollzugsmeldungen.

Jens beobachtete seinen Vater, der zornrot inmitten seiner Anwälte den Gerichtssaal verließ, und sah hinüber zum Publikum. Ihm blieben weder hämische Bemerkungen noch laut bekundete Schadenfreude verborgen. Elendes Pack, dachte er, sie leben von unserem Unternehmen, aber sie verdammen uns. Wie ginge es ihnen wohl, wenn wir keine Männer als Matrosen, Lagerarbeiter, Stauer oder Schiffbauer beschäftigten und keine Frauen als Näherinnen, Köchinnen, Sortiererinnen oder Putzfrauen? Jens war unvorstellbar wütend. Nicht nur, weil sie den Prozess verloren hatten, sondern auch, weil diese rotzfreche Göre sie bis auf die Knochen blamiert hatte. Er sah ihr nach, wie sie mit ihrem Vater zusammen den Saal verließ. Lang, dünn, hässlich und durch und durch unsympathisch, registrierte er und packte seine Papiere ein. Er würde ihr heimzahlen, was sie heute seiner Firma angetan hatte, nahm er sich vor und verließ das Gerichtsgebäude.

VIKTORIA musste fast laufen, um mit dem Vater Schritt zu halten, und hoffte vergeblich auf ein lobendes Wort. Als sie den schweigenden Mann nicht mehr ertragen konnte, ergriff sie seine Hand und sah ihn an. „Vater, freust du dich denn nicht? Wir haben gewonnen. Wir werden alles ersetzt bekommen, was wir verloren haben, du kannst endlich ein Schiff für die Auswanderer kaufen, wir werden richtig gute Geschäfte damit machen."

„Du verstehst gar nichts, Kind." Unwirsch und verärgert löste er sich von ihrer Hand. „Hatte ich dir nicht gesagt, du sollst schweigen, wenn ich dir schon erlaube mitzukommen? Du hast unseren größten Konkurrenten zu unserem größten Feind gemacht. Weißt du, was das bedeutet?"

„Nein, ich weiß nur, dass Recht gesprochen werden musste. Denn um ein Haar hätten wir den Prozess verloren, und ich glaube, das wäre für unsere Firma schlimmer geworden als das Grummeln eines alten Mannes."

„Der alte Mann, wie du ihn nennst, mag grummeln, der junge aber wird dir heimzahlen, was du ihm heute angetan hast."

„Vater, wovor hast du Angst?" Sie verstand seine Sorge nicht. Er wollte nicht akzeptieren, dass sie sich mit seinen Geschäften befasste, seine Beschlüsse lobte oder kritisierte. Aber heute hatte sie die Reederei Stelling vor einem enormen Verlust bewahrt, und wenigstens das sollte er anerkennen.

Vor dem Kontorhaus am Gänsemarkt verabschiedete sich Viktoria. Sie bedauerte, dass sie den Vater nicht von der Bedeutung des Prozessausgangs überzeugen konnte. Mit seinen 55 Jahren dachte er nach wie vor, durch vornehme Zurückhaltung die besten Geschäfte machen zu können. Viktoria schüttelte verärgert den Kopf und lief über die Dammtorstraße hinweg zur Esplanade. Sie musste sich beeilen, wollte sie pünktlich zum Nachmittagskursus in der Handelsschule sein. Vater begreift einfach nicht, dass die Zeiten sich geändert haben, dass die Geschäfte riskanter, die Methoden härter geworden sind und die Konkurrenz viel größer geworden ist. Und Michael, dieser Weichling, redet dem Vater nach dem Munde und hofft, wenn er endlich volljährig ist, einen ihm wohlgesinnten Vater um das Reisegeld nach Italien bitten zu können. So ein Trottel, dachte Viktoria verärgert, Vater wird ihm niemals erlauben, Maler zu werden und die Firma zu verlassen.

Viktoria hatte die Schule erreicht. Die Stunde hatte noch nicht begonnen, und ihre Mitschüler standen auf dem Bürgersteig, einige mit einem selbst gedrehten Zigarillo in der Hand, das sie heimlich hinter dem Rücken anderer rauchten, denn Tabakgenuss war in der Schule streng verboten.

Es störte Viktoria nicht, dass sie das einzige Mädchen in dem Seminar war. Sie war als Kumpel anerkannt, weil sie freizügig war, wenn es darum ging, ihr Wissen weiterzugeben. So manche gute Klassenarbeit des einen oder anderen Jungen ging auf ihr Konto. Obwohl sie die Handelsschule nur nachmittags besuchen durfte, war Viktoria Klassenbeste in der Esplanade. Dieser Unterricht machte ihr Spaß. Sie wusste, dass sie eines Tages all das brauchen würde, was sie hier lernte. Denn dass sie das Handelsunternehmen Stelling einmal führen würde, war für sie ganz selbstverständlich. Wenn nur der Vater nicht so uneinsichtig und festgefahren in seinem Denken wäre, was sich für ein Mädchen ziemte und was nicht.

Als sie bei den Jungen vor der Schultür ankam, wurde sie mit Lachen und mit Beifall begrüßt. Kumpelhaft schlug man ihr auf die Schultern.

„Du hast es aber den Brennickes gegeben." – „Toll, wie du mit den beiden umgesprungen bist." – „Na bravo, dein Erfolg kann sich sehen lassen."

Viktoria lachte fröhlich. „Woher wisst ihr denn schon Bescheid?"

„Na, denkst du, so etwas spricht sich nicht herum? Zwei von unseren Lehrern waren bei der Verhandlung und haben als Resultat gleich Gewinn- und Verlustkalkulationen auf den Stundenplan gesetzt. Woher wusstest du denn damit umzugehen?"

„Ich habe mir Bücher in der Bibliothek geholt und in der letzten Nacht bis zum Umfallen gebüffelt und gerechnet. Glaubt bloß nicht, dass mir diese Kalkulationen so einfach in den Schoß gefallen sind, das ist ein Stoff zum Fürchten, sage ich euch."

„Na großartig, da haben wir ja was Feines vor uns!"

Mit sehr gemischten Gefühlen ging Johannes Stelling die Treppen zu seiner Kontoretage hinauf. Er hatte begründete Sorge vor den Reaktionen der Brennickes. Sie würden auf Rache sinnen und den Bankrott der Reederei Stelling an die oberste Stelle aller zukünftigen Aktivitäten setzen. Er hatte auch Angst um den Ruf seiner Tochter. Eines Tages wird sie eine Frau sein, für die wir einen Ehemann suchen müssen. Wer aber wird eine Frau heiraten, die schon als Schulmädchen im Gericht herumgestritten und einem der größten Hamburger Unternehmen praktisch den Bankrott diktiert hat?

Im Kontor wussten bereits alle Bescheid. Johannes hatte Jens Alberti, seinem Büroleiter, erlaubt, an der Gerichtssitzung teilzunehmen, und der war schnellstens zurückgekehrt, um das Ergebnis der Verhandlung bekannt zu geben. Alle Mitarbeiter versammelten sich in Stellings Büro und gratulierten auf das Herzlichste. Aber Johannes Stelling hob abwehrend die Hände und erklärte: „Liebe Leute, wir haben zwar Geld gewonnen und einen Prozess, aber wir haben auch einen Feind bekommen, und der wird uns das Leben zur Hölle machen.“

Betretenes Schweigen folgte seinen Worten. Niemand wusste, wie er auf diese pessimistische Auslegung eines großartigen Sieges reagieren sollte. Schließlich führte Alberti alle Mitarbeiter hinaus auf den Flur und sagte: „Leute, ran an die Arbeit, durch Grübeln wird kein Problem gelöst. Wir werden die Situation erst einmal verdauen, und dann schauen wir weiter. Wenn das Geld auf Stellings Konto im Bankhaus Salomon Heine in Altona ist, sieht die Welt für unseren Chef auch wieder besser aus. Also, Ärmel hochkrempeln und weitermachen!“

11

Wer aufgrund des Gerichtsurteils nach der Brandkatastrophe die Firma Brennicke am Rande des Abgrundes sah, täuschte sich. Diese alteingesessenen Hanseaten, traditionsbewusst und kämpferisch, wussten um das Ansehen der Firma und die Existenz des Handelshauses zu ringen.

Auch die Generalin, wie Irmgard Brennicke im Familienkreis genannt wurde, wusste, wie man kämpft. Sie hatte, nachdem sie sich von dem Schock und ihrem Gelächter erholt hatte, das Zepter in die Hand genommen und dem alten Patriarchen, diesem Dickschädel und Sturkopf, Beine gemacht, indem sie ihn zum Bankhaus schickte und alle Kontoauszüge zu sehen wünschte.

Und dem Sohn hatte sie klipp und klar erklärt: „Jetzt ist keine Zeit für Sentimentalitäten, Jens, kümmere dich um die Firma und nicht um Weiberröcke, und bring mir morgen die Hauptbücher aus dem Kontor nach Hause, ich will selbst sehen, wie es um uns steht.“

Sie wusste natürlich längst, dass bei ihrem Sohn eine gewisse Leidenschaft entbrannt war, sie spürte aber auch, dass sich diese Angelegenheit nicht zu seiner Zufriedenheit entwickelte. Sie wollte selbst in so einer

Herzensangelegenheit ein Wörtchen mitreden und fand es gar nicht amüsant, dass er mit keiner Andeutung verriet, wer die Auserwählte war.

Die Brennicke-Männer gehorchten der Hausherrin von der Elbchaussee, und einen Tag später wusste Irmgard Brennicke, wie es um das Handelshaus stand. Wenn sie die festgelegten Schadenersatzsummen von mehr als einer Million Courantmark an die geschädigten Speicherbesitzer gezahlt hatten, war von ihrem augenblicklichen Barvermögen nichts mehr übrig. Und gezahlt werden musste laut richterlichem Beschluss sofort.

„Wir müssen also neues Geld heranschaffen. Wir müssen Grundstücke, Schiffe, Häuser oder was immer wir haben verkaufen“, sagte sie, „und zwar schnell.“

„Kommt nicht infrage“, erklärte Heinz Brennicke und schüttelte energisch den Kopf. „Noch nie haben wir etwas abgegeben, was uns gehört, wir haben immer nur hinzugewonnen, und so wird es auch bleiben.“

„Unsinn“, widersprach seine Frau, „wir haben uns auch noch nie so eine Dummheit mit leicht explodierender Ware in einem Speicher erlaubt.“ Irmgard Brennicke setzte sich aufrecht hin und studierte die vor ihr auf dem Tisch ausgebreiteten Papiere. „Wir werden verkaufen“, sagte sie ohne einen Anflug von Unsicherheit, „welche Immobilien stehen zur Verfügung?“

Jens beugte sich vor und suchte in den Akten. „Wir haben mehrere Grundstücke am Kehrwieder und am Sandtorkai. Hafenarbeiter mit ihren Familien leben dort. Eine sehr schmutzige, verwahrloste Gegend.“

„Kommt nicht infrage“, protestierte der alte Brennicke, „es gibt im Senat geheime Pläne, alles abzureißen und dort die modernste Speicherstadt Europas zu errichten.“

Jens nickte. „Eines Tages, wenn das Geheimnis gelüftet ist, sind die Grundstücke zwischen den Fleeten bares Gold wert.“

„Umso besser!“, rief Irmgard Brennicke. „Jens, man muss diese geheimen Pläne publik machen, und die Interessenten werden sich darum reißen und gute Preise bezahlen. Du wirst einen kleinen Artikel für die Zeitung schreiben und dafür sorgen, dass er auch gedruckt wird. Also, was können wir noch verkaufen, ohne uns und unserem Ansehen zu schaden? Wie steht es mit den Schiffen? Jens, zeig mir die Papiere.“

Während der Sohn in den Aktenordnern suchte, verließ der Alte den kleinen Salon und stürmte in sein Arbeitszimmer. Was denkt sie sich, sie ruiniert uns! Das Eingeständnis, dass er selbst an diesem Dilemma schuld war, unterdrückte er eigensinnig und suchte nach seiner Pfeife und Schuldigen für diese Misere. Die hatte er schnell gefunden: Dieses nichtsnutzige, freche Schulmädchen, die jüngste Stelling, war an allem schuld. Die kleine Siegesfeier im Restaurant für sich und seine Advokaten war schon bestellt gewesen. Alles wäre gut gegangen. Und dann kam diese Göre!

Wütend und mit schmauchender Pfeife stapfte er, obwohl er wusste, dass seine Frau den Pfeifengeruch nicht duldete, zurück in den Salon. „Verdammt noch mal, wir werden einen Klipper verkaufen, einen alten Amerikafahrer, den die Auswanderer sowieso heruntergewirtschaftet haben, und damit basta. Nicht ein einziges Stück wird sonst noch verkauft."

Missbilligend sah seine Frau von den Papieren auf. „Hier wird weder geflucht noch geraucht, Heinrich. Wir haben alles durchgerechnet. Der Verkauf eines guten Schiffes wird genügen. Dann sind wir wieder flüssig. Also beruhige dich. Jens wird für die Verkäufe sorgen, und du kannst hingehen und mit dem Geld neue Geschäfte beginnen." Sie stand auf. „Kommt mit, die Köchin hat ein zweites Frühstück bereitet, und ich denke, es ist angebracht, nach solchen ernsten Gesprächen ein Glas Champagner zu trinken und von den Krebsen zu kosten, die ich für uns vorbereiten ließ. Eines aber muss ich euch noch sagen, dieses rotzfreche Schulmädchen, wie ihr die kleine Stelling nennt, die will ich kennen lernen. Und zwar bald!"

Heinrich Brennicke beglich pünktlich und wie vorgeschrieben die Schadenersatzforderungen. Er verkaufte einen alten, aber durchaus noch seetüchtigen Klipper, und er verkaufte Grundstücke am Sandtorkai. Das löste unter den dort lebenden Menschen eine Panik aus. Und der Senat war empört über die vorzeitige Bekanntgabe seiner geheimsten Pläne in einem an versteckter Stelle gedruckten Zeitungsartikel.

Brennicke hatte einen vertrauenswürdigen Strohmann mit den Verkäufen beauftragt und blieb ein unbescholtener Handelsherr. Mit dem neu verfügbaren Bargeld ließ er ein Dock bauen, auf dem eines der ersten Dampfschiffe Hamburgs erstellt werden sollte. Damit würde er in die Geschichte der hanseatischen Schiffbauer eingehen, und nicht nur seine Frau Irmgard, sondern alle, die in Hamburg Rang und Namen hatten, beglückwünschten ihn zu seinem gigantischen Vorhaben und zu seinem Pioniergeist.

ABER auch Johannes Stelling hatte einen Erfolg zu verbuchen: Was Heinrich Brennicke nicht wusste, war nämlich die Tatsache, dass Stelling, ebenfalls durch einen Strohmann, die später sehr wertvollen, jetzt aber noch günstigen Grundstücke am Sandtorkai ebenso erworben hatte wie den Hochseeklipper. Johannes schmunzelte, denn zu diesem geheimen Handel war es gekommen, weil Viktoria, eine gründliche Zeitungsleserin, den

Artikel über die Senatspläne mit der Speicherstadt gelesen hatte und die Bedeutung erkannte. Er stimmte dem Kauf zu, nicht, weil ihn Viktoria überzeugt hatte, sondern weil Michael dafür war. Ihn wollte er in die Geschäfte der Firma fester einbinden, und wenn der Sohn sich, was selten genug der Fall war, einmal für ein Geschäft engagierte, dann wollte er ihm auch die nötige Anerkennung zollen. Aber nur seine Tochter Viktoria ahnte, welch ein grandioses Geschäft das Handelshaus Stelling mit dem Kauf der Grundstücke und des Schiffes gemacht hatte.

Im Anschluss an dieses Gespräch fasste Johannes Stelling gemeinsam mit seiner Frau Annette den Entschluss, Viktoria im April des kommenden Jahres in ein Internat nach Bremen zu schicken. Ihm war zu Ohren gekommen, erschreckenderweise sogar während einer seiner geliebten Herrenabende im Klubraum des Hamburger Hofes, dass man seine jüngste Tochter sehr oft in Hafennähe sehen würde, wo sie peinlicherweise einen recht engen Kontakt zu Hafenarbeitern, Schauerleuten und Matrosen pflegte.

So hatte er sich umgehend nach einem besonders streng geführten Institut erkundigt. Das Kind musste endlich zu einer musterhaften Hausfrau erzogen werden, denn von einer echten Hanseatin durfte jeder Ehemann erwarten, dass sie in allen häuslichen Bereichen ihrem Personal ein Vorbild war.

VIKTORIA, inzwischen fast sechzehn Jahre alt, entwickelte sich zu einem umsichtigen Mädchen, das nicht mehr spontan handelte und frech die Meinung äußerte, sondern wohl überlegt Pläne in Angriff nahm und eigene Wünsche durchsetzte. Sie besuchte nach wie vor zwei Schulen gleichzeitig, verbrachte fast ihre gesamte freie Zeit am Hafen und beschäftigte sich mit der drohenden Elbversandung, die sehr bald keinem größeren Schiff mehr erlauben würde, den Fluss aufwärts bis zum Hafen zu segeln. Dann mussten die Waren in Cuxhaven entladen werden, und das würde ungeheure Transportkosten verursachen. Sie kannte sich aus mit den Problemen der Menschen am Hafen, und sie hatte so ihre Ideen.

Seit zwei Tagen schwänzte sie nun schon die Schule und wartete auf die *Königin Sophia*, Vaters größten Schoner, der die Südamerika-Route befuhr und mit der wertvollen Fracht von Kaffee, Kakao, Baumwolle und Tabak unterwegs war. Sie war, mit einem Fernrohr des Hafenmeisters bestückt, hinauf auf die Hügel von St. Pauli geklettert, wo sie den größten Überblick hatte, und zählte voller Ungeduld die Minuten bis zur Hochflut, mit der das Schiff seines großen Tiefgangs wegen einlaufen musste.

Schließlich tauchten Segel am Horizont auf. Aber es verging noch fast eine Stunde, bis sie erkennen konnte, dass es tatsächlich die *Königin Sophia* war, die da mit windgeblähtem Tuch bei Övelgönne die Hafeneinfahrt passierte. Sie rannte vom Hügel hinunter und lief zu den Vorsetzen, an denen das Schiff festmachte. Natürlich ziemte es sich nicht, ihre übergroße Freude zu zeigen, dennoch konnte sie nicht umhin, sofort auf das Deck zu laufen, als die ersten Planken für den Landgang ausgelegt wurden. Sie hatte sich in den hübschen Kapitän Justus Habermann verliebt und schwärmte mit jugendlichem Enthusiasmus von dem „Herrn der Weltmeere", wie sie ihn heimlich nannte. Ihr genügte es, den Mann zu sehen, zu bewundern und von ihm zu träumen, wenn er dann wieder monatelang unterwegs war. Während er in Hamburg war, hatte sie glücklicherweise Gelegenheit, ihn zu sehen, mit ihm zu sprechen, sein Lachen und die angenehmen Gesten, mit denen er seine Worte unterstrich, zu beobachten.

Aber sie hatte, neben all der Freude des Wiedersehens, auch ein ernstes Gespräch mit dem Kapitän zu führen. Als er vor vier Monaten zu dieser Fahrt gestartet war, hatte sie ihn gebeten, sich umzusehen und zu erkunden, woran es lag, dass viele Schiffe, die von Brasilien aus die Heimreise antraten, mit so großer Verspätung in Hamburg eintrafen. Lag es an den Meeresströmungen, am schlechten Wetter, oder lag es gar an den brasilianischen Behörden, die eine Abfertigung verzögerten? Viktoria wusste: Zeit ist Geld, und neuerdings gingen zu viele Tage verloren, Tage, die zur Folge hatten, dass eine Abfertigung in Hamburg verzögert wurde, die Lagerplätze und Speicherkapazität durcheinander brachten, an denen Schauerleute nutzlos warteten und Anlegeplätze anderweitig besetzt werden mussten.

Viktoria hatte kaum Justus Habermann respektvoll begrüßt, als sie schon fragte: „Lieber Kapitän, wissen Sie noch, worum ich Sie vor Ihrer Abreise gebeten habe?"

„Selbstverständlich, Fräulein Viktoria. Aber eigentlich müsste ich mich zuallererst um mein Schiff kümmern. Der Hafenmeister schaut schon recht erzürnt hier herüber, und meine Männer warten auf Befehle –"

„Bitte, lieber Kapitän, nur eine winzige Antwort, ein Geheimnis zwischen uns beiden: Ist es das Wetter, das Meer, der Zoll, oder aber sind es die brasilianischen Vergnügungen, die für die Verspätungen der Schiffe sorgen?"

„Nein, Viktoria, es ist etwas ganz anderes: Wenn wir in Brasilien ankommen, oft nach vielen stürmischen Wochen auf See, dann haben unsere Schiffe gelitten, vieles muss repariert und geflickt werden. Aber es gibt keine Ersatzteile, keine neuen Segel, keine entsprechenden Werkzeuge für unsere Reparaturen. Dann ist man im Land unterwegs, auf der mühsamen Suche nach brauchbarem Material.“ Resignierend zuckte er mit den Schultern und rückte seine fesche Mütze zurecht. „Wir haben diesmal drei Wochen in Recife festgelegen. Aber jetzt muss ich mich um meine Leute kümmern, der Hafenmeister kommt, und er wird leicht wütend.“

„Danke, Kapitän. Sie haben mir sehr geholfen. Dem Hafenmeister sage ich, dass ich Sie aufgehalten habe, er ist ein Freund von mir. Und bitte: Kein Wort über unser Geheimnis zu irgendeinem anderen Menschen. Ich möchte mir das Problem mit den Ersatzteilen überlegen, vielleicht gibt es ja eine Lösung. Aber die möchte ich gern allein finden. Versprochen?“

Mehr als ungläubig sah Kapitän Habermann dem jungen Mädchen nach und schüttelte den Kopf. Er wusste aber, dass die kleine Viktoria eine sehr aufgeweckte junge Dame war, die fast immer durchsetzte, was sie wollte.

12

Während der langsame und gründliche, vielleicht etwas schwerfällige Johannes Stelling bemüht war, die Firma zu vergrößern, um eines Tages, wenn er alt und müde war, eine expandierende Reederei und ein florierendes Handelshaus an seine Söhne übergeben zu können, führte seine Frau, allerdings hinter seinem Rücken, intensive Gespräche mit Patric O’Brian. Der britische Architekt irischer Abstammung, der seit einiger Zeit in Hamburg lebte und arbcitete, galt als der modernste Künstler seines Fachs.

Nun legte Annette Stelling nicht unbedingt Wert auf künstlerische oder übermoderne Gestaltung ihres neuen Heimes, sondern ganz einfach darauf, den bekanntesten Architekten der Stadt für ihr Vorhaben zu engagieren. Sicher, sie wollte auch die neuen, in England entwickelten Wasserspültoiletten in ihrem Haus haben und eine moderne Gasbeleuchtung, die jetzt überall eingeführt werden sollte. Vor allem aber wollte sie einmal sagen können, dass ihre Villa von Patric O’Brian entworfen, gebaut und mit ihr gemeinsam eingerichtet worden war.

Dass die Gespräche mit dem Architekten hinter dem Rücken ihres Ehemannes geführt wurden, lag an der Tatsache, dass Johannes Stelling noch immer nicht seine Zustimmung zu dem Bau gegeben hatte. Sobald sie das Gespräch darauf brachte, hieß es: „Ja, ja, wir bauen das Haus, aber ich kann mich noch nicht auf einen Termin festlegen.“

Umso mehr freute sich Annette, dass es endlich ein großes Fest im Hause Stelling gab. Am 10. Oktober wurde Michael 21 Jahre alt. Sie wusste zwar, dass er am liebsten mit seinen Freunden vom neu gegründeten Hamburger Ruderklub gefeiert hätte, aber das kam überhaupt nicht infrage.

„Dein Festtag wird hier in der Familie begangen, und deine Eltern laden die Gäste ein“, beschloss sie resolut.

Bei der Planung des Festes machte ihr das kleine Haus die größten Sorgen. Mehr als zwölf Personen kann ich am Esszimmertisch nicht bewirten, überlegte sie, wir müssen ein abendliches Büfett statt eines festlichen Dinners anbieten. „Auf jeden Fall muss in der Mitte als glanzvoller Aufbau ein aus Eis geschnitzter Schwan stehen. Ich habe bei der Einladung im Hause von Konsul Bloomström einen solchen Schwan gesehen, und er war der absolute Höhepunkt der Tischdekoration“, erzählte sie Babette, der Mamsell. Einen Augenblick noch träumte sie von dem blauen, durchsichtigen Schwan mit seinem stolz erhobenen Kopf auf dem eleganten Hals – „Schwäne sind in Hamburg so etwas wie ‚heilige Kühe‘ und stehen seit Jahrhunderten unter dem ganz besonderen Schutz der Regierenden“, erklärte sie Babette. Dann widmete sie sich wieder der Büfettstrategie, von der die Köchin Simone nicht sehr angetan war. Annette wusste, sie hielt mehr von rustikaler Küche als von schnell dahinschmelzenden Eisgebilden. In der Mitte der Tafel und rund um den Schwan werden wir die edlen Delikatessen aus dem Feinkostgeschäft aufbauen, an die Seiten kommen Simones Platten, sinnierte Annette und dachte an Johann Jacob, der erst vor wenigen Wochen sein elegantes Delikatessengeschäft am Mittelweg eröffnet hatte. Sie lächelte bei dem Gedanken an die delikaten Köstlichkeiten. Welch ein Glück, dass ich mir inzwischen diese geliebten Eskapaden leisten kann. Gott sei Dank geht es unserer Firma finanziell wieder blendend. Das haben wir allein der couragierten Viktoria zu verdanken, dachte sie. Aber es war nicht erwünscht, darüber zu reden.

Annette war mit der Planung zufrieden. Mit dem Esszimmer, dem Salon und ihrem kleinen Boudoir, alle durch gläserne Schiebetüren miteinander verbunden, würden sie Platz für dreißig Personen haben. Sie sah auf die Kaminuhr. Um sechs kam der Coiffeur, der ihr die Frisur richtete. Für sieben Uhr hatte sie die Modistin bestellt, die ihr beim Ankleiden helfen sollte. Michael und Johannes kamen ebenfalls um sieben Uhr. Johannes hatte nicht erlaubt, früher als üblich die Arbeit zu beenden. Annette zog sich in ihr Schlafzimmer zurück: „Babette, bitte bring mir jetzt das heiße Wasser für mein Bad, und vergiss die Jasminessenzen nicht.“

MICHAEL, die Hauptperson dieses 10. Oktober, hatte ganz andere Probleme. Für ihn ging es an diesem Tag nicht ums Feiern, sondern um die Zukunft. Er hatte lange nicht mehr über seine Karriere als Maler gesprochen, er wollte erst diesen Geburtstag abwarten, aber er hatte im Geheimen alles für die Reise nach Italien vorbereitet. Er hatte längst seinen Koffer gepackt und bei einem Freund deponiert, er hatte eine Schiffspassage nach Italien gebucht und mit seinem alten Lehrer korrespondiert, der ihn in Venedig willkommen heißen würde.

Natürlich hätte er lieber mit den Freunden gefeiert, die ihn heute Nacht auf das Schiff bringen würden, aber er wusste, wie viel seiner Mutter an dem Fest lag, und er wollte ihr diese Freude nicht nehmen. So hatte er seine Freunde gebeten, die letzten Stunden bis zum Auslaufen des Schiffes beim Morgenhochwasser mit ihm in einer Hafenkneipe zu verbringen.

Doch, überlegte er, ich habe an alles gedacht. Ich werde mich heute Nacht von der Familie und den Gästen ganz korrekt verabschieden und das Haus verlassen. Ich muss ja Gott sei Dank nicht heimlich ausreißen, ich bin seit heute einundzwanzig, und kein Mensch kann mich daran hindern zu tun, was ich will.

Als das Glockenspiel in der Alten Post das Siebenuhrlied anschlug, schloss Michael sein Schreibpult ab, übergab den Schlüssel wie an jedem Tag Jens Alberti, dem Büroleiter, zog sein Jackett an und machte sich auf die Suche nach dem Vater, um gemeinsam mit ihm nach Harvestehude zu reiten.

Endlich besitzt unsere Firma eigene Pferde, dachte er. Es wurde wirklich Zeit, dass der Vater zwei Reitpferde und zwei Kutschpferde für die Kalesche der Damen kaufte und in einem Stall bei den nahe gelegenen Feldbrunnen einstellte, wo die Tiere versorgt und gepflegt wurden. Außerdem war Thomas sehr froh, jeweils die benötigten Pferde zu holen oder fortzubringen, machte nicht selten einen gehörigen Umweg, um reiten zu können, und verdiente sich nebenbei noch ein Taschengeld bei dieser Arbeit.

Thomas wartete mit Benno zusammen vor dem Haus und nahm ihnen die Pferde ab. Er, aber auch der Hund konnte es gar nicht erwarten, im vollen Galopp in Richtung Mietstall davonzupreschen. Heute durfte er keinen Umweg reiten. Die Mutter hatte ihm Zimmerarrest angedroht, wenn er nicht in wenigen Minuten zurück war.

Auf dem Rückweg in die Alte Rabenstraße dachte er an den Pferdekauf im Frühjahr. Der Vater hatte ihn nach Wedel mitreisen lassen, wo in der Woche nach Ostern der berühmteste Pferde- und Viehmarkt im Norden Deutschlands stattfand. Sie waren mit einem Küstenewer flussabwärts bis zu dem kleinen Hafen in der Elbmarsch gefahren, hatten dort in der „Goldenen Forelle“ fürstlich gespeist und übernachtet und am nächsten Morgen ganz zeitig den Markt aufgesucht. Thomas freute sich noch immer: Ich konnte Vater überreden, wirklich gute Pferde zu kaufen, erinnerte er sich. Er erklärte ihm, worauf man beim Kauf achten sollte, wie die Beine, der Rücken, die Kopfhaltung und die Zähne beschaffen sein mussten, wie man das Alter feststellen konnte und die Festigkeit der Hufe, die bei dem Stadtverkehr auf den neuen, gepflasterten Straßen besonders wichtig waren.

Thomas überquerte den Mittelweg und legte einen Schritt zu. Freilich, überlegte er, dem Vater zu sagen, dass Pferde eines Tages der Inhalt meines Lebens sein werden, das habe ich noch nicht gewagt, aber ein bisschen Zeit habe ich ja noch. Als er das Haus erreichte, war es fast dunkel.

Die Festvorbereitungen hatten das letzte Stadium erreicht. Viktoria hatte mit Stinchen zusammen die Stühle für die Musiker gerichtet. Ein Lohndiener war für den Abend eingestellt worden, um die Kamine und die neu installierten Kachelöfen zu versorgen. Der würzige Holzgeruch vermischte sich angenehm mit dem Duft unzähliger Kerzen.

Als Thomas das Zimmer betrat, das er mit Michael zusammen bewohnte, war der ältere Bruder gerade fertig angekleidet und legte sich die Manschettenknöpfe und die Krawattennadel an – ein üppiges, mit drei großen Diamanten verziertes Geschenk der Eltern zu seinem 21. Geburtstag.

„Gut siehst du aus, richtig Respekt einflößend mit dem eleganten Gehrock. Und dann diese Knöpfe mit der passenden Nadel, die müssen ein Vermögen wert sein.“

„Thomas, du weißt, ich habe immer gesagt, wenn ich einundzwanzig bin, verlasse ich Hamburg und gehe nach Italien. Heute ist es so weit. Ich werde mich nach Mitternacht in aller Form verabschieden und dieses Haus verlassen. Du hast das Recht, es vor den anderen zu erfahren.“ Michael zupfte an seinen Manschetten. „Dieser Schmuck ist für mich so etwas wie eine eiserne Reserve. Wenn ich einmal nicht weiterweiß, kann ich die Steine verkaufen und eine Weile davon leben. Heute muss ich sie natürlich tragen.“

Thomas war wie erstarrt vor Schreck. „Michael! Was werden die Eltern sagen?“

„Ich weiß es nicht. Ich hoffe, dass sie mich eines Tages verstehen werden. Aber ich möchte, dass wir beide in Verbindung bleiben.“ Er zog den jüngeren Bruder freundschaftlich an sich und umarmte ihn kurz.

„Wohin willst du denn in Italien?“

„Mein alter Lehrer erwartet mich in Venedig und hilft mir dann weiter.“

Thomas schüttelte noch immer fassungslos den Kopf. Er hatte sich inzwischen umgezogen. Der Bruder würde ihm richtig fehlen. Sie hatten sich gut verstanden. „Wir müssen gehen. Schade, dass Patrizia nicht kommen kann“, bedauerte er, aber die Schwester lebte und arbeitete seit ein paar Wochen als Pflegerin auf der Veddel, einem Gebiet in Hafennähe, auf dem Reeder der Überseeschifffahrt ein Lager für Auswanderer errichtet hatten. Die Menschen, die aus allen deutschen Landesteilen in Hamburg eintrafen, um von hier aus in ferne Länder zu starten, waren meist sehr arm, krank und pflegebedürftig. Die Stadtverwaltung sah es nicht gern, wenn sie mit Hamburger Bürgern zusammentrafen und sie womöglich mit Krankheiten ansteckten oder einen schlechten Einfluss auf sie ausübten. So hatten die Reeder, die schließlich an den Auswanderern gut verdienten, einen soliden Gebäudekomplex errichtet, in dem die Menschen leben, gesund werden und ihr Schiff erwarten konnten.

Michael und Thomas kannten die Situation. Nachdem Viktoria den Vater überredet hatte, ein Auswandererschiff zu erwerben und, was nicht in jeder Reederei üblich war, für einen menschenwürdigen Transport umzubauen, war das Handelshaus Stelling an der Problematik in jenem Lager beteiligt.

Was die beiden Brüder nicht wussten, war, dass sich Patrizia freiwillig zu dieser Arbeit gemeldet hatte. „Ich sehe keinen anderen Ausweg“, erklärte sie ihrer Freundin Melanie, „mich vor den Nachstellungen des Jens Brennicke zu schützen. Er hat es sich zur Angewohnheit gemacht, jeden Abend vor dem Amalienstift auf mich zu warten. Das bringt mich nicht nur in Verlegenheit, sondern auch ins Gerede. Deshalb habe ich Amalie gebeten, mich hierher zu schicken und keinem zu sagen, wo ich bin.“

„Schade, dass Patrizia heute nicht hier ist, ich hätte mich gern von ihr verabschiedet“, sagte Michael traurig und sah seinen Bruder an. „Du musst sie von mir grüßen. Sie wird sich durchsetzen, davon bin ich überzeugt.“

13

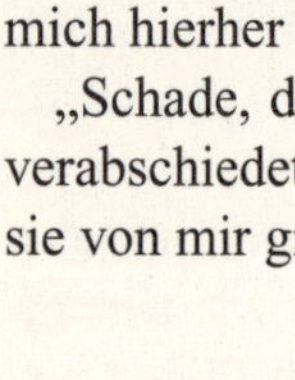

Annette genoss den festlichen Abend in vollen Zügen. Die Gäste waren wohlgelaunt, wenn auch regennass eingetroffen und hatten dem Lohndiener lachend die tropfenden Capes und die feuchten Gummigaloschen übergeben und dann ihre eleganten Garderoben in aller Bescheidenheit zur Schau gestellt. Niemand hatte abgesagt, und die Kutscher draußen bei den Pferden würden eine lange Nacht vor sich haben. Aber sie konnten sich unter die Plandächer der Kaleschen zurückziehen. Später würde die Mamsell sie mit heißen Getränken und schmackhaften Broten versorgen.

Am Arm ihres Mannes schritt Annette durch die Räume, begrüßte die Gäste, kontrollierte, ohne dass es auffiel, das gemietete Personal, freute sich, dass der Feinkosthändler Jacob genügend heiße Steinplatten mitgebracht hatte, auf denen auch Simones Gerichte vorbildlich gewärmt wurden, und verglich heimlich die Garderoben der Damen, die sich wie immer an Eleganz zu überbieten versuchten.

Nach den allgemeinen Begrüßungen hielt Johannes eine launige, erheiternde Ansprache, in der er sogar seinen nun mündigen Sohn lobte, was noch nie vorgekommen war.

Dann wurde das Büfett eröffnet, und wie erwartet war der Schwan aus Eis die Attraktion. Man plauderte, aß ein paar Köstlichkeiten, trank sich zu, naschte hier und kostete da und flanierte durch die Räume. Doch bei aller Heiterkeit beobachtete Annette auch, dass Michael bedrückt wirkte und Thomas sich in allem sehr zurückhielt. Mit den Augen suchte sie Viktoria, ob sie wohl Anlass zu Ärger unter den Geschwistern gab, aber die Kleine benahm sich untadelig. Überhaupt, das Mädchen hat sich mächtig herausgemacht, dachte Annette, und ihr tat der Beschluss Leid, das Kind in wenigen Monaten nach Bremen zu schicken.

Kurz vor Mitternacht begann die kleine Kapelle zum Tanz in der Halle aufzuspielen. Annette hatte auf Anraten einer Freundin, die sich in Fragen der Unterhaltung bestens auskannte, ein Streichquintett engagiert, das nun, flankiert von Zierpalmen und Gummibäumen, beliebte Tanzweisen spielte.

Nachdem mit einem kleinen Tusch um Mitternacht die Musikanten den neuen Tag und damit den Eintritt Michaels in sein Erwachsensein begrüßt hatten, kam der Sohn mit ernster Miene auf Annette zu und bat: „Mutter, ich möchte dich und den Vater sprechen. Bitte kommt mit in mein Zimmer. Es dauert nicht lange, und du kannst dich gleich wieder deinen Gästen widmen."

Annette spürte, dass es sich um eine ernste Angelegenheit handeln musste. Sie ging in das Büro ihres Mannes, wo die tanzunlustigen Herren saßen und diskutierten, um ihn aus der Herrenrunde herauszuholen.

„Was ist los, was willst du?", fragte er unwirsch und folgte ihr durch die Halle mit den tanzenden Paaren hinüber in den Flügel mit den Schlafräumen der Familie.

Sie zuckte mit den Schultern und erklärte: „Michael möchte mit uns sprechen, ich weiß nicht, was er will.“ Sie öffnete die Tür zum Zimmer ihrer Söhne und fand Michael fertig angekleidet im Reisemantel, den Hut und einen Spazierstock unter dem Arm und ein etwas kümmerliches Lächeln im Gesicht.

„Verehrter Vater, liebste Mutter, ich möchte mich verabschieden. Wie ihr wisst, plane ich seit vielen Jahren eine Karriere als Maler, und heute werde ich damit beginnen. Verzeiht mir, wenn das etwas plötzlich für euch kommt, aber ihr habt nie auf meine persönlichen Wünsche geachtet, und so habe ich sie auch nie mehr öffentlich erwähnt. Ich bitte um Verständnis und um meinen restlichen Lohn und verspreche, dass ich euch niemals zur Last fallen oder euch Schande machen werde.“

Er verbeugte sich, drückte seine Mutter kurz an sich, drehte sich zu dem Vater um und erschrak zutiefst. Das Antlitz des Mannes war zunächst schneeweiß, dann von tiefstem Rot überzogen, und dann ließ sich Johannes auf einen Stuhl fallen, kaum noch in der Lage, Luft zu holen. Aber der Schwächeanfall dauerte nur Sekunden, dann sprang er auf, griff nach seinem Sohn, packte die Aufschläge des Mantels und schüttelte ihn wie besessen hin und her.

„Du Irrer, du Lump, du Wahnsinniger, du wirst nirgendwohin gehen! Dein Platz ist im Kontor, und wenn ich dich dort anschnallen müsste, du wirst in der Firma deine Arbeit machen und sonst nirgendwo. Was glaubst du denn, wofür ich dich ausgebildet habe? Für das Luderleben eines Bohemien? Zieh dir sofort diesen Flanierkrempel aus, und steck den Kopf in die Waschschüssel da drüben, damit du wieder klar denken kannst“, und während er sich suchend nach der Schüssel umdrehte, gelang es Michael, sich von den Händen zu befreien, die ihn so fest gepackt hatten.

Im selben Augenblick stellte sich Annette zwischen Ehemann und Sohn. „Schluss jetzt, das genügt! Johannes, Reisende soll man nicht aufhalten, hast du das noch nie gehört? Auch mir brechen diese Worte das Herz, aber was nützt uns ein Sohn und Erbe, der seine Arbeit hasst? Lass ihn ziehen, wenn er will. Soll er seinen Weg gehen, allein und ohne uns.“

„So“, fuhr Johannes herum, „du stellst dich also auf seine Seite. Das hätte ich mir denken können. Du und dein Lieblingssohn! Ich habe gedacht, er kommt zur Vernunft. Ha, weit gefehlt! Aber du bleibst, und du, Annette, schweigst. Und morgen reden wir ein ernstes Wörtchen miteinander, darauf könnt ihr beide euch verlassen.“

Dann ging die Tür auf. Thomas und Viktoria kamen herein. „Der Krach ist bis in die Halle zu hören, die Gäste tanzen nicht mehr, und die Musiker sehen sich auch schon beunruhigt an. Was ist denn hier los?" Viktoria sah von einem zum anderen. „Könnt ihr nicht die Contenance wahren und euch streiten, wenn das Haus leer ist?"

Johannes machte einen Schritt auf sie zu und schlug ihr mit voller Wucht ins Gesicht. „Raus hier, du vorlautes Ding!"

Annette schrie auf, Michael stellte sich vor Viktoria, und Thomas schaute sich nach der Tür und einem Fluchtweg um. Es war das erste Mal, dass Johannes Stelling eines seiner Kinder geschlagen hatte. Nur Viktoria blieb vollkommen ruhig in der Mitte des Zimmers stehen und sah dem Vater in die zornsprühenden Augen.

„Das werde ich niemals vergessen, Vater, niemals." Und statt sich von ihrem Bruder beschützen zu lassen, stellte sie sich vor ihn und sagte: „Ich habe den Eindruck, Michael, dass du gerade gehen wolltest. Also geh jetzt, ich halte die Tür für dich offen, und niemand wird dich aufhalten. Adieu, liebster Bruder." Damit öffnete sie die Tür ganz weit und vertrat dem Vater den Weg, bis der Bruder draußen war. Dann sah sie den Vater an. „Du hast soeben den Fehler deines Lebens gemacht, du hast die Familie zerbrochen. Ab heute wird nichts mehr so sein wie vorher, Vater, denke immer daran."

Johannes, verblüfft von der Courage seiner Tochter und weitaus zorniger, als er zu zeigen imstande war, schrie sie an: „Du wirst dich wundern, Viktoria, morgen bereits kommst du in das strengste Internat, das ich finden kann! Wir wollten bis Ostern damit warten, aber ich werde eine Anstalt finden, die dich sofort aufnimmt."

Viktoria, noch immer die Augen fest auf den Vater gerichtet, sagte leise: „Du, Vater, wirst dich wundern." Dann ging sie und schloss sich in ihrem Zimmer ein.

Draußen hörte sie die Stimmen junger Männer und das Geräusch einer abfahrenden Kutsche. Wenig später bestiegen die Gäste ihre Kaleschen. Der Abend war zu Ende, niemand konnte sich korrekt verabschieden, die Familie Stelling war nicht mehr zu sprechen. Ein äußerst heikler Eklat, von dem in Hamburg noch lange gesprochen wurde. Und auf dem leeren Büfett zerschmolz der eitle Schwan zu einer unbedeutenden Pfütze.

THOMAS, schockiert vom Verhalten des Vaters und von dem Bruch in der Familie, hielt sich aus allem heraus. Er bewunderte seine kleine Schwester, aber er wagte nicht, die Bewunderung zu zeigen. Er war inzwischen achtzehn und besuchte die letzte Klasse im Gymnasium, und er wusste, es konnte sich nur noch um wenige Wochen handeln, bis der Vater ihn auffordern würde, nach dem Examen mit der Ausbildung im Kontor zu beginnen. Und er wusste, dass er gehorchen musste.

Dass es keinen Zweck hatte, mit Macht seinen eigenen Willen durchzusetzen, sah er an Viktoria, die, als der Vater sie mit Gewalt in ein Internat bringen wollte, weggelaufen war. Bis heute, und der Streit in der Familie lag immerhin schon acht Wochen zurück, wusste niemand, wo sie geblieben war. Thomas befürchtete, dass sie längst mit einem Schiff Hamburg verlassen hatte.

Da er vor einem ähnlichen Zerwürfnis zurückschreckte, blieb ihm nichts anderes übrig, als dem Vater zu gehorchen. Er würde seine Arbeit im Kontor verrichten, bis er 21 Jahre alt war und dann seinen Weg gehen.

Abgesehen von dem Unfrieden in der Familie, Vater und Mutter sprachen kaum miteinander, Viktoria war verschwunden, Michael nach Italien abgetaucht und Patrizia ganz und gar auf der Veddel etabliert, fühlte sich Thomas am Harvestehuder Weg wohl. Er hatte endlich wieder ein eigenes Zimmer, Michaels Pferd Chianti gehörte jetzt ihm, und er verbrachte die Abende in Wandsbek auf den Rennfeldern. Die Eltern, die ihn im Sportklub oder bei Freunden wähnten, hatten keine Ahnung von seinen Ausflügen an die Rennbahn und kontrollierten ihn auch nicht. So konnte er in Ruhe Kontakte mit Pferdezüchtern knüpfen und Freundschaften mit Jockeis schließen. Und auch die Wochenenden konnte er nach seinen Wünschen gestalten. Indem er Einladungen von Schulfreunden vorschob, gelang es ihm immer wieder, den Samstag und den Sonntag auf dem Gestüt der Rainkendorffs bei Stapelfeld zu verbringen – da am Sonntagmorgen der gemeinsame Gang der Familie in die Kirche fortfiel. Der Vater arbeitete nun auch an den Sonn- und Feiertagen im Kontor, und die Mutter wollte nicht ohne Familie in die Katharinenkirche beim Zippelhaus fahren.

Johannes Stelling wusste nicht mehr aus noch ein. Sein ganzes Leben war aus dem Ruder gelaufen, und er hatte keine Ahnung, wie er es wieder in den Griff bekommen sollte. Zum Glück gab es in der Firma keine Probleme. Da lief alles zur größten Zufriedenheit und mit beachtlichen Gewinnen, aber er war ein häuslicher Mensch, und zu Hause war eben nichts mehr so, wie es sein sollte. Er liebte sein Heim, die Behaglichkeit nach einem arbeitsreichen Tag, die Ruhe in den eigenen vier Wänden, die Köstlichkeiten vom eigenen Herd und das Verwöhntwerden durch seine Frau, die ihm immer das Leben so angenehm gestaltet hatte. Aber nun zeigte sie ihm die kalte Schulter. Immer war sie beschäftigt, oder sie war überhaupt nicht anwesend. Oft musste er seine Mahlzeiten allein einnehmen, weil sie sich unpässlich fühlte. Seit einiger Zeit war sie in das Zimmer der Töchter umgezogen. Wollte er Gespräche führen, fragte sie nur noch nach dem Baubeginn der Stadtvilla, die er ihr versprochen hatte.

Michael, sein ganzer Stolz, hatte ihn verlassen, er fand ein Leben in der Fremde interessanter als die Arbeit an der Seite seines Vaters. Und dann seine Töchter. An Viktoria wollte er gar nicht denken, sie hatte ihn und seine väterliche Gewalt verhöhnt, ihn dem Gelächter der ganzen Kaufmannschaft ausgesetzt – nie würde er ihr das verzeihen können. Ja, und Patrizia? Seine hübsche, wohl geratene, heiratsfähige Tochter, mit der die Eltern so hochfliegende Pläne hatten, sie war ganz einfach in den Auswandererquartieren auf der Veddel abhanden gekommen. Sie lief nun in einem blauen Kittel herum mit Schürze davor und Mütze auf dem Kopf und nannte sich Diakonisse. Sprach man mit ihr, ging es nur noch um Krankenberichte und Massenspeisung und Auswandererprobleme.

Johannes war den Tränen nahe, wenn er an die verlorene Zukunft dachte. Na gut, da war noch Thomas, aber womit würde der ihn überraschen? Er wusste, wovon der Junge träumte. Als Vater wusste man immer, was die Söhne trieben. Noch hatte Thomas ein paar Jahre Zeit, noch konnte er ihn beobachten, ihn führen und zurechtbiegen, aber dann? Er hoffte inbrünstig, den Jungen in der Firma behalten zu können, wenn er ihm eine Arbeit anbot, bei der er nebenbei reiten und Pferde züchten konnte, solange die Firma die erste Stelle in seinem Leben einnahm. Aber ob er damit zu ködern war?

Johannes rieb sich die müden Augen. Er hatte seit einiger Zeit Schwierigkeiten mit dem Sehen. Trotz der neuen Augengläser, die der Arzt ihm verordnet hatte, verschwammen die Zahlen in den Büchern zu oft, und die Buchstaben rutschten einfach aus dem Blickfeld. Er sei müde, abgearbeitet, nervös, hatte der Arzt gesagt und ihm Ferien oder gar eine Kur empfohlen. Nur wann und wie und mit welchem Vertreter in der Firma, das hatte der Arzt vergessen zu erwähnen.

Johannes stand auf, kontrollierte das heruntergebrannte Feuer im Kamin und löschte die Lampe. Draußen war es kalt und neblig. Wie gemütlich war dieses kleine Haus im Winter! Einst als Sommerhaus gedacht und mit den Jahren, der Not gehorchend, zu einem winterfesten Wohnsitz umgebaut, war es für ihn zu einem geliebten Zuhause geworden. Wenn es nach mir ginge, könnten wir hier bis ans Lebensende wohnen, dachte er. Wenn ich aber meine Ehe retten und die zerstrittene Familie zusammenhalten will, muss ich die Stadtvilla bauen. Ich möchte nur wissen, wer denn noch dort mit mir leben wird. Der Schmerz und die Scham überwältigten ihn wieder und die lähmende Angst, der Zukunft nicht mehr gewachsen zu sein. Er ahnte, was geschehen würde: Eines Tages stand er mit dem blühenden Unternehmen da und hatte keinen Menschen, dem er es übergeben konnte.

Er beugte sich zu dem Setter hinunter, der aufgestanden war und mit der Rute wedelnd auf einen letzten, kleinen Ausflug in den dunklen Garten wartete. „Na komm, Benno, eine Runde durch die Nacht, und beeile dich." Er öffnete die Tür des kleinen Büros und dann die Haustür. Der Hund stürmte mit verhaltenem Kläffen nach draußen. Als die Runde beendet war, kam er zurück, drückte seinen schlanken Kopf gegen die herunterhängende Hand seines Herrn, bis diese Hand die Aufforderung zum Streicheln befolgte, und lief vor seinem Herrn hinüber zum Schlafzimmer, das sie beide teilten.

14

Viktoria verbrachte eine unruhige Nacht. Morgen würde die *Königin Sophia* mit Justus Habermann wieder auslaufen, und sie hatte keine Ahnung, wie sie es anstellen sollte, ihn noch zu sehen. Seit Wochen war sie nicht im Hafen gewesen, hatte sich nicht mehr in der Stadt gezeigt, war einfach für alle verschwunden. Aber dieses Abtauchen war ein Teil der Abmachung, die sie mit Irmgard Brennicke getroffen hatte, als die sie bei sich aufnahm.

Sie lag im Bett und ließ die letzten Wochen in Gedanken an sich vorüberziehen. Es war ein hübsches Zimmer in lindgrünen Farbtönen an Wänden, Boden und Fenstern und mit weiß lackierten Möbeln, in dem sie jetzt wohnte. Ein üppiges Himmelbett, eingebaute Schränke, eine schön geschnitzte Schreibkommode mit vielen kleinen Schubladen, die man sogar abschließen konnte, bequeme Stühle und ein Kachelofen, der vom Flur aus beheizt wurde und so früh morgens bereits Wärme ausstrahlte, machten das Zimmer zu einem gemütlichen Heim.

Sie hatte ein unglaubliches Glück gehabt, damals, an dem Tag nach dem Krach im Elternhaus: Sie war wie immer zur Schule gegangen, aber fest entschlossen, nicht mehr in den Harvestehuder Weg zurückzukehren. Sie zog ihr bestes Kleid und den wärmsten Mantel an, packte etwas Wäsche, ein Medaillon mit dem Bild ihrer Mutter, ihre Tagebücher und das wenige gesparte Geld in die Schulmappe. Sie besuchte wie jeden Vormittag die Töchterschule und ging pünktlich zum Unterricht in die Handelsschule. Schwierig wurde es erst, als dort die letzte Stunde beendet war. Wohin sollte sie gehen, wem konnte sie sich anvertrauen?

Aber das Wunder ereignete sich, als sie auf die Straße trat. Eine Frau kam auf sie zu, fragte, ob sie Viktoria Stelling sei. Im ersten Augenblick dachte sie, man holt mich ab, um mich in ein fürchterliches Internat zu stecken, und wollte davonlaufen. Aber die Frau hob beschwichtigend die Hände und sagte schnell: „Keine Angst, Mademoiselle Stelling, meine Herrin möchte Sie sprechen, sie wartet dort drüben in der Kutsche."

Viktoria sah auf der anderen Seite der Esplanade eine elegante Kalesche mit sehr edlen Braunen, die bestimmt nicht zu einem Internat gehörten. „Wer ist die Dame?"

„Das möchte sie Ihnen selbst sagen, Mademoiselle."

Unsicher sah sich Viktoria um. Sie hatte oft genug von Entführungen gelesen. Aber dann nahm sie sich zusammen und lief zu der wartenden Kutsche. Die Frau nickte ihr noch einmal aufmunternd zu und ging davon.

In der Kutsche saß eine geschmackvoll gekleidete Dame. „Kommen Sie, ich tue Ihnen nichts. Ich bin Irmgard Brennicke."

„Brennicke vom Handelshaus ‚Brennicke und Sohn'?"

„Ja. Ich wollte Sie schon lange einmal kennen lernen."

Unruhig sah sich Viktoria um. „Was wollen Sie von mir?"

„Nun, zunächst einmal wollte ich wissen, wie ein Schulmädchen aussieht, das eine große Firma fast in den Bankrott getrieben hat."

„Das ist ja nun schon eine ganze Weile her, Madame. Sie können übrigens du zu mir sagen, ich bin erst sechzehn."

„Danke, Viktoria. Du hast Recht, es ist eine Weile her, aber meine beiden Männer lehnten es rundheraus ab, dich zu sehen. Aber heute, denke ich, kommen wir uns beide mit unseren Problemen sehr entgegen. Du suchst eine Unterkunft, und ich suche dich. Eine Auseinandersetzung, wie sie gestern in deinem Elternhaus stattgefunden hat, bleibt in dieser Stadt kein Geheimnis. Ich musste nur noch in Erfahrung bringen, wann und wo ich dich treffen könnte. Ich biete dir an, bei mir zu wohnen."

„Nein, so einfach ist das nicht. Dass ich ausgerechnet beim größten Konkurrenten unserer Firma Unterschlupf suche, ist nicht richtig."

„Komm erst einmal mit. Ich habe dir noch einen anderen interessanten Vorschlag zu machen. In meinem Haus wartet ein appetitliches Dinner auf uns beide, und wir könnten in Ruhe alles besprechen. Einverstanden?"

Viktoria sah sie skeptisch an. „So nach dem Motto ‚Mit Speck fängt man Mäuse‘?“

Irmgard Brennicke lachte laut. „Komm, steig erst mal ein.“ Sie gab dem Kutscher ein Zeichen und drückte Viktorias Hand. „Kind, du bist genau richtig. So habe ich mir dich vorgestellt.“

Die Kutsche fuhr bis zur Neustadt immer an den Wallanlagen entlang. Zahlreiche Fußgänger nutzten den milden Oktoberabend und flanierten über die Anlagen. Dann ging es weiter über die Reeperbahn und danach weiter in Richtung Altona und über die Palmaille zur Elbchaussee. Viktoria war neugierig, entzückt und gleichzeitig bedrückt.

Irmgard Brennicke legte mit einem feinen Gespür für das Mädchen an ihrer Seite ihre Hand auf Viktorias Arm. „Du musst dir keine Sorgen machen, ich hatte Zeit, um über alles nachzudenken. Jens ist für ein Jahr in Amerika, er soll in Boston eine neue Niederlassung einrichten und eine Hamburger Frau, die anscheinend nichts von ihm wissen will, aus dem Kopf bekommen, und mein Mann ist in London. Du siehst, es besteht keine Gefahr für dich.“

Die Kutsche hatte das Brennicke-Anwesen erreicht, und in flottem Trab fuhr der Kutscher durch den ausgedehnten Park vor den Eingang der schönsten Villa, die Viktoria jemals gesehen hatte. Sie folgte Irmgard Brennicke in die riesige Halle, die oben an der Decke von einer lichtdurchfluteten Kuppel aus Buntglas abgeschlossen wurde, und in einen Raum mit breiter Fensterfront zum Garten hin. Zierliche weiße Korbmöbel und unzählige grüne Pflanzen unterstrichen den Eindruck von Sommer und Sonne, und der Blick auf den breiten Strom unten in der Tiefe rief helles Entzücken bei Viktoria hervor.

„Bevor ich dir dein Zimmer zeige, musst du meinen Plan anhören und damit einverstanden sein. Setz dich hierhin, Viktoria, und hör mir zu. Also, Kind, ich weiß, dass du von zu Hause weggelaufen bist, weil dein Vater dich geschlagen hat und dich in ein strenges Internat bringen will.“

„Mich sperrt man nicht ein, Madame Brennicke.“

„Schon, aber glaube mir, sie finden die Ausreißer immer. Immer untertauchen kann man auch nicht, irgendwann will man sein Leben in die Hand nehmen und etwas Gescheites daraus machen. Könntest du mir sagen, was du für Pläne für deine Zukunft hast?“

„Ja, natürlich. Ich will die beste Kauffrau von Hamburg werden, und dann will ich die Stelling-Firma übernehmen.“

„Das ist ein hohes Ziel, meine Kleine, aber ich könnte mir denken, dass du es schaffst. Du besuchst ja schon seit zwei Jahren zwei Schulen, dazu gehören Mut und Disziplin, und du bist auch noch eine gute Schülerin, habe ich gehört."

„Ich habe eben immer gewusst, was ich will. Allerdings, wie es jetzt mit den Schulen weitergehen soll, weiß ich nicht. Dort wird man mich zuerst suchen, und Schulgeld habe ich auch nicht genug."

„Siehst du, da fängt mein Plan an."

„Weshalb wollen Sie sich eigentlich um mich kümmern?"

„Ach, Kind, ich wollte schon immer eine hübsche, couragierte Tochter haben, aber ich habe nur einen Sohn."

„Sie können doch nicht einfach mich zu Ihrer Tochter machen!"

„Nein, aber ich kann dir mit Rat und Tat zur Seite stehen, dir alles schenken, was du zum Leben brauchst. Also, ich habe mir gedacht, du wohnst hier, du bekommst einen Privatlehrer und kannst alles lernen, was du zur Führung eines Handelshauses und einer Reederei wissen musst. Später schicke ich dich nach London, damit du Auslandserfahrung bekommst, und irgendwann präsentieren wir der Hamburger Kaufmannschaft die berühmteste Kauffrau der Stadt. Wir werden das natürlich nicht gegen das Gesetz machen. Du wirst einen Brief an deine Mutter schreiben und ihr alles erklären, aber du wirst nicht schreiben, wo du bist. Ich gebe deinen Brief einem holländischen Kapitän mit, der ihn in Amsterdam einem Postkurier übergibt, und dann denken alle, du lebst im Ausland."

Viktoria sah die Frau mit großen Augen an. „Sie haben wirklich an alles gedacht."

„Es kann überhaupt nichts schief gehen, wenn du mitmachst. Du darfst das Grundstück aber nicht verlassen, und wenn hier Gäste sind, musst du unsichtbar bleiben."

„Und wie lange?"

„Bis deine Ausbildung fertig ist und du nach London reist."

„Aber das kann jahrelang dauern."

„Ja, Viktoria. Und du wirst jetzt und hier entscheiden müssen, was du willst: eine berühmte Kauffrau werden oder Vaters folgsame Tochter."

„Ich muss mich sofort entscheiden? Für eine so lange Zeit? Und immer hier im Hause?"

„Wir werden zusammen reisen, das verspreche ich dir. Und in den Wochen, in denen mein Mann oder mein Sohn hier sind, bringe ich dich zu meiner Familie nach Glückstadt. Dort kannst du praktische Erfahrungen in einem Handelshaus und in einer Reederei sammeln. Keiner dort kennt dich, und niemand wird nach dir suchen. Und wenn meine Männer wieder auf ihren Dienstreisen sind, kommst du zurück. Einverstanden?"

Gedankenverloren sah Viktoria nach draußen. Sie sah die schnellen Segelschiffe auf der Elbe und in Gedanken das Wappen der Stelling-Reederei am Fahnenmast im Wind wehen. Irgendwann würde sie im Bug eines solchen Klippers stehen und in die Welt hinaus reisen – als Kauffrau, die ihre Überseeniederlassungen kontrollierte. Sie holte tief Luft, sah Irmgard Brennicke an und sagte: „Gut – ich will eine Kauffrau werden, ich bleibe."

Irmgard Brennicke nickte. „Ich habe keine andere Antwort erwartet. Komm mit, dann zeige ich dir jetzt dein Zimmer, und dann gibt's das versprochene Dinner."

Bereits am nächsten Morgen traf ein Privatlehrer ein, und ebenfalls am Vormittag kam eine Modistin, die versprach, in kürzester Zeit eine komplette Garderobe für die junge Dame zu schneidern und außerdem ein Geschäft zu beauftragen, eine komplette Wäscheausstattung an die Elbchaussee zu schicken. Selbst ein Schuhmacher wurde bestellt, um Maß zu nehmen und die nötigen Schuhe zu fertigen.

Noch am selben Abend schrieb Viktoria ihrer Mutter:

> Liebste Mama,
> sorge dich nicht, es geht mir sehr gut. Bitte grüße meine Geschwister, und sage Johannes Stelling – meinem Vater –, der mich geschlagen hat, dass er die Suche nach mir einstellen soll, sonst komme ich nie wieder zurück. Ich bitte dich um Verzeihung und um Verständnis, und ich umarme dich auf das Herzlichste, deine Viktoria.
>
> PS: Bitte vernichte diesen Brief!

Vier Wochen später, als Johannes Stelling spätabends nach Hause kam, fand er seine Frau im Speisezimmer. Sie hatte anscheinend mit dem Abendessen auf ihn gewartet, was schon lange nicht mehr vorgekommen war. Allerdings sah der Tisch nicht festlich aus. Annette nickte ihm zu und reichte ihm, als er Platz genommen hatte, eine Platte mit belegten Broten. Sie sah ihn ernst an. „Viktoria hat einen Brief geschickt. Sie teilt darin mit, dass es ihr gut geht, und sie schreibt wörtlich: ‚Sage Johannes Stelling, meinem Vater, der mich geschlagen hat, dass er die Suche nach mir einstellen soll, sonst komme ich nie wieder zurück.' – Also, richte dich danach, wenn du deine Tochter jemals wiedersehen willst."

Johannes schlug die Serviette auf den Tisch und sprang auf. „Wo ist der Brief? Was steht sonst noch darin? Wo ist sie?“

„Der Brief hatte keinen Absender, er war an mich persönlich gerichtet, und ich habe ihn verbrannt. Es war ihr Wunsch.“

„Annette, ich kann es nicht glauben. Man hätte mit diesem Brief Nachforschungen anstellen können, man ...“

Annette unterbrach ihn: „All das wollte Viktoria vermeiden. Abgeschickt wurde der Brief in Amsterdam, hierher hat ihn ein Postkurier gebracht. Das ist alles, was ich dir sagen wollte.“ Damit stand sie auf und verließ mit aller Würde, die sie aufbringen konnte, das Esszimmer. Nach wie vor liebte sie diesen Mann, der so ein erfolgreicher, toleranter Geschäftsmann war und mit seiner Familie einfach nicht mehr zurechtkam. Sie hätte ihm so gern geholfen, aber sie wusste nicht, wie, und so ging jeder seine eigenen Wege. Dabei hätten eine zärtliche Geste, ein freundliches Wort genügt.

DAS ALLES war nun zehn Wochen her. Viktoria wälzte sich in ihrem Bett hin und her, von dem Wunsch getrieben, einmal das Haus verlassen und zum Hafen gehen zu können. Heute noch würde Justus Habermann mit der *Königin Sophia* den Hafen wieder verlassen, und sie konnte ihm nicht vom Kai aus nachwinken. Hinzu kam, dass sie sehr früh nach Glückstadt abreisen musste. Heinz Brennicke kam aus England zurück, um die Weihnachtstage mit seiner Frau in Hamburg zu verbringen, und Irmgard hatte entschieden, dass Viktoria nun zum ersten Mal nach Glückstadt reisen musste.

Eigentlich hatte sie sich auf die Abwechslung gefreut, aber als sie in der Zeitung unter der Rubrik EIN- UND AUSLAUFENDE SCHIFFE las, dass Justus mit der *Königin Sophia* im Hafen war, verschwand die Freude mit einem Schlag. Heimlich fortzulaufen war unmöglich. Ihr blieb nichts anderes übrig, als mit Irmgard darüber zu sprechen. Als sie pünktlich um sieben Uhr ihrer älteren Freundin beim Frühstück gegenübersaß, wanderten ihre Blicke immer wieder hinaus in den Park, in dem dichter Dezembernebel keinen Blick auf den Fluss freigab.

„Was hast du, Viktoria, du bist so unruhig!“

Sie zögerte einen Augenblick, dann sagte sie entschlossen: „Heute läuft ein Schiff aus und mit ihm ein Mann, den ich seit vielen Wochen nicht gesehen habe und der nun wieder für lange Zeit unterwegs ist.“

„Welches Schiff? Welcher Mann? Und weshalb hast du Hummeln im Bauch, mein Kind?“

„Ich meine die *Königin Sophia* mit Kapitän Habermann, den ich sehr gut leiden kann. Er ist einer von unseren Kapitänen, und wir haben uns ein bisschen angefreundet. Er ist ein Mann, der mich ernst nimmt, und er sieht großartig aus."

„Wie alt ist er denn?"

„Hm, ich weiß nicht, vielleicht dreißig Jahre?"

„Und was sagen deine Eltern dazu?"

„Wenn er bei uns ist, darf ich mich mit ihm unterhalten. Dass ich ihn auch am Hafen treffe, wissen sie nicht. Mein Vater hat mir verboten, zum Hafen zu gehen."

„Es ist ja auch nicht ungefährlich für ein junges Mädchen."

„Ach was, der Hafenmeister ist mein Freund, und das wissen alle Männer im Hafen."

„Nun, da bin ich ja richtig beruhigt", erwiderte Irmgard lachend. „Aber ich hätte da eine Idee, wie du deinen Kapitän vielleicht doch noch sehen könntest."

„Ja? Welche?" Viktoria war aufgesprungen und ans Fenster gelaufen.

„Wir fahren doch gleich nach Glückstadt. Fast immer an der Elbe entlang, da wäre es doch noch schöner, wenn wir keine Gelegenheit hätten, in die Nähe der *Königin Sophia* zu kommen. Wann läuft sie aus?"

„Mit dem Mittagshochwasser, das stand in der Zeitung."

„Das müsste zu schaffen sein. Ich wüsste auch schon eine Stelle, wo wir deinem Klipper sehr nahe kämen. In Schulau gibt es einen Fährbetrieb. Dort fordere ich den Fährmann auf, uns bis zur Fahrrinne der Segler zu bringen, und dann werden wir gemeinsam so lange rufen, bis dein Kapitän an die Reling kommt und du ihn grüßen kannst. Einverstanden?"

Glückstrahlend sah Viktoria die Reedersfrau an. „Oh, danke, Sie sind wunderbar." Dann umarmte sie die Frau zum ersten Mal, und Irmgard Brennicke wusste, dass es sich lohnte, diesem Mädchen zu helfen.

Wenn Irmgard Brennicke einen Plan hatte, wurde er auch durchgeführt. In einer flotten Fahrt – und nicht nur der Wagen, auch die Insassen wurden gewaltig durchgeschüttelt – ging es nach Blankenese, von dort über Rissen und Wedel nach Schulau, und erst vor dem Fährhaus durfte der Kutscher die Pferde bremsen. Der Nebel hatte sich etwas gelichtet, und der Fährmann wusste mit Sicherheit, dass die *Königin Sophia* den Ort noch nicht passiert hatte.

Zu dritt warteten sie auf dem Fähranleger, und als etwa eine halbe Stunde später die Masten eines Klippers im Osten in Sicht kamen, stiegen alle drei in das flache Boot, und der Fährmann brachte sie zur Mitte des Stromes.

Sobald sie den Namen auf dem Bug lesen konnten, riefen sie im Chor: „Kapitän Habermann, Kapitän Habermann!“, bis sich ein verärgerter Lotse über die Reling beugte. Als er aber Irmgard Brennicke erkannte, rief er: „Einen Augenblick!“, und gleich darauf lehnte Justus Habermann über der Reling und blickte erstaunt in die Tiefe. „Viktoria, was machst du denn hier?“

„Ich wollte Ihnen Auf Wiedersehen sagen und für die nächste Fahrt allzeit eine Handbreit Wasser unterm Kiel wünschen.“

„Danke, min Deern, können wir brauchen. Wir sehen uns bald wieder.“ Alle winkten, und wenig später war die *Königin Sophia* im Nebel verschwunden.

15

Patrizia, unglücklich und ratlos über die Spannung in ihrem Elternhaus, vermied es, wann immer sie konnte, die Familie oder das, was von ihr übrig geblieben war, zu besuchen. Aber morgen würde sie um einen Besuch nicht herumkommen, es würde ihr letzter, ihr Abschiedsbesuch sein.

„Ich liebe Frieden und Harmonie“, erklärte sie ihrer Freundin Melanie, „wir waren eine so glückliche Familie, und nun geht jeder seine eigenen Wege, ist das nicht schrecklich?“

„Aber es ist ganz natürlich, Patrizia. Irgendwann tritt der eigene Wille in den Vordergrund, und jeder macht, was er für richtig hält.“

Die jungen Frauen saßen auf einer Bank am Alsterufer und genossen die ersten warmen Strahlen der Frühlingssonne. Patrizia und Melanie hatten beide länger als ein halbes Jahr in den Lagern für Auswanderer auf der Veddel gearbeitet, bis Amalie Sieveking sie zurückgeholt hatte. Sie brauchte Melanie für die Arbeit in ihren Stiften, die sich im Stadtteil St. Georg immer mehr ausweiteten, und wollte Patrizia in zwei Kursen zusätzlichen Einblick in Kindererziehung und ins Rechnungswesen geben. Sie wusste, dass Patrizia ihre Arbeit in Amerika fortsetzen wollte, und darauf sollte die junge Frau so gründlich wie möglich vorbereitet werden.

Patrizia sah auf ihre Medaillonuhr. „Die Mittagspause ist gleich um. Ich muss heute noch einmal im Büro helfen. Zum Monatsende stehen die Abrechnungen an, und der Kassierer hat um Hilfe gebeten.“

Melanie lächelte. „Gut, dass man mich nicht geholt hat, von der ganzen Rechnerei verstehe ich überhaupt nichts.“

„Wenn ich einen solchen Hilfsverein gründen will, muss ich mit Geld umgehen können."

„Du freust dich auf Amerika, nicht wahr?"

„Ja, und ich könnte dich dort bestimmt gut gebrauchen."

„Daraus wird nichts, Patrizia, mich würde das Heimweh auffressen. Wie wirst du denn damit fertig werden?"

„Keine Ahnung, ich habe es ja noch nicht ausprobiert, aber wenn ich an meine Familie denke, dann habe ich bestimmt keine Sehnsucht, nach Hamburg zurückzukommen."

„Du Ärmste, so eine zerrissene Familie! Und du glaubst nicht daran, dass sich das einmal ändern wird?"

„Wie soll sich das ändern? Ich gehe ja morgen auch noch fort."

„Weißt du schon, wann?"

„Sehr früh. Ich fahre kurz nach Hause, um mich zu verabschieden und mein Gepäck zu holen, und mittags muss ich im Hafen sein. Gegen zwei Uhr können wir alle an Bord gehen. Mit der Flut um sechs läuft das Schiff aus."

„Ich bewundere dich, aber ich möchte nicht mit dir tauschen. Ich mache hier meine Arbeit, und zwar gern. Amerika, das ist nichts für mich."

„Das ist ja auch in Ordnung. Amalie braucht Frauen wie dich. Ich sehe meinen Platz in New York, was glaubst du, wie schlecht es den Menschen dort geht, wenn sie als Fremde dort ankommen, nichts haben, nichts wissen, die Sprache nicht kennen, ich denke, die brauchen mich."

Die beiden Freundinnen hatten das Amalienstift erreicht.

„Sehe ich dich heute Abend noch, Melanie?"

„Spätestens im Schlafsaal."

Die beiden Freundinnen umarmten sich kurz, und dann ging jede in einer anderen Richtung davon.

AM NÄCHSTEN Morgen nahm Patrizia die erste Fähre über die Alster. Zum letzten Mal schweifte ihr Blick nach Westen über den See, hin zur Silhouette der Stadt, in der die zerstörten Gebäude wieder aufgebaut und so die Wunden des verheerenden Feuers allmählich verdeckt wurden. Die Türme der beiden abgebrannten Hauptkirchen wuchsen wieder gen Himmel, und statt der engen Gassen entstanden breite Straßen und weite Plätze mit modernen Geschäftshäusern aus Backstein und nicht mehr aus Fachwerk.

Dann kam Felix Wümmer mit seiner neuen Fähre, die nun mit Dampf betrieben wurde und dem alten Mann die Arbeit leichter machte.

„Na, Fräulein Stelling, wieder einmal die Familie besuchen?"

Patrizia lächelte. „Ja, Meister Wümmer, aber jetzt zum letzten Mal. Heute Abend geht es übers Meer nach Amerika."

„Ich weiß, den Plan haben Sie ja schon lange. Und was die Amalie Sieveking hier aufgebaut hat, ist großartig. Wenn ich alt bin, will ich in einem ihrer Stifte wohnen, da bin ich sehr gut aufgehoben."

Er musste sich auf die Fahrt konzentrieren. Mehrere Ruderboote waren bereits unterwegs, und die Sportler nutzten die Stunden vor dem Arbeitsanfang, um wohl gekleidet nach der Klubmode englischer Gentlemen die Riemen durch das Wasser zu ziehen.

Patrizia amüsierte sich. Nicht nur in der Technik mit Abwassersielen und Gasbeleuchtung, mit Architektur und Straßenplanung holten sich die Hanseaten Anregungen aus England, sondern vor allem im Sport galten die Briten seit langem als Vorbild. Rudern, Reiten, Tennis, und neuerdings sieht man sogar vereinzelte kleine Segelboote auf der Alster – die Hanseaten entdecken, dass es mehr als Buchführung und verstaubte Kontore gibt, dachte Patrizia und hob ihre Tasche auf, um das Schiff zu verlassen.

„Tschüs, Meister Wümmer, und alles Gute für Sie!"

„Alles Gute auch für Sie, Fräulein Stelling, und Grüße an die Familie."

Wenig später überquerte sie den Harvestehuder Weg, auf dem ein reger Verkehr zur Stadt hin herrschte. Annette wartete an der Tür auf die Tochter. Sie hatte eine tränenreiche Nacht verbracht. „Komm herein, Kind!", rief sie und versuchte zu lächeln. „Der Frühstückstisch ist gedeckt."

Patrizia umarmte die Mutter, die nur mühsam die Tränen verbergen konnte. „Nicht traurig sein, Mutter. Das ist doch kein Abschied für immer. Wenn ich in New York alles geregelt habe, besuchst du mich. Und ich stehe dann dort am Hafen und nehme dich in die Arme. Abgemacht?"

„Wir werden sehen, Patrizia."

„Oh nein, Mutter, darauf lasse ich mich nicht ein! Du musst mir hier und heute ganz fest versprechen zu kommen."

Die Frauen, beide hoch gewachsen, schlank und einander sehr ähnlich, umarmten sich. „Ich verspreche es, Patrizia."

„Na, siehst du, das klingt schon besser, und jetzt habe ich Hunger."

Im Gartenzimmer hatte Babette liebevoll den Tisch gedeckt. Patrizia sah auf die drei Gedecke und fragte: „Sind wir nur zu dritt, wer fehlt denn?"

„Ach, Kind, dein Vater hat das Haus bereits verlassen, und Thomas schläft noch, aber er wird bald kommen."

„Vater ist fortgegangen? Will er mir nicht einmal Lebewohl sagen?"

„Er ist so verärgert und enttäuscht, dass du auch gehst. Und er ist krank."

„Krank? Was fehlt ihm denn?"

„Ich weiß es nicht. Er spricht nicht darüber, aber er kann kaum noch etwas sehen, und der Arzt meint, das komme von der Überarbeitung. Er sollte sich ausruhen und zur Kur fahren. Ich glaube, dass die Enttäuschung ihn auffrisst. Er hatte so große Pläne mit euch, und nun geht nichts nach seinem Willen."

Die beiden Frauen nahmen Platz, und Babette kam, um Kaffee einzuschenken und ofenwarme Brötchen auf den Tisch zu stellen.

„Danke, Babette, ist Patrizias Koffer gepackt?"

„Ja, Madame, es ist alles fertig."

„Aber Mutter, welcher Koffer denn? Ich habe alles, was ich brauche, in meiner Reisetasche."

„Nein, Kind, das kommt nicht infrage. Du wirst mit einem Koffer reisen, und du wirst alles mitnehmen, was ich für dich besorgt habe, Wäsche und Toilettenartikel, Schuhe und Nachtkleider. Ich möchte dich gut versorgt wissen. Hast du denn wenigstens etwas Geld?"

„Viel ist es nicht, aber erst einmal reicht es."

„Und dann in New York, wie und wovon wirst du leben?"

„Es gibt eine Kirchengemeinde dort, die mich aufnimmt und in der ich auch mit der Arbeit anfange. Es ist alles geregelt, du kannst ganz beruhigt sein. Aber jetzt erzähle mir von den anderen."

„Nun, Thomas wird gleich kommen. Er sorgt dann auch dafür, dass dich ein Lohnkutscher zum Hafen bringt."

„Und Viktoria und Michael?"

„Viktoria schreibt mir hin und wieder, dass es ihr gut geht. Und Michael ist glücklich in Neapel. Er ist mit seinem Lehrer dorthin gereist, weil der Winter in Venedig so neblig und kalt und farblos ist."

Vom Flur her hörte man Thomas, der mit dem Hund sprach. Dann stand der junge Mann in der Tür und blinzelte in die ersten Sonnenstrahlen. „He, Schwesterchen, du bist ja schon früh auf den Beinen."

„Ich habe ja auch eine kleine Weltreise vor mir. Besorgst du mir bitte die Kutsche?"

„Mache ich." Er griff in den Brotkorb, biss in ein Brötchen, steckte ein zweites in die Hosentasche, pfiff nach dem Hund, zog den Mantel an und rief: „In zwanzig Minuten steht die Kutsche vor der Tür!"

„Er will Rennreiter werden und Pferde züchten, und davon wird ihn auch keiner abbringen, fürchte ich." Annette schüttelte den Kopf.

„Du musst mir immer alles schreiben, Mutter, bitte. Sobald ich eine Anschrift habe, schicke ich sie dir.“

„Natürlich, mein Kind. Und jetzt musst du dich fertig machen. Die Kutscher warten nicht gern.“

Patrizia ging in die Küche, um sich von Simone und Babette zu verabschieden, drückte dem Stinchen einen Kuss auf die verschwitzte Stirn und zog ihren Mantel an. Auf dem Flur stand ein schwerer hölzerner Überseekoffer mit dicken Messingbeschlägen, und Patrizia überlegte im Stillen, an welche Auswandererfrauen sie später den Inhalt verteilen würde.

Als die Kutsche vorfuhr, nahm sie die Mutter noch einmal in den Arm, hob ihre Tasche auf und ging nach draußen, ohne zurückzublicken. Thomas und der Kutscher wuchteten den Koffer hinten auf den Gepäckträger, der Kutscher schnalzte mit der Zunge, Thomas sprang zu Patrizia in die Polster, und die Pferde zogen an.

Vor den Kaianlagen sah man schon die vielen Menschen, Männer, Frauen, Kinder, alte Menschen, junge Leute und um sie herum Berge von Gepäck, denn sie mussten neben ihren persönlichen Sachen pro Person eine eigene Matratze und ihre eigene Verpflegung mit an Bord nehmen.

Entsetzt blickte Thomas auf das Gewühl. „Wollen die etwa alle mitfahren?“

„Ja“, erwiderte Patrizia, „es sind etwa sechshundert Leute, die mit diesem Schiff reisen.“

„Und was machen sie in Amerika?“

Patrizia zuckte mit den Schultern. „Sie suchen ganz einfach ein neues, besseres Leben. Viele haben Verwandte oder Bekannte, die schon ausgewandert sind.“

Der Kutscher fuhr langsam die Abfahrt zum Kai hinunter und in das Gewühl hinein. Thomas hatte größte Angst, dass jemand den Koffer hinten vom Gestell stehlen würde. Dann suchte er sich einen Matrosen und bat ihn, das Gepäckstück mit ihm zusammen auf das Schiff zu tragen. Patrizia entlohnte den Kutscher und ging zur Gangway, wo ein anderer Matrose die Auswanderungspapiere prüfte. Oben am anderen Ende der Gangway stand ein Bootsmann und dirigierte die Auswanderer zu den einzelnen Zwischendecks, wo sie ihre Unterkünfte hatten und ihre Matratzenlager aufschlagen konnten.

Patrizia beobachtete einen Augenblick lang die Abfertigung der Menschen und stellte fest, dass die Matrosen nicht gerade freundlich mit ihnen umgingen. Für sie waren diese Leute nichts anderes als eine Fracht, die sie von einem Hafen zu einem anderen bringen mussten. Eine unangenehme

Fracht, denn bald würde es auf dem Schiff stinken wie in einer Kloake, weil viel zu wenige Aborte vorhanden waren. Immer wieder gab es Mord und Totschlag, und die Matrosen mussten in die Zwischendecks, um für Ruhe zu sorgen.

Sie hörte ihren Namen, drehte sich um und stand ihrem Vater gegenüber. „Papa, dass du doch gekommen bist!“ Sie umarmte den leicht gebeugten Mann, der ganz graues Haar bekommen hatte.

„Ich kann doch mein kleines Mädchen nicht abreisen lassen, ohne tschüs zu sagen.“

„Danke, Papa, und ich habe schon mit Mutter darüber gesprochen, ihr müsst mich bald besuchen kommen. Deine Schiffe laufen New York an, da ist es doch ganz einfach, mitzureisen. Und vor allem, Papa, jetzt kurierst du erst einmal deine Augen aus, bitte! Du musst doch richtig sehen können, wenn du nach Amerika kommst.“

Thomas schob sich die Gangway herunter zwischen den drängenden Menschen hindurch zu seiner Schwester. „Oh, hallo! Vater, ich wusste gar nicht, dass du kommen wolltest. Schön, dann lass ich euch jetzt mal allein, ich fahre mit dem Pferdebus. Tschüs, Patrizia, vergiss mich nicht!“ Er umarmte seine Schwester ganz kurz, weil ihm solche Intimitäten peinlich waren, und verließ mit langen Schritten den Kai.

„Patti, ich habe eine Kabine für dich reserviert. Der Kapitän hat mir versprochen, dass es dir an nichts fehlen wird.“

Patti hatte er sie schon lange nicht mehr genannt. „Nein, Papa, ich werde im Zwischendeck logieren wie diese Leute. Schau mal, ich fahre doch mit, um ihnen helfen zu können, da muss ich doch bei ihnen sein.“

„Patrizia, ich möchte, dass du die Kabine bewohnst. Die Matrosen sind auf schnelle Abenteuer aus, viele Männer reisen allein, und wenn sie wochenlang auf kleinstem Raum zusammengepfercht mit Frauen leben, werden sie sehr leicht böswillig, um nicht zu sagen, kriminell.“

Patrizia spürte, dass sie hier nachgeben musste. „Ist gut, Papa, ich nehme die Kabine.“

Johannes Stelling griff in seine Jacke und holte die Brieftasche hervor. „Ich habe hier zwei Schecks auf deinen Namen, Patrizia. Man hat mir gesagt, du kannst sie auf jeder Bank in New York einlösen. Ich möchte, dass du nicht ohne Geld in Amerika ankommst. Und mit dem zweiten Scheck kannst du deine Arbeit finanzieren, jedenfalls am Anfang. Und wenn du Schwierigkeiten bekommst, gehst du zu unserer Niederlassung, hier ist die Anschrift, und bittest dort um Hilfe.“

„Aber Papa, ich – danke, Papa, ich werde die Hilfe gut gebrauchen können. Vielen Dank.“ Betroffen und bewegt nahm sie ihren Vater in die Arme. „Papa, bitte kümmere dich um Mutter, sie nimmt das alles so schwer.“

„Wenn das so einfach wäre, Patrizia.“

„Es ist einfach, man muss es nur versuchen.“ Noch einmal umarmte Patrizia den Mann, der ihr in wenigen Minuten so nah gekommen war wie nie zuvor in ihrem Leben. Dann nahm sie ihre Reisetasche und stieg die Gangway hinauf. Oben drehte sie sich noch einmal um und winkte.

JOHANNES STELLING nahm einem Arbeiter sein Pferd ab, führte die Stute am Zügel und wartete auf das Auslaufen des Schiffes. Erst als es nicht mehr zu erkennen war, bestieg er Carina und ritt tief in Gedanken versunken davon.

Nun ist auch diese Tochter fort, und obwohl sie mir mit ihrem Fortgehen so viel nimmt, hat sie mir unendlich viel gegeben. Sie hat mir einfach wieder Mut gemacht. Er strich dem Pferd über die Mähne und trieb es an. Wenig später hielt er vor dem Bürogebäude von Nelson Lingen, der schon das Sommerhaus und die neuen Speicher gebaut hatte. Johannes übergab die Zügel einem Knecht und ging sofort in das Büro des Baumeisters.

„Meister Lingen, ich habe einen Auftrag für Sie. Bauen Sie mein Haus am Mittelweg. Ich will eine große, elegante Stadtvilla mit allem, was dazugehört. Gehen Sie zu meiner Frau, sie hat Verbindung zu einem englischen Architekten, der wohl im Augenblick sehr in Mode ist. Das Haus soll genauso werden, wie meine Frau es haben will.“

16

Viktoria war glücklich. Sie hatte viel zu tun. Seit mehr als acht Monaten war sie jetzt hier in Glückstadt. Zufrieden dachte sie an die vergangenen Wochen im Elternhaus von Irmgard Brennicke, einem der schönsten und imposantesten Häuser am Glückstädter Marktplatz.

Wie an jedem Morgen überquerte sie den kopfsteingepflasterten Platz, dann die Brücke über den Kanal und drehte sich noch einmal um, bevor sie in die Hafengasse einbog. Und wie an jedem anderen Morgen auch, winkte ein sehr alter Mann aus einem Fenster im ersten Stock fröhlich hinter ihr her. Sie winkte zurück, lächelte und dachte an die Menschen, mit denen sie zusammenwohnen durfte: an den 90-jährigen Vater von Irmgard Brennicke und an die zwei Brüder mit ihren kinderreichen Familien. Und sogar ihr Lehrer Sebastian Ramstatt hatte ein Zimmer im Dachgeschoss der großen Villa bekommen.

Ich liebe die Heiterkeit in diesem lebendigen Haus, dachte sie, ich hätte nie gedacht, dass man so viel Spaß in einer Familie haben kann. Und – was am schönsten war – sie selbst durfte sich dazuzählen.

Sie hatte die Reederei Duberius am Hafen erreicht, betrat das alte Fachwerkhaus und begrüßte die Mitarbeiter, mit denen sie in einem Großraumkontor zusammenarbeitete.

Morgens vor dem Frühstück habe ich schon Fremdsprachenunterricht bei Sebastian, der dann tagsüber die Kinder der Familie unterrichtet, dann geht's ins Kontorhaus, um alles über die Linienreederei mit ihren festen Routen und über die Trampreederei mit der Güterbeförderung nach Bedarf zu lernen. Die Firma ist zwar nur ein mittelständisches Unternehmen, hat aber auch Kutter in der Binnenschifffahrt eingesetzt, und darüber weiß ich noch gar nichts. Abends dann muss ich das Handels- und Seerecht, Buchführung, das Rechnungswesen und die Zollbestimmungen, die Personalführung und das Arbeitsrecht büffeln. Himmel, welch ein Pensum, dachte sie und vertiefte sich in die Aufgaben, die ihr der Büroleiter für heute vorgelegt hatte. Manchmal schwirrt mir so der Kopf, dass ich die einzelnen Gebiete kaum noch auseinander halten kann. Aber die Abschlussprüfung will ich mit Auszeichnung bestehen.

Dann wanderten ihre Gedanken wieder in das Haus am Markt. Wann immer sie etwas Zeit hatte, besuchte sie den greisen General Handemitt, Irmgards Vater, und las ihm aus seinen alten Büchern Soldatengeschichten vor. Sie machte das gern und hatte auch ihren Spaß dabei, denn er war ein sehr dankbarer Zuhörer, und wenn er sich unbeobachtet glaubte, genehmigte er sich ein Tröpfchen Rum. Und aus dem einen wurden zwei und auch mehr Tröpfchen, und irgendwann schlief er in seinem Ohrensessel ein. Sie schlich sich dann leise aus dem Zimmer und sagte seinem Diener Bescheid.

Irmgard Brennicke schickte ihr jeden Monat einen Brief, in dem sie alles erzählte, was sich in Viktorias Familie, in der Hansestadt und gesellschaftlich ereignete.

Am Abend, als sie aus der Reederei kam, stand Irmgard Brennicke in der Eingangshalle, und Viktoria wusste sofort, dass etwas Schreckliches geschehen war.

„Mein liebes Kind, ich habe leider eine schlechte Nachricht für dich."

„Was ist geschehen? Was ist los?"

„Es geht um deinen Vater, Viktoria, er ist sehr krank, du musst jetzt zu deiner Familie zurückkehren, man braucht dich dort.“

„Oh Gott, was fehlt ihm, was ist denn passiert?“

„Er hatte einen Gehirnschlag, einen sehr schweren, aber er lebt noch. Man hat ihn in das Israelitische Krankenhaus gebracht, es ist das beste in Hamburg, und die Ärzte sind weit über die Stadtgrenzen hinaus bekannt.“

„Aber wie konnte das geschehen? Er war doch immer ganz gesund.“

„In der letzten Zeit wohl nicht. Wie ich erfahren habe, hatte er schwere Sehstörungen. Sie waren ein Warnsignal, aber er hat es nicht beachtet.“

Viktoria nickte. Sie war kaum in der Lage, einen vernünftigen Gedanken zu fassen. Sie dachte immer nur, er darf nicht sterben, wir müssen uns doch versöhnen, ich liebe ihn so sehr, und er weiß es nicht einmal.

Irmgard Brennicke nahm sie in die Arme. „Wir fahren morgen ganz früh zurück.“

Viktoria nickte. „Ich werde sofort meine Sachen packen.“

Als Viktoria in ihrem Zimmer war, sagte der General zu seiner Tochter: „Ich habe sie richtig lieb gewonnen, die kleine Stelling. Sie wird ihren Weg gehen. Gut, dass du ihr dabei hilfst. Und wie hübsch sie in den acht Monaten geworden ist. Wirst du auch in Hamburg ein Auge auf sie haben, Irmgard?“

„Darauf kannst du dich verlassen. So ein Kleinod muss man hüten.“

Bereits im Morgengrauen wurden die Pferde gefüttert, die Kutsche für die Fahrt gerichtet und das Gepäck verladen. Während Irmgard und Viktoria ein schnelles Frühstück zu sich nahmen, versammelte sich die ganze Familie, um Abschied zu nehmen. Alle umarmten sie, und der alte General küsste seine „kleine Stelling“, wie er sie immer genannt hatte, auf die Wange.

Es wurde eine schnelle Reise. Die kräftigen Friesen mit ihren langen schwarzen Beinen preschten dahin, und die Landschaft flog nur so an den beiden Frauen vorbei.

„Werden wir es schaffen, Madame? Werde ich ihn lebend antreffen?“

„Kind, sein Leben liegt in Gottes Hand. Aber die besten Ärzte bemühen sich um ihn. Viktoria, würdest du mir eine Freude machen?“

„Ja, natürlich.“

„Bitte nenne mich Irmgard, und sag du zu mir. Ich habe dich wirklich lieb, und es wäre mir eine große Ehre, eines Tages von der berühmtesten Kauffrau der Hansestadt mit Du angesprochen zu werden“, scherzte sie, um die junge Frau auf andere Gedanken zu bringen.

„Ich soll …? Ja – Irmgard, von Herzen gern.“ Und Viktoria streckte die Arme aus und drückte ihrer mütterlichen Freundin einen herzhaften Kuss auf die Wange. Dann dachte sie an die nächsten Stunden. „Wie wird es weitergehen, wenn wir in Hamburg sind?“

„Ich habe alles geregelt. Wir fahren sofort ins Krankenhaus. Dann bringt mich der Kutscher nach Hause und anschließend dein Gepäck in den Harvestehuder Weg. Kein Mensch wird eine Verbindung zwischen uns feststellen.“

„Und dann? Ich meine später?“

„Du musst auf jeden Fall in eurem Unternehmen weiterarbeiten. Du musst dir Einblicke in den Handel und in die Schifffahrt verschaffen. Dein Vater wird lange Zeit hilflos und arbeitsunfähig sein. Er wird merken, dass er dich braucht, und dann, mein Kind, bist du am Ziel.“

„Und die Reederei Duberius? Ich habe mich nicht einmal verabschiedet.“

„Ich habe heute Nacht einen Brief an Berthold Duberius geschrieben und ihm alles erklärt. Er wird dir ein Zeugnis ausstellen und es zu mir schicken. Das kannst du dann bei deinem Examen vorlegen. Und ich habe dich auf der Schule für Überseehandel und Im- und Export angemeldet. Du brauchst nur hinzugehen, man weiß Bescheid. Und mach dir keine Gedanken über das Schulgeld, Liebes, ich bin eine vermögende Frau, und du bist das Mädchen, das ich mir immer gewünscht habe.“

Viktoria war so gerührt, dass sie nur nicken konnte. Schließlich fragte sie ganz leise: „Wie bleiben wir beide denn in Verbindung?“

„Mach dir keine Gedanken, mein Kind, ich werde Wege finden. Wichtig ist nur, dass unser kleines Geheimnis gewahrt wird, vorläufig jedenfalls.“

„Ja“, seufzte Viktoria, „das wird wohl nötig sein.“

„Keine Sorge, Kleines, irgendwann ist auch die Zeit der Heimlichkeiten vorbei. Spätestens, wenn du die berühmteste Kauffrau Hamburgs bist.“ Nun lachten sie beide.

AM SPÄTEN Nachmittag hatten sie das Israelitische Krankenhaus erreicht. Der Kutscher hielt etwas abseits vom Eingang, und Viktoria stieg aus und ging in die Halle. Ihr erster Blick fiel auf das lebensgroße Bildnis von Betty Goldschmidt, der das modernste Krankenhaus der Stadt gewidmet war. Sie war die verstorbene Frau von Salomon Heine, dem Stifter des Hauses, der seiner Frau damit für eine sehr glückliche Ehe danken wollte und der sich nach der Brandkatastrophe als großzügigster Wohltäter der Stadt erwiesen hatte. Durch Fleiß und Ehrlichkeit war er vom einfachen jüdischen Bleistiftverkäufer zu einem der größten Bankiers und schließlich zu einem der erfolgreichsten und wohltätigsten Handelsherren der Stadt aufgestiegen. Ohne Ansehen der Konfession wurden in dem jüdischen Krankenhaus alle Patienten behandelt, die Hilfe brauchten.

Viktoria erkundigte sich bei einer Schwester nach der Zimmernummer ihres Vaters und ging durch die stillen, nach Wachs und Äther riechenden Flure. Dann aber blieb sie mit klopfendem Herzen vor der Tür stehen.

Endlich kam eine Krankenpflegerin. Viktoria nahm allen Mut zusammen und fragte: „Bitte, Schwester, wie geht es meinem Vater?"

„Gehen Sie nur hinein. Der Patient schläft viel. Er hat Beruhigungsmittel bekommen. Sie müssen damit rechnen, dass er Sie nicht erkennt. Aber wir haben die Hoffnung, dass er den Gehirnschlag überlebt."

„Danke."

Als die Schwester sah, dass Viktoria noch immer zögerte, nahm sie ihren Arm und sagte: „Kommen Sie, ich führe Sie hinein." Sie öffnete leise die Tür und trat ein. Auf Zehenspitzen folgte ihr Viktoria.

„Mein Gott!", entfuhr es ihr, als sie den bleichen Mann mit dem eingefallenen Gesicht sah. War das noch ihr Vater? Sie beugte sich über ihn, nahm ihr Taschentuch und strich ihm über die Lippen, um den Speichel abzuwischen, der aus einem Mundwinkel rann.

„Vater", flüsterte sie, „ich bin es, Viktoria, ich habe dich sehr lieb."

Dann zog sie einen Stuhl neben das Bett und setzte sich. Die Schwester hatte das Zimmer wieder verlassen, und Viktoria nahm eine der schlanken, kalten Hände, streichelte sie behutsam und versuchte, etwas eigene Wärme in die steifen Finger zu übertragen.

Sie blieb, bis es draußen dunkel war und die Pflegerinnen kamen, um den Patienten umzubetten. Zögernd stand sie auf und flüsterte: „Gleich morgen früh komme ich wieder, Vater. Ich werde auf dich aufpassen, bis du wieder gesund bist."

Eine der Schwestern sagte: „Er versteht Sie nicht, Madame."

Viktoria richtete sich zu ihrer vollen Größe auf und sah auf die kleinere Frau hinunter. „Darauf kommt es gar nicht an. Die Liebe, die ich ihm schenke, die spürt er sehr wohl, und das ist das Wichtigste. Könnte ich wohl bitte mit einem Arzt sprechen?"

Die Schwester schüttelte den Kopf. „Es tut mir Leid, aber die Ärzte sind auf der Abendvisite. Ich würde morgen früh wiederkommen."

„Und mein Vater wird die Nacht gut überstehen?"

„Bestimmt schläft er durch, und morgen wird es ihm schon viel besser gehen. Vielleicht erkennt er Sie dann sogar."

Viktoria nickte bedrückt. Dann verließ sie das Zimmer und suchte draußen vor dem Haupteingang nach einer Droschke.

Im Haus der Stellings brannten nur wenige Lichter. Sie entlohnte den Kutscher, stieg aus und ging forschen Schrittes durch den Vorgarten. Sie hatte auf der Fahrt den Schock überwunden und ihre alte Entschlossenheit zurückgewonnen. Sie würde die Mutter aufrichten, Thomas trösten und die Geschicke dieses Hauses ganz schnell in ihre Hände nehmen. Sie betätigte den Türklopfer und trat ein, bevor jemand öffnete. Mit verweinten Augen kam ihr Babette entgegen, gleich darauf stand die Mutter im Rahmen der Salontür und starrte verstört ihre jüngste Tochter an.

„Viktoria, bist du das wirklich?"

„Ja, Mutter." Dann nahm sie die Mutter in die Arme, streichelte und tröstete sie. „Alles wird gut, Mama, alles wird wieder gut. Ich bin ja jetzt bei dir. Du musst keine Angst mehr haben."

Dann führte sie die Mutter zurück in den Salon, half ihr in einen Sessel und setzte sich ihr gegenüber.

„Wo ist Thomas?"

„Er arbeitet im Kontor. Er bemüht sich sehr, mit dem Geschäftsführer und den beiden Direktoren zusammenzuarbeiten. Aber er hat keine Verfügungsgewalt, und die Herren machen mit dem jungen Neuling, was sie wollen, und mit der Firma, was sie für richtig halten. Thomas sagt, sie machen nicht immer das, was der Vater gewollt hätte. Es ist schwierig", sie seufzte, „was soll nur werden, wenn …"

Viktoria unterbrach sie schnell. „Daran darfst du gar nicht denken, Mutter. Vater wird wieder gesund. Ich komme gerade aus dem Krankenhaus. Man ist dort ganz zuversichtlich."

„Konntest du mit einem Arzt sprechen?"

„Nein."

„Siehst du, die Schwestern müssen so tun, als seien sie optimistisch, aber die Ärzte haben mich gewarnt. Jetzt ist er ein gebrochener Mann."

„Oh nein, Mutter, Vater gibt nicht auf. Vielleicht hatte er eine Krise, aber er erholt sich wieder, das spüre ich."

„Ach, mein Kind! Ich hoffe, du hast Recht."

„Wann kommt Thomas?"

„Er wird bald hier sein."

„Und wo ist Benno?"

„Der Hund liegt drüben vor Vaters Bett und frisst nicht. Er trauert bereits um seinen Herrn.“

„Dann werde ich ihm Beine machen. Hier wird nicht getrauert.“ Viktoria stand auf und rief den Setter, und – was Annette nicht für möglich gehalten hätte – Benno kam, sprang an Viktoria hoch und schnappte spielerisch nach ihren Locken, was er schon immer gern gemacht hatte.

Unglücklich und unzufrieden stand Thomas im Kontor und quälte sich mit den Bilanzen herum. Eine strohtrockene Arbeit, und nie ist ein Ende abzusehen, dachte er und ärgerte sich, weil er den Eindruck hatte, dass alle wichtigen Entscheidungen sowieso an ihm vorbeiliefen. Das war schon so, als der Vater noch da war, und jetzt, ohne ihn, machen die Abteilungsleiter überdies, was sie wollen. Dabei bin ich der einzige Stelling im Betrieb, und nichts sollte ohne meine Zustimmung geschehen. Thomas hatte Angst vor der Zukunft, wenn er auch versuchte, sie nicht zu zeigen.

Pünktlich um sieben Uhr legten alle die Arbeit beiseite, streiften die Ärmelschoner ab, zogen die grauen Bürokittel aus und machten sich fertig für den Heimweg.

Das Großhandelshaus Stelling wurde schon lange nicht mehr von den gemieteten Kontorräumen am Gänsemarkt aus geleitet. Nein, nachdem die beiden modernen fünfstöckigen Speicher fertig waren, wurde sogleich das neue Kontorhaus am Dovenfleet in Auftrag gegeben. Endlich, sinnierte Thomas, arbeitet das Unternehmen von einer respektablen Zentrale aus, in der es nicht nur Büros und Empfangsräume, sondern sogar auf dem Hof einen Stall für die Pferde und einen Stallknecht gibt, die einzige Errungenschaft, die mich wirklich interessiert.

Heute ritt er ohne Umwege nach Hause. Er brachte Chianti in den Stall und sah von der Alten Rabenstraße aus die hell erleuchteten Fenster der kleinen Villa. Seltsam, in den letzten Tagen sah alles so düster aus. Er durchquerte den Vorgarten und öffnete die Haustür. Plötzlich stand er seiner Schwester gegenüber. „Mensch, Viktoria, wo kommst du denn her?“

Sie umarmte ihn und stellte fest, dass er sich in den vergangenen acht Monaten sehr verändert hatte. „Gut siehst du aus.“ Sie trat etwas zurück, um ihn besser sehen zu können. „Richtig gut und so erwachsen.“

„Vicki, wie geht es Vater, weißt du irgendetwas?“, fragte er ängstlich und legte den Gehrock ab.

„Nicht viel. Ich war vorhin bei ihm, aber er schlief. Sie sagten, er wird die Nacht überstehen, morgen müssen wir weitersehen.“

„Mann, bin ich froh, dass du da bist“, sagte Thomas erleichtert, „und wie geht es Mutter?“

„Sie sitzt im Salon und studiert die Baupläne für die zweite Etage ihrer Wunschvilla“, sagte Viktoria gelassen. „Ihr Traum wird wahr.“

„Das ist gut, das lenkt sie ab. Das Haus wird sehr schön.“

„Nun komm erst einmal rein, und dann erzähle mir von der Firma. Mutter sagte, du hast Schwierigkeiten?“

Thomas brachte den Gehrock zur Garderobe. „Hunger hab ich auch.“

„Komm nur, es steht alles bereit.“ Viktoria nahm Platz.

„Habt ihr schon gegessen?“ Er sah sich um und stellte fest, dass nur für zwei Personen gedeckt war.

„Nein, Mutter möchte nichts, aber ich leiste dir Gesellschaft.“

Den jungen Leuten schmeckte es, und die Probleme waren für kurze Zeit vergessen.

Als Babette das Geschirr abgeräumt hatte, erklärte Thomas: „Komm in mein Zimmer, da sind wir ungestört. Mutter muss nicht alles erfahren.“

Sie setzten sich, und Viktoria sah ihn gespannt an. „Nun rede endlich.“

„Hm, ja, viel weiß ich eigentlich nicht, aber ich spüre, dass da in der Firma etwas vor sich geht, was nicht im Sinne von Vater ist.“ Thomas nahm die Krawatte ab und öffnete den steifen Hemdkragen.

„Wieso weißt du nichts Genaues?“ Viktoria wurde ungeduldig. „Vater ist doch erst seit wenigen Tagen krank.“

„Man lädt mich nicht zu den Konferenzen ein. Aber so einiges sickert eben doch durch. Vater war vorher schon sehr leidend, und ich glaube, er hatte die Zügel nicht mehr fest genug in den Händen. Hast du schon etwas von der ‚Hamburg-Amerikanischen Packetfahrt-Actien-Gesellschaft‘ gehört? Sie nennt sich auch HAPAG und soll demnächst gegründet werden.“

„Natürlich. Ein paar Reedereien schließen sich zusammen.“ Viktoria zuckte mit den Schultern. „Man muss abwarten, was dabei herauskommt.“

„Genau! Aber ich habe den Verdacht, unser Vorstand will da mitmachen. Vater hätte nie zugestimmt.“

Viktoria sprang entrüstet auf. „Nie! Er wollte immer ein selbständiger Kaufmann bleiben.“ Empört lief sie hin und her. „Das dürfen wir nicht zulassen, Thomas. Und was ist mit dir? Die Leitung der Firma stünde dir zu.“

„Um Himmels willen“, Thomas streckte abwehrend die Hände aus, „ich will keine Firma, ich will meine Freiheit.“

„Das habe ich mir fast gedacht, und wie schnell müssen wir etwas unternehmen?“

„Sofort! Etwa vierzig Hamburger Reeder und Kaufleute wollen demnächst die Verträge unterzeichnen. Alle, die einen guten Namen haben, werden da mitmachen, heißt es."

„Das ist eine verdammt kurze Zeit, Thomas. Wir brauchen einen Juristen. Welcher Advokat arbeitet für uns?"

Thomas schüttelte den Kopf. „Ich fürchte, den kannst du vergessen, der steckt mit dem Vorstand unter einer Decke."

Viktoria überlegte. „Ich werde einen guten Juristen besorgen, den besten, den es gibt, verlass dich darauf. Ich habe ein paar Beziehungen. Sei so nett und hole einen Kurier, ich schreibe inzwischen einen Brief."

Als Thomas das Haus verließ, setzte sie sich in das kleine Büro und schrieb:

> Liebste Irmgard,
> ich brauche Hilfe. Ich muss so schnell wie möglich mit dem besten Advokaten sprechen, den es gibt. Man will mir alles wegnehmen. Es grüßt dich deine Freundin.

Keine Anschrift, kein Absender und ein unverfänglicher Text, falls der Brief in falsche Hände geraten sollte. Als Thomas mit dem Reiter zurückkam, bat sie den Bruder: „Bitte hole Benno, er muss noch einen kleinen Rundgang machen."

Und während der Bruder ins Haus ging und den Setter rief, übergab sie dem Kurier den Brief und erklärte: „Dieses Schreiben muss so schnell wie möglich in die Villa der Reederei Brennicke an der Elbchaussee. Sie dürfen den Brief nur an Frau Irmgard Brennicke persönlich übergeben. Sollte das Schwierigkeiten bereiten, bringen Sie ihn ungeöffnet zu mir zurück." Sie gab dem Mann zehn Courantmark, reichlich viel Geld für einen nächtlichen Botendienst, und sah ihm nach, bis er in der Dunkelheit verschwand.

AM NÄCHSTEN Morgen gleich nach dem Frühstück wollten Annette und Viktoria ins Krankenhaus fahren. Sie wussten zwar, dass Besuche erst am Nachmittag erlaubt waren, aber die Unruhe und die Ungewissheit ließen sie nicht zögern, um nach einer Gelegenheit zu suchen, wenigstens mit den Ärzten zu sprechen.

Annette bat Thomas, die Kutsche für zehn Uhr zu bestellen, und Viktoria, sich mit der Garderobe zu beeilen. Viktoria entschloss sich für ein graues Kostüm mit einer altrosafarbenen Bluse und passendem Hut.

Verblüfft sah die Mutter ihre elegante Tochter an. „Woher hast du diese teure Kleidung, Viktoria?“

„Mutter, ich habe gearbeitet, und ich habe Geld verdient“, erklärte Viktoria selbstbewusst und streifte die langen Handschuhe über, die genau zur Bluse passten.

Annette war entsetzt. „Was hast du gearbeitet und wo?“

„Ich habe in einer anderen Stadt in einer Reederei gearbeitet und Geschäftsleitung gelernt, und außerdem hatte ich privaten Schulunterricht. Du siehst, ich war recht fleißig.“

„Willst du mir nicht endlich sagen, wo du warst?“

„Nein, Mutter, ich habe versprochen, nicht darüber zu reden, und ich halte mein Versprechen. Und nun komm, die Kutsche ist vorgefahren.“

In der Eingangshalle des Israelitischen Krankenhauses kam ihnen eine Schwester entgegen. „Meine Damen, wir haben noch keine Besuchszeit. Es tut mir Leid, aber ich muss Sie bitten, am Nachmittag wiederzukommen.“

„Wir haben nicht vor, einen Kranken zu besuchen. Wie heißt der Leiter dieses Hauses?“ Viktoria ließ sich nicht beirren und trat der Schwester selbstsicher entgegen.

„Doktor Wedel ist hier der Chefarzt. Haben Sie einen Termin?“

„Nein, aber es handelt sich um einen Notfall. Wo können wir warten?“

Die Schwester, die sehr wohl gemerkt hatte, dass sie es mit zwei resoluten Damen zu tun hatte, die sich nicht abwimmeln ließen, führte sie in einen kleinen Warteraum. „Darf ich um Ihren Namen bitten?“

„Erwähnen Sie den Namen ‚Reederei Stelling‘, wir sind nicht ganz unbekannt in der Stadt.“

Nach einiger Zeit erschien die Schwester wieder. „Bitte kommen Sie.“ Sie führte die beiden Frauen in ein im englischen Stil eingerichtetes Herrenzimmer mit dunklen Möbeln, schweren Ledersesseln und Regalen voller Folianten.

Hinter einem schweren Schreibtisch erhob sich ein kleiner Mann mit Brille. „Meine Damen, ich bin Dr. Wedel, mit wem habe ich die Ehre?“

Viktoria, die das Getue albern fand, stellte dennoch höflich ihre Mutter und sich selbst vor und fügte sofort hinzu: „Wir möchten uns nach dem Ergehen meines Vaters, Johannes Stelling, erkundigen.“

Der Arzt griff nach einem dünnen Aktenordner und blätterte bedächtig darin herum. „Wir haben es mit einem schwer kranken Patienten zu tun, meine Damen. Wir hoffen, er wird sich langsam erholen, aber wir müssen viel Geduld haben.“

„Wie hat er die Nacht überstanden?"

„Er hat mithilfe von Beruhigungsmitteln geschlafen und ist heute in Abständen bei Bewusstsein."

„Versteht er uns, erkennt er uns überhaupt?"

„Er wirkt sehr apathisch, das ist in seinem Zustand normal. Sie müssen das selbst herausfinden, wenn Sie mit ihm sprechen."

„Könnten wir ihn kurz besuchen?"

„Eigentlich haben wir jetzt keine Besuchszeit. Aber wir werden eine Ausnahme machen. Kommen Sie bitte."

Dann öffnete er die Tür des Krankenzimmers, flüsterte: „Bitte, meine Damen, aber es darf nur ein kurzer Besuch sein", und zog sich zurück.

Der leichenblasse Mann mit den dunklen Augenringen und den geschlossenen Lidern war kein angenehmer Anblick. Annette warf sich schluchzend über das Bett, und Viktoria hatte alle Mühe, sie fortzuziehen. „Bitte, Mutter, du tust ihm vielleicht weh. Komm, setz dich hierhin." Eilig holte sie einen Stuhl und rückte ihn neben das Bett. Dann nahm sie die kalte Hand des Kranken, beugte sich zu ihm hinunter und fragte leise: „Kannst du uns hören, Vater? Weißt du, wer wir sind?" Aber sie fragte vergeblich.

17

Sehr bedrückt fuhren die beiden Frauen zurück. Viktoria sah nichts von der Blütenpracht in Parks und Gärten, sie sah immer nur das gequälte Gesicht ihres Vaters vor sich, der einmal kurz die Augen geöffnet hatte, aber niemanden erkannte.

„Möchtest du mitkommen? Ich werde mir noch die Baustelle ansehen, das bringt mich auf andere Gedanken", fragte Annette.

„Nein, Mutter, ich muss zurück, und dann werde ich weiter ins Kontor fahren. Thomas möchte wissen, wie es um den Vater steht."

Sie hatten den Mittelweg erreicht. Überall wurde gebaut. Erstaunt sah sich Viktoria um. „Das geht ja mächtig voran. Und wie wird unser Haus aussehen, wenn es fertig ist?"

„Einfach wunderbar", erwiderte Annette strahlend, und für einen Augenblick hatte sie die Sorge um ihren Mann vergessen. „Ich habe den besten Architekten der Stadt, einen Engländer, und er plant das Haus genauso, wie ich es möchte. Schlicht, in der Einfachheit wird sich die Eleganz zeigen."

„Ich freue mich, Mutter, dass dein Traum endlich in Erfüllung geht."

Sie hatten das Baugelände erreicht, und Annette sagte: „Ich werde hier aussteigen und mich noch ein bisschen umsehen. Dann werde ich gemütlich nach Hause schlendern. Es ist ja nicht weit, und die Bewegung wird mir gut tun."

Viktoria verabschiedete sich mit einem Kuss auf die Wange und ließ den Kutscher weiterfahren.

Zu Hause suchte sie als Erstes Babette: „Ist ein Bote hier gewesen?"

„Ja, ich habe einen Brief für dich."

Viktoria nahm den Umschlag und ging mit dem Schreiben in das kleine Büro, das sie in Zukunft zu benutzen gedachte.

> Meine liebe kleine Freundin,
> lass dir nichts gefallen. Suche Dr. Hermann Ganzow auf, er ist ein Jurist meines Vertrauens, und er weiß Bescheid. Die Kanzlei befindet sich im Heine-Haus am Jungfernstieg.
> In treuer Freundschaft, I.

Viktoria fuhr sofort weiter. Sie nannte dem Kutscher die Adresse und bat ihn, auf sie zu warten, um später zum Kontorhaus zu fahren. Dann öffnete sie die schwere Haustür und betrat den dunklen, leicht muffig riechenden Flur. Eine Messingtafel zeigte ihr, dass sie in den zweiten Stock gehen musste.

Hermann Ganzow war ein älterer Mann mit Backenbart und Brille, der sie höflich begrüßte und in sein Zimmer bat. „Bitte nehmen Sie Platz."

„Danke. Es geht um die Reederei Stelling und um das Handelsunternehmen. Mein Vater ist schwer erkrankt, und mein Bruder hat die Befürchtung, dass die Geschäftsführer den Zusammenschluss der Firma mit anderen Unternehmen zu einer großen Gesellschaft planen. Das wäre gegen den Willen unseres Vaters, der immer ein selbständiger Reeder sein wollte." Sie erzählte ihm vom Zustand des Vaters, von den Beobachtungen des Bruders und davon, dass sie die Einzige sei, die die Firma eines Tages übernehmen wolle. „Ich habe eine entsprechende Ausbildung fast abgeschlossen, aber ich bin nicht volljährig, und ich habe nicht die Erlaubnis meines Vaters, in dem Unternehmen zu arbeiten."

Hermann Ganzow hatte zugehört, ohne sie zu unterbrechen. Nur einige Notizen hatte er sich gemacht. „Mit welchen Befugnissen arbeiten die Direktoren in der Firma?"

„Einzelheiten sind mir nicht bekannt, aber mein Vater hat ihnen vertraut."

„Schwierige Verhältnisse, Fräulein Stelling, wirklich schwierig. Aber wir werden eine Lösung finden. Sie müssten volljährig sein, oder – besser gesagt – Sie müssen für volljährig erklärt werden."

„Kann man das?"

„Unter Umständen ist es möglich. Ihre Mutter würde Sie unterstützen?"

„Ich denke schon."

„Dann müssten wir Ihren Herrn Vater krankheitsbedingt einige Zeit für unmündig erklären lassen, einen Vormund für Sie suchen, der ganz offiziell für Sie bürgt, und beim Gericht einen Antrag stellen."

„Meinen Vater für unmündig erklären, das hört sich ja furchtbar an. Ich weiß nicht, ob meine Mutter dafür ihre Zustimmung gibt."

„Sie müssen es versuchen. Betonen Sie, dass es nur für einige Zeit ist."

„Gut, ich werde sie überzeugen. Wie lange wird das dauern, es hört sich schrecklich umständlich an."

„Ich habe da ein paar Beziehungen, das ist nicht so schlimm, aber wer könnte Ihr Vormund und Bürge sein? Das ist eine risikoreiche Aufgabe. Bei falschen Entscheidungen muss der Bürge für Schäden einstehen."

„Ich denke an Irmgard Brennicke, sie würde das für mich tun."

„Dann wollen wir sofort mit der Arbeit anfangen."

Nachdem der Anwalt Anschrift und persönliche Daten notiert hatte, verabschiedete sich Viktoria. Sie war sehr unsicher und wusste nicht, ob es richtig war, was sie da tat. Aber sie sah keinen anderen Ausweg. Müde und gedankenvoll bestieg sie die Kutsche und ließ sich zum Kontorhaus bringen. Die kurze Fahrt tat ihr gut. Sie sah sich neugierig um und stellte fest, dass Hamburg die Verwüstungen der Brandkatastrophe langsam überwand.

Im Dovenfleet angekommen, bat sie den Kutscher, die Pferde auszuspannen und im Stall unterzustellen, da sie eine längere Besprechung hätte. Sie war zum ersten Mal in diesem neuen Haus, und es gefiel ihr sehr gut. Die Eingangshalle sah elegant und modern aus, große Fenster ließen Licht und Luft herein. Hinter einem Pult saß Heinz Kramer, der alte Lagerverwalter, der bei dem Feuer beinahe umgekommen wäre. Johannes Stelling hatte sein Wort gehalten und ihm eine neue, leichtere Arbeit gegeben.

Viktoria begrüßte ihn sehr herzlich. „Wie geht es Ihnen, Herr Kramer?"

„Gut, Fräulein Viktoria, ich hätte Sie beinahe nicht erkannt. Haben Sie Ihren Herrn Vater besucht? Wie geht es dem Chef?"

„Nicht sehr gut, Herr Kramer, aber wir hoffen, dass er bald wieder gesund sein wird. Können Sie mir sagen, wo ich meinen Bruder finde?"

„Er ist im Großbüro im ersten Stock. Wenn Sie oben immer geradeaus gehen, kommen Sie direkt auf die Tür zu."

„Danke."

Viktoria ging nach oben, und von Stufe zu Stufe wuchs ihr Selbstbewusstsein wieder. Das alles gehört uns, und keiner wird es wegnehmen, dachte sie und ließ die Hand über das glänzende Holz des Treppengeländers gleiten. Sie sah die hübschen Bilder an, die alle Schiffe zeigten, die der Reederei gehörten: Klipper, Schoner, Frachter, Zweimaster, Dreimaster und, der ganze Stolz der Firma, fünf Viermaster mit turmhoher Takelage und über hundert Meter Länge. Dann war sie oben, ging den Flur entlang und öffnete die Bürotür. Groß und stolz stand sie da und sah durch den Raum. Dann kam ein Angestellter auf sie zu. „Sie wünschen?"

„Ich bin Viktoria Stelling." Inzwischen hatten alle ihre Anwesenheit bemerkt. Ein Tuscheln ging durch den Raum. Die Männer sahen sie neugierig an. Viktoria sagte: „Bitte, lassen Sie sich nicht stören." Dann winkte sie Thomas zu sich und fragte laut und für alle verständlich: „Wo kann man hier ungestört sprechen?" Damit verwies sie die Angestellten ganz bewusst in ihre Schranken und verließ zusammen mit dem Bruder das Kontor.

„Donnerwetter, Schwesterchen, welch ein Auftritt", flüsterte Thomas und zeigte auf eine Tür. „Dort sind wir allein."

„Was ist das?"

„Ein kleines Zimmer für Besucher. Aber jetzt ist niemand drinnen."

„Nein, Thomas. Zeig mir Vaters Büro. Das ist der Ort, an dem wir uns in Zukunft aufhalten werden."

„Aber …"

„Kein Aber. Wir sind die Stellings, uns steht das zu. Gibt es auch eine Sekretärin, die für Vater gearbeitet hat?"

„Sie sitzt jetzt in einem anderen Vorzimmer."

„Dann geh hin, und sage ihr, wir wünschen Tee zu trinken, und zwar umgehend."

Thomas sah sie verblüfft an. „Du gehst ja ganz schön ran." Als er zurückkam, grinste er über das ganze Gesicht. „Die hat vielleicht geschaut. Nun erzähle erst mal, wie geht es Vater?"

„Er wird wieder gesund werden, aber es kann lange dauern. Er war ganz kurz bei Bewusstsein, aber erkannt hat er uns nicht. Mutter habe ich bei ihrem Hausbau gelassen. Ich selbst habe einen Advokaten aufgesucht, der mir empfohlen wurde. Einer von uns muss die Firma offiziell übernehmen."

Thomas streckte abwehrend die Hände aus. „Aber ich doch nicht, Viktoria!"

„Das weiß ich, deshalb wird das meine Aufgabe werden."

„Und wie soll das in der Praxis aussehen?“

„Ich muss volljährig sein. Ich brauche neben der Mutter einen Vormund, und dann kann man den Antrag stellen.“

„Und wie ich dich kenne, weißt du auch schon, wer das sein könnte.“

„Ja, Thomas.“

Die Sekretärin klopfte und trat ein. Unwirsch blickte sie sich um, stellte das Tablett auf einen Beistelltisch und sagte: „Darf ich darauf hinweisen …“

„Nein“, unterbrach sie Viktoria. „Sie brauchen auf nichts hinzuweisen. Bis zur Rückkehr meines Vaters übernehme ich dieses Büro. Wenn Sie für mich arbeiten wollen, ist das in Ordnung, wenn nicht, müssen Sie sich um einen anderen Posten in einer anderen Firma bemühen. Morgen früh um zehn Uhr möchte ich die Herren Geschäftsführer hier sprechen. Bitte geben Sie das weiter. Danke, das war’s.“

Empört, aber auch beeindruckt verließ die junge Frau das Büro.

„Thomas, du bist lange genug hier, um Einblick in die Geschäfte zu haben. Du kennst die einzelnen Leute und weißt, welche Aufgaben sie erfüllen. Du weißt, welche Schiffe unterwegs sind, welche Aufträge wir haben, welche Einnahmen, was in den Speichern lagert und welche Pläne Vater hatte. Das alles muss ich wissen, am besten morgen vor zehn Uhr. Geh und hole zunächst die Auftragsbücher, damit ich einen Überblick bekomme.“

„Und wenn man sie mir nicht gibt?“

„Du bist Vaters Sohn, also los!“

18

Der Signalturm auf den Navensink Highlands, 75 Meter über der tückischen Landzunge von Sandy Hook nahe der Einfahrt in den Hafen von New York, war das Letzte, was Jens Brennicke von Amerika sah. Er blickte hinauf zu den riesigen Mengen von Segeltuch, die sich himmelwärts über ihm bauschten, und spürte mit der Begeisterung eines echten Hanseaten, wie ruhig der Klipper im Wasser lag. Er beglückwünschte sich zu dieser Fahrt mit der amerikanischen *Seagull*, die eine Ladung Virginia-Tabak nach Hamburg brachte. Er wollte den Vater überzeugen, diese schnellen Schiffe für den Teehandel mit China einzusetzen, um die empfindliche Ernte so rasch wie möglich zu transportieren.

Jens freute sich auf die Heimat. Er kam mit großen Plänen und vielen

Träumen zurück, denn er hatte erkannt, wie fortschrittlich der Schiffbau in Amerika war, wie einfallsreich Transportfragen, Passagierwünsche und Lagerkapazitäten in diesem modernen Land behandelt wurden.

Er ging hinunter in das Herrenzimmer. Einige Herren lehnten in den bequemen Sesseln, rauchten Zigarren aus Kuba und ließen sich kalifornischen Wein servieren. Es ist unglaublich, wie weit der Handel fortgeschritten ist, dachte Jens und stellte fest, dass selbst das Obst in den Schalen tropischer Herkunft war. Das alles verdanken wir der Schifffahrt, schnellen Schiffen wie diesem Klipper, die Waren in unvorstellbarer Geschwindigkeit über die Meere tragen. Ich muss den Vater davon überzeugen, dann wird es bald nur noch diese schnellen Klipper in unserer Reederei geben.

Er setzte sich zu den anderen Passagieren und machte sich sogleich Notizen in ein kleines Taschenbuch, das ihm seine Mutter zum Abschied geschenkt hatte. Nun waren die Seiten eng beschrieben, und sein Kopf steckte voller Ideen. Private Wünsche, wie etwa der Gedanke an Patrizia Stelling, kamen in seinem gegenwärtigen Leben nicht mehr vor.

Auf die Mutter freute er sich am meisten. Mit ihr konnte er offen reden, sie gab vernünftige Ratschläge, sie machte Mut, und sie hatte ihn zu dem gemacht, der er jetzt war, ein offener, ehrlicher, fleißiger Mann, der gelernt hatte, seine Rechte durchzusetzen.

Als der Klipper in den Altonaer Westkai einlief, sah er sie in ihrer Kutsche auf ihn warten. Hoch aufgerichtet saß sie auf dem äußersten Rand des Polsters und hielt ihren kleinen Schirm kerzengerade in die Luft. Typisch Mama, dachte er, immer korrekt vom Scheitel bis zur Sohle. Er lächelte und winkte. Und sie winkte zurück.

Er befahl zwei Matrosen, sein Gepäck zur Kutsche zu bringen, und lief die Gangway hinunter. „Hallo, Mutter, ich wusste, dass du da bist."

Sie lachte. „Du wusstest das? Woher?"

„Intuition, Gedankenübertragung, nenn es, wie du willst."

Sie beugte sich vor, und er durfte ihre Wangen küssen. „Sag mal, wie viel Gepäck hast du denn mitgebracht? Das können wir doch kaum in der Kutsche unterbringen."

Jens zeigte den Seeleuten, wie sie die Kisten stapeln sollten. „Aber Vorsicht, meine Herren, das sind zerbrechliche Geschenke. Sie haben die Seefahrt überstanden, und sie sollen auch die Kutschfahrt überstehen." Vergnügt zwinkerte er der Mutter zu. „Lass dich überraschen, Mama, du wirst dich freuen." Er gab den Matrosen ihren Lohn, und die Kutsche setzte sich in Bewegung. „Wie geht es Vater?", fragte er.

Irmgard legte ihm die Hand auf den Arm. „Er lässt dich herzlich grüßen, aber er musste gestern nach Lübeck und wird erst in drei Tagen zurückkommen. Wir können also erst einmal unser Wiedersehen allein genießen."

„Wie geht es der Firma?"

„Soweit ich orientiert bin, steht alles zum Besten."

Jens sah interessiert nach draußen. „Hier hat sich einiges verändert", stellte er fest, als sie durch die verkehrsreichen Straßen fuhren. „Der Hamburger Berg ist kaum wieder zu erkennen."

„Der Hamburger Berg heißt jetzt St. Pauli, und der Stadtteil reicht inzwischen bis an die Palmaille heran."

Wenig später saßen Mutter und Sohn im Salon, und Jens bat den Hausdiener, die Pakete hereinzubringen. „Ich habe versucht, ein paar Kostbarkeiten mitzubringen, die du noch nicht besitzt, Mutter, schau her." Er stand auf und entfernte die Papiere von einem kunstvoll mit Intarsien verzierten Nähtischchen. Als er den Deckel öffnete, glänzte eine vergoldete Ansicht des Hafens von New York auf der Innenseite.

„Ach, wie entzückend!", freute sich Irmgard und strich vorsichtig mit den Fingern über die kleine, präzise Malerei. „Danke, mein Junge, das ist ein wunderbares Geschenk."

„Hier ist noch eine Kleinigkeit, die darfst du selbst auspacken." Er reichte ihr ein längliches, in Seidenpapier gehülltes Päckchen.

Irmgard wickelte es behutsam aus und hielt gleich darauf ein reich verziertes Fernrohr aus Holz und Messing in den Händen.

„Damit du unsere Schiffe siehst, wenn sie unten auf der Elbe vorüberziehen, und damit du winken kannst, wenn Vater oder ich an der Reling stehen und zu dir hinaufsehen. Das Rohr gehörte dem Kapitän der *Seagull*, mit der ich gekommen bin. Ich musste ihn ein bisschen überreden, aber dann hat er sich davon getrennt. Es hat schon viele Seereisen hinter sich."

Irmgard stand auf und umarmte ihren Sohn. „Danke, mein Lieber, es ist ein wunderschönes und sehr praktisches Geschenk."

„Jetzt erzähle, Mutter, was gibt es Neues in der Reederei und im Handelshaus? Was tut Vater in Lübeck?"

„Soviel ich weiß, will er den Handel mit den Ostseeländern vergrößern. Du kennst ja sein Motto: ‚Wer rastet, der rostet'. Es gibt da eine Hamburger Firma, die versucht, ihm den Rang abzulaufen, und das will er verhindern."

„Und? Wird er Erfolg haben?"

„Ich weiß es nicht, ich weiß nur, dass der Chef der Firma nicht ansprechbar im Krankenhaus liegt und seine Angestellten zu intrigieren versuchen."

„Welche Firma ist das?"

Irmgard zögerte einen Augenblick. „Die Reederei Stelling."

„Ach, die uns das Geld damals abgenommen hat? Das geschieht dem alten Stelling recht. Dann kommt Vater mit Sicherheit erfolgreich zurück." Jens drehte sich um und sah aus dem Fenster. „Wenn ich den Namen Stelling höre, könnte ich heute noch explodieren."

„Und warum bist du damals nicht explodiert, Jens?"

„Mutter, man kann doch nicht gegen ein Schulmädchen kämpfen." Er legte ihr lächelnd den Arm um die Schultern. „Mein Gott, bin ich froh, wieder hier zu sein!"

Irmgard beobachtete ihn. Einen Augenblick war sie versucht gewesen, ihm von dieser aggressiven und dabei so zauberhaften Viktoria zu erzählen, dann ließ sie es sein. Es ist zu früh, dachte sie. Aber wir werden mit Sicherheit später über dieses Mädchen sprechen, verlass dich darauf, mein lieber Sohn! Dann stand sie auf: „Komm, Jens, das Abendessen ist bereitet. Die Köchin hat sich extra nach deinem Leibgericht erkundigt. Wir wollen sie nicht warten lassen."

Als sie schließlich den Kaffee im Gartenzimmer einnahmen, erzählte er von seinem Leben in Amerika, von den Menschen, von der Arbeit und von seinen Plänen, und Irmgard war froh, dass in seinen Berichten nicht mehr jene Frau vorkam, der er hier nachgetrauert hatte.

Was sie beide nicht wussten, war die Tatsache, dass auf der *Seagull* ein langer Brief von Patrizia an ihre Eltern mitgereist war. Ihr erster Brief aus dem fernen Amerika in die alte Heimat.

19

Geliebte Eltern,

ich weiß, dass ihr auf eine Nachricht von mir wartet. Aber in den ersten Tagen und Wochen fand ich keine Zeit und Ruhe. Heute kann ich euch schreiben, dass es mir gut geht. Macht euch keine Sorgen um mich, alles wendet sich zum Besten.

Die Schiffsreise war sehr anstrengend und auch gefährlich. Wir hatten eine sehr stürmische See, die armen Menschen aus dem Binnenland haben schrecklich gelitten, und auch ich hatte lange mit dieser Seekrankheit zu kämpfen. Da niemand an Deck gehen und frische Luft schöpfen durfte, haben wir im Zwischendeck oft unter Luftmangel gelitten, und der Geruch war kaum zu ertragen. Manche der armen Menschen sind gestorben. Sie wurden einfach von den Matrosen über Bord geworfen.

Als wir endlich in New York angekommen waren, waren viele Menschen an Bord sehr krank. Wir mussten auf einer Quarantäneinsel das Schiff verlassen und fast sechs Wochen in einem Lager zubringen, bis alle gesund oder, was besonders schlimm war, verschieden waren. Es wurde erzählt, dass hundert Menschen auf dieser Reise gestorben sind.

Als wir endlich das Festland betreten durften, blieb ich mit acht elternlosen Kindern zurück. Dann zog ich den Brief aus der Tasche, den Amalie mir mitgegeben hatte, und suchte eine Droschke, die uns zu der angegebenen Adresse brachte.

Man war dort erschrocken, als ich mit diesen vielen Kindern ankam. Aber der Geistliche wusste sich zu helfen, ließ einige Gemeindemitglieder kommen und verteilte die Kinder einfach auf deren Familien, bis eine andere Lösung gefunden wird. Nun wohne ich seit ein paar Wochen bei Reverend Mertens und helfe bei der Gemeindearbeit. Nebenbei werbe ich in anderen kirchlichen Gemeinden und Vereinen für ein Stift für Waisenkinder und hoffe, mithilfe von Vaters Scheck bald so viel Geld zu haben, dass wir ein Haus errichten können, damit ich ein Zuhause für „meine" Auswandererkinder bekomme. Außerdem gibt es so viele Kinder ohne Eltern, die hier in der Gosse leben.

Von New York habe ich noch nicht viel gesehen, aber man hat mir erzählt, dass am Flussufer des Hudson, etwa in der Mitte der Stadt, ganz große Häuser gebaut werden sollen, zehn und mehr Etagen hoch. Stellt euch nur die Treppen vor, die man dort steigen muss!

Ich wünsche euch Gesundheit und Gottes Segen. Grüßt meine Geschwister, und schreibt auch einmal eurer treuen Patrizia.

DER BRIEF erreichte die Familie in einer sehr kritischen Situation: Johannes Stelling kämpfte ums Überleben, Annette um ihr Haus, Viktoria um die Firma und Thomas um die Freiheit.

Einen Tag nachdem Viktoria der Geschäftsleitung ihre Pläne mitgeteilt hatte, stellte der Prokurist sämtliche Zahlungen an die Familie ein. Als Viktoria ihn zur Rede stellte, erklärte er: „Ich habe keine Vollmacht über die privaten Konten der Familie. Solange die Rechtslage nicht geklärt ist, muss ich mich an die Anweisungen der Geschäftsleitung halten."

Viktoria war außer sich. Sie wusste, dass er Recht hatte, sie wusste aber auch, dass sie diese Einstellung nicht dulden konnte. Empört erwiderte sie:

„Über welche Bank laufen die Gelder der Firma? Wer ist zuständig für die geschäftlichen und privaten Konten?“

„Ich bin nicht befugt, irgendwelche Auskünfte über diese Konten zu geben, Fräulein Stelling.“

„Danke, das genügt, Sie können gehen.“ Dann rief sie die Bürodame, die, wenn auch widerwillig, noch immer für sie arbeitete, und bat sie: „Rufen Sie bitte Herrn Stelling, er muss irgendwo im Hause sein!“

Wenig später erschien Thomas in ihrem Büro und sah sie fragend an.

„Ich muss die Bankverbindungen der Firma wissen. Mit wem arbeiten wir zusammen, und wo liegen unsere Gelder?“

„Wir arbeiten mit der Salomon-Heine-Bank in Altona zusammen.“

„Ist das der Heine, der auch das Krankenhaus gebaut hat?“

„Genau der.“

„Dann muss ich mit Mutter nach Altona fahren. Die Firma zahlt der Familie kein Geld mehr.“

„Was?“

„Wir bekommen auf Anweisung der so genannten Geschäftsleitung keinen Pfennig mehr aus dem Firmenvermögen. Vater hat angeblich private Konten für die Familie.“

„Das kann stimmen.“

„Ja, natürlich, aber es ist eine Frechheit, uns finanziell im Stich zu lassen.“ Nachdem Viktoria die Kontonummern und den Namen des Direktors notiert hatte, fuhr sie zurück in den Harvestehuder Weg, um die Mutter abzuholen und mit ihr nach Altona zu fahren.

„Aber Kind“, protestierte Annette, „ich bin noch nie in dieser Bank gewesen.“

„Aber du hast doch auch ein eigenes Konto dort, für die Pachtgelder aus Rodenhagen. Hast du irgendwelche Papiere über diese Konten?“

„Wenn es Papiere gibt, dann sind sie im Bürosafe.“

„Gut, dann werde ich nachsehen. Zieh du dich bitte an, ich schicke Stinchen in den Stall, damit sie die Kutsche bestellt.“

Viktoria fand sehr schnell einen Ordner mit allen Bankunterlagen. Zu ihrer Bestürzung stellte sie aber fest, dass es keine großen Beträge gab, über die ihre Familie zurzeit verfügen konnte.

Als Annette fertig angekleidet in das kleine Büro kam, sah Viktoria sie verärgert an.

„Was ist los, Kind?“

„Wir haben kein Geld, das ist los. Hast du die Anweisung gegeben, dass alle deine Pachteinkünfte unverzüglich nach Italien überwiesen werden?"

„Ja, natürlich, einer muss ja für Michael sorgen."

„Ach ja? Hast du vergessen, dass es noch drei andere Kinder gibt? Was hast du denn Patrizia mitgegeben?"

„Sie hat gesagt, sie kommt zurecht."

„Ja, natürlich. Und was bekommt Thomas von dir? Womit kann ich eigentlich rechnen?"

„Du warst ja verschollen. Außerdem weißt du dir immer zu helfen und Thomas auch. Ist meine neue Villa betroffen?"

„Damit musst du rechnen. Der Bau wurde über die Firma finanziert, weil Vater das Haus auch für geschäftliche Zwecke nutzen will. Und von der Firma gibt es ab sofort keine Courantmark mehr."

„Um Gottes willen, Viktoria, wir können doch nicht mittendrin mit dem Bauen aufhören! Dann verkaufe ich auf der Stelle Rodenhagen und finanziere mit dem Geld mein Haus."

Empört sprang Viktoria auf. „Das kommt gar nicht infrage. Das Gut ist neben der Firma unser wertvollster Besitz. Es ist auch unser Erbe, Mutter, es gehört auch Thomas und mir. Thomas will ein Gestüt aufbauen, er hat dort die besten Voraussetzungen. Und wenn ich die Firma übernehme, muss er ein gleichwertiges Objekt bekommen, dafür werde ich sorgen."

Annette begann zu weinen. „Wie ihr alle mit mir umgeht, als hätte ich gar nichts zu sagen. Vergesst nicht, ich bin immer noch eure Mutter, und ohne mich seid ihr zwei unmündige Kinder, denen keinerlei Rechte zustehen."

Viktoria wusste, dass es keinen Zweck hatte, noch länger zu diskutieren. Sie steckte den Aktenordner mit den Bankunterlagen in eine Tasche und begleitete die Mutter zur Kutsche. Es regnete seit dem frühen Morgen. Der Kutscher hatte das Dach hochgeklappt und den Damen ein Lederplaid als Regenschutz über die Knie gelegt. Träge und monoton rauschte das Wasser auf das Verdeck. Dann näherten sie sich dem Bankhaus Salomon Heine.

Das Haus wirkte dunkel und alt, und so roch es auch. Durch die kleinen Fenster drang kaum Tageslicht in die Geschäftsräume, und die Angestellten in ihren dunklen Anzügen wirkten sehr unzugänglich.

Viktoria fragte höflich nach dem Direktor und nannte ihren Namen.

Dann kam Direktor Sternschmidt, stellte sich vor und bat die Damen in sein Büro. „Es ist mir eine Ehre und eine Freude, die Damen Stelling begrüßen zu dürfen. Ich habe von dem Leid gehört, das Sie getroffen hat, und hoffe sehr, dass sich alsbald alles zum Besten wendet. Womit kann ich dienen?"

Viktoria erklärte: „Die Firma zahlt uns keine Gelder für den Lebensunterhalt, und die privaten Konten sind leer. Wir möchten Sie um Rat bitten, wie wir aus dieser Situation herauskommen."

Direktor Sternschmidt sah die beiden Frauen mitfühlend an. „Die Situation ist mir bekannt. Ihre Geschäftsführer kamen gestern hierher und veranlassten, alle Konten zu sperren. Es tut mir sehr Leid, aber es steht nicht in meiner Macht, daran etwas zu ändern."

„Das wissen wir", erklärte Viktoria ungeduldig, „dennoch muss es einen Weg geben, einer sehr begüterten Familie – wie viel Geld wir besitzen, wissen Sie am besten – aus einer momentanen Geldnot herauszuhelfen."

„Sie könnten etwas Kapital von uns leihen, ich meine, wir geben Ihnen Geld, und Sie geben uns eine Sicherheit dafür."

„Woran dachten Sie?"

„Sie könnten den Neubau im Mittelweg beleihen. Oder das Gut in Mecklenburg oder das Sommerhaus, in dem Sie derzeit wohnen. Das sind alles wertvolle Objekte."

Viktoria überlegte. Wenn sie das Geld nicht zurückzahlen konnten, würde man ihnen diese so genannte Sicherheit wegnehmen. Worauf also konnten sie verzichten? Das Sommerhaus an der Alster brauchten sie zum Wohnen, das Gut brauchte sie eventuell als Sicherheit für eine Bürgschaft, wenn es um ihre Volljährigkeit ging, und das Haus am Mittelweg?

Sie nickte. „Wir können den Neubau verpfänden."

„Kommt nicht infrage, das ist mein Traum, den gebe ich nie und nimmer her!" Annette war aufgesprungen und blickte Viktoria wütend an. „Was habe ich dir getan, dass du so grausam zu mir bist?"

Erschrocken war auch der Bankdirektor aufgesprungen. „Gnädige Frau, beruhigen Sie sich. Es ist doch nur für den kurzen Übergang, bis Ihr Herr Gemahl wieder die Geschäfte führen kann."

Viktoria sah ihn ganz ruhig an: „In Zukunft werden Sie mit mir als Firmenchef vorlieb nehmen müssen. Mein Vater ist auf unbestimmte Zeit sehr leidend. Die Firma übernehme ich."

Verblüfft sah der Mann die junge Frau an. „Verzeihen Sie, das konnte ich nicht wissen."

„Deshalb habe ich es gesagt. Und nun bitte ich um Vorschläge, wie wir aus dem finanziellen Engpass herauskommen."

„Wir übernehmen den Neubau, und Sie können über ein dem jetzigen Wert entsprechendes Vermögen verfügen. Wenn es Ihnen recht ist, wird der Neubau geschätzt, und einen Tag später befindet sich das Geld auf einem Konto."

„Auf meinem Konto, wenn ich bitten darf. Ich möchte, dass Sie mir umgehend ein eigenes Konto einrichten."

„Darf ich annehmen, dass Ihre Frau Mutter die Abmachung mit dem Haus als Sicherheit akzeptiert und mit dem eigenen Konto für Sie einverstanden ist?"

„Weshalb meine Mutter?"

„Gehe ich recht in der Annahme, dass Sie noch nicht volljährig sind?"

„Sie gehen recht darin. Machen Sie die Papiere bitte fertig. Meine Mutter wird unterschreiben. Wir warten hier."

Als Direktor Sternschmidt für kurze Zeit das Büro verließ, hob Viktoria abwehrend beide Hände und erklärte: „Es ist unsere einzige Chance, Mutter. Du bekommst dein Haus zurück, es wird in keiner Weise angekratzt sein. Und nun denk einmal an Vater, wir haben sehr große Krankenhausrechnungen zu begleichen, und sie werden auch in Zukunft unsere dringendste Aufgabe sein. Also verzichte für eine kurze Zeit auf einen Besitz, der sowieso uns allen gehört, und unterschreibe die Papiere, die dir gleich vorgelegt werden."

„Aber ich verstehe doch nichts von dem, was ich da unterschreibe."

„Wir müssen alle umlernen, Mutter, in Zukunft musst du sehr viel selbständiger werden. Und die Papiere lese ich gründlich durch, bevor du sie unterschreiben wirst."

Wenig später war alles erledigt. Das Haus war verpfändet, Viktoria hatte ihr eigenes Konto, und spätestens in zwei Tagen würde die Familie wieder Geld zur Verfügung haben.

Nun muss ich nur noch Thomas davon überzeugen, dass er seine Pferdezucht in Rodenhagen aufbaut, und ich muss Irmgard bitten, die Vormundschaft und eine Bürgschaft für mich zu übernehmen, dachte Viktoria müde und sank erschöpft in die Polster der Kutsche.

Annette befahl dem Kutscher, durch die Innenstadt zu fahren. „Komm, ich werde dir zeigen, wie sehr sich Hamburg verändert hat", erklärte sie Viktoria. Diese hörte höflich zu. Die Mutter kam durch die Erklärungen auf andere Gedanken und vergaß die hässlichen Gespräche in der Bank, und das war gut so.

Zu Hause angekommen, half sie der Mutter aus dem Wagen, schickte die Kutsche zurück in den Stall und holte sich ihren Regenumhang aus der Garderobe.

„Willst du fortgehen?"

„Ja, Mutter, Benno muss noch ausgeführt werden. Ich weiß nicht, wann Thomas heimkommt, und der Hund muss etwas Bewegung haben."

Die Verantwortung, die sie tragen musste, die Entscheidungen, die sie fällen, die Probleme, die sie lösen musste – all das zerrte an ihren Kräften, an ihrem Selbstbewusstsein und an ihrem Stolz. Sie musste heute ganz einfach noch allein sein, um wieder atmen zu können.

Sie lief mit dem Hund am dunklen Alsterufer entlang, spielte Fußball mit kleinen Kieseln, zertrat knirschend Ästchen und wischte sich die Nässe aus dem Gesicht, von der sie nicht wusste, ob es Tränen oder Regentropfen waren.

Und zum ersten Mal in ihrem Leben träumte Viktoria von einer Zukunft, dic nichts mit Geschäften zu tun hatte. Sie träumte von Ruhe, die nichts von ihr forderte, von Armen, die sie zärtlich festhielten, sie träumte von Worten, die sie trösteten, von Augen, die sie streichelten, sie träumte davon, eine Frau zu sein. Irgendwo, dachte sie, gibt es einen Mann, der mich lieb haben wird.

20

Viktoria Stelling und Irmgard Brennicke trafen sich zum ersten Mal nach der Rückkehr aus Glückstadt im Büro von Dr. Ganzow wieder. Wie Viktoria gehofft hatte, war der Advokat ein Mann der schnellen Entschlüsse und die mütterliche Freundin eine Frau, die ihr Wort hielt.

Während Hermann Ganzow die ärztliche Bescheinigung über die „Unverantwortlichkeit" des Johannes Stelling aufgrund der schweren Erkrankung ausstellen ließ und Viktoria die Einverständniserklärung der Mutter beibrachte, hatte Irmgard die Berechtigungsscheine für die Vormundschaft notariell beglaubigen lassen und mitgebracht.

Außerdem übernahm sie wie selbstverständlich die Bürgschaft für eventuelle Schäden, die durch Viktoria entstehen konnten. Von einer Sicherheit wollte sie nichts wissen, aber Viktoria bestand darauf, ihr das Gut Rodenhagen als Sicherheit überschreiben zu lassen.

Irmgard, die spürte, dass Viktoria nicht nachgeben würde, sagte schließlich: „Also gut, meine Kleine. Ich nehme die Sicherheit unter der Voraussetzung an, dass außer uns dreien keiner etwas davon erfährt, ihr das Gut nach wie vor nutzt und dass alle diese Abmachungen an deinem einundzwanzigsten Geburtstag erlöschen."

Viktoria nickte. „Ich danke dir, Irmgard."

Auch diese Vereinbarung wurde schriftlich festgelegt und unterzeichnet. Dr. Ganzow versicherte, dass er bereits am nächsten Tag einen Termin beim zuständigen Gericht habe und hoffe, in zwei Tagen die entsprechenden Papiere zu erhalten. „Dann, Fräulein Stelling, können Sie unverzüglich die Leitung übernehmen. Es wäre mir eine Ehre, an der Sitzung teilzunehmen, in der Sie die jetzigen Direktoren von Ihrer Vollmacht in Kenntnis setzen.“

Irmgard umarmte Viktoria. „Komm, meine Liebe, jetzt haben wir eine Stärkung verdient.“

Sie verabschiedeten sich. Auf der Straße zogen beide die Schleier ihrer Hüte über das Gesicht, um nicht erkannt zu werden. Dann zeigte Irmgard auf Sillems Basar, ein pompöses Einkaufszentrum am Jungfernstieg, ein Paradies für kauflustige Flaneure. „Komm, gehen wir hinein.“

Entzückt blieb Viktoria im Zentrum des Basars, einem Oktogon aus Glas, Eisen, Edelholz, Spiegelscheiben, Marmorwänden und überaus eleganten Läden, stehen. „Hier war ich noch nie“, staunte sie.

„Es soll die erste große Einkaufspassage in Deutschland sein“, erklärte Irmgard. „Kaufmann Sillem hat sie gebaut, eine überdachte Einkaufsstraße, wie man sie in London und Paris kennt.“ Sie schlenderten an den dreißig Geschäften entlang. Liebevoll legte Irmgard Viktoria den Arm um die Schultern. „Komm, den Tee nehmen wir im ‚Hotel de Russie‘, da schmeckt er am besten. Hm, und ich kann dir die leckersten Schokoladeneclairs der Stadt empfehlen, eine wunderbare Mischung aus Blätterteig, Pudding und Zuckerguss.“

Zwei Tage später besaß Viktoria ihre Volljährigkeitsbescheinigung. Als alle Papiere unterzeichnet waren, gratulierten ihr Irmgard Brennicke und Hermann Ganzow, und es gab einen prickelnden Champagner zur Feier des Tages.

Viktoria und Dr. Ganzow fuhren anschließend in seiner Kutsche zum Kontorhaus, während Thomas die Mutter abholte. Viktoria wollte unbedingt, dass Annette Stelling dabei war, wenn sie die Geschicke der Firma übernahm.

Sechs leitende Angestellte hatten sich im Büro von Johannes Stelling versammelt. Zwei bezeichneten sich als Geschäftsführer und vier als Direktoren. Viktoria hatte sie dorthin bestellt, um von Anfang an zu demonstrieren, dass dieser Raum in Zukunft ihr gehörte. Die Herren standen leise plaudernd zusammen, als Viktoria mit Dr. Ganzow und Annette am Arm von Thomas pünktlich das Büro betraten.

Sie bat die Herren nicht, Platz zu nehmen, sondern ließ nur für ihre Mutter einen Stuhl zurechtstellen, und als Annette sich gesetzt hatte, begann sie unverzüglich: „Meine Herren, ich möchte Sie davon in Kenntnis setzen, dass ich ab heute die Firmenleitung übernehme. Dass ich dazu berechtigt bin, kann Dr. Ganzow bezeugen, der den Gerichtsbeschluss bei sich hat und in Zukunft meine Interessen vertreten wird. Ich hoffe auf eine gute, erfolgreiche Zusammenarbeit. Sollte einer der Herren eine Kooperation mit mir ablehnen, so bitte ich um ein Handzeichen."

Zwei der Direktoren meldeten sich. Als einer etwas sagen wollte, schnitt Viktoria ihm das Wort ab. „Danke, ich brauche keine Erklärungen. Welche Befugnisse hatten Sie in dieser Firma?"

Sie sprach ganz bewusst bereits in der Vergangenheitsform.

„Ich bin zuständig für den Einkauf von skandinavischen Produkten."

„Ich leite den Einsatz von Binnenschiffen."

„Danke, das genügt", erklärte Viktoria. „Ich wünsche, dass Sie im Beisein von Herrn Dr. Ganzow Ihre Schreibtische räumen und das Haus verlassen. Das Gehalt für den laufenden Monat können Sie morgen im Bankhaus Salomon Heine abholen. Sie haben ab sofort kein Recht, die Räume der Firma Stelling hier im Kontorhaus, in den Speichern oder auf den Schiffen zu betreten. Sie werden verstehen, dass ich die Interessen der Firma geheim halten und schützen muss." Und an alle gewandt: „Ich danke Ihnen, meine Herren. Diejenigen, die mit mir weiterarbeiten, möchte ich morgen um neun Uhr hier sprechen. Guten Abend."

Und Thomas wies sie an: „Bitte begleite Herrn Ganzow, und sorge dafür, dass die entlassenen Herren keine Geschäftsunterlagen mitnehmen."

Als alle bis auf Annette das Büro verlassen hatten, setzte sich Viktoria auf den Schreibtischrand, atmete tief durch und sah die Mutter strahlend an. „Was sagst du, Mutter? Ab sofort geht es uns wieder besser."

Aber Annette konnte gar nichts sagen. Sie war ganz einfach sprachlos. Woher hatte dieses Kind dieses Selbstbewusstsein, die Energie, eine Autorität, dass ihr selbst alte, erfahrene Männer gehorchten? Sie war aufs Äußerste erschrocken. So meinte sie nur zurückhaltend: „Ich bin über alle Maßen erstaunt. Warten wir ab, wie es weitergeht."

EIN HALBES Jahr später hatte Viktoria bewiesen, dass sie die Firma führen konnte. Das Unternehmen florierte, denn die neuen und schnelleren Schiffe, die neue Routen befuhren und den Handel bis nach Fernost und Australien ausdehnten, brachten die größten Gewinne ein, die die Reederei jemals verzeichnen konnte.

Viktoria hatte Peter Neubauer als neuen Direktor und ihren Vertreter eingestellt, einen kompetenten 35-jährigen Mann. Johannes Stelling lebte wieder zu Hause, wenn auch an den Rollstuhl gebunden und rund um die Uhr von Pflegern betreut. Die Mutter konnte den Weiterbau ihres Hauses beobachten, und Thomas war in der Firma nicht mehr zu halten.

„Ich möchte raus hier", erklärte er eines Tages im Büro. „Viktoria, ich will versuchen, auf einem Gestüt Arbeit zu finden, und wenn ich genug Geld gespart habe, will ich meinen eigenen Zuchtstall aufmachen. Das wird noch eine Weile dauern, aber ich muss endlich damit anfangen."

„Ich wüsste einen schnelleren Weg für dich."

„Du?"

„Schau, ich habe diese Firma, die ich mir immer gewünscht habe, ich möchte, dass du Rodenhagen bekommst. Es ist ein wunderbares Gut mit allem, was zur Gründung eines Gestüts gehört. Und du könntest morgen dort mit der Arbeit anfangen."

Aber der junge Mann schüttelte den Kopf. „Erstens gehört das Gut der Mutter. Zweitens hat Jochen Benters, der Pächter, einen Vertrag, der ihm auf lange Zeit die Nutzung von Grund und Boden garantiert. Drittens kann ich mich kaum noch an den Landsitz erinnern. Du siehst, es sind drei wichtige Gründe, die gegen deinen Plan sprechen, liebe Schwester."

Viktoria lächelte. „Du kennst mich immer noch nicht richtig, Thomas. Erstens, Mutter ist damit einverstanden, dass du den Hof bekommst. Zweitens, der Pächter ist nur an den Feldern interessiert, Haus und Ställe stehen leer, und über ein paar Wiesen werden wir mit ihm reden. Und drittens, wir beide werden hinfahren und alles an Ort und Stelle besichtigen. Wenn der Stall beziehbar ist, dann ist es mir eine Ehre, dir die ersten Zuchtstuten und einen passenden Hengst zu schenken. Thomas, wir haben das Geld erarbeitet, wir können es auch ausgeben."

Langsam begriff Thomas, was ihm da angeboten wurde, und seine Augen begannen zu strahlen. „Viktoria, meinst du das ernst? Du glaubst, das würde gehen? Ich und das alte Gut? Und Mutter ist einverstanden?"

„Mutter wird überglücklich sein, wenn sie erfährt, dass du dich für ihr altes Gut interessierst. Sie hatte immer Angst, dass keines ihrer Kinder dieses Land haben wollte."

„Und wie gehen wir jetzt vor? Wie ich dich kenne, hast du auch dafür schon Pläne."

Sie lachten beide und freuten sich, dass die gemeinsame Arbeit in der Firma sie einander so nahe gebracht hatte.

„Du hörst hier auf und fängst dort an. So einfach ist das. Schreibe Jochen Benters, dass wir Mitte Mai dort eintreffen. Er soll eine Frau anstellen, die das Gutshaus in Ordnung bringt und sich als Haushälterin um dich kümmern könnte. Und er soll einen Stall so weit herrichten, dass wir unsere Kutschpferde darin unterstellen können. Und dann sehen wir weiter."

„Also gut. Ich schreibe ihm, dass wir kommen, und dann trainiere ich unsere Kutschpferde. Es ist ein langer Weg nach Rodenhagen, und sie sind nicht in Form. Und du, kannst du hier weg?"

Viktoria lachte. „Ich habe Peter Neubauer trainiert, und der ist in Form."

Thomas umarmte seine kleine Schwester, die inzwischen so groß war wie er selbst. „Danke, Viktoria, dann lass uns anfangen."

Er kaufte eine Landkarte und berechnete die kürzeste Strecke über Geesthacht, Boizenburg und Rodenwalde bis zum Gut. Viktoria erarbeitete mit Peter Neubauer genaue Pläne für die Reederei. Als die geschäftlichen Fragen geklärt waren, begann sich Viktoria auf die Reise zu freuen. Seit vielen Jahren hatte sie keine Ferien gehabt, denn sie hatte die freien Wochen zum Lernen gebraucht. Wer gleichzeitig zwei Schulen besucht, muss eben doppelt so viel arbeiten, dachte sie, und es hat sich ja auch gelohnt.

Trotz der Freude vergaß sie nicht die Aufgaben in der Firma, die für den Sommer geplant waren.

Sie würden etwa zur gleichen Zeit wieder in Hamburg eintreffen wie Justus Habermann mit der *Königin Sophia* aus Südamerika. An erster Stelle stand der Aufbau einer Kette mit Verkaufsstellen für Schiffszubehör in Brasilien. Der Kapitän hatte sich während der vergangenen Reisen in den Hafenstädten nach geeigneten Räumen umgesehen und die Vorschriften und Auflagen der Behörden geprüft, und Viktoria hatte in Hamburg nach qualifizierten Verkaufsleitern gesucht. Sie wussten beide, dass sie ein riesiges Projekt planten, das, wenn es erst einmal existierte, nicht nur enorme Gewinne abwerfen konnte, sondern vor allem, und darauf kam es Viktoria besonders an, von größtem Nutzen für die Schiffe der Südamerika-Routen sein würde. Sie wusste, dass sie sich voll und ganz auf Justus Habermann verlassen konnte. Aber nicht nur deshalb freute sie sich auf das Wiedersehen mit dem attraktiven Kapitän.

Bevor sie vier Wochen später abreisten, sprach Viktoria noch einmal mit dem Hausarzt. Es verging kein Tag, an dem sie sich nicht die Zeit nahm, den Vater in seinem Zimmer aufzusuchen. Dann erzählte sie ihm von der Firma, von den Schiffen, von fernen Ländern und von neuen Handelsgütern, die in den Speichern lagerten. Sie war überzeugt, dass der Vater sie verstand und sich auf ihren Besuch freute. Aber er konnte sich nicht verständlich machen. Er sah sie mit großen Augen an, und sie hoffte so sehr, einmal wenigstens sein Einverständnis zu erlangen, aber diese Augen sagten nichts.

Viktoria fragte den Arzt: „Mein Bruder und ich müssen verreisen. Können wir den Vater allein lassen, könnte ein Rückschlag eintreten?"

„Sein Leben liegt in Gottes Hand, verehrte Viktoria, aber nach meinem Ermessen ist kein Rückschlag zu befürchten. Er bekommt gute Medikamente, die Pfleger sind um ihn, und er hat Ihre Frau Mutter, die sich rührend um ihn kümmert. Ich denke, Sie können ganz beruhigt fortfahren."

„Danke, Doktor. Meine Mutter weiß, wo wir zu erreichen sind."

Der letzte Abend vor der Abreise war gekommen. Die Köchin hatte sich selbst übertroffen, um den jungen Leuten ihr Lieblingsessen zu servieren. Sie hatte Blätterteigpastetchen mit Geflügelfüllung und Käse als Vorspeise zubereitet, danach gab es Hechtfilets in Dillsoße mit Kartoffelkroketten und Spargelsalat und als Nachtisch die von allen geliebte Eiercreme mit Früchten und in Wein getränkten Biskuits und Makronen.

Viktoria und Thomas gingen nach dem Essen in die Küche, um sich bei Simone persönlich zu bedanken.

„Ach, Kinder, wie leer wird das hier sein, wenn ihr nun auch noch wegfahrt. Für wen soll ich eigentlich noch kochen? Eure Mama isst weniger als ein Spatz, der Figur wegen, wie sie sagt, und der Herr Papa lebt ja nur von Brei. Eines Tages sind's nur noch das Personal und die Pfleger, die hier richtig Appetit haben", sagte sie seufzend.

Dann setzten sich die jungen Leute in den Salon zur Mutter, die ihrem Sohn die den Landsitz betreffenden Papiere mitgeben wollte.

„Du bekommst das Gut überschrieben, wenn du volljährig bist, aber die Papiere gebe ich dir heute schon, damit du etwas in den Händen hast, wenn der Landrat Einblick in die Besitzverhältnisse nehmen möchte."

„Danke, Mutter."

Annette sah ihn glücklich an. „Ich bin so froh, dass wenigstens eines meiner Kinder das schöne alte Gut haben möchte. Es war immer der Wunsch meiner Vorfahren, dass es im Familienbesitz bleibt. Nun wirst du die Tradition fortsetzen, Thomas, und vielleicht hast du einmal Kinder, die es nach dir bewirtschaften."

„Ach, Mutter, so weit denke ich nun wirklich noch nicht, aber ich verspreche dir, dass ich den Hof hegen und pflegen werde. Du sollst stolz auf mich sein, und mit meiner Pferdezucht werde ich ihn berühmt machen."

21

Irmgard Brennicke, aufgrund ihrer Herkunft und des Reichtums ihrer Familie eine geachtete Frau, wurde durch ihre Heirat mit Heinrich Brennicke eine Hamburgerin, aber sie war nie eine Hanseatin. Sie bedauerte das nicht, denn ihrer Meinung nach waren die Hanseaten mit ihrem Stolz und ihrem Patriotismus zwar erfolgreich, aber auch überheblich und anspruchsvoll. Sie regierten die Stadt, vergaßen dabei jedoch die Bürger, die sie durch ihren Fleiß zu dem gemacht hatten, was sie heute waren.

In ihrem Hause konnte sie schalten und walten, wie sie wollte, im Handelshaus und in der Reederei hatte sie aber nichts zu sagen. Manchmal beneidete sie Viktoria. Ihre Meinung galt, ihre Pläne wurden umgesetzt, und ihr Unternehmen erblühte unter ihrer Führung.

Auch Irmgard hatte diesen Tatendrang. Sie wurde ebenfalls eine Unternehmerin, die vom ersten Tag an Erfolge verzeichnen konnte.

Irmgard Brennicke gründete eine Immobilienfirma, in der Hermann Ganzow als Jurist ihr Geschäftsführer wurde. Ein Unternehmen, das vom ersten Tage an auch städtebauliche Veränderungen beeinflusste. Irmgard entwickelte die Ideen, der Jurist vertrat sie in der Öffentlichkeit, und beide zusammen wurden eine unschlagbare Gemeinschaft, die im Verborgenen arbeitete, bis sie mit einem imponierenden Ergebnis an die Öffentlichkeit trat.

Ganzow hatte seine Büroräume zusammen mit seinen Angestellten in die kleine Gesellschaft eingebracht, und Irmgard finanzierte die Arbeit, bis sich die ersten Erfolge einstellten. Dann allerdings mussten sie die Firma sehr schnell vergrößern, neue Räume am Baumwall mieten, zwei Architekten und mehrere Mitarbeiter einstellen.

Geträumt hatte Irmgard von einer solchen Firma seit jenem Tag, als sie durch Zufall von dieser geplanten Speicherstadt hörte. Seit damals hatte sie überlegt und kalkuliert, Erkundigungen eingezogen, Verbindungen genutzt und im Geheimen die Fäden gezogen. Nur ihre Familie in Glückstadt hatte sie eingeweiht, weil sie ihre Ausgaben von ihrem durch die Familie verwalteten Vermögen bestreiten musste.

Sie hatte viel Zeit, wenn ihr Mann auf Reisen und der Sohn im Geschäft war. Dann saß sie nicht über den Stickrahmen gebeugt oder am neuen Nähtischchen aus Amerika, sondern war mit ihrer Kutsche unterwegs, um

Grundstücke zu besichtigen und Straßenkarten zu studieren. Sie hatte sich einen Einspänner zugelegt, den sie selbst fuhr.

„Mutter, wenn ich dich so ansehe, denke ich, du bist die eleganteste Frau der Stadt." Jens strich seiner Mutter liebevoll über die Hand, die schlank und gepflegt neben dem Frühstücksgedeck lag.

Irmgard lächelte. „Morgens um sieben schon Komplimente, mein Junge?"

„Bist du zufrieden mit dem Pferd und der kleinen Kutsche? Ich habe mir große Mühe beim Kauf gegeben."

„Ich weiß, Jens, und du hast wirklich gut gewählt. Ich wünschte bloß, die Stadt hätte mehr Standplätze, wo man ein Gespann abstellen kann, wenn man Besorgungen macht."

„Denk daran, Mutter, auf unserem neuen Firmengelände an der Deichtorstraße ist immer Platz für dich."

„Ich weiß, mein Junge, aber das ist mir zu abgelegen. Lass nur, ich komme schon zurecht. Ich habe inzwischen meine kleinen Schlupfwinkel gefunden, und wenn man ein guter Kunde ist, drücken die Geschäftsleute auch mal ein Auge zu, wenn man die Kalesche länger auf ihrem Hof stehen lässt, als man bei ihnen einkauft."

Jens lachte. „Ich glaube eher, sie wollen, dass du so oft wie möglich bei ihnen gesehen wirst. Eine Frau wie du, mit der zeigt sich jeder gern."

„Noch ein Kompliment! Und was hast du heute vor?"

„Büroarbeit, Mutter, staubtrockene Büroarbeit."

„Du arbeitest zu viel, mein Junge. Warum nimmst du dir nicht hin und wieder einen Tag frei? Warum gehst du nicht einmal zum Tanzen? Meine Bekannten fragen schon, warum du nicht zu sehen bist, sie haben nämlich schöne Töchter."

Jens hob abwehrend die Hände: „Ich habe wirklich viel zu tun. Wenn Vater auf Reisen ist, bleibt alles an mir hängen."

„Neulich hat mich eine Freundin gefragt, ob Vater die Berufung zum Senator annimmt und ins Rathaus einzieht. Das war ziemlich peinlich, ich wusste gar nichts davon."

„Na ja, er macht ein großes Geheimnis daraus. Ich habe es auch nur durch Zufall erfahren. Anscheinend hat man ihm einen Posten in der Regierung angeboten, aber er überlegt noch."

„Heinrich Brennicke, Senator der Hansestadt Hamburg – hört sich doch gut an. Hast du eine Ahnung, für welchen Bereich man den Vater im Senat haben will?"

„Ich glaube für die Bebauungsfragen, aber genau weiß ich es nicht."

Für einen Augenblick wich alle Farbe aus Irmgards Wangen, dann hatte sie sich wieder gefangen. „Nun, warten wir es ab“, erwiderte sie so ruhig wie möglich, und im Stillen dachte sie, dann muss ich mir mit meiner kleinen Firma sehr schnell etwas einfallen lassen.

Jens legte das Mundtuch zur Seite und stand auf. „Ich muss leider gehen.“ Er verabschiedete sich mit einem zärtlichen Handkuss. „Ich wünsche dir einen wunderschönen Tag, liebe Mutter!“, rief er, dann war er fort.

Erst als sie allein war, merkte Irmgard, wie schockiert sie war. Wenn ihr Mann Baupläne und Neubauten kontrollierte oder gar bewilligen musste, fand er heraus, dass sie im Immobiliengeschäft tätig war. Da half ihr auch Hermann Ganzow als Strohmann wenig. Sie musste sofort zu ihm.

Auf der Elbchaussee herrschte reger Betrieb. Pferdebusse, private Kutschen, Mietdroschken und Reiter waren unterwegs, und sogar ein paar Fahrradfahrer quälten sich auf dem Kopfsteinpflaster ab. Irmgard wartete, bis die Straße frei war, dann fuhr sie aus dem Tor und reihte sich in den Verkehr ein. Kurz vor neun Uhr hatte sie das Haus am Baumwall erreicht, fuhr in den Hof, wo ein Stallbursche ihr das Pferd abnahm, und eilte in die Geschäftsräume ihrer Firma. Überall wurde bereits eifrig gearbeitet, und auch Hermann Ganzow saß schon an seinem Schreibtisch.

Irmgard grüßte nach allen Seiten, schloss die Tür hinter sich und eilte zu dem Kompagnon. „Guten Morgen, lieber Kollege. Ich habe da eine heikle Frage: Wussten Sie, dass mein Mann eventuell das Bauamt im Senat führen wird?“

„Was?“ Ganzow war aufgesprungen. „Verzeihen Sie, guten Morgen, liebe Irmgard. Was sagen Sie da?“

Sie legte den Hut und die Tasche ab, streifte die Handschuhe ab und setzte sich. „Noch ist nichts entschieden, aber wir müssen sofort etwas unternehmen. Wir werden dem Geschäft einen Namen geben und melden die Firma unter diesem Namen bei der Baudeputation an. Sie sind der Geschäftsführer, und mein Name verschwindet. Was halten Sie von ‚Baumwall-Immobilien‘?“

„Eine glänzende Idee, meine Liebe, knapp, einfach, und die Anschrift ist sozusagen gleich mit dabei.“

„Gut, dann werde ich in der Druckerei Richter Visitenkarten und Geschäftspapier bestellen, und Sie, wenn ich Sie bitten dürfte, könnten ein elegantes Messingschild in Auftrag geben. Vielleicht ist unsere Sorge überflüssig, aber es wird sowieso Zeit, dass wir eine offizielle Ordnung in unser Unternehmen bringen.“ Irmgard stand auf. „Ich fahre als Erstes nach

Wandsbek in die Druckerei und anschließend nach Horn zum Bauern Petzold. Ich will ihn überzeugen, uns seine Grundstücke zu verkaufen. Ich habe da einen Interessenten, der ganz dringend sein Areal vergrößern muss."

„Sie sprechen von Herrn Wichern?"

„Ja, seine Rettungsanstalt ‚Raues Haus' für gefährdete Kinder aus sittlich verwahrlosten Familien sprengt alle Grenzen. Er will mehr Häuser bauen und mehr Kinder aufnehmen, damit sie in Gruppen wie in Familien leben können."

„Ich habe von diesem Theologen gehört. Ich habe aber auch gehört, liebe Irmgard, dass sein Projekt nur durch Spenden unterhalten wird. Kann er denn vergrößern? Ich meine, hat er die finanziellen Möglichkeiten?"

„Er muss vergrößern, und ich denke, wir sollten uns in die Reihe der Spender wie etwa die Hudtwalckers, Sievekings oder Amsincks einreihen. Wenn wir ihm die Grundstücke überlassen, hat er Platz, um Häuser zu bauen, die andere Hamburger stiften werden."

„Ein vorzüglicher Gedanke, meine Liebe."

„Dann sind Sie einverstanden, wenn wir diesmal keinen Gewinn verbuchen, sondern großzügig spenden?"

„Selbstverständlich. Und ich wünsche Ihnen erfolgreiche Verhandlungen, der Bauer soll schwierig sein."

„Ich werde allen verfügbaren Charme spielen lassen."

Nachdem Irmgard die Wandsbeker Druckerei verlassen hatte, fuhr sie durch die schattige Pappelallee hinüber zum Hammer Steindamm, kreuzte den hübschen kleinen Park und bog in den Horner Weg ein. Hier auf dem Hammer Berg, wo einige reiche Hamburger inzwischen Sommerhäuser besaßen, hatte sie einen schönen Ausblick auf die kleine Bille, die sich unten durch die Felder schlängelte, und auf die weite fruchtbare Ebene rechts und links der Elbe, die wie ein Silberpfeil in der Ferne dahinzog.

Sie fuhr weiter und bog schließlich am Ende der Anhöhe auf den Hof der Petzolds ein. Das alte, strohgedeckte Fachwerkhaus mit dem Bauerngarten dahinter, die Stallungen und die Scheune machten einen ärmlichen Eindruck. Hühner stoben gackernd davon, als sie zur Haustür fuhr, und ein kläffender Spitz kam aus der Scheune geschossen, um den Eindringling zu verjagen. Eine Frau, die hinter dem Stall Wäsche aufhängte, rief den Hund zurück und fragte: „Wollen Sie zu meinem Mann?"

Irmgard nickte. „Es geht um die Grundstücke, wir sind verabredet."

„Gehen Sie man rein, er wartet in der Küche."

Irmgard befestigte die Leine am Bremshebel, stieg aus und betrat das Haus. Der Flur war dunkel und muffig, voll gestellt mit alten Schränken. Die Milchglasscheiben einer Tür im Hintergrund gaben etwas Licht und zeigten ihr den Weg. Dann klopfte sie an die Tür und trat ein. Am Tisch saß ein Mann vor einem großen Becher mit Gerstenkaffee in der Hand. Er sah sie an. „Sind Sie die Frau, die wegen der Felder kommt?“

„Ja, mein Geschäftspartner hat neulich mit Ihrem Sohn gesprochen. Wir sind an den beiden Grundstücken interessiert, die Sie verkaufen wollen.“

„Es gibt ’ne Menge Leute, die dran interessiert sind, Frau. Für die feinen Pinkels, die hier Sommerhäuschen bauen wollen, hab ich aber nichts übrig.“

„Ich möchte die beiden Grundstücke einem Mann schenken, der Häuser für arme Kinder bauen will.“

„Davon hab ich schon mal was gehört. Der sammelt asoziale Kinder oder wie das heißt. Dann hätte ich hier in der Nähe einen Haufen von Kriminellen sozusagen. Das will ich nicht. Ich denke, aus unserem Geschäft wird nichts.“

„Mein lieber Mann, Sie irren sich. Es sind kleine Kinder, die hier leben sollen, die in die Schule und in die Kirche gehen und von gebildeten Menschen betreut werden. Sie sind gut erzogen und höflich und werden Sie in keiner Weise stören.“

„Hm, wird er einen Zaun um das Gelände ziehen?“

„Das weiß ich nicht, aber wir können ihn fragen.“

„Also mit ’nem Zaun? Und keine Kinder hier auf meinem Hof? Das Gelände ist groß genug, und es gibt jede Menge Bäume und Büsche, da fällt ’n kleiner Zaun drum rum überhaupt nicht auf.“

„Gut, ich verspreche Ihnen den Zaun, ich werde selbst dafür sorgen. Wie viel wollen Sie für das Land haben?“

Irmgard verhandelte nicht lange. Der Preis war annehmbar. Sie würde sich mit dem Bauern am nächsten Tag im Grundbesitzeramt treffen und den Besitzerwechsel eintragen lassen. Dann bekam er sein Geld bar auf die Hand, und sie musste sehen, wie sie Herrn Wichern die Sache mit dem Zaun erklärte.

Als sie am späten Nachmittag in das Büro am Baumwall kam, waren die Mitarbeiter gegangen. Nur Hermann Ganzow saß an seinem Schreibtisch und studierte Pläne für einen neuen Straßenverlauf zwischen Binnenalster, Schopenstehl und altem Fischmarkt. Hier hatte der Brand große Lücken in die ehemalige Bebauung gerissen, die nun durch breite, moderne Straßen neu gegliedert werden sollte.

„Wenn wir schnell handeln und etwas Mut zum Risiko haben, könnte unsere Firma ein paar Grundstücke erwerben, die sich später als absolute Goldgruben erweisen."

„Das müssen Sie mir erklären." Irmgard zog einen Stuhl heran und setzte sich neben den Partner, um in die Pläne sehen zu können. Mit einem Bleistift zog er vorsichtig eine Linie nach Süden hin. „Diese ganze Gegend ist der direkte Zugang zu jenen Inseln im Hafen, die zu einer riesigen Speicherstadt ausgebaut werden sollen. Man hat schon damit begonnen, die Menschen, die dort wohnen, umzusiedeln. Aber wenn dann gebaut wird, ist die Gegend zur Innenstadt hin nicht mehr zu bezahlen."

„Dann sollten wir zugreifen, bevor es ein anderer tut."

Ganzow sah sie an. „Wer weiß, eines Tages verkaufen wir diese Goldgruben dann an die Reederei Brennicke?"

Irmgard lachte. „Aber nicht zum Vorzugspreis, diese Reederei hat Geld genug. Wie geht es jetzt weiter?"

„Ich hörte, dass ein Handel unter der Hand schon angefangen hat."

„Dann werden wir uns morgen sofort darum kümmern."

Ganzow stand auf und holte aus dem Schrank eine Flasche Champagner. „Trinken wir auf die hübschen kleinen Goldgruben, die uns morgen Abend gehören werden."

Was beide nicht ahnten, war, dass das Handelshaus Stelling die besten Grundstücke längst erworben hatte.

22

Auf dem Weg in die Stadt dachte Jens an die Worte seiner Mutter und strich seinem Schimmel über die Mähne. „Irgendwie hat sie schon Recht, mein Junge." Seit Monaten war er nicht mehr aus der Stadt herausgekommen, sein schönes Pferd ritt er nur morgens und abends auf dem Weg ins Büro und zurück in die Villa. „Wir zwei müssen mal wieder richtig raus, ich werde gleich sehen, was sich machen lässt", flüsterte er über das Pferd gebeugt und spornte den kräftigen Hengst zu einer schnelleren Gangart an.

Im Büro ließ er sich von seinem Büroleiter die Geschäftsbücher bringen. Mal sehen, dachte er, ob da nicht Aufträge sind, um die man sich persönlich kümmern muss. Er brauchte nicht lange zu suchen. Die Reederei sollte Holz aus dem Hagenower Forst in die Niederlande verschiffen. Das Holz war bestellt, der Transport aber nicht geregelt. Ein Grund für mich, persönlich nach dem Rechten zu sehen, überlegte er und rief den Geschäftsführer, der die Firma leitete, wenn beide Brennickes unterwegs waren.

„Möller, bringen Sie mir bitte die Unterlagen über den Holzkauf in Hagenow und über den Transport nach Hamburg."

„Das Holz liegt zum Abtransport bereit, und man könnte es ab Boizenburg mit einem Binnenschiff nach Hamburg zum Verladen auf die Hochseebarke befördern. Uns fehlen nur Langholzfuhrwerke, die das Holz an die Elbe bringen."

„Und wie viele Fuhrwerke brauchen wir Ihrer Schätzung nach?"

„Ich denke, zwölf Fuhrwerke, die zweimal fahren müssten, Chef. Es sind nur kleine Orte, da muss man froh sein, wenn man überhaupt ein oder zwei Unternehmen findet."

„Und warum zum Kuckuck haben wir Holz in einer Gegend gekauft, in der wir es nicht abtransportieren können?"

„Der Holzpreis war der günstigste von allen Angeboten, die der Herr Brennicke senior eingeholt hat."

Jens dachte flüchtig an den Vater, der seit Wochen in London war, um Bau und Einsatzmöglichkeiten von Dampfschiffen zu studieren. „Also, ich reite morgen selbst los, um das Holz auf den Weg zu bringen. Machen Sie mir bis heute Abend die notwendigen Papiere fertig. Außerdem brauche ich genügend Bargeld, kleine Unternehmer wollen Geld sehen, keinen Scheck für irgendeine Bank, die sie nicht kennen."

„Jawohl, Chef."

Jens stand auf, streifte die Reitkleidung ab und zog sich eine Steghose und einen eleganten Paletot an. Er hatte immer genügend Anzüge im Büro, denn in der morgendlichen Reitkleidung konnte er schlecht zu Gesprächen mit Kunden, zu Verhandlungen ins Rathaus oder zu Geschäften auf die Bank gehen. Fröhlich pfeifend stellte er fest, dass er sich auf den „Ausflug" freute. Alle Unlust war vergangen. Er würde einen wunderbaren Ritt mit seinem Hengst haben. Drei Tage hin, drei Tage vor Ort und drei Tage zurück, das würde wieder Spaß in sein Leben bringen. Noch immer in bester Laune bestieg Jens abends sein Pferd und ritt nach Hause. Er sagte dem Stallknecht, dass er den Hengst am nächsten Morgen um fünf Uhr gefüttert und geputzt vor der Haustür haben wollte und komplettes Putzzeug, ein Halfter und eine Reservetrense in eine Satteltasche gepackt werden sollten. Die andere Tasche würde er für seine Wäsche und die Toilettenartikel brauchen. Die restliche Kleidung kam in eine Segeltuchrolle und würde hinten am Sattel festgeschnallt.

Als Irmgard beim Abendessen die gute Laune ihres Sohnes beobachtete, konnte sie nicht umhin zu fragen: „Du wirkst fröhlich und richtig übermütig, Jens. Was ist passiert?“

„Ich habe deine Worte von heute Morgen beherzigt, liebe Mutter. Ich werde einen weiten Ritt nach Mecklenburg hinein machen. Wir haben dort Holz gekauft, das nach Holland gebracht werden muss, aber der Transport vom Wald zum Elbeschiff ist nicht geklärt. Ich werde mich in den nächsten Tagen darum kümmern und reite morgen ganz früh los.“

„Das freut mich, das wird dir gut tun. Wie lange bist du fort?“

„Vielleicht zehn Tage.“

„Wenn du wieder hier bist, wirst du mir dann einen Gefallen tun?“

Jens lachte. „Das kommt darauf an, Mutter. Ich kaufe keine Katze im Sack.“

„Ich möchte so gern einmal mit der neuen Eisenbahn fahren. Die Strecke nach Berlin ist jetzt fertig, und es wäre mir ein großes Vergnügen, einmal mit so einem Zug unterwegs zu sein. Und dann Berlin. Würdest du mit mir fahren?“

„Mit Vergnügen, du brauchst mich gar nicht zu überreden.“

„Also abgemacht. Ich hoffe nur, mir wird nicht übel.“

„Aber weshalb denn?“

„Weil es so schnell geht, erzählt man sich, das verträgt der Magen nicht. Wann wirst du morgen früh reiten?“

„Um fünf Uhr. Ich will die kühlen Morgenstunden nutzen.“

„Ich werde dann noch schlafen. Übrigens hat dein Vater geschrieben, er kommt in drei Wochen zurück und ist ganz angetan von diesen neuen Schiffen, die einen Dampfkessel im Rumpf haben und einen Schornstein zwischen den Masten.“

„Zwischen den Masten? Wie sieht das denn aus?“

„Er schreibt, es gebe in England schon viele dieser Schiffe. Ich glaube, er hat große Pläne damit. Aber das hören wir, wenn er hier ist. Jetzt wünsche ich dir erst einmal einen sehr schönen Ritt.“

Dass dieser Ritt Jens’ ganzes Leben verändern sollte, ahnte an diesem Abend keiner von beiden.

VIKTORIA und Thomas kamen zügig voran. Die Pferde waren gut trainiert, die Straßen trocken und bequem passierbar, und als sie am zweiten Abend kurz vor Boizenburg in den Hof eines Gasthauses einbogen, um hier die Nacht zu verbringen, hatten sie den größten Teil der Strecke hinter sich.

Sie spannten die Pferde ab und führten die Tiere in ihre Ständer. Ein Stallknecht kam und versprach, die Tiere zu füttern und zu bürsten.

Viktoria, die sich im Stall umgesehen hatte, rief: „Komm einmal her, Thomas, schau dir diesen Schimmel an! Hast du schon einmal ein so herrliches Pferd gesehen?“

Der junge Mann kam zu dem Verschlag, in dem der Hengst stand. „Mein Gott, ist der schön! Ein Anglo-Araber aus der Oldenburger Zucht.“

„Woher weißt du das?“

„Er hat das Oldenburger Brandzeichen, und die Oldenburger Fürsten haben seit Jahrhunderten orientalische und spanische Hengste eingekreuzt. So ein Hengst in meinem Stall, und meine Zucht wäre gesichert.“ Sie standen in dem beinahe dunklen Stallgang und wagten kaum, laut zu sprechen, um das Pferd nicht zu stören. „Ich kann gar nicht verstehen, wie ein solches Pferd in diesen armseligen Stall kommt“, flüsterte Thomas.

„Das kann ich gern erklären“, hörten sie eine kraftvolle Stimme hinter sich und drehten sich um.

Viktoria lief ein Schauer über den Rücken, es war, als glitte diese Stimme Wort für Wort über ihre nackte Haut. Sie wandte sich wieder dem Pferd zu, um ihr Gefühl zu verbergen. So etwas war ihr noch nie passiert.

Der Fremde ging zur Gattertür und trat zu dem Pferd. „Da hast du zwei Bewunderer, Hassan, benimm dich gut.“ Er streckte Viktoria die Hand hin. „Kommen Sie näher, er tut Ihnen nichts.“ Aber sie schüttelte den Kopf. „Danke, der Pferdekenner bin nicht ich.“ Dann wandte sie sich um und verließ den Stall. „Ich suche mein Zimmer auf. Hol mich bitte ab, wenn du fertig bist!“, rief sie zurück und ging über den Hof.

Thomas ließ sich nicht zweimal bitten, das Pferd zu streicheln, und klopfte ihm den Hals. „Sind Sie auch auf der Durchreise?“

„Ja, ich will in die Nähe von Hagenow, ein knapper Tagesritt noch, dann haben wir unser Ziel erreicht.“

„In die Gegend wollen wir auch. Aber wenn ich Ihren Hengst und unsere beiden Pferde vergleiche, dann weiß ich, dass wir nicht zusammen reisen können. Mit einem Anglo-Araber können wir nicht Schritt halten.“

„Das könnte stimmen. Außerdem benutze ich oft Abkürzungen, die mit einer Kutsche nicht zu befahren sind.“

„Haben Sie eine so genaue Wegekarte?“

„Nein, aber ich erkundige mich morgens, bevor ich aufbreche, nach den besten Möglichkeiten, und so erfahre ich manchen geheimen Weg.“

Thomas lachte, der Mann gefiel ihm. „Daran habe ich noch gar nicht gedacht. Aber ich werde mir das merken, denn in ein paar Wochen werde ich auch als Reiter hier unterwegs sein.“

„Sie sagten etwas von einer Pferdezucht?“

„Ja, es ist mein Traum, ein Gestüt aufzubauen. Meine Familie besitzt ein Gut in der Nähe von Rodenwalde, das ist bei Hagenow. Dort will ich's versuchen.“

Inzwischen war es dunkel geworden. Sie gingen über den Hof, und während Thomas seine Reisetasche von der Kutsche holte, ging der Fremde zum Haus hinüber und rief: „Werden Sie auch hier speisen?“

„Ja, und wie“, sagte Thomas und lachte, „wir sind am Verhungern.“

„Dann wäre es mir ein Vergnügen, wenn Sie meine Gäste sind.“

„Oh“, erwiderte Thomas, „da muss ich erst meine Schwester fragen, die setzt sich nicht mit jedem an einen Tisch.“

„Dann legen Sie bitte ein gutes Wort für mich ein.“

Als er allein war, begann Jens zu überlegen. Er hatte diese junge Frau mit Sicherheit schon einmal gesehen. Eine Frau, die ihm den Atem raubte. Er hätte den jungen Mann nach dem Namen fragen sollen.

ALS THOMAS Viktoria abholte, um sie in die Wirtsstube zum Essen zu begleiten, hatte sie ein hübsches Musselinkleid in bunten Sommerfarben an und das Haar elegant nach oben gesteckt. Nur an den Ohren ringelten sich ein paar verspielte Locken, die ihr Gesicht weich und fraulich machten.

„Dieser Mann aus dem Stall möchte uns einladen, er hat höflich gefragt, und ich habe gesagt, dass die Entscheidung bei dir liegt“, erklärte Thomas, als er sah, dass drei Gedecke auf dem Tisch lagen.

„Ich habe nichts dagegen, obwohl ich schon gern wüsste, mit wem wir es zu tun haben. Er hat sich nicht einmal vorgestellt.“ Und dann erstarrte ihr Gesicht zu einer Maske.

„Was hast du, Viktoria?“

„Da kommt er, und ich kenne ihn.“

Aber bevor sie weiterreden konnte, stand der Mann an ihrem Tisch, sah sie lächelnd an und erklärte: „Ich freue mich, dass wir zusammen speisen werden. Mein Name ist Jens Brennicke.“

Auch Thomas war jetzt blass geworden, aber Viktoria rettete die Situation. „Wir kennen uns, Herr Brennicke. Das ist mein Bruder Thomas, ich bin Viktoria Stelling. Wir sind sozusagen tief verfeindet.“

„Das Schulmädchen aus dem Gerichtssaal!“, platzte Jens heraus. „Darf ich mich trotzdem zu Ihnen setzen?“

Thomas, der sich wieder gefangen hatte, zeigte auf den freien Stuhl. Viktoria nickte. „Bitte, nehmen Sie doch Platz.“

Jens setzte sich und sah sie an. „Es ist so lange her, könnten wir nicht

Frieden schließen? Die Familien sind schon so lange verfeindet, dieser ewige Konkurrenzkampf sollte wirklich einmal aufhören. Vielleicht könnten wir beide damit anfangen?“

„Ich glaube kaum, dass uns das gelingt. Die Fronten sind zu sehr verhärtet. Ich sehe direkt Ihren Vater vor mir, wie er damals im Gericht vor Zorn bebte, glauben Sie, er vergisst das?“

„Nein, bestimmt nicht, aber er war so wütend, nicht weil er so viel zahlen musste, sondern weil Sie ihm auf die Schliche gekommen waren. Er wusste, dass er schuldig war, aber dass ihm ein vierzehnjähriges Schulmädchen die Schuld nachweisen würde, hat ihn aus der Fassung gebracht. Mich übrigens auch.“

Viktoria lächelte. „Ein schönes Eingeständnis.“ Sie sah auf seine Hände, die auf dem Tisch ausgestreckt lagen. Ein Mann, der zu seinem Wort steht, dachte sie, der nicht mit verkrampften Fingern die Hände im Schoß zu verbergen sucht und um Worte ringt. Es waren schöne Hände, die Finger lang und sensibel, und sein Lächeln war offen und brachte Lebendigkeit in sein eher hartes Gesicht.

Sie nickte den beiden Männern zu. „Ich habe wirklich Hunger“, sagte sie, und als der Wirt die spärliche Speisekarte brachte, suchte sie lange, aber nicht, um das richtige Essen in dem kleinen Angebot zu finden, sondern um sich zu beruhigen.

Die Wirtsstube war kaum besucht, und als Viktoria sich verwundert zeigte, erklärte ihr Jens: „Der Wirt hat mir erzählt, seitdem die Eisenbahn zwischen Hamburg und Berlin verkehrt, ist wenig los auf der alten Überlandstraße und in seiner Wirtschaft.“ Jens lächelte. „Meine Mutter hat mich auch schon mit dem Wunsch überrumpelt, mit ihr nach Berlin zu reisen.“

Und plötzlich fiel es Viktoria wieder ein: Die Mutter dieses Mannes war ihr Vormund. Und sie war ihre einzige Freundin und Vertraute.

23

Jens hatte eine schlaflose Nacht hinter sich, als er im ersten Morgengrauen aufstand und sich für den Weiterritt fertig machte. Immer wieder sah er Viktorias hübsches Gesicht mit den tiefbraunen Augen vor sich, die sich nicht scheuten, ihr Gegenüber fest anzublicken und auszuforschen.

Sie hatten sich lange unterhalten, auch nach dem Essen hatten sie zusammengesessen und über Gott und die Welt geredet. Der junge Stelling hatte von seiner geplanten Pferdezucht und von seinem Wunsch, nebenbei Rennreiter zu werden, erzählt, er selbst hatte aus Boston berichtet und von Ausflügen in die kanadische Wildnis – und Viktoria hatte kaum gesprochen, hatte zugehört, als wollte sie jedes Wort in sich aufsaugen und festhalten. In ihren großen Augen sah er sich wie in einem Spiegel. Aber es war ihm nicht gelungen, die Sprache dieser Augen zu verstehen.

Mit einem Seufzer, der tief aus seinem Inneren kam, packte er seine Sachen in die Satteltaschen. Heute, auf jeden Fall, würde er jeder Frage und jedem Zweifel aus dem Wege gehen und längst unterwegs sein, wenn die Geschwister Stelling zum Frühstück in die Wirtsstube kamen. Er nahm seine Tasche und bezahlte den Wirt. Eine halbe Stunde später saß er auf und verließ den Hof. Dass oben hinter einem leicht geöffneten Fenster eine Frau stand und ihm nachsah, bemerkte er nicht.

Auch Viktoria hatte eine schlaflose Nacht hinter sich. Wenn sie an den vergangenen Abend dachte, flatterte sie immer noch vor Nervosität und Herzklopfen. Sie war nicht einmal in der Lage gewesen, sich an dem Gespräch zu beteiligen, hatte lieber auf diese Stimme gehorcht, die so kraftvoll und so sinnlich war, und dabei seine Hände angestarrt, die so gestenreich seine Worte unterstrichen, und sie wünschte sich, diese Hände würden sie ein einziges Mal berühren. Viktoria seufzte. Und nun war er weg. Ohne sich zu verabschieden, war er fortgeritten.

Als sie nach dem Frühstück in den Stall kamen, hatte der Knecht die Pferde gefüttert und half beim Anspannen. Thomas entlohnte ihn, bezahlte die Rechnung beim Wirt, und wenig später waren sie unterwegs.

Am frühen Abend erreichten sie Rodenwalde und ließen sich den Weg zum Gutshof erklären. Während sie über das leicht hügelige Gelände mit dem weiten Fernblick fuhren, sahen sie die schwere Gewitterwand, die von Süden heraufzog.

Thomas stellte erleichtert fest: „Das haben wir gerade noch geschafft, Schwesterchen." Sie dachte an einen anderen Reisenden, der einen längeren Weg vor sich hatte und wohl von dem Unwetter eingeholt werden würde. Verflixt, schalt sie sich, dass mir dieser Mann bei jeder Gelegenheit im Kopf herumspukt!

Sie gelangten auf eine lange, tunnelartige Lindenallee, die auf den Gutshof führte. Während sie im Schritt über das Kopfsteinpflaster fuhren, erreichte der erste Gewitterwind die Baumkronen und trieb Laub und Staub vor sich her.

Dann waren sie auf dem Hof. Groß und übersichtlich öffnete er sich zu einem weiten Viereck. Das Herrenhaus lag gegenüber der Einfahrt. Es war in der Mitte zweistöckig, mit Säulen, die das Portal flankierten, rechts und links einstöckig mit weit heruntergezogenem Strohdach. Beide Seiten des Hofes wurden von Stall- und Wirtschaftsgebäuden begrenzt. Im Hintergrund rechts stand ein lang gezogenes Gesindehaus, links hinten das Verwalterhaus mit eigenem Stall.

Thomas fuhr zum Wohnhaus hinüber. Als sie davor hielten, um das Gepäck auszuladen, öffnete sich die Haustür, und ein Mann und eine Frau traten heraus.

„Ich bin Jochen Benters, der Pächter, guten Tag, die Herrschaften. Und das ist Marie Mühlmann, sie wird sich um das Haus kümmern, wenn Sie hier sind."

„Danke." Viktoria stieg aus und bat: „Bitte helfen Sie mir mit dem Gepäck. Thomas, dann kannst du direkt zum Stall fahren."

Im Haus roch es muffig und ungelüftet, die meisten Türen waren geschlossen. Nur auf der rechten Seite konnte sie in einen Wohnraum blicken, der hell und freundlich wirkte. Marie erklärte: „Ich habe diesen Salon für Sie fertig gemacht und zwei Schlafzimmer oben."

Viktoria sah sich um, öffnete die eine oder andere Tür und blickte in dunkle Zimmer, die Möbel waren mit weißen Leinentüchern bedeckt.

„Wie lange ist das Haus unbewohnt gewesen?"

„Ich denke mal, so um die zehn, fünfzehn Jahre."

„Zeigen Sie mir bitte die Schlafzimmer und die Wirtschaftsräume?"

„Die Küche und die anderen Räume sind im Keller, die Schlafzimmer sind oben."

Sie brachten das Gepäck hinauf. Marie führte sie in zwei Zimmer, deren Fenster nach hinten auf den Garten zeigten. Alles wirkte sauber und frisch geputzt. Die Betten waren mit weißem Linnen bezogen, die Zimmer schlicht und mit alten Bauernmöbeln eingerichtet, die Vorhänge frisch gewaschen, und auf den Kommoden standen Krüge mit kühlem Wasser.

„Gibt es ein Badezimmer im Haus?"

„Ja, aber das ist unten bei den Wirtschaftsräumen. Das Haus hat einen eigenen Brunnen, aber keine Pumpe, die das Wasser hier heraufpumpen könnte."

Viktoria nickte. Man wird allerlei machen müssen, damit das Haus wieder bewohnbar wird, überlegte sie, zum Glück waren sie dazu finanziell in der Lage. Die Blumensträuße, die in beiden Zimmern standen – rosa Reseden und weiße Margeriten, blauer Rittersporn, blassviolette Malven und gelbe Buschrosen –, verströmten den Duft von Sommer und Sonne. „Haben Sie die Blumen gepflückt?“

„Ja, hinten im Garten ist das reinste Blütenmeer, sehr verwildert, aber schön anzusehen.“

Draußen hatte der Sturm zugenommen und bauschte die weißen Vorhänge auf. „Schließen wir lieber die Fenster und die Läden.“ Viktoria ging über den Flur in das große Zimmer, um nach den Fenstern zu sehen, und winkte nach draußen. Unten kamen Thomas und Benters im Laufschritt über den Hof. Die ersten schweren Regentropfen prasselten auf das Dach. Sie ging nach unten.

Marie folgte ihr. „Ich habe für die Herrschaften ein Essen vorbereitet. Wenn Sie möchten, bringe ich es herauf.“

„Essen“, Thomas lachte, „eine großartige Idee, ich bin am Verhungern. Benters, könnten Sie nachher wiederkommen?“

„Selbstverständlich, ich werde das Gewitter abwarten und bei den Pferden bleiben. Später komme ich zurück.“

Während Marie das Essen aufwärmte, nahmen die Geschwister ihre Zimmer in Besitz, wuschen sich und kleideten sich um. Als sie dann den Salon betraten, empfing sie ein würziger Bratenduft. Draußen tobte das Gewitter.

Viktoria fragte: „Wie sieht es denn in den Ställen aus? Sind die Pferde gut untergebracht? Die Dächer wirken sehr reparaturbedürftig.“

„Jaja, den Pferden geht es gut. Benters hat den Stall so hergerichtet, dass sie zwei geräumige Boxen nebeneinander haben.“

Später setzte sich Thomas mit dem Verwalter zusammen, um einen ersten Überblick über den Zustand des Gutes zu bekommen, während Viktoria den Zustand des Hauses kontrollierte. Marie hatte eine Einkaufsliste aufgesetzt, denn von der Seife bis zum Salz fehlte einfach alles.

„Könnten Sie im Dorf noch zwei Frauen finden, die Ihnen helfen? Ich möchte das ganze Haus bewohnbar haben, und das ist viel Arbeit.“

„Ich habe zwei Kusinen, die helfen könnten.“

Der Pächter hatte eine Aufstellung der Schäden und eine Liste mit den Adressen von Handwerkern mitgebracht. Dann aber sprachen die Männer über die gemeinsame Zukunft auf diesem Gut. Benters wohnte mit seiner Familie im Verwalterhaus am Rande des Hofes. Seine drei Pferdegespanne hatte er in einem eigenen Stall neben dem Haus. Er bewirtschaftete nur die Felder und benutzte eine Wiese hinter dem Stall für zwei Kühe, ein paar Schafe und eine Gänseherde. Die großen Weiden, die zum Gut gehörten, waren seit vielen Jahren ungenutzt und verwildert. „Die müssen von Grund auf kultiviert und entwässert werden, damit Pferde darauf laufen können."

„Wie sieht es mit Arbeitskräften aus?"

„Ich beschäftige zwei Knechte für meine Feldarbeit, die kann ich für ein oder zwei Wochen abgeben. Da die Ernte noch nicht angefangen hat, könnten wir ein paar Bauern aus dem Dorf einstellen, die verdienen sich ganz gern zwischendurch ein Zubrot."

„Gut." Thomas sah sich zufrieden um. „Ich möchte, dass morgen mit der Arbeit begonnen wird. Stellen Sie genug Männer ein, und besorgen Sie auch die nötigen Gespanne für die schwere Arbeit." Thomas überlegte einen Augenblick. „Könnten Sie sich um drei bis vier Pferde kümmern, wenn ich in Hamburg bin? Ich möchte tragende Stuten erwerben, damit ich so schnell wie möglich mit der Zucht beginnen kann. Ein Hengst soll später dazukommen, ihn zu finden wird Zeit kosten. Es gibt in der Nähe von Schwerin eine Vollblutzucht. Da will ich mich umsehen."

„Natürlich kann ich die Pferde versorgen."

„Sehr gut, dann haben wir für heute die wichtigsten Probleme erledigt. Übermorgen fahren wir nach Hagenow zum Landrat. Das Gut wurde jetzt auf mich übertragen, und das sollte er wissen."

„Herzlichen Glückwunsch. Dann verrechne ich Einnahmen und Ausgaben ab sofort mit Ihnen?"

„Ja, bitte. Aber sonst ändert sich für Sie nichts."

„Dann bin ich beruhigt."

Drei Wochen später fuhren sie zurück nach Hamburg. Bevor die Kutsche das Gut verließ und in die Lindenallee einbog, hielt Thomas noch einmal an, und sie sahen zurück. „Wir haben gewaltig viel geschafft", versicherte er glücklich.

„Wir haben aber auch wie die Pferde geschuftet", erwiderte Viktoria und sah sich noch einmal um. Das Herrenhaus war renoviert und neu gestrichen worden. Man hatte die ursprüngliche Farbe gewählt, ein kräftiges Hellgelb mit weißen Kanten, Rändern und Fensterrahmen. Die Scheiben waren ausgewechselt und durch feine Butzenscheiben ersetzt und das gesamte Dach war neu gedeckt worden. An den Ställen, Remisen und Scheunen, die ihren weißen Verputz wieder erhielten, wurde noch gearbeitet. Aber der Hofplatz mit dem verwilderten Rondell in der Mitte und der Garten hinter dem Haus waren von einem Gärtner und seinen Gehilfen kultiviert worden.

„Alles sieht gepflegt und bewohnbar aus, Thomas, du hast ein wunderschönes Zuhause – und verlass dich darauf, ich werde bei jeder Gelegenheit zu Besuch herkommen."

„Und, Schwesterchen, ich habe drei wunderschöne Stuten im Stall, die mir im März oder im April ihre ersten Fohlen schenken werden. Dann musst du unbedingt hier sein."

Er schnalzte leicht mit der Zunge, und die Pferde zogen an. Während sie durch die Allee zur Chaussee hinausfuhren, dachte Thomas an den Kauf und den Transport der Stuten, beides war nicht ganz einfach gewesen. Aber da sie ein Geschenk von Viktoria waren und er nicht auf den Preis schauen musste, hatte er die besten genommen. Jetzt standen sie auf der Weide hinter dem Stall, und in vier Wochen spätestens konnte er seine Pferde wiedersehen, wenn er mit Carina unterm Sattel und Chianti am Zügel zurückkam. Viktoria hatte ihm geraten, die beiden Braunen mitzunehmen, da es in der Familie niemanden mehr gab, der sie reiten würde.

Noch einmal kehrten sie auf dem Rückweg in jenem Gasthaus ein, in dem sie Jens Brennicke getroffen hatten. Viktoria dachte an ihre Arbeit in Hamburg, an die Pläne mit den Schiffsausrüstungen in Brasilien und an Justus Habermann, den feschen Kapitän der *Königin Sophia*, die in diesen Tagen einlaufen würde. Habermann, dachte sie, hat mir nicht ein einziges Mal Herzklopfen verursacht, mich nicht ein einziges Mal atemlos und hilflos gemacht. Gott im Himmel, dieser Jens Brennicke hat mich für alle Männer der Welt verdorben.

24

Annette kam von einem Einkaufsbummel nach Hause. Als sie die Halle betrat, kam ihr Babette mit einem zauberhaften Bukett weißer Rosenknospen und Vergissmeinnicht entgegen. „Madame, die Blumen wurden vor wenigen Minuten hier abgegeben."

Erfreut und überrascht nahm Annette das Bukett in Empfang. Gab es etwa einen unbekannten Verehrer, der ihr Blumen schickte? Sie nahm das angeheftete Briefchen und stellte überrascht fest, dass der Strauß nicht für sie bestimmt war, sondern für Viktoria. Ohne zu zögern, öffnete sie das Billett.

Verehrte Viktoria, herzlich willkommen in Hamburg. J. B.

Wer war J. B.? Wer schickte ihrer Tochter Blumen, die ein Vermögen gekostet haben mussten? Und warum heute? Viktoria war doch gar nicht im

Hause. Annette steckte die kleine Karte wieder in den Umschlag und gab den Strauß Babette. „Er ist für Viktoria, stellen Sie ihn ins Wasser. Wie geht es meinem Mann? War er im Garten, hat er schon gegessen?“

„Ja, Madame, er war am Alsterufer und sah ganz zufrieden aus, als er zurückkam.“

„Danke, Babette, ich werde später nach ihm sehen.“

Annette hatte sich gerade auf ihrer Chaiselongue ausgestreckt, als draußen eine Kutsche vorfuhr. Irgendwo im Haus bellte Benno. Dann hörte sie die Stimmen von Viktoria und Thomas. Neugierig überlegte sie: Dieser Blumenspender, woher wusste er, dass Viktoria heute kam?

Müde, verstaubt und durchgeschüttelt, aber zufrieden trugen Viktoria und Thomas ihr Gepäck ins Haus, begrüßten die Mutter und fragten nach dem Befinden des Vaters. Dann winkte Thomas und ging nach draußen. „Ich muss die Pferde in den Stall bringen“, und schon war er fort.

Viktoria sah sich um. „Schön, wieder hier zu sein, Mutter, wie geht es dir?“

„Ich hatte gestern die Schlüsselübergabe für das neue Haus. Schade, dass ihr nicht dabei wart.“

„Aber es sollte erst in der nächsten Woche fertig sein. Wir wären gern dabei gewesen. Und, Mutter, ist es schön geworden? Bist du zufrieden?“

„Es ist wunderbar“, und zum ersten Mal zeigte Annette so etwas wie Freude, wenn schon nicht über die glückliche Rückkehr der Kinder, so wenigstens über das fertige Haus. Aber Viktoria kannte ihre Mutter. Sie nahm sie in den Arm und sagte: „Ich gratuliere dir zu deinem Haus, ohne deine Hartnäckigkeit wäre es nie fertig geworden, Mama, wann ziehen wir ein?“ Und mit dieser Frage hatte sie die kleine Spannung überwunden, mit der Annette ihrer Tochter begegnete, nicht zuletzt wegen des geheimnisvollen Blumenbuketts.

„Ich fange morgen mit der Planung an. Jetzt, da ihr zurück seid, wollen wir keinen Tag länger warten als nötig. Übrigens, da wurden Blumen für dich abgegeben.“

„Blumen für mich? Die können warten. Ich will zuerst nach Vater sehen.“ Viktoria drückte der Mutter einen flüchtigen Kuss auf die Wange und ging hinüber in das Zimmer ihres Vaters.

Der kranke Mann saß in seinem Rollstuhl am Fenster und blickte in die beginnende Dämmerung. Er war alt geworden. Sein Gesicht war faltig, der Bart und das Haupthaar waren weiß, die Hände mit braunen Flecken übersät. Als er hörte, dass jemand eintrat, sah er seiner Tochter mit wachen Augen entgegen. Seine Lippen bewegten sich, aber Worte waren nicht zu verstehen. Der Pfleger verließ diskret das Zimmer, und Viktoria drückte dem Vater die Hand, die er nach ihr ausstreckte. „Lieber Vater, ich freue mich, dich wiederzusehen.“ Dann erzählte sie ihm von der Reise, von Rodenhagen und von den Menschen, denen sie dort begegnet waren. Die Arbeiten und den Kauf der Stuten verschwieg sie. Noch wusste er nicht, dass Thomas die Firma verlassen hatte und in vier Wochen endgültig auf das Gut übersiedeln würde. Er sollte sich nicht aufregen, noch nicht. Als sie spürte, dass er müde wurde und ihren Worten nicht mehr folgen konnte, verabschiedete sie sich. „Morgen erzähle ich weiter, Vater, dann begleite ich dich an die Alster, und vielleicht können wir den Pfleger überreden, mit uns beiden eine Schifffahrt zu machen.“ Als sie das Leuchten in seinen Augen sah, nickte sie. „Jawohl, das werden wir machen.“

In ihrem Zimmer sah sie ihn sofort, diesen wunderschönen Strauß, der den Raum mit seinem zarten Duft füllte. Sie las das Billett und überlegte: J. B., wer konnte das sein?

Sie hörte, wie Thomas ins Haus kam, und ging mit dem Kärtchen in der Hand zu ihm. „Thomas, schau mal, wer könnte das sein?“

„J. B.?“ Er überlegte einen Augenblick. „Na klar, Schwesterchen, erinnerst du dich an diesen Gast mit dem Schimmel in Boizenburg? Das war doch nicht zu übersehen, dass er ein Auge auf dich geworfen hat.“

Im selben Augenblick kam Annette, um ihre Kinder zu Tisch zu bitten. Als sie die beiden mit der Karte sah, fragte sie sofort: „Nun, wer ist dieser geheimnisvolle Verehrer?“

Thomas holte gerade Luft, um zu antworten, als er einen Stoß gegen sein Schienbein verspürte, und Viktoria sagte: „Wir grübeln noch, Mutter.“

Simone hatte in aller Eile ein festliches Menü gezaubert. Danach erklärten die jungen Leute, sie seien müde von der Reise und wollten früh zu Bett gehen.

Aber eigentlich wollte Viktoria nur allein sein, um an Jens Brennicke zu denken, und Thomas, um von einer Zucht mit dem Hengst Hassan zu träumen.

Viktoria, in ihrem Zimmer endlich allein, beugte sich über den Strauß und sog den Duft mit einem glücklichen Lächeln ein. Konnte es sein, dass sie diesem atemberaubenden Mann etwas bedeutete? Warum war er damals grußlos fortgeritten? Ich habe es ja gleich gewusst, stellte sie unsicher fest, mit einem Brennicke bekommt man Probleme. Dennoch war sie neugierig, wie es weitergehen würde.

Der nächste Morgen versprach einen schönen Spätsommertag mit kleinen Nebeln über dem Wasser, ersten welken Blättern, die zu Boden schwebten, und übermütigen Fischen, die aus dem Wasser sprangen, um Insekten zu fangen.

Nach dem Frühstück suchte Thomas einen Tischler auf, der Kisten für den Transport seiner Sachen nach Rodenhagen und für den Umzug vom Alsterufer in den Mittelweg bauen sollte, und Viktoria wies die beiden Pfleger an, den Vater für einen Schiffsausflug auf der Alster anzukleiden. Dann lief sie hinunter zum Wasser und bat den alten Wümmer, mit seinem kleinen Dampfschiff an den Steg zu kommen, damit sie den Rollstuhl bequem in das Boot fahren konnten.

Johannes Stelling genoss die Fahrt, man sah ihm die Freude deutlich an, und immer wieder streckte er seinen linken Arm aus, um Viktorias Hand zu drücken und sie glücklich anzusehen. Er konnte sein Vergnügen nicht ausdrücken, aber er freute sich über jede Stunde, die seine Jüngste in seiner Nähe verbrachte. Leider geschah das viel zu selten. Sie fuhren bis zum Ende des aufgestauten Sees und weiter flussaufwärts, bis das Wasser zu flach wurde und sie umkehren mussten.

Um die eigenen Pferde nach der langen Reise zu schonen, beschloss Viktoria, bis zum Dammtor zu Fuß zu gehen und von dort mit einer Droschke ins Kontor zu fahren. Sie freute sich, mit dem Vater den Ausflug unternommen zu haben. Ihm ging es langsam besser, und sie hoffte, dass er eines Tages so weit genesen war, dass er wieder am Familienleben teilnehmen konnte.

Auf dem Weg zur Moorweide dachte sie an diese klein gewordene Familie. Sobald Thomas abreiste, waren sie nur noch zu dritt. Sie dachte an Patrizia, die hin und wieder einen Brief schickte und von ihrer wachsenden Arbeit in einem New Yorker Armenviertel erzählte, und an Michael, der inzwischen in Florenz lebte und von großen Erfolgen träumte.

Viktoria lächelte. Aber von Träumen kann man nicht leben. Jetzt fallen die Einkünfte aus Rodenhagen für ihn fort. Wir müssen ihn mit anderen Mitteln unterstützen, überlegte sie. Wenn wir umgezogen sind, steht das Sommerhaus leer. Ich werde einen zahlungskräftigen Mieter suchen, der bereit ist, für das Haus und den großen Garten einen angemessenen Betrag aufzubringen. Mit den Mieteinnahmen werde ich einen Fonds für Michael und Patrizia einrichten. Sie beglückwünschte sich zu dieser Idee, denn auf keinen Fall wollte sie sich von dem wertvollen Gelände an der Alten Rabenstraße trennen. Harvestehude wurde mehr und mehr das Wohnviertel der vornehmsten Hamburger Familien, und nachdem die erste Wasserleitung in die Gegend verlegt worden war, waren die Grundstücke kaum noch bezahlbar.

Sie hatte das Dammtor mit dem Droschkenstandplatz fast erreicht, als sie hinter sich den dumpfen Aufprall der Hufe eines galoppierenden Pferdes hörte und bereitwillig zur Seite trat, um den eiligen Reiter vorbeizulassen. Aber der Reiter auf dem mächtigen Schimmel zügelte das Pferd und sprang aus dem Sattel.

„Beinahe hätte ich Sie verpasst“, waren die ersten Worte, die Jens Brennicke etwas atemlos hervorstieß. „Verzeihen Sie, dass ich Sie so überfalle, aber meine Spione waren nicht ganz korrekt mit den Zeitangaben.“ Er lachte herzlich und streckte ihr die Hand hin.

„Dennoch, alle Hochachtung“, entgegnete sie leicht verwirrt und lachte, „Ihre Spione leisten ausgezeichnete Arbeit.“

„Sie sind zu Fuß unterwegs?“

„Dort drüben werde ich eine Droschke für den Weg durch die Stadt nehmen.“ Viktoria zeigte auf den Platz der Mietkutschen.

„Wenn ich dürfte, wie ich wollte, würde ich Sie in den Sattel von Hassan heben, mich hintendrauf schwingen und mit Ihnen bis ans Ende der Welt reiten.“

„Oh, Himmel“, Viktoria lachte, „um nichts in der Welt würde ich mich zu Ihnen auf ein Pferd setzen.“

Der Mann war ernst geworden. „Und weshalb nicht? Bin ich so unakzeptabel?“

Viktoria schüttelte den Kopf. „Was wollen Sie eigentlich von mir? Die Blumen gestern, die Begrüßung heute, Spione? Ich stehe vor einem Rätsel.“

„Ich will Sie heiraten.“

Viktoria war einen Augenblick lang nicht fähig, zu antworten. War dieser Mann so unsensibel, einer Frau mitten auf der Moorweide zwischen neugierigen Passanten und grasenden Kühen einen Heiratsantrag zu machen? War er ein Casanova oder ein Clown? Wütend drehte sie sich um, ließ ihn stehen und ging zu den Kutschen hinüber. Am Hufschlag des Pferdes hörte sie, dass er ihr folgte.

„Viktoria Stelling, ich wollte Sie nicht beleidigen. Ich achte und bewundere Sie. Und ich habe die Wahrheit gesagt.“

Sie hatten die Droschken erreicht, und Viktoria stieg ein und gab dem Kutscher das Zeichen zum Anfahren. Aber Jens gab nicht auf. Er bestieg seinen Schimmel und ritt neben der Kutsche her. „Bitte, Fräulein Stelling, könnten wir nicht irgendwo miteinander reden?“

„Ich sehe keinen Grund dafür." Viktorias Herz raste. Auf keinen Fall durfte sie zeigen, wie unsicher sie war. Steif aufgerichtet saß sie in der Kutsche und wusste nicht, wie sie diesen dreisten Reiter loswerden sollte.

Dann hatten sie das Kontorhaus erreicht. Jens sprang ab, entlohnte den Kutscher und half ihr formvollendet aus der Droschke: „Viktoria, wenn mein Vorgehen Sie verletzt hat, dann tut mir das sehr Leid. Aber Sie werden mir erlauben müssen, alles zu versuchen, Sie wiederzusehen." Mit einer Fingerspitze hob er ihr Kinn, als sie sich abwenden wollte. Seine Augen waren freundlich und ehrlich und blickten sie an, als könnten sie bis auf den Grund ihrer Seele schauen. Und bevor sie sich abwenden konnte, berührte sein Mund sanft ihre Lippen. Dann verbeugte er sich, stieg auf sein Pferd und ritt davon.

Viktoria schloss für einen Moment die Augen, dann holte sie tief Luft und betrat das Haus. Marianne, eine neue Sekretärin, die sie im Winter eingestellt hatte, empfing sie mit den Worten: „Madame, Sie haben Besuch" und zeigte auf die Tür zum Empfangssalon, den Viktoria vor kurzem eingerichtet hatte.

„Wer ist es?", fragte sie und war nicht überrascht, als Marianne Kapitän Habermann nannte. Ja, dachte sie, da ist nun gar nichts mehr von Herzklopfen und Atemnot zu spüren. „Bitte, Marianne, bringen Sie uns Kaffee und etwas Kognak." Dann ging sie nach nebenan, und was sie sah, gefiel ihr noch immer: Gut sah der Mann in seiner maßgeschneiderten Uniform aus, braun gebrannt und leicht verwegen. Er stand auf, begrüßte sie freundlich und wartete, bis sie Platz genommen hatte. „Sie haben Glück, ich bin selbst erst gestern zurückgekommen", sagte sie kühler, als es nötig gewesen wäre.

„Ich weiß, ich habe mich erkundigt."

Soso, dachte Viktoria, noch einer, der seine Spione ausschickt. Dann bat sie ihn, von seiner letzten Reise zu berichten. Er erzählte von Stürmen und Gefahren, beschrieb sein Schiff, das so wunderbar zu segeln war, und unterstrich mit jedem Wort die Bedeutung, die eine Hamburger Niederlassung mit Schiffszubehör in Brasilien hätte.

Viktoria nickte. „Sie bestätigen alles, was ich seit langem denke und auch plane. Ich möchte Ihnen einen Vorschlag machen, Kapitän Habermann."

„Ich höre?" Er war leicht verletzt. So kühl war sie noch nie gewesen.

„Wir besprachen bei Ihrem letzten Aufenthalt die Bedeutung einer kompetenten Führungsperson für den Aufbau und die Leitung solcher Niederlassungen. Wären Sie daran interessiert, diese Aufgabe mit Büros und Geschäften in São Paulo, Rio de Janeiro und Recife zu übernehmen?"

Justus Habermann starrte sie entgeistert an. „Aber Madame, mein Leben ist das Meer."

„Ich weiß. Aber ich brauche unbedingt einen zuverlässigen Mitarbeiter, dem ich voll vertrauen kann, und mir fällt kein besserer ein. Ich stelle Ihnen für die erste Zeit einen kompetenten Mann zur Seite. Sie haben dort das Meer vor der Tür, und ich stelle Ihnen die *Königin Sophia* zur Verfügung, damit Sie die einzelnen Hafenstädte anlaufen können."

Habermann war nachdenklich geworden. „Es ist so verdammt weit weg, wenn Sie erlauben, dass ich das sage."

„Sind Sie an Hamburg gebunden?"

„Nein, noch nicht" – unsicher sah er sie an. Wusste sie nicht, dass er seit Jahren an sie dachte, wenn er draußen unterwegs war, dass er es bisher nicht gewagt hatte, sie erkennbar zu verehren, weil er sie erst für zu jung und später für unerreichbar hielt? „Darf ich mir das überlegen, Fräulein Stelling? Es ist doch ein sehr großer Schritt, den ich da machen soll."

„Natürlich dürfen Sie überlegen. Aber nicht zu lange. Ich muss wissen, wie ich die *Königin Sophia* demnächst einsetze."

Er wurde ganz blass, aber sie sah, dass er das Signal verstanden hatte.

Sie schenkte für beide etwas Kognak in die Gläser und fragte: „Wie ist es, trinken wir auf Ihre Überlegungen?"

Er nickte, und sie stieß mit ihm an. „Ich trinke auf Ihre Loyalität, Justus Habermann, und auf eine erfolgreiche Zukunft. Und morgen hätte ich gern gewusst, wie Sie sich entschieden haben."

SEHR nachdenklich ritt Jens Brennicke nach Hause. Er hatte sich nach Viktoria diskret erkundigt und vor allem die Feststellung gemacht, dass diese Viktoria eine zurückhaltende, wenn auch energische junge Frau war und keinerlei Ambitionen in Bezug auf das männliche Geschlecht zu haben schien. Sie führte ihre Firma, kümmerte sich um die Familie und wurde selten oder gar nicht auf Festivitäten und bei anderen Vergnügungen gesehen. Sie hatte ein paar Konzerte des jungen Pianisten Johannes Brahms besucht, war einmal im Stadttheater und einmal mit dem Bruder zusammen bei einem Pferderennen auf dem Derbyplatz gesehen worden. Das alles sprach für die junge Frau, und er war sicher, dass er eines Tages Erfolg bei ihr haben würde. Fragt sich nur, wie lange ich diese Sehnsucht aushalten kann, überlegte er. Unsinn, dachte er gleich darauf. Es wäre ja noch schöner, wenn ich meine Gefühle und meine Wünsche nicht in den Griff bekommen würde.

Er dachte kurz an Patrizia, auch eine Frau aus dem Hause Stelling, die ihn vor Jahren sehr verletzt hatte, als sie nach New York abreiste und nicht einmal Lebewohl sagte. Das war vorbei. Damals war ich ein junger Mann, empfindlich, unerfahren und vom Vater gegängelt. Aber das hat sich in den letzten Jahren gründlich geändert. Ich bin ein Kämpfer geworden, ich bin mein eigener Herr, auch im Geschäft. Heinrich Brennicke hat zwar noch die Leitung der Firma, aber gemacht wird, was ich sage.

In der Elbchaussee angekommen, gab er dem Stallknecht seinen Hengst, nahm die Satteltaschen, in denen er sich Arbeit mitgebracht hatte, und ging um das Haus herum zum Garten. Bei dem schönen Wetter wird Mutter auf der Terrasse sitzen, fiel ihm ein.

Hm, er lachte in Gedanken, sie denkt, sie hat ein Geheimnis, aber sie ist im Irrtum. Ich weiß längst Bescheid und kenne ihre Geschäfte mit Immobilien. Sie vergisst, welchen Einfluss die Firma Brennicke in Hamburg und vor allem im Rathaus bei den einzelnen Behörden hat. Er schmunzelte noch, als er um die Hausecke kam, aber die Terrasse war leer.

„Hallo – keiner da?"

Aus dem Souterrain kam William, der Butler, und nahm Jens das Reitjackett und die Gerte ab. „Nein, mein Herr, die gnädige Frau ist mit der kleinen Kutsche unterwegs, und der Herr Brennicke ist im Rathaus. Er lässt mitteilen, dass man mit dem Dinner nicht auf ihn warten möge."

„Danke, William, ich werde ein Bad nehmen und mich dann zum Arbeiten nach draußen setzen. Bitte stellen Sie mir in zehn Minuten eine gekühlte Flasche Chardonnay und etwas vom Käsegebäck der Köchin auf den Tisch. Ich habe noch zu arbeiten."

„Jawohl."

Pfeifend sprang Jens die breit geschwungene Treppe hinauf. Die Glaskuppel reflektierte die Sonnenstrahlen und warf bunte Muster auf die Marmorstufen. Was die kleine Stelling jetzt wohl macht? Denkt sie an mich, ist sie wütend? Ich hätte nicht mit der Tür ins Haus fallen dürfen, ich hätte sie umwerben müssen, wie sich das gehört. Aber wie so oft, ist mein Temperament mit mir durchgegangen. Verdammt, da muss ich wirklich an mir arbeiten!

Erfrischt von dem Bad und von seinen nüchternen Erwägungen, zog Jens einen leichten Sommeranzug an und ging nach unten. Er musste unbedingt die Routen einiger Schiffe korrigieren. Sie fuhren auf Strecken, die sich nicht mehr lohnten. Aber wenn man mehr als fünfzig Schiffe koordinieren musste, konnte es schon einmal geschehen, dass man die Übersicht verlor.

Er öffnete die Taschen und breitete die Papiere auf den Tischen aus. Erst einmal werde ich mir einen Chardonnay genehmigen. Der Tag war lang und heiß, und ich will auch ein bisschen feiern. Ich habe Viktoria wiedergesehen, habe mit ihr gesprochen und habe sie ein ganz kleines bisschen geküsst. Morgen sehen wir weiter. Denn eines war Jens Brennicke klar: Wenn er Viktoria Stelling gewinnen wollte, musste er sich beeilen. Und während er an die junge Frau dachte, die so couragiert die Geschicke von Firma und Familie in die Hand genommen hatte, ging sein Blick über den träge dahinfließenden Strom weit hinüber zum jenseitigen Ufer, wo im Dunst der Ferne die bläulichen Hügel der Harburger Berge zu sehen waren. Aber er sah nicht den Fluss, die Hügel, den Dunst der Ferne, er sah eine glückliche Frau mit einer Schar von Kindern auf dem Rasen vor dem Haus spielen. Seine Kinder, sein Haus, seine Frau – Viktoria.

25

Annette hatte den Umzug in ihr neues Heim und die Einrichtung gründlich geplant und bereits während des Hausbaus Möbel in Paris bestellt, die seit Wochen in einem ihrer Speicherhäuser lagerten. Sie bevorzugte den strengen Stil des französischen Empire, der sich in den Möbeln ebenso zeigen sollte wie in der Struktur des Hauses. Sie wollte keine Schnörkel, sondern Eleganz. Die Decken der Räume zeigten weiße Stuckbordüren, die Böden raffiniert verlegte Edelhölzer, und nichts sollte diesen Blickfang stören.

Mit Mühe und Liebe hatte Annette ihren Mann in die Planung einbezogen. Der Architekt hatte auf ihren Wunsch drei Eingänge konstruiert: den Haupteingang mit einer schlichten Treppe in der Mitte des Vorderhauses, rechts davon den Eingang hinunter zum Souterrain für die Lieferanten und in die Wirtschaftsräume und links eine geschwungene Rampe, über die der Rollstuhl in das Haus geschoben werden konnte. Diese Rampe sollte später entfernt und durch Steinstufen ersetzt werden, wenn Johannes wieder gehen konnte. Sie bemühte sich, ihm hilfsbereit zu begegnen und ihn nicht spüren zu lassen, dass sie mehr von dieser Ehe erwartet hatte, als letztlich daraus geworden war.

Johannes, der in Erinnerung an die Abschiedsworte seiner ältesten Tochter Patrizia bemüht gewesen war, seine Arme für Annette auszubreiten, hatte sich, durch die Krankheit behindert, wieder ganz in sich selbst zurückgezogen. Er wollte keinem zur Last fallen, stellte keine Ansprüche mehr an sein

Leben. Dass sich seine Firma vergrößerte und weiterentwickelte, sah er mit Freude, und oft dankte er Gott, der ihm diese fleißige und erfolgreiche Viktoria geschenkt hatte, die ihm jetzt mit so viel Liebe begegnete.

Einige Tage nach der Rückkehr ihrer Kinder aus Rodenhagen machten sich alle zusammen auf den Weg in das neue Haus. Der Pfleger schob den Rollstuhl, und weil es etwas bergauf ging, half ihm Thomas. Annette und Viktoria folgten Arm in Arm. Der Weg war nicht weit. Sie kreuzten die Magdalenenstraße, wenig später den Mittelweg und standen gleich darauf vor ihrem neuen Domizil.

Während der Pfleger seinen Patienten durch den Seiteneingang fuhr, öffnete Annette die Haupttür und rief freudestrahlend: „Herzlich willkommen zu Hause!"

Viktoria, aber auch Thomas waren sehr gerührt. Nach mehr als fünf Jahren hatten sie wieder ein richtiges Zuhause, große helle Räume, moderne Installationen, fließendes Wasser, eine Gasbeleuchtung in allen Räumen sowie einen Speisenaufzug von der Küche im Keller nach oben in einen kleinen Anrichteraum. Und, als Geschenk des Architekten an den Hausherrn, eine versteckte Rampe, die in die oberen Räume, und eine weitere, die vom Gartensaal nach draußen in den bereits angelegten kleinen Park führte.

„Es ist wunderschön geworden, Mutter." Thomas fand als Erster die rechten Worte und umarmte seine Mutter.

„Und es ist sehr beeindruckend, dass das Haus für Vater bewohnbar gemacht wurde, das ist einmalig." Auch Viktoria war zufrieden, obwohl sie das kleine Haus am Ufer der Alster liebte und dort gern weiterhin gewohnt hätte. Sie nahm die Hand ihres Vaters und streichelte sie. „Wir verdanken dir das Haus und hoffen, dass du hier schnell und ganz gesund wirst, Papa."

Vier Wochen später war das Haus eingerichtet. Annette nahm keinerlei Mobiliar aus dem Sommerhaus mit. Sie wollte, wie sie sagte, durch nichts an die beschämenden, demütigenden Jahre nach dem großen Brand erinnert werden.

IN ALL den Wochen arbeitete Viktoria hart und konzentriert. Justus Habermann nahm die Arbeit als Geschäftsführer an, und sie hatten gemeinsam die erste Ladung Schiffszubehör zusammengestellt, die er auf der *Königin Sophia* mit nach Brasilien nehmen sollte.

Sie hatte mit Thomas zusammen dessen Umzug nach Rodenhagen organisiert, und nun war er endlich mit einem gemieteten Lastenwagen und seinen beiden Reitpferden unterwegs. Es gab Probleme mit einer Lieferung skandinavischer Hölzer, die nicht entladen werden konnten, weil es auf dem angemieteten Lagerplatz plötzlich an Kapazitäten fehlte. Wenn Viktoria abends nach Hause kam, hatte sie nur noch den Wunsch, sich auszuziehen, zu baden und sich auf der kleinen Liege auszustrecken, die sie an den warmen Spätsommerabenden im Garten aufstellte.

Aber diesen Wunsch konnte sie sich beinahe nie erfüllen. Annette wünschte die Gesellschaft ihrer Tochter, weil sie sich langweilte und es sich für eine verheiratete Frau nicht schickte, am Abend allein auszugehen. Dann wartete der Vater auf sie. Er konnte langsam wieder Wörter formulieren und Fragen stellen und wollte natürlich wissen, wie es in der Firma lief. Und dann gab es auch noch den alten Benno, der mit wedelnder Rute auf einen Abendspaziergang wartete.

Heute nahm Viktoria still und heimlich, bevor die anderen merkten, dass sie zu Hause war, die Hundeleine vom Garderobenhaken, sagte Babette, dass sie zunächst den Hund ausführen wolle, und ging nach draußen. Wie an jedem Abend lief sie zur Alster hinunter und dann am Wasser entlang nach Norden. Wenigstens erwartet der Hund keine Unterhaltung, dachte sie und warf ein Holzstück über die Wiese, nach dem er jagen konnte. Aber weite Sprünge waren für den alten Setter nicht mehr möglich. Um ihm eine Pause zu gönnen, setzte sie sich kurz vor der Krugkoppelbrücke auf den Stamm einer umgestürzten Trauerweide. Viktoria schaute müde zurück auf die Silhouette der Stadt. Wie hübsch die Gasbeleuchtung in den Straßen aussieht, dachte sie. Hamburg entwickelte sich zu einer großen, modernen Stadt, die längst über die alten Wälle und Tore hinausgewachsen war.

Sie hörte ihn nicht, sah ihn nicht, aber sie fühlte ihn, als der Schauer eines seltsamen Glücksgefühls sie überströmte. Sie drehte sich nicht um, und sie blickte auch nicht auf, als er bat: „Dürfte ich mich zu Ihnen setzen?“ Sie nickte nur und sah weiterhin zur Stadt hinüber, wo einige Glocken die zehnte Stunde einläuteten. Acht Wochen lang war er nicht zu sehen, weshalb kommt er heute, und woher weiß er, dass ich hier bin?

Als hätte sie die Fragen laut ausgesprochen, erklärte Jens: „Ich habe Sie sehr vermisst, aber es war mir nicht möglich, Sie früher wiederzusehen.“

„Sie brauchen sich nicht zu entschuldigen. Ich habe nicht damit gerechnet, Sie zu treffen.“ Sie ärgerte sich über Benno, der dem Mann den Kopf auf die Knie legte und sich kraulen ließ, als seien sie uralte Freunde.

„Ihr Hund mag mich, könnte es sein, dass er ein besseres Empfinden für Glücksgefühle hat als seine Herrin?“

Viktoria sah ihn verblüfft an.

„Auch wenn Sie es nicht eingestehen, Ihr Herz hat doch längst den verhängnisvollen schnellen Schlag getan, ich spüre es doch."

Verärgert, weil er Recht hatte, wollte sie aufstehen, aber er legte ihr die Hand auf den Arm. „Nicht weglaufen. Es ist so schön hier, ich genieße jeden Atemzug, und ich möchte, dass Sie diesen Augenblick mit mir teilen."

„Sie haben sich aber lange Zeit gelassen, um einen Augenblick mit mir zu teilen."

„Habe ich Ihnen gefehlt?"

„Wie kommen Sie auf diese absurde Idee?"

„Ich war in Bordeaux, unser Weinhändler dort ist plötzlich verstorben." Er nahm einen Zigarillo aus einer schmalen Blechdose und sah sie an. „Stört es Sie, wenn ich rauche?"

„Nein, aber achten Sie darauf, dass der Hund keinen Rauch abbekommt. Seine altersschwachen Lungen vertragen diesen Dunst nicht mehr."

„Dann werde ich darauf verzichten. Ich liebe Hunde. Leider habe ich keinen. Mir fehlt die Zeit, ihn zu betreuen."

„Haben Sie denn Zeit für Ihren wunderschönen Schimmel?"

„Oh ja, Hassan kann sich nicht beklagen. Ich brauche ihn, und er braucht mich. Das gleicht unser Verhältnis zueinander aus. Reiten Sie eigentlich nicht?"

„Nein, ich habe keine Zeit, mich intensiv um ein Pferd zu kümmern."

„Sie arbeiten zu viel, Viktoria", stellte er betrübt fest.

„Ich habe eine Aufgabe übernommen, und der fühle ich mich verpflichtet."

„Das ehrt Sie, und ich erkenne Ihre Einstellung an. Aber könnten Sie sich nicht auch ein anderes Leben vorstellen? An der Seite eines Mannes, mit Kindern, einem Zuhause, in dem Sie für die Geborgenheit zuständig sind."

„Ich hatte noch keine Zeit, darüber nachzudenken", erwiderte Viktoria abweisend. So leicht würde sie es diesem dreisten Menschen nicht machen, der ihr mitten auf einer Kuhweide einen Heiratsantrag gemacht hatte. Sie stand auf. „Komm, Benno, wir müssen zurück."

Auch Jens stand auf, und einen Augenblick sah sie ihn beinahe verlangend an, diesen Mann mit dem kantigen Gesicht. Dann nahm sie den Hund an die Leine und fragte: „Wie haben Sie mich eigentlich gefunden?"

„Dass Sie abends an die Alster gehen, hat mir Ihre Haushälterin verraten. Die macht sich nämlich Sorgen, wenn Sie in der Dunkelheit allein unterwegs sind, und da ich ihr versprochen habe, ein wachsames Auge auf Sie zu werfen, hat sie mir den Weg erklärt."

„Also, das ist ja die Höhe!“, schimpfte Viktoria wütend, dachte aber: Da hat er bei Babette genau den richtigen Ton erwischt. „Dann begleiten Sie mich jetzt zurück?“

„Selbstverständlich, das habe ich doch zugesagt. Und bitte, werden Sie über meine Frage nachdenken?“

„Welche Frage?“

„Nun, ob Sie sich auch ein anderes Leben vorstellen könnten.“

„Zum Beispiel an Ihrer Seite, mit Ihren Kindern und in Ihrem Haus?“ Viktoria spürte, dass das Wortgeplänkel mit einem Mal zu Ende war. Sie blickte ihm kurz in die Augen. „Ich werde über Ihre Frage nachdenken. Aber nicht heute Abend. Ich bin müde.“

Sie waren vor dem Haus am Mittelweg angekommen, als er sagte: „Ich möchte, dass Sie meine Mutter kennen lernen. Wäre das möglich?“

„Auch darüber werde ich nachdenken, gute Nacht.“

Aber Jens Brennicke wollte mehr als einen so kühlen Abschied. Er spürte, welchen Eindruck er auf die junge Frau machte, und wollte nicht fortgehen, ohne diesen Eindruck zu vertiefen. Er strich mit den Fingerspitzen über ihre Wangen und sagte: „Wir sehen uns morgen Abend um die gleiche Zeit am gleichen Ort, Viktoria. Ich werde nicht zulassen, dass Sie sich mir entziehen, nicht einmal in Gedanken.“ Dann nahm er ihr Gesicht in beide Hände und küsste sie. Behutsam und zärtlich.

Viktoria war alles andere als glücklich. Sie fühlte sich zerrissen und verunsichert. Da war ihr Wunsch, in einer Männerdomäne ihr Können zu beweisen und das Handelshaus Stelling an die Spitze zu führen. Und dann war da dieses unerklärliche Verlangen nach einem Mann, der so stark, so stolz und selbstbewusst auftrat, dass ihr Körper mit einem Schauer reagierte, sobald er in ihre Nähe kam. Ich will diesen Mann, dachte sie, aber ich will mein Lebensziel nicht aufgeben.

Sie betrat das Haus durch den Nebeneingang, sie wollte allein sein, an die Worte denken, die ihr dieser Mann gesagt hatte, und sich mit den eigenen Gefühlen auseinander setzen. Sie wollte und sie würde sich entscheiden.

Behutsam öffnete sie die Tür zum Zimmer ihres Vaters, ließ Benno hinein, damit er seinen gewohnten Schlafplatz einnehmen konnte, und ging auf Zehenspitzen in ihr Zimmer. Ein beinahe voller Mond gab genug Licht. Sie spürte, dass sie keinen Schlaf finden würde, bevor sie ihre Probleme nicht gelöst hatte. Na schön, dachte sie, morgen habe ich sowieso keine Zeit zum Nachdenken, also kann ich es jetzt tun. Sie setzte sich ans Fenster.

Ich muss als Erstes Irmgard sprechen, überlegte sie. Ganz gleich, ob ich mich für oder gegen ihren Sohn entscheide, sie ist nicht nur seine Mutter, sie ist meine beste Freundin, sie muss erfahren, was sich da zwischen uns entwickelt. Was ist das eigentlich, Liebe? Dieses Prickeln auf der Haut? Auch in dieser Beziehung muss ich Irmgard fragen. Wozu hat man eine Freundin, und wie ich sie kenne, kennt sie sich auch in der Liebe aus. Als Viktoria so weit mit ihren Gedanken gekommen war, legte sie sich beruhigt ins Bett. Morgen früh suche ich Irmgard auf, und dann sehen wir weiter.

NACH dem Frühstück bat sie Stinchen, die Kutsche zu rufen, und fuhr mit dem eigenen Gespann in den Baumwall. Auch für Viktoria war das Geschäft, das Irmgard Brennicke und Hermann Ganzow unter der Bezeichnung Baumwall-Immobilien betrieben, kein Geheimnis, auch Viktoria hatte ihre Vertrauensleute, die sie mit solchem Wissen versorgten. Die Vorzimmerdame hatte sie kaum angemeldet, da flog die Tür auf, und Irmgard kam strahlend in das Vorzimmer. „Viktoria, Kindchen, wie freue ich mich, dich zu sehen! Woher wusstest du denn, dass wir hier …“

„Aber Irmgard, du hast mich selbst gelehrt, Augen und Ohren offen zu halten, wie sollte mir da eine so erfolgreiche Immobilienfirma entgehen?“

„Recht hast du. Aber nun komm erst einmal in mein Büro, und erzähle, wie es dir geht.“ Viktoria folgte ihr in den stilvoll möblierten Raum.

„Was bedrückt dich, meine Kleine?“

„Du wirst lachen, wenn ich dich etwas frage, was eigentlich jeder wissen sollte.“

„Und was wäre das? Ich verspreche, nicht zu lachen.“

„Also gut. Irmgard, was ist Liebe? Woran erkennt man, ob man einen Mann liebt?“

„Das ist doch ganz leicht, Viktoria, wenn du meinst, ohne ihn nicht leben zu können. Wenn es wehtut, ganz tief drinnen, weil du ihn vermisst. Wenn dein Herz verrückt spielt, sobald du ihn siehst.“

„Oh Gott, ist das schwierig, ich kenne ihn doch kaum.“

Irmgard nahm sie in den Arm und setzte sich zu ihr auf das Sofa. „Dich hat es aber ganz schön erwischt, Kindchen. Nun erzähle mal der Reihe nach.“

Und Viktoria erzählte von der ersten Begegnung bis zum Treffen am vergangenen Abend. Sogar von dem Kuss erzählte sie, nur den Namen erwähnte sie nicht.

Irmgard überlegte einen Augenblick. „Du musst erst einmal deine Gefühle erkennen. Außer dem Kribbeln im Bauch, gibt es da noch mehr?“

„Ja, schon, da ist der Wunsch, von ihm umarmt zu werden, mit ihm zusammenzuleben, immer, wenn ich das so ausdrücken darf."

„Ja, Kindchen, das ist ja schon sehr viel. Und sonst?"

„Ich weiß nicht, ob ich wegen dieses Gefühls meine ganze Zukunft aufs Spiel setzen soll. Alles, was ich mir aufgebaut habe, die Firma, den Erfolg, ich hänge an diesen Dingen."

„Weißt du, wenn ein Mann dich begehrt, dann will er dich mit Haut und Haaren. Wenn er dich aber wirklich liebt, dann gibt er dir Freiraum."

„Und was bedeutet das für mich?"

„Stell ihn auf die Probe. Sag ihm, du bist bereit, auf seinen Antrag einzugehen, aber du knüpfst Bedingungen daran, sag, dass du deine Firma weiterführen willst."

„Das hört sich aber nicht gerade nach Liebe an, Irmgard."

„Oh doch, meine Kleine. Wenn er dich liebt, respektiert er deine Wünsche. Liebt er dich nicht, ist er egoistisch, dann solltest du auf ihn verzichten."

„Er möchte am liebsten schon heute Abend eine Antwort, und dann will er mich seiner – Mutter vorstellen."

„Nun, wenn er dich seiner Mutter vorstellen will, scheint er wirklich ernste Absichten zu haben. Kennst du sie?"

„Ja."

„Aber du willst mir keinen Namen nennen?"

„Nein, Irmgard, noch nicht. Aber ich verspreche dir, du bist die Erste, die davon erfährt."

„Das tröstet mich."

„Du hast mir sehr geholfen. Ich danke dir, Irmgard, und ich wünsche mir, dass ich dich niemals enttäuschen werde."

„Ich hoffe, ich habe dich richtig beraten, mein Liebes. Komm wieder, wenn du Hilfe brauchst."

26

Am Abend benutzte Jens die Kutsche, um zum Rendezvous zu fahren. Er war der Meinung, das Sitzen in den Polstern sei romantischer als das krumme Hocken auf einem morschen Weidenstamm, und befahl dem Kutscher, nahe bei der Krugkoppelbrücke zu warten, während er auf die Suche nach Viktoria ging. Hoffentlich kommt sie überhaupt, überlegte er und zupfte nervös an dem kleinen Moosrosenstrauß herum, den er in der Hand hielt. Eines wusste er genau: Sie war die Frau, mit der er sein Leben verbringen wollte, die Mutter seiner Kinder, die Gefährtin an seiner Seite, die mit ihm durch dick und dünn gehen sollte. Probleme spielten für ihn überhaupt keine Rolle. Die gab es einfach nicht: Er würde alles regeln und sie lehren, was es bedeutete, von einem Mann geliebt zu werden.

Er hatte den Baumstamm erreicht und sah, dass er fast alle Blütenköpfchen von seinem kleinen Strauß abgerupft hatte – und er stellte fest, dass Viktoria nicht da war. Verdammt, überlegte er, was habe ich nun schon wieder falsch gemacht? Warum um Himmels willen sind Frauen so kompliziert?

Missmutig setzte er sich auf den Stamm. Enttäuscht blickte er hinüber zum Wasser, auf dem letzte Ruderer ihre Runden absolvierten. Plötzlich bekam er einen Stoß in den Rücken, und als er sich umdrehte, stand hechelnd und mit der Rute wedelnd der rote Setter hinter ihm. Etwas entfernt kam Viktoria langsam auf ihn zu. Jens stand auf, verbeugte sich höflich, reichte ihr die Reste des ehemals hübschen Straußes und erklärte: „Ich hatte Angst, Sie kommen nicht."

„Ich hatte auch nicht versprochen zu kommen." Viktoria lächelte: „Ich nehme an, das war einmal ein Blumenstrauß."

„Ja, bitte verzeihen Sie mir, ich war so unruhig. Ich habe heute die Kutsche dabei, wir könnten sehr hübsch durch die Gegend fahren und diese letzten Spätsommerstunden genießen. Es gibt in Eppendorf und in Winterhude sehr schöne Wirtshäuser mit Gärten. Darf ich Sie zu einem Glas Wein einladen?"

„Nein, danke. Ich bin nicht die Frau, die man nach vier missglückten Treffen in einen Wirtshausgarten einlädt. Ich habe nachgedacht, und ich habe festgestellt, dass wir überhaupt keinen Grund haben, über intime Dinge zu reden. Wir wurden einander nicht vorgestellt, meine Eltern kennen Sie nicht, und diese mehr oder weniger heimlichen Treffen hier an der Alster sind nicht nach meinem Geschmack."

„Sie möchten, dass ich Ihren Eltern einen offiziellen Besuch abstatte?"

„Das wäre wohl die Spielregel, wenn man den nötigen Anstand wahren wollte." Sie sah ihn nicht an, musste selbst um Beherrschung kämpfen. Hätte sie ihm in die Augen geblickt, hätte er gewusst, wie es um sie stand.

„Selbstverständlich! – Ich bin bereit, morgen Ihre Eltern aufzusuchen."

„Und was ist mit Ihren Eltern?"

„Mein Vater ist auf Reisen. Aber meiner Mutter würde ich Sie gern vorstellen. Ich müsste nur noch wissen, ob Sie überhaupt etwas für mich empfinden. Sie müssen verstehen, so ein Schritt ist von großer Bedeutung."

Viktoria schüttelte ungeduldig den Kopf. „Sie lassen mir kaum Zeit, Gefühle zu entwickeln. Sie sind mir nicht unsympathisch, so viel kann ich sagen, das muss Ihnen erst einmal genügen."

„Hm, das ist ja nicht gerade viel. Wofür brauchen Sie Zeit, warum müssen Sie so lange überlegen, was hat der Verstand mit dem Herzen zu tun? Meine Liebe reicht für uns beide, Viktoria. Und wenn Sie Wert darauf legen, besuche ich morgen Ihre Eltern."

Als sie seinen traurigen Blick sah, nickte sie. „Ich habe nichts gegen Ihren Besuch. Ich würde nur gern zuerst Ihre Mutter treffen."

„Selbstverständlich."

Viktoria sah sich nach dem Hund um. „Es wird Zeit zurückzugehen." Sie lächelte. „Aber bevor wir irgendwann zu Ihrer Mutter fahren, möchte ich Ihnen etwas erzählen."

„Ich höre?" Langsam gingen sie nebeneinander her. Es war fast dunkel, und Viktoria war froh, dass sie Jens nicht in die Augen sehen musste. „Ich kenne Ihre Mutter."

„Nun ja, sie ist nicht gerade unbekannt in dieser Stadt."

„Das meine ich nicht. Ihre Mutter ist meine beste Freundin."

„Was?" Er blieb stehen. „Und davon weiß ich nichts?"

„Es ist ein Geheimnis, und wir haben es seit Jahren gehütet. Aber ich möchte nicht, dass ein solches Geheimnis zwischen Ihnen und mir steht, und ich denke, Ihre Mutter wird das genauso sehen." Jens hatte, als sei es die selbstverständlichste Sache der Welt, ihren Arm genommen, und Viktoria hatte es, wie er mit Genugtuung feststellte, geduldet. „Und jetzt?"

„Ich bin bereit, mit Ihnen zu ihr zu fahren. Ich möchte um nichts diese Freundschaft verlieren. Ich denke, wir sollten Ihre Mutter jetzt aufklären."

„Sind wir uns denn selbst im Klaren?"

„Ich denke schon", sagte sie leise.

Jens drehte sie zu sich herum, nahm sie in die Arme und küsste sie innig und verlangend, aber auch zärtlich. Viktoria spürte nur noch dieses wunderbare Prickeln tief drinnen in ihrem Körper. Jens gab sie nur ungern frei, aber schließlich gab es noch einiges zu erfahren. Er winkte die Kutsche herbei und bat Viktoria: „Bitte, lass uns einsteigen. Du musst mir jetzt erzählen, wie es zu dieser Freundschaft gekommen ist."

Sie lächelte. „Es ist eine sehr lange Geschichte, Jens. Sie hat vor mehr als fünf Jahren begonnen."

„Dann werden wir jetzt durch die Nacht fahren, bis die fünf Jahre um sind.“

Sie nickte. Das Du war plötzlich ebenso selbstverständlich wie die Tatsache, dass sie zu ihm in die Kutsche stieg.

Sie fuhren den Mittelweg hinunter, durchs Frauenthal, über den Nonnenstieg und durch den Klostergarten, während Viktoria erzählte und erzählte. Die Nacht wich dem ersten Grau des neuen Tages, als sie an der Alster entlang zurückfuhren. Die Farben wirkten noch gedämpft und blass, während ein zarter Nebel über dem Wasser sanft in der aufgehenden Sonne schwebte. Wie auf ein Signal hin verließen die Enten ihre Nester im Schilf und paddelten dem Licht entgegen.

Jens hatte sie mit keinem Wort unterbrochen. Er war zutiefst betroffen und verwirrt. Er wusste, dass ihn ein besonders vertrauensvolles Verhältnis mit seiner Mutter verband – er wusste aber auch, dass sie sich ihr ganzes Leben lang eine Tochter gewünscht hatte.

Viktoria fühlte, was in ihm vorging, und jetzt war sie es, die liebevoll seine Hand nahm und streichelte. „Jens, ihr verdanke ich mein Leben.“

„Sie hätte es mir sagen müssen. Warum hatte sie kein Vertrauen zu mir?“

„Wir waren damals nicht gerade Freunde, deine Familie und meine.“

„Das stimmt. Trotzdem, seit mehr als fünf Jahren hat sie quasi eine Tochter, und ich weiß nichts davon.“

„Ich bitte dich, Jens, zwischen uns gab es nie eine mütterliche Beziehung, sondern immer nur eine freundschaftliche. Das ist ein Unterschied.“

„Viktoria“, er entzog ihr seine Hand, „ich weiß nicht, wie ich mit dieser Tatsache umgehen soll. Jetzt brauche ich die Zeit, die du immer haben wolltest.“

„Das verstehe ich. Aber ich verstehe nicht, wie ein Mann, der mir eben noch sagte, dass er sein ganzes Leben mit mir verbringen will und dass nichts diesen Wunsch beeinträchtigen könne, so nachdenklich wird, weil seine Mutter und die Frau, die er lieb hat, Freundinnen sind.“

„Viktoria, darum geht es doch gar nicht, es geht nicht um uns beide, es geht um das Vertrauen zwischen meiner Mutter und mir. Sie hat es mit Füßen getreten, um es ganz deutlich auszudrücken.“

„So ein Unsinn! Du brauchst wirklich Zeit zum Nachdenken. Gib mir Bescheid, wenn du genug überlegt hast.“ Viktoria nahm den Hund an die Leine, stieg aus und rief dem Kutscher zu: „Danke, die restlichen paar Schritte gehe ich zu Fuß.“

Dieser Mann, den sie liebte, musste nicht sehen, wie sie litt. War es falsch gewesen, ihr Geheimnis zu lüften? Hatte sie die beiden Menschen verloren, die sie am meisten liebte? Ich wollte doch keinem wehtun. Ich wollte nur, dass Klarheit herrscht. Mütter und ihre Söhne, das Geheimnis ihrer Verbundenheit würde wohl nie ein Außenstehender begreifen, und sie dachte an ihre Mutter und ihren Bruder Michael.

DREI Tage vergingen. Während sie überlegte, ob sie dem Herzen folgen und Jens aufsuchen sollte, riet ihr der Verstand: Lauf ihm auf keinen Fall nach!

Gut, dachte sie schließlich, er braucht Zeit zum Nachdenken. Und am vierten Tag wusste sie, dass sie Recht hatte. Als sie morgens ihr Büro betrat, flüsterte Marianne: „Sie haben Besuch. Ein sehr gut aussehender Mann, der mir leider nicht seinen Namen verraten hat. Und demnächst müssen wir uns unbedingt ein Sortiment an Blumenvasen anschaffen. Nie ist die richtige Größe da, wenn man eine Vase braucht."

„Warten wir es ab. Vielleicht brauchen wir keine, wenn ich nämlich den ‚sehr gut aussehenden Mann' zusammen mit seinen Blumen nach Hause schicke."

„Ich möchte wetten, dass Sie das nicht tun, Madame."

„Und weshalb nicht?"

„Weil er so zerknirscht aussieht. Er zerrupft vor Aufregung einen ganzen Rosenstrauß."

„Oh nein! Nicht schon wieder, die armen Blumen." Viktoria ging in den Salon. „Guten Morgen, man hat mir gesagt, ich müsste hier einen Blumenstrauß retten. Wird das zur Gewohnheit?"

Verdutzt blickte Jens sie an. „Was wird zur Gewohnheit?"

„Dass du mir zerrupfte Blumensträuße schenkst." Sie lachte fröhlich. „Komm, gib schon her, damit ich ihn retten kann." Sie wollte ihn nicht spüren lassen, wie unsicher sie geworden war. Wie sehr hatte sie auf ihn gewartet. „Darf ich dir etwas anbieten? Einen Kaffee? Einen Kognak vielleicht?"

„Ich bin nicht hergekommen, um mich bewirten zu lassen. Ich bin gekommen, um dich um Verzeihung zu bitten. Ich war ein Narr, Viktoria, verzeih mir bitte."

Sie sah ihn ganz ruhig an, wie er da so zerknirscht vor ihr stand und ohne Strauß nicht wusste, was er mit den Händen anfangen sollte. Also nahm sie seine Hände in die ihren und sagte sehr liebevoll: „Ist schon gut, Jens. Man braucht eben manchmal eine Zeit für sich allein. Ich verstehe dich. Und hat dir die Zeit geholfen?"

„Ja, sie hat mir gezeigt, dass ich die wunderbarste Frau der Welt liebe und dass es nichts gibt, was diese Liebe stören könnte."

„Danke, Jens.“ Sie nahm sein Gesicht in ihre Hände und küsste ihn sehr liebevoll, bis er sie an sich drückte und stöhnend erklärte: „Ich habe mich so sehr nach dir gesehnt.“

„Wann fahren wir zu deiner Mutter, Jens?“

„Jetzt gleich. Sie wartet schon. Ich habe nicht verraten, mit wem ich komme, diese Überraschung möchte ich auskosten als Lohn für die Angst, die ich hatte.“

„Angst? Du hattest Angst? Wovor?“

„Die beiden liebsten Menschen auf der Welt zu verlieren.“

„Ja“, sagte Viktoria, „dann hatten wir beide wohl die gleiche Angst.“

27

Aber so schnell, wie Jens Brennicke in die Zukunft starten wollte, ging das nicht. Viktoria hinderte ihn daran, und zwar wohl überlegt und konsequent. Sie wollte den Rahmen regeln, bevor sie das Herz sprechen ließ.

„Ich kann jetzt nicht fort. Ich habe gleich eine Konferenz, dann erwarte ich zwei Geschäftspartner, und danach habe ich eine Besichtigung im Hafen. Du kannst mich abends gegen sechs Uhr hier abholen.“ Sie wollte ihm begreiflich machen, dass sie berufstätig war und bleiben würde. Er musste sich daran gewöhnen, nicht ein Heimchen am Herd, sondern eine Geschäftsfrau zu heiraten, die ihre eigenen Verpflichtungen hatte.

Er sah sie betroffen an. „Aber ich dachte, unsere Zukunft sei dir wichtiger als ein paar geschäftliche Termine.“

„Jens, eines muss ganz klar zwischen uns sein: Ich leite ein großes, weltbekanntes Handelshaus, und ich bleibe die Chefin der Reederei Stelling.“

„Viktoria, ich habe nie an deinen Fähigkeiten gezweifelt, und ich bewundere sie, aber als Ehefrau und Mutter hast du ganz andere, viel schönere und befriedigendere Aufgaben – das solltest du doch wissen.“

Sie dachte an die Worte von Irmgard, die gesagt hatte: „Wenn er dich liebt, akzeptiert er dich so, wie du bist“, und sah ihn selbstsicher an. „Jens, wenn du mich willst, musst du mich nehmen, wie ich bin. Die Firma Stelling ist mein Leben. Ich bin bereit, dieses Leben mit dir zu teilen, aber zu meinen Bedingungen.“

„Bedingungen? Wie kann man Liebe an Bedingungen knüpfen? Und was wären das für Bedingungen?“

Sie erwiderte ruhig und gelassen: „Ich leite weiterhin meine Firma, auch als deine Ehefrau und als Mutter deiner Kinder.“

Er legte ihr die Hände auf die Schultern und sah sie traurig und verunsichert an: „Ich dachte, du liebst mich.“

„Ja, Jens, ich liebe dich, aber ich liebe auch meine Familie und die Generationen vor mir, die im Schweiße ihres Angesichts eine Firma aufgebaut haben, die den Namen Stelling trägt und die sich nicht nur durch Erfolg und Reichtum auszeichnet, sondern auch durch Ehrbarkeit und Treue den Partnern gegenüber. Es ist meine Pflicht, diese Tradition fortzusetzen.“

Er sah sie an und nickte langsam. „Ich verstehe dich. Und ich akzeptiere dich. Käme eine Fusion unserer Firmen für dich infrage?“

Sie schüttelte den Kopf. „Nicht, solange mein Vater lebt.“

Er nahm sie in die Arme. „Also gut, Viktoria. Ich bin einverstanden. Ich liebe dich und möchte dich nicht verlieren. Aber werden wir das Nebeneinander, möglicherweise sogar die Konkurrenz unserer Firmen ertragen?“

„Wenn unsere Gefühle stark genug sind, gibt es nichts, was unsere Liebe zerstören könnte. Da bin ich ganz sicher.“

„Ich werde meiner Mutter mitteilen, dass wir erst am Abend zu ihr kommen, ist dir das recht?“

Viktoria nickte. „Ab sechs Uhr bin ich frei für dich, und daran wird mich keiner hindern.“

VIKTORIA hatte an diesem Tag wirklich alle Hände voll zu tun, und in ihrem Kopf wirbelte das Für und Wider in einigen geschäftlichen Fragen so durcheinander, dass sie kaum wusste, was sie als Erstes erledigen sollte.

In der gleich beginnenden Konferenz ging es um die Anschaffung mehrerer Dampfschiffe, die sie sehr befürwortete, weil sie den Segelschiffen an Schnelligkeit haushoch überlegen waren. Einige ihrer Geschäftsführer aber lehnten die dampfbetriebenen Schaufelradschiffe ab, weil sie noch in der Entwicklungsphase steckten. Obwohl es längst eine erfolgreiche Dampfschiffsverbindung zwischen Bremen und England gab, hatten viele Hamburger noch Bedenken. Schließlich einigte man sich darauf, noch mehr Gutachten einzuholen.

Gleich nach der Konferenz warteten ein paar Geschäftspartner aus Böhmen, um mit ihr eine neue Art der Binnenschifffahrt zu diskutieren. Man hatte auf dem Rhein die Erfahrung gemacht, dass sich ein Schlepper durch die Montage eines Drahtseiles auf dem Flussgrund stromauf- und stromabwärts bewegen und bis zu siebzehn Lastkähne hinter sich herziehen konnte. Die Herren kamen aus dem böhmischen Wirtschaftsraum und mussten ihren gesamten Überseeverkehr über die Elbe abwickeln. Viktoria war bereit, Schlepper und Schiffe zur Verfügung zu stellen, wenn die neue Technik und die nicht geringen Kosten übernommen wurden. Sie war dem Experiment gegenüber aufgeschlossen, denn sie hoffte, auf diesem Wege Holz, das dringend für den Schiffbau gebraucht und in ausreichenden Mengen nicht mehr aus Skandinavien importiert werden konnte, aus Böhmen und Mähren einführen zu können.

Am Nachmittag besichtigte sie ein abfahrbereites Auswandererschiff im Hafen und kontrollierte, ob die Umbauten, die sie angeordnet hatte, ausgeführt worden waren. Das Zwischendeck sollte eine Mindesthöhe von zweieinhalb Metern haben, sie hatte Schlafkojen und ausreichend Toiletten, Aufenthaltsräume und eine Großküche mit Vorratsräumen sowie Ventilationsapparate für Frischluft einbauen und ein offenes Oberdeck für die Passagiere des Zwischendecks reservieren lassen. Sie war der Ansicht, dass man den Menschen, die oft ihr letztes Geld für die Überfahrt ausgeben mussten, eine angemessene Reise schuldig war, und dachte mit Grauen an die Schilderungen ihrer Schwester. Sie wollte auf keinen Fall zu jenen Reedern gehören, deren Schiffe als schwimmende Särge bezeichnet wurden.

Als sie endlich auf dem Kai eine Mietdroschke bestieg, um zurück in ihr Kontorhaus zu fahren, war sie zum Umfallen erschöpft. Grau und schwer hingen die Regenwolken über der Stadt. „Marianne", bat sie, als sie endlich in ihrem Büro war, „ich lege mich für eine Stunde hin. Bitte wecken Sie mich kurz vor sechs mit einem starken, süßen Kaffee." Sie hatte sich noch nicht ganz auf dem kleinen Kanapee ausgestreckt, als sie bereits tief und traumlos schlief.

Als die Sekretärin sie mit dem duftenden Kaffee weckte, fühlte sie sich ausgeruht und dem Treffen mit Irmgard und ihrem Sohn gewachsen.

JENS war pünktlich. Sie sah ihm lächelnd entgegen. Er ist der attraktivste Mann, den ich kenne, und er weiß ganz genau, welchen Eindruck er auf Frauen macht, dachte sie bei seinem Anblick. Er half ihr in den Regenmantel, nahm ihren Schirm und reichte ihr Handschuhe und Hut. „Wie fühlst du dich?"

„Etwas beklommen. Vielleicht hat deine Mutter ganz andere Pläne mit ihrem gut aussehenden, erfolgreichen Sohn. Und wie fühlst du dich?"

„Siegessicher. Mit dir an meiner Seite könnte ich die ganze Welt erobern."

„Es genügt, wenn wir unsere Eltern erobern."

Jens fieberte der Begegnung zwischen seiner zukünftigen Frau und seiner Mutter entgegen. Er wusste genau, dass sie schon lange auf eine akzeptable Schwiegertochter wartete. Oft genug hatte sie Andeutungen in die Gespräche einfließen lassen. Nun war es endlich so weit, und die Überraschung war auf seiner Seite. Er hatte nur von einem Besuch gesprochen, den er mitbringen würde, nicht einmal von einem weiblichen Besuch hatte er geredet. Er führte Viktoria in den Salon. Seine Mutter stand am Fenster und sah hinaus in den Regen.

„Mutter, ich habe dir einen Gast mitgebracht."

Sie drehte sich langsam um, sah die beiden jungen Leute an und sagte erfreut: „Ein verliebtes Paar sendet unübersehbare Signale aus! Herzlich willkommen, ihr Lieben." Sie breitete die Arme aus und fing Viktoria auf, die glücklich schluchzend Halt bei ihrer Freundin suchte.

Etwas verwirrt betrachtete Jens die Szene, dann fragte er fröhlich: „Bist du denn gar nicht überrascht, Mutter?"

„Worüber, mein Junge, dass Gott meine Gebete erhört hat? Nein, ich bin nur einfach unsagbar glücklich."

Sie zog die Glocke und bat den Butler: „Champagner bitte." Und dann wollte sie alles ganz genau wissen.

Vom ersten Treffen bis zu diesem Augenblick erzählten sie abwechselnd, verbesserten sich, fügten hinzu, winkten ab und ließen keinen Augenblick aus.

Als der Butler mitteilte, dass das Essen angerichtet sei, gingen sie nach nebenan in den Speisesaal, und erst als sie sich setzten und der vierte Stuhl frei blieb, sagte Jens: „Wir haben noch ein Problem, Mutter."

„Nein, mein Junge", Irmgard schüttelte den Kopf, „wir haben kein Problem. In zwei Tagen kommt dein Vater zurück, und in fünf Tagen reise ich gemeinsam mit ihm nach New York. Er will Raddampfer in Amerika bestellen, und wir wollen die Reise auf der *Vivien Hartman* machen, um auszuprobieren, wie es sich auf einem Dampfschiff reist. Auf dieser Reise werde ich ihm von euch berichten. Und ihr könnt sicher sein, er wird euch bei unserer Rückkehr mit Freuden in die Arme schließen."

Es war dunkel, als sie sich vom Tisch erhoben, um im Salon Kaffee zu trinken. Ein Feuer brannte im Kamin, und Irmgard zog sich die Stola enger um die Schultern. „Es ist wirklich Herbst geworden." Sie sah Viktoria an. „Willst du noch nach Hause fahren, oder möchtest du hier bleiben? Du weißt, dein Zimmer ist immer für dich hergerichtet."

Jens sah verblüfft von der einen zur anderen. „Du hast ein Zimmer hier?"

Irmgard nickte. „Schon seit vielen Jahren. Ich habe Viktoria eingeladen, dieses Haus als ihr Haus anzusehen, und dazu gehört doch wenigstens ein Raum, in dem man sein müdes Haupt zur Ruhe betten kann." Sie lächelte. „Schau nicht so ungläubig, Jens. Ich habe nie einen netteren Gast gehabt."

„Gibt es noch mehr Überraschungen?"

Die beiden Frauen sahen sich an, lachten und schüttelten den Kopf.

„Nein, Schluss mit den Heimlichkeiten, es ist alles gesagt." Irmgard war ernst geworden und sah die beiden an. „Und wie geht es nun weiter, privat und beruflich, was habt ihr für Pläne?"

„In den nächsten Tagen werde ich bei Annette und Johannes Stelling um Viktorias Hand anhalten. Die Verlobung geben wir offiziell bekannt, wenn ihr aus Amerika zurück seid." Jens sah Viktoria an. „Ist dir das recht so?", und als sie nickte, fuhr er fort: „Wann und wo wir heiraten, planen wir dann gemeinsam mit dir und Viktorias Mutter."

„Und die Firmen? Werdet ihr fusionieren oder expandieren?"

„Weder noch", diesmal ergriff Viktoria das Wort, „jeder behält seine Firma und seine Eigenständigkeit. Solange mein Vater lebt, muss die Firma selbständig bleiben. Ich habe damals gegen eine Fusion mit der HAPAG gekämpft, um meiner Familie das Handelshaus und die Reederei zu erhalten. Dazu muss und werde ich auch in Zukunft stehen. Ob wir expandieren, wird die Zeit zeigen. Ich habe Ideen, die noch nicht so ausgereift sind, dass ich darüber sprechen möchte. Aber vielleicht sind sie eines Tages der Anfang einer gemeinsamen Basis beider Firmen."

„Du willst nicht einmal andeuten, worum es geht?"

„Ein vager Gedanke, weiter nichts. – Jens, wir sollten vielleicht den Bau einer eigenen Werft ins Auge fassen, einer Werft für Schiffe aus Eisen."

„Aus Eisen?"

„Die Industrie verarbeitet Stahl seit Jahren, weshalb nicht für Schiffsrümpfe? Allein die englische Handelsflotte benötigt etwa 170 000 Bäume pro Jahr für den Schiffbau, da kann man ausrechnen, wann die europäischen Holzvorräte aufgebraucht sind."

Irmgard stand auf und legte ihr den Arm um die Schultern. „Du hast Träume, aber sie könnten wahr werden. Ich kenne dich."

Jens sah zur Uhr hinüber, die auf dem Kaminsims stand. „Wir machen Pläne für die nächsten hundert Jahre, aber nicht für diesen Abend. Viktoria, bleibst du hier, oder willst du nach Hause fahren? Ich müsste dem Kutscher Bescheid sagen, bevor er ins Bett geht."

„Wenn ihr nichts dagegen habt, würde ich gern zurückfahren."

„Gut", Jens rief den Butler und bat ihn, die Kutsche zu bestellen.

Irmgard beobachtete Viktoria, die sich fertig machte. Sie umarmte sie noch einmal und flüsterte ihr ins Ohr: „Du hast mich zum glücklichsten Menschen auf der Welt gemacht."

28

Die Elbversandung zwischen Hamburg und der Flussmündung in die Nordsee war ein fast unlösbares Problem für die Hafenmeisterei. Während Bremen einen Vorhafen an der Außenweser baute und damit eine weltweit geschätzte, problemlose Überseeschifffahrt anbieten konnte, wurden in Hamburg ständig englische Dampfbagger eingesetzt, um die Fahrrinne tief und dauerhaft auszubaggern. Dennoch waren die Hochseeschiffe darauf angewiesen, mit dem höchsten Stand der Flut im Hamburger Hafen ein- und auszulaufen.

So kam es, dass Irmgard und Heinz Brennicke ihre Überseereise wenige Minuten vor Mitternacht an einem trüben und kalten Novembertag antreten mussten.

Die *Vivien Hartman* war ein Schraubendampfer und im englischen Hull, der bekanntesten Werft Europas, gebaut worden. Brennicke hatte eine der zwanzig Kajüten für sich und seine Frau reservieren lassen. Ein Mann wie er reiste selbstverständlich nur erster Klasse.

Die englische Reederei, der die *Vivien Hartman* gehörte, bot ihren Passagieren gediegenen Komfort. Die Kajüteneinrichtungen waren so hübsch und komfortabel, wie man es bei einem Reisepreis von dreihundert Mark pro Person und Überfahrt erwarten durfte. Von den Passagieren in der zweiten Klasse und von den zweihundert Menschen im Zwischendeck sah und hörte man in den Räumlichkeiten der Upperclass, der gehobenen Klasse, nichts. Mit rotem Samt bezogene, goldverzierte Möbel und elegante Ölgemälde schmückten den Salon, es gab eine Bibliothek mit erlesenen Büchern, das Leinenzeug und das Steingutgeschirr waren mit dem Monogramm des Schiffes versehen, und die Betreuung durch die Besatzung war hier musterhaft.

Irmgard, nicht eben eine Befürworterin von Klassenunterschieden, beschloss, diese Reise und die Privilegien dennoch zu genießen. Heinz hatte ihr eine Luxusreise versprochen. Und sie freute sich, so viel Zuwendung und Liebe von ihrem wortkargen, strengen Mann zu erfahren.

Jens hatte die Eltern zum Schiff begleitet und die Unterbringung ihres Gepäcks beaufsichtigt. Ein scheußliches Wetter für eine Nordatlantiktour, dachte er und winkte im schwachen Licht einiger Gaslaternen den Eltern zu. Dann legte das Schiff ab und verschwand in der Dunkelheit. Jens rechnete aus, dass seine Eltern in 25 Tagen in New York sein würden. Das war etwa die Hälfte der Reisezeit eines Segelschiffes. Mit dem Aufenthalt in Amerika würden sie mindestens drei Monate unterwegs sein. Eine Zeit, die er und Viktoria abwarten mussten, bevor sie ihre Verlobung bekannt geben konnten.

Er ging zurück zur Kutsche und ließ sich nach Hause fahren. Er dachte noch ein Weilchen an seine Eltern, denn zu viele Unwegsamkeiten waren noch immer mit diesen Transatlantiküberquerungen verbunden. Dass sein Vater den November für diese Reise ausgesucht hatte, gefiel ihm gar nicht. Irgendwie hatte er ein ungutes Gefühl, aber er wusste keinen Grund. Dann dachte er an Viktoria und die Begegnung mit ihren Eltern. Er hatte sich höflich und mit einem dezenten, aber geschmackvollen Gardenienstrauß bei der Dame des Hauses vorgestellt, dem Vater im Rollstuhl seine Aufwartung gemacht und schließlich beide Eltern um die Hand von Viktoria gebeten. Dass Annette von dem Gedanken entzückt war, sah er sofort, mit dem Vater zu sprechen war schwieriger. Er musste versichern, dass der Fortbestand und die Eigenständigkeit der Firma Stelling gesichert waren und erhalten blieben und dass seine Eltern die Einwilligung zu der Verbindung gegeben hatten. Hier hatten Viktoria und er vereinbart, etwas zu mogeln, und so versicherte er, dass alles zum Besten geregelt sei. Erst danach ergriff Johannes Stelling seine Hand, drückte sie und nickte. „Ja, ich bin einverstanden", formulierte er mühsam und winkte Viktoria herbei, um ihre Hand mit der seinen zu vereinen. Es war ein rührender Augenblick, dachte Jens und fühlte ihre Hände wieder in den Händen des alten, kranken Mannes zusammengefügt. Annette hatte ein bisschen geweint, Viktoria den Vater herzlich geküsst, und er hatte tief Luft geholt, denn ganz sicher war er nicht gewesen, ob der alte Mann seine Zustimmung geben würde.

In der Villa angekommen, trat Jens hinaus auf die Terrasse und sah hinunter auf den träge dahinfließenden dunklen Strom. Mehrere Schiffe zogen vorbei. Sie hatten die Sturmlaternen und die Positionslichter an. Die *Vivien Hartman* ist wohl schon vorbei, dachte er müde, ging hinein und verschloss die Türen. Das bedrückende Gefühl blieb.

VIER Wochen später traf die furchtbare Nachricht in Hamburg ein. Die *Vivien Hartman* war vor der Küste Neuenglands gesunken. Im Zwischendeck war ein Feuer ausgebrochen, hatte sich blitzschnell ausgebreitet und das gesamte Schiff erfasst. Bevor auch nur eines der zehn Rettungsboote zu Wasser gelassen werden konnte, war der Dampfkessel explodiert und hatte das Schiff in zwei Teile zerrissen.

Das Feuer war durch das „Ausräuchern" entstanden: Schiffe, die Auswanderer mit sich führten, mussten vor dem Anlegen in einem amerikanischen Hafen desinfiziert werden. Das machte die Besatzung, indem sie gegen Ende der Reise im voll besetzten Zwischendeck eine glühende Kette in ein Teerfass tauchte. Der dadurch entstehende Qualm überlagerte den Gestank im Auswandererdeck und vernichtete das Ungeziefer.

Auf der *Vivien Hartman* endete diese Routine in einer Katastrophe. Ein kleiner Funken entfesselte in Minutenschnelle ein riesiges Feuer auf dem gesamten Schiff.

Als Viktoria davon hörte, stürzte sie aus dem Büro, ließ einspannen und raste im gestreckten Galopp durch die Straßen zum Kontorhaus Brennicke. Sie sprang aus dem noch rollenden Wagen, überließ dem Stallknecht das erregte Pferd und rannte die Treppen zum Büro der Geschäftsleitung hinauf. Bereits auf den Fluren spürte sie, dass man hier noch nichts von dem Unglück gehört hatte. Sie lief in das Vorzimmer und, ohne auf die empörten Rufe der Sekretärin zu achten, in das Büro von Jens. Atemlos blieb sie vor seinem Schreibtisch stehen und rang um Worte.

Er war aufgesprungen und nahm sie in die Arme: „Was ist passiert, Viktoria, mein Gott, was hast du denn?"

„Ich –", sie brach in Tränen aus. „Ich habe etwas Furchtbares gehört. Ich – kann das einfach nicht glauben, ich –"

Er hielt sie ganz fest. „Was ist denn los, meine Kleine, beruhige dich."

„Jens, ich muss dir etwas Schreckliches sagen. Im Hafen wird erzählt, die – die *Vivien Hartman* ist – gesunken. Vor Neuengland ist das Schiff verbrannt."

„Was? Woher weißt du das?"

„Der Hafenmeister ist ein alter Freund von mir, er hat einen Boten geschickt."

„Oh mein Gott!" Alle Farbe war aus Jens' Gesicht gewichen. „Komm, lass uns zum Hafen fahren. Ich will es direkt von ihm hören." Sie hasteten hinunter auf den Hof, wo der Knecht noch immer das Pferd beruhigte. Jens half Viktoria in die kleine Kutsche und nahm die Zügel. In wildem Tempo ging es zum Hof der Hafenmeisterei. Aber als sie hielten, sah Jens bereits, dass Viktoria Recht hatte. Überall standen Gruppen von Arbeitern zusammen und diskutierten. Als sie Jens und Viktoria erkannten, machten sie bereitwillig Platz, die Besitzer der großen Handelshäuser Brennicke und Stelling waren überall bekannt, und die meisten der Arbeiter verdankten ihnen ihr tägliches Brot. Ein paar Männer nahmen sogar die Mützen ab.

Der Hafenmeister kam ihnen entgegen. Tieftraurig sagte er: „Ich dachte, Herr Brennicke, es ist besser, Sie erfahren es aus dem Mund einer engen Vertrauten als aus den Polizeiberichten oder aus der Zeitung."

„Danke. Wic viele Menschen sind umgekommen?"

„Mehr als dreihundert, die meisten waren Auswanderer. Elf Männer konnten sich retten. Sie haben auf Deck gearbeitet, als das Feuer ausbrach, sind ins Meer gesprungen und haben sich an Holzplanken geklammert. Sie wurden von einem Fischkutter gerettet, der den Rauch am Horizont sah. Er brachte sie an Land, und sie haben die Katastrophe im nächsten Hafenamt gemeldet."

„Dann gibt es überhaupt keinen Zweifel?"

„Leider nein, Herr Brennicke."

Viktoria brachte Jens zurück an die Elbchaussee und begleitete ihn in den Salon seiner Mutter. Er nahm zwei kleine Porträts vom Kaminsims und stellte sie vor sich auf den Tisch: das Bild seiner wunderschönen Mutter und das Bild seines herrischen Vaters. Dann setzte er sich hin, legte den Kopf auf die verschränkten Arme und weinte.

Viktoria strich ihm behutsam über das Haar und sagte: „Wenn du mich brauchst, Jens, ich bin oben in dem Zimmer, das ich früher bewohnt habe." Dann ging sie hinaus und sagte dem Butler, der verwirrt und besorgt in der Halle stand: „Stören Sie ihn nicht, und sagen Sie dem Personal Bescheid. Er trauert um seine Eltern. Sie sind tot." Danach ging sie in ihr altes Zimmer.

Milchig grau zog der Morgen herauf. Große, nasse Schneeflocken wirbelten vor dem Fenster. Viktoria stand auf und zog sich an. Da sie nichts zum Wechseln hatte, mussten die Kleidungsstücke vom Vortag genügen. Langsam ging sie nach unten. Jens saß, wie sie ihn verlassen hatte, am Tisch, den Kopf auf die verschränkten Arme gelegt und die Bilder vor sich. Ruhig legte sie ihm die Hand auf die Schulter und sagte: „Komm jetzt, mein Lieber, ein neuer Tag ist angebrochen und ein neuer Lebensabschnitt, und du musst dich ihm nun stellen."

Er drehte sich zu ihr um, umfing mit beiden Armen ihren Körper und presste sein Gesicht in ihren Schoß. „Wenn du mir hilfst, wird alles gut.

Zusammen werden wir das schaffen, aber du darfst mich nie mehr allein lassen.“ Sie strich ihm übers Haar und wiederholte: „Nie mehr, ich schwöre es.“ Er stand auf, nahm sie in die Arme und küsste sie leidenschaftlich und mit kleinen, versteckten Schluchzern, die sich nicht zurückhalten ließen. „Ich werde mich umziehen, und dann beraten wir die nächsten Schritte.“ Und während er hinauf in sein Zimmer ging, bestellte sie in der Küche das Frühstück.

Viktoria sah aus dem Fenster und beobachtete die tanzenden Flocken, die den Garten langsam mit einem weißen Schleier überzogen. In drei Tagen ist Weihnachten, dachte sie betrübt, was für ein trauriges Fest. Dann kam Jens herunter.

Als sie die Mahlzeit beendet hatten, setzten sie sich in die Sessel neben dem Kamin, und Jens begann zu reden. „Ich habe in dieser Nacht nicht nur getrauert, Viktoria, ich habe auch gedankt für die wundervollen Jahre, die ich mit meinen Eltern hatte, und ich habe überlegt, wie es nun mit uns beiden weitergehen soll.“ Er beugte sich vor und nahm ihre Hände in die seinen. „Ich möchte nie mehr ohne dich sein, Viktoria, ab hier und heute wollen wir zusammenbleiben. Ich weiß natürlich, dass das gegen alle Regeln verstößt und gegen jedes korrekte Verhalten. Ich weiß aber auch, dass wir stark genug sind, damit fertig zu werden. Wärst du einverstanden, mich sofort und ohne jeden Aufwand zu heiraten?“

Sie sah ihn an, und in ihren Augen konnte er die Antwort lesen, bevor sie laut und deutlich Ja sagte. Er nahm sie in die Arme und erklärte: „Du kennst doch die Familie meiner Mutter in Glückstadt. Sie müssen von dem Unglück erfahren. Ich dachte, wir verbinden die Reise mit unserer Hochzeit und heiraten in aller Stille dort im Kreise dieser Familie.“

„Meine Mutter wird entsetzt sein.“

„Sie muss es nicht erfahren. Wir sprechen mit ihr, wenn alles vorbei ist, und irgendwann, vielleicht im Sommer, kann sie dann ein großes Fest für uns ausrichten.“

„Ja, das wäre möglich.“

„Gut, dann an die Arbeit.“

„Ich brauche Kleidung, ich muss mich umziehen, ich möchte Trauer tragen.“

„Ich weiß. Der Kutscher bringt dich nach Hause und wartet, bis du gepackt hast. Und bitte, bring deine Papiere für die Hochzeit mit. Willst du in deinem Büro Bescheid sagen?“

„Ich bitte deinen Kutscher, mich kurz zum Dovenfleet zu bringen.“

Im Haus am Mittelweg erzählte Viktoria den Eltern von der Schiffskatastrophe und von der Reise nach Glückstadt, um die Angehörigen von Irmgard Brennicke zu benachrichtigen. Die Eltern waren entsetzt, verstanden aber, dass ihre Tochter den geliebten Mann begleiten wollte.

Im Kontorhaus gab Viktoria einige Anweisungen für die kommenden Tage und war gegen Mittag wieder an der Elbchaussee. Jens war fertig für die Abreise, eine geschlossene Kutsche stand bereit, und ihr Koffer wurde zu dem anderen Gepäck hinten auf den Halter geschnallt. Jens hatte die robusten Friesen einspannen und genügend Decken für Viktoria bereitlegen lassen. Auf dem Boden lagen heiße Steine zum Wärmen der Füße, und ein Korb mit Lebensmitteln und heißen Getränken stand bereit. Es war Mitternacht, als sie das Haus am Glückstädter Markt erreichten.

Viktoria war steif vor Kälte und durchgeschüttelt bis auf die Knochen. Aber sie ließ sich nichts anmerken, stieg vorsichtig aus und begrüßte die Familie Handemitt, die, Böses ahnend, zusammengelaufen war und in der Halle die späten Gäste erwartete. Den General und die jüngsten Kinder hatte man nicht geweckt. Jens bat sie in den Salon und berichtete mit tränenerstickter Stimme von der Schiffskatastrophe im Nordatlantik. Zutiefst bestürzt und weinend nahmen sie einander in die Arme. Ein schwerer Tag kam auf sie zu, wenn sie dem alten Vater vom Tod seiner einzigen Tochter berichten mussten. Schließlich baten sie Viktoria, am nächsten Morgen mit ihm zu sprechen. Sie wussten, dass sie ein besonders inniges Verhältnis zu dem alten Mann hatte, und hofften, sie könnte die rechten Worte finden.

Viktoria nickte erschöpft. Sie hatte während der ganzen Reise befürchtet, dass diese Aufgabe auf sie zukommen könnte.

Am nächsten Tag wartete Viktoria, bis ihr der Pfleger versicherte, dass der General die Morgentoilette beendet hatte. Dann klopfte sie, und auf sein leises „Herein“ betrat sie das wohl bekannte Zimmer. Als er sie erkannte, leuchteten seine Augen in großer Freude auf. „Ich habe schon so lange auf dich gewartet, Kindchen. Komm her, meine Liebe, und sag Guten Morgen, wie ich das von dir gewohnt bin.“

Gerührt von der Freundlichkeit, ging sie zu dem alten Herrn, der wie immer am Fenster saß und das frühe Treiben auf dem Marktplatz beobachtete. Sie beugte sich zu ihm und küsste ihn behutsam auf die Wange. Er sah so zerbrechlich aus mit seinen beinahe hundert Jahren, dass sie kaum wagte, ihn zu berühren.

„Was treibt dich her, mein Liebes, komm, erzähle mir von dir, ich möchte alles, aber auch alles wissen.“

Viktoria holte tief Luft, setzte sich zu ihm, nahm seine Hand und sah ihn traurig an. „Lieber General, ich bringe eine traurige Nachricht. Wir haben gestern erfahren, dass das Schiff, mit dem Ihre Tochter und Ihr Schwiegersohn auf Reisen waren, untergegangen ist.“

Er zuckte kaum merklich zusammen, dann hob er ihre Hand und legte sie an seine Wange, und sie fühlte, wie Tränen an ihr hinunterliefen. „Ist es wirklich wahr? Gibt es keinen Zweifel?“, flüsterte er.

Sie schüttelte stumm den Kopf, sie war nicht fähig, noch etwas zu sagen.

„Dann möchte ich jetzt bitte etwas allein sein.“

Viktoria stand auf, drückte ihm einen Kuss auf die feuchte Wange und ging nach draußen. In der Halle war die ganze Familie versammelt. Sie ging zu Jens, der sie in die Arme nahm, und sagte: „Er weiß es jetzt, er möchte etwas allein sein.“

Zwei Tage später war Weihnachten. Der General sagte sehr energisch: „Wir feiern Weihnachten wie in jedem Jahr. Die Kinder sollen nicht unter unserer Trauer leiden. Wir feiern, wie Irmgard das gewollt hätte, mit Tannenbaum und Weihnachtsliedern, mit Süßigkeiten und Geschenken.“

Viktoria Stelling und Jens Brennicke heirateten am letzten Tag des Jahres 1850. Es wurde ein bewegender Gottesdienst mit einer Gedenkfeier für die beiden Toten und einem bescheidenen Fest für die Brautleute. Die Kirche war bis auf den letzten Platz gefüllt, denn die Tragödie im Hause Handemitt bewegte die ganze Stadt, und alle wollten Abschied nehmen von einer sehr beliebten Frau, die fern der Heimat auf so grauenvolle Weise gestorben war. Alle wollten aber auch dabei sein, wenn der Sohn dieser Frau vor den Traualtar trat. Und viele kannten die Braut, die fünf Jahre zuvor ein gern gesehener Gast in der kleinen Stadt an der Elbe gewesen war.

Viktoria, ganz in Schwarz, trug als einzigen Schmuck einen kleinen Strauß Christrosen, den sie nach der Hochzeitszeremonie mit einem tiefen Knicks vor den Bildern der Toten niederlegte.

Im Hause Handemitt nahm man im Familienkreis ein kleines Abendessen zu sich, und dann zogen sich alle zurück.

Als Jens und Viktoria schließlich allein im Salon zurückblieben, jeder mit einem Glas Champagner in der Hand, sah Jens sie liebevoll an: „Wir wollen auf unser gemeinsames Leben, auf eine glückliche Zukunft und auf das neue Jahr trinken, Viktoria. Mögen uns Gottes Schutz und sein Segen zuteil werden.“ Er nahm sie in die Arme und flüsterte: „Ich liebe dich mehr als mein Leben. Ich brauche dich, ich will nie mehr ohne dich sein.“ Dann küsste er sie behutsam, um sie nicht mit seinem Verlangen zu erschrecken.

Sie würden diese Nacht nicht zusammen verbringen. Es war ein fremdes Haus, ein Haus voller Menschen, die Tür an Tür mit ihnen schliefen. Sie wollten diese erste gemeinsame Nacht allein für sich haben und das in der vertrauten Umgebung seines Elternhauses.

Jens begleitete sie nach oben. Als er ihr eine gute Nacht wünschte, sah sie ihn zärtlich an. Sie war glücklich, frei von allen Fragen und Zweifeln. Sie legte ihre Arme um seinen Hals, sah ihm in die Augen, und dann küsste sie ihn, voller Glück, voller Verlangen, voller Ungeduld – so lange schon hatte sie sich nach ihm gesehnt – und ging in ihr Zimmer.

Noch bevor die erste Morgendämmerung anbrach, hatten Jens und Viktoria ihr Frühstück beendet und standen abreisebereit in der Halle. Der Kutscher verstaute ihre Koffer, die Familienmitglieder, noch müde und in Morgenmäntel gehüllt, kamen herunter, um sich zu verabschieden. Von guten Wünschen und ein paar Tränen begleitet, bestiegen sie die Kutsche und fuhren ab.

Schnee und Regen hatten aufgehört, und der Tag schien klar und kalt zu werden. Als sie Elmshorn erreichten, ging im Osten die Sonne auf. In Wedel kamen sie wieder an die Elbe. Jens legte seinen Arm um Viktoria. Ohne ein Wort zu wechseln, sahen sie hinüber zum Fluss, der breit und behäbig dem Meer entgegenströmte. Dreimastsegler, schnittige Briggs, kleine Schoner, Fischkutter und schwere Frachter zogen durch die Fluten. Die einen kamen, die anderen liefen aus. Viktoria lehnte gedankenverloren, aber voller Zuversicht ihren Kopf an die Schulter ihres Mannes und dachte: Wohin treiben wir?

CHRISTA KANITZ

Foto: Privat

„Heute sehe ich Hamburg mit ganz anderen Augen."

Auch wenn Christa Kanitz bereits in Rente ist – das Schreiben lässt sie nicht los. Schon als sie noch für den Südwestrundfunk und die *Lübecker Nachrichten* arbeitete, hatte es ihr die Unterhaltungsliteratur angetan. Schließlich spezialisierte sie sich auf historische Romane, denn diese verlangen die Kombination von Fantasie und gründlicher Recherche – eine Arbeit, für die die ehemalige Journalistin prädestiniert ist.

Dies gilt auch für *Die Stellings*. Ihre Recherchen für den Roman führten Christa Kanitz in Archive, ließen sie in alten Büchern die Geschichte der Stadt Hamburg studieren und sich historische Gebäude genauer anschauen. Die Autorin, die in Brandenburg geboren wurde und lange im Ausland lebte, hat die Hansestadt zu ihrer Wahlheimat gemacht. Inzwischen kennt sie sich im Stadtteil Harvestehude, in dem Teile des Romans spielen, bestens aus. Auch die Hanseaten selbst haben es ihr angetan. Sie sind „konservativ, traditionsbewusst und eng miteinander verbandelt".

Christa Kanitz lässt ihren Roman, der auf wahren Ereignissen beruht, mit dem Hamburger Brand von 1842 beginnen, der in der Hamburger Geschichte als der große Brand bezeichnet wird. Historisch korrekt lässt sie ihn von der Deichstraße im Nikolaifleet ausgehen. Drei Tage lang, vom 5. bis 8. Mai, wütete das Feuer. Mehr als ein Viertel des damaligen Stadtgebietes wurde zerstört. Auch die Feuerkasse, die die Stellings für den Verlust entschädigt, gab es: Um alle Hausbesitzer zu bezahlen, musste sie Darlehen aufnehmen, die erst vierzig Jahre später getilgt waren.

Der fremde Gast
Charlotte Link

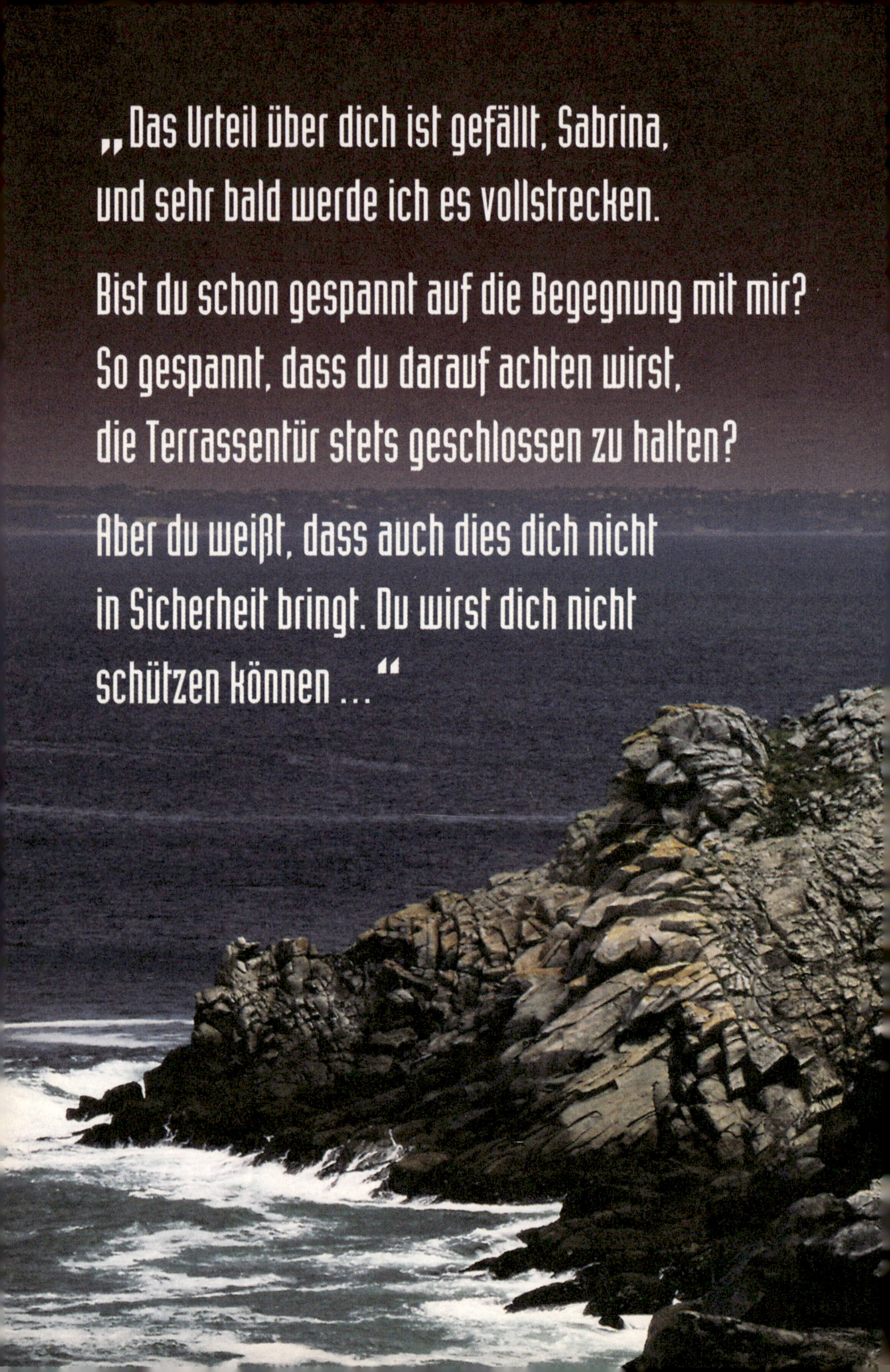
„Das Urteil über dich ist gefällt, Sabrina,
und sehr bald werde ich es vollstrecken.
Bist du schon gespannt auf die Begegnung mit mir?
So gespannt, dass du darauf achten wirst,
die Terrassentür stets geschlossen zu halten?
Aber du weißt, dass auch dies dich nicht
in Sicherheit bringt. Du wirst dich nicht
schützen können …“

Prolog

Anonymer Brief an Sabrina Baldini

Der Mai ist gekommen … Wie schön dein Garten doch grünt und blüht, Sabrina! Ich habe dich gestern Abend gesehen, als du noch draußen gesessen hast. Wo war dein Mann? Er ist wenig daheim bei dir, stimmt's? Weiß er eigentlich, dass du keineswegs die treue Gattin bist, die er in dir sieht?

Später bist du ins Haus gegangen, aber du hast die Terrassentür offen gelassen. Wie unvorsichtig von dir, Sabrina! Hast du nie gehört, dass das gefährlich sein kann? Die Welt ist voller böser Menschen … voller rachsüchtiger Menschen. Man kann sie nur dann ertragen, wenn man an eine ausgleichende Gerechtigkeit glaubt. Manchmal lässt die Gerechtigkeit zu lange auf sich warten, dann muss man ihr auf die Sprünge helfen.

Du verstehst, dass du den Tod verdient hast, Sabrina, nicht wahr? Es hätte dir klar sein müssen seit jenen lang vergangenen Tagen, da du so furchtbar versagt hast. Man nennt das unterlassene Hilfeleistung, was du da getan hast. Oder besser: nicht getan hast. Du warst so engagiert in deinem Einsatz für andere. Aber nur, solange du dir keinen Ärger einhandeln musstest. Es ist so bequem wegzuschauen!

Aber man muss bezahlen. Irgendwann. Immer. Sicher hast du gehofft, dieser Kelch geht an dir vorüber, nicht wahr, Sabrina? So viele Jahre … Da verblassen die Erinnerungen, und langsam hast du dir gedacht, dass du davongekommen bist.

Hast du das wirklich geglaubt?

Der Zeitpunkt ist jetzt gekommen. Das Urteil über dich ist gefällt, und sehr bald werde ich es vollstrecken. An dir und an Rebecca. Sie trägt genauso viel Schuld wie du.

Bist du schon gespannt auf die Begegnung mit mir, Sabrina? So gespannt, dass du abends nicht mehr lange in deinem schönen Garten sitzen wirst? Dass du darauf achten wirst, die Terrassentür stets geschlossen zu halten? Dass du dich vorsichtig nach rechts und links umschauen wirst, wenn du dein Haus verlässt? Aber du weißt, dass auch dies dich nicht in Sicherheit bringt, nicht wahr? Du wirst dich nicht schützen können.

Ich bin bei dir!

Sonntag, 18. Juli

Sie träumte, ein kleiner Junge habe an ihrer Haustür geklingelt. Sie wimmelte ihn ab, so wie sie jeden abwimmelte, der ungebeten vor ihr stand und irgendetwas von ihr haben wollte. Dieses überfallartige Betteln war ihr schon immer ein Dorn im Auge gewesen. Meist ging es um einen guten Zweck, natürlich, aber wer wusste schon, ob diese Leute immer ehrlich waren? Und auch wenn sie mit irgendwelchen Ausweisen herumfuchtelten, so war es doch einfach unmöglich, so schnell zu erkennen, ob es sich nicht um eine Fälschung handelte. Vor allem, wenn man 67 Jahre alt war und zunehmend Probleme mit den Augen hatte.

Kaum dass sie die Tür geschlossen hatte, klingelte es erneut.

Sie setzte sich ruckartig im Bett auf, verwirrt, weil das Klingeln aus dem Traum sie diesmal tatsächlich aus dem Schlaf gerissen hatte. Das Bild des Jungen hatte sie noch immer vor Augen: ein spitzes, blasses, fast durchsichtiges Gesicht mit riesigen Augen. Er bat nicht um Geld, er bat um Essen.

„Ich habe solchen Hunger“, hatte er gesagt, leise und doch fast anklagend. Sie hatte die Tür zugeworfen, entsetzt, erschrocken, konfrontiert mit einem Aspekt der Welt, den sie nicht sehen wollte.

Es war sehr dunkel, aber durch die Ritzen des Rollladens drang ein wenig Licht von den Straßenlaternen herein. Sie konnte ihren schlafenden Mann neben sich sehen. Wie immer lag er völlig bewegungslos.

Ihr Herz klopfte hart und schnell. Ein Blick zur elektronischen Uhr, deren Zahlen hellgrün leuchteten, sagte ihr, dass es fast zwei Uhr in der Nacht war.

Ein bedrückender Traum, sagte sie sich, nichts weiter. Du kannst ruhig wieder einschlafen. Sie legte sich in ihr Kissen zurück, und in diesem Moment klingelte es erneut, und sie begriff, dass es kein Traum gewesen war.

Jemand klingelte um zwei Uhr nachts an ihrer Haustür.

Sie setzte sich erneut auf und hörte ihren eigenen hektischen Atem in der beklemmenden Stille, die auf das schrille Klingeln folgte.

Es konnte nichts Gutes bedeuten.

Sie knipste das Licht an und beugte sich über ihren tief schlafenden Mann. Der konnte überhaupt nichts hören, da er die Ohren mit Ohropax zugestöpselt hatte. Fred war so empfindlich mit Geräuschen, ihn störte schon das Wispern des Windes in den Bäumen vor dem Schlafzimmerfenster. Er erwachte davon, und das war das Schlimmste für ihn. Aufwachen zu müssen, wenn er eigentlich beschlossen hatte zu schlafen. Es stürzte ihn in namenlose Wut.

Sie zögerte daher, ihn zu wecken. Sie war jetzt seit 43 Jahren mit diesem Mann verheiratet, und ihr Leben mit ihm hatte überwiegend aus Momenten dieser Art bestanden: zerrissen zwischen zwei Möglichkeiten, nervös abwägend, welches der richtige Weg sein mochte, oberstes Anliegen dabei stets, seine Wut nicht herauszufordern. Es war, weiß Gott, kein einfaches Leben mit ihm.

Es klingelte ein drittes Mal, länger anhaltend diesmal, fordernder, drängender.

Sie rüttelte an Freds Schulter.

Er wälzte sich unwillig knurrend zur Seite, dann war er urplötzlich hellwach und saß nun auch aufrecht im Bett. Er starrte seine Frau an und zog sich widerwillig seine Stöpsel aus den Ohren. „Was ist los, Greta? Wie kommst du dazu, mich zu wecken?“

„Es klingelt an der Tür. Jetzt schon dreimal.“

Er starrte sie immer noch an, als sei sie nicht ganz normal. „Wie? Es klingelt an der Tür? Um diese Zeit? Du hast geträumt. Und wegen eines dämlichen Traumes meinst du, mich wecken zu müssen?“ Seine Augen blitzten sie böse an. Seine weißen Haare standen in alle Richtungen vom Kopf ab.

Ein schlecht gelaunter, mürrischer, alter Mann, dachte sie. Vielleicht lebe ich noch zwanzig Jahre. Wenn er nicht vor mir stirbt, dann habe ich am Ende 63 Jahre mit ihm gelebt. 63 Jahre! Der Gedanke stimmte sie traurig.

Genau in diesem Moment klingelte es erneut an der Tür.

„Siehst du!“ Es klang fast triumphierend. „Es ist jemand an der Tür!“

„Tatsache“, sagte Fred perplex. „Es ist … es ist zwei Uhr in der Nacht!“

„Ich weiß. Aber ein Einbrecher …“

„… würde kaum klingeln. Obwohl es theoretisch seine einzige Chance wäre, bei uns ins Haus zu gelangen.“

Das stimmte. Fred hatte viel Mühe und Zeit darauf verwandt, das Haus in eine Festung zu verwandeln, damals, vier Jahre zuvor, als sie es gekauft hatten und eingezogen waren. Ihren Altersruhesitz, wie er es nannte. Ruhiges Münchener Randgebiet, ein eher wohlhabendes Viertel.

„Vielleicht sollten wir das Läuten einfach ignorieren."

„Jemanden ignorieren, der uns mutwillig aus dem Schlaf reißt?" Fred schwang beide Beine über den Bettrand. „Ich werde die Polizei anrufen."

„Aber das kannst du doch nicht machen! Vielleicht ist es ein Nachbar, der Hilfe braucht. Oder es ist …" Sie sprach nicht weiter.

Fred wusste, wen sie meinte. „Warum sollte er zu uns kommen, wenn etwas ist? Er hat sich seit Ewigkeiten nicht blicken lassen."

„Trotzdem. Wir sollten …" Sie war im Grunde völlig ratlos und überfordert. Warum, dachte sie, habe ich immer diese Angst, in Freds Gegenwart auch nur seinen Namen zu nennen?

Fred war das Hin und Her nun leid. „Ich werde jetzt einmal nachsehen", sagte er entschlossen und verließ das Zimmer.

Sie hörte seine Schritte auf der Treppe. Dann vernahm sie seine Stimme unten im Hausflur. „Hallo? Wer ist denn da?"

Später – als sie schon gar nicht mehr die Möglichkeit hatte, sich mit Fred darüber auszutauschen, und als sie bereits begriff, dass es keine zwanzig Jahre mehr sein würden, die sie zu leben hatte, sondern nur noch Stunden, fragte sie sich, welche Antwort ihr Mann von der anderen Seite der Tür bekommen hatte, dass er sie so schnell und bereitwillig geöffnet hatte. Sie hörte, dass die verschiedenen Sicherheitsriegel gelöst wurden. Dann vernahm sie einen dumpfen Schlag, der ihren ganzen Körper in Alarmbereitschaft versetzte. „Fred?", rief sie angstvoll.

Irgendetwas unten im Haus fiel polternd zu Boden. Dann hörte sie Freds Stimme. „Ruf die Polizei! Ruf sofort die Polizei! Schnell! Beeil dich!"

Es war der falsche Rat. Es gab im ersten Stock des Hauses kein Telefon. Sie hätte es schaffen können, ihre Zimmertür zu erreichen, sie zu verriegeln, und dann hätte sie das Fenster öffnen und um Hilfe schreien können. Hätte er sie nur angewiesen, dies zu tun … Oder wenn sie von selbst darauf gekommen wäre … So aber sprang sie kopflos aus dem Bett, schlüpfte, am ganzen Körper wie Espenlaub zitternd, in ihren Morgenmantel und eilte ins Treppenhaus. Gehorsame Ehefrau bis zuletzt. Polizei rufen, hatte er gesagt. Das Telefon befand sich im Wohnzimmer. Fred besaß zwar zudem ein Handy, aber wo das herumlag, das wusste sie erst recht nicht.

Erst auf der Treppe ging ihr auf, dass sie einen verhängnisvollen Fehler begangen hatte. Aber da war es bereits zu spät.

Dienstag, 20. Juli

Um halb fünf am Morgen gab Karen es auf, noch etwas Schlaf finden zu wollen, und sie entschied, dass es besser sei, aufzustehen und etwas Sinnvolles zu tun, als sich noch länger im Bett herumzuwälzen und schließlich vollends gerädert zu sein.

Aber was ist schon sinnvoll, dachte sie, was in meinem Leben ist schon sinnvoll?

Wolf, ihr Mann, schlief noch, er hatte nichts von der Schlaflosigkeit seiner Frau mitbekommen. Das war auch gut so, denn er hätte entweder mit Spott oder mit Vorhaltungen darauf reagiert, und beides hätte Karen – wieder einmal – in Tränen ausbrechen lassen.

Sie schlüpfte in Jeans und T-Shirt, zog ihre Turnschuhe an und schlich aus dem Schlafzimmer. In einem Buch hatte sie gelesen, dass Bewegung an der frischen Luft bei Depressionen hilfreich sein sollte.

Aus den Kinderzimmern klang kein Laut. Offensichtlich war es ihr geglückt, niemanden von der Familie aufzuwecken.

Als sie die Treppe hinunterkam, stand Kenzo, der Boxer, schon unten in der Diele und wedelte heftig mit seinem kurzen Schwanz. Obwohl er im Wohnzimmer geschlafen hatte, war es ihm natürlich nicht entgangen, dass Frauchen aufgestanden war und sich angezogen hatte. Auch interpretierte er ihre Turnschuhe sofort richtig: Das sah ganz nach einem frühmorgendlichen Spaziergang aus. Begeistert vollführte er ein paar Luftsprünge, lief zur Haustür und schaute Karen erwartungsvoll an.

„Ich komme ja schon“, flüsterte sie ihm zu und griff nach Halsband und Leine, „aber sei schön leise!“

Der Hochsommermorgen war schon recht hell, die Luft noch kühl, aber auf eine angenehme, erfrischende Weise. Der Tag würde sonnig und heiß werden. Tau glitzerte auf dem Gras. Karen atmete tief die reine Luft ein.

Wie friedlich es ist, dachte sie. Wie still.

Sie beschloss, zum Wald hinüberzulaufen. Noch durch ein paar Straßen der Siedlung hindurch, schon wäre sie da. Die Nähe zum Wald war – im Hinblick auf den Hund – einer der Gründe gewesen, weshalb sie und Wolf sich für das Haus in der Münchener Stadtrandsiedlung entschieden hatten.

Seitdem sie in das neue Haus eingezogen waren, ging es Karen schlechter. Sie hatte schon vorher unter allen möglichen Problemen und Sorgen gelitten, wobei sie nie genau hatte definieren können, welcher Art ihre Schwierigkeiten waren. Sie und Wolf kannten einander seit 15 Jahren, waren seit elf Jahren verheiratet und hatten zwei gesunde, hübsche Kinder. Bis auf die normalen Querelen war zwischen ihnen weitgehend alles in Ordnung. Vielleicht hatten sie ein bisschen wenig voneinander, denn Wolf machte Karriere bei der Bank und war selten zu Hause. Karen hatte ihren Beruf als Zahnarzthelferin aufgegeben, als das zweite Kind kam, und es war ihnen beiden als vernünftige Lösung erschienen.

Das schöne, neue Haus hatten sie seit drei Monaten, und bei ihrem Rätselraten um die Ursache ihrer wachsenden Schwermut kam ihr dann und wann der Gedanke, dass sie den Umzug vielleicht nicht verkraftete, die neue Umgebung, die neuen Nachbarn. Eindeutig waren ihre Symptome deutlicher geworden. Die Schlaflosigkeit war quälender geworden und logischerweise auch ihre Müdigkeit. Die Stunden des Tages dehnten sich in unendlicher Leere, und oft war sie nicht in der Lage, die dahintickenden Minuten mit Sinnvollem zu füllen, obwohl es genug zu tun gegeben hätte.

War sie einsam? War sie inmitten der vierköpfigen Familie so einsam, dass ihr der Lebensmut langsam, aber unaufhörlich aus der Seele rann?

Eine Woche nach dem Einzug hatte sie sich aufgerafft und die Nachbarn besucht, in der Hoffnung, hier vielleicht ein paar nette Kontakte herstellen zu können. Die Besuche hatten sie deprimiert: Die alte Dame auf der einen Seite war ziemlich senil und verbittert, sie hatte Karen unwirsch und unfreundlich behandelt. Auf der anderen Seite lebte ein ebenfalls schon recht altes Ehepaar. Karen konnte sich nicht vorstellen, in ein freundschaftliches Verhältnis zu ihnen zu treten. Er prahlte unablässig mit seinen beruflichen Erfolgen aus der Zeit, da er als höchst gefragter Rechtsanwalt sensationelle Erfolge hatte feiern können. Seine Frau sprach fast gar nichts, fixierte Karen jedoch ständig aus den Augenwinkeln.

„Ich finde sie unsympathisch", hatte Karen abends ihrem Mann erklärt. „Ich habe mich richtig unwohl gefühlt."

Wolf lachte, und wie so oft fand Karen, dass seinem Lachen etwas Überhebliches anhaftete. „Du bist aber wirklich schnell in deinen Analysen, Karen. Ich dachte, du warst eine knappe halbe Stunde dort drüben? Und kannst diese wildfremden Menschen bereits so genau einordnen? Hut ab, kann ich da nur sagen!"

Natürlich verspottete er sie, aber warum verletzte sie dies so sehr? Das war doch früher nicht so gewesen. Was hatte sie so empfindlich werden lassen? Oder war sein Spott schärfer geworden?

Karen stellte fest, dass so ein Dauerlauf durch den frühen Morgen viel besser war, als sich im Bett herumzuwälzen, aber leider gelang es ihr nicht, alle unliebsamen Gedanken aus ihrem Kopf zu verbannen. Zum Beispiel wollte sie eigentlich keinesfalls über die Nachbarn nachdenken, und nun hatten gerade diese sich wieder eingeschlichen. Weil sie seit Tagen Probleme wegen ihnen hatte.

Das Problem mit den Nachbarn bestand darin, dass sie sie seit zwei Tagen nicht mehr erreichte. Und dringend erreichen musste, weil sie sie bitten wollte, sich um die Post zu kümmern, während sie mit Wolf und den Kindern für zwei Wochen in die Türkei fliegen würde. Karen hatte bereits organisiert, dass Kenzo bei ihrer Mutter untergebracht würde, und sie fand, es sei wichtig, auch alles andere möglichst frühzeitig festzulegen. Sie hatte am gestrigen und vorgestrigen Tag bei den Nachbarn geklingelt, morgens, mittags und abends, aber nichts hatte sich gerührt. Was ihr seltsam vorkam, war, dass am Sonntag noch gelegentlich die Rollläden vor den Fenstern nach unten, dann wieder vor einigen Fenstern nach oben gezogen waren und trotzdem niemand zu Hause zu sein schien.

„Ich könnte schwören, sie sind daheim“, sagte sie zu Wolf, „aber ich habe sie nicht mehr im Garten gesehen, und niemand öffnet mir.“

Wolf hatte ein wenig gequält dreingeblickt, wie immer, wenn Karen ihn mit Dingen behelligte, von denen er fand, sie solle sie bitte allein lösen. „Dann werden sie eben verreist sein. Das kommt doch vor.“

„Aber die Rollläden …“

„Vermutlich haben sie so ein automatisches Sicherheitssystem. Das steuert die Rollläden von selbst. Damit eben niemand merkt, dass das Haus leer steht“, sagte Wolf genervt. „Lieber Gott, Karen, mach doch nicht so einen Zirkus! Es sind noch über zwei Wochen, bis wir abreisen. Bis dahin tauchen sie schon wieder auf. Außerdem – hat er nicht noch am Samstag mit dir telefoniert?“ Das stimmte. Der Nachbar hatte angerufen und sich beschwert, weil Karen ihren Wagen so ungeschickt vor ihrer Garage geparkt hatte, dass angeblich auch die benachbarte Garage teilweise blockiert war.

Kenzo konnte bereits den Waldweg vor sich sehen und zerrte heftig an der Leine. Karen ließ ihn los, und er trabte fröhlich davon. Wenige Meter bevor er den kleinen Feldweg erreichte, blieb er jedoch stehen und hob sein Bein am hinteren Reifen eines parkenden Autos.

Oh, verflixt, dachte Karen, hoffentlich hat das keiner gesehen! Sie sah sich schuldbewusst um. Kenzo hatte sich natürlich das repräsentativste aller hier abgestellten Autos ausgesucht: einen dunkelblauen, sehr gepflegten

BMW. Und zu Karens Entsetzen öffnete sich plötzlich die Fahrertür, und ein Mann stieg aus. Ein sehr gediegen aussehender Mann in Anzug und Krawatte. Er wirkte ausgesprochen wütend.

„Was, zum Teufel, fällt denn Ihrem Hund ein?“, blaffte er Karen an.

Sie rief Kenzo sofort zu sich und nahm ihn wieder an die Leine. Was macht dieser Mann da nur zu dieser Uhrzeit?, dachte sie unglücklich. Aber im Grunde war das unerheblich. Er war jedenfalls richtig sauer auf sie.

„Es … es tut mir Leid“, stotterte sie. Sie wusste, dass sie wie ein abwechselnd rot und blass werdendes Schulmädchen wirkte und nicht wie eine erwachsene Frau von 35 Jahren. „Er … er hat so etwas noch nie gemacht …“

Der Mann funkelte sie drohend an. „Wenn man seinen Hund nicht in den Griff kriegen kann, sollte man sich Meerschweinchen halten!“ Er trat wütend gegen den misshandelten Reifen, knurrte etwas Unverständliches, stieg wieder in seinen Wagen und knallte die Tür hinter sich zu. Karen fühlte sich von seinen bösen Blicken förmlich durchbohrt, als sie die Straße weiter entlangging, um endlich den Feldweg zu erreichen und hundert Meter weiter im Schutz des Waldes unterzutauchen. Ihre Augen brannten.

Kein Grund zum Weinen, ermahnte sie sich, aber sie wusste, dass sie in wenigen Momenten heulen würde wie ein Schlosshund. Was war nur los mit ihr? Warum heulte sie bei jeder Kleinigkeit? Sie kauerte sich nieder, schlang beide Arme um Kenzo, drückte ihre Nase in sein dunkelbraunes Fell mit dem vertrauten Geruch und weinte. Vergoss wieder einmal Ströme von Tränen und war nur dankbar für den warmen, festen Körper des Hundes, der ihr ein wenig Trost und Halt gab.

Denn Wolf würde wieder bloß die Augen verdrehen, wenn sie nachher verheult beim Frühstück saß. Die Kinder würden betreten zur Seite schauen. Als Ehefrau und Mutter war sie zweifellos dabei, sich zur Katastrophe zu entwickeln.

Mittwoch, 21. Juli

Inga trottete hinter Marius über die brütend heiße Dorfstraße, und nicht zum ersten Mal, seitdem sie mit ihm zusammen – und seit zwei Jahren sogar verheiratet – war, fand sie, dass er rücksichtslos mit ihr umging. Und ebenfalls nicht zum ersten Mal drängte sich ihr die Erkenntnis auf, dass sie mit irgendeiner Ader ihres vernünftigen, bodenständigen Wesens die chaotische Verrücktheit liebte, die typisch für ihn war und der sie es zu verdanken hatte, dass sie immer wieder in Situationen wie der augenblicklichen landete. Er war eben nicht einfach nur rücksichtslos gegen sie, er war im gleichen Maß rücksichtslos gegen sich selbst, und diese Rücksichtslosigkeit entsprang seiner völligen Unfähigkeit, irgendwelche Dinge zu planen, zu durchdenken und Risiken abzuwägen. Und am Ende, dachte sie, schwankend zwischen Wut und Resignation, landet man dann bei fast vierzig Grad im Schatten auf einer staubigen Dorfstraße – ohne Schatten – irgendwo in Südfrankreich.

Sie blieb stehen und wischte sich den Schweiß von der Stirn. Sie trug ein ärmelloses Shirt, das wie ein nasser Lappen an ihr klebte, und zerknitterte Shorts, die sie sich am liebsten vom Leib gerissen hätte, weil ihr darin zu warm war. „Kann ich noch einen Schluck Wasser haben?", fragte sie. Es mochten erst an die zehn Minuten vergangen sein, seitdem sie zuletzt etwas getrunken hatte, aber schon wieder klebte ihre Zunge am ausgedörrten Gaumen, und vor ihren Augen flimmerte es.

Marius drehte sich um. Er schleppte, genau wie Inga, seine Campingausrüstung auf dem Rücken. „Wir haben kaum noch etwas zu trinken", sagte er, „vielleicht sollten wir noch etwas warten."

„Ich muss aber etwas trinken. Ich glaube, ich kann sonst nicht einen Schritt mehr weitergehen!"

Marius ließ den riesigen Rucksack zu Boden gleiten, öffnete eine Seitentasche und holte eine Plastikflasche mit Wasser hervor. Sie war knapp zu einem Viertel voll. Trotzdem griff Inga gierig danach, setzte sie an und hätte ein Vermögen gegeben, sie austrinken zu können. Anständigerweise musste sie natürlich die Hälfte für Marius übrig lassen. Es kostete sie körperliche Überwindung, ihm die Flasche mit dem lauwarmen Inhalt zurückzureichen. „Hier. Für dich."

Marius trank den Rest und pfefferte die leere Flasche auf ein verwildertes Grundstück zu ihrer Rechten. „So", sagte er, „das war's. Jetzt haben wir kein Wasser mehr!"

„Aber irgendwo muss es hier doch einen Laden geben. Die Leute in diesem Scheißkaff kaufen doch auch Lebensmittel ein!" Inga sah sich um. Eine menschenleere Dorfstraße. Häuser rechts und links mit verschlossenen Fensterläden. Totenstille. Natürlich ließ sich bei dieser Hitze um die Mittagszeit niemand draußen blicken.

„Bestimmt gibt es einen Laden", meinte Marius, „aber wahrscheinlich irgendwo mehr im Inneren des Dorfes."

„Ich habe nicht die Kraft, jetzt das Dorf abzulaufen.“ Inga ließ ihren Rucksack von den Schultern gleiten und setzte sich dann darauf. Ihre Beine zitterten leicht. Sie war den Tränen nahe. „Ach, Marius, warum … ich meine, wie konnten wir überhaupt im Juli per Anhalter ans Mittelmeer aufbrechen?“

Im Grunde konnte sie sich ihre Frage ganz einfach selbst beantworten: Weil Marius wieder einmal eine umwerfende Idee gehabt hatte und weil sich – wie meist – am Ende herausgestellt hatte, dass doch nicht alles so einfach lief, wie er geglaubt hatte.

„Inga, tolle Neuigkeiten!“, hatte er am Telefon herausgesprudelt. Inga hatte in den Semesterferien im Rahmen ihres Geschichtsstudiums an einem zweiwöchigen Arbeitskreis in Berlin teilgenommen, während Marius allein daheim in München zurückgeblieben war.

„Ich kann an ein Auto kommen! Ein Bekannter leiht mir seinen Wagen. Ich hab mir gedacht, wir fahren damit ans Mittelmeer, wenn du wieder da bist, und lassen es uns richtig gut gehen!“

„Wer verleiht denn seinen Wagen? Wer ist der Bekannte?“

„Kennst du nicht. Ich hab ihm bei seinem Schein geholfen, und da will er sich revanchieren. Ist das nicht eine tolle Aussicht?“

Sie hatte die Skepsis verflucht, die sie jedes Mal befiel, wenn Marius mit Ideen, Vorschlägen, Plänen ankam. „Wir haben dort doch gar kein Quartier. Und wir bekommen auch ganz sicher keines mehr.“

„Wir campen.“

„Wir haben doch aber gar keine …“

„Kriegen wir auch. Ein Zelt, Schlafsäcke, Kocher, Campinggeschirr. Kein Problem.“

„Dieser Bekannte muss dir ja ganz schön dankbar sein …“

„Na, krieg du mal so eine Hausarbeit fast vollständig geschrieben! Der kann mir noch jahrelang die Füße küssen.“

„Weißt du, Marius, ich fürchte, im Juli am Mittelmeer ist es einfach nur heiß und voll und …“

„Aber wir sind doch beweglich. Wir können uns an ganz ruhige Orte zurückziehen. Wenn es uns irgendwo nicht gefällt, fahren wir weiter. Inga, komm, sag einfach Ja, und freu dich auf unsere Reise!“

Was war ihr anderes übrig geblieben? Sie hatte zugestimmt, hatte sich zumindest an seiner Freude gefreut und versucht, die Beunruhigung in sich nicht überhand nehmen zu lassen. Es hatte sie nur mit einer leise seufzenden Resignation erfüllt, als sich herausstellte, dass Marius’ Bekannter sein

Auto nun doch nicht herausrücken wollte und dass es lediglich bei der versprochenen Campingausrüstung blieb, die bereits den kleinen Wohnungsflur verstellte, als Inga nach Hause zurückkam.

Wenigstens hatten sie nun ein funkelnagelneues Zelt und tolle Rucksäcke, und auch das Geschirr wurde höchsten Ansprüchen gerecht.

„Der Typ hat aber eine Menge Kohle“, meinte Inga.

Marius zuckte mit den Schultern. „Reiche Eltern. Man hat eben Glück oder nicht.“

An diesen Ausspruch musste Inga denken, an diesem Mittag auf der heißen Dorfstraße, als sie meinte, vor Durst verrückt zu werden und den Schmerz, den die Blasen an ihren Füßen verursachten, nicht länger auszuhalten. Glück hatten sie beide jedenfalls auf dieser Reise nicht. Sie waren rasch vorangekommen, das musste sie zugeben. Ein junges Paar hatte sie bis Lyon mitgenommen, aber sie waren dort um drei Uhr in der Nacht angekommen und hatten in völliger Dunkelheit ihr Zelt auf einem verdreckten Campingplatz am Stadtrand aufbauen müssen. Sie hatten knapp drei Stunden geschlafen und sich dann an der Autobahnauffahrt die Füße in den Bauch gestanden. Zuletzt hatte eine junge Französin mit einem Kleinkind auf dem Rücksitz sich ihrer erbarmt, aber sie hatte sie nicht wirklich weit mitnehmen können, weil sie ihre Mutter auf einem Einsiedlerhof besuchen wollte. Sie hatte sie an einer Weggabelung aussteigen lassen und gemeint, bis zum nächsten Dorf würden sie eine knappe halbe Stunde brauchen, aber tatsächlich waren sie dann über eine Stunde unterwegs gewesen. Und befanden sich nun völlig abseits der Autobahn, aber es hatte dort gerade weit und breit keinen Rastplatz gegeben, und es war klar gewesen, dass sie unbedingt frisches Wasser kaufen mussten.

Inga löste die Schnürsenkel ihrer dicken Turnschuhe. Als sie die Schuhe langsam von den Füßen zog, wimmerte sie vor Schmerzen. Vorsichtig rollte sie die Socken herunter. Dicke feuerrote Blasen kamen zum Vorschein. „Ich brauche eine Apotheke“, sagte sie, dabei war ihr klar, dass es noch schwieriger sein dürfte, in diesem Dorf eine Apotheke zu finden als einen Lebensmittelladen. Wenn es überhaupt eine gab.

Die erste Träne löste sich und rollte über ihre heiße, gerötete Wange.

Marius war sofort neben ihr. „Das sieht ja wirklich schlimm aus“, sagte er, fast ehrfürchtig. „Aber so weit sind wir doch gar nicht gelaufen, oder?“

Er verdrängte alles. Wirklich und immer alles.

Sie sah ihn an, gereizt. „Ja, okay, es sind neue Schuhe. Und ich weiß, die darf man nie auf einer größeren Strecke anziehen. Allerdings war mir, als du mir diesen Traumurlaub angekündigt hast, auch nicht klar, dass wir in einer Einöde landen und viele Kilometer weit marschieren würden."

Er kauerte vor ihr, betrachtete ihre Füße und sah dann zu ihr hoch. Wie immer fiel es ihr schwer, angesichts seiner sanften Miene und der fast kindlich wirkenden blauen Augen, Aggression und Ärger aufrechtzuerhalten.

„Nicht streiten", bat er, „das verbraucht nur Kräfte!"

Inga strich ihm mit der Hand über die schweißnassen blonden Haare, die über der Stirn einen eigenwilligen Wirbel bildeten. „Okay. Aber ..." Sie sprach nicht weiter. Es hatte keinen Sinn, ihm zu erklären, dass es wieder einmal seine Leichtfertigkeit und Unüberlegtheit gewesen waren, die sie beide in diese Situation gebracht hatten. Natürlich würde er sich so wenig ändern, wie sich andere Menschen in ihren Grundstrukturen je änderten – jedenfalls nicht auf Bitten oder Anraten anderer hin. Irgendeine erschütternde Erfahrung, ein aufwühlendes Erlebnis könnten bei Marius eine Neuorientierung bewirken, aber dies herbeizuführen lag nicht in ihrer Macht.

„Pass auf", sagte Marius, „du bleibst jetzt hier sitzen und ruhst dich aus. Ich mache mich auf die Suche nach einer Apotheke. Und nach einem Supermarkt. Ich werde dir eiskalte Limonade bringen und eine schöne, kühle Salbe für deine Füße. Wie findest du das?"

Das Angebot klang äußerst verlockend, aber Freude oder Erleichterung würde Inga erst empfinden, wenn Marius mit den versprochenen Dingen wieder vor ihr stünde. Vorläufig war die Gefahr zu groß, dass er sich entweder verlief und erst nach Stunden zurückkam oder unterwegs vergaß, weshalb er losgezogen war. Aber da sie keine Wahl hatte, nickte sie. „In Ordnung. Das ist lieb von dir."

„Also", federnd sprang er auf, „warte hier auf mich, ja?"

Sie lächelte müde und sah ihm nach, wie er ein Stück die Dorfstraße zurückging und dann nach links in eine Nebenstraße abbog.

Ein Stück weiter die Straße hinunter entdeckte sie eine Mauer, die ein wenig Schatten spendete, und sie beschloss, sich dorthin zu verziehen, da sie sonst unweigerlich einen Sonnenstich bekommen würde.

SIE MUSSTE eingeschlafen sein, denn sie hatte das Auto nicht kommen hören. Sie schrak erst hoch, als sich jemand über sie beugte.

„Ja bitte?", fragte sie verwirrt, so als habe sie einen Telefonhörer abgenommen und erwarte einen Teilnehmer am anderen Ende der Leitung. Stattdessen blickte sie in das Gesicht eines fremden Mannes. In ihren Augen war er bereits älter, Mitte vierzig vielleicht, er wirkte sympathisch und besorgt.

„Ach, Sie sind Deutsche!“, sagte er. Seine Sprache war völlig akzentfrei. Jetzt entdeckte Inga auch das Auto, das hinter ihm parkte. Münchener Nummer.

„Ich bin eingeschlafen“, sagte sie. „Wie viel Uhr ist es?“

Der Mann schaute auf seine Armbanduhr. „Es ist Viertel nach eins.“

Als Marius losgezogen war, war es zwanzig nach zwölf gewesen. Sie hatte fast eine Stunde lang geschlafen.

Sie richtete sich auf. „Ich warte hier auf meinen Mann. Er versucht, etwas zu trinken zu organisieren.“ Während sie dies sagte, merkte sie, wie trocken und aufgesprungen sich ihre Lippen anfühlten. Das Verlangen nach einem Schluck Wasser begann übermächtig zu werden.

„Mein Gott, das ist doch kein Problem. Warten Sie!“ Er stand auf, ging zum Auto zurück und erschien mit einer Kühltasche. Er öffnete sie und zog eine von Kälte beschlagene Dose Cola heraus. „Hier.“

Sie nahm ihm die Dose aus der Hand, öffnete sie mit zitternden Fingern, setzte sie an und trank wie eine Verdurstende. „Danke“, sagte sie, als die Dose leer war. „Sie haben mich gerettet.“

„Ich kam die Straße entlang, sah Sie hier liegen und fragte mich, ob wohl alles in Ordnung ist mit Ihnen. Deshalb habe ich angehalten.“ Sein Blick glitt an ihren nackten Beinen hinunter und heftete sich erschrocken an ihre Füße. „Lieber Himmel! Ihre Füße sehen ja furchtbar aus!“

„Wir sind ziemlich weit gelaufen. Und ich hatte blöderweise funkelnagelneue Schuhe an.“ Sie zuckte mit den Schultern. „Das mit dem Trampen haben wir uns irgendwie einfacher vorgestellt.“

Der Mann sah sich um. „Dieses Dorf liegt nicht unbedingt günstig, um eine Mitfahrgelegenheit zu finden. Jedenfalls … ich weiß ja nicht, wohin Sie wollen, aber …“

„Ans Mittelmeer.“

„Da sind Sie aber ein bisschen vom Weg abgekommen.“

„Ich weiß. Wir wollen ja auch zur Autobahn zurück, aber bei dieser Hitze müssen wir wohl bis zum Abend warten.“

Er sah sie nachdenklich an; es schien, als versuche er, eine Entscheidung zu treffen. „Ich fahre ans Mittelmeer. Cap Sicié. Côte de Provence.“

„Oh … dann sind Sie aber auch ein bisschen vom Weg abgekommen, oder?“

Er strich sich die Haare aus der Stirn. Sie waren dunkel, kaum angegraut. „Die haben im Radio einen Unfall gemeldet. Mit größerem Stau. Den versuche ich gerade zu umfahren.“

Sie sah ihn an. Sie verstand Menschen nur zu gut, die prinzipiell keine Anhalter mitnahmen.

Der Mann seufzte. „Ich nehme eigentlich nie Fremde mit“, sagte er, so als habe er ihre Gedanken gelesen, „aber ich habe den Eindruck, ich kann Sie hier nicht sitzen lassen. Also, wenn Sie mögen …“

„Das Problem ist …“

Er nickte. „Ihr Mann. Den müssen wir natürlich auch noch aufsammeln. Haben Sie eine Ahnung, wohin er gegangen ist?“

„In diese Richtung.“ Sie wies die Straße entlang. „Und dann die Erste links rein. Mehr weiß ich nicht.“

„Das Dorf ist nicht groß, wir finden ihn bestimmt sofort.“ Der Mann verschloss seine Kühltasche wieder, richtete sich auf. „Setzen Sie sich ins Auto. Ich mache das mit dem Gepäck. Sie können hier nicht barfuß herumlaufen.“

Erleichtert sank Inga auf den Beifahrersitz. Im Wagen musste die ganze Zeit über die Klimaanlage gelaufen sein, denn es herrschte eine angenehme Temperatur. Der Mann tauchte neben ihr auf und drückte ihr einen Erste-Hilfe-Kasten in die Hand.

„Hier. Verbinden Sie mal Ihre Füße. Da sollte jetzt kein Dreck drankommen.“

Während Inga Verbände zurechtschnitt, räumte ihr Retter die Campingausrüstung in den Kofferraum. Dann setzte er sich auf den Fahrersitz und startete den Motor. Auf seiner Stirn glänzte Schweiß. „Lieber Himmel“, sagte er, „fünf Minuten da draußen, und man ist wie weich gekocht. Übrigens“, er sah sie an, „ich heiße Maximilian. Maximilian Kemper.“

„Inga Hagenau.“

„Okay, Inga – ich darf Sie Inga nennen, ja? –, dann suchen wir jetzt mal Ihren Mann. Und wenn alles glatt geht, sind Sie heute Abend schon am Mittelmeer.“

AN DIESEM ganz gewöhnlichen Mittwochmorgen im Juli beschloss Rebecca Brandt, dass es Zeit war, ihrem Leben ein Ende zu setzen.

Es war nicht so, dass der Gedanke an Selbstmord unerwartet über sie gekommen wäre. Er war ein Strohhalm gewesen, an den sie sich in den dunkelsten Momenten geklammert hatte, wenn Hoffnungslosigkeit und Trauer ohne Ende schienen und kein Weg mehr sichtbar war für sie. Dann hatte sie gedacht: Wenn ich es nicht mehr aushalten kann, dann gehe ich.

Sie hatte vorgesorgt. Morphium. Ihr Mann war Arzt gewesen, über befreundete Kollegen war es damals nicht schwer gewesen, an die Tabletten zu kommen. Sie hatte eine Menge gehortet. Die extreme Überdosis würde ausreichen, sie einschlafen und niemals wieder aufwachen zu lassen.

Ein Leben lang, dachte sie an diesem Morgen, lernen wir, dass man nie aufgeben darf. Deshalb fällt es so schwer. Deshalb sind so viele Widerstände in uns. Und Schuldgefühle. Die vor allem.

Sie lauschte in sich hinein. Sie konnte ihre Schuldgefühle nicht finden an diesem Morgen. Dies war ein Umstand, den sie unbedingt nutzen musste.

Eigentlich war an diesem Tag alles wie immer gewesen. Sie war früh aufgestanden, hatte ihren Jogginganzug angezogen und war in den Garten gegangen. In einen schon sehr hellen Morgen hinein, dessen klare Luft noch angenehm auf der Haut prickelte und auf den Lippen nach Meersalz schmeckte. Später würde es heiß werden, sehr heiß und sehr sonnig.

Der Garten war Felix' große Liebe gewesen. In den Garten hatte er sich verliebt, als sie beschlossen hatten – acht Jahre lag das nun zurück –, ein Haus in der Provence zu kaufen, irgendwo am Meer. Sie waren beide damals besonders stark beruflich eingespannt gewesen, hatten daheim in München ein zwar glückliches, aber sehr stressgeplagtes Leben geführt. Der Gedanke an einen Ort zum Entspannen hatte oft schon ausgereicht, sie das Gehetze des Alltags leichter ertragen zu lassen. Und dann hatte ein Foto im Schaukasten eines Maklerbüros sie nach Le Brusc geführt, dicht am Cap Sicié gelegen, jenem inmitten der heiteren Mittelmeerlandschaft stets etwas düster anmutenden Felsen aus schwarzem Gestein, dessen Umschiffung unter den Seeleuten als gefährlich und stets unberechenbar galt. Plötzlich schien sich der schöne Gedanke in greifbare Wirklichkeit verwandeln zu wollen.

„Ich weiß nicht, ob es mir hier so gut gefällt", hatte Rebecca gesagt, als sie sich mit dem Auto über steile, enge Straßen nach oben schraubten. Die Gegend war dicht bewaldet, und es war, als bewege man sich aus der Sonne des Tages in eine Welt der Schatten hinein.

„Lass uns einfach mal schauen", hatte Felix gesagt.

Sie waren an verwilderten Wiesen vorbeigekommen und an alten, baufälligen Häusern. Es gab keine asphaltierte Straße mehr, sondern nur noch einen Feldweg voller Schlaglöcher.

„Das ist ja am Ende der Welt", sagte Rebecca, und sie konnte hören, dass ein Schaudern in ihrer Stimme klang.

Eines der letzten Häuser schien dem Bild aus dem Schaukasten am ehesten zu entsprechen. Es schimmerte weiß durch eine Wand aus Gestrüpp hindurch. Rebecca fröstelte unwillkürlich, als sie ausstieg, und ihr erster

Gedanke war: Nie. Nie könnte ich es hier auch nur eine einzige Woche aushalten.

Zweige stießen ihnen ins Gesicht oder verfingen sich in ihren Haaren, als sie den nur noch schwach als Weg erkennbaren Pfad zum Haus entlangstolperten. Das Haus sah so ungepflegt aus wie der Garten, von den Wänden bröckelte der Putz, die Fenster im ersten Stock hatten teilweise keine Scheiben mehr.

„Da wäre eine Menge zu investieren“, murmelte Felix, und Rebecca sah ihn entsetzt an.

„Du denkst doch nicht ernsthaft, dass wir …?“

Dann waren sie um das Haus herumgegangen, und alles hatte sich verändert. Das Licht, der Himmel, der ganze Tag. Weit tat sich der Garten vor ihnen auf, eine große, scheinbar unbegrenzte Wiese, die am Ende in Felsen überging, und hinter den Felsen schimmerte das Meer, blau und endlos, und es spiegelte die Strahlen der Sonne wider, die von einem wolkenlosen Himmel schien und den Eindruck der Düsternis, der zuvor in so beklemmender Weise vorgeherrscht hatte, mit einem Schlag verscheuchte.

Sie standen beide überwältigt vor diesem Anblick.

„Das ist …“, sagte Felix hingerissen, und Rebecca vollendete den Satz: „Unglaublich. Es ist unglaublich schön.“

Sie liefen über die ganze Wiese bis nach vorn zu den Felsen. Wild und schroff stürzte der Steilhang hier ins Meer. Unten toste die Brandung und schleuderte weiße Gischt hoch hinauf auf die Steine. Hell schimmerte der Sand einer kleinen Bucht zwischen Wasser und Felsen.

„Da könnte man baden“, sagte Felix. „Man kann einen Pfad anlegen.“

Sie blickten zum Haus zurück. Es hatte eine kleine, überdachte Veranda zu dieser Seite hin. Eine etwas verdorrte Bougainvillea rankte sich entlang eines Pfostens nach oben und überwucherte das Vordach.

„Dort zu sitzen und über das Meer zu blicken …“

„Abends bei Sonnenuntergang …“

„Oder morgens im ersten Licht des Tages …“

Sie hatten einander an den Händen genommen und waren langsam durch den Garten zum Haus gegangen. Zu ihrem Haus.

Sie kauften es zwei Wochen später.

IM GARTEN hatte Rebecca an diesem Morgen eine kurze Runde gedreht, dann war sie in die Küche gegangen und hatte sich einen Tee gemacht.

Felix hatte im Urlaub immer gern und ausgiebig gefrühstückt, und so hatte Rebecca um sieben Uhr den Tisch im Wohnzimmer gedeckt, mit aufgebackenem Baguette aus der Tiefkühltruhe, Butter, verschiedenen Marmeladensorten. Sie stellte jeweils einen Teller an seinen und an ihren Platz, setzte sich, starrte das Brot, die Butter, die Marmelade an und wusste, dass sie schon wieder nichts würde essen können. Morgens war es am schlimmsten. Der Tag dehnte sich in seiner ganzen Länge vor ihr aus, versprach eine endlose Aneinanderreihung leerer, einsamer Stunden.

Und in diesem Moment, diesem alltäglich wiederkehrenden Moment trostlosester Einsamkeit und einer Übelkeit erregenden Angst vor dem Tag, hatte sie gedacht: Ich will es nicht mehr. Ich will nicht mehr leben.

Sie räumte den Tisch wieder ab, machte Ordnung in der Küche und ging ins Schlafzimmer. Es befand sich im ersten Stock des Hauses, und vom Fenster aus hatte man einen herrlichen Blick über das Meer. Weiße Gardinen bauschten sich im Morgenwind. Auf der Kommode stand ein silbergerahmtes Foto, das sie und Felix am Tag ihrer Hochzeit zeigte, beide strahlend, verliebt, überglücklich.

Sie hängte ein paar T-Shirts, die über einem Stuhl lagen, in ihren Kleiderschrank. Gerade weil Felix dieses Haus so sehr geliebt hatte, wollte sie es ordentlich und gepflegt hinterlassen. Sie würde jetzt mit viel heißem Wasser putzen, bis alles duftete und glänzte. Es sollte strahlen und blinken, wenn sie sich für immer von ihm verabschiedete.

Sie schuftete den ganzen Vormittag, achtete nicht darauf, dass ihr der Schweiß in Strömen über den Körper lief. Es war schon nach halb zwei, als sie den letzten Eimer mit dreckigem Wasser wegkippte, sich aufrichtete und leise stöhnend ihren schmerzenden Rücken straffte.

Die weißen Fußbodendielen glänzten in der Sonne. Eine lange nicht gekannte, fast vergessene innere Ruhe breitete sich in Rebecca aus. Sie hatte ein Ziel, endlich, und um sie herum war alles in Ordnung.

Sie ging ins Bad, holte die Tabletten aus dem Schrank. Sie nahm sie mit hinunter und legte die Päckchen auf den Küchentisch. Sie würde noch einmal durch Haus und Garten gehen und nach dem Rechten sehen, dann das Zeug schlucken, und dann lag alles hinter ihr.

Gerade als sie im Wohnzimmer einen vollen Aschenbecher entdeckte, den sie unbedingt noch ausleeren musste, klingelte das Telefon.

Sie erschrak vor diesem unerwarteten Laut in der Stille, und einen Moment lang wusste sie nicht einzuordnen, woher das Geräusch rührte. Seit ihrem völligen Rückzug von allem und jedem in ihrem früheren Leben, seit ihrem radikalen Bruch mit allen Menschen, die einst zu ihr gehört hatten, bekam sie tatsächlich so selten Anrufe, dass sie fast das Vorhandensein des schwarzen Apparats in ihrem Wohnzimmer vergessen hatte.

Das Telefon verstummte. Sie atmete tief durch, griff nach dem Aschenbecher. Das Telefon begann erneut zu klingeln.

Am Ende war es etwas Wichtiges. Obwohl sie sich nicht vorstellen konnte, dass es noch etwas von Bedeutung geben konnte. Die Menschen hatten sie vergessen. Die Forderungen des Finanzamts hatte sie stets pünktlich beglichen, ebenso Strom- und Wasserrechnungen.

Oder nicht? Handelte es sich bei dem Anruf um ein Problem in dieser Richtung? Irgendetwas, was zu erledigen sie vergessen hatte?

Zögernd nahm sie den Hörer ab. „Rebecca Brandt", meldete sie sich mit leiser Stimme.

Im nächsten Moment wünschte sie inbrünstig, dies nicht getan zu haben.

Er hatte ihr den ganzen Plan vermasselt. Sie stand neben dem Küchentisch und starrte die Tabletten an. Weshalb war sie nicht mehr in der Lage, das zu tun, was sie noch vor wenigen Minuten mit innerem Frieden erfüllt hatte? Das Klingeln eines Telefons. Eine Stimme, die sie lange nicht mehr gehört hatte, die ihr aber noch immer vertraut war. Ein fröhliches Lachen.

Oh, verdammt! Sie ballte die rechte Hand zur Faust und schlug mit aller Kraft auf die Tischplatte. Ein stechender Schmerz fuhr durch ihr Gelenk, aber es kam ihr vor, als gehöre er nicht zu ihr. Der Typ hatte ihre Einsamkeit gestört, das war es, er hatte mit seinem Anruf den Kokon zerrissen, in den sie sich eingesponnen hatte, und dieses völligen Alleinseins mit sich selbst hatte es bedurft, damit sie den Punkt erreichte, an dem sie heute Morgen kurz nach dem Aufstehen angelangt gewesen war.

Der Prozess war so lang, so schwierig und so schmerzhaft gewesen, dass sie vor Wut und Enttäuschung hätte weinen mögen. Was ebenfalls ein völlig neues, längst vergessenes Gefühl war: Tränen, die hinter den Augen brannten und jeden Moment hervorstürzen wollten. Die letzten hatte sie kurz nach Felix' Tod geweint. Dann nicht mehr.

Sie nahm die Packungen mit den Tabletten, trug sie ins Badezimmer hinauf, schob sie ganz nach hinten in den Schrank. Sie konnte jederzeit auf sie zurückgreifen. Sie musste sich das nur immer wieder klar machen.

Im Spiegel über dem Waschbecken konnte sie ihr gespenstisch bleiches Gesicht sehen. Wie konnte man im Hochsommer in Südfrankreich so blass sein? Sie bürstete noch einmal über ihre Haare. Nachdem sie nun – leider – Besuch bekommen würde, musste sie zum Einkaufen ins Dorf fahren. Sie kannte einen kleinen Laden, dort konnte man fertige Salate kaufen, und es gab auch besonders guten Käse. Dazu würde sie ein Baguette aufbacken. Das musste reichen. Schließlich hatte sie nicht darum gebeten, besucht zu werden.

DER LADEN, in den sie gehen wollte, lag gleich am Hafen von Le Brusc. Zum Glück stand nicht der Inhaber hinter der Theke, sondern ein junges Mädchen, das Rebecca nicht kannte. Sie und Felix hatten früher oft hier eingekauft, aber seit Felix' Tod war sie nicht mehr da gewesen, und sie hätte ungern Fragen beantwortet und Erklärungen abgegeben.

Sie kaufte verschiedene Käsesorten, Salate und Oliven, und als sie wieder draußen stand, ging ihr auf, dass sie unwillkürlich genauso eingekauft hatte wie früher, als Felix noch lebte: Sie hatte ausgewählt, was er besonders gern mochte.

Die Papiertüte mit den Einkäufen fest an sich gedrückt, drängte sie durch die Heerscharen von Touristen auf der Promenade, entschlossen, so bald wie möglich von hier fort und in den Frieden ihres Hauses zu gelangen. Als jemand ihren Arm ergriff, versuchte sie sich im ersten Moment ohne hinzusehen loszureißen, aber dann sagte eine vertraute Stimme: „Madame!“, und sie hob den Blick und schaute in das tief gebräunte Gesicht von Albert, dem Hafenmeister.

Er und Felix waren so etwas wie Freunde gewesen, getrennt durch Bildung und Erziehung, vereint jedoch in ihrer leidenschaftlichen Liebe zum Segeln. Sie hatten stundenlang zusammensitzen und über vergangene Segelabenteuer reden können, und dazu hatten sie Pastis getrunken.

„Madame, wie schön, Sie wieder einmal zu sehen!“, sagte Albert und strahlte. Er sprach ein von starkem provenzalischem Dialekt gefärbtes Französisch, und Rebecca hatte wie immer Mühe, ihn zu verstehen.

„Wie geht es Ihnen, Madame? Ich wusste gar nicht, dass Sie den Sommer hier verbringen.“

Rebecca hatte nicht vor, ihm zu erklären, dass sie seit einem Dreivierteljahr nur noch hier lebte, dass das Haus in Deutschland verkauft war und sie keine Absicht hatte, dorthin zurückzukehren. „Ich muss nach dem Rechten sehen“, sagte sie ausweichend.

Albert seufzte. „Ich hab ihn so gern gehabt, den Monsieur Brandt. War ein feiner Kerl. Und vom Segeln hat er wirklich eine Menge verstanden.“

„Ja“, sagte Rebecca steif, und dann breitete sich ein verlegenes Schweigen zwischen ihnen aus.

„Was wird denn nun mit der *Libelle*?“, fragte Albert nach einer Weile. „Ich meine, ich versorge sie natürlich weiter, aber es ist schon ein bisschen schade, dass keiner mehr mit ihr segelt. So ein hübsches Schiff! Manchmal denke ich, es wäre Monsieur vielleicht nicht recht, dass die *Libelle* jetzt nur im Hafen herumdümpelt. Ein Schiff wie sie muss den Wind fühlen, die Gischt, das Salz … So wie jetzt verkümmert sie.“

Felix hatte von der *Libelle* ebenfalls immer wie von einem lebendigen Geschöpf gesprochen. Rebecca lächelte ein wenig hilflos. „Ich kann nicht segeln. Ich habe nie einen Schein gemacht.“

„Aber das könnten Sie doch nachholen.“

Es war wirklich ein Witz. Dieser ganze Tag war einfach absurd. Jetzt wurde ihr auch noch vorgeschlagen, einen Segelschein zu machen.

Als ob das Leben plötzlich noch einmal alle Geschütze auffahren wollte. Sich wichtig und interessant und vielversprechend zu machen versuchte.

„Ich werde sehen“, meinte sie ausweichend.

„Ich könnte Ihnen auch helfen, falls Sie die *Libelle* verkaufen wollen“, bot Albert an. „Ich würde dafür sorgen, dass sie einen guten Platz bekommt. Bei jemandem, der sie zu schätzen weiß.“

„Ich muss über all das nachdenken, Albert. Ich melde mich bei Ihnen. Es ist nett, dass Sie sich so engagieren. Vielen Dank.“

Im Weitergehen fragte sie sich, ob sie den Verlauf dieses Tages nicht vielleicht zu Unrecht als eine zufällige und absurde Verkettung von Ereignissen sah, die ihr die Flucht von dieser Welt vermasselt hatten. Am Ende lag durchaus ein Stück Schicksal dahinter. Sie hatte gehen wollen, ohne sich noch einmal um das Liebste zu kümmern, das Felix gehabt hatte.

„Gleich nach dir“, hatte er manchmal gesagt, „die *Libelle* kommt gleich nach dir!“

Offensichtlich hatte sie noch eine Aufgabe zu erledigen.

KENZO rannte zum Zaun und bellte das Nachbarhaus an, sobald Karen die Gartentür geöffnet hatte. Es war ein merkwürdiger Tag, Gewitterstimmung lag in der Luft.

„Das gibt noch ein ganz schönes Unwetter heute“, hatte Wolf beim Frühstück gemeint, ehe er, mit dem letzten Bissen noch im Mund, losgestürmt war, um an irgendeiner wichtigen Beratung teilzunehmen, zu deren Vorbereitung er schon am Vortag Überstunden gemacht hatte und erst kurz vor Mitternacht nach Hause gekommen war. Er floh vor dem Zusammensein mit seiner Frau. Karen wusste nicht, weshalb er das tat, und natürlich blockte er jeden ihrer Versuche, ihn danach zu fragen, schon im Ansatz ab.

Kenzo hörte nicht auf zu bellen. Seit drei Tagen bellte er das Nachbarhaus an, wann immer er in den Garten konnte.

Karen trat auf die Veranda hinaus. „Kenzo! Kenzo, komm sofort ins Haus!"

Aus dem zur anderen Seite angrenzenden Grundstück erklang die erboste Stimme einer alten Frau: „Jeden Tag das gleiche Theater! Können Sie Ihren Hund nicht so erziehen, dass er still ist?"

Karen war versucht, die keifende Alte zu ignorieren, aber sie erinnerte sich, wie wichtig es ihr von Anfang an gewesen war, im guten Einvernehmen mit ihrer Nachbarschaft zu leben. Es kostete sie eine Menge Kraft, an den Zaun zu treten und in das böse Gesicht ihres Gegenübers zu lächeln. „Guten Tag. Es tut mir Leid, dass mein Hund Sie stört, aber ich weiß einfach nicht, was er hat. Er bellt sonst fast nie. Irgendetwas stört ihn seit ein paar Tagen am Haus nebenan. Er kommt mir richtig wütend vor."

„Die hatten bis vor zwei Jahren auch einen Hund", sagte die Alte und warf Karen dabei einen giftigen Blick zu. „Der hat pariert, sage ich Ihnen! Den hat man nie bellen hören."

„Nun ...", begann Karen, aber die Alte fuhr schon fort: „Die haben mir das so erklärt, dass sich ein Hund total unterordnen muss. Er muss wissen, dass er der Letzte in der Familie ist, verstehen Sie? Den niedrigsten Rang hat, oder wie immer Sie das nennen wollen. Der musste bei denen immer als Letzter durch die Tür gehen, und er hat auch immer als Letzter zu fressen bekommen. So haben sie ihn kleingekriegt."

Irgendetwas regte sich in Karen, ganz tief unter den dicken Schichten von Traurigkeit und Resignation. Es mochte Wut sein, ein ganz kleines, züngelndes Flämmchen Wut, das – zu Karens großem Erstaunen – noch nicht völlig erloschen war. „Ich jedenfalls habe nicht die Absicht, den Willen meines Hundes zu brechen", sagte sie kühl, und zu ihrer Verwunderung veränderte die Härte, mit der sie dies sagte, plötzlich etwas im Verhalten der Alten: Sie lenkte ein.

„Na ja, sind schon komische Leute", meinte sie. „Die haben nicht viele Freunde, jedenfalls kommt nie jemand zu Besuch. Es gibt auch keine Kinder, ich hab sie mal danach gefragt. Scheinen ganz allein in der Welt zu stehen. Aber das geht mich nichts an. Hatte nie viel mit ihnen zu tun."

„Haben Sie eine Ahnung, ob sie verreist sind? Die Rollläden sind dauernd geschlossen."

„Ich kümmere mich nicht um das, was andere tun. Damit bin ich immer gut gefahren. Ich meine, das eigene Leben ist problematisch genug, finden Sie nicht? Da brauche ich mir nicht noch die Schwierigkeiten anderer ans Bein zu binden. Was woll'n Sie denn unbedingt von denen?"

Karen erklärte kurz das Problem mit der geplanten Reise und der Post.

Die Alte schien mit sich zu ringen, sagte aber schließlich: „Das kann ich auch für Sie tun. Bringen Sie mir vorher Ihren Briefkastenschlüssel, dann erledige ich das."

„Ach, Sie würden mir einen riesigen Gefallen tun", sagte Karen, aufrichtig dankbar, „das ist wirklich nett von Ihnen."

Die Alte knurrte etwas und wandte sich zum Gehen. Karen rief noch einmal nach Kenzo, der diesmal ihrer Aufforderung zu kommen tatsächlich Folge leistete. „Bleib du hier", sagte sie zu ihm, „ich bin gleich wieder da."

Sie war auf eine Idee gekommen. Obwohl bereits die ersten Regentropfen fielen, lief sie rasch hinüber zu den Nachbarn. Sie musste gar nicht bis an das Gartentor herantreten, um zu sehen, was sie hatte sehen wollen: einen Briefkasten, aus dem die Ecke eines Briefumschlags ragte. Und vor allem eine Zeitungsröhre, in der sich zwei Zeitungen knäulten. Sie waren nicht da. Und sie hatten offenbar niemanden beauftragt, sich um ihren Briefkasten zu kümmern. Sie hatten auch nicht daran gedacht, die Zeitung abzubestellen.

Und das passte einfach nicht zu ihnen. So wenig Karen die beiden kannte, so sicher hätte sie dennoch behauptet, dass sie nicht verreisen und ein Chaos hinterlassen würden. Diese Leute mochten unsympathisch sein, aber sie waren ordentlich und ganz sicher nicht im Mindesten chaotisch.

Sie starrte das stille Haus mit seinen herabgelassenen Rollläden an. Der Regen wurde stärker, und sie hob fröstelnd die Schultern. Ohne zu wissen, ob ihr Frieren mit dem Regen zusammenhing.

Wie hatte die Alte vor ein paar Minuten gesagt? *Ich brauche mir nicht noch die Schwierigkeiten anderer ans Bein zu binden!*

Langsam wandte sich Karen zum Gehen.

ER WAR entsetzt, Rebecca in dieser Verfassung vorzufinden. Er hatte sie zuletzt bei Felix' Beerdigung gesehen, als sie verzweifelt und durcheinander gewesen war, aber sie war bei aller sichtbaren Erschütterung immer noch die Frau gewesen, als die er sie gekannt hatte. Jetzt, neun Monate später, meinte er, einem völlig veränderten Geschöpf gegenüberzustehen. Sie hatte stark abgenommen, aber das war zu erwarten gewesen. Sie war gespenstisch blass, durchsichtig fast. Sie wirkte härter als vorher und um einiges älter als die 43 Jahre, die sie zählte.

Wovor er aber wirklich erschrak, war der stumpfe Ausdruck in ihren Augen. Es waren trübe Augen, ohne jeden Glanz, ohne jedes Funkeln, aber auch ohne jede Emotion. Als sei sie mit ihm gestorben, dachte er voller Bestürzung.

Sie saßen auf der rückwärtigen Terrasse, vor sich die fantastische Kulisse der Felsen, des Meeres und des leuchtend blauen Sommerhimmels. Rebecca hatte Salate, Käse, Baguette und einen leichten Weißwein auf den Tisch gestellt. Sie selbst nippte nur am Wein, und das Essen rührte sie überhaupt nicht an.

Nachdem sie beide längere Zeit geschwiegen hatten, sagte Maximilian unvermittelt: „Es stimmt nicht, was ich heute Mittag am Telefon sagte. Dass ich ohnehin in der Gegend bin. Ich bin im Grunde nur deinetwegen gekommen."

„Das habe ich mir schon gedacht." Selbst ihre Stimme war anders als früher. Es fehlte die Wärme, und auch die weiche Klangmelodie war verschwunden. Sie sah ihn an. „Du musst dir keine Sorgen um mich machen, Maximilian. Ich habe alles, was ich brauche. Felix hat mir genug Geld hinterlassen, um …"

Er unterbrach sie. „Entschuldige, Rebecca, aber es geht doch hier nicht um die Frage, ob dein Geld reicht. Ich mache mir natürlich Sorgen um dich. Du hast dein ganzes Leben in Deutschland fast von einem Tag auf den anderen abgebrochen und bist hier in Südfrankreich untergetaucht. Du hast dich nicht ein einziges Mal mehr gemeldet. Ich habe es jetzt einfach nicht mehr ausgehalten. Ich musste herausfinden, ob du überhaupt noch lebst."

Sie lächelte ein wenig. Eigentlich war es eher ein leichtes Verziehen des Mundes. „Woher wusstest du überhaupt, dass ich hier bin?"

„Das habe ich geraten. Es konnte im Grunde nur dieser Ort sein: der Platz, den Felix am meisten geliebt hat."

„Eben", sagte sie, „du siehst es ja selbst. Der Platz, den Felix am meisten geliebt hat. Deshalb geht es mir hier gut."

Er merkte, dass er fast zornig wurde, musste sich beherrschen, um sie dies nicht spüren zu lassen. „Also, nimm es mir nicht übel, Rebecca, aber wie eine Frau, der es gut geht, siehst du wirklich nicht aus. Du müsstest dich einmal erleben. Und es ist ja auch kein Wunder. Du lebst hier in der Gesellschaft eines Toten, und das ist …"

Er sah, dass sie heftig zusammenzuckte.

„Entschuldige“, sagte er, sanfter nun, „aber es kommt mir so vor. Du sollst ihn ja nicht vergessen. Das wird sowieso keinem von uns jemals gelingen. Aber wir müssen doch trotzdem leben. Du brauchst Menschen um dich. Freunde. Bekannte. Eine Arbeit, die dich ausfüllt. Deswegen verrätst du ihn doch nicht. Und du verlierst auch nicht die Erinnerung.“

„Maximilian“, sagte sie, und nun lag etwas sehr Bestimmtes in ihrer zuvor so tonlosen Stimme, „du wolltest mich besuchen, und ich habe zugestimmt. Aber ich möchte mich jetzt nicht für irgendetwas vor dir rechtfertigen. Wie ich lebe, das ist meine Sache.“

Er nahm sich eine Zigarette. Er hatte eigentlich mit dem Rauchen aufgehört, aber in diesem Moment meinte er, es ohne Zigarette nicht auszuhalten. „Er war mein bester Freund“, sagte er heftig, „und du warst seine Frau. Ich bin es Felix schuldig, dass ich dich nicht einfach vor die Hunde gehen lasse. Herrgott noch mal“, er stand auf und fuchtelte mit seiner Zigarette herum, „ich wünschte, er hätte dich wenigstens nicht so umfassend finanziell abgesichert. Dann müsstest du arbeiten. Dann könntest du nicht hier herumsitzen und die Wände anstarren.“

Sie erhob sich ebenfalls. Ihr Gesicht glich wieder einer Maske. Ohne dass sie etwas sagte, wusste er ihre Bewegung zu deuten: Sie wollte, dass er ging. Was sie betraf, war ihre kurze Begegnung schon zu Ende.

„Rebecca“, bat er hilflos.

Sie antwortete nicht. In dem Schweigen, das zwischen ihnen lag, hörten sie leise das Gartentor quietschen. Sie runzelte die Stirn.

„Das gilt mir“, sagte er, „meine Reisebekanntschaft vermutlich.“

Es schien sie nicht zu interessieren. Aber immerhin öffnete sie den Mund, und zum ersten Mal, seitdem er sie wiedergesehen hatte, blickten ihre Augen zumindest konzentriert drein.

„Könntest du dir vorstellen, die *Libelle* zu übernehmen?“, fragte sie.

INGA hatte allmählich Angst um ihre Füße bekommen. Sie hatte pochende Schmerzen, die von den Blasen bis zu den Knöcheln hinaufstrahlten. Während Marius das Zelt aufbaute, hatte sie die Verbände abgewickelt und war vor den blutigen Kratern erschrocken, die schlimmer statt besser geworden zu sein schienen. „Ich glaube“, sagte sie, „ich brauche einen Arzt.“

Marius kämpfte gerade mit Stangen und Planen. Maximilian Kemper hatte sie vor einem leeren, völlig verwilderten Grundstück abgesetzt, das sich neben dem Anwesen einer Bekannten befand, die er besuchen wollte. Marius sah von seiner Arbeit auf, trat näher heran, betrachtete ihre Füße.

„Lieber Himmel! Das ist wirklich schlimm.“ Er überlegte. „Weißt du, ich werde nach nebenan gehen. Vielleicht hat Maximilians Bekannte etwas da, was dir helfen könnte. Oder Maximilian fährt dich zum Arzt.“

„Mir ist das ein bisschen peinlich“, sagte Inga, aber sie wusste doch, dass sie keine Wahl hatte, als den netten Mann, der sie beide hierher gebracht hatte, noch einmal um einen Gefallen zu bitten.

Sie sah hinter Marius her, wie er leichtfüßig zwischen den hohen Gräsern verschwand. Sie hatten ihn in dem kleinen Dorf im Norden der Provence rasch gefunden, nachdem sie um ein paar Straßenecken gekurvt waren. Er saß im Schatten eines Olivenbaums und döste vor sich hin. Inga hatte nach Luft geschnappt.

Marius war hochgeschreckt, als das Auto vor ihm hielt, und er hatte Inga ziemlich ungläubig angesehen. „He! Was ist los? Woher …?“

„Steig ein“, sagte Inga kühl. „Während du hier friedlich gedöst hast, habe ich eine Mitfahrgelegenheit ans Meer organisiert.“

Er war sichtlich peinlich berührt. „Mir war schwindlig. Wahrscheinlich von der Hitze. Ich wollte mich eigentlich nur ganz kurz hinsetzen, aber … ich bin wohl eingeschlafen.“ Er rieb sich die Augen.

Inga hatte ihre giftigen Gedanken bedauert. Sie selbst war nicht mehr in der Lage, auch nur einen Schritt zu tun, aber Marius hatte gefälligst zu funktionieren.

Marius hatte natürlich sofort wieder Oberwasser gehabt, so als habe er immer prophezeit, es käme jemand vorbei, der sie direkt ans Mittelmeer bringen würde. Sie hatte ihre schmerzenden Füße betrachtet und gedacht, wie schnell doch bei ihm immer alles ging, wie rasch er knapp überstandene Schwierigkeiten verdrängte. Aber das mochte auch daran liegen, dass ihn Probleme nie derart beschäftigten, wie das bei ihr der Fall war.

Das dachte sie auch jetzt wieder, im angenehmen Baumschatten auf der Wiese sitzend und ihm nachblickend. Trotz seiner fröhlichen Unbekümmertheit schien er ihr immer ein gutes Stück abgerückt von der Welt, eingeschlossen in eine Art von Kokon, der ihm alles Unangenehme vom Leib hielt. Aber womöglich auch alles Schöne. Trotz seines ständig lachenden Gesichts hatte Inga manchmal den Eindruck, dass es nicht wirkliches Glück war, was ihn erfüllte. Es war lediglich die Abwesenheit von Unglück, die ihn so sonnig wirken ließ.

Es ist nicht echt.

Entschlossen unterdrückte sie diese Gedanken. Es war schon immer eine Schwäche von ihr gewesen, Menschen und Situationen zu Tode zu analysieren.

Ihre letzte Beziehung war darüber zerbrochen. Sie wollte nicht noch einmal die gleichen Fehler begehen. Sie schloss die Augen.

Als sie sie wieder öffnete, wusste sie nicht, ob sie einen Moment lang eingeschlafen gewesen war. Sie sah in Marius' lächelndes Gesicht. Neben ihm Maximilian, der sie besorgt betrachtete. Und sie sah eine Frau. Eine sehr schöne Frau, mit langen dunklen Haaren, einem blassen Gesicht und unendlich traurigen Augen. Sie schüttelte gerade den Kopf.

„Da kann ich nichts ausrichten. Die Wunden haben sich entzündet. Es wäre besser, ein Arzt schaut sich das an."

„Okay", sagte Maximilian. Er streckte Inga die Hand hin. „Können Sie bis zum Auto laufen?"

Sie nickte.

„Dann bringe ich Sie jetzt zum Arzt", sagte er.

Donnerstag, 22. Juli

Das Telefon klingelte mitten in der Nacht. Karen war sofort wach, richtete sich auf und lauschte in die Dunkelheit. Ihr Herz raste. Die Anzeige auf dem Radiowecker neben ihrem Bett sagte ihr, dass es halb drei war. Ein Anruf zu dieser Zeit konnte nichts Gutes bedeuten.

Das Telefon schrillte erneut, es klang viel lauter als am Tag.

„Wolf", wisperte sie, „das Telefon!"

Wolf knurrte etwas Unverständliches und rollte sich auf den Bauch. Es war klar, dass er nicht aufstehen würde, und so schwang Karen ihre Beine aus dem Bett und tappte zu dem Apparat, der im Flur stand.

Sie nahm den Hörer ab. „Ja?", fragte sie. „Hallo?"

Zuerst konnte sie überhaupt nichts hören. Dann nahm sie etwas wahr am anderen Ende der Leitung, das wie Atmen klang. Ein gepresstes, angestrengtes Atmen.

„Hallo?", fragte sie noch einmal. „Wer ist denn da?"

Wieder bekam sie keine Antwort, aber das Atmen klang ein wenig lauter. Es war gespenstisch. Als ringe jemand um Atem und schaffe es nicht, gleichzeitig noch etwas zu sagen.

Es mochte an diesem Eindruck liegen, weshalb Karen dem Impuls widerstand, einfach den Hörer aufzulegen und so schnell wie möglich in ihr warmes Bett zurückzukriechen. „Bitte sagen Sie doch etwas", drängte sie.

Der unbekannte Anrufer schien ein Wort formen zu wollen, aber es kam nur ein gepresster Laut heraus.

„Hören Sie, wer auch immer Sie sind“, sagte Karen, „Sie müssen mir Ihren Namen oder Ihre Adresse und Telefonnummer nennen. Ich kann sonst nichts für Sie tun.“

Sie wartete. Sie hatte keine Ahnung, wie viel Zeit verstrichen war. Karen merkte, dass etwas Bedrohliches nach ihr griff, dass irgendetwas soeben in ihr Leben eindrang, das nichts mit ihrer bisherigen Wirklichkeit zu tun hatte.

„Ich muss jetzt auflegen“, sagte sie hastig, tat es und starrte dann den Telefonapparat an, als erwarte sie von ihm eine Erklärung oder sonst eine Reaktion, und sei es nur ein erneutes Klingeln. Aber nichts tat sich. Die Nacht war wieder so still und so ruhig, als sei nichts geschehen.

Karen huschte ins Bett zurück. „Wolf“, flüsterte sie.

Er brummte: „Was ist denn?“

„Das war ganz komisch eben. Jemand war am Telefon, aber er hat nichts gesagt. Nur geatmet.“

„Irgendein Scherzkeks. Es gibt so Leute.“

„Ich weiß nicht … er … oder sie … atmete ganz seltsam.“

Wolf gähnte. „Dann wird's so ein Perverser gewesen sein.“

„Es war nicht diese Art von Atmen. Es war …“ Wenn sie es nur in Worte fassen könnte. „… als ob jemand wirklich in Not sei. Hilfe bräuchte. Jemand, der schlecht Luft bekommt und der sich bemüht, etwas zu sagen …“

Wolf gähnte erneut. „Karen, du bildest dir höchst eigenartige Dinge ein. Aber weißt du, was nett wäre? Wenn du das nicht mitten in der Nacht tun würdest. Es gibt Menschen, die haben hart zu arbeiten tagsüber, und die brauchen ihren Schlaf. Ich meine, wie kann man so hysterisch sein? Was glaubst du, wie viele Menschen nachts von irgendwelchen Witzbolden angerufen werden?“

„Ich habe diesen Anrufer ja nicht bestellt.“ Karen zog die Bettdecke bis unters Kinn. Sie hatte das Bedürfnis, sich tief in eine Höhle zu verkriechen, Wärme und Geborgenheit zu finden und allein zu sein. Sie starrte mit weit offenen Augen in die Dunkelheit.

Wenn ich die Kraft hätte, dachte sie plötzlich, wenn ich die Kraft hätte, würde ich ihn verlassen.

Dieser Gedanke, mit all seinen Konsequenzen, erschreckte sie so sehr, dass sie sich für den Rest der Nacht mit ihm auseinander setzte und darüber zeitweilig sogar den seltsamen Anruf vergaß.

IM HAFEN von Le Brusc schabten die Fender an den Seiten der Schiffe leise gegeneinander, hörbar trotz des Geschreis und Gelächters der vielen Menschen ringsum und der lauten Rufe der Möwen. Ein leichter Wind strich vom Meer heran, ohne die geringste Abkühlung zu bringen. Nicht eine einzige Wolke zeigte sich am Himmel.

„Das Schiff sieht gut aus“, sagte Maximilian anerkennend. „Sie haben es wirklich sehr zuverlässig gewartet, Albert.“

Albert schob seine Fischermütze verlegen auf dem Kopf hin und her und strahlte über sein braun gebranntes Gesicht. „Es macht mir Spaß. Es ist so ein schönes Schiff. Ich sorge gern dafür.“

„Eine Vindö!“, rief Marius begeistert. Er stand neben den beiden Männern und betrachtete die *Libelle* mit Kennermiene. „Es muss toll sein, mit ihr zu segeln.“

Maximilian sah ihn erstaunt an. „Verstehen Sie etwas davon?“

„Klar. Ich hab meinen Segelschein, und ich bin schon an ziemlich vielen Orten gesegelt. Auch Nordsee. Mein Alter hat mich immer mitgenommen, der war ganz verrückt auf diesen Sport.“

„Hm“, machte Maximilian. Er hatte Marius und Inga im Auto mit nach Le Brusc genommen, damit Inga noch einmal den Arzt aufsuchen und Marius Lebensmittel einkaufen konnte, und zwischendurch hatte er sich kurz die *Libelle* ansehen wollen. Er kannte das Schiff, er war oft mit Felix darauf gesegelt. „Ich werde mal mit Rebecca sprechen“, sagte er, „vielleicht erlaubt sie, dass Sie und Inga einmal damit segeln.“

„Das wäre wirklich nett“, sagte Marius und strahlte über das ganze Gesicht. „Ich glaube, das fände auch Inga ganz toll.“

Sie verabschiedeten sich von Albert und gingen zum Auto zurück. Dort wartete Inga, deren Arztbesuch bereits beendet war. Zu ihrer Erleichterung heilten die Wunden schnell und gut, sie würde schon bald wieder problemlos laufen können.

Als die Männer eingestiegen waren und Maximilian den Motor anließ, fragte Inga unvermittelt: „Was ist eigentlich mit ihr?“

Maximilian sah sie an. „Mit wem?“

„Mit Rebecca. Frau Brandt, meine ich. Sie ist unheimlich traurig. Sie lächelt nie, und sie sieht schrecklich unglücklich aus.“

„Sie hat vor einem Dreivierteljahr ihren Mann verloren. Ein Autounfall. Es war ein furchtbarer Schock. Und ich fürchte, sie hat sich immer noch nicht davon erholt.“

„Lebt sie ständig hier?“

„Früher war es nur ein Ferienhaus, aber jetzt hat sie sich ganz dorthin zurückgezogen, und das ist natürlich überhaupt nicht gut für sie. Sie ist sehr allein. Sie muss nicht arbeiten und kann sich ganz ihrem Schmerz hingeben." Die letzten Worte sagte Maximilian voller Verbitterung.

Marius sah ihn an. „Sie war glücklich mit ihrem Mann, oder?"

Maximilian lachte traurig. „Glücklich? Das klingt im Zusammenhang mit Felix und Rebecca fast banal. Sie waren ein Traumpaar."

Alle drei schwiegen, während sich das Auto über steile, enge, holprige Straßen hinaufschraubte. Zwischen Bäumen und Felsen tauchten immer wieder kleine Fetzen Meer auf, blau leuchtend, glitzernd in der Sonne.

„Hier ist auch nicht immer Sommer", sagte Maximilian unvermittelt, „auch hier gibt es lange dunkle Winternächte, neblige Herbstmorgen und Tage, an denen es von morgens bis abends nicht aufhört zu regnen. Wie muss es dann sein, so allein da oben? Wie kann sie das aushalten?"

Obwohl er mehr zu sich selbst gesprochen hatte, wandte sich Inga ihm zu. „Sie machen sich große Sorgen um sie, nicht wahr?"

„Ja. Er – ich meine Felix – war mein bester Freund. Ich empfinde Verantwortung für seine Witwe. Aber ich weiß nicht, was ich tun kann."

„Sie hatten keine Kinder?"

„Nein. Das hat irgendwie nicht geklappt. Aber Rebecca hat sich sehr für Kinder engagiert. Vor 15 Jahren gründete sie einen Verein, der sich um Problemfamilien, um misshandelte Kinder, aber auch um gewalttätige Eltern kümmerte. Mit Sorgentelefon und Einzelgesprächen und Gruppentherapien und allem Möglichen mehr. Rebecca ging darin auf. Ihr Verein – *Kinderruf* hieß er – hatte einen sehr guten Ruf, arbeitete eng mit den verschiedenen Jugendämtern zusammen. Diese Frau", er schlug mit der flachen Hand auf das Lenkrad, eine Geste, die weniger aggressiv als hilflos wirkte, „diese Frau, die da in der Einsamkeit vor sich hin vegetiert, war bis vor einem knappen Jahr eine lebhafte, engagierte Person, ständig im Einsatz für andere. Dabei lebensfroh und optimistisch. Es ist unbegreiflich, dass sie nun ..." Er sprach den Satz nicht zu Ende.

Für den Rest der Fahrt sprach niemand mehr. Maximilian überlegte, wie seine nächsten Schritte aussehen sollten. Gleich am Abend seiner Ankunft hatte er drüben in Sanary ein Hotelzimmer genommen; er hatte nicht gewagt, Rebecca zu fragen, ob er ihr Gästezimmer benutzen dürfe, und sie hatte es auch nicht angeboten. Seitdem hatte er sie zweimal gesehen, und jedes Mal hatte sie alles andere als erfreut gewirkt. Seine Besuche bei ihr konnte er überhaupt nur noch mit seinem Interesse an dem Schiff rechtfertigen, und auch damit würde er sie nicht ewig hinhalten können. Im Grunde hatte er sich ohnehin längst gegen die *Libelle* entschieden. Sie erinnerte ihn zu stark an Felix.

Er ließ Marius und Inga vor dem unbebauten Grundstück aussteigen und sah ihnen einen Moment lang nach. Wie sorglos man in diesem Alter noch sein kann, dachte Maximilian, Sonne, Meer, ein Zelt, Zweisamkeit – das reicht völlig aus, um glücklich zu sein.

Er rollte die paar Meter weiter bis zu Rebeccas Gartentor, stieg aus, wappnete sich innerlich gegen Kummer und Ablehnung, die ihn empfangen würden.

Er traf sie auf der rückwärtigen Veranda. Sie hängte Wäsche auf ein Gestell, ein paar T-Shirts, Unterwäsche, Socken. Sie sah Maximilian nicht an.

„Ich habe für die jungen Leute gewaschen", sagte sie, so als müsse sie eine Erklärung für ihre Tätigkeit abgeben. „Die junge Frau – wie heißt sie noch? Inga? Sie kam heute früh zu mir und fragte, ob es unten im Dorf einen Waschsalon gibt. Da habe ich angeboten …" Sie sprach den Satz nicht zu Ende.

„Ich hoffe, ich habe dir da nichts eingebrockt", meinte Maximilian unbehaglich, „indem ich die beiden mitgebracht habe."

Sie zuckte mit den Schultern. „Ewig werden sie ja nicht bleiben."

„Sicher nicht." Er sah ihr zu. Sie hatte noch immer die raschen Bewegungen einer Frau, die Dinge schnell erledigt, weil ihre Zeit knapp ist.

Ach, Rebecca, dachte er traurig. „Ich wollte schon heute früh zu dir", sagte er, „aber dann habe ich erst noch die jungen Leute ins Dorf gefahren. Bei der Gelegenheit war ich auch am Hafen und habe mir noch mal die *Libelle* angesehen. Und mit Albert gesprochen. Er hat sie gut in Schuss gehalten."

„Und – möchtest du sie nun haben?"

„Ich bin mir nicht sicher. Sie erinnert mich sehr an Felix."

„Du musst nur Ja oder Nein sagen. Wenn du sie nicht willst, ist es auch kein Problem."

„So einfach ist das nicht."

„Ich kann dieses Problem für dich nicht lösen."

„Wenigstens siehst du, dass eines da ist."

Wieder entgegnete sie nichts, und in seiner Hilflosigkeit plötzlich wütend, fuhr er sie an: „Verdammt, Rebecca, du bist doch nicht die Einzige, die trauert! Du hast deinen Mann verloren. Ich habe meinen besten Freund verloren. Wir müssen doch alle irgendwie weitermachen!"

Rebeccas Mund verzog sich zu einem Ausdruck von Ärger und Resignation. „Lass es mich auf meine Weise bewältigen“, sagte sie, „und bewältige du es auf deine.“

„Aber du bewältigst es doch überhaupt nicht!“, sagte Maximilian heftig. Er wandte sich zum Gehen, aber dann fiel ihm noch etwas ein. „Der junge Mann“, sagte er, „scheint ein erfahrener Segler zu sein. Er war begeistert von der *Libelle*. Er würde gern einmal mit seiner Frau zusammen segeln. Könntest du dir vorstellen, das zu erlauben?“

Ohne zu wissen, warum, hätte er eher mit einer Absage gerechnet. Aber zu seiner Überraschung zuckte sie nur mit den Schultern.

„Warum nicht“, sagte sie.

NOCH immer, wenn sie mittags zum Briefkasten ging, wurde sie von der Angst ergriffen, *er* könnte sich wieder gemeldet haben. Genau genommen wusste sie natürlich nicht, ob es sich überhaupt um einen *Er* handelte, aber sie hatte von Anfang an die Möglichkeit ausgeschlossen, eine Frau könnte ihr die hässlichen Briefe schreiben.

Ihre Hand zitterte, als sie den Briefkasten aufschloss. Es waren eine Zeitschrift und einige Briefe angekommen, und früher hätte sie sich gefreut und überlegt, wer wohl geschrieben haben mochte. Jetzt hätte sie es vorgezogen, wenn der Briefkasten leer gewesen wäre.

Beim Durchblättern erkannte sie, dass kein Brief von *ihm* dabei war. Kein wohl bekannter Aufkleber auf einem Umschlag mit ihrem Namen. FRAU CLARA WEYLER. Und dann die Adresse.

Die Telefonrechnung war gekommen, ein Brief ihrer Schwester aus dem Mallorca-Urlaub und eine Ansichtskarte von den Malediven.

Wer ist denn gerade auf den Malediven?, fragte sie sich, während sie erleichtert registrierte, dass ihr Herzschlag in den normalen Rhythmus zurückfand und ihre weichen Beine an Stabilität gewannen.

Sie ging zum Haus zurück, überflog dabei die Karte.

Agneta.

Ihre einstige Kollegin, vor vielen Jahren. Eine nette blonde Schwedin. Agneta hatte einen wohlhabenden Mann geheiratet, und daher waren Fernreisen wahrscheinlich keine Seltenheit für sie.

Es ist herrlich, schrieb sie, *Sonne ohne Ende, tiefblaues Meer, tiefblauer Himmel, heller, warmer Sand. Ich lerne tauchen! Habe dabei das Gefühl, allem entfliehen zu können. Ich war ziemlich mit den Nerven fertig, hatte unschöne Erlebnisse in der letzten Zeit. Erzähle ich dir alles, wenn ich zurück bin – würde gerne mal wissen, was du davon hältst. Bis dahin alles Liebe, Agneta.*

Das Herzklopfen wurde wieder stärker. Clara blieb stehen.

Was meinte Agneta?

Sie hatten sich seit ungefähr drei Jahren nicht mehr gesehen. Ohnehin waren sie nie dicke Freundinnen gewesen. Kolleginnen, die sich gut verstanden, aber mehr nicht. Agneta hatte ihr noch nie eine Ansichtskarte geschickt, geschweige denn ihr gegenüber von Problemen gesprochen, zu denen sie ihre Ansicht hören wollte. Warum also …? Es sei denn …

Clara schaute wieder auf die Karte, die ganz leicht in ihrer Hand zitterte. Agneta schrieb nicht einfach von einem Problem. Sondern von unschönen Erlebnissen in der letzten Zeit. Und davon, dass sie ziemlich mit den Nerven fertig gewesen sei.

Es war genau das, was sie, Clara, auch von sich gesagt hätte. Unschöne Erlebnisse, die hatte sie, weiß Gott, gehabt, und eine Frau, die mit weichen Knien zum Briefkasten ging, die abends nicht einschlafen konnte und nachts bei jedem Geräusch hochschreckte, war wohl eindeutig *mit den Nerven fertig*.

Agneta hatte die gleichen Briefe erhalten, und sie wandte sich an die ehemalige Kollegin, weil die Briefe etwas mit ihrer einstigen gemeinsamen Arbeit zu tun hatten. Es musste jemand von damals sein. Aus der Zeit, da sie beide beim Jugendamt gearbeitet hatten.

Clara ging ins Haus zurück, schloss sehr sorgfältig die Haustür hinter sich. Die Angst hatte sich in ihr Leben geschlichen, hatte sich dick und breit darin eingenistet und schien nicht gewillt, es wieder zu verlassen. Alles hatte sich verändert. Und das gerade jetzt. Ausgerechnet. Seit der Geburt Maries im September des letzten Jahres hatte Clara Tag für Tag immer wieder gedacht, wie vollkommen sich doch alles in ihrem Leben gefügt hatte. Nicht, dass sie früher ein Trauerkloß gewesen wäre. Sie hatte auch ihren Beruf gemocht. Am Anfang zumindest. Später … hatte er an den Nerven gezerrt, und sie hatte genau gespürt, dass sie im Grunde zu zart besaitet war, um sich dauerhaft mit der harten Welt derer zu konfrontieren, die auf der Schattenseite der Gesellschaft lebten. Sie hatte sich verabschiedet, und sie war froh darüber. Sie liebte Bert und war sicher, dass sie mit ihm für immer zusammenbleiben würde. Sie ging auf in ihrer Mutterrolle. Sie hätte nichts, aber auch gar nichts in ihrem Leben verändern mögen.

Sie wollte nur, dass dieser Mensch ihr nicht mehr schrieb.

Sie stellte die Karte von den Malediven vor das Schlüsselbrett im Eingang. Agneta hatte es gut, sie war so weit weg. Clara seufzte. Und jetzt würde sie nach Marie sehen. Und sich um den Haushalt kümmern. Und dann einkaufen, irgendetwas richtig Schönes für sich und Bert am Abend.

Wer immer das da draußen war, sie mochte sich nicht ihre kleine, heile Welt zerstören lassen.

Freitag, 23. Juli

Ingas Füße schmerzten noch immer, aber seit sie die Salbe benutzte, die ihr der Arzt verschrieben hatte, war es wirklich besser geworden. Es fiel ihr noch etwas schwer zu laufen, sie humpelte, und was sie daran vor allem störte, war der Umstand, in dieser paradiesischen Gegend zu sitzen und nichts von dem tun zu können, was ihr Spaß machte. Sie durfte nicht schwimmen und konnte keine Spaziergänge unternehmen. Sie hatte daher mit Begeisterung reagiert, als Marius ihr sagte, Rebecca habe ihnen erlaubt, ihr Boot für einen Segeltörn zu benutzen.

Im Grunde gestaltete sich der Urlaub viel besser, als Inga befürchtet hatte. Anstatt auf einem überfüllten Campingplatz zu sitzen, hatten sie einen zauberhaften Platz weitab von den Menschenhorden gefunden, und sie genossen dabei einen Ausblick über die Felsen und das Meer, der auf einer romantischen Postkarte nicht schöner hätte abgebildet sein können.

Sie stand auf dem hölzernen Bootssteg inmitten des flirrenden Sonnenscheins und sah Marius und Maximilian zu, die die *Libelle* startklar machten.

In der vergangenen Nacht hatte der Mistral getobt, jener wilde, sagenumwobene Sturm, der das Rhonetal heruntergedonnert kommt und sich mit wütender Kraft ins Meer zu stürzen scheint. Jetzt am Morgen herrschte völlige Stille, der Himmel war hoch und blau und gläsern, die Luft ein wenig kühler und von prickelnder Klarheit. Die ganze Welt schien gereinigt worden zu sein.

Marius war gerade mit der Genua beschäftigt, die er am Vorstag, dem dünnen Draht, der sich zwischen Bugspitze und Mast spannte, anschlug.

„Sie wissen wirklich gut Bescheid“, sagte Maximilian anerkennend, „bei Ihnen sitzt jeder Handgriff. Obwohl Ihnen das Schiff ja völlig fremd ist.“

„Ich hab Ihnen doch gesagt, dass ich seit meiner Kindheit in allen Ferien mit Segelschiffen zu tun hatte“, erwiderte Marius, ohne seine Arbeit zu unterbrechen.

Maximilian faltete das Großsegel auf dem Baum zusammen und zurrte es fest. „So“, sagte er, „und jetzt müssen wir mal sehen, was der Motor macht. Das Schiff lag lange still. Ich hoffe, dass die Batterie nicht am Ende ist.“ Er sah Inga an. „Und Sie? Sind Sie auch so ein Segelprofi?“

Sie schüttelte lachend den Kopf. „Ich bin viel mit Marius gesegelt, deswegen habe ich ein bisschen Ahnung. Aber ich bin nicht im Mindesten als Profi zu bezeichnen.“

„Sie wollen heute segeln?“, fragte jemand hinter Inga auf Französisch, und sie wandte sich erstaunt um. Sie kannte den tief gebräunten Mann nicht, der unbemerkt herangetreten war, aber Maximilian mischte sich sofort ein.

„*Bonjour*, Albert. Inga, das ist Albert, der Hafenmeister. Albert, Inga ist die Frau von Marius, den Sie ja gestern kennen gelernt haben. Die beiden wollen es heute mal probieren.“

Albert legte das Gesicht in Falten und betrachtete eingehend den Himmel. „Der Mistral kommt noch einmal zurück“, bemerkte er. Er deutete in Richtung Berge. Inga konnte dort nichts sehen, außer dass der Himmel geradezu überirdisch blau und leuchtend war, aber den Männern schienen sich geheimnisvolle Zeichen aufzutun, denn Maximilian nickte.

„Der Mistral. Wir haben ihn noch nicht hinter uns.“

Marius war mit der Genua fertig und strich sich kurz über den Rücken. „Das kann aber sicher noch dauern“, meinte er.

Albert wiegte den Kopf hin und her. „Voraussichtlich heute Nachmittag.“

„Vorher nicht?“, wollte Inga ängstlich wissen.

„Unwahrscheinlich, Madame.“

„Albert ist ziemlich gut in seinen Prognosen“, versicherte Maximilian, „er hat sein ganzes Leben hier verbracht. Ich habe noch nie erlebt, dass er sich geirrt hätte.“

„Es ist jetzt zehn Uhr am Morgen“, sagte Marius. „Ich schlage vor, dass Inga und ich gleich lossegeln und um vier Uhr heute Nachmittag wieder hier sind. So haben wir genug Zeit und sind trotzdem auf der sicheren Seite.“

„Aber wirklich spätestens um vier!“, beharrte Albert.

Maximilian war in der Kajüte verschwunden und tauchte nun mit zwei Schwimmwesten wieder auf. „So. Die legen Sie bitte an. Das ist Pflicht auf der *Libelle*.“

Er streckte die Hand aus, um Inga auf das Boot hinüberzuhelfen. Sie zog ihre Schwimmweste an und bemerkte, wie ihre Vorfreude immer mehr stieg.

Maximilian sah Marius an. „Die Batterie ist ziemlich am Ende, aber wenn der Motor läuft, wird sie sich aufladen. Sie sollten das im Auge behalten."

„Ist klar. Wo ist die Kurbel?"

Kurze Zeit später erklang das ersehnte Tuckern, und der Geruch des Dieselöls waberte durch die klare Luft.

Maximilian schwang sich auf den Bootssteg zurück. „Ich hole Sie beide um vier Uhr wieder ab", sagte er.

Wie schön es hier ist, dachte Inga. Sie saß vorne im Bug und löste auf Marius' Geheiß die Festmacher, während sich Marius im Heck am Ruder platziert hatte.

Langsam schob sich die *Libelle* aus ihrem Liegeplatz. Inga blinzelte, als sich ein Schatten zwischen sie und die Sonne schob. Es war Marius, der das Steuer für einen Augenblick verlassen hatte, um sich seine Baseballmütze zu schnappen und zum Schutz gegen die Sonne auf den Kopf zu setzen.

„Inzwischen müsstest du doch mal zugeben, dass die Idee, in den Süden zu fahren, doch nicht so schlecht war", meinte er.

Sie musste lachen. Er sah aus wie ein kleiner Junge, der auf ein Lob wartet. „Es war eine grandiose Idee", sagte sie, „und ich bin froh, dass ich mich mit meiner Schwarzseherei nicht durchgesetzt habe. Zufrieden?"

Er grinste. „Das wollte ich nur hören", sagte er und kehrte dann mit einem schnellen Sprung an das Ruder zurück.

Denn nun verließen sie den Hafen, und vor ihnen breitete sich blau und endlos das Meer aus, und gleich würden sie unter vollen Segeln dahingleiten.

DAS GARTENTOR von Rebeccas Grundstück quietschte wie üblich, als Maximilian es öffnete.

Diesmal traf er sie in der Küche an. Die Verandatür stand offen, daher ging er ohne anzuklopfen ins Haus. Rebecca wischte gerade wie eine Verrückte mit einem Lappen die ohnehin blitzsaubere Arbeitsplatte noch sauberer.

Es war so untypisch. Ihr Haushalt früher war eher verschlampt gewesen. Wenn er sie und Felix besuchte, hatte ihn das leichte Chaos stets amüsiert und ihm ein heimeliges Gefühl gegeben. Er hatte manchen Abend in ihrer großen unordentlichen Küche am Tisch gesessen, ein Glas Wein getrunken und ihr zugesehen, wie sie Spaghetti kochte und hektisch in einer Fertigsoße rührte.

„Hallo, Rebecca", sagte er.

Sie hatte natürlich das Tor gehört, und so erschrak sie nicht, sondern wischte ungerührt weiter den nicht vorhandenen Dreck hin und her.

„Die beiden sind losgesegelt", berichtete er. „Dieser Marius ist wirklich ein Profi. Sorgen musst du dir also keine machen."

„Ich mache mir keine", entgegnete Rebecca.

„Ich habe ihnen versprochen, sie um vier Uhr im Hafen abzuholen. Albert sagt, wir bekommen Mistral, und deshalb müssen die beiden früher zurück sein."

„Das ist sicher vernünftig."

„Ja …" Unschlüssig sah er sie an, und dann, plötzlich von einer ganz unerwartet heftig aufwallenden Wut ergriffen, schoss sein Arm vor, er packte ihr Handgelenk und zwang sie, mit ihrer idiotischen Tätigkeit aufzuhören.

„Verdammt, Rebecca! Ich kann das einfach nicht länger mit ansehen! Wie du dich hier in dieses Haus einsperrst und dein Leben verplemperst. Das bist nicht du!"

Sie versuchte sich aus seinem Griff zu winden. „Lass mich sofort los, Maximilian! Sofort!"

„Nein. Weil du dann wieder anfängst, diese arme Holzplatte zu bearbeiten, bis du irgendwann ein Loch in sie hineingescheuert hast. Ich werde morgen nach Deutschland zurückfahren, und ich werde mich dann nie wieder in deinem Leben blicken lassen, aber vorher will ich dir wenigstens noch sagen, dass ich kein Verständnis mehr für dich habe. Nicht was die Larmoyanz und die Feigheit angeht, mit denen du alles wegwirfst, was dir trotz Felix' Tod geblieben ist. Deine Trauer ist verständlich. Aber es ist nicht verständlich, dass du offenbar vorhast, die verbleibenden fünfzig Jahre deines Lebens in dieser gottverdammten Einöde zu verbringen."

Es gelang ihr endlich, ihr Handgelenk aus seiner Umklammerung zu winden. Zum ersten Mal seit seiner Ankunft gewahrte Maximilian Leben in ihren Augen. Sie funkelten vor Wut. „Wer", schrie sie, „sagt dir, verdammt noch mal, dass ich vorhabe, noch fünfzig Jahre zu leben?"

Er trat einen Schritt zurück.

Es war mit einem Schlag sehr still in der Küche. Nur das leise Brummen des Kühlschranks war noch zu hören.

„So ist das also", sagte Maximilian nach einer Weile, „seltsam. Als ich in München saß, konnte ich mich irgendeiner dummen Ahnung nicht erwehren, und sie wurde so stark, dass ich schließlich losfahren musste. Und ganz offenbar hat mich mein Instinkt nicht getrogen."

Sie hatte sich wieder unter Kontrolle. Sie sah nicht länger wütend, sondern zynisch aus. „Erzähl mir doch nichts, Maximilian. Wir wissen doch beide, warum du gekommen bist."

Er holte tief Luft. „Rebecca …"

„Seit deiner Scheidung – nein, ich glaube, sogar vorher schon – warst du hinter mir her, und das Fatale war nur, dass ich die Frau deines besten Freundes war. Aber jetzt ist Felix tot, und nach einer dir angemessen erscheinenden Zeit hast du dir gedacht …"

Ihm wurde schwindlig. Er sah in ein Gesicht voller Hass und Verachtung und dachte: Nein! Nein, wie kann sie so reden, wie kann sie …

Seit deiner Scheidung warst du hinter mir her …

Sie drückte es auf eine gewöhnliche, zynische Weise aus, aber im Kern hatte sie Recht. Er hatte sie verehrt und bewundert vom ersten Moment ihres Kennenlernens an, und möglicherweise hatte er das nach seiner Scheidung nur noch schwer verbergen können.

Nach dem ersten Gefühl der Betroffenheit stieg nun Ärger in ihm auf über die Härte, mit der sie ihm ihre Unterstellung ins Gesicht geschleudert hatte. „Du bist unglücklich und verbittert", sagte er, „und deshalb stößt du Menschen vor den Kopf, die es gut mit dir meinen. Vielleicht habe ich dich mehr bewundert, mehr verehrt, als es mir einer verheirateten Frau gegenüber zugestanden hätte, das mag sein, aber ich habe nie mit Gefühlen an dich gedacht, die ich nicht jederzeit Felix gegenüber hätte offen legen können. Ich fand es großartig, wie intensiv du gearbeitet hast. Du wirktest so jung, so energiegeladen und so völlig anders als die Frauen, mit denen ich sonst umging. In deinen Jeans und Pullis und mit deinen langen Haaren …" Er suchte nach Worten, blickte dabei in ihr wieder kühles Gesicht und spürte, dass er gegen eine Wand redete.

„Ach, Rebecca", sagte er, „ich verstehe das alles nicht. Du willst also so weitermachen? Dich hier vergraben und deine Zukunft wegwerfen mit allem, was sie dir noch zu bieten hätte?"

Sie sah ihn spöttisch an. „Was hätte sie mir denn zu bieten? Dich?"

Sein Ärger flammte auf, als habe jemand Öl in eine schwelende Glut gekippt, und er dachte: Ich muss nicht hier stehen und mich von ihr beleidigen lassen. Soll sie doch zum Teufel gehen!

So ruhig er konnte, sagte er: „Ich werde jetzt gehen. Ich werde auch nicht wiederkommen, das verspreche ich dir. Und trotz allem, wenn du Hilfe brauchst, dann wende dich bitte an mich. Es könnte ja sein …“ Er machte eine hilflose Handbewegung.

Rebecca stand unbeweglich wie eine Salzsäule. Sie gab durch nichts zu erkennen, ob sie ihm überhaupt zugehört hatte.

UM DIE Mittagszeit beschloss Karen, in die Stadt zu fahren und sich irgendetwas zum Anziehen zu kaufen. Es war Viertel nach zwölf, und für gewöhnlich würde sie jetzt anfangen, das Mittagessen für die Kinder vorzubereiten, aber diese nahmen an einer Sportveranstaltung ihrer Schule teil, die bis in den späten Nachmittag dauern würde. Ein unerwarteter Freiraum also, der sich ihr bot. Heute Morgen hatte sie sich zum ersten Mal seit langem wieder aufmerksam in dem hohen Schlafzimmerspiegel gemustert, und dabei war ihr aufgefallen, dass sie stark abgenommen hatte.

Sie hatte von dem Gewichtsverlust nichts bemerkt, aber sie erinnerte sich, dass sie an vielen Tagen, an denen es ihr schlecht ging, nichts hatte essen können, weil sie sich immer so viele Sorgen machte. Sorgen vor allem um ihre Ehe.

Und so hatte sie plötzlich gedacht: Ich könnte einfach einmal etwas *für* meine Ehe tun, anstatt mich ständig *um* sie zu sorgen. Ich habe wirklich eine schöne Figur, aber in den Säcken, die ich immer an mich hänge, sieht Wolf sie überhaupt nicht. Wenn er heute Abend nach Hause kommt, könnte er mich einmal ganz neu erleben.

Der Gedanke hatte sie beflügelt, und mit sehr viel mehr Schwung und Energie als sonst erledigte sie ihre Hausarbeit. Bevor sie losging, ließ sie Kenzo noch einmal in den Garten. Wie üblich schoss er sofort zum Zaun und bellte das Nachbarhaus an, drehte dann aber um, hob sein Bein an einem Rosenstrauch und trabte ins Haus zurück. Karen konnte nicht umhin, hinaus und zu dem von ihm erneut angebellten Haus zu blicken. Verschlossene Rollläden nach wie vor. Kein Lebenszeichen.

Ich hatte beschlossen, darüber nicht mehr nachzudenken!

In der Stadt verlief alles perfekt. Sie fand sofort einen Parkplatz, und innerhalb der nächsten Stunde kaufte sich Karen, beschwingt durch die Komplimente der Verkäuferin und leichtsinnig gestimmt durch ein Glas Champagner, das ihr angeboten wurde, zwei sehr enge Jeans und einige ebenfalls äußerst knapp geschnittene T-Shirts, einen kurzen und einen langen Rock und einen Bikini.

Mit zwei großen Tüten bepackt, verließ sie den Laden. Ihr war etwas schwindlig, und untergründig regte sich in ihr die Frage, was Wolf wohl zu seinem nächsten Kontoauszug sagen würde, aber der Alkohol verhinderte, dass sie sich darüber ernsthaft Sorgen machte.

Sie war froh, als sie heil daheim ankam. Als sie aus der Garage trat, nahm sie einen Mann wahr, der vor dem Gartentor ihrer Nachbarn stand und gerade die Klingel drückte. Er sah Karen und kam sofort auf sie zu.

„Verzeihen Sie, wissen Sie, ob die Familie Lenowsky verreist ist?“, fragte er. „Ich bin Gärtner. Ich soll mich von jetzt an regelmäßig um das Grundstück kümmern. Der heutige Termin wurde vor zwei Wochen vereinbart, und man legte mir nahe, ihn unbedingt pünktlich einzuhalten.“

„Und die Lenowskys wollten da sein, wenn Sie arbeiten? Denn Sie könnten eigentlich auch so in den Garten gehen und …“

„Auf keinen Fall“, sagte er mit Bestimmtheit. „Herr Lenowsky sagte ausdrücklich, er wolle wegen eventueller Änderungen in seinen Wünschen unbedingt anwesend sein.“

„Ich verstehe“, sagte Karen. „Wissen Sie, ich wundere mich auch schon seit einiger Zeit. Die Rollläden sind unten und niemand öffnet, aber gleichzeitig quillt der Briefkasten über … das erscheint mir seltsam.“

„Das ist es in der Tat“, sagte der Gärtner, „äußerst seltsam.“

„Wir wohnen noch nicht lange hier“, fuhr Karen fort. Es tat gut, mit jemandem zu sprechen. „Ich kenne daher die Nachbarn nicht näher, aber sie wirkten auf mich so, als regelten sie alles in ihrem Leben mit größter Sorgfalt.“

„So kamen sie mir auch vor. Es scheint mir nicht zu ihnen zu passen, dass sie niemanden wegen ihrer Post um Hilfe bitten. Und es passt auch nicht, dass sie den Termin mit mir verstreichen lassen. Sie hätten mir abgesagt, wenn etwas dazwischengekommen wäre.“

„Hm“, machte Karen. Sie und der Gärtner starrten das Haus an. Wie feindselig es wirkte mit seinen hinuntergelassenen Rollläden, wie still und ausgestorben. „Mein Hund bellt das Haus immer an“, sagte Karen, „die ganze Woche schon. Das hat er vorher nicht getan.“

„Vielleicht sollten wir in den Garten gehen, was meinen Sie? Am Ende ist irgendwo ein Fenster nicht verdunkelt, und wir können hineinschauen.“

Karen merkte, wie ihr kalt wurde. Eine Gänsehaut lief über ihren Rücken. „Was erwarten Sie denn zu sehen?“, fragte sie beklommen.

Er zuckte mit den Schultern. „Keine Ahnung. Die beiden sind nicht mehr die Jüngsten. Vielleicht sind sie krank geworden, unglücklich gestürzt …“

„Alle beide?“

„Ich gehe hinein“, sagte der Gärtner und stieß das Tor auf. Karen folgte ihm.

Das Gras im Garten stand recht hoch – verwunderlich zumindest, wenn man wusste, dass Fred Lenowsky es für gewöhnlich stets sehr kurz geschoren hielt. Die Geranien, die in Terrakottatöpfen den Gartenweg säumten, ließen die Köpfe hängen.

Die Haustür bestand aus einem hölzernen Rahmen, in dessen Mitte dicke dunkelgrün gefärbte Glasquadrate zu seltsamen geometrischen Formen angeordnet waren; man konnte jedoch nicht hindurchsehen. Links von der Tür führte ein Plattenweg um das Haus herum. An den Fenstern entlang des Weges waren überall die Rollläden hinuntergelassen.

Sie hatten das Haus umrundet und langten auf der Terrasse an. Hier standen ein runder weißer Gartentisch und vier Gartenstühle; auf den Stühlen lagen, sorgfältig festgebunden, blau-weiße Sitzkissen. Eine geblümte Tischdecke hatte der Wind in die Ecke neben der Verandatür geweht.

„Die fahren doch nicht in Urlaub und lassen ihre Stuhlkissen draußen!“, rief der Gärtner. „Ich finde, hier stimmt etwas überhaupt nicht!“

Fenster und Tür zur Terrasse waren verdunkelt. Über die ganze Breite der Terrasse erstreckte sich im ersten Stock ein Balkon. Der Gärtner lief bis zum Ende des Rasens, um hinaufzuspähen. „Ich meine, dort wäre ein Fenster ohne Rollladen. Man könnte auf den Balkon klettern ...“

„Es ist doch gar nicht erlaubt, was wir hier tun“, meinte Karen unbehaglich, „immerhin ist das ein fremdes Grundstück ...“

Der Gärtner schnaubte verächtlich. „Das sollte uns jetzt nicht unbedingt kümmern. Eigentlich sollte man die Polizei verständigen.“

Karen erschrak, weil sie sich vorstellen konnte, wie Wolf auf diesen Vorschlag reagieren würde. „Ich weiß nicht ... nachher ist gar nichts, und wir machen uns nur völlig lächerlich.“

„Hm“, machte er. Vermutlich hielt er sie für eine spießige Vorstadtpflanze, die sich tunlichst aus allem heraushielt, was ihr in irgendeiner Weise Schwierigkeiten bringen konnte. „Wir warten noch zwei, drei Tage“, fuhr er fort, „aber dann sollten wir etwas unternehmen. Sie haben ja das Haus ständig im Auge. Würden Sie mich anrufen, wenn sich irgendetwas tut?“

„Klar“, sagte Karen. Insgeheim sandte sie ein Stoßgebet zum Himmel, es möge sich jetzt schnell *etwas tun*. Die Lenowskys sollten braun gebrannt und quicklebendig von einem Urlaub zurückkehren, und alles sollte sich als ein Missverständnis herausstellen.

Der Gärtner gab ihr seine Visitenkarte und notierte Karens Namen und ihre Telefonnummer auf einer anderen Karte. Er hieß Pit Becker, und auf seine Karte waren Blumen und Bäume gedruckt. „Falls Sie auch mal einen guten Gärtner brauchen …“, meinte er noch und lachte.

Sie verließen das fremde Grundstück und das stumme dunkle Haus. Pit stieg in seinen Kleinbus, der ebenfalls mit Blumen und Bäumen bemalt war, hob noch einmal die Hand zum Gruß und fuhr davon.

DIE *LIBELLE* dümpelte in einer vom Mistral unruhig zurückgelassenen See hin und her, mit angeschlagenen Segeln, ringsum von tief türkisfarbenem Wasser umgeben, über sich den blauen Himmel mit ein paar Wolken, und vor sich steil ins Wasser abfallende Felsen.

Ein fast perfekter Urlaub, dachte Inga schläfrig. Sie lag ausgestreckt auf einer der Bänke im Cockpit, bekleidet mit einem winzigen Bikini, und genoss die Wärme der Sonne auf ihrem Bauch. Sie vermutete, dass sie eine Weile geschlafen hatte, und überlegte, weshalb sie wach geworden war. Sie richtete sich auf. Ein leichter Wind war aufgekommen, und die Wolken am Himmel rollten sich zu der Form stark gebogener Kommas zusammen. Albert hatte Recht gehabt: Der Mistral kehrte zurück.

Sie sah sich um, konnte aber Marius nirgends auf dem Boot sehen. Schließlich entdeckte sie ihn zwischen den Wellen; zu seiner Sicherheit mit dem Schiff durch eine Sorgleine verbunden, schwamm er dort in seinem eigenwilligen, immer etwas aggressiv anmutenden Schwimmstil. Gerade wandte er den Kopf und sah zum Schiff herüber. Vielleicht war auch ihm das Zunehmen des Windes bewusst geworden.

Sie winkte ihm zu, er winkte zurück, und dann kraulte er mit kraftvollen Bewegungen auf das Schiff zu.

Es ist unglaublich, dachte Inga, wir sind ganz allein hier. Hoffentlich können wir das Schiff öfter benutzen in den nächsten zwei Wochen.

Marius hatte die *Libelle* erreicht und kam die Badeleiter heraufgeklettert. Inga stellte wieder einmal fest, wie attraktiv sie ihn fand. Sie beobachtete, wie er mit sicheren und geübten Griffen das Großsegel am Mast hinaufzog. Er bewegte sich auf dem Schiff, als habe er seit Jahren ständig dort zu tun, und gerade wollte sie ihm deswegen ihre Bewunderung aussprechen, da sagte er plötzlich beiläufig: „Wir sollten mit dem Kahn abhauen.“

Sie lachte. Er liebte es, ernsthafte Dialoge über völlig abwegige Dinge zu führen, und Inga hatte dieses Spiel schon oft mitgespielt.

„Das sollten wir unbedingt tun“, meinte sie träge, „wir könnten endlich die Welt umsegeln. Es würde mir mehr Spaß machen, als zur Uni zurückzukehren.“

Marius rubbelte sich mit dem Handtuch die Haare. „Auf diesem Boot kann man nicht die Welt umsegeln. Aber wenn wir es verkaufen, bringt es uns eine schöne Stange Geld, und wir könnten irgendwo eine neue Existenz beginnen."

„Aber dann im Süden. Ich möchte, dass es immer so warm ist wie heute. Könnten wir unsere neue Existenz nicht in Kalifornien oder so aufbauen?"

Marius zog Shorts und T-Shirt an und schlüpfte in seine Schwimmweste. „Du solltest dich auch anziehen und die Schwimmweste anlegen", meinte er, „der Wind nimmt ganz schön zu."

Inga sprang auf und griff nach ihren Sachen. Im Wind war jetzt eine kühle Strömung, die sie frösteln ließ. „Wir sollten schleunigst zum Hafen zurück. Ich möchte ungern wie eine Nussschale hier auf den Wellen herumtanzen."

„Quatsch", sagte Marius schroff, „doch nicht in den Hafen zurück. Wer weiß, ob uns die Alte noch mal auf das Boot lässt. Das hier ist unsere Chance, und die verspielen wir nicht."

Inga zog langsam ihr T-Shirt über den Bauch. Sie schaute Marius an. Es war nicht der Moment für ein Spiel, das musste er begreifen. Der Wind nahm mit jeder Minute zu. Sie hatten schon zu lange gewartet.

„Marius, ich bin jetzt wirklich ein bisschen nervös. Wir haben versprochen, dass wir um vier Uhr zurück sind. Maximilian will uns abholen. Ich möchte nicht, dass er wartet."

„Der holde Maximilian kann warten, bis er schwarz wird. Der stinkt mir sowieso schon die ganze Zeit. Oder glaubst du, ich habe nicht bemerkt, dass er ein Auge auf dich geworfen hat? Der ist scharf auf dich, das sieht doch ein Blinder!"

Sie lachte wieder, aber diesmal klang es sogar für sie selbst unecht. „Marius, jetzt spinnst du. Der ist an Rebecca interessiert, und zu uns ist er einfach nur nett. Steigere dich da jetzt nicht in etwas hinein!"

„Klar, dass du das sagst. Dir gefällt es natürlich, wie er dich anglibbert. Hast du dir mal überlegt, dass das für mich vielleicht nicht ganz so witzig ist wie für dich?"

In seiner Stimme war ein Ton, den sie nicht kannte. Unsicher blickte sie ihn an. „Wenn es ein Spiel ist, möchte ich es beenden. Ich habe Angst vor dem Meer. Ich will in den Hafen zurück."

„Und ich habe gesagt, wir verpissen uns und machen den Kahn zu Geld!"

Es war nicht nur ein unbekannter Ton in seiner Stimme. Es war auch ein fremder Ausdruck in seinen Augen.

„Aber das ist … das ist doch verrückt! Wir können doch nicht etwas tun, was … was einfach kriminell ist!“ Das ist Irrsinn, dachte Inga.

„Wird die Schlampe ganz schön schmerzen“, sagte Marius, „wenn der Kahn auf Nimmerwiedersehen verschwindet.“

„Die Schlampe? Du meinst Rebecca?“

„Wen sonst? Ihr gehört das Ding hier ja wohl.“

Inga war jetzt fertig angezogen und legte ihre Schwimmweste um. Immer noch vermochte sie nicht recht zu begreifen, was geschah, und sie hoffte, Marius werde ihr jeden Moment sein lachendes Gesicht zuwenden, und alles wäre in Ordnung. Aber irgendetwas sagte ihr, dass er das nicht tun würde. Dieser fremde Ausdruck in seinen Augen … Sie hatte ihn noch nie so erlebt, und sie fürchtete sich vor ihm.

Marius machte sich im Fußraum des Cockpits an der Zündung des Motors zu schaffen. Das vertraute Tuckern wollte zunächst nicht ertönen, doch endlich sprang er an. Marius richtete sich keuchend auf, strich ungeduldig eine nasse Haarsträhne aus seinen Augen. Er glitt hinter das Ruder. „Setz dich“, sagte er, „wir starten.“

Er hatte ihr gegenüber noch nie einen so ruppigen Ton angeschlagen.

Eingeschüchtert kauerte sich Inga auf die Bank, auf der sie bis vor einer Viertelstunde noch friedlich gedöst hatte. Gleich würde sich entscheiden, ob Marius Kurs auf Le Brusc nehmen oder die große Bucht am Cap Sicié vorbei verlassen würde. Was sie in diesem Fall tun sollte, wusste Inga nicht. Wie ging man um mit einem Wirklichkeit gewordenen Albtraum?

Marius sah sehr konzentriert aus, dabei verschlossen und nicht so, als könnte man ihn erreichen.

Ich bin nicht sicher, ob wir nach alldem noch werden zusammenbleiben können, dachte Inga und erschrak, weil eine so plötzliche und unwirkliche Situation so dramatische und weit reichende Gedanken in ihr freisetzte.

Wie sie gefürchtet hatte, schlug Marius die südöstliche Richtung ein. Linker Hand erhoben sich bedrohlich die schwarzen Felsen des Cap Sicié in den Himmel. Die See war jetzt sehr hoch, die Wellen steil und schwarz, und der Wind fegte dicke weiße Fetzen Gischt vor sich her. Das Großsegel schlug wieder und wieder unkontrolliert von einer Schiffsseite zur anderen.

„Zieh deinen Kopf ein!“, rief Marius. „Du kriegst sonst noch den Baum ab.“

Inga duckte sich. „Marius, das ist verrückt, was du da vorhast! Das Cap ist gefährlich, und der Mistral wird immer stärker.“ Sie weinte jetzt fast. Sie wusste nicht, wovor sie mehr Angst hatte: vor den hohen Wellen und dem

Sturm oder vor Marius. „Bitte, Marius, sag mir doch, was los ist! Du bist völlig verändert. Warum willst du Rebecca das Schiff wegnehmen? Was hat sie dir denn getan?“

„Das verstehst du nicht. Zieh deinen Kopf ein, verdammt!“

Sie duckte sich im letzten Moment. Der Baum des Großsegels schrammte haarscharf an ihrem Kopf vorüber.

Sie erhob sich und taumelte zu Marius hinüber. Das Schiff schwankte so, dass sie ständig das Gleichgewicht verlor und schließlich tatsächlich umfiel. Sie rutschte seitlich an der Ruderbank ab. Etwas schrammte schmerzhaft an ihrem nackten Oberschenkel, aber sie war zu aufgeregt, um zu bemerken, dass ihr Blut am Bein hinablief.

„Marius, ich mache das nicht mit!“ Inzwischen war der Wind so laut geworden, dass sie selbst in nächster Nähe zu Marius laut rufen musste, um verstanden zu werden. „Ich will zurück in den Hafen, und was du dann tust, ist deine Sache!“ Sie packte das Ruder, versuchte, die Richtung zu ändern. Sie merkte schnell, dass sie nicht die geringste Chance hatte. Marius war viel stärker als sie, dazu kam die Strömung, die ihm schon genug zu schaffen machte. Inga hatte den Eindruck, nicht das Mindeste gegen sie ausrichten zu können. Sie und Marius lieferten sich eine Art kurzen, erbitterten Ringkampf, dann erlahmten ihre Kräfte, und mit einem Schluchzen ließ sie das Ruder los.

„Du mischst dich besser nicht ein!“, rief Marius. „Sonst schaffst du es wirklich noch, dass wir kentern!“

„Was hast du gegen Rebecca?“

„Ich hasse sie.“

„Aber warum? Kennst du sie? Gab es irgendetwas …?“ Vielleicht, wenn er redet, dachte sie verzweifelt, vielleicht kann ich etwas bewirken, wenn ich nur endlich weiß, was los ist!

„Ich bin jemand“, sagte er überraschenderweise.

„Du bist jemand? Natürlich bist du jemand!“

„Ach ja?“ Er starrte sie feindselig an. Was war das nur in seinen Augen?, rätselte sie. Dieser fremde Ausdruck … Er hatte fast etwas Verrücktes.

Wer ist dieser Mann? Wer ist der Mann, den ich geheiratet habe?

„Marius, hat Rebecca dir irgendwann einmal wehgetan? Ist es doch so, dass sie schon irgendwann einmal etwas mit dir zu tun gehabt hat?“

„Quatsch. Woher sollte ich sie kennen? Ich meine …“ Er unterbrach sich, focht mit dem Ruder, das ihm die stürmische See aus der Hand schlagen wollte. Er keuchte, als er das Boot endlich wieder auf Kurs hatte. „Ich muss sie nicht kennen, um sie zu kennen. Ich weiß, wer sie ist und was sie ist, und das reicht. Aber ich weiß auch, wer ich bin. Ich bin nicht der Letzte. Irgendwann bin ich auch einmal der Erste!"

Inga begriff, dass es keinen Sinn hatte, mit ihm zu reden. Sie torkelten bei hohem Wellengang über das Meer, getrieben vom immer heftiger werdenden Sturm und von den berüchtigten Strömungen des Caps, und Marius machte nicht die geringsten Anstalten umzukehren.

Sie kroch von ihm weg. Der Großbaum schlug jetzt immer wieder hin und her. Sie wusste, wie gefährlich das war. Ein Schlag gegen den Kopf konnte einen Menschen töten.

„Wohin willst du?", brüllte Marius.

Sie antwortete nicht. Die *Libelle* segelte ein gefährliches Tempo, und Inga war eingefallen, welche einzige Möglichkeit es vielleicht gab, sie wenigstens zu verlangsamen: Sie musste den Generalschalter unten in der Kajüte ausstellen. Ohne die Hilfe des Motors konnte Marius sein Vorhaben am Ende gar nicht durchführen. Der Schalter befand sich unten gleich neben der Treppe. Wenn sie ihn erreichte, würde Marius kaum noch die Möglichkeit haben, sie am Abschalten zu hindern.

Sie hatte den Niedergang fast erreicht, da fühlte sie, wie sie von hinten am Arm gepackt und herumgerissen wurde. Dies geschah mit solcher Gewalt, dass ein reißender Schmerz durch ihre Schulter fuhr; die Tränen schossen ihr in die Augen, und sie schnappte für einen Moment entsetzt nach Luft.

Marius stand drohend über ihr, das Gesicht verzerrt, in den Augen einen fast irren Ausdruck von Hass und Wut.

„Du dumme Schlampe", sagte er leise. Inga ahnte die Worte mehr, als dass sie sie tatsächlich hörte. „Du wolltest den Motor abstellen, stimmt's?"

Das Boot, das nun führerlos war, sprang als willenloser Spielball der Wellen auf und ab. Wasser schlug über die Reling. Marius war nass von oben bis unten, und es grenzte an ein Wunder, dass er sich bei diesem Seegang überhaupt noch auf den Beinen halten konnte. Sein Blick war starr nur auf Inga gerichtet, die auf der obersten Stufe zur Kajüte kauerte und wie gelähmt war vor Schmerz.

„Ich will zurück", brachte sie mühsam hervor.

„Ich gehe zu diesen Menschen nicht zurück!", schrie Marius. „Nie, hörst du? *Niemals!*"

Es gelang Inga, ihr Gewicht so zu verlagern, dass sie sich langsam eine Stufe weiter nach unten schieben konnte. An eine rasche Bewegung war nicht zu denken, dafür waren ihre Schmerzen zu stark, aber vielleicht konnte sie fast unmerklich …

Obwohl Marius wirkte, als sei er nicht ganz bei sich, funktionierten seine Instinkte, und er spürte, was sie vorhatte. Seine Hand schoss vor und prallte mit grausamer Härte gegen Ingas misshandelte Schulter.

„Damit du schneller unten bist!“ Sie hörte ihn diese Worte noch schreien, ehe der Schmerz ihr fast die Besinnung raubte, dann verlor sie das Gleichgewicht und stürzte in die Kabine hinunter. Ihr Kopf schlug hart gegen irgendeinen Gegenstand, und in der nächsten Sekunde wurde das Tosen des Sturms ganz leise, und Marius’ dunkle Umrisse vor dem hellen Rechteck des Kajütenausgangs flossen auseinander. Inga dachte noch kurz, dass sie unbedingt die Kontrolle bewahren musste, doch da wurde es bereits Nacht um sie, und sie konnte nichts mehr denken oder fühlen.

REBECCA versuchte, nicht über die Worte nachzudenken, die Maximilian ihr so wütend und erbost an den Kopf geworfen hatte, aber es wollte ihr nicht recht gelingen. Sie war fassungslos darüber, dass es ihm so leicht und so schnell möglich gewesen war, ihren Kokon zu durchbrechen und an all das zu rühren, was sie sich so mühsam vom Leib hielt. Gedanken an früher, an das Zuhause in München, an ihre Arbeit, an ihre Freunde. An das Leben mit Felix und Maximilian.

Maximilian war nach seiner Scheidung ein wesentlicher Teil dieses Lebens geworden. Felix hatte manchmal scherzhaft gesagt: „Wir haben Maximilian adoptiert.“ Er war jemand, der in ihrem Haus immer willkommen war. War Felix beruflich verreist, wohnte Maximilian oft auch allein mit Rebecca zusammen. Niemand hatte etwas daran gefunden, aber ungefähr ein halbes Jahr vor seinem Tod hatte Felix einmal gesagt: „Ich glaube, er ist verliebt in dich. Ich erkenne es an der Art, wie er dich anschaut.“

Rebecca war völlig perplex gewesen, und als sie sich von ihrer ersten Verblüffung erholt hatte, war sie in die nächste Verwunderung darüber gefallen, dass Felix diese Feststellung so ruhig getroffen hatte. „Es scheint dich nicht besonders zu stören“, hatte sie gesagt.

Er hatte überlegt. „Nein. Seltsamerweise nicht. Vielleicht, weil wir so gute Freunde sind. Ich weiß absolut sicher, dass er es sich niemals erlauben wird, seinen Gefühlen nachzugeben.“

„Aber wir hatten doch gehofft, dass er eine neue Liebe findet. Das ist schwierig, wenn er blockiert ist.“

Felix hatte die Schultern gezuckt. „Wir können es nicht ändern. Aber irgendwo ist Maximilian auch ein sehr realistischer Mensch. Er wird wissen, wann es Zeit ist, sich von einem unerfüllbaren Traum zu verabschieden und dem wirklichen Leben wieder eine Chance einzuräumen."

Wenn sie es sich richtig überlegte, war sie spätestens von jenem Abend an Maximilian gegenüber ein wenig befangen gewesen. Mit geschärftem Blick hatte sie nun selbst erkannt, dass er häufig ihre Nähe suchte. Darüber hinaus verriet er sich jedoch mit keinem Wort, mit keiner Geste. Sein Verhalten flößte ihr Achtung ein, verunsicherte sie aber auch. Die letzten sechs Monate bis zu Felix' Tod waren nicht mehr ganz so gewesen wie all die Zeit vorher.

Es hatte sie tief entrüstet, dass er nun hier aufgetaucht war. Wie konnte er Felix ein Dreivierteljahr nach dessen Tod so verraten? Wenn sie jedoch ehrlich zu sich war, dann wusste sie, dass sie in jedem Fall abweisend und aggressiv auf Maximilian reagiert hätte. Jeder Mensch aus ihrem früheren Leben, der hier unvermutet aufgetaucht wäre, hätte Risse in ihren Selbstschutz getrieben, und niemandem hätte sie das verziehen. Drei Tage zuvor war sie bereit gewesen, Felix in den Tod zu folgen. Nun stand sie da, und etwas hatte sich verändert. Das Leben, dachte sie plötzlich fast ernüchtert, das Leben ist wieder zu mir vorgedrungen. Es hat sich zwischen mich und den Tod geschoben. Es wird mich verdammt viel Kraft kosten, es wieder loszuwerden.

Um halb fünf gestand sie sich ein, dass die beiden Fremden aus Deutschland ihr im Kopf herumgingen, Inga und Marius, die vermutlich bereits von ihrem Ausflug mit der *Libelle* zurückgekehrt waren und nun im Hafen von Le Brusc darauf warteten, abgeholt zu werden.

Sie fand diese Inga sympathisch. Eine intelligente, sehr offene, anderen Menschen zugewandte junge Frau. Dieser Marius mochte ein Luftikus sein – obwohl sie auch eine abgründige Seite in ihm witterte. Inga jedenfalls war ganz sicher eine ernsthafte und nachdenkliche Person. Rebecca hatte solche Menschen immer gemocht. Ernsthaftigkeit und die Fähigkeit zu anhaltendem Engagement waren die Grundvoraussetzungen, nach denen sie früher Mitarbeiter in ihrem Verein eingestellt hatte.

Sie ging in die Diele hinüber, nahm zögernd den Autoschlüssel vom Schlüsselbrett. Ich fahre jetzt und hole sie ab, dachte sie, und dann mache ich ihnen klar, dass ich keinen weiteren Kontakt wünsche. Sie sind eine Episode, wie Maximilian eine ist. Das alles wird vorübergehen.

Sie hatte das Brausen des Windes zwar gehört, aber nicht wirklich realisiert, und so traf sie die Wucht des Sturms unvorbereitet, als sie vor die

Haustür trat. Ein paar Wolken jagten über den Himmel dahin, die Bäume bogen sich. Rebecca musste sich mit gesenktem Kopf zur Garage hinüberkämpfen. Der Mistral war noch einmal mit ganzer Kraft zurückgekehrt.

Auf dem Weg hinunter zum Dorf musste sie immer wieder bremsen und Ästen ausweichen, die über die Straße geflogen kamen. Die meisten Touristen hatten den Strand und die Uferpromenade verlassen und sich in ihre Quartiere zurückgezogen, und so war es kein Problem für Rebecca, sofort einen Parkplatz zu finden.

Schon am Anfang des Bootsstegs konnte sie sehen, dass der Platz der *Libelle* leer war. Die übrigen Schiffe schaukelten wild hin und her. Rebecca sah auf ihre Uhr. Es war nach fünf. Entweder hatten Marius und Inga die Vereinbarung vergessen, oder sie hatten getrödelt und kämpften nun mit den Schwierigkeiten, gegen den Sturm in den Hafen zurückzufinden.

Ich hätte mich nicht auf diese Geschichte einlassen sollen, dachte Rebecca verärgert, es ist wirklich so, dass Maximilian in jeder Hinsicht nur Probleme verursacht hat.

„Madame! Madame, gut, dass Sie da sind!“ Von ihr unbemerkt, war Albert aufgetaucht. Sein wettergegerbtes Gesicht sah höchst sorgenvoll aus. „Sie sind immer noch nicht zurück. Die jungen Leute, meine ich. Ich habe meine Zweifel, dass sie es bei dem Seegang in den Hafen schaffen.“

Rebecca kämpfte mit ihren wild fliegenden Haaren, die ihr immer wieder ins Gesicht schlugen. Sie seufzte. Sie wollte hier nicht stehen. Nicht mit Albert sprechen. Nicht verantwortlich sein. Sie sehnte sich nach der Ruhe und Einsamkeit ihres Hauses. „Ich hoffe nur, dass nichts passiert ist“, sagte sie.

Albert starrte über das Meer. Weit und breit war kein Schiff zu sehen. „Die *Libelle* ist einiges wert. Was, wenn die beiden nie vorhatten zurückzukommen?“

Rebecca hob fröstelnd die Schultern. Was sollte sie darauf sagen? Ein Verbrecherpärchen, das mit Felix’ geliebtem Segelboot abhaute. Auch das noch, dachte sie müde, das hat Maximilian gut hinbekommen.

Albert schien zu bemerken, dass sie deprimiert und erschöpft war, denn er meinte einlenkend: „Aber man sollte vielleicht nicht gleich den Teufel an die Wand malen, nicht wahr? Die beiden sind jung, und sie wirkten recht verliebt. Sie haben irgendwo geankert und die Welt ringsum vergessen. Wie ist es, mögen Sie bei mir im Büro einen Tee trinken? Dann können Sie hier warten und müssen nicht sofort den ganzen Weg zurückfahren.“

Das klang vernünftig, aber natürlich konnte Albert nicht ahnen, was er ihr zumutete. Stundenlang mit einem Menschen zusammensitzen und Tee trinken … Das gehörte zu den Dingen, die sie abgeschafft hatte. Es war wirklich erstaunlich, welch einen Rattenschwanz an Veränderungen Maximilians Auftauchen nach sich zog. Er war wieder abgereist, und sie schien aus den Verkettungen, die sein Besuch bewirkt hatte, nicht mehr herauszukommen.

„Na schön", sagte sie, „es wird mir kaum etwas anderes übrig bleiben." Sie sah Albert an, dass er gekränkt war, und setzte hinzu: „Ich meine natürlich, das ist ein nettes Angebot, Albert. Ich bin nur … etwas nervös."

Das verstand er natürlich. Ein Schiff wie die *Libelle*, und dann verschwand es mit einem dubiosen Pärchen … Er selbst wäre in Rebeccas Lage einem Infarkt nahe. Aber er hätte eben sein Schiff auch nicht hergegeben. Ein Schiff verlieh man nicht, so wenig wie die eigene Ehefrau.

Aber dieses Verständnis fand man nur bei Männern.

SIE WACHTE auf und hatte im ersten Moment nicht die geringste Ahnung, wo sie sich befand. Sie setzte sich mühsam auf. Ihre rechte Schulter tat so weh, dass sie vor Schmerzen stöhnte, und unwillkürlich traten ihr die Tränen in die Augen. Auch mit ihrem Kopf war etwas nicht in Ordnung, auch in ihm hämmerten Schmerzen, und über ihrem rechten Ohr fühlte sie etwas Klebriges. Vorsichtig tastete sie mit der Hand in ihren Haaren und betrachtete dann ungläubig ihre blutverschmierten Finger. Die Erinnerung an ihren Sturz in die Kajüte tauchte unvermittelt in ihrem umnebelten Gehirn auf.

Ich war bewusstlos. Wer weiß, wie lange?

Während sie über diese Frage nachgrübelte, kam ihr die Idee, auf ihre Armbanduhr zu schauen. Es war fast halb sechs. Das bedeutete, dass sie mehr als zwei Stunden hier gelegen hatte. Das bedeutete … Entsetzt rappelte sie sich auf die Füße, ungeachtet der dröhnenden Schmerzen in ihrem Kopf und in ihrem Arm. Auf einmal wusste sie wieder, was geschehen war, erinnerte sich an Marius' seltsames Verhalten, an die bestürzende Veränderung, die plötzlich mit ihm vorgegangen war.

Das Boot schaukelte so wild, dass sie sich wunderte, weshalb ihr nicht schlecht wurde. Mehrfach stieß sie schmerzhaft gegen die Wände der Kajüte, denn bei dem Seegang war es kaum möglich, das Gleichgewicht zu halten. Als es ihr endlich gelang, die Treppe nach oben zu erklimmen und den Kopf aus der Kajüte zu strecken, stellte sie fest, dass das Schiff leer war. Niemand saß am Ruder. Das Großsegel schlug unkontrolliert hin und her. Ganz vorsichtig schob sie sich noch weiter nach oben, immer auf der Hut vor dem Segel, und suchte mit dem Blick auch die Vorderseite des Schiffes ab. Auch hier war niemand. Und um sie herum Wellen und Sturm und in bedrohlicher Weite die Felswände am Ufer.

Marius hatte das Schiff verlassen.

Da dies angesichts des Unwetters praktisch unmöglich war, kroch sie wieder nach unten und sah sich in der Kabine um, die jedoch so klein und überschaubar war, dass es kaum jemandem gelingen konnte, sich dort zu verstecken. Nirgends eine Spur von Marius. Er war abgehauen. Sie wusste nicht, wie ihm das gelungen war, noch weniger, weshalb er das getan hatte, aber er war weg und hatte sie bei Sturm und hohem Wellengang ganz allein auf einem Segelboot zurückgelassen, sie, die nie einen Segelkurs besucht hatte, die ihre Kenntnisse und praktischen Erfahrungen nur daher hatte, dass sie auf etlichen seiner Törns dabei gewesen war.

Sie versuchte zu überlegen, was sie nun tun sollte. Sie musste dieses verdammte Schiff an Land bringen. Sie musste ihr Leben retten.

Den Schmerz in ihrer Schulter ignorierend, kroch sie erneut zur Treppe und spähte nach oben. Sie beschloss, als Erstes das wild schlagende Segel einzuholen und dann mit reiner Motorkraft zu versuchen, den Hafen zu erreichen. Zum Glück war sie noch immer so nah an der Küste, dass sie sich orientieren konnte. Das Problem war, das Segel abzufieren, ohne dass ihr dabei der Baum den Kopf einschlug. Kurz kam ihr der Gedanke, ob dies vielleicht Marius' Verschwinden erklärte. Vielleicht hatte er sie gar nicht verlassen. Vielleicht hatte ihn das Segel über Bord gefegt.

Dann könnte er tot sein.

Er hatte seine Schwimmweste angehabt, daran erinnerte sie sich genau. Aber wenn er besinnungslos war und mit dem Gesicht nach unten im Wasser trieb … Abgesehen davon konnte ein solcher Schlag einen Menschen auch umgehend töten. Oder eine Gehirnblutung auslösen.

Sie erklomm die Treppe, kroch an die Reling. Eine Welle schwappte über das Boot; Inga konnte sich gerade noch an einem Tau festhalten. Sie schluckte Salzwasser, rang nach Luft, hustete. Der Schmerz in ihrem Kopf hämmerte im Stakkato, und aus ihrer Schulter schossen glühende Pfeile den Arm hinab. Sie schaute sich um, konnte aber zwischen den Wellenbergen nirgendwo einen im Wasser treibenden Körper entdecken.

Großsegel! Sie musste jetzt unbedingt diesen Gedanken im Kopf behalten. Das Segel musste herunter, und dann musste sie versuchen, den Motor wieder anzuwerfen.

Vielleicht wäre es schlauer, überlegte sie, zuerst den Motor zu starten und das Segel erst einzuholen, wenn sie sicher sein konnte, dass der Motor ansprang. Denn im Ernstfall würde sie das Segel nie wieder setzen können, wenn sie es erst abgefiert hatte, aber abgesehen davon hatte sie ohnehin keine Ahnung, wie sie unter Segel zum Hafen zurückkehren sollte. Sie beschloss, über diese Möglichkeit vorläufig nicht weiter nachzudenken.

Schmerzgepeinigt schob sie ihren nassen Körper in Richtung Anlasser. Der Schlüssel steckte, aber nichts rührte sich, als sie ihn umdrehte. Sie versuchte es ein zweites und ein drittes Mal. Nichts geschah. Jetzt liefen ihr die Tränen über die Wangen.

„Komm schon“, murmelte sie, „los doch, du verdammtes Ding!“

Sie vermutete, dass sie und Marius den Motor nicht lange genug hatten laufen lassen, um die Batterie ausreichend aufzuladen.

Der Hauptschalter in der Kajüte. Das war immerhin noch eine Möglichkeit. Sie machte sich wieder auf den Weg nach unten, im wilden Seegang schwankend wie eine Betrunkene. Sie schob sich an den Hauptschalter heran, betätigte ihn. Robbte wieder nach oben, keuchend, spuckend, ständig Gischtfetzen schluckend. Duckte sich unter dem Baum durch, der immer wieder wie ein gewaltiges Schwert über sie hinwegfegte. Sie drehte den Zündschlüssel um und hielt dabei den Atem an. Der Motor sprang an, als sei nichts gewesen. Sie betrachtete ihn wie ein Wunder und hätte vor Erleichterung fast wieder zu weinen begonnen.

Sie konnte es schaffen.

WOLF erschien schon um sechs Uhr zu Hause, was äußerst ungewöhnlich und seit Jahren nicht mehr vorgekommen war. Zuletzt war er zu so früher Stunde daheim aufgekreuzt, als er einen Magen-Darm-Infekt ausbrütete, und so fragte Karen auch sofort: „Bist du krank?“

Er sah sie gereizt an, was bedeutete, er sah sie so an wie nahezu ständig in der letzten Zeit. „Wieso sollte ich krank sein? Ich will mich nur umziehen wegen der Veranstaltung nachher.“

„Welche Veranstaltung?“

Er ging an ihr vorbei ins Schlafzimmer, band sich dabei die Krawatte ab. „Das hatte ich dir doch erzählt. Sechzigster Geburtstag vom Vorstandsvorsitzenden. Er gibt ein Abendessen in den ‚Vier Jahreszeiten‘.“

Karen war sicher, dass Wolf ihr nichts davon erzählt hatte, sagte aber nichts. Er würde das Gegenteil behaupten und sich nur in seiner Ansicht bestärkt sehen, dass sie eine Tagträumerin war, die von der Wirklichkeit nur noch wenig mitbekam. „Offenbar hat er die Ehepartner nicht mit eingeladen“, sagte sie leichthin. Sie war Wolf ins Schlafzimmer gefolgt. Er warf gerade sein Jackett aufs Bett und begann sein Hemd auszuziehen.

„Doch“, entgegnete er auf ihre Bemerkung. Er sah sie nicht an, sein Tonfall war so leicht wie ihrer. „Aber mir war klar, dass du nicht mitmöchtest.“

„Wieso war dir das klar? Du hast mich ja gar nicht gefragt.“

„Du willst doch nie irgendwohin mit!“

„Das stimmt nicht. Es hieß nur jahrelang immer, dass ich bei den Kindern bleiben muss. Aber inzwischen könnte man sie durchaus mal allein lassen.“

„Okay, wie du meinst.“ Er stand jetzt in seiner Unterhose vor ihr. „Ich werde in Zukunft daran denken.“ Er nahm ein frisches Hemd aus dem Schrank, hängte es aber gleich darauf zurück. „Ich wollte ja erst duschen“, meinte er. Er seufzte. Sah dann demonstrativ auf seine Armbanduhr. „Es wird sich mit Sicherheit äußerst positiv auf meine weitere Karriere auswirken, wenn ich zur Geburtstagsfeier des Vorstandsvorsitzenden zu spät komme. Warum habe ich nicht einfach meinen Abendanzug mit ins Büro genommen und mich dort umgezogen?“ Sie konnte die Kälte sehen, mit der er sie betrachtete. *„Wärest du bereit, mich jetzt ins Bad gehen zu lassen?* Andernfalls müsste ich nämlich meine Teilnahme an dem heutigen Abend noch absagen, und es wäre ganz reizend von dir, mich dies wissen zu lassen, ehe ich mich vollkommen unmöglich mache.“

Zum ersten Mal, seit sie ihn kannte, hatte sie plötzlich Angst vor ihm. Angst vor seiner tiefen Abneigung gegen sie.

Ja, dachte sie entsetzt, das ist es. Abneigung. Er mag mich nicht mehr. Ich gehe ihm nur noch entsetzlich auf die Nerven. Da ist sonst nichts mehr. Keine Liebe, keine Sympathie, kein Vertrauen.

„Du kannst natürlich ins Bad gehen“, flüsterte sie, drehte sich dann um, damit er ihre nun haltlos strömenden Tränen nicht bemerkte.

Einen Moment später hörte sie, wie im Bad die Dusche zu rauschen begann.

ALBERT kochte einen Tee nach dem anderen, und Rebecca trank in durstigen Zügen Tasse um Tasse leer. Zweimal ging sie auf die Toilette und betrachtete danach voller Verwunderung ihr Gesicht im Spiegel: Erstaunlich, wie lange sie sich hier aufhielt. Erstaunlich, dass sie Alberts Geplauder aushielt.

Als sie zum zweiten Mal von der Toilette zurückkehrte, sah sie auf ihre Uhr. Es war Viertel nach sieben. Vor zwei Stunden war sie von zu Hause weggefahren.

Im Büro stand Albert am Fenster und suchte den Horizont mit seinem Fernglas ab. „Niemand zu sehen“, sagte er.

„Ich weiß nicht, ob es sich für mich lohnt, noch länger zu warten“, meinte Rebecca. Sie trat neben ihn, blickte hinaus in den sturmdurchtosten Abend. Es schien ihr dunkler zu sein als sonst um diese Zeit.

„Also, ich kann nur hoffen, dass sie wenigstens in einer Bucht liegen und es jetzt nicht mehr riskieren, loszusegeln“, sagte Albert. Er hatte sein Fernglas für einen Moment sinken lassen, hob es nun jedoch wieder. Rebecca hörte, dass er plötzlich scharf Luft holte. „Das gibt's doch nicht …“, murmelte er.

Sie sah das Schiff im selben Moment. Es war hinter der Landzunge verborgen gewesen, daher hatten sie es vorher nicht erkennen können, aber nun hüpfte es wie ein kleines Stück Treibholz auf die Einfahrt zwischen den zwei Leuchttürmen zu.

„Ist das die *Libelle*?“, fragte Rebecca aufgeregt.

„Ich bin nicht ganz sicher“, antwortete Albert, „aber zumindest könnte sie es sein.“

„Sie ist ohne Segel.“

„Die schafft es nie in den Hafen. Ich versteh das nicht … der Typ wirkte doch ganz geübt …“ Albert legte sein Fernglas auf den Tisch, trat an einen Schrank, zog seine orangefarbene Schwimmweste heraus und begann sie anzulegen. „Ich muss raus. Ich weiß nicht, was die da machen, aber sie erwischen die Einfahrt nicht. Ich muss das Schiff reinholen.“

„Ist das nicht viel zu gefährlich?“

„Ich krieg das schon hin. Ich habe schon ganz andere Sachen gemeistert.“ Er ging zur Tür. „Warten Sie hier?“

Sie nickte.

In der nächsten halben Stunde verfolgte sie angespannt durch das Fenster, wie Albert in seinem kleinen Motorboot durch das Hafenbecken tuckerte und Kurs auf das Schiff nahm. Es musste ihm gelingen, an Bord zu klettern, und das stellte bei diesem Seegang ein waghalsiges Unterfangen dar.

Um sich abzulenken, steckte Rebecca den Tauchsieder ins Wasser, spülte die Teekanne aus, hängte frische Teebeutel hinein. Sowohl Albert als auch die Menschen, die er dort draußen gerade rettete, würden vielleicht das Bedürfnis nach einem heißen Getränk haben, wenn sie zurückkehrten, durchnässt und abgekämpft, wie sie sein mussten. In einem Regal entdeckte sie eine Flasche mit Rum. Ein Schuss davon konnte wahrscheinlich auch nicht schaden.

Sie ging auf und ab, vermied es, nach draußen zu sehen, betrachtete eine Seekarte, die an der Wand hing, wischte mit einem Taschentuch den Staub von einem Messinganker, der an der Wand befestigt war.

Dann warf sie das Taschentuch eilig in den Papierkorb; sie musste wirklich die Angewohnheit ablegen, an allem herumzuwischen. Maximilian hatte Recht, das Putzen war zu einer Manie bei ihr geworden.

Als sie es endlich wieder wagte, hinauszusehen, fuhr das Schiff in den Hafen ein, immer noch wild schwankend, aber doch offenkundig von einer sicheren Hand gesteuert. Das bedeutete, Albert hatte es geschafft. Rebecca atmete tief durch.

Es kostete ihn einige Mühe, das Schiff zwischen den anderen Schiffen hindurch zu seinem Platz zu steuern und dort anzulegen. Eine Gruppe von Männern – Rebecca vermutete, dass es sich um andere Segler handelte – stand bereit und half ihm, die *Libelle* zu vertäuen. Rebecca sah, dass Albert auf den Anlegesteg sprang, dann seine Hand ausstreckte und einer offensichtlich total entkräfteten Person an Land half. Es schien sich um Inga zu handeln. Sie konnte sich kaum auf den Füßen halten. Von Albert mehr getragen als gestützt, humpelte sie zum Pier hinüber. Erstaunlicherweise folgte den beiden niemand. Wo war Marius?

Rebecca füllte zwei Becher mit heißem Tee, fügte Rum und Zucker hinzu, lief dann zur Tür des Büros und öffnete sie. Ein klatschnasser, keuchender Albert wankte herein. An ihm hing wie ein nasser Sack eine zu Tode erschöpfte Inga. Sie sah entsetzlich aus: Sie hatte Blut an den nackten Beinen und an der Schläfe. Sie zitterte am ganzen Körper, wollte dauernd etwas sagen und brachte doch kein verständliches Wort heraus.

„Lieber Himmel, Inga, was ist denn passiert?“ Rebecca nahm Albert, der sich kaum noch auf den Beinen halten konnte, die taumelnde Inga ab und geleitete sie zu einem Stuhl. „Sie sehen ja furchtbar aus. Wo ist Marius?“

Inga brachte noch immer kein Wort hervor, schaffte es aber wenigstens, den angebotenen Becher mit Tee zu ergreifen und an ihre Lippen zu führen. Sie trank in kleinen Schlucken und konnte nicht aufhören zu zittern.

„Ganz ruhig“, tröstete Rebecca, „es kommt alles wieder in Ordnung.“ Sie war keineswegs so ruhig, wie sie sich gab. Irgendetwas Schreckliches war geschehen, und womöglich war Marius in Lebensgefahr – oder sogar schon tot. Ertrunken.

Sie wandte sich zu Albert um, der an der Wand lehnte und schwer atmete. „Albert, hat sie zu Ihnen irgendetwas gesagt? Haben Sie Marius gesehen?“

Er schüttelte den Kopf. „Keine Spur von dem jungen Mann. Und sie konnte mit mir auch nicht sprechen. Sie hat offensichtlich allein das Segel eingeholt und die *Libelle* unter Motor hierher zurückgebracht. Bei diesem Sturm … kein Wunder, dass sie halb tot ist!“

„Nehmen Sie sich doch auch einen Tee, Albert“, sagte Rebecca, „Sie sind ja völlig erledigt.“

Er trank in gierigen Zügen. „Wir müssen nach diesem … wie heißt er? … Marius suchen lassen.“

„Aber dazu müssen wir erst mal wissen, was passiert ist“, meinte Rebecca. Sie strich Inga über die nassen Haare, beugte sich zu ihr hinunter. „Inga“, sagte sie vorsichtig, „können Sie mir erzählen, was geschehen ist?“

Ingas Zähne schlugen leicht aufeinander, aber sie bemühte sich, Wörter zu formen. „Ich weiß nicht“, brachte sie hervor, „ich … bin gestürzt. Mein Kopf …“ Sie hob die Hand, befühlte ihre Wunde an der Schläfe, zuckte dabei schmerzerfüllt zusammen. „Ich war bewusstlos. Dann war er weg.“

„Wo waren Sie? Ich meine, wo ungefähr befand sich das Schiff zu diesem Zeitpunkt?“

„Vor dem Cap Sicié. Es war ein furchtbarer Sturm.“ Ingas Sprache wurde deutlicher. „Riesige Wellen. Ich glaube, der Baum hat ihn getroffen. Von dem … Großsegel.“

Rebecca biss sich auf die Lippen. Dies klang außerordentlich bedrohlich. Sie drehte sich um und übersetzte das Gespräch für Albert.

Er stellte seine Tasse ab. „Ich informiere den Seenotrettungsdienst. Kümmern Sie sich um das Mädchen?“

Rebecca nickte. „Ich fahre jetzt erst einmal mit ihr zum Arzt. Und dann nehme ich sie mit zu mir. Wenn sie mir noch Informationen gibt, rufe ich Sie an, Albert.“ Albert ging zum Schreibtisch, kritzelte etwas auf einen Block, riss den Zettel ab und reichte ihn Inga.

„Meine Handynummer. Da bin ich jederzeit zu erreichen.“

„Alles klar“, sagte Rebecca.

Montag, 26. Juli

Agneta sieht einfach toll aus, dachte Clara neidisch. Agneta war die typische Skandinavierin. Sie hatte auffallend lange Beine, fast hüftlange hellblonde Haare und große leuchtend blaue Augen. Frisch von den Malediven zurückgekehrt, war sie überdies tief gebräunt, was in einem besonders schönen Kontrast zu ihren hellen Haaren stand. Früher – als sie und Clara noch Kolleginnen gewesen waren – hatte sie fast ausschließlich Jeans getragen. Jetzt hingegen verriet ihre Kleidung, dass ihr Mann viel Geld verdiente. Das hellblaue Leinenkostüm mit dem knielangen Rock war erstklassig geschnitten, die beigefarbenen Sandalen mit sehr hohem Absatz stammten mit Sicherheit aus einem der teuersten Schuhgeschäfte der Stadt.

Clara war auf den Besuch vorbereitet gewesen und hatte sich ebenfalls in Schale geworfen, aber natürlich fiel ihre Garderobe hoffnungslos gegenüber der ihrer einstigen Kollegin ab. Der geblümte wadenlange Rock war einfach spießig, und auf ihrem weißen T-Shirt leuchtete ein grünlicher Fleck, den sie aber erst bemerkt hatte, als Agneta bereits klingelte. Marie hatte letzte Woche ihren Spinat ausgespuckt, und offenbar war die Waschmaschine damit nicht fertig geworden.

Agneta war herzlich und charmant, nicht mehr so natürlich wie früher, aber keinesfalls unsympathisch. Sie bewunderte Marie, fand alles, was sie sah, „entzückend", und meinte, Clara sehe richtig gut aus.

„Dir bekommt deine Ehe, mein Liebes!"

„Dir deine aber auch", meinte Clara, „du führst sicher ein richtig aufregendes Leben."

„Na ja, was heißt schon aufregend? Aber die Malediven waren schön. Es ist dort wirklich wie auf der Postkarte. Schneeweißer Sand, leuchtend türkisfarbenes Wasser …"

„Ich habe sie erst vor ein paar Tagen bekommen. Und nun stehst du schon hier in meinem Wohnzimmer", sagte Clara.

„Der Postweg ist immer der längste", sagte Agneta, „aber ist es nicht schön, dass wir einander endlich einmal wieder treffen?"

Clara lächelte matt. „Eigentlich ja. Nur der Anlass …"

Agneta zog ihre zu perfekten Bögen gezupften Augenbrauen hoch. „Du weißt schon, worum es geht?"

„Ich vermute es."

Die beiden Frauen traten auf die Terrasse, wo Clara einen Kaffeetisch gedeckt hatte.

Während sie einschenkte und den selbst gebackenen Apfelkuchen anschnitt, fischte Agneta einen Stapel Briefe aus ihrer Handtasche. Clara erkannte sofort die Druckschrift auf den Umschlägen, zuckte zusammen wie unter einer Ohrfeige und schüttete Kaffee über den Rock von Agnetas schickem, teurem Kostüm.

„Oh Gott", flüsterte sie und konnte geradezu spüren, wie sie erblasste.

„Das macht nichts“, sagte Agneta und betupfte ihren Rock mit einer Serviette, „der kommt in die Reinigung.“

„Das meine ich nicht …“ Sie stellte die Kanne mit zitternden Händen ab. „Die Briefe … es ist tatsächlich so, wie ich dachte.“

„Es waren keine neuen da, als ich von den Malediven zurückkam“, sagte Agneta, „und das hat mich dann doch etwas erleichtert.“

„Ich habe auch seit über zwei Wochen keine mehr bekommen“, sagte Clara, „aber ich kann noch immer nicht zum Briefkasten gehen, ohne weiche Knie zu bekommen.“

Beide Frauen sahen einander an. „Es hat mit unserer Arbeit beim Jugendamt damals zu tun“, sagte Agneta schließlich, „jedenfalls nimmt er – oder sie – in den Briefen an mich ständig darauf Bezug.“

„Bei mir auch.“

„Ich habe mir den Kopf zerbrochen, was damals passiert sein könnte. Es muss sich um jemanden handeln, der überzeugt ist, ihm sei durch uns bitteres Unrecht geschehen.“

„Weißt du, ob noch andere betroffen sind?“, fragte Clara.

„Ich habe mit den anderen noch keinen Kontakt aufgenommen. Aber wir sollten das tun. Ich meine, wenn wir wissen, wer genau alles diese Briefe bekommt, dann könnten sich vielleicht die Fälle eingrenzen lassen, mit denen die Betroffenen zu tun hatten.“

„Wenn es um Kindesentziehung ging, waren sicher eine Menge Menschen auf uns wütend“, sagte Clara. „Und denke mal an die Pflegefamilien, denen Kinder weggenommen wurden, weil die leiblichen Eltern dann doch wieder geeignet erschienen. Da sind eine Menge Tränen geflossen. Und Aggressionen geweckt worden.“

„Aber ich kann mir keine Pflegefamilie vorstellen, die so bösartig wie dieser Briefeschreiber gewesen wäre“, sagte Agneta, „ich meine, dahinter steckt doch ein krankes Hirn! Dieser Mensch glaubt offensichtlich, irgendeiner höheren Gerechtigkeit zu dienen, wenn er uns tötet. Sosehr ich grüble, ich kenne einfach niemanden, dem ich derart perverse Gedanken zutrauen würde.“

„Meinst du, wir sollten zur Polizei gehen?“, fragte Clara.

Agneta zögerte. „Ich habe mit meinem Mann darüber gesprochen. Der rät ab, weil er meint, die könnten sowieso nichts machen, und am Ende hätte ich nur noch die Presse am Hals.“ Sie grinste. „Was er natürlich in Wahrheit fürchtet, ist, dass er die Presse am Hals hat, und in seiner Position möchte er sicher nicht mit derartigen Scheußlichkeiten in Verbindung gebracht werden.“

„Bert findet auch nicht, dass wir zur Polizei gehen müssten“, sagte Clara. „Ich glaube, für ihn ist die Sache sowieso abgehakt, nachdem sich der Schreiber länger nicht gemeldet hat.“

„Er ist da draußen“, sagte Agneta, „er ist da draußen mitsamt seinem Hass und seinen Fantasien darüber, was er mit uns anstellen möchte. Warum weigere ich mich zu glauben, dass er sich abreagiert hat und nun Ruhe geben wird? Warum, verdammt noch mal, fürchte ich mich so?“

Sie sieht ganz verändert aus, dachte Clara. Für den Augenblick hatte sie völlig die Ausstrahlung der selbstbewussten, eleganten, sorglosen Frau verloren.

„Ich werde mit ein paar anderen von damals Kontakt aufnehmen“, sagte Agneta. „Vielleicht ergeben sich Schnittpunkte, die auf die Identität dieses Irren hinweisen.“ Sie seufzte. „Weißt du, dein Kaffee ist wirklich in Ordnung, aber … ich könnte jetzt einen Schnaps brauchen. Du nicht auch?“

„Ich auch“, stimmte Clara zu. Sie ging ins Haus, um etwas zu holen, was geeignet war, wenigstens für ein paar Stunden die Härte der Wirklichkeit in ihrem und Agnetas Kopf ein wenig weich zu spülen.

Ich werde mir ein Hotel suchen“, sagte Inga. Sie war unvermittelt auf der Veranda aufgetaucht, hob sich als dünner dunkler Schatten gegen das Sonnenlicht ab. Sie wirkte erschreckend mager.

Rebecca stellte ihre Kaffeetasse ab. „Kommen Sie, Inga, setzen Sie sich. Trinken Sie einen Kaffee mit mir!“

Wie immer hatte sie zwei Gedecke aufgelegt. Zögernd ließ sich Inga in einem der weiß lackierten Korbstühle nieder. Rebecca schenkte ihr Kaffee ein, schob Zucker und Milch zu ihr hin. „Sie müssen nicht in ein Hotel gehen“, sagte sie und fand, dass das irgendwie pflichtschuldig klang. „Ich habe ja hier genug Platz.“

Inga schob sich eine Haarsträhne aus dem Gesicht. An ihrer Stirn klebte noch ein Pflaster, wo sie sich die Platzwunde zugezogen hatte. Der Arzt hatte eine leichte Gehirnerschütterung festgestellt und Ruhe verordnet. Der Zerrung an ihrer Schulter war er mit einer starken Schmerzspritze zu Leibe gerückt. Sie tat inzwischen kaum noch weh. Die Wunden an ihren Füßen waren verheilt.

„Ihnen muss das doch alles ganz schrecklich vorkommen“, meinte Inga. „Ihr Bekannter liest zwei Tramper auf und schleppt sie an, und dann verunglücken die noch um ein Haar mit Ihrem Boot, einer verschwindet, und die andere haben Sie als Gast im Haus. Als einen Ihnen völlig fremden Gast.“

„Sie kommen mir gar nicht so fremd vor, Inga. Marius schon eher. Ihn würde ich durchaus als einen sehr fremden Gast empfinden."

„Auf jeden Fall haben Sie sich Ihren Sommer so bestimmt nicht vorgestellt."

„Nein", räumte Rebecca ein, „in der Tat nicht." Ich wollte zu diesem Zeitpunkt bereits seit fast einer Woche tot sein, dachte sie.

„Albert hat mich vorhin angerufen", sagte sie, um das Thema zu wechseln, „und er sagt, dass die Küstenwache morgen leider zum letzten Mal nach Ihrem Mann suchen wird. Wenn sie dann nichts finden …" Sie ließ den Satz unbeendet.

„… dann stellen sie die Suche ein", sagte Inga stattdessen. Unter ihrer Sonnenbräune sah sie fahl aus. Ihre Lippen waren blutleer. „Er war … ist ein erstklassiger Schwimmer. Und er hatte die Rettungsweste an."

„Sie müssen ja auch noch nicht das Schlimmste annehmen", meinte Rebecca.

Inga nippte an ihrem Kaffee. „Ich kann es immer noch nicht verstehen", sagte sie, „mir kommt diese Szene auf dem Schiff wie ein böser Traum vor. Völlig unwirklich. Marius, der auf einmal … Er war nicht mehr der Marius, den ich kannte. Er war fremd und bedrohlich."

„Irgendetwas", sagte Rebecca, „muss eine Seite in ihm geweckt haben, die zuvor nicht in Erscheinung getreten ist. War es das Segeln? Hat ihn das an etwas erinnert?"

Inga rieb sich die Stirn. Sie hatte ständig leichte Kopfschmerzen, aber sie schob das auf die Gehirnerschütterung. Und natürlich auf den Albtraum, in den sie unversehens hineingeraten war und aus dem sie offensichtlich keinen Ausweg fand. „Ich glaube, es hatte etwas mit Ihnen zu tun", sagte sie schließlich.

Rebecca sah sie voll aufrichtigem Erstaunen an. „Mit mir? Wie denn das?"

„Ich weiß es nicht. Es schien so zu sein, dass er das Schiff nicht in erster Linie stehlen wollte, um an Geld zu kommen, sondern … um Sie zu treffen. Es war, als habe er einen richtigen Hass auf Sie. Er sagte das sogar. Dass er Sie hasse. Er wisse genau, wer Sie sind. Ich habe ihn gefragt, ob er Sie kennt, aber er meinte, er müsse Sie nicht kennen, um alles über Sie zu wissen. Es war … völlig verrückt!"

„Das scheint mir auch so", sagte Rebecca. „Ich für meinen Teil bin jedenfalls absolut sicher, dass ich Marius nicht kenne. Ich habe ihn noch nie vorher im Leben gesehen. Sie beide studieren noch. Ich hatte meine

Kinderschutzinitiative und lebe seit bald einem Jahr nicht mehr in Deutschland. Wo sollten wir Berührungspunkte haben?"

„Ich weiß es nicht", sagte Inga, „und sosehr ich auch grüble, ich komme nicht dahinter."

Rebecca schenkte Kaffee nach. „Was wissen Sie über Marius? Ich meine, über die Zeit vor Ihrer Beziehung? Wie lange kennen Sie ihn?"

„Wissen Sie", sagte Inga, „das Seltsame ist, dass ich eigentlich ganz wenig über Marius weiß. Fast so, als wäre er aus dem Nichts aufgetaucht, als gäbe es gar kein Vorher. Mich hat das immer gestört, aber irgendwie habe ich wohl gelernt, es zu verdrängen. Wir kennen uns seit zweieinhalb Jahren, seit zwei Jahren sind wir verheiratet. Wir jobben beide, und ich bekomme noch Geld von daheim, damit können wir gerade so leben. Marius wird überhaupt nicht unterstützt, sagt aber nichts dazu, außer dass er ein schlechtes Verhältnis zu seinen Eltern hat. Wir sind uns in der Uni über den Weg gelaufen. In der Mensa. Er stand hinter mir, ich suchte mir ein Gericht aus, und plötzlich sprach er mich an. Das solle ich nicht nehmen, es schmecke ganz furchtbar. Mir war das so peinlich vor der Frau, die dort an der Ausgabe saß. Hinter uns eine endlose Schlange, und wir diskutierten, was ich wählen sollte …"

Der Vorfall war später noch manchmal zwischen ihnen zur Sprache gekommen, allerdings meist auf eine scherzhafte Art. Wenn sie mit Kommilitonen zusammensaßen und über ihr Kennenlernen berichteten. Inga hatte dann oft lachend gesagt: „Ich bin fast gestorben vor Peinlichkeit! Und Marius gab mir in aller Gemütsruhe Empfehlungen, welches Essen das beste sei. Um uns herum waren alle genervt, aber ihn interessierte das gar nicht."

Marius pflegte dann zu sagen: „Wir bezahlen schließlich dort für das Essen. Also können wir auch in Ruhe wählen, was wir haben wollen."

Gelächter ringsum. Typisch Marius! Der Sonnyboy, der sich das Leben so zurechtbastelte, wie es schön für ihn war.

Ein einziges Mal, das fiel Inga plötzlich ein, hatten sie ganz ernst über dieses Vorkommnis gesprochen.

„Komisch", sagte sie, „das hatte ich ganz verdrängt."

„Was denn?", fragte Rebecca.

„Vor ungefähr eineinhalb Jahren hatten wir einen riesigen Streit. Es ging um eine Situation in einem Supermarkt. Es war Samstag, der Laden war gerappelt voll. Sie hatten nur eine Kasse geöffnet, und die Schlange staute sich durch sämtliche Gänge. Es war nervig, zumal wir nur eine Flasche Milch zu bezahlen hatten, aber man hätte das Ganze auch komisch sehen können.“ Inga hielt kurz inne, sie suchte nach Worten. „Ich meine, solche Dinge passieren eben. Und eigentlich alberten alle herum …“

„Außer Marius?“, fragte Rebecca.

Inga nickte. „Außer Marius. Ich merkte zuerst gar nicht, dass seine Laune offenbar auf eine Explosion zusteuerte. Vor uns stand ein Typ, der auch nur ganz wenig kaufen wollte, und der witzelte herum, dass wir ja wohl die totalen Verlierer bei der Nummer hier seien …“ Sie überlegte. „Und dann sagte der andere plötzlich: ‚Wir sind die geborenen Verlierer‘, oder so ähnlich. Und plötzlich rastete Marius aus. Es war … furchtbar. Er brüllte los. Dass er kein Verlierer sei, und was der andere sich einbilde, so etwas zu sagen. ‚Ich bin nicht der Letzte!‘, schrie er. ‚Ich bin jemand, und ich lasse mir das hier nicht gefallen!‘“ Inga schüttelte den Kopf. „Seltsam“, sagte sie, „jetzt fällt mir das wieder ein. Genau dieselben Worte benutzte er nämlich auf dem Schiff. *Ich bin nicht der Letzte! Ich bin jemand!* Genau das!“

Rebecca sah sie aufmerksam an. „Das ist aber sehr merkwürdig, Inga. Zumindest in jenem Supermarkt kann es aber kaum in einem Zusammenhang mit mir gestanden haben.“

„Nein. Bestimmt nicht. Aber es war so, als … als empfinde er die Situation, nämlich dort so unmäßig lange warten zu müssen, als gegen sich gerichtet. Als passiere das alles einzig, um ihn zu quälen und zu schikanieren. Es war … er wirkte richtig krank auf mich!“

„Er scheint sich ungewöhnlich schnell schlecht behandelt oder zurückgesetzt zu fühlen“, sagte Rebecca, „und seine Reaktion auf dieses Gefühl ist … ist …“ Sie stockte.

„Es ist fast paranoid“, sagte Inga, „das können Sie ruhig aussprechen.“ Sie rieb sich wieder den schmerzenden Kopf. „Damals sprach ich auch die Sache in der Mensa noch mal an. Da hatte er zwar nicht getobt, aber sich so unangenehm … großkotzig aufgeführt. Jedenfalls hatte ich mich da ja auch blamiert gefühlt. Aber ich konnte ihm dieses Gefühl nicht vermitteln. Er verstand nicht, was ich meinte. Er beharrte darauf, dass man versucht habe, ihn schlecht zu behandeln – entweder, indem man ihm minderwertiges Essen anzudrehen versuchte wie in der Mensa, oder ihn über Gebühr lange warten ließ wie im Supermarkt –, und er war eher tief erstaunt über mich, dass ich mir das alles bieten ließ, ohne aufzumucken.“

Rebecca sagte vorsichtig: „Sie müssen sich doch immer ein bisschen wie auf einem Pulverfass gefühlt haben, oder? Es konnte jederzeit wieder passieren. Das war Ihnen bewusst, nicht wahr?“

Inga konnte nicht aufhören, ihre Schläfen zu massieren. Der Kopfschmerz schien stärker zu werden. „Ja“, sagte sie leise, „wobei ich glaube, ich habe das mit größter Anstrengung verdrängt. Immer wieder. Ich habe mir eingeredet, das seien Ausrutscher gewesen …“ Sie schwieg, starrte in den blauen Himmel hinauf.

Auch Rebecca sagte eine Weile nichts. Schließlich meinte sie: „Wie anstrengend. Es waren … nicht nur gute Jahre mit ihm, oder?“

„Nein, wirklich nicht. Aber dann wieder …“ Inga musste lächeln in der Erinnerung. „Es konnte so lustig sein mit ihm. So spontan und unkompliziert. Er hatte dauernd neue Einfälle, was man machen könnte. Wir fuhren in Sommernächten an die Isar und badeten, oder wir schwänzten unser Seminar und machten eine Langlauftour im Chiemgau, weil wunderschöner hoher Schnee lag und Marius fast ausflippte vor Begeisterung darüber. Wissen Sie, das war das Schöne an ihm, diese Begeisterungsfähigkeit. Ich profitierte davon. Ich bin viel ernster.“

„Was studieren Sie?“, fragte Rebecca.

„Germanistik und Geschichte. Ich bin bald fertig. Marius schien es egal zu sein, wie lange sein Studium dauert. Er will Rechtsanwalt werden, aber er hat noch keinen Schein je im ersten Anlauf geschafft. Nicht, weil er zu dumm wäre. Im Gegenteil, er schreibt hervorragende Noten. Aber er bricht oft zwischendurch ab. Steht mitten in einer Klausur auf und verlässt den Hörsaal, weil draußen die Sonne scheint. Mir hat das imponiert. Neben ihm kam ich mir immer ganz langweilig und pflichtbewusst vor. Und ich dachte, wie gut, dass ich jemanden habe, der mich dazu bringt, auch mal etwas Verrücktes zu tun. Nicht nur vernünftige Dinge.“ Sie schaute Rebecca ängstlich an. „Können Sie das verstehen? Oder finden Sie … finden Sie, dass Marius verrückt ist und dass ich das hätte merken müssen?“

Ein paar Möwen schrien laut und enthoben Rebecca einige Sekunden lang einer Antwort. Dann sagte sie: „Ich verstehe Sie sehr gut, Inga. Wirklich. Ich kann mir den Charme Ihres Mannes – Sie haben übrigens ganz schön schnell geheiratet, nicht? – gut vorstellen. Nur – irgendwo in seinem Leben gibt es ein massives Problem, das Sie offensichtlich nicht kennen, dessen Wirkung Sie aber zu spüren bekommen haben. Wenn er zurückkehrt – und ich finde, wir sollten wirklich noch nicht das Schlimmste annehmen –, dann müssen Sie das mit ihm klären. Sie können nicht damit leben und es ignorieren. Das wird auf die Dauer nicht funktionieren.“

„Nein“, sagte Inga, „da haben Sie Recht.“

„Ich denke“, sagte Rebecca, „wir wären der Lösung des Rätsels schon ein Stück näher, wenn wir herausfinden könnten, weshalb er offenbar auch mich als einen Menschen empfindet, der ihm Unrecht getan hat. Wo könnte es zwischen seinem und meinem Leben einen Schnittpunkt geben?“

Die Möwen schrien wieder, und in der Stimmung von Ratlosigkeit und Beunruhigung, die plötzlich zwischen den beiden Frauen herrschte, schienen die Schreie einen bedrohlichen Unterton in sich zu tragen.

„Wo könnte es einen Schnittpunkt geben?“, wiederholte Inga.

Sie tappte vollständig im Dunkeln.

Dienstag, 27. Juli

An diesem Dienstag beschloss Karen, aus dem gemeinsamen Schlafzimmer mit Wolf auszuziehen. Die Situation war für sie unerträglich geworden – gerade nach dem Wochenende, an dem er viel zu Hause gewesen war und es dennoch fertig gebracht hatte, fast kein Wort mit ihr zu sprechen.

Sie hatte am Samstagabend den Anlauf unternommen, eine Aussprache herbeizuführen. Die Kinder hatten Übernachtungsbesuch und vergnügten sich mit ihren Freunden im Keller, wo sie ein Tischtennisturnier organisierten. Karen hatte im Kamin auf der Terrasse ein Feuer angezündet. Wolf kam erst nach neun Uhr aus seinem Arbeitszimmer, als die Dunkelheit der Julinacht bereits hereingebrochen war. Karen trug ihre neuen Jeans und ein tief ausgeschnittenes T-Shirt. Sie hatte sich geschminkt und zum ersten Mal seit langer Zeit wieder Parfüm benutzt.

Vielleicht, hatte sie gedacht, war ich wirklich zu nachlässig geworden.

Dann jedoch gewann sie den Eindruck, dass Wolf ihr verändertes Aussehen überhaupt nicht zur Kenntnis nahm. Er kam auf die Terrasse, sah sie dort sitzen und wollte wieder im Haus verschwinden, aber sie sprach ihn an. „Wolf! Du bist fertig? Setz dich doch noch ein bisschen zu mir. Es ist ein wunderschöner Abend!“

Stirnrunzelnd betrachtete er das flackernde Feuer im Kamin. „Wieso hast du denn ein Feuer angemacht? Willst du grillen?“

Mut und Hoffnung sanken unter seinem unwirschen Ton. „Nein … ich fand nur … es sieht doch ganz romantisch aus, oder? Ich … ich denke, wir haben die Romantik in unserem Leben sehr vernachlässigt.“

Er seufzte. „Und jetzt willst du sie wieder einführen, oder was?“

Sie stand auf, trat an den Gartentisch, nahm ein unbenutztes Glas und zog die Champagnerflasche, an der sie selbst sich schon bedient hatte, aus dem Kübel. Sie schenkte ihm ein, reichte ihm das Glas. „Für dich."

Er nahm es, wartete aber nicht ab, um mit ihr anzustoßen, sondern trank ein paar Schlucke. Er trat an den Rand der Terrasse, betrachtete das dunkle, stumme Nachbarhaus. „Die sind offenbar länger weg", sagte er.

Sie stellte sich zu ihm. Kenzo, der sich neben dem Kamin zum Schlafen zusammengerollt hatte, hob den Kopf und knurrte.

„Sei still, Kenzo", sagte Karen, „lass endlich das Haus in Ruhe!"

„Kläfft er das Haus immer noch an?", fragte Wolf.

„Ständig. Keine Ahnung, was in ihn gefahren ist."

Wolf zuckte mit den Schultern.

„Niemand kümmert sich um den Garten drüben", sagte Karen, „die Pflanzen vertrocknen immer mehr."

Wolf seufzte wieder. „Das geht uns doch gar nichts an. Musst du dich unbedingt in Angelegenheiten mischen, die mit dir nichts zu tun haben?"

„Ich mische mich gar nicht ein. Der Gärtner … also der Gärtner dieser Leute sprach mich an und …" Sie verstummte. Sie hatte nicht den Eindruck, dass Wolf ihr zuhörte, und sie merkte, dass sie schon wieder den Boden unter den Füßen verloren hatte.

Ich bin ihm nicht gewachsen, dachte sie und kämpfte verzweifelt gegen die aufsteigenden Tränen an. Vermutlich bedauert er es zutiefst, mich geheiratet zu haben.

„Wolf", sagte sie bittend. „Wolf, es war doch mal anders zwischen uns. Was … ich meine, was ist passiert? Warum hat sich alles verändert?"

Er wandte sich ihr zu. Im Schein der Gartenlaterne konnte sie sein Gesicht klar erkennen. Es war ohne die geringste Wärme oder Sympathie.

„Worüber beschwerst du dich jetzt schon wieder? Glaubst du nicht, es könnte mal einen Tag geben, an dem du nicht jammerst und klagst?"

„Vielleicht, wenn ich verstehen könnte …" Sie biss sich auf die Lippen. Die verdammten Tränen. Sie ruinierten jeden ihrer Versuche, ein sachliches Gespräch mit ihm zu führen.

„Scheiße", sagte er und stellte klirrend sein Glas ab, „es ist Samstagabend. Es ist auch mein Wochenende. Bitte versuche nie wieder, mich zu einem verdammten Kaminfeuer-und-Champagner-Event im Garten zu überreden, wenn du mir in Wahrheit nur wieder etwas vorheulen willst!" Er verließ die Terrasse. Drinnen knallte die Wohnzimmertür. Kenzo jaulte auf.

So war der Samstag verlaufen.

Am Sonntag verschwand Wolf schon am frühen Morgen mit den Kindern ins Schwimmbad. Niemand fragte Karen, ob sie mitwolle, auch die Kinder nicht.

Der Tag war in quälender Einsamkeit vergangen. Es war so heiß draußen, dass es Karen selbst unter der Markise auf der Terrasse nicht aushielt und sich schließlich in das kühlere Wohnzimmer zurückzog.

Gegen sechs Uhr tauchten die Kinder auf, mit nassen, verstrubbelten Haaren, aufgedreht und fröhlich. Sie ließen ihre Badetaschen im Hauseingang fallen und stürmten zum Fernseher, wo es irgendeine Serie gab, von der sie begeistert waren.

„Wo ist denn euer Vater?“, fragte Karen, während sie die nassen Badeanzüge und Frotteetücher aus den Taschen klaubte.

Die Kinder wandten keinen Blick vom Bildschirm. „Papa ist noch mal ins Büro gefahren. Wir sollen nicht mit dem Essen warten. Er kommt spät.“

Erst lange danach wurde Karen klar, dass dieser Augenblick einen Wendepunkt markierte. Sie begriff erst im Nachhinein, dass in dieser Minute etwas in ihr starb: die Hoffnung, sie und Wolf könnten zueinander zurückfinden, sie könnten auf irgendeine geheimnisvolle Weise die letzten Jahre auslöschen und die Fäden ihres Lebens dort wieder aufnehmen, wo ihre Beziehung noch schön und heiter und liebevoll gewesen war.

Um elf Uhr ließ sich Wolf noch immer nicht blicken. Karen ging ins Bett, konnte aber nicht einschlafen. Sie lag hellwach, starrte aus weit offenen Augen in die Dunkelheit. Zwischen ihr und Wolf war es vorbei, und für sie ging es nun darum, Schritte zu finden, die es ihr ermöglichten, ihre Selbstachtung zu behalten. Oder wiederzubekommen. Viel schien davon nämlich nicht mehr da zu sein.

Am nächsten Morgen beim Frühstück erwähnte sie mit keinem Wort den vergangenen Abend und hatte den Eindruck, dass dies eine leise Irritation in ihm auslöste, aber das war ihr egal. Sie verfolgte mit ihrem Verhalten keinerlei Strategie mehr.

Am Montagabend erschien Wolf wiederum erst, als Karen schon schlief. Aber auch am Dienstagmorgen sprach sie diesen Umstand nicht an. Wolf schien ein wenig beunruhigt.

Als er gefahren war und die Kinder in die Schule verschwunden waren, ging Karen daran, das Gästezimmer für sich herzurichten.

Es war ein sehr kleines, aber gemütliches Zimmer unter dem Dach, mit schrägen Wänden, einer geblümten Tapete und einem Gaubenfenster, aus dem man über die Nachbargärten bis zum nahen Waldrand sah. Direkt nebenan lag ein grün gekacheltes, winziges Bad. Es war ein erster Schritt, hier oben einzuziehen.

Sie überlegte, was sie als Nächstes tun sollte. Ich könnte im Reisebüro anrufen und mich erkundigen, ob wir ein wenig Geld zurückbekommen, wenn ich kurzfristig von unserem Urlaub zurücktrete, überlegte sie. Sie wusste jetzt, dass sie auf keinen Fall mitfahren würde.

In diesem Augenblick klingelte das Telefon. Sie rannte hinunter und meldete sich mit atemloser Stimme. „Ja? Wer ist denn da?"

„Becker. Pit Becker. Ich bin der Gärtner von den Lenowskys …"

„Oh ja … ich erinnere mich! Hallo!"

„Ich wollte eigentlich nur wissen, ob die Lenowskys zurückgekehrt sind", sagte Pit Becker, „oder ob Sie irgendetwas von ihnen gehört haben."

Karen schüttelte den Kopf, obwohl Pit das nicht sehen konnte. „Nein. Weder das eine noch das andere. Es ist alles unverändert."

„Ich finde, wir sollten jetzt eingreifen", sagte Pit. „Wir können doch nicht so tun, als ginge uns das alles nichts an."

„Ja, denken Sie, wir sollten die Polizei verständigen? Ich weiß nicht … bekommt man nicht Ärger, wenn man die herbestellt, und am Ende war dann alles umsonst?" Eine innere Stimme sagte ihr, dass sie in Wahrheit nicht Angst vor der Polizei hatte, sondern vor Wolf. Seine zynischen und vernichtenden Kommentare, wenn sie eine möglicherweise sinnlose Polizeiaktion initiierte, konnte sie sich nur zu gut vorstellen.

Pit schien einen Moment zu überlegen. „Nach wie vor denke ich, dass man über den Balkon einsteigen könnte", sagte er dann. „Ich könnte jetzt gleich kommen. Eine Leiter habe ich …"

Sie dachte nach. Das kam so plötzlich und war so verrückt, und doch … Mit dem Telefon am Ohr trat sie ans Fenster, schaute zu dem Haus hinüber. Ein Kälteschauer floss über ihren Körper, und der hatte mit den tatsächlichen Temperaturen dieses Tages nichts zu tun.

Sie schaute auf die Uhr. Es war kurz nach elf. „Meine Kinder kommen um ein Uhr aus der Schule", meinte sie, „bis dahin hätte ich Zeit."

„Okay", sagte Pit, „ich bin in fünfzehn Minuten bei Ihnen."

Schon hatte er aufgelegt. Er gab ihr keine Gelegenheit, sich alles anders zu überlegen.

INGA hatte es sich nicht so schwer vorgestellt, Rebecca zu einem Ausflug zu überreden. Das Ausmaß, in dem sich ihre Gastgeberin abschottete, war ihr bis dahin noch nicht völlig aufgegangen.

„Gehen Sie allein, Inga“, hatte Rebecca am Morgen gesagt, als Inga mit dem Vorschlag ankam, eine Wanderung am Meer zu unternehmen und anschließend irgendwo zu Mittag zu essen, „das ist nichts für mich. Aber Sie sollten Ihren Aufenthalt hier trotz allem ein bisschen genießen. Denken Sie denn, dass Ihre Füße eine Wanderung schon wieder durchhalten?“

„Die sind fast verheilt. Ich glaube trotzdem nicht, dass ich im Moment irgendetwas genießen kann, aber hier zu sitzen und zu warten … Ich meine, heute suchen sie zum letzten Mal nach Marius, und im Grunde denke ich immer, vielleicht passiert ein Wunder, und er spaziert zur Tür herein, und alles, was auf dem Schiff geschehen ist, stellt sich als böser Traum heraus … Ich glaube, es würde uns beiden gut tun, einmal hinauszukommen.“

Es war Rebecca anzusehen gewesen, dass sie nicht glücklich war, aber sie hatte sich schließlich einverstanden erklärt.

Sie waren ein Stück mit dem Auto in Richtung Marseille gefahren. Irgendwo hatte Rebecca die Autobahn verlassen, war durch ein paar kleinere Orte gekurvt und schließlich auf dem Parkplatz einer Bucht gelandet.

„So. Von hier aus können wir den Klippenpfad entlanglaufen. Man hat von dort immer wieder sehr schöne Blicke über das Meer und in kleine Buchten hinein.“

Der Pfad war steil und eng, oft konnten sie nur hintereinander gehen, und häufig waren sie so in die Anstrengung des Kletterns vertieft, dass sie sich nicht miteinander unterhalten konnten.

„Sie denken an Marius, nicht wahr?“, unterbrach Rebecca die Stille.

Inga nickte. „Ich nehme Abschied.“

„Sie wissen doch noch nicht, ob …“

„Ich nehme trotzdem Abschied. Es ist vorbei zwischen uns. Die Zeit, die wir gemeinsam hatten, ist vorüber.“

„Wegen der Szene auf dem Schiff?“

Inga überlegte. „Nicht nur. Ich meine, so furchtbar es war, diesem Fremden gegenüberzustehen, so war es doch im Nachhinein …“ Sie suchte nach Worten. „Es war im Nachhinein nicht einmal wirklich überraschend. Ich wusste nicht, was passieren würde, aber ich habe in den letzten Tagen erkannt, dass ich im tiefsten Inneren immer ahnte, *dass* etwas passieren würde. Ich habe immer gewusst, dass mit Marius irgendetwas nicht stimmt.“

„Und Sie wissen praktisch gar nichts über ihn von früher? Aus der Zeit, bevor Sie einander kennen lernten? Seine Familie, sein Umfeld … woher er kommt?“

Inga schüttelte den Kopf. „Er hat Fragen abgeblockt. Natürlich wollte ich gern seine Eltern kennen lernen, aber er sagte irgendwann klipp und klar, dass das Verhältnis zu seinen Eltern nicht das beste sei. Im Übrigen fand ich den Umstand, dass er offenbar keinen Kontakt zu ihnen hatte, nicht so seltsam. An der Uni laufen viele herum, die ihre Familie als spießig und engstirnig empfinden und sich ziemlich radikal abnabeln."

„Haben Sie ihn Ihrer Familie vorgestellt?", fragte Rebecca.

Inga nickte. „Ich habe ihn an unserem ersten gemeinsamen Weihnachten mit zu uns nach Hause genommen. Ich komme aus einem Dorf in Norddeutschland, wir sind eine große Familie, und vom 23. Dezember bis zum ersten Januar treffen wir uns alle bei meinen Eltern. Es ist wirklich immer wunderschön und familiär, und ich wollte gern, dass Marius das erlebt. Aber …"

„Es funktionierte nicht?"

„Doch. Jedenfalls gab es keinen Eklat oder so. Aber ich war fürchterlich nervös …" Inga sah zu Rebecca hin. „Seltsam, nicht? Das hatte ich alles verdrängt. Ich hatte in jener Woche ständig Kopfschmerzen. Ich spürte, dass es mit Marius zusammenhing. Wir waren jeden Tag vierzehn Personen, und ich lebte in größter Angst, jemand könnte eine falsche Bemerkung machen. Oder genauer: eine ganz normale Bemerkung, die aber wieder bei Marius einen kritischen Nerv treffen könnte."

„Kein Wunder, dass Sie Kopfweh bekamen", sagte Rebecca.

„Ja, nicht wahr? Aber ich wollte die Zusammenhänge einfach nicht wahrhaben." Inga atmete tief. „Kurz bevor wir abreisten, fragte ich meine Mutter, was sie von ihm halte. Es war der Silvestertag, Marius begleitete meinen Vater und meine Brüder am Spätnachmittag in die Dorfkneipe. Eine Tradition für alle Männer dort am 31. Dezember … Ich hatte wieder Kopfschmerzen, und man sah mir das wohl auch an. Jedenfalls sagte meine Mutter, ich würde so blass aussehen, was denn los wäre."

Sie sah die Szene vor sich: Mama und sie in der gemütlichen Küche des reetgedeckten Hauses. Sie tranken eine Tasse Kaffee zusammen, draußen war es schon fast dunkel, und es begann ganz sacht zu schneien.

„Wie gefällt dir eigentlich Marius?", fragte Inga in beiläufigem Ton.

Sie fand, dass ihre Mutter ziemlich lange überlegte – zu lang. „Es ist nicht leicht, ihn einzuschätzen", sagte sie schließlich.

„Nein?", fragte Inga überrascht. Ihre Mutter war der optimistischste Mensch, den sie kannte. Sie hatte eine spontane, positive Antwort erwartet.

„Ich habe das Gefühl", sagte ihre Mutter vorsichtig, „dass er sehr kompliziert ist. Er kommt mir vor wie eine Fassade, und dahinter ist etwas … ich kann es schwer in Worte fassen … dahinter sind vielleicht Wesenszüge, die ich gar nicht so gern kennen lernen möchte."

Es war sehr still in der Küche. Inga erinnerte sich, dass ein bleischweres Gewicht auf ihre Brust zu sinken schien.

„So schlecht hast du dich noch nie über einen Menschen geäußert", sagte sie.

Ihre Mutter sah sie betroffen an. „Tut mir Leid, wenn das so bei dir angekommen ist. Ich wollte mich nicht schlecht über ihn äußern. Ich wollte nur sagen, dass da etwas schwer Fassbares ist …"

„Was du nicht gern kennen lernen möchtest."

Mama hatte genickt. „Weil es mich nervös macht. Aber das kann auch an mir liegen."

Aber mich macht es auch nervös, hatte Inga gedacht.

An diesem sonnigen Julitag auf dem Klippenpfad hoch über dem Mittelmeer schien die winterliche Szene in der warmen Küche sehr fern – und zugleich nah.

Sie gingen langsam weiter. Der Weg war nun breit und eben und sandig. Rebecca sah auf die Uhr. „Gleich halb zwölf. In einer halben Stunde dürften wir La Madrague erreichen. Es gibt dort eine sehr gute Pizzeria. ‚Chez Henri'. Wir könnten dort etwas essen."

„Gern. Vor allem trinken. Ich bin ziemlich durstig."

„Wessen Idee war es eigentlich?", fragte Rebecca nach einigen schweigsamen Minuten unvermittelt. „Ich meine, hierher zu kommen? Nach Südfrankreich?"

„Seine. Und zwar auch mal wieder völlig spontan, von jetzt auf gleich. Ich hatte keine besondere Lust, ich dachte an die Hitze und an die überfüllten Strände jetzt in der Hochsaison, aber ich hatte das Gefühl, ihn zu kränken, wenn ich allzu intensiv an seinem tollen Einfall herumnörgelte."

„Und Kränkung war ja das rote Tuch für ihn."

„Genau. Also willigte ich ein und …", sie zuckte mit den Schultern, „und nun stehe ich hier irgendwo an der provenzalischen Küste vor den Scherben meiner Ehe."

„Worüber ich ständig nachdenke", sagte Rebecca, „ist, weshalb Marius mit meiner Person ganz offenbar unendlich negative Gefühle, ja, fast Hass verbindet. Ich zerbreche mir den Kopf, aber mir fällt nichts ein. Ich kenne ihn nicht, ganz bestimmt nicht."

„Vielleicht kennt er Sie?"

„Oder er kannte meinen … verstorbenen Mann. Hatte mit ihm irgendein Problem und überträgt das nun auf mich."

Inga runzelte die Stirn. „Ihr Mann war Arzt, nicht?"

„Herzchirurg, ja. Könnte es einen Vorfall in Marius' Familie gegeben haben? Jemand, der mit den ärztlichen Leistungen meines Mannes nicht zufrieden war? Irgendetwas …"

„Das klingt nicht unplausibel", meinte Inga.

„Es kommt mir alles sehr zufällig vor. Zu zufällig. Marius trägt einen möglicherweise jahrealten Hass auf meinen verstorbenen Mann oder auf mich mit sich herum. Weder ist er aber jemals in Deutschland noch später hier in Le Brusc an ihn oder an mich herangetreten. Nun trampt er nach Südfrankreich, wird unterwegs vom einstigen besten Freund meines Mannes aufgesammelt und direkt in mein Haus gebracht. Hier stellt er fest, dass ich die Person bin, auf die er schon lange so zornig ist – oder dass ich zumindest die Witwe des Mannes bin, gegen den er eine tiefe Aversion hegt. Er beschließt, das Boot zu stehlen …" Sie hielt inne. „Das gibt es nicht, oder? So viele Zufälle?"

„Es gibt manchmal schon eigenartige Zufälle", sagte Inga, „aber dies hier klingt wirklich sehr weit hergeholt."

„Es kann nicht sein, dass er es darauf abgesehen hatte, von Maximilian mitgenommen zu werden?", fragte Rebecca vorsichtig. „Dass er das Zusammentreffen mit ihm irgendwie hat einfädeln können?"

„Ich wüsste nicht, wie er das geschafft haben sollte", sagte Inga ratlos. „Er konnte nicht voraussehen, dass wir durch dieses abgelegene Dorf wandern würden. Eine Frau hatte uns dort abgesetzt. Maximilian kam nur dort entlang, weil er einen Stau auf der Autobahn umfahren wollte."

Rebecca überlegte. „Mir geht da ein Satz nicht aus dem Kopf. Als Sie mir von der Szene auf dem Schiff erzählten, sagten Sie, Marius habe etwas in der Art geäußert, er *müsse mich nicht kennen, um alles über mich zu wissen*. Das könnte bedeuten, dass er mich tatsächlich nicht kennt. Auch nicht meinen verstorbenen Mann. Aber dass ich für etwas stehe, das er hasst. Zutiefst hasst. Dann wäre der Zufall schon nicht mehr so zufällig."

„Und was könnte das sein?"

„Ich weiß nicht … vielleicht ist es Geld? Das Ferienhaus am Mittelmeer, das Segelschiff, dass ich nicht arbeiten muss und trotzdem gut leben kann … Vielleicht hasst er wohlhabende Menschen?"

Inga schüttelte den Kopf. „Das wäre mir doch dann zu irgendeiner anderen Zeit schon aufgefallen. Ganz sicher hätte er auch in einem anderen Zusammenhang darüber schon einmal eine Bemerkung gemacht. Aber ich hatte nie den Eindruck, dass er ein … ein neidischer Mensch ist."

„Kann er etwas gegen Ärzte haben? Gegen Psychologen?"

„Nicht, dass ich wüsste."

„*Kinderruf*. Mein Verein. Eine Initiative, die sich dem Schutz misshandelter Kinder verschrieben hat. Könnte da etwas bei ihm angesprungen sein?"

Inga strich sich die Haare aus der Stirn. Sie fröstelte, obwohl der Tag so warm und ihr Gesicht feucht von Schweiß war.

„Ich weiß es nicht", sagte sie und fügte im Stillen hinzu: *Ich weiß ja einfach gar nichts über ihn!*

ES DAUERTE zwanzig Minuten, bis Pit Becker klingelte. *„Hi"*, sagte er, „wie geht's?"

Karen lächelte, angestrengt, wie ihr schien. „Es geht. Ich bin ziemlich nervös, wenn ich an die nächste Stunde denke."

„Ich auch", gab Pit zu.

Sein Auto parkte vor dem Nachbargrundstück. Er schwang sich auf die Ladefläche des grün lackierten Lieferwagens und hob die Leiter herunter. Karen öffnete das Gartentor. Über den Weg gelangten sie in den rückwärtigen Garten, wo sie unterhalb des steinernen Balkons stehen blieben. Die Veranda mit den verstaubten Sitzkissen auf den Stühlen und der zerknäulten Tischdecke in der Ecke bot den gleichen trostlosen Anblick wie einige Tage zuvor.

„Ich habe ein ganz dummes Gefühl", sagte Karen.

„Ich auch", meinte Pit. Er richtete die Leiter auf. Sie reichte problemlos bis an die obere Balustrade. „Also, ich klettere jetzt hinauf und verschaffe mir einen Überblick. Warten Sie hier unten."

Er verschwand nach oben, schwang sich über das Balkongeländer. Karen starrte hinauf. Jenseits des Gartenzauns stand Kenzo und bellte aufgeregt herüber.

„Können Sie etwas sehen?", rief sie mit gedämpfter Stimme.

Pit erschien neben der Leiter. „Hier ist wirklich ein Fenster, dessen Rollladen hochgezogen ist. Das ist unsere einzige Chance."

„Aber wie wollen Sie es öffnen?"

„Ich habe einen Glasschneider dabei."

Er ist wirklich gut vorbereitet, dachte Karen. Sie fühlte sich äußerst unwohl in ihrer Haut.

„Ich versuche, ein Stück aus der Scheibe zu schneiden", fuhr Pit fort, „und dann hindurchzugreifen und das Fenster von innen zu öffnen."

„Und wenn die Alarmanlage eingeschaltet ist?"

Pit zuckte mit den Schultern. „Das müssen wir riskieren."

„Soll ich raufkommen?"

„Ja. Hoffentlich sind Sie schwindelfrei!"

Das werde ich gleich feststellen, dachte Karen und machte sich an den Aufstieg.

Oben angekommen, half ihr Pit bei dem letzten Stück über das Geländer. Karen stand auf dem kleinen Balkon und klopfte sich den Staub von den Jeans.

„Sehen Sie", sagte Pit, „dieses Fenster will ich öffnen."

Das Fenster ohne Rollladen wirkte wie das einzige lebendige Auge in dem wie tot wirkenden Haus.

„Ich bin froh, wenn wir hier fertig sind und verschwinden können", murmelte Karen.

Pit hielt bereits den Glasschneider in der Hand und setzte ihn gleich neben dem Fenstergriff von außen auf die Scheibe.

Das Geräusch, das der Schneider verursachte, war erstaunlich leise. Ein seltsames Knirschen, ein Knacken, und dann zog Pit mit einem Saugnapf ohne größeren Aufwand ein fast rundes Stück Glas aus der Scheibe. Er legte es vorsichtig auf den Boden, griff durch das Loch und öffnete den Fenstergriff. Die Alarmanlage war nicht angesprungen. Das Fenster schwang auf.

Sie wichen beide in derselben Sekunde zurück. Der Gestank, der ihnen aus dem stickigen Haus entgegenschlug, traf sie unvorbereitet und war mörderisch. Süßlich, schneidend, alles nur denkbar Widerwärtige in sich vereinend. Es war so furchtbar, dass Pit schlagartig grau bis in die Lippen wurde und Karen sich zur Seite wenden und eine Hand gegen ihren Mund pressen musste; sie hatte einen Moment lang mit schier unüberwindbarem Brechreiz zu kämpfen.

„Verdammt", japste sie, als sie wieder sprechen konnte, „was ist das?"

Pit schob die Gardinen beiseite. Auch ihm war deutlich anzusehen, dass er gegen einen Brechreiz ankämpfen musste. „Wir müssen da jetzt rein."

„Ich kann nicht …" Wieder würgte sie.

„Ich gehe." Pit schwang sich durch das Fenster. Nach einem Moment des Zögerns folgte ihm Karen, die Hand fest vor ihr Gesicht gedrückt.

Sie wusste jetzt, dass sie etwas Entsetzliches finden würden.

SIE FANDEN Fred Lenowsky im Bad, das gleich neben dem Zimmer lag, in das sie eingestiegen waren. Er saß nackt auf der Toilette; seine Füße waren mit einem Strick an den emaillenen Sockel gefesselt, die Hände waren auf den Rücken gebunden, und sein Kopf wurde durch eine Wäscheleine aufrecht gehalten, die unter seinem Kinn entlanglief und dann nach oben führte, wo sie an einem Nagel, der aus der Decke ragte, befestigt war. Lenowsky sah auf groteske Weise gedemütigt aus; auch deshalb, weil er eindeutig tot war, aber dennoch gezwungen wurde, in dieser Haltung der Erniedrigung zu verharren.

„Wie … ist er gestorben?“, flüsterte Karen. Sie stand in der Tür, erstarrt vor Schreck. Sie vermochte nicht zu glauben, was sie sah, und hoffte inständig, sie werde nicht in Ohnmacht fallen.

Pit, der ebenfalls für einen Moment bewegungsunfähig gewesen war, trat einen Schritt auf die Leiche zu. „Na, jedenfalls war es wohl kein natürlicher Tod“, sagte er rau. Seine Stimme gehorchte ihm nicht richtig, er räusperte sich.

„Wir sollten nichts anfassen“, flüsterte Karen.

„Klar“, sagte Pit. Er drehte sich zu ihr um. „Wir müssen nach Frau Lenowsky sehen.“

„Ich glaube nicht, dass ich das kann“, entgegnete Karen mit dieser fremden, leisen Stimme, von der sie erst akzeptieren musste, dass sie zu ihr gehörte. Aber trotz dieser Worte bewegte sie sich rückwärts von der Tür weg und stand nun mitten im Treppenhaus. Es war dämmrig. Helligkeit kam nur aus dem Zimmer, dessen Fenster sie geöffnet hatten, und von unten durch die gefärbten Glasscheiben der Haustür. Dennoch erkannte sie, dass es wie auf einem Schlachtfeld aussah. Die Perserbrücken, die überall verteilt lagen, waren verrutscht, dazwischen lagen allerlei Gegenstände verstreut: Rollen mit Toilettenpapier, Kugelschreiber, Bürsten und Kämme, Papiere, Unterwäsche, Zeitschriften, eine fleckige Bettdecke.

„Vandalismus“, sagte Pit, der nun ebenfalls aus dem Bad kam, „irgendwelche Typen, die hier eingedrungen sind, das alte Ehepaar ermordet und dann das Haus verwüstet haben.“

„Aber wie … ich kann nicht verstehen, wie das passieren kann, ohne dass irgendjemand etwas merkt.“

„Jemand hat ja etwas bemerkt“, sagte Pit. „Erzählten Sie nicht, dass Ihr Hund ständig das Haus anbellte? Er wusste genau, dass dort etwas Schreckliches passiert war.“

Sie starrten einander an.

„Ich gehe jetzt die Treppe hinunter“, sagte Pit. Vorsichtig balancierte er zwischen all den Gegenständen hindurch, die über die Stufen verstreut lagen. Karen folgte ihm nach einem Moment des Zögerns.

Unten sah es nicht besser aus als oben, es herrschte die gleiche willkürliche Zerstörung. Auf einem Tisch standen zwei Gläser, zur Hälfte mit eingedicktem gelbem Fruchtsaft gefüllt. Pit bückte sich und hob, entgegen ihrer beider Vorsatz, nichts anzufassen, einen flachen Karton auf. „Ich glaub das nicht“, sagte er entgeistert.

Karen erkannte, dass es sich um einen Pizzakarton handelte. Auf der Pappe lagen noch ein paar abgenagte Teigränder herum, die inzwischen vermutlich knochenhart waren.

„Die haben sich noch Pizza hierher bestellt!“, sagte Pit. „Haben die Alten umgebracht, sich hier eingenistet und sich sogar noch ihr Essen liefern lassen.“

Karen kam ein furchtbarer Gedanke, aber sie schob ihn rasch von sich. Hatten die beiden alten Leute noch eine Zeit *lebend* mit ihren Mördern verbringen müssen?

Rechter Hand von ihnen lag ein großes, gänzlich abgedunkeltes Zimmer, dessen Umrisse sowie die Schatten der Möbel nur vage erkennbar waren. Von ihrem Besuch her wusste Karen, dass es sich um das Wohnzimmer handelte. Zögernd trat sie ein.

„Wir brauchen Licht“, sagte Pit hinter ihr. Er berührte den Schalter nur mit seinem Fingernagel, als er ihn anknipste.

Das Licht enthüllte auf einen Schlag das ganze Drama.

Greta Lenowsky lag bäuchlings auf dem Teppich vor der verschlossenen Terrassentür. Ihre Beine waren grotesk verdreht. Sie trug eine hautfarbene, knielange Unterhose, darüber ein geblümtes Nachthemd, das bis zur Taille hinaufgerutscht war. Um ihren Hals lag ein grünes Hundehalsband, daran befestigt eine ebenfalls grüne Leine. Die Hände an ihren über den Kopf ausgestreckten Armen umklammerten einen Telefonapparat, der allem Anschein nach auf dem verschnörkelten Biedermeiertischchen neben der Tür gestanden hatte. Greta Lenowsky war tot, aber sie hatte in den letzten Momenten ihres Lebens offenbar versucht, um Hilfe zu telefonieren. Zu spät.

„Wer tut so etwas?“, flüsterte Karen. „Um Gottes willen, wer tut so etwas?“

Sie stand inmitten eines grausamen Albtraums, der unvermittelt über sie hereingebrochen war, und sie merkte, dass sich ihr Gehirn weigerte, in letzter Konsequenz zu begreifen, was ihre Augen sahen.

„Ich rufe jetzt sofort die Polizei“, sagte Pit.

Karen sah, dass seine Hände heftig zitterten, als er sein Handy aus der Hosentasche zog. Mit bebenden Fingern schaffte er es erst beim zweiten Anlauf, die Nummer der Polizei einzutippen.

Eine Stunde später sah es in der stillen, beschaulichen Wohnstraße aus wie am Drehort eines Films. Es wimmelte von Polizisten und Polizeifahrzeugen, und vor dem Grundstück der Lenowskys war ein weiträumiges Areal mit rot-weißen Bändern abgesperrt.

Karen hatte das Gefühl, unter Schock zu stehen. Eine junge, etwas forsche Beamtin hatte ihre Personalien aufgenommen und ihr ein paar Fragen gestellt. „Der ermittelnde Kommissar wird Sie heute noch sprechen wollen“, sagte sie zum Schluss und klappte laut und energisch ihr Notizbuch zu. „Sie halten sich bitte zur Verfügung.“

Da sich niemand mehr um sie kümmerte, ging Karen schließlich wieder in ihren Garten zurück. Sie hatte Pit nicht mehr gesehen und vermutete, dass auch er befragt wurde.

Kenzo begrüßte sie stürmisch. Sie kauerte sich neben ihn ins Gras, streichelte ihn und merkte, dass sich dabei das Zittern ihrer Hände zu beruhigen begann.

Die Kinder würden sehr bald aus der Schule kommen und natürlich sofort sehen, dass etwas passiert war.

„Die werden sich alle ganz schön wundern“, sagte Karen zu Kenzo, und sie meinte in erster Linie Wolf damit. Vielleicht ging ihm irgendwann auf, dass er seine Frau schon immer unterschätzt hatte.

„Es war also vor ziemlich genau einer Woche, dass Sie zum ersten Mal dachten, dass nebenan etwas nicht stimmt?“, fragte Kommissar Kronborg. Er saß auf dem geblümten Sofa im Wohnzimmer, ein Zweimetermann, der in der verspielten Sitzgarnitur erschlagend wirkte. Alles an ihm war größer als bei anderen Menschen: seine Körperlänge sowieso, aber auch seine Hände, seine Füße, seine Nase. Dies verlieh ihm eine Ausstrahlung von Unbeholfenheit, als wisse er nie so recht, wohin mit sich, mit seinem Körper. Wie ein *tapsiger Bär*.

Sicher, dachte Karen, passiert es ihm ziemlich oft, dass er unterschätzt wird. Sie selbst würde diesen Fehler nicht begehen. Ihr waren sofort seine wachen, intelligenten Augen aufgefallen, aber auch der Zug von Härte und Entschlossenheit um seinen Mund.

„Ja", erwiderte sie nun auf seine Frage, „vor einer Woche. Es ging um unsere Ferienreise …" Sie berichtete, wie sie mehrfach erfolglos bei den Lenowskys geklingelt hatte, wie irritiert sie gewesen sei, dass niemand öffnete, obwohl zwischendurch die Rollläden offenbar hinaufgezogen und herabgelassen wurden.

„Die Lenowskys hätten verreist sein können", sagte Kronborg, „und sie hätten jemanden beauftragt haben können, sich um das Haus zu kümmern."

„Aber hätte dieser *Jemand* nicht geöffnet, als ich klingelte?"

„Es hätte sich auch um ein installiertes Sicherheitssystem handeln können", sagte Kronborg, anstatt ihre Frage zu beantworten. „Rollläden gehen automatisch hoch und runter."

Karen runzelte die Stirn. „Aber warum …"

Kronborg wusste, was sie fragen wollte, und hob beschwichtigend die Hand. „Warum ich darauf beharre, nachdem ja nun klar ist, dass Ihr Verdacht völlig zu Recht bestand? Nun, es ist für meine Ermittlung wichtig, genau zu wissen, was in Ihnen diese … Beunruhigung ausgelöst hat. Darin können sich winzige Bausteine finden, die sich am Ende als bedeutsam erweisen, um den Täter zu finden. Meine Kollegen haben mit den Nachbarn auf der anderen Seite der Lenowskys gesprochen. Denen ist nicht das Geringste aufgefallen."

Karen überlegte. „Es hing bei mir sicher damit zusammen, dass ich so dringend versuchte, Kontakt mit ihnen aufzunehmen. Wir wollten am übernächsten Freitag für zwei Wochen in die Türkei fliegen. Ich musste jemanden finden, der die Post aus dem Briefkasten nimmt. Ich habe förmlich darauf gelauert, einen von den Lenowskys im Garten zu sehen. Ich hatte das Haus ständig im Visier … vielleicht wäre mir sonst auch nichts aufgefallen."

Kronborg blätterte in seinem Notizbuch. „Dieser … wie heißt er? … Pit Becker – den kennen Sie noch nicht lange?"

„Nein. Ich habe ihn letzte Woche kennen gelernt. Er stand bei den Lenowskys vor dem Gartentor und fragte mich, ob ich wisse, wo sie sein könnten."

„Hm. Es war schon ein bisschen ungewöhnlich, dass Sie beide über den Balkon einstiegen und auf eigene Faust Nachforschungen anstellten, oder? Warum haben Sie nicht einfach die Polizei angerufen?"

Weil man nicht einfach die Polizei anruft, dachte Karen. Laut sagte sie: „Wir waren beide unsicher, ob wir nicht irgendwelchen Hirngespinsten hinterherjagen. Weder er noch ich kannten die Lenowskys näher, insofern hätten wir auch nicht klipp und klar sagen können, dass ihr Verhalten so ungewöhnlich war. Den Briefkasten überquellen und den Garten vertrocknen zu lassen … es schien uns untypisch für sie, weil sie auf uns beide eher den Eindruck gemacht hatten, sehr penibel zu sein."

Kronborg seufzte. „Ein komplizierter Fall. Abgesehen von dem Fenster, durch das Sie und Herr Becker eingedrungen sind, gibt es keinerlei Einbruchsspuren. Sieht so aus, als hätten die Lenowskys ihren Mörder – oder *ihre* Mörder – selbst ins Haus gelassen."

„Sie meinen, jemand hat einfach geklingelt und …"

„Zum Beispiel. Oder sogar einen Schlüssel gehabt. Wissen Sie etwas über Verwandte der Lenowskys? Kinder vielleicht? Enkel?"

Karen schüttelte den Kopf. „Ich habe gehört, dass sie keine Kinder hatten. Und andere Verwandte … keine Ahnung. Wie gesagt, ich kannte sie ja praktisch nicht."

„Aber Sie haben miteinander telefoniert", sagte Kronborg.

Karen sah ihn perplex an. „Wir haben telefoniert?" Ihr fiel das kurze Gespräch mit Fred Lenowsky vor über einer Woche ein. Das war sozusagen sein letztes Lebenszeichen gewesen, und sie hatte sich später einige Male geärgert, dass sie damals nicht gleich wegen der Ferien gefragt hatte. Worum war es noch gegangen? Richtig, um das Auto.

„Ich habe mit Herrn Lenowsky gesprochen", sagte sie, „unsere Garagen grenzen ja aneinander, und ich hatte meinen Wagen auf dem Vorplatz etwas ungeschickt geparkt. Er kam nicht raus und bat mich, das Auto anders zu stellen."

„Nein", sagte Kronborg, „dieses Gespräch meine ich nicht. Sie wissen, dass Greta Lenowsky in den letzten Minuten vor ihrem Tod versucht hat, um Hilfe zu telefonieren. Es war Ihre Nummer, die sie gewählt hat."

Karen brauchte eine Sekunde, um zu begreifen, was er meinte. „Meine … unsere Nummer?"

„Ja. Wir haben noch nicht herausgefunden, an welchem Tag das war, aber das wissen wir bald."

„Es könnte sich aber dann auch um das Gespräch handeln, das ich mit Fred Lenowsky geführt habe?"

„Möglich", räumte Kronborg ein, „aber das wird sich feststellen lassen. Meine Hypothese ist im Moment die, dass es Greta Lenowsky tatsächlich noch gelungen ist, einen Anruf zu tätigen. Sie war vermutlich nicht einmal mehr in der Lage, die Polizei anzurufen, sie hat einfach die Wahlwiederholung gedrückt. Wegen des Gesprächs mit Fred Lenowsky einige Tage zuvor war Ihre Nummer gespeichert und wurde automatisch angewählt." Er sah Karen fragend an. „Aber offenbar – kam ein Gespräch nicht zustande?"

Sie hatte das Gefühl, alles in ihrem Kopf beginne sich zu drehen. „Das würde doch bedeuten, dass … Frau Lenowsky ziemlich bald nach meinem Gespräch mit ihrem Mann gestorben ist, oder? Denn sonst hätte sie doch sicher inzwischen mit jemand anders gesprochen, und es wäre nicht unsere Nummer als letzte auf dem Apparat gewesen."

„Die gerichtsmedizinischen Gutachten liegen natürlich noch nicht im Detail vor", sagte Kronborg, „aber nach der ersten Untersuchung der Toten schätzt der Arzt, dass Fred Lenowsky seit einer knappen Woche tot ist. Seine Frau ist etwas später gestorben, vielleicht erst vor vier oder fünf Tagen. Kurz nach Ihrem Gespräch mit Fred Lenowsky ist vermutlich der Mörder in das Haus eingedrungen. Von dem Moment an gab es für die beiden alten Leute keine Möglichkeit mehr, nach draußen zu telefonieren. Der Pizzaservice wurde von Fred Lenowskys Handy angerufen. Der Täter hat sich das Handy wahrscheinlich gleich zu Anfang geschnappt."

Karen schluckte. „Da wurde wirklich noch Pizza bestellt", sagte sie, „ganz normal, als wäre nichts geschehen."

„Sie haben beim Pizzaservice den Ausfahrer ermittelt, der die Pizza an jenem Tag – Dienstagmittag letzter Woche – zu den Lenowskys gebracht hat. Der junge Mann erinnert sich, dass ihm eine alte Frau öffnete, der Beschreibung nach Greta Lenowsky. Er sagt, sie habe wie ein Gespenst ausgesehen. Sie trug einen Morgenmantel, hatte ungekämmte, struppige Haare und ein kalkweißes Gesicht. Sie öffnete die Tür nur einen Spaltbreit. Sie sprach kein Wort, und ihre Hand zitterte, als sie die Pizza entgegennahm. Sie gab ihm das genau abgezählte Geld und schloss sofort wieder die Tür."

Karens Stimme war nur ein Flüstern, als sie sagte: „Dann haben sie noch ein paar Tage gelebt. Als der … der Täter schon im Haus war."

„Ja." Kronborg überlegte eine Sekunde und sagte dann: „Sie sind gefoltert worden. Alle beide. Möglicherweise über zwei oder sogar drei Tage. Für die beiden alten Menschen ist der Tod schließlich eine Erlösung gewesen."

Der Schwindel in Karens Kopf wurde stärker. „Oh Gott", brachte sie leise hervor.

Über Kronborgs kühle, intelligente Augen glitt ein Schatten von Mitgefühl. Karen stand auf und meinte gleich darauf, ihre Beine müssten unter ihr wegknicken. Sie hielt sich an der Sessellehne fest. „Ich hätte sie retten können. Und ich habe nichts getan. Ich habe mich feige verkrochen und mir von meinem Mann einreden lassen, dass ich spinne."

Sie brach in Tränen aus.

„ALSO, vielleicht könntest du mir das alles mal erklären!", sagte Wolf.

Eigentlich hatte Karen ihm schon alles erklärt. Seine Miene hatte jedoch mit jedem Satz, den sie sagte, größere Ungläubigkeit ausgedrückt.

„Die beiden sind wirklich ermordet worden …", setzte Karen an, aber er unterbrach sie unwirsch: „Das habe ich kapiert. Was ich wissen möchte, ist, weshalb meine Frau in ein fremdes Haus eingestiegen ist."

„Der Gärtner …"

Wolf lockerte seine Krawatte. „Von welchem Gärtner redest du überhaupt dauernd?"

„Dem Gärtner der Lenowskys. Der machte sich nämlich auch Gedanken um die beiden. Genauso wie ich."

„Abstrus!"

„Was?"

„Abstrus, solche Gedanken. Weil zwei Menschen mal nicht aufmachen. Wenn wir beide verreist wären, ohne jemandem Bescheid gesagt zu haben – möchtest du dann, dass wildfremde Leute in unser Haus eindringen und einfach nachsehen, was aus uns geworden ist?"

„Ach, Wolf", sagte Karen müde, „du bist gegen alles. Aber ich frage mich, weshalb dich die Dinge, die ich tue, überhaupt noch aufregen. Du lebst dein Leben, und ich lebe meins."

Wolf zog die Augenbrauen hoch. „Du bist immer noch meine Frau. Alles, was du tust, wirft unweigerlich einen Schatten auch auf mich."

„Was wirft denn bei dieser Sache einen Schatten?"

„Verstehst du das nicht? Wir sind mit hineingezogen worden in dieses Verbrechen. Wir werden befragt, wir werden womöglich die Presse am Hals haben … Und ich finde das alles einfach nur unangenehm. Abstoßend und unangenehm!" Er sah erschöpft aus.

Wäre nur ein Funke Liebe und Verständnis für sie auf seiner Seite noch vorhanden gewesen, so hätte Karen den Versuch unternommen, diesen ganzen Albtraum gemeinsam mit ihrem Mann durchzustehen. Aber da war nichts mehr. Nicht mehr die kleinste Chance. „Kommissar Kronborg wollte heute Abend noch einmal vorbeikommen", sagte sie nur.

„Auch das noch!", erwiderte Wolf gereizt, und wie aufs Stichwort klingelte es in diesem Augenblick an der Haustür.

„WIR SIND ein paar wenige Schritte weiter“, sagte Kronborg. Er hatte diesmal gar nicht erst den Versuch unternommen, sich auf die Couch zu zwängen, und hatte stattdessen in einem der Sessel Platz genommen. Karen hatte Gläser und zwei Flaschen Wasser gebracht. Der Abend war sehr warm. Die Hitzewelle schien in diesem Sommer nicht abreißen zu wollen.

Wolf saß mit Duldermiene auf dem Sofa, aber er schien nicht nur zu simulieren: Er war tatsächlich grau vor Müdigkeit.

„Also, wir haben jetzt rekonstruieren können, wann genau dieser letzte Anruf stattgefunden hat“, fuhr Kronborg fort. Er sah Wolf und Karen an. „Vergangenen Donnerstag, morgens um halb drei müsste bei Ihnen das Telefon geklingelt haben. Und Sie haben offensichtlich das Gespräch auch angenommen.“

Karen spürte, wie sie erblasste. Sie verstand nicht, weshalb ihr nicht bei dem Gespräch am Mittag schon alles klar gewesen war. Sie schaute zu Wolf hin und erkannte an seiner Miene, dass auch er schlagartig begriffen hatte, um welchen Anruf es ging.

„Ach, du Scheiße“, sagte er, und die Verwendung eines solchen Ausdrucks in Gegenwart eines Fremden war äußerst ungewöhnlich für ihn.

„Sie erinnern sich an den Anruf?“, hakte Kronborg nach.

„Ja“, krächzte Karen. Sie räusperte sich.

„Und …?“

Sie stand auf, weil sie plötzlich meinte, keine Sekunde länger sitzen zu können. „Es kam ein Anruf“, sagte sie, „nachts. Er riss mich … uns aus dem Schlaf. Ich … ich dachte sofort, das könne nichts Gutes bedeuten …“

Sie stockte. Ich habe so schrecklich versagt, dachte sie.

Kronborg sah sie erwartungsvoll an. Wolf hatte sein Gesicht in den Händen vergraben.

„Ich meldete mich, aber vom anderen Ende der Leitung kam nur ein … Stöhnen. Nichts sonst. Es war, als wolle jemand etwas sagen, könne aber kein Wort hervorbringen. Es war … furchtbar.“

„Sie erkannten niemandes Stimme?“

„Nein. Diese … diese Stöhnlaute waren so unmenschlich, ich glaube, selbst die Stimmen meiner eigenen Kinder hätte ich darin nicht erkannt.“

„Sie haben das Gespräch dann abgebrochen?“

„Ja. Nachdem auf meine mehrmalige Bitte, sich doch mit Namen zu melden, nichts passierte, habe ich aufgelegt. Ich versuchte, den Anruf zu verdrängen und mir einzureden, dass es so ein Perverser gewesen sei. Nur …“

„Nur Sie glaubten es nicht wirklich.“

„Nein. Es war nicht … nicht diese Art von Stöhnen. Ich kann es nicht genau beschreiben, aber es klang so, als sei jemand in größter Not.“ Sie schüttelte den Kopf. „Und so war es ja auch. Es war Frau Lenowsky. Aber ich war nicht in der Lage zu begreifen, was los war!“

Kronborg lächelte ihr zu. „Hören Sie auf, sich Vorwürfe zu machen. Das, was dort drüben passiert ist, liegt außerhalb unseres normalen Vorstellungsvermögens. Es ist ganz natürlich, dass Sie diesen Anruf nicht einordnen konnten. Es ist tragisch, dass Greta Lenowsky zwar ihr Telefon noch erreichte, aber dann zu schwach war, auch nur ihren Namen zu sagen. Ich befürchte jedoch, dass sie zu diesem Zeitpunkt wahrscheinlich auch durch einen Arzt nicht mehr zu retten gewesen wäre.“

Zum ersten Mal, seitdem Kronborg eingetroffen war, ergriff Wolf das Wort: „Gibt es denn irgendeinen Hinweis auf den Täter?“

Kronborg schüttelte bedauernd den Kopf. „Bislang nicht. Es scheint sich das Problem herauszustellen, dass die Lenowskys wohl überhaupt keine Verwandten hatten.“

„Gibt es denn Fingerabdrücke im Haus?“, fragte Wolf.

„Nur von den Lenowskys selbst natürlich und dann noch von zwei Personen, bei denen es sich höchstwahrscheinlich um Ihre Frau und um Pit Becker handelt. Der oder die Täter haben mit einiger Sicherheit Handschuhe getragen.“

„Dann möchte ich mal wissen, wie Sie überhaupt einen Verdächtigen finden wollen!“

„Wir hoffen, durch die Befragung all derer, die Fred und Greta Lenowsky kannten – und sei es noch so entfernt.“

„Fred Lenowsky war früher als Anwalt tätig“, erinnerte sich Karen, „und er hat politisch einflussreiche Freunde gehabt. Jedenfalls hat er mir das erzählt.“

Kronborg nickte. „Das wissen wir. Aus dem aktiven Berufsleben hat er sich allerdings vor etwa fünf Jahren zurückgezogen. Es ist natürlich möglich, dass er sich da irgendwann einmal Feinde gemacht hat.“

„Ich nehme an, das ist sogar ziemlich wahrscheinlich“, meinte Wolf. „Ein Anwalt tritt doch zwangsläufig immer wieder jemandem auf den Schlips!“

„Sicher“, stimmte Kronborg zu, „aber in diesem Fall müsste Lenowsky sich schon einen ganz besonderen Hass zugezogen haben. Denn die Reaktion seines Gegners – wenn es diesen gibt – war doch recht … drastisch.“

„Ein Raubmotiv scheidet aus?“

„Mit sehr hoher Wahrscheinlichkeit, ja. Zum einen lässt man Menschen, die man einfach nur berauben möchte, nicht auf eine gezielt grausame Weise sterben. Zum anderen scheint dort drüben nichts zu fehlen. Nein, hier hat jemand entweder eine persönliche, sehr tief gehende Aversion befriedigt, oder es handelt sich um eine bestimmte Art eines Triebtäters, der willkürlich Opfer sucht und Befriedigung an den Quälereien findet, die er ihnen zufügt."

„Hm", machte Wolf. Er stand auf, um anzudeuten, dass er das Gespräch nun gern beenden würde. „Wir wünschen Ihnen erfolgreiche Ermittlungen", sagte er, „aber leider werden wir Ihnen nicht mehr lange für Auskünfte zur Verfügung stehen können. Meine Frau hat Ihnen vielleicht schon gesagt, dass wir am Freitag nächster Woche in unseren Urlaub in die Türkei aufbrechen."

Auch Kronborg stand auf. Mit seinem Gardemaß überragte er den durchaus stattlichen Wolf um einen Kopf. „Meine Karte habe ich Ihnen ja schon heute Mittag dagelassen", sagte er, „wenn Ihnen irgendetwas einfällt, dann rufen Sie mich bitte umgehend an."

„Natürlich", versprach Karen.

Sie blieb im Wohnzimmer stehen, während Wolf den Besucher zur Tür begleitete.

Als er zurückkam, sagte sie: „Ich fahre übrigens nicht mit in die Türkei." Sie bemerkte eine leise Unsicherheit in seinem Blick. Er wusste, dass er ihr Unrecht getan hatte in den letzten Wochen, dass er einen Fehler gemacht hatte, sie als hysterisch zu bezeichnen.

Sie fragte sich, wann ihm auffallen würde, dass sie nicht mehr neben ihm schlief.

„Es wird mir schwer fallen, morgen abzureisen", sagte Inga. „Ich hoffe, ich tue das Richtige. Ich kann mir immer noch nicht vorstellen, morgen Abend in Marseille in das Flugzeug zu steigen – ohne Marius!"

Sie und Rebecca saßen auf der Veranda von Rebeccas Haus, es war tiefdunkel, eine warme rabenschwarze Sommernacht voller Sterne.

Inga war müde. Der Tag war lang gewesen und anstrengend. Die Wanderung bis hinüber nach La Madrague, das Mittagessen dort, in dessen Verlauf Rebecca vorgeschlagen hatte, man könne sich duzen. Verklebt und verschwitzt waren sie daheim angekommen, und spontan hatte Inga gesagt: „Ich würde jetzt gern baden. Kann man von deinem Garten aus hinunter ans Meer gelangen?"

Rebecca hatte sofort das Visier herabgelassen, hatte dann aber widerstrebend geantwortet: „Felix hat damals eine Holztreppe zwischen den Felsen anlegen lassen. Am Ende des Gartens."

„Kommst du mit?"

„Ich war nicht mehr dort unten seit …"

„Du lebst hier in dem Haus. Wo ist der Unterschied, wenn du auch noch hinunter in die Bucht gehst?"

„Es zieht den Kreis zu weit", hatte Rebecca gesagt.

Inga hatte überlegt, wie es sein konnte, dass ein Mensch auf diese Art lebte. Innerhalb eines Radius, der die fünf Zimmer eines einsamen Hauses und den schönen, aber menschenleeren Garten umfasste. Hätte sie je ein Beispiel für eine westliche Form der Witwenverbrennung gesucht, sie hätte es in Rebecca gefunden.

Sie war dann allein zum Baden gegangen, und einmal mehr war ihr aufgefallen, welch ein Paradies sich der verstorbene Felix Brandt und seine Frau geschaffen hatten. Die Treppe zur Bucht hinunter war steil, aber dank eines stabilen Geländers gut zu bewältigen. Während sie diese Treppe hinunterlief – unter sich das blaue Meer und das kleine Stück weiß leuchtenden Sandstrands, über sich den hoch gewölbten Himmel, an dem Möwen schreiend entlangschossen –, empfand Inga zum ersten Mal seit langer Zeit plötzlich wieder ein Gefühl von überwältigender Freiheit. Die Kraft dieser Empfindung erschreckte sie, denn sie hatte gerade ihren Mann verloren. Doch dann ging ihr auf, dass dieses Gefühl in ihr war, *weil* Marius nicht mehr bei ihr war.

Leichtfüßig langte sie unten an. Im etwa dreißig Meter breiten Halbrund schmiegte sich der Strand in den Felsen. Es gab offenbar noch ein weiteres Grundstück, von dem aus man Zugang zu der Bucht hatte, denn am anderen Ende des Strandes führte eine zweite Treppe die Felsen hinauf.

Inga hatte die Shorts abgestreift, die sie über dem Badeanzug trug, und war in die Wellen gelaufen. Das Wasser war kälter als erwartet, aber auch wunderbar erfrischend, und nach wenigen Minuten fühlte sie sich völlig im Einklang mit dem Element.

Sie hatte dann noch eine Weile im Sand gelegen und immer ein wenig gehofft, Rebecca werde vielleicht doch noch erscheinen, aber sie ließ sich nicht blicken. Schließlich hatte sich Inga an den Aufstieg gemacht.

Und nun saßen sie auf der Veranda, ein Windlicht flackerte leicht, sie hatten Gläser mit Rotwein vor sich stehen, und Inga fühlte die angenehme Mattigkeit in allen Knochen, die ein Tag voller Bewegung in Sonne, Wasser und Wind hinterlässt.

„Was wirst du als Erstes tun, wenn du in Deutschland bist?“, fragte Rebecca nun auf Ingas Bemerkung hin, wie schwer es ihr fallen würde, wieder abzureisen.

„Ich werde mir eine Wohnung suchen“, sagte Inga, „ja, das wird wohl das Erste sein. Was ist mit dir? Wirst du Kontakt zu Maximilian aufnehmen?“

„Warum sollte ich das tun?“

„Nun – ich denke, er ist ein guter Freund. Er macht sich Sorgen um dich. Du solltest ihn vielleicht nicht so völlig abweisen.“

Rebeccas Gesicht verschloss sich. Sie trug einen harten, abweisenden Zug um den Mund. „Ich brauche keine Freunde mehr. Ich komme mit mir allein zurecht.“

Inga nahm allen Mut zusammen. Hastig sagte sie: „Ich mag dich, Rebecca. Du bist eine tolle Frau. Du bist jung und attraktiv, und du hast so viel geleistet im Leben. Es ist so schrecklich schade, dass du ...“

Rebecca setzte klirrend ihr Glas ab. Ihre Hand hatte leicht gezittert, als sie es zum Mund geführt hatte. „Inga, das ist meine Sache. Ich bitte dich ernsthaft, halte dich da raus.“

„Rebecca“, bat Inga leise.

Rebecca stand auf. „Ich gehe schlafen. Bitte lösche nachher die Kerze und verschließe die Tür.“ Sie verschwand im Haus.

„Das habe ich gründlich versiebt“, murmelte Inga. Sie stand ebenfalls auf und beschloss, schlafen zu gehen. Der Tag hatte sie ermüdet, aber obwohl es sie danach verlangte, sich im Bett auszustrecken, fühlte sie zugleich eine seltsame Unruhe, die sie sich nicht zu erklären vermochte. Vielleicht hing es mit den Sorgen zusammen, die sie sich um Rebecca machte. Sie löschte die Kerze im Windlicht und ging ins Haus, verschloss sorgfältig die Verandatür. Sie war dankbar, Rebeccas gemütliches kleines Gästezimmer benutzen zu dürfen.

Ihr Zimmer lag unter dem Dach, war über eine leiterähnliche, sehr steile Treppe zu erreichen. Man konnte an keiner Stelle aufrecht stehen, und wenn man nicht aufpasste, gab es reichlich Gelegenheit, sich an den dicken Holzbalken in der Decke gründlich den Kopf zu stoßen.

Sie zog sich aus, schlüpfte in ihr Nachthemd, huschte hinunter ins Bad, putzte ihre Zähne und bürstete ihre Haare.

Oben in ihrem Zimmer ließ sie die Dachluke offen stehen, damit die etwas kühlere Nachtluft hereinwehen konnte. Es war ohnehin heiß genug. Sie bedeckte sich nur mit einem dünnen Laken. Trotz ihrer Unruhe schlief sie innerhalb weniger Minuten ein.

Mittwoch, 28. Juli

Als sie aufwachte, war sie zunächst überzeugt, höchstens ein paar Augenblicke geschlafen zu haben. Aber dann knipste sie das Licht an und schaute auf ihre Uhr. Es war Viertel vor vier in der Nacht.

Sie wusste nicht, was sie geweckt hatte, aber was auch immer es gewesen war, es hatte sie mit einem Schlag hellwach sein lassen.

Ihre Unruhe vom Abend hatte sich verschärft.

Sie schwang die Beine aus dem Bett und überlegte, dass sie vielleicht ein Glas Wasser trinken sollte. Oder unten im Wohnzimmer ein wenig fernsehen. Das würde sie beruhigen – wenn sie auch keine Ahnung hatte, weshalb sie überhaupt so aufgeregt war.

Inga zog einen Morgenmantel über, den ihr Rebecca geliehen hatte, und schlüpfte in orangefarbene Badeschuhe aus Plastik. Sie öffnete ihre Tür, lauschte ins Haus. Sie konnte kein Geräusch vernehmen. Leise huschte sie ihre Leiter hinunter und dann die Treppe, die ins Erdgeschoss des Hauses führte. In der Küche nahm sie ein Glas aus dem Schrank, ließ Wasser aus der Leitung hineinlaufen, trank in kleinen Schlucken. Schließlich ging sie ins Wohnzimmer hinüber, knipste die Stehlampe in der Ecke an und schaltete den Fernseher ein. Sie geriet in eine Talkshow, die offensichtlich aus dem Mittagsprogramm wiederholt wurde. Da ihr Französisch nur mäßig war, musste sie sich sehr konzentrieren, um dem Streit folgen zu können, und zuerst dachte sie, dies sei jetzt genau das Richtige, um sie wieder müde zu machen. Doch ihr Herz schlug wie rasend. Wacher und angespannter konnte sie nicht sein.

Sie schaltete den Fernseher wieder ab und nahm sich aus einem Zeitungskorb neben dem Kamin ein paar Illustrierte. Deutsche Ausgaben und alle mindestens ein Jahr alt. Rebecca musste sie in glücklicheren Zeiten gekauft und gelesen haben.

Inga nahm sich vor, in ihr Bett zurückzukehren und zu lesen. Manchmal half ihr das. Obwohl sie sich nicht erinnern konnte, jemals so aufgewühlt und nervös gewesen zu sein.

Als sie an der kleinen Gästetoilette, die sich hier unten im Haus befand, vorbeikam, fiel ihr auf, dass die Tür offen stand. Das tat sie sonst nie, und Inga meinte auch, sich zu erinnern, dass sie geschlossen gewesen war, als sie am Abend zu Bett gegangen war.

Ihre Unruhe wuchs. Sie wollte die Tür schließen, als ein deutlicher Luftstrom sie streifte. Zugluft mitten im Haus.

Sie spähte in den kleinen Raum. Sie konnte nicht gleich etwas erkennen, denn es gab nur das Licht der Sterne, aber es war sofort klar, dass das Fenster offen sein musste, denn der Wind wehte von draußen herein. Im nächsten Moment hatten sich ihre Augen schon an die Dunkelheit gewöhnt, und sie bemerkte, dass das Fenster nicht einfach nur offen stand. Die Scheibe war eingeschlagen, und die Scherben bedeckten den Fußboden des Bades.

Jemand war durch dieses Fenster eingestiegen. *Jemand war im Haus!*

Vermutlich hatte sie das Klirren der Fensterscheibe geweckt. Aber das anschließende Gefühl der Bedrohung war von ihrem Instinkt getragen worden – von dem untrüglichen Instinkt, den wilde Tiere haben und der ihnen auf unerklärliche Weise das Nahen einer Gefahr signalisiert, noch ehe die Anzeichen greifbar geworden sind.

Sie zog sich, so leise sie konnte, zurück, stand jetzt mitten im Flur, atmete kaum und überlegte, was sie nun am besten tat. Wenn sich jemand im Haus befand, wo hielt er sich auf? Wieso zeigte er sich nicht? Er musste mitbekommen haben, dass jemand wach geworden war. Sie hatte immerhin Licht gemacht im Wohnzimmer, und der Fernseher war gelaufen. Die feinen Härchen an ihren Armen standen hoch, ihr Herz raste, sie war hellwach und angespannt.

Verschwinde, sagte eine innere Stimme, *verschwinde, so schnell du kannst. Hol Hilfe! Tu es, solange du noch die Möglichkeit hast.*

Sie hätte später nie zu sagen gewusst, weshalb sie diese Stimme, die so eindringlich für Flucht plädierte, nicht in ihrer ganzen Bedeutung erkannte. Stattdessen machte sich der Gedanke, dass sie Hilfe brauchten, am Telefon fest. Die Polizei. Sie würde die Polizei alarmieren.

Das Telefon befand sich im Wohnzimmer, und dort war niemand. Der Eindringling musste oben sein; einen Keller hatte das Haus nicht, und in den Räumen im Erdgeschoss – Wohnzimmer, Küche und Gästebad – hielt sich niemand auf. Es herrschte völlige Stille. Sie wünschte, sie hätte irgendein Geräusch gehört. Nichts war bedrohlicher als dieses absolute Schweigen.

Sie schlüpfte aus den Plastikschuhen und huschte barfuß ins Wohnzimmer. Diesmal verzichtete sie darauf, das Licht einzuschalten.

Das Telefon stand auf einem Bücherregal, und Inga wusste, dass im Fach darunter das Telefonbuch lag. Sie zog es heraus, trat näher ans Fenster, um das Licht der Sterne und des Mondes auszunutzen. Die Nummer der Polizei stand gleich auf der ersten Seite. Lautlos die Zahlenfolge vor sich hin murmelnd, hob Inga den Telefonhörer ab.

Die Leitung war tot.

Sie drückte auf die Gabel, noch einmal, und dann wieder, nun schon hektischer, aber nichts war zu hören. Tot, tot, tot.

Das bedeutete höchste Gefahr, weil es dann möglicherweise nicht einfach um einen Einbruch ging. Wer sich die Zeit nahm, das Telefon lahm zu legen, hatte mehr vor.

Inga meinte, dass ihr Herzschlag längst das Haus hätte vibrieren lassen müssen. Sie musste hier weg! So schnell wie möglich. Sie konnte sich jetzt nicht um Rebecca kümmern. Sie musste sehen, dass sie Hilfe holte.

Ihre Schuhe standen im Flur. Egal. Es war zu riskant, sie zu holen. Sie musste jetzt und hier zur Verandatür hinaus.

Sie bewegte sich auf die Tür zu.

Der plötzlich aufflammende Lichtschein traf sie jäh und unerwartet und kam ihr vor wie ein Pistolenschuss, den jemand ohne Warnung auf sie abfeuerte. Entsetzt schrie sie auf und fuhr herum.

In der Wohnzimmertür stand Marius.

Er sah verändert aus. Er war in der kurzen Zeit überraschend mager geworden, hatte struppiges Haar bekommen, und Kinn und Wangen waren von Bartstoppeln bedeckt. Seine Kleidung wirkte fleckig und abgerissen.

„Hallo, Inga“, sagte er.

Sie schluckte. Sie sah ihm in die Augen und erkannte, wie krank er war. Und begriff endlich, dass sie um ihr Leben hätte laufen müssen.

„Hallo, Marius“, stieß sie hervor, und es war nicht viel mehr als ein undeutliches Krächzen.

Er lächelte.

ES HATTE sie fassungslos gemacht, von Marius gefesselt zu werden. So fassungslos, dass sie sich nicht einmal dagegen gewehrt hatte.

Irgendwoher hatte er eine Wäscheleine aufgetrieben, vermutlich aus dem kleinen Raum, der sich gleich neben der Küche befand und in dem Waschmaschine und Trockner standen. Er hatte die Leine in der Hand, als er Inga im Wohnzimmer überraschte, sie hatte das nur nicht gleich gesehen.

„Du bist nicht ertrunken“, hatte sie nach den ersten Schrecksekunden und ihrem gestammelten *„Hallo, Marius“* festgestellt.

„Nein“, sagte er, „ich bin nicht ertrunken.“

Ihr Zusammentreffen unter diesen Umständen – mitten in der Nacht in

Rebeccas Haus, in das er offenbar gewaltsam eingedrungen war – war alles andere als normal, aber ein Instinkt hatte Inga das Gefühl gegeben, es könne lebensrettend für sie sein, wenn sie sich dennoch so verhielt, als finde sie seinen Auftritt nicht allzu befremdlich.

„Warum hast du dich nicht schon eher gemeldet? Ich war verrückt vor Sorge!" Übertreibe nicht, warnte die innere Stimme, er ist vielleicht irre, aber nicht dumm. „Ich meine", setzte sie hinzu, „da bleibt ja auch noch viel zwischen uns zu klären."

Er hatte sie mit einem hintergründigen Lächeln angesehen. „Bleibt es das?"

„Siehst du das anders?"

Er zuckte mit den Schultern. „Ich weiß nicht. Es spielt vielleicht alles keine Rolle mehr."

„Die Küstenwache hat nach dir gesucht. Wie bist du über Bord gegangen? Ich habe ja überhaupt nichts mehr mitbekommen."

„Der Baum mit dem Großsegel", sagte er, „hat mich voll erwischt. Ich bin über Bord gefegt worden wie ein Stück Zeitungspapier."

„Und dann?", fragte Inga, während gleichzeitig die verschiedensten Gedanken durch ihren Kopf jagten. *Wo ist Rebecca? Warum ist er nicht einfach direkt zu mir gekommen? Was hat er vor?*

„Es gelang mir zu schwimmen. Ich ging in einer winzigen, einsamen Bucht an Land und schlug mich zu Fuß hierher durch."

„Warst du bei ... warst du bei Rebecca?", fragte Inga. Sie versuchte, gleichmütig zu klingen.

In seine Augen trat ein angestrengter Ausdruck. „Hör zu, Inga", sagte er, „wir haben ein Problem."

„Wegen Rebecca?"

Er nickte. „Ich kann nicht von hier abreisen, ohne sie zur Rechenschaft zu ziehen, das wirst du verstehen. Ich hatte nur gehofft ... nun, ich wollte mich mit Rebecca erst befassen, wenn du abgereist bist. Seit zwei oder drei Tagen beobachte ich das Haus und warte, aber du scheinst dich hier dauerhaft einnisten zu wollen?" Den letzten Satz formulierte er als Frage.

„Morgen", sagte sie, „morgen wollte ich ..." Sie verbesserte sich: „Heute ... es ist ja schon heute. Am Abend geht mein Flug von Marseille."

Marius wirkte fast ein wenig bekümmert. „Dann bin ich um Haaresbreite zu früh gekommen. Aber das lässt sich nun nicht mehr ändern. Sowieso habe ich fast den Verdacht, zwischen euch hat sich ein ... freundschaftliches Verhältnis entwickelt?"

Wie hätte sie das abstreiten sollen? Wenn Marius sie beobachtet hatte, wusste er, wie oft sie zusammengesessen und geredet hatten.

„Ich mag sie“, sagte Inga leise, „aber du hast ja schon auf dem Schiff angedeutet, dass es irgendwelche Schwierigkeiten zwischen euch gibt.“ Sie hob hilflos die Hände. „Marius, willst du mir nicht erklären, was es damit auf sich hat? Warum setzen wir drei uns nicht zusammen und sprechen über das alles? Vielleicht entpuppt es sich ja auch als ein Missverständnis, und wir könnten es klären, und …“

Er unterbrach sie scharf. „Da gibt es nichts, was misszuverstehen wäre, kapiert? Denkst du, ich gebe dieser Person auch noch die Möglichkeit, sich zu rechtfertigen? Sich reinzuwaschen?“

„Ich will es nur verstehen“, sagte Inga, „und Rebecca auch. Gib uns doch diese Möglichkeit!“

Es war deutlich, dass ihn dieser Disput in Rage brachte. „Uns“, sagte er, „merkst du, dass du von *uns* sprichst? Als ob ihr eine Einheit bildetet! Du und diese …“ Er spuckte das Wort förmlich aus: „Diese *Sozialarbeiterschlampe*!“

Inga zuckte zusammen. Seine Wut stand beinahe greifbar im Raum.

Er blickte sie finster an. „Ich kann dich nicht gehen lassen. Du würdest sofort zur Polizei rennen, um den Kopf deiner geliebten Rebecca aus der Schlinge zu ziehen.“

Es war ein naiver Versuch, dennoch unternahm sie ihn. „Nein, Marius. Was immer ihr zu klären habt, klärt es. Ich verspreche dir, dass ich nach Deutschland fliege und mich nicht um deine Angelegenheiten kümmere.“

Jetzt war sein Blick verächtlich. „Inga, Inga“, sagte er, „hältst du mich für so dumm? Du hast Angst vor mir und würdest mir jetzt alles zusagen.“ Mit zwei großen Schritten war er neben ihr, packte ihren Arm und drückte ihr dabei seine Finger so fest ins Fleisch, dass sie aufschrie.

„Versuche nie wieder, mich zu verscheißern, hörst du? Nie wieder! Ich bin nicht dumm! Ich bin nicht der Letzte! Behandle mich nie wieder so!“

Er ließ sie los. In ihrem Arm pochten die Nerven.

„Ich will dir etwas sagen, Inga: Deine teure Rebecca liegt oben auf dem Fußboden in ihrem Schlafzimmer. Gefesselt. Sie hat einen Knebel in ihrem Mund, und sie wird keine Hilfe herbeischreien können. Ich lasse mich von dir nicht daran hindern, zu tun, weshalb ich hergekommen bin. Und deshalb wirst du hier bleiben. So lange, bis ich mit Rebecca fertig bin!“

In diesem Moment erst hatte sie die Wäscheleine in seinen Händen gesehen. Und begriffen, dass er auch sie fesseln würde.

Er hatte sie auf einen Stuhl gedrückt, ihre Arme hinter die Lehne gezogen und sie dort zusammengebunden.

„Tut mir Leid", sagte er etwas sanfter, während er vor ihr kniete und ihre Füße an die Stuhlbeine fesselte, „aber du hättest ja abreisen können. Niemand hat dir gesagt, dass du mit ihr Freundschaft schließen sollst."

Als er das Zimmer verließ, hatte sie voller Panik gefragt: „Wohin gehst du?" Aber er hatte sie ignoriert, und sie hatte seine Schritte auf der Treppe verklingen hören. Sie musste einen kühlen Kopf bewahren. Vielleicht fand sich eine Möglichkeit für sie zu flüchten.

Schon recht bald allerdings hatte sie gemerkt, dass er sie auf eine Art gefesselt hatte, die es ihr unmöglich machte, sich rasch zu befreien. Sie wusste, dass sich Wäscheleinen mit der Zeit lockerten, dass sie sich dehnten. Falls Marius nicht alle paar Stunden aufkreuzen und die Haltbarkeit seiner Fesselung überprüfen würde, müsste sich irgendwann eine Möglichkeit für sie finden, sich herauszuwinden. Aber das konnte zwölf Stunden oder mehr dauern.

Sie drängte die aufkeimende Panik zurück. Nur nicht die Nerven verlieren. Inmitten dieses unbegreiflichen Albtraums wäre dies das Schlimmste, was ihr passieren könnte.

EIN STÜCK Normalität war in Claras Leben zurückgekehrt. Sie war noch immer angespannt, wenn sie zum Briefkasten ging, um nach der Post zu sehen, aber mit jedem Tag, der verging, ohne dass wieder einer der schrecklichen Briefe auftauchte, wurde sie ein wenig ruhiger.

Vielleicht war das Schlimmste überstanden. Vielleicht hatte sich der Irre ein neues Opfer gesucht, das er schikanieren konnte.

Bert war an diesem Mittwoch wieder frühmorgens zur Arbeit aufgebrochen, nicht ohne einen wehmütigen Blick auf seine kleine Familie zu werfen.

Clara hatte Marie in ihren Laufstall auf der Terrasse gesetzt, dafür gesorgt, dass sie im Schatten war und ihren stoffbezogenen Zauberwürfel bei sich hatte, der beim Herumkullern Musik machte. Sie selbst räumte das Haus auf.

Um kurz nach zehn Uhr klingelte das Telefon. Es war Agneta, und kaum dass Clara die Stimme ihrer einstigen Kollegin erkannte, merkte sie, wie ihr Gaumen trocken wurde. „Hallo, Agneta", sagte sie betont munter, „wie geht's?"

„Ich habe gestern den ganzen Tag Nachforschungen angestellt." Agneta kam ohne Umschweife zur Sache. „Ich habe mit so ziemlich allen Kolleginnen von damals telefoniert."

„Und?", fragte Clara. Sie hatte wieder das altvertraute Herzrasen.

„Keine hat solche Briefe erhalten. Und ich wüsste nicht, warum jemand in dieser Sache lügen sollte. Allerdings", fuhr Agneta fort, „habe ich dann doch noch jemanden gefunden, dem das Gleiche passiert ist wie uns."

Clara umklammerte den Telefonhörer so fest, als wollte sie ihn zerquetschen. Also doch.

„Erinnerst du dich an Sabrina?", fragte Agneta. „Sabrina Baldini? Die mit diesem gut aussehenden Italiener verheiratet ist?"

Clara kam der Name nur vage bekannt vor. „Ich kann sie im Moment nicht einordnen", sagte sie.

„Ich kannte sie vom Studium her. Sie war auch Sozialpädagogin, aber nach ihrer Heirat hörte sie auf zu arbeiten. Sie war dann nur noch zeitweise für eine Privatinitiative tätig, die sich der Gewaltprävention in Familien verschrieben hatte. *Kinderruf* hieß die Einrichtung."

„Kinderruf", wiederholte Clara, „ja. Ich kannte die Organisation. Ich hatte ein paarmal mit ihnen zu tun."

„Sabrina betreute zwei- oder dreimal in der Woche das so genannte Sorgentelefon. Kinder und Jugendliche konnten dort ihre Probleme schildern, sie konnten anonym bleiben, aber auch unter Nennung ihres Namens gezielt um Hilfe bitten."

„Und diese Sabrina hat auch …?"

„Ich weiß gar nicht, wie ich darauf kam, sie anzurufen. Sie gehörte ja nur ganz kurz zu uns. Aber ich stolperte plötzlich über ihre Nummer in meinem Adressbuch, und da dachte ich, warum frage ich nicht auch sie." Agneta machte eine kurze Pause. „Und das war ein Volltreffer", sagte sie.

Claras Herz schlug so hart und laut, dass sie meinte, man müsste es sogar durch das Telefon hören können.

„Ich habe Sabrina in einem absolut desolaten Zustand angetroffen", fuhr Agneta fort, „sie war ganz überwältigt, meine Stimme zu hören, und im nächsten Moment fing sie dann auch schon an zu weinen. Sie hat mir einiges erzählt … Ihr Mann hat die Scheidung eingereicht und ist auch schon daheim ausgezogen, weil Sabrina offenbar ein längeres Verhältnis mit einem anderen Mann hatte. Der hat sie aber auch verlassen. Sie ist total allein und völlig am Boden zerstört."

„Aber …"

„Warte. Die Probleme mit den Männern sind nicht der einzige Grund für ihre angeschlagenen Nerven. Sabrina bekommt seit Anfang Mai Drohbriefe – und zwar genau in der Art und in dem Stil, wie auch unsere waren."

„Oh", sagte Clara. „War sie bei der Polizei?"

„Zweimal. Man hat sie wohl auch ernst genommen, aber ihr letztlich nur sagen können, dass man nichts für sie tun könne. Es gibt keine Möglichkeit zu ermitteln, woher die Briefe stammen."

„Und … und für wie gefährlich hält man bei der Polizei den Verfasser?", fragte Clara beklommen.

Agnetas Stimme klang gleich etwas fröhlicher. „Das ist die wirklich gute Nachricht. Man hält ihn eigentlich nicht für gefährlich. Man meint, es könnte sogar ein Jugendlicher sein, der sich einen Spaß daraus macht, jemanden richtig zu erschrecken, und der die Tragweite dessen, was er da tut, nicht überblickt. Denn es ist ja nichts von all dem, was in den Briefen angedroht wird, auch nur andeutungsweise passiert."

„Wann hat sie den letzten Brief bekommen?"

„Vor etwas mehr als drei Wochen. Also ähnlich wie bei uns."

Clara mühte sich ab, all die Informationen in ihrem Kopf in eine Ordnung zu bringen. Sie war so erschrocken, dass sie Schwierigkeiten hatte, klar und logisch zu denken. „Aber", sagte sie schließlich, „als die Polizei Sabrina versicherte, dass der Briefeschreiber harmlos sei, wusste sie natürlich nichts von unseren Briefen. Da sah es so aus, als sei Sabrina ein Einzelfall."

„Ja. Aber ändert das etwas?"

„Ich weiß nicht", sagte Clara, „aber es gibt doch der Angelegenheit eine andere Dimension, findest du nicht? Sabrina Baldini ist nicht irgendein zufällig ausgewähltes Opfer. So wenig wie du oder ich. Wir haben alle drei einen gemeinsamen Nenner: unsere Arbeit beim Jugendamt. Was doch eigentlich bedeutet, dass der oder die Täter in irgendeiner Weise auch aus diesem Umfeld stammen müssen."

„Aber Sabrina hat dort nie gearbeitet", meinte Agneta, „ihre Arbeit ging lediglich in die gleiche Richtung wie unsere."

„Das reicht doch schon. Da ist doch ein klarer Zusammenhang. Mit *Kinderruf* hatten wir schließlich auch zu tun."

„Ich werde noch einmal versuchen, alles, was damals war, zu rekonstruieren", sagte Agneta. Sie klang verzagt. „Das wird nicht einfach sein. Sabrina bei *Kinderruf*. Ich in der Abteilung Sozialdienst. Du bei der Erziehungshilfe. Aber …"

„Da ging vieles Hand in Hand", sagte Clara. „Ich denke auch noch mal ganz genau nach, vielleicht fällt mir ein Fall ein, an dem jemand beteiligt war, dem ich derartige Briefe zutrauen würde. Aber meinst du nicht auch, dass jetzt doch der Zeitpunkt gekommen ist, zur Polizei zu gehen?"

„Lass mich das noch einmal überschlafen", bat Agneta. „Wir müssen auch bedenken, Clara, dass wir alle drei nun schon seit drei Wochen keine Briefe mehr erhalten haben. Vielleicht ist die Sache ohnehin zu Ende."

„Vielleicht", meinte Clara wenig überzeugt. Sie fröstelte trotz des heißen Tages.

Beide schwiegen sie einen Moment. Clara lauschte die ganze Zeit über angespannt nach draußen. Sie würde jetzt Marie hereinholen. Sofort.

„Ich rufe dich morgen an", sagte Agneta schließlich, „und bis dahin ist uns entweder eingefallen, um welche Geschichte es sich handeln könnte. Oder wir gehen zur Polizei, ohne zu wissen, um was es geht. Ich verspreche dir, Clara, wir unternehmen etwas."

Sie verabschiedeten sich. Clara lief hinaus, räumte den Laufstall ins Wohnzimmer und setzte Marie hinein. Sie verschloss sorgfältig die Verandatür, überzeugte sich, dass auch sonst überall im Haus Türen und Fenster verschlossen waren.

Sie sperrte den herrlichen Tag aus, seine Sonne und seine Wärme.

Sie sperrte das Leben aus – aber nicht ihre Angst.

DRAUSSEN dämmerte der nächste heiße, wolkenlose, von Lavendel- und Pinienduft geschwängerte Hochsommertag in der langen Kette herrlicher Tage heran.

Als Inga Schritte auf der Treppe hörte, erstarrte sie und hielt sofort inne in ihren unaufhörlichen Versuchen, ihre Fesseln zu lockern. Die Wäscheleine war schon viel nachgiebiger geworden, aber es war noch nicht daran zu denken, sie abzustreifen. Wenn Marius nun jedoch feststellte, dass sie sich auf dem Weg zur Befreiung befand, würde er in Sekundenschnelle ihre Arbeit von Stunden zunichte machen.

Er beschäftigte sich eine Weile in der Küche. Geschirr klapperte, Gläser klirrten. Dann zog Kaffeeduft durch das Haus. Es war heiß. Ingas Zunge klebte an ihrem ausgedörrten Gaumen. Sie hatte auch Hunger, aber der war nicht so schwer zu ertragen. Der Durst quälte sie weit mehr.

Eine Viertelstunde später kam Marius ins Zimmer, einen großen Becher Kaffee in der Hand. Er trank jedoch selbst daraus, offenbar hatte er ihn nicht für Inga bestimmt. Lautlos und inbrünstig betete sie, er möge sich nicht ihre Fesseln ansehen.

„Marius“, sagte sie, „ich habe so schrecklichen Durst. Könnte ich ein Glas Wasser haben?“

Er überlegte. „Warum nicht?“, meinte er schließlich. „Ich habe nichts gegen dich, Inga, wirklich nicht. Ich verstehe nur nicht, wieso du dich mit dem Stück Dreck da oben eingelassen hast.“

Sie versuchte es erneut. „Weil ich nichts über sie weiß. Im Unterschied zu dir. Du weißt etwas, aber wenn du mir nicht davon erzählst, werde ich nie begreifen, weshalb sie ein … ein Stück Dreck ist.“

Wieder überlegte er. Endlich schien er so etwas wie Logik in ihren Worten zu erkennen. „Du hast Recht. Du kannst es eigentlich nicht wissen.“ Er trank in hastigen Zügen seinen Kaffee. Dass er Inga ein Glas Wasser hatte bringen wollen, schien er schon wieder vergessen zu haben.

„Ich wünschte, du wärst überhaupt nicht hier“, sagte er, als sein Becher leer war. „Du hast mit alldem nichts zu tun.“

Inga überlegte, wie weit sie es riskieren konnte, sich bei ihm einzuschmeicheln. Es konnte für sie durchaus von Vorteil sein, mit ihm eine Solidarität herzustellen, aber sie durfte dabei nicht plump vorgehen.

„Vielleicht sollte es so kommen“, sagte sie, „vielleicht sollte ich noch hier sein.“

Er sah sie misstrauisch an. „Wieso?“

„Nun … ich meine … wir sind immer noch verheiratet. Bis vor wenigen Tagen war noch alles in Ordnung zwischen uns. Ich hätte mir nicht vorstellen können, dass so etwas geschieht – ich fliege allein nach Deutschland zurück, und du … beschäftigst dich hier mit Rebecca, ohne dass ich auch nur das Geringste davon weiß. Wir haben doch alles geteilt. Warum nicht auch das hier?“

„Was genau meinst du?“ Er war immer noch misstrauisch. Inga wusste, dass sie sehr vorsichtig sein, jedes Wort abwägen musste.

„Ich meine das, was dich mit Rebecca verbindet. Kannst du dir nicht vorstellen, dass es mich kränkt, davon überhaupt nichts zu wissen? Es scheint eine so große Rolle in deinem Leben zu spielen, aber du möchtest nicht, dass ich davon erfahre. Ich verstehe nicht, warum du mich von den Dingen, die in deinem Leben offenbar von besonderer Wichtigkeit sind, ausgeschlossen hast.“ Sie hielt inne. Sie wusste, dass sie überzeugend gewesen war, weil sie wirklich empfand, was sie gesagt hatte.

Marius’ Augen sahen für einen Moment genauso aus wie früher. Klar und freundlich. Der kranke Ausdruck war verschwunden. Aber Inga wusste, dass sie sich nichts vormachen durfte. Marius war gefährlich.

„Du hast Recht“, sagte er sanft, „ich wollte nicht darüber sprechen. Es geht mir besser, wenn ich nicht daran denke. Ich habe ein gutes Leben vor mir, verstehst du? Ich werde mein Examen mit Auszeichnung machen. Ich werde ein Spitzenanwalt werden. Warum sollte ich mich mit Dingen beschäftigen, die lange vorbei sind?“

Er sah so normal aus, blickte sie so fragend und offen an, dass Inga die Absurdität der Situation besonders deutlich wurde: dass sie hier vor ihm saß und an Händen und Füßen gefesselt war, dass irgendwo oben im Haus Rebecca ebenfalls gefesselt lag oder saß und man nur beten konnte, dass sie überhaupt noch am Leben war.

Er ist gefährlich. Vergiss es keine Sekunde lang!

„Das Schlimme ist“, sagte sie, „dass wir unsere Vergangenheit nicht loswerden können. Wir können sie immer wieder verdrängen, aber zwischendurch taucht sie auf und steht vor uns und macht uns das Leben schwer. Wir entkommen ihr nie wirklich. Es ist besser, wir stellen uns ihr irgendwann“, fuhr sie fort, „wir schauen in ihr Gesicht, versuchen sie zu akzeptieren und von nun an mit ihr zu leben. Nur dann können wir sie verarbeiten.“

Marius begann auf seiner Unterlippe herumzukauen. „Verarbeiten“, wiederholte er, „denkst du, man kann alles verarbeiten? *Alles?*“

Sie vernahm eine leise Vibration in seiner Stimme. Sie musste auf der Hut sein. „Manches ist sehr schwer zu verarbeiten“, sagte sie.

Ein Schatten glitt über sein Gesicht. Er war dabei, sich wieder in jene Welt zu verabschieden, in der ihn die Dämonen schrecklicher Erinnerungen beherrschten und peinigten.

„Schwer“, sagte er, „schwer! Was weißt du schon davon? Du hast es doch niemals schwer gehabt in deinem Leben! Bei dir war doch immer alles in Ordnung! Das reetgedeckte Häuschen! Deine fürsorgliche Mutter, dein liebevoller Vater … Woher willst du etwas davon verstehen, wie das Leben für manche anderen Menschen aussieht?“

Sie sah ihn beschwörend an, hoffend, sie könnte ihn davon abhalten, ihr wieder völlig zu entgleiten. „Vielleicht hatte ich es viel einfacher als du. Vielleicht wird es mir schwer fallen, dein Leben und dein Schicksal wirklich zu verstehen. Aber gib mir doch eine Chance. Es kann doch auch sein, ich verstehe dich besser, als du denkst.“ Wenn er redet, dachte sie, dann habe ich einen Fußbreit Boden gewonnen. Wenn er mir vertraut, kann ich Einfluss auf ihn nehmen.

Er begann auf und ab zu gehen. Seine Bewegungen waren aggressiv, an der Grenze zum Unkontrollierten.

„Vielleicht willst du dann nichts mehr mit mir zu tun haben! Wenn du erst einmal weißt, woher ich komme!“

Es gelang ihr, eine Mischung aus Empörung und Gekränktsein in ihren Blick zu legen. „Wie schätzt du mich denn ein? Dass ich Menschen danach beurteile, woher sie kommen? Ich muss sagen, wenn das so ist, kennst du mich ganz schön schlecht.“

Für den Moment hatte sie ihn an der Angel. Er schaute sie reumütig an. „Entschuldige. Ich wollte dich nicht verletzen. Du hast mir nie etwas getan.“

„Ich habe dich geliebt“, sagte Inga.

„Liebst du mich jetzt nicht mehr?“, fragte Marius.

Sie zögerte. „Du hast mich ausgeschlossen. Vielleicht, wenn ich dich wieder verstehe ...“

„Ja.“ Sie erreichte ihn mit ihren Worten. Er sah ein, dass er nicht offen genug gewesen war. Inga konnte in seinen Zügen erkennen, wie all diese Gedanken abliefen. Sie wagte, einen ersten Funken Hoffnung zu schöpfen.

„In Ordnung. Ich werde dir alles erzählen“, sagte Marius in einer Art feierlichem Ernst. Er zog einen Stuhl heran, setzte sich Inga gegenüber.

Er strich sich mit der Hand über das Gesicht. Er sah müde aus und viel älter, als er war. „Ich fange bei meiner Familie an“, verkündete er schließlich. „Inga, mein Vater ist der schlimmste Bastard, den du dir denken kannst. Er säuft, er schläft bis in die Puppen, und wenn er zwischendurch einmal Arbeit findet, verliert er sie nach kürzester Zeit wieder. Ich habe in der übelsten Gegend von München gelebt. Hochhäuser. Sozialwohnungen. Meine Mutter säuft fast genauso viel wie mein Alter, und wenn sie beide richtig zugedröhnt sind, fangen sie an, aufeinander einzuschlagen. Als ich fünf Jahre alt war, brach mir mein Vater den Arm. Nicht aus Versehen, nein. Er war wütend, weil er in der Wohnung kein Geld fand, um Schnaps zu kaufen, und er verdächtigte mich, an die ‚Familienkasse‘ gegangen zu sein. Die Familienkasse war ein leeres Gewürzgurkenglas, in dem sich gelegentlich etwas Geld befand – Sozialhilfe, die nicht sofort versoffen wurde. Das Glas stand ganz oben auf einem Regal, und ich konnte überhaupt nicht drankommen. Aber das interessierte meinen Vater nicht. Er packte mich, legte meinen linken Arm über eine Stuhllehne und brach den Knochen. Er meinte, das würde mich davon abhalten, je wieder Geld zu nehmen, das mir nicht gehört.“ Marius hielt inne. Er sprach sehr gleichmütig, fast ohne Bewegung.

Inga schluckte. Ihr Mund fühlte sich an, als sei er mit Glaswolle gefüllt. „Mein Gott“, sagte sie leise.

„Ja, so war das“, sagte Marius. Er stand auf, machte wieder ein paar Schritte auf und ab. Dann blieb er direkt vor Inga stehen. „Und jetzt denkst du sicher: Wie schrecklich! Wie sehr muss Marius seine Eltern gehasst haben?“

Sie hörte den Unterton in seiner Stimme und reagierte mit Vorsicht. „Ich denke, es waren trotzdem deine Eltern.“

Er nickte. „Genau. Ganz genau. Sie konnten auch ganz anders sein, weißt du. Einmal haben mir andere Jungs beim Spielen meinen Ball abgenommen. Ich war fünf Jahre alt und kam heulend nach Hause. Mein Vater ging mit mir zu den sämtlichen Eltern der anderen Jungs und machte einen riesigen Zirkus. Und als wir den Jungen gefunden hatten, bei dem der Ball war, musste er ihn mir zurückgeben. Wir gingen zusammen nach Hause, mein Vater und ich, und ich hatte den Ball im Arm und dachte, ich platze fast vor Stolz. Es war ein gutes Gefühl.“ Er lächelte. Er setzte sich wieder. Inga, die den Atem angehalten hatte, atmete lautlos aus.

„Das war ein richtig gutes Gefühl“, wiederholte Marius. Er lächelte wieder. „Es gab oft gute Gefühle. Und oft schlechte. Das Schlimme war, dass man nichts berechnen konnte. Aber inmitten dieser guten und schlechten Gefühle, der abscheulichen Augenblicke und der schönen Momente hatte ich meinen Platz. Er war mir vertraut. Er gehörte mir.“

Er atmete tief durch. „Und dann begann das Desaster“, sagte er.

ER SASS bei Rebecca im Zimmer, einer gefesselten, mucksmäuschenstillen Rebecca, und überlegte, wann die fremde Frau zum ersten Mal erschienen war. Ganz sicher, bevor sein Vater ihm den Arm gebrochen hatte. Also war er selbst jünger als fünf Jahre gewesen. Vier vielleicht oder erst drei? Nein, eher vier.

Sie hatte eines Tages im Wohnzimmer gesessen und sich mit seinen Eltern unterhalten. Es kam so selten Besuch zu ihnen, dass er ganz aufgeregt gewesen war. Er begriff nicht, worüber die Erwachsenen redeten. Genau genommen redete sein Vater gar nichts, sondern starrte mit schwimmenden Augen aus dem Fenster. Mama sprach ohne Punkt und Komma, und sie hatte einen hektischen, schrillen Unterton in der Stimme. Er mochte es nicht, wenn ihre Stimme so klang. Die fremde Frau hatte eine angenehme Art zu sprechen. Leise und beruhigend. Sie war von nun an ziemlich oft gekommen. Sie hieß Frau Wiegand, und sie war recht nett. Eigentlich mochte er sie, aber es wäre ihm trotzdem lieber gewesen, sie wäre weggeblieben, weil Mama nach ihren Besuchen immer so furchtbar schlechte Laune hatte.

Die ließ sie dann an Papa aus. Irgendwann wurde ihm klar, dass ihr Familienleben besser funktioniert hatte, als es Frau Wiegand noch nicht gab.

Das war der Moment, als seine Einstellung ihr gegenüber kippte. Er begann sie zu hassen.

Einmal fragte er Mama, wer denn Frau Wiegand sei und weshalb sie immer wieder zu Besuch komme.

Mama hatte gesagt: „Sozialarbeiterin!“ Sie hatte das Wort mit größter Verächtlichkeit ausgesprochen. „Das sind Leute, die mischen sich in die Angelegenheiten von anderen. Frau Wiegand denkt, dass deine Mama und dein Papa nicht in der Lage sind, allein mit dem Leben klarzukommen und dich großzuziehen. Wie findest du das?“

Er hatte es empörend gefunden.

Aber als Papa ihm den Arm brach, da war die Alte natürlich nicht da gewesen! Einmal hätte er sie wirklich brauchen können. Er hatte geschrien wie am Spieß, sein Leben lang würde er diese mörderischen Schmerzen nicht vergessen. Mama war schneeweiß im Gesicht gewesen und hatte ihm eingebläut, er solle sagen, dass er beim Fußballspielen ganz unglücklich gestürzt sei. „Wenn du das nicht sagst, kommt Frau Wiegand und nimmt dich uns weg. Wenn sie dich erst mal hat, dann gibt sie dich nie wieder an uns zurück. Weißt du, was mit dir passiert? Du kommst in ein Heim. Mit ganz vielen anderen Kindern und ganz strengen Erziehern. Man darf dort nie ein Wort sagen, und nachts wird man am Bett festgebunden, damit man nicht wegläuft. Es gibt wenig zu essen, und wenn man etwas angestellt hat, wird man in einen dunklen Keller gesperrt.“

Frau Wiegand glaubte die Geschichte mit dem Fußballspielen nicht, das merkte er. Aber je mehr sie fragte, umso konsequenter beharrte er auf seiner Version. Er wusste ja jetzt, was sie wollte. Ihn fortbringen in dieses Heim. Zum Glück hatte ihn seine Mutter gewarnt. Von ihm würde sie nichts erfahren über das, was in der kleinen Familie geschah. Und was geschah auch schon? Bis auf den gebrochenen Arm war ihm noch nie etwas wirklich Schlimmes zugestoßen. Manchmal hungerte er, weil seine Eltern zu betrunken waren, um einkaufen zu gehen oder etwas zu kochen, aber irgendwie gelang es ihm immer, bei den anderen Kindern etwas zu schnorren. Und wenn Mama gut drauf war, gab es sowieso keinen Grund mehr zur Klage, dann briet sie ihm Fischstäbchen und machte ihm einen ganzen Berg Kartoffelbrei dazu, schön sahnig, wie er ihn mochte.

„Verstehst du?“, fragte er. *„Es war alles in Ordnung!“* Er trat mit dem Fuß gegen den Bettpfosten. Er hätte am liebsten irgendetwas zerschlagen, aber er wusste, dass er sich beherrschen musste. Er durfte nicht ausrasten. Er musste seinen Verstand zusammenhalten.

Er sah Rebecca an. Sie saß in dem Lehnsessel in der Ecke, ganz still und starr, aber er hatte sie auch so zusammengeschnürt, dass sie sich nicht bewegen konnte. Er hatte ihr ein zusammengeknäultes Taschentuch in den Mund geschoben und anschließend ihre gesamte untere Gesichtshälfte mit Paketklebeband zugepappt. An der Art, wie sie laut und angestrengt Luft durch die Nase einsog, konnte er erkennen, dass ihr das Atmen sehr schwer fiel. Ihre dunklen Augen waren weit aufgerissen. Er sah die Angst darin. Sie hatte Todesangst.

Gut so. Und das Beste war: Sie musste ihm zuhören. Zum ersten Mal nach all den vielen, langen Jahren musste ihm jemand zuhören. Diesmal konnte sie ihn nicht einfach ignorieren oder so tun, als rede er einfach nur Unsinn. Sie musste ihn ernst nehmen, ob sie wollte oder nicht.

Vielleicht war es nicht gut, sie derart um Atem ringen zu lassen. Es wirkte sich bestimmt nachteilig auf ihre Konzentration aus. Er musste sich darauf besinnen, dass sein Hauptanliegen darin bestand, sie zum Zuhören zu zwingen. Er musste klug vorgehen. Er brauchte sie bei klarem Verstand.

„Ich werde dir den Knebel aus dem Mund nehmen“, sagte er, „aber solltest du einen Laut von dir geben oder gar schreien, kriegst du sofort wieder den Mund verschlossen. Ist das klar?“

Sie nickte.

Er riss grob das Klebeband von ihrem Gesicht. Sie tat keinen Mucks, aber vor Schmerz schossen ihr die Tränen in die Augen. Er zog das Taschentuch aus ihrem Mund. Sofort rang sie nach Atem, hustete und keuchte.

„So“, sagte er. Er legte das Taschentuch auf den Frisiertisch und warf das benutzte Klebeband in den Abfalleimer. „Du weißt jetzt, wie sich das anfühlt, nicht? Wenn du nicht parierst, mach ich’s beim nächsten Mal noch schlimmer für dich. Kapiert?“

Sie nickte.

„Ich frage mich“, sagte er, „wie man so ein Mensch wird wie du. Woher nimmt jemand die Überheblichkeit zu glauben, er sei berufen, sich permanent in das Leben anderer Menschen einzumischen?“

Sie antwortete nicht. Ihm fiel ein, dass er ihr angedroht hatte, er werde sie wieder knebeln, wenn sie den Mund aufmachte.

„Du kannst reden“, sagte er, „aber nicht schreien oder etwas in der Art.“

Sie nickte. „Ich … ich weiß nicht genau, wovon Sie sprechen.“

Er lächelte. Das hatte er erwartet. Leute ihrer Art waren sehr groß darin, sich dumm zu stellen. Wer nichts begreift, hat nichts zu verantworten.

„Okay", sagte er, „okay. Ich helfe dir ein bisschen auf die Sprünge, ja? Sorgentelefon. Sagt dir das etwas?"

Ihre Augen blickten wachsam drein. Sie wollte keinen Fehler machen.

„Ja. Natürlich sagt mir das etwas. Aber ich weiß noch nicht, worauf Sie hinauswollen."

Er lächelte wieder. Vielleicht kapierte sie es wirklich nicht. „Dann werde ich dir jetzt einmal etwas zeigen."

Er hatte den Zettel immer aufbewahrt. Seit nunmehr 13 Jahren trug er ihn mit sich herum. Er zog den Zettel hervor. Die Tinte darauf war verblasst in all den Jahren. Dennoch, wenn man sich anstrengte, konnte man die Zahlen lesen. Die krakelige Kinderschrift. Kariertes Papier. Aus einem Schulheft herausgerissen.

„Na!" Er hielt ihr den Zettel vor die Nase. „Sagt dir das hier etwas?"

Sie kniff die Augen zusammen, bemühte sich, die blass gewordenen Zahlen zu entziffern. Ein Ausdruck tiefen Staunens glitt über ihr Gesicht. Er sah es mit Genugtuung.

„Das ist unsere Nummer. Früher. Die Nummer unseres Sorgentelefons!" Sie starrte ihn an.

Er hatte sich zu ihr gebeugt, nun richtete er sich auf. „Ja", sagte er, „die Nummer deines Sorgentelefons!" Er sprach das Wort voller Zynismus und Bitterkeit aus. *„Und erinnerst du dich vielleicht auch noch an den kleinen Jungen, der dort anrief und um Hilfe flehte? Und der diese Hilfe nicht bekam? Hörst du? Der diese Hilfe nicht bekam von dir, du verdammtes Drecksstück!"* Die letzten Worte schrie er.

Da sah er erstes Begreifen in ihren Augen flackern. Und dann Entsetzen.

AGNETAS Stimme klang anders als sonst. Hektischer, nervöser. Sie hatte sich kaum gemeldet, da wusste Clara schon, dass irgendetwas passiert sein musste.

„Hast du diese Geschichte in der Zeitung gelesen?", fragte Agneta sofort und ohne jede Einleitung. „Die über das alte Ehepaar, das so bestialisch im eigenen Haus ermordet wurde?"

Clara hatte darüber gelesen. Ihr wurde plötzlich schlecht. Der Bericht über das Ehepaar war an diesem Morgen auf der Titelseite der Zeitung gewesen, mit einer fetten roten Schlagzeile überschrieben. GRAUSAMER MORD AN HILFLOSEM RENTNEREHEPAAR! Clara hatte nichts Genaues wissen wollen, hatte aber ein paar Brocken aus dem Text aufgeschnappt. Demnach handelte es sich um ein besonders scheußliches und brutales Verbrechen, das bei jedem, der damit in Berührung kam, Entsetzen und Erschütterung auslöste. Wenn Agneta deswegen anrief, konnte das nichts Gutes bedeuten.

„Sag nicht, die haben solche Briefe bekommen wie wir", sagte sie und merkte, dass dabei ihre Stimme zitterte.

„Nein. Das heißt, ich weiß es nicht, aber ich würde es nicht für ausgeschlossen halten", sagte Agneta. „Mich hat gerade Sabrina Baldini angerufen."

„Und?"

„Sie kennt diese Leute. Nicht näher, aber … Sagt dir der Name etwas? Lenowsky?"

Eine Glocke schlug in Claras Gehirn an. *Lenowsky.*

Ich will es nicht wissen. Es ist so lange her. Ich will nie wieder etwas damit zu tun haben!

„Ich kenne den Namen", sagte sie. Ihr Atem ging schwer.

„Also, pass auf", sagte Agneta. „Sabrina wusste ziemlich schnell, um wen es geht. Dieses Ehepaar, Greta und Fred Lenowsky, hat vor 18 Jahren ein Pflegekind zugewiesen bekommen. Vom Jugendamt. Von uns, sozusagen."

„Ein Pflegekind", wiederholte Clara, um irgendetwas zu sagen.

„Sie hatten sich beworben", fuhr Agneta fort, „sehr wohlhabende Leute, er ein angesehener Rechtsanwalt, der in Wirtschafts- und Politikerkreisen verkehrte. Sie konnten keine eigenen Kinder haben, und vor einer Adoption schreckten sie aus irgendwelchen Gründen zurück. Na ja, und du weißt selbst, wie händeringend wir Pflegestellen suchten. Die Leute schienen sehr geeignet."

„Wird das … Pflegekind in der Zeitung erwähnt?", fragte Clara. „Ich meine, gibt es zwischen dem Kind und dem … dem Mord einen Zusammenhang?"

„Das Kind muss inzwischen über zwanzig sein, und es gibt möglicherweise keinen Kontakt mehr zu den Pflegeeltern", erklärte Agneta. „Jedenfalls steht in der Zeitung, die Lenowskys hätten keine Kinder und die Polizei suche überhaupt vergeblich nach irgendwelchen Verwandten. Ein Pflegekind wird nicht erwähnt; wie auch, seine Existenz geht ja aus dem Familienbuch oder anderen Familiendokumenten nicht hervor. Sabrina will jetzt die Polizei informieren."

„Natürlich. Das muss sie tun. Glaubt Sabrina, dass …?"

„Was?"

„Dass die beiden von dem Kind … ich meine, von dem jetzigen jungen Mann oder der jungen Frau …?“

„Mann“, sagte Agneta, „es war ein kleiner Junge, der damals vermittelt wurde. Du meinst, ob er etwas mit dem Verbrechen zu tun hat?“

„Aber warum sollte er?“, fragte Clara.

„Sabrina erinnert sich, dass es Probleme gab wegen dieses Kindes. Der Junge wandte sich nämlich an das Jugendamt, nachdem er etwa vier Jahre bei den Lenowskys gelebt hatte. Er bat um Hilfe. Er werde misshandelt und wolle unter allen Umständen fort von seinen Pflegeeltern.“

Etwas explodierte in Claras Kopf. Der Fall stand vor ihr, so klar und präsent, als sei kein Tag vergangen, seitdem man im Jugendamt über das Kind diskutiert hatte. „Marius“, sagte sie, „Marius hieß er.“

Agneta sagte vorsichtig: „Du warst damals …“

„Ich war zuständig. Aber ich …“

„Du bekamst Anweisung von oben, dich nicht darum zu kümmern. Man werde das auf der Ebene des Sozialdezernenten regeln.“

„Stimmt. Ich … mir waren die Hände gebunden …“ Ihr war schwindlig. Sie merkte, dass ihr Atem flach ging.

„Sabrina war damals bei *Kinderruf.* Sie betreute das Sorgentelefon. Der kleine Marius rief auch dort an. Allerdings erst ein Jahr später. Er war damals elf.“

Clara antwortete nicht. Sie zog sich einen Stuhl heran und setzte sich. Ihre Beine waren zu schwach, sie zu tragen.

„Sabrina wandte sich ebenfalls an das Jugendamt. Man erklärte ihr dort, der Fall sei überprüft worden, aber es habe sich herausgestellt, dass hinter den Anschuldigungen des Kindes gegen seine Pflegeeltern nichts stecke. Sabrina war beruhigt. Ich meine, wir wissen alle, dass es so etwas gibt. Kinder, die behaupten, misshandelt zu werden, aber in Wahrheit ist da nichts dran.“

„Aber ich habe nichts überprüft“, sagte Clara.

„Kam dir das nicht seltsam vor? Dass sich plötzlich die Kreise um den Oberbürgermeister herum um etwas kümmern wollten, was in deine Zuständigkeit fiel?“

Clara versuchte tief durchzuatmen. Ihr Herz raste. Sie sah die Clara von damals vor sich. Sehr jung, sehr engagiert. Ihr war sofort klar gewesen, dass etwas nicht stimmte. Sie kannte Lenowsky. Sie mochte ihn nicht. Sie hätte ihm nie ein Pflegekind gegeben. Aber auch das war auf einer anderen Ebene entschieden worden.

„Ich habe Marius den Lenowskys nicht zugeteilt“, sagte sie, „ich hatte Anweisung von oben, es zu tun. Lenowsky und der OB waren enge Freunde. Er hat sich über ihn um ein Pflegekind beworben. Was hätte ich denn tun sollen?“

„Du hättest …“ Agneta stockte. Es war zu einfach, so viele Jahre später über die damals noch so junge Clara zu richten.

„Ich hatte Angst“, sagte Clara leise, „ich wollte nicht in Schwierigkeiten geraten. Ich habe … ich habe mir das dann auch alles zurechtgeredet. Ich dachte mir, der Oberbürgermeister hat sich bestimmt überzeugt, ob etwas an den Behauptungen des Jungen dran ist. Wer lässt schon ein Kind im Stich, das misshandelt wird?“

Agneta schwieg einen Moment. „Wir“, sagte sie schließlich, „wir haben den kleinen Marius womöglich im Stich gelassen.“

„Aber woher willst du das wissen? Agneta, *wir wissen es doch nicht*!“

„Er rief später noch einmal bei Sabrina an. Völlig verzweifelt. Er flehte sie an, ihm zu helfen. Sabrina sagt, sie habe nicht den Eindruck gehabt, dass da ein Kind fantasiert oder sich wichtig machen will. Sie ging wieder zum Jugendamt, hakte noch einmal genauer nach. Erfuhr aber auch nur, der Fall sei sorgfältig geprüft worden, es gebe nicht den kleinsten Hinweis, der die Behauptungen des Kindes untermauere.“

„Und wenn das stimmte?“

„Und wenn es nicht stimmte?“

Beide Frauen schwiegen.

„Sabrina und ich finden es seltsam, dass Marius sich nicht bei der Polizei meldet“, sagte Agneta schließlich. „Ich meine, in allen Zeitungen wird von dem Verbrechen berichtet. Die Polizei bittet um Hinweise und fahndet sozusagen nach Bekannten oder Angehörigen. Wäre es da nicht normal, wenn ein Pflegesohn, der von seinem sechsten bis achtzehnten Lebensjahr bei dem Ehepaar gelebt hat, sich an die Polizei wenden würde?“

Clara holte tief Atem. „Was möchtest du mir eigentlich sagen, Agneta?“

„Begreifst du das nicht?“, fragte Agneta.

„Ich …“, begann Clara, aber Agneta unterbrach sie: „Wir haben diese Geschichte von damals. Eine reichlich dubiose Geschichte, das musst du zugeben. Ein Kind wird an eine Pflegestelle vermittelt, und zwar in einem ziemlichen Hauruckverfahren über die Köpfe der zuständigen Jugendamtsmitarbeiter hinweg. Dann meldet sich der kleine Junge, und zwar sowohl beim Jugendamt als auch später bei einer privaten Initiative zum Schutz misshandelter Kinder. Er bittet um Hilfe, erklärt, dass er gequält wird und dass er unter allen Umständen diese Pflegestelle wieder verlassen möchte. Abermals wird gemauschelt und die Angelegenheit offenbar über den persönlichen Kontakt einiger einflussreicher Herren geregelt. Jahre später werden die Pflegeeltern bestialisch ermordet, und die Sozialarbeiterinnen, die an dem Fall beteiligt waren, erhalten hasserfüllte Drohbriefe. Der einstige Pflegesohn ist scheinbar untergetaucht. Muss ich dir noch erklären, was ich denke?"

Clara presste eine Hand aufs Herz, als könnte sie damit sein heftiges Jagen beruhigen. „Ich verstehe immer noch nicht ganz, was *du* eigentlich damit zu tun hast", sagte sie. „Warst du an dem Fall überhaupt beteiligt?"

„Ganz am Rande", antwortete Agneta. „Die Mitarbeiterin vom Sozialdienst, die damals die Familie des kleinen Marius betreute, war Stella Wiegand. Du erinnerst dich? Sie fiel ein Dreivierteljahr aus wegen ihrer Krebserkrankung. In dieser Zeit habe ich die Familie übernommen. Stella kam dann aber zurück. Sie hat auch den Kindesentzug veranlasst. Insofern hatte ich mit dem eigentlichen Drama nichts zu tun. Aber da Stella später an Krebs starb und somit von niemandem mehr zur Rechenschaft gezogen werden kann, muss ich heute offenbar in meiner Funktion als die Zwischenlösung von damals herhalten."

„Ach so", flüsterte Clara. Sie hatte so sehr gehofft, dass sich zwischen Agneta und der Geschichte von damals keine Verbindung herstellen ließe, denn das hätte den Verdacht, dass hier ein durchgedrehtes ehemaliges Pflegekind Amok lief und Rache für seine leiderfüllte Kindheit nahm, ins Wanken gebracht.

„Und was nun?", fragte sie.

„Sabrina ruft heute noch die Polizei an", sagte Agneta. „Sie wird berichten, was sie weiß. Sie wird auch von den Drohbriefen erzählen."

„Auch von denen an uns?"

„Natürlich. Clara, hier ist ein Doppelmord passiert! Wir können jetzt nicht mehr schweigen. Glaub mir, ich finde das furchtbar genug, und ich werde mir eine Menge Ärger mit meinem Mann einhandeln deswegen. Denn wenn wir Pech haben, geht das alles haarklein wochenlang durch die Presse!"

„Unser Versagen von damals." Clara konnte schon wieder nur flüstern. „Das beleuchten sie dann auch."

„Ja", sagte Agneta, „das wird wohl so sein."

Agneta hatte nicht versagt. Clara konnte an Agnetas Stimme hören, wie erleichtert sie darüber war.

Aber sie, Clara, konnte sich durch nichts aus ihrer Verantwortung winden. Man würde gnadenlos über sie urteilen. Eine korrumpierbare Person, die ein Kind im Stich gelassen hatte, weil sie sich nicht mit ihren Vorgesetzten anlegen mochte. Wen würde es noch interessieren, wie hilflos sie sich damals gefühlt hatte? Wie schwierig es für sie gewesen war, die Situation richtig zu beurteilen?

Es ist viel einfacher, Jahre später zu wissen, was richtig oder falsch war, dachte sie, aber es kann so schwer sein, wenn man sich mittendrin befindet.

GEGEN Mittag erschien Marius im Wohnzimmer und brachte Inga ein Glas Wasser. Er hielt es ihr wortlos an die Lippen, und sie trank in großen, gierigen Zügen.

„Wie spät ist es?“, erkundigte er sich.

Inga blickte zu der Uhr auf dem Kaminsims hin. „Es ist fast ein Uhr. Marius, ich müsste auch dringend auf die Toilette.“

„So spät schon? Ein Uhr?“ Er wirkte überrascht. „Ich merke kaum, wie die Zeit vergeht. Ich habe lange mit Rebecca gesprochen. Viele Stunden, glaube ich.“

„Marius, ich …“

„Nein. Du kannst jetzt nicht zur Toilette.“

Resigniert wagte sie eine andere Frage. „Wie … geht es Rebecca? Ist sie in Ordnung?“

„Oh ja“, sagte Marius, „sie ist in Ordnung. Sie ist sogar sehr in Ordnung. Menschen wie sie sind immer in Ordnung. In ihrem Leben ist doch alles nach Plan gelaufen.“

Hatte es Sinn, mit ihm über Rebeccas Depressionen zu sprechen? Inga entschied sich dagegen. „Du siehst ganz kaputt aus. Als hättest du seit Tagen nicht geschlafen und nicht gegessen. Du bist mit den Kräften und den Nerven am Ende, und ich denke …“

Er lächelte. „Das hättest du gern, nicht? Dass ich mich schlafen lege. Und dass du die Gelegenheit zur Flucht nutzen kannst!“

„Wie sollte ich denn fliehen?“ Ihre Fesseln waren inzwischen sehr locker geworden. Sie hielt den Atem an, dass er nicht auf die Idee käme, die Verschnürung zu kontrollieren. Sie meinte, dass es keine ganze Stunde mehr dauern könnte, bis sie in der Lage wäre, sich zu befreien.

„Ja“, sagte Marius nachdenklich, „wie solltest du fliehen?“

Sie wagte nicht, ihn anzusehen. Er lächelte so seltsam.

Plötzlich war er mit einem einzigen Schritt hinter ihr und zerrte mit einem solch heftigen Ruck an den Nylonschnüren, dass Inga schmerzerfüllt aufschrie. Die Seile schnitten scharf wie Messer in ihr Fleisch.

„Du tust mir weh, Marius! Du tust mir weh!“

„Du hast ja ganz schön intensiv gearbeitet, während du hier so schwach und durstig auf deinem Stuhl gesessen hast“, stellte er fest. „Alle Achtung! Aber so warst du immer, nicht wahr? Zäh und beharrlich! Und dabei die Welt aus großen blauen Augen anschauen und in Sicherheit wiegen!“

Er kam hinter ihrem Rücken hervor und baute sich vor ihr auf. Dann schlug er ihr zweimal ins Gesicht, ihr Kopf flog erst nach rechts, dann nach links. Sie glaubte einen Moment lang, sie werde die Besinnung verlieren. Der Schmerz war atemberaubend.

„Nein!“, schrie sie.

Ihr Kopf dröhnte, ihre Wangen brannten wie Feuer. Sie merkte, dass ihr Tränen aus den Augen liefen. Sie weinte. Sie konnte nicht sprechen.

Er trat wieder hinter sie, zerrte an den Fesseln, schnürte ihre Handgelenke so zusammen, als wolle er sie dabei zerbrechen. Er fesselte, knotete, vergewisserte sich immer wieder, dass die Seile so fest saßen, wie es nur ging. Inga hörte ihn dabei keuchen. Sie konnte seine Wut spüren, seinen heillosen Hass.

Endlich schien er mit seinem Werk zufrieden. „Da kommst du nicht mehr raus“, sagte er, „und im Übrigen werde ich dich jede Stunde kontrollieren. Du wirst keine Gelegenheit mehr finden, unbeobachtet irgendwelche Dinge zu treiben, die mich ins Unglück stürzen sollen.“

Er stand jetzt wieder vor ihr. „Ich hätte nie gedacht, dass es zwischen uns beiden so weit kommt“, sagte er, und sie meinte, aufrichtiges Bedauern in seiner Stimme zu hören. „Du bist meine Frau, Inga. Wir haben einander Treue versprochen. Und dass wir gemeinsam durch unser Leben gehen wollen. Seite an Seite. Was ist daraus geworden?“

Es fiel Inga schwer zu sprechen. Ihr Mund fühlte sich taub an. Dennoch versuchte sie, Worte zu formen. „Du hast mich von deiner Seite gestoßen“, sagte sie. „Du hast mir bis jetzt nicht erklärt, was eigentlich los ist. Ich weiß nicht, was Rebecca dir getan hat. Ich sehe nur, was du mir antust. Wundert es dich denn, dass ich wegmöchte?“ Sie sah ihn an, konnte spüren, dass sie ihn erreichte.

„Du lässt mir ja keine Wahl“, erklärte er. „Ich habe euch in den letzten Tagen beobachtet, das sagte ich ja schon. Ihr seid Freundinnen geworden. Du und dieses … dieses jämmerliche Stück Dreck da oben.“

„Was hat sie dir getan?“

Sein Gesicht nahm einen gequälten Ausdruck an. „Es ist so schwer, Inga. Es ist so sehr schwer, darüber zu sprechen.“

Inga wagte einen Vorstoß. „Du hast erzählt, dass du dich in der Welt deiner Eltern und in dem Leben mit ihnen eingerichtet hattest. Dass dann jedoch das *Desaster*, wie du es nanntest, begann. Ist es … hat man dich von deinen Eltern getrennt?“

Er nickte. „Man hat mich ihnen weggenommen. Als ich sechs Jahre alt war. Kindesentzug nennt man so etwas. Kein Mensch hat mich gefragt, ob ich das eigentlich will. Oder wie ich mich dabei fühle.“

Das stimmte nicht; er entsann sich einer Frau, die ausgiebig mit ihm gesprochen hatte. Sie hatte sich sehr einfühlsam gegeben und immer wissen wollen, ob er nicht Lust hätte, für eine gewisse Zeit bei anderen Menschen zu wohnen, die es sehr gut mit ihm meinten. Damals hatte er das alles nicht wirklich begreifen können, aber im Nachhinein schien es ihm, dass er schon als der kleine Junge, der er gewesen war, das sichere Gefühl gehabt hatte, dass diese ganze Fragerei aufgesetzt war und dass er überhaupt nicht mitzureden hatte.

„Was … was war der Auslöser?“, fragte Inga. „Für den Kindesentzug, meine ich.“

Marius sah sehr angestrengt aus. „Es ist so schwer, sich zu erinnern … oh, ich weiß, die Sozialtussi, die uns betreute, hat Alarm geschlagen. Und meine Lehrerin. Ich war einige Tage nicht in die Schule gekommen, und niemand hatte mich entschuldigt.“

„Warum gingst du nicht in die Schule?“

Er schüttelte den Kopf. „Weißt du, da fehlen Bilder in meinem Kopf. Ich erinnere mich einfach nicht richtig. Ich weiß nur, was man mir später erzählt hat. Und ich könnte mir gut vorstellen, dass sie mich belogen haben.“

„Wer ist sie?“

„Meine Pflegeeltern. Sie hatten es von Anfang an darauf abgesehen, einen Keil zwischen mich und meine richtigen Eltern zu treiben.“

„Was erzählten sie?“

„Dass ich allein in der Wohnung war. Dass meine Eltern tagelang verschwunden gewesen sein sollen. Irgendwie … war angeblich zuerst meine Mutter abgehauen. Und mein Vater bildete sich dann ein, sie sei mit einem Liebhaber durchgebrannt. Er soll sich in den Kopf gesetzt haben, die beiden aufzustöbern. Dabei konnte er mich nicht brauchen, und …“

„Und?“, fragte Inga leise.

Es war echter Schmerz in Marius' Augen. Er atmete schwer. Plötzlich verzerrte sich sein Mund. Sein ganzes Gesicht sah aus wie eine groteske Fratze. „Er kettete mich an!", schrie er. „Kannst du dir das vorstellen? Er kettete mich im Bad an! Das Bad hatte kein Fenster, und er ließ das Licht nicht brennen. Es war dunkel. Meine Hände waren gefesselt, und ich war mit einer Kette um den Fuß der Toilette festgebunden. Mein Vater sagte, das sei zu meinem Besten, und er wäre am nächsten Tag wieder da. Er verpisste sich und kam nicht wieder. Verstehst du? *Ich war ganz allein!*"

Sein Gesicht glänzte von Schweiß. Seine Augen waren weit aufgerissen und sehr dunkel. Die Todesangst des kleinen, verlassenen Jungen stand in ihnen zu lesen.

„Warum hast du mir das nie erzählt?", fragte Inga hilflos.

Sie bekam keine Antwort.

„UND?", FRAGTE Wolf. „Wie ist es? Gedenkst du, irgendwann wieder in unser gemeinsames Schlafzimmer einzuziehen, oder bleibt die Dachkammer der Dauerzustand?"

Er war spät nach Hause gekommen, und es war ihm anzumerken, wie sehr ihn der Umstand irritierte, dass ihm Karen nicht wie sonst entgegeneilte und sich rasch anschickte, für ihn noch einmal den Abendessenstisch zu decken und ein Glas Wein einzuschenken. Sie war auf der Veranda sitzen geblieben, wo sie im Schein der Gartenlaterne in einem Buch las.

Wolf war hinaufgegangen und hatte sich umgezogen; nun erschien er in Jeans und T-Shirt und leise verunsichert draußen bei ihr.

Karen sah von ihrem Buch auf. „Ich habe nicht alles dort hinaufgeschafft, um es gleich wieder nach unten zu bringen. Ich fühle mich wohl, so ganz für mich."

„Aha." Er ließ sich auf einen anderen Stuhl fallen. „Du hast also vor, dass wir von nun an getrennt leben. Unter einem Dach, aber dennoch getrennt."

„So leben wir doch schon die ganze Zeit."

„Ja? Ich habe das nicht so gesehen, aber wenn du meinst ..." Er verschränkte die Arme hinter dem Kopf. „Und mein Abendessen kann ich mir dann in Zukunft auch selber machen?"

„Es steht etwas für dich in der Küche. Du musst es dir nur aufwärmen."

„Schön. Man fühlt sich wirklich umsorgt, wenn man nach Hause kommt."

Karen erwiderte nichts. Ihr war klar, dass er ihr Verhalten für eine Strategie hielt, und vermutlich überlegte er sich bereits den Gegenzug. Was ihr ein Gefühl der Gelassenheit gab, war der Umstand, dass sie in Wahrheit keine Strategie verfolgte. Sie hatte ihn losgelassen. Und es begann sich eine Leichtigkeit in ihr auszubreiten, die sich viel zu verführerisch anfühlte, als dass Karen sie aufs Spiel gesetzt hätte, indem sie erneut nach ihm griff.

Wolf machte eine Kopfbewegung zu dem Nachbarhaus hinüber. „Und? Irgendetwas Neues vom … vom *Schauplatz des Verbrechens*?"

Da er dieses Thema für gewöhnlich strikt mied, verriet seine Frage, welch intensive Verlegenheit er zu überspielen suchte.

Karen nickte. „Kronborg war heute Morgen da."

„Was hat er gewollt?"

„Sie haben etwas sehr Entscheidendes herausgefunden: Die Lenowskys hatten einen Pflegesohn. Er ist inzwischen erwachsen und verheiratet, aber er hat von seinem sechsten Lebensjahr an bei ihnen gelebt."

„Einen Pflegesohn? Ein Adoptivkind also?"

Karen schüttelte den Kopf. „Nein. Ein adoptiertes Kind wird ein vollständiges Mitglied der Adoptionsfamilie, hat den identischen Status wie ein leibliches Kind. Ein Pflegekind ist etwas ganz anderes. Kronborg hat mir das erklärt. Wenn das Jugendamt über einen Gerichtsbeschluss Eltern das Kind wegnimmt, weil die Eltern ihren Verpflichtungen nicht nachgekommen sind, das Kind vernachlässigt oder misshandelt haben, dann wird ein Platz in einer Pflegefamilie gesucht, weil das für ein Kind natürlich viel besser ist, als in einem Heim zu landen. Solche Pflegeplätze sind wohl nicht einfach zu finden, denn die Menschen, die sie anbieten, lassen sich damit auf ein Kind ein, das ihnen jederzeit wieder weggenommen werden kann. Beispielsweise, wenn sich in der Herkunftsfamilie etwas ändert, die Eltern wieder als erziehungstauglich eingestuft werden. Dann kann ihnen ihr Kind zurückgegeben werden, und die Pflegefamilie hat nicht die geringste Möglichkeit, etwas dagegen zu tun. Denn anders als bei einer Adoption gibt es keine rechtliche Bindung zwischen ihr und dem Kind."

„Hm", machte Wolf, „und die Lenowskys haben sich also in einem solchen Projekt engagiert? Seltsam. So wie du sie geschildert hast, hätte ich nicht an eine soziale Ader in ihnen geglaubt!"

Karen zuckte mit den Schultern. „Die Lenowskys waren alt. Vielleicht waren sie früher anders. Aufgeschlossener und spontaner. Wer weiß das!"

„Tja", sagte Wolf.

„Jedenfalls", fuhr Karen fort, „hatten sie wohl Glück mit ihrem Pflegesohn. Er blieb seine ganze Kindheit und Jugend über bei ihnen. Seine leiblichen Eltern drifteten völlig in den Alkohol ab. Die Mutter, sagt Kronborg, hat sich vor etlichen Jahren buchstäblich zu Tode gesoffen, und der Vater ist seit langem unauffindbar. Lebt womöglich auf der Straße. Der Sohn konnte jedenfalls nicht dorthin zurück."

„Und wieso erzählt Kronborg dir das alles?", fragte Wolf. „Ich meine, können die uns jetzt nicht irgendwann mal mit der Sache in Ruhe lassen?"

„Das Problem ist, dass der Pflegesohn nicht zu erreichen ist", sagte Karen. „Er ist inzwischen verheiratet, und sie wissen auch, wo er wohnt, aber dort ist niemand. Kronborg wollte wissen, ob ich jemals einen jungen Mann bei den Lenowskys habe ein und aus gehen sehen. Eventuell auch in der Zeit, in der … nun, in der die Lenowskys bereits gefangen gehalten wurden."

Wolf runzelte die Stirn. „Was will er denn damit sagen? Dass dieser Pflegesohn eventuell …?"

„Ich weiß es nicht. Kronborg hielt sich sehr bedeckt. Zwischen den Zeilen habe ich aber herausgehört, dass … ja, irgendwie gibt es den Verdacht, dass das Verhältnis zwischen den Lenowskys und diesem jungen Mann nicht besonders gut war. Dass es wohl schon mit dem Kind Probleme gab."

„Und? Hast du diesen ominösen jungen Mann je gesehen?"

Karen schüttelte den Kopf. „Nein. Ich habe noch nie einen jungen Mann dort drüben gesehen. Was nicht so viel sagt, wir wohnen ja noch nicht lange hier. Aber die anderen Nachbarn haben auch nie jemanden gesehen. Das hat mir die Alte erzählt." Sie machte eine Kopfbewegung zu dem Haus hin, in dem die alte, missmutige Frau lebte. „Und die Lenowskys haben die Existenz dieses Pflegesohns auch nirgends erwähnt. Keiner wusste etwas darüber."

„Was die Vermutung erhärtet, dass sich die Lenowskys mit dem jungen Mann überworfen und vielleicht den Kontakt abgebrochen hatten. Aber deswegen muss er noch lange nicht ihr Mörder sein."

„Nein. Aber völlig ausschließen kann man es auch nicht."

Wolf erhob sich. Als großer, breitschultriger Schatten stand er vor dem Schein der Gartenlaterne. „Zum Glück sind nicht wir es, die das klären müssen", sagte er. „Wir haben schließlich auch genug eigene Sorgen. Wie ist es? Du willst wirklich nicht mit uns in den Urlaub fahren?"

„Nein. Ganz sicher nicht."

„Und weiterhin dort oben schlafen?"

„Ja."

Er nickte langsam. „Ich denke nicht, dass ich mich dauerhaft auf diese Art, eine Ehe zu führen, einlassen kann."

Er wollte ihr drohen. Er hatte noch nicht verstanden, dass er sie nicht mehr erreichte.

„Nach den Ferien“, sagte Karen, „müssen wir zusammen überlegen, wie es weitergeht.“

„Ich habe ja in der Türkei ausgiebig Zeit, darüber nachzudenken“, sagte Wolf.

Als er im Haus verschwunden war, lehnte sich Karen in ihrem Stuhl zurück und atmete tief durch. Die Nacht war so warm und samtig, so voller Sterne. Die Kühle des Herbstes schien noch in weiter Ferne zu liegen. Den ganzen August hatte sie noch vor sich. Ihr Lieblingsmonat. Mit seiner Reife und Fülle, mit seiner Wärme und mit seiner allerersten Melancholie des bevorstehenden Abschieds. Sie würde ihn hier in ihrem Garten verbringen, zusammen mit Kenzo. Ohne Wolf, ohne die Kinder.

Schon die ganze Zeit über fragte sie sich, wie wohl das Gefühl hieß, das sich langsam, jeden Tag etwas mehr, in ihr auszubreiten begann. Ein schönes Gefühl, aber zugleich auch beängstigend. Sehr fremd. Es war voller Versprechungen, aber es schien auch Bedrohliches bereitzuhalten.

Zum ersten Mal an diesem Abend, in diesem Moment, dämmerte ihr die Antwort. Das Gefühl hieß Freiheit.

Donnerstag, 29. Juli

Er hatte die deutliche Erinnerung an ein Gespräch seiner *Eltern*, das er belauscht hatte. Sie hatten immer darauf bestanden, dass er von ihnen als von seinen Eltern sprach. Wenigstens hatte er nicht *Mama* und *Papa* sagen müssen. Er nannte sie Greta und Fred.

Er war an jenem Abend die Treppe hinuntergeschlichen. Wie alt war er gewesen? Zwölf Jahre vielleicht. Ziemlich hoch aufgeschossen für sein Alter. Er war dünn und hatte immerzu Hunger. An jenem Abend besonders. Sie hatten ihm wieder einmal nichts zu essen gegeben. Wegen irgendeines Vergehens. Es gab so viele Möglichkeiten in diesem Haus, gegen Regeln und Gesetze zu verstoßen. Vielleicht hatte er vergessen, Gretas blöde Geranien zu gießen, oder er hatte zu viel Milch getrunken. Greta markierte den Flüssigkeitsstand der Milch mit Filzstiftstrichen auf der Packung. Sie konnte sich entsetzlich aufregen, wenn er sich mehr nahm, als ihm ihrer Ansicht nach zustand.

Greta und Fred hatten Gäste an jenem Abend. Irgendein Ehepaar. Er war nicht wie sonst zur Begrüßung herbeikommandiert worden, denn schließlich war er wieder einmal in Ungnade gefallen, und sie hatten ihm nicht erlaubt, sein Zimmer zu verlassen.

Greta hatte gekocht, und ein herrlicher Duft war durch das Haus gezogen. Er hatte Krämpfe bekommen vor Hunger, und er hatte irgendwann gemeint, wahnsinnig werden zu müssen, wenn er nichts zu essen bekam.

Er ging ein hohes Risiko ein. Wenn sie ihn in der Küche ertappten, während er Lebensmittel stahl – sie nannten es *stehlen*, wenn er sich außerhalb der offiziellen Mahlzeiten etwas nahm –, würden sie ihn wieder schlagen. Und das bevorstehende Wochenende über einsperren und hungern lassen. Solche drakonischen Strafen wagten sie immer nur am Wochenende, wenn er nicht zur Schule musste, denn sonst wäre das Risiko zu hoch, dass jemand etwas merkte.

Es hatte ihn nicht interessiert, wer die Gäste waren. Ihm ging es einzig und allein um etwas zu essen. Greta hat Steaks gebraten, und die befanden sich mit Sicherheit längst auf den Tellern der kleinen Gesellschaft, aber er hoffte auf Beilagen, von denen noch Reste auf dem Herd stehen mochten.

Das Unternehmen war hoch riskant, und das Herz schlug ihm bis zum Hals, aber sein Hunger war letztlich größer als seine Angst. Als er den unteren Treppenabsatz erreicht hatte – die gefährlichste Stelle, denn hier befand er sich gleich neben der Tür, die zum Esszimmer führte –, hörte er plötzlich seinen Namen. Unwillkürlich blieb er stehen. Sie redeten über ihn?

„Aber warum ein Pflegekind?“, fragte eine Frau. Es war nicht Greta. „Ich meine, da sind Sie doch größter Unsicherheit ausgesetzt. Marius kann Ihnen jederzeit wieder weggenommen werden.“

„Nun, mir wäre es tatsächlich lieber gewesen …“, setzte Greta an, aber sie wurde von Fred unterbrochen.

„Meine Frau wollte unbedingt ein Kind. Und da schien uns diese Variante die vernünftigste Lösung zu sein.“

„Aber Sie hätten doch ein Kind adoptieren können“, beharrte die Dame. „Ein adoptiertes Kind ist wie ein leibliches Kind. Es trägt Ihren Namen, gehört untrennbar zu Ihrer Familie. Niemand kann es Ihnen wegnehmen.“

„Man hat doch keine Ahnung, was man da bekommt“, sagte Fred.

Jetzt mischte sich der andere Mann ein. „Das wissen Sie im Grunde bei den leiblichen Kindern auch nicht. Unser Sohn hat uns verlassen, als er achtzehn wurde. Angeblich sind wir spießig und klein kariert, und man kann mit uns nicht auskommen. Inzwischen ist er 25, und das Letzte, was wir gehört haben, ist, dass er in einer Art Hippiekommune in Spanien lebt. Was glauben Sie, wie enttäuscht wir sind!“

„Richard, bitte“, sagte seine Frau leise, „das gehört doch nicht hierher!“

„Ihr Sohn hat Sie verlassen und kümmert sich nicht mehr um Sie. Wenn Sie aber einstmals … nun, das Zeitliche segnen, dürfen Sie ihm alles vererben, was Sie mühevoll aufgebaut haben in Ihrem Leben“, sagte Fred. „Stört Sie das nicht?“

„Den Pflichtteil“, sagte Richard. „Mehr müssen wir ihm nicht hinterlassen.“

„Aber seine Kinder betrachtet man doch nicht nur unter dem Gesichtspunkt des Vererbens“, meinte Greta. Für ihre Verhältnisse, dachte Marius draußen, widersprach sie ihrem Mann schon auf eine geradezu aufständische Weise.

„Nun“, sagte Fred, „wenn mich jemand enttäuscht, soll er auch keinen Pfennig von mir bekommen. Ein Adoptivkind ist genauso erbberechtigt wie ein leibliches Kind. Wenn ich mir vorstelle“, seine Stimme wurde lauter, „wenn ich mir vorstelle, wir hätten jemanden wie diesen Marius adoptiert, dann kämen wir nie wieder aus diesem Umstand heraus. Nie! Er wäre automatisch unser Erbe. Eine Vorstellung, bei der ich vermutlich dereinst noch in meinem Grab rotieren würde!“

Er hatte sehr heftig gesprochen, und am Tisch herrschte für ein paar Minuten ein betroffenes Schweigen.

„Aber“, fragte die fremde Dame schließlich etwas schüchtern, „haben Sie ihn denn überhaupt nicht gern? Ich meine, er ist ein zwölfjähriger Junge. Ein Kind noch. Und Sie reden … entschuldigen Sie, wenn ich das sage … Sie reden fast hasserfüllt über ihn.“

„Nellie!“, sagte diesmal Richard etwas pikiert. „Das geht uns doch nichts an.“

Draußen bohrte Marius die Fingernägel in seine Handflächen. Was würde Fred antworten?

„Hass?“, fragte Fred. „Nun, mit dem Hass ist es wie mit der Liebe, nicht wahr? Weder kann man diese Gefühle herbeizitieren, wenn sie nicht da sind, noch kann man sich ihrer entledigen, wenn sie sich in einem festgesetzt haben. Aber es ist nicht so, dass ich Marius hasse. Nein.“

Niemand in der Runde erwiderte etwas. Fred fuhr fort: „Ich verachte Marius, ja. Das kann ich nicht leugnen. Ich sehe dieses dünne, blasse Gesicht, diesen fast rachitisch anmutenden Körper, und ich sehe seine ganze verdammte Herkunft darin. Dieses unschuldige Kind, das Sie offenbar in ihm sehen, trägt natürlich die Gene seiner Eltern in sich. Die ganze Haltlosigkeit, die ganze Verderbtheit dieser Leute steckt in ihm. Und das ist es, was ich immer vor Augen habe."

„Aber gerade über diese Frage wird in der Wissenschaft doch zunehmend intensiv diskutiert", mischte sich Richard ein. „Es ist keineswegs klar, inwieweit die genetische Veranlagung unseren Charakter beeinflusst. Weitaus bedeutsamer soll sein, wie wir aufwachsen und dabei von unserer Umgebung geprägt werden."

„Ich möchte mich nicht über Theorien streiten", sagte Fred. Er klang ungeduldig. Marius kannte diesen Unterton, der aufkeimenden Ärger verriet, nur zu gut.

„Im Übrigen war der Junge sechs Jahre alt, als er zu uns kam. Entscheidende sechs Jahre lang hat er also unter dem verkommensten Gesindel gelebt, das man sich denken kann. Und ist von ihm geprägt worden."

„Mit sechs Jahren sind sie noch so klein", sagte Nellie. „Ich denke, mit viel Liebe und Zuwendung kann man da noch ganz viel bewirken."

„Und ich bin eher dafür, ihn hart anzufassen", sagte Fred. „Ich lasse ihm nichts durchgehen. Nichts!"

„Sie müssen es wissen", meinte Richard nach einer kurzen Pause. „Sie werden schon das Richtige tun."

Marius bohrte draußen seine Fingernägel noch tiefer in die Handflächen, ohne den geringsten Schmerz zu spüren. Sie mussten doch etwas unternehmen! Fred hatte sich verraten. Er hatte gesagt, dass er seinen Pflegesohn verachte. Er hatte gesagt, dass er ihn hart anpacke. Nellie und Richard, wer auch immer sie waren, mussten doch jetzt etwas unternehmen!

„Fred, unsere Gäste haben keinen Wein mehr", mahnte Greta.

Offenbar wurde sogleich nachgeschenkt, denn Richard sagte: „Vielen Dank. Ein herrlicher Wein übrigens."

Und Nellie fügte hinzu: „Und auch das Essen ist großartig! Ich bewundere gute Köche."

Man wandte sich anderen Themen zu.

MARIUS starrte Rebecca an. Er war hin und her gegangen, während er erzählte. Ihm lief der Schweiß in Strömen über den Körper. Sein Gesicht war nass. Es konnte sein, ihm waren ein paar Tränen über die Wangen gelaufen, er wusste es nicht genau.

„Verstehst du? Schon wieder wurde eine Hoffnung zerschlagen. Fred hatte sich immer und überall, beim Jugendamt und sonstwo, als der perfekte Ersatzvater aufgespielt. Liebevoll, verständnisvoll, engagiert. Er war erstklassig darin. Er war ein Mann mit zwei Gesichtern. Der nie die Kontrolle über die Rolle verlor, die gerade angesagt war. Außer an jenem Abend. Es konnte für seine Gäste keinen Zweifel mehr geben, dass hier etwas ganz und gar nicht stimmte! Sie fanden schrecklich, was er sagte. Das habe ich an ihren Kommentaren gehört." Marius' Haare waren mittlerweile so nass, als habe er eine Dusche genommen. „Verstehst du?"

Rebecca atmete tief. Sie nickte. Ihre dunklen Augen verrieten Mitgefühl. Er hoffte, dass sie es nicht nur heuchelte.

„Und das hat Hoffnung in Ihnen erzeugt. Das verstehe ich gut. Aber Sie sind nicht der Erste, der ein Opfer der Gleichgültigkeit der Leute wird. Vielleicht gab es berufliche Verquickungen zwischen diesem Richard und Fred Lenowsky. Eine Karriere, die man in Gefahr gebracht hätte. Geld, das dann nicht mehr geflossen wäre. Das sind Gründe, die – leider – ausreichen, um wegzusehen. Sie können sich nicht vorstellen, wie oft ich das bei meiner Arbeit erlebt habe."

Marius setzte sich wieder. Gott, wie seine Beine zitterten. Er hoffte, dass es nicht Hunger und Schlafmangel waren, die für seinen immer deutlicher werdenden körperlichen Abbau verantwortlich waren. Okay, dem Hunger konnte er begegnen. Aber schlafen … Er traute den beiden Weibern nicht. Rebecca gab sich interessiert an seiner Geschichte, hörte aufmerksam zu. Aber noch vermochte er nicht zu entscheiden, ob das echt war. Oder ob sie einfach nur Angst hatte und daher versuchte, ihn bei Laune zu halten. Wenn er schliefe, würde sie vielleicht auch versuchen, sich aus ihren Fesseln zu befreien und zu fliehen, so wie Inga. Inga! Er durfte nicht vergessen, ihre Fesseln zu überprüfen!

„Ich habe es nie wieder erlebt, dass Richard und Nellie zu Besuch kamen", sagte er, „Sie verständigten niemanden. Denn niemand erschien. Niemand wollte die Hölle sehen, in der ich lebte."

„Es ist schrecklich", sagte Rebecca leise, „wirklich, Marius, es ist einfach schrecklich, was Ihnen passiert ist."

„An meinem zehnten Geburtstag bekam ich einen Hund geschenkt, Clarence", sagte Marius unvermittelt. „Es war der einzige glückliche Moment in meiner ganzen beschissenen Kindheit."

„Sie hatten sich diesen Hund gewünscht?"

„Ja. Ich hatte natürlich keinen Moment lang damit gerechnet, ihn zu bekommen. Meine Wünsche wurden nie erfüllt."

„Warum, glauben Sie, hat Fred Lenowsky Ihnen plötzlich einen doch so bedeutsamen Wunsch erfüllt?"

Marius lächelte. Es war ein Lächeln voller Verbitterung.

„Warum er den Hund gekauft hat? Ich glaube, es machte sich einfach gut. Vor allem gegenüber dem Jugendamt. *Wir haben Marius einen Hund geschenkt. Ein Tier ist so wichtig für ein Kind. Marius wird Verantwortungsgefühl entwickeln. Und er hat jetzt einen Freund ganz für sich!*" Marius begann wieder hin und her zu gehen. „Der arme Hund. Der hatte auch unter Fred Lenowskys kranker Art zu leiden. Lenowsky geilte sich unheimlich an dem Gedanken auf, innerhalb der Familie eine Art Rudel zu bilden, mit einer genau festgelegten Rangordnung. Er selbst war natürlich das Leittier. ‚Ich stehe an der Spitze', sagte er immer. Er sagte es manchmal hundertmal am Tag."

Rebecca sah ihm in die Augen. „Sie haben völlig Recht", sagte sie, „er ist verrückt. Er ist krank."

„Als Nächstes kam Greta, dann ich, dann der Hund. Stell dir vor, dem Hund wurde beigebracht, dass er immer als Letzter durch die Tür zu gehen hatte. Anders wird er es nicht lernen, sich unterzuordnen, sagte Fred. Und weißt du, worauf Fred ebenfalls bestand? Clarence durfte immer nur als Letzter sein Fressen bekommen. Und wenn Fred abends weg war, bei den vielen Veranstaltungen, an denen er beruflich teilnahm, dann musste Clarence bis nach Mitternacht warten."

Rebecca schluckte. „Sie sind an einen Psychopathen geraten, Marius", sagte sie, „und ich kann Ihnen nicht sagen, wie Leid es mir tut. Lenowsky ist einer der Psychopathen von der schlimmsten Sorte. Einer, der im Alltag nicht auffällt und dem deshalb nie das Handwerk gelegt wird. Es ist so ungerecht. So furchtbar. Aber es passiert ständig und überall."

Ihr Mitgefühl war echt, da war er fast sicher.

„Warum nur?", fragte er. „Warum hat er mich in sein Haus geholt? Mit all seinem Hass und seiner Verachtung – warum hat er das getan?"

Rebecca lächelte ein bisschen, aber es war, wie er nach einem Anflug von Argwohn erkannte, kein verächtliches Lächeln. Es war traurig. „Die Antwort gibt Ihnen doch Clarence", sagte sie. „Es ging um Macht. Bei Menschen wie Lenowsky geht es immer um Macht. Das war sein Kick im Alltag. Lenowsky brauchte jemanden, den er schikanieren konnte, aber er hatte nicht die geringste Lust, sich auf eine Verbindlichkeit einzulassen. Deshalb kam eine Adoption für ihn nicht infrage. Aber ein Pflegekind … das war genau das Richtige für ihn. Verbunden übrigens auch noch mit jeder Menge gesellschaftlicher Anerkennung für sein großherziges Tun. Es müssen gute Jahre für ihn gewesen sein."

Der Schmerz war so stark, dass er ihn fast nicht aushalten konnte. Und das Bedürfnis, in Tränen auszubrechen. Sich von Rebecca trösten zu lassen.

Ich darf nicht vergessen, dass sie meine Feindin ist. Sie hat mich verraten. Sie hat auf der Seite der anderen gestanden. Auch wenn sie jetzt versucht, verständnisvoll zu erscheinen.

Gespielt gleichmütig – denn in seinem Inneren tobte die Verzweiflung so unvermindert heftig, als sei kein Tag vergangen seit jener Zeit – sagte er: „Fred änderte übrigens die Rangordnung schließlich. Clarence war nicht mehr der Letzte. Das war ich dann."

„Oh, Marius …"

Er atmete schwer. „*Du bist der Letzte!* Das sagte er nun fast ebenso oft am Tag, wie er sagte: *Ich stehe an der Spitze!* Ich durfte erst essen, wenn der Hund gefressen hatte. Er holte mich mitten in der Nacht in die Küche. Clarence und ich mussten zusehen, wie er sich Spiegeleier briet und sie genüsslich verzehrte. Wir waren so schrecklich hungrig. Dann wurde Clarence seine Schüssel hingestellt. Und erst wenn er sie bis zum letzten Krümel ausgeleckt hatte, bekam ich mein Brot. Ohne Spiegeleier. Ich war der Letzte. *Ich war der Letzte!*" Er schrie diese Worte. Und dann, ohne eine Chance, es zu verhindern, brach er in Tränen aus.

Rebecca konnte seinen Schmerz nur hilflos beobachten.

DIE LAWINE war losgebrochen. Jetzt würde nichts und niemand sie mehr aufhalten. Die Frage war, was alles sie am Ende zerstört haben würde.

Wahrscheinlich mein Leben, dachte Clara, das wird es sein. Mein Leben wird in Trümmern liegen.

Sie hatte nach dem Gespräch mit Agneta wie paralysiert auf den Ausbruch des Sturms gewartet, auf das Hereinbrechen der Katastrophe. Dann war der Anruf eines Kriminalkommissars namens Kronborg erfolgt. Und damit hatte sich das Rad zu drehen begonnen.

Auf eine ganz absurde und unsinnige Weise hatte sie gehofft, sie werde das alles irgendwie an Bert vorbeischleusen können, aber dann erlebte er schon Kronborgs Anruf mit, weil er ausnahmsweise einmal früher als sonst von der Arbeit nach Hause gekommen war.

„Wer war denn das?", fragte er arglos, und sie hatte sich einen Ruck gegeben und geantwortet: „Ein Kommissar von der Kripo. Er wird mich morgen früh besuchen und ein paar Fragen stellen."

„Wieso das denn? Was hast du mit der Kripo zu tun?“

Sie hatte ihn nicht angesehen, während sie hastig und ziemlich verworren von Agnetas und Sabrina Baldinis Verdacht, von dem kleinen Marius, der undurchsichtigen Geschichte um seine Pflegestelle berichtete. Von der Rolle, die sie selbst dabei gespielt hatte.

Bert hatte mit wachsender Fassungslosigkeit zugehört. „Kindesmisshandlung? Habe ich das richtig verstanden? Du hast damals geholfen, eine Kindesmisshandlung zu decken?“

Sie hatte versucht, ihm zu erklären, dass dies heute so klar zu beurteilen war, dass es aber damals für sie viel schwieriger gewesen war, die Situation richtig einzuschätzen. Er bemühte sich, das zu verstehen, aber seine Reaktion hatte ihr einen Vorgeschmack darauf gegeben, wie auch andere Leute über sie denken würden.

Sie würde als ein Monster dastehen, das sich eines unsäglichen Verbrechens schuldig gemacht hatte.

„Dann müssen wir aufpassen“, hatte Bert schließlich gesagt. „Hinter diesen verrückten Briefen steckt ja dann wirklich ein gestörter Typ, der dir richtig gefährlich werden kann!“

KRONBORG erschien am nächsten Morgen pünktlich um neun Uhr. Er hatte lange mit Sabrina Baldini gesprochen. „Ihr Anruf bei uns war ungemein wichtig“, sagte er, „denn es hätte wohl sonst sehr lange gedauert, bis wir herausgefunden hätten, dass es diesen Pflegesohn gab. Marius Hagenau.“

„Hagenau …“, wiederholte Clara. Der Name sagte ihr überhaupt nichts. Eine Sekunde lang keimte Hoffnung in ihr. Konnte es sich doch um eine Verwechslung handeln?

Kronborg zerstörte ihre Hoffnung jedoch sofort. „Er ist seit fast zwei Jahren verheiratet und trägt den Namen seiner Frau. Früher hieß er Peters. Marius Peters.“

Sie sank in sich zusammen. „Ja. Ja, so hieß er …“

„Sie hatten das Kind Marius Peters an das Ehepaar Lenowsky vermittelt?“, fragte Kronborg sachlich.

Clara nickte. „Ja. Und nein. Irgendwie lief das alles etwas anders als sonst üblich.“

„Sie waren als Sozialarbeiterin beim Jugendamt angestellt?“

„In der Abteilung Erziehungshilfe, ja. Die Abteilungsleiterin erschien eines Tages bei mir und berichtete von einem Kindesentzug. Marius Peters, damals sechs Jahre alt. Die Familie stand seit langem unter sozialer Betreuung. Die Eltern waren zu diesem Zeitpunkt nicht auffindbar. Es war klar, dass sie für einige Zeit das Sorgerecht verlieren würden."

„Bis dahin ein normaler Fall also."

„Ja." Clara schluckte. „Aber er verlor schnell seine Normalität. Es hätte jetzt eigentlich eine Fallbesprechung der ganzen Abteilung geben müssen, an der auch die Kollegin vom Sozialdienst, die ja die Familie und auch das Kind am besten kannte, hätte teilnehmen sollen."

„Sie nahm nicht teil?" Kronborg sah in seine Unterlagen. Er hatte sich über die Namen der Beteiligten informiert. „Frau Stella Wiegand, richtig?"

„Sie nahm nicht teil. Stella Wiegand war zu diesem Zeitpunkt bereits sehr krank. Krebs. Sie hatte sogar für eine gewisse Zeit aufhören müssen zu arbeiten. In der Zeit lag die Betreuung der Familie Peters bei meiner Kollegin Agneta. Das ist die andere Frau, die …"

„Ich weiß. Die auch Drohbriefe erhalten hat."

„Jedenfalls hatte Stella noch den Kindesentzug veranlasst."

„Fand die Fallbesprechung dennoch statt?"

Clara schüttelte den Kopf. „Nein. Meine Abteilungsleiterin erklärte, sie habe bereits einen Platz bei einer Pflegefamilie für Marius. Sie gab mir den Namen und die Adresse und sagte, ich solle alles veranlassen."

„Wunderte Sie das?"

„Ja. Das schon. Aber dadurch, dass Stella ausfiel, wunderte es mich auch wieder nicht so. Durch Stellas Krankheit war der Ablauf einfach ohnehin ein wenig gestört", sagte sie.

Kronborg nickte. „Ich verstehe. Was taten Sie als Nächstes?"

„Ich bestellte die Lenowskys ins Jugendamt. Das waren die Leute, die mir von meiner Abteilungsleiterin genannt worden waren."

„Und?"

Sie zögerte. „Die Lenowskys gefielen mir nicht", sagte sie schließlich.

„Warum nicht?"

„Zum einen waren sie zu alt. Und zwar nicht nur von ihren Geburtsdaten her. Sie waren auch … alt in ihrer Einstellung. Verstehen Sie? Fred Lenowsky war Anfang fünfzig. Seine Frau Ende vierzig. Aber von ihrer ganzen Art waren sie … wie mindestens … Mitte sechzig. Ich konnte sie mir nicht vorstellen, wie sie mit einem sechsjährigen Jungen herumtollen oder zum Beispiel einen Kindergeburtstag veranstalten."

„Und was noch? Was gefiel Ihnen außerdem nicht?"

„Es ist schwierig … Fred Lenowsky war mir einfach auf den ersten Blick unsympathisch. Aber ich wusste nicht, warum. Er war höflich, er war freundlich … er lächelte viel. Ich war ausgebildet, Menschen in ihrer Qualität als Pflegeeltern zu beurteilen, und ich war es gewohnt, meine persönlichen Gefühle dabei auszuschalten. Es ging nicht darum, ob ich jemanden mochte oder nicht. Es ging um seine Eignung."

„Und wie sah es mit der Eignung der Lenowskys aus?"

„Ich hielt die beiden nicht für geeignet."

„Weshalb?" Er blieb stur. Er wollte, dass sie auf den Kern der Sache kam.

„Bei meiner Abteilungsleiterin sagte ich, sie seien in meinen Augen zu alt. Aber in Wahrheit …" Sie sah Kronborg fast verzweifelt an. „Ich konnte ein ungutes Gefühl einfach nicht ausblenden. Es gelang mir nicht."

„Verstehe."

„Normalerweise legte meine Chefin sehr viel Wert auf meine Meinung. Diesmal nörgelte sie an mir herum. Ich hätte überhaupt keine Argumente, ich würde völlig unprofessionell agieren … und schließlich fragte ich mich selbst, ob sie nicht vielleicht Recht hatte."

„Sie waren wie alt?"

„Dreiundzwanzig."

„Sehr jung."

„Ja. Ich war eigentlich eine recht selbstbewusste Person, aber mir kamen immer mehr Zweifel. Und schließlich rückte meine Chefin auch mit der Wahrheit heraus: dass sie gewissermaßen vom Sozialdezernenten persönlich den klaren Auftrag hatte, das nächste Kind – und das war der kleine Marius – an Fred und Greta Lenowsky als Pflegekind zu vermitteln. Der Sozialdezernent hatte durchklingen lassen, in dieser Sache Anweisung vom Büro des Oberbürgermeisters direkt bekommen zu haben."

Kronborg pfiff leise durch die Zähne. „Sah ja wohl nach einem erstklassigen Gemauschel unter Freunden aus, oder?"

„Natürlich. Das kapierte ich auch gleich. Andererseits ließ dieser Umstand allein die Lenowskys ja nicht zu einer schlechten Wahl werden. Außerdem … Es ist nicht so, dass solche Pflegestellen reich gesät wären", erklärte Clara. „Es gibt nicht viele Menschen, die sich auf das Leben mit einem möglicherweise schwer geschädigten Kind aus schwierigstem Milieu einlassen. Noch dazu stets unter dem Vorzeichen, das Kind jeden Augenblick wieder hergeben zu müssen. Was ich sagen will, ist: Die Lenowskys abzulehnen hätte damals bedeutet, dass es zunächst einmal für Marius überhaupt keinen Platz bei einer Familie gegeben hätte. Er hätte auf unabsehbare Zeit im Heim bleiben müssen."

Kronborg beugte sich ein Stück vor. Er blickte Clara aus freundlichen

Augen an. Sie merkte, dass sie unter seinem Blick ruhiger zu werden begann.

„Sie müssen sich nicht so heftig und so nervös verteidigen, Clara." Er nannte sie einfach beim Vornamen, aber auch das tat ihr gut. „Ich kann mir die Problematik Ihrer damaligen Situation sehr gut vorstellen. Ich kann Ihr Handeln – nämlich das sechsjährige Kind schließlich den Lenowskys zu überantworten – verstehen. Wirklich. Bis zu diesem Punkt könnte ich mir denken, als 23-Jähriger in Ihrer damaligen Lage ganz genauso gehandelt zu haben."

Bis zu diesem Punkt …

„Marius kam dann zu der Pflegefamilie. Womit jedoch Ihr Part nicht endete?"

„Nein. Ich war ja nun die Betreuerin. Ich blieb mit den Lenowskys in Kontakt, machte viele Hausbesuche dort. Das eigenartige Gefühl dabei war nur … ich weiß nicht, wie ich das erklären soll: Es war nie so direkt ausgesprochen worden, aber es war irgendwie von vornherein klar, dass ich bitte schön kein Haar in der Suppe finden möge. Lenowsky war ein guter Freund des Oberbürgermeisters. Er wurde geschützt."

„Hätten Sie denn sonst ein Haar in der Suppe gefunden?", fragte Kronborg.

Wieder zögerte Clara. „Eigentlich nicht. Es schien alles in Ordnung. Die Lenowskys hatten ein schönes Haus. Marius hatte ein eigenes Zimmer. Er war gut gekleidet. Lenowsky nahm ihn im Sommer immer zum Segeln mit, und offenbar fand Marius an diesem Sport großen Gefallen. Oft traf ich auch Freunde bei ihm an. Er schrieb sehr gute Noten …"

„Marius selbst erschien Ihnen als glückliches Kind?"

Jetzt lachte Clara, aber es war ein zynisches, kein fröhliches Lachen. „Ich bitte Sie! Nein. Glücklich erschien er mir überhaupt nicht. Aber damit war er absolut kein Ausnahmefall. Kinder mit seinem Schicksal sind nicht glücklich. Jahrelang nicht. Manche klauen wie die Raben, andere passen sich bis zur Selbstaufgabe an die neue Umgebung an und werden geradezu unsichtbar. Manche schneiden sich immer wieder mit einem Messer die Arme und Beine auf. Und manche …"

Sie verstummte. Kronborg nickte aufmunternd. „Ja?"

„Manche denken sich die verrücktesten Geschichten aus. Über Misshandlungen, die ihnen in der Pflegefamilie zugefügt werden. Sie würden es nicht glauben, was ich da schon alles gehört habe."

„Ich verstehe. Erzählte auch Marius … solche Geschichten?"

Clara starrte ihn an. Plötzlich wandte sie sich ab, aber es konnte Kronborg nicht entgehen, dass ihr die Tränen in die Augen schossen.

„Er bat mich um Hilfe, Herr Kommissar“, sagte sie mit erstickter Stimme, „und ich wusste, dass er nicht lügt. Aber ich habe ihn im Stich gelassen. Und jetzt werde ich dafür bestraft werden. Und wissen Sie, was mir vorhin plötzlich klar wurde?“ Sie sah ihn jetzt an. Ihre Augen waren rot. „Mir wurde klar, dass ich immer gewusst habe, es würde mich einholen“, sagte sie.

EIN ENDLOS scheinender, langer und heißer Tag neigte sich seinem Ende zu. Noch nie vorher in ihrem Leben, so schien es Inga, hatte sie so inbrünstig das Ende eines Tages herbeigesehnt.

Ihr war übel gewesen vor Durst und Hunger, und in all ihren Gliedern brannte und kribbelte es. „Marius“, hatte sie gefleht, als er am Morgen bei ihr aufgetaucht war, „ich muss mich ein bisschen bewegen. Und ich brauche unbedingt Wasser. Bitte.“

Er hatte ausgesehen wie ein Gespenst. Hohlwangig, unnatürlich bleich. Der Bart bedeckte inzwischen in dichten dunklen Stoppeln seine untere Gesichtshälfte. Unter den Armen verliefen riesige Schweißringe auf seinem T-Shirt. Aber das Schlimmste waren seine Augen: dunkel und leer.

Unverständliche Dinge murmelnd, war er von Fenster zu Fenster gegangen, hatte hinausgesehen, hatte die geröteten Augen vor der Helligkeit des Tages zusammengekniffen.

Er hatte ihre Fesseln überprüft. Da sie das geahnt hatte, hatte sie in der Nacht keine weiteren Versuche zu ihrer Lockerung unternommen. Ihre Chance war der Tag. Gestern hatte er sich über viele Stunden nicht blicken lassen, sie hatte ihn oben brabbeln und Ewigkeiten auf und ab gehen hören. Einmal nur war er bei ihr aufgetaucht und hatte sie endlich zur Toilette gebracht. Wieder im Zimmer, hatte er sie erneut gefesselt.

Auch in der Nacht war er hin und her gegangen, hatte offenbar geredet und geredet. Er schien sich überhaupt keinen Schlaf zu gönnen.

Ihr blieb nichts übrig, als darauf zu bauen, dass er auch an diesem Tag das Kontrollieren vergessen würde. Er schien Rebecca endlose Vorträge zu halten, und ganz offenbar hinderte ihn dies daran, regelmäßig zu ihr herunterzukommen. Wenn es ihr gelang, sich bis zum Abend zu befreien, konnte sie vielleicht im Schutz der Dunkelheit entwischen.

Er hatte ihr am Morgen schließlich doch noch ein Glas Wasser gebracht, und sie hatte es gierig leer getrunken. Dann hatte er das Zimmer verlassen. Sie hatte seine Schritte auf der Treppe nach oben gehört.

Die Sonne heizte das Zimmer zur Backofentemperatur auf. Inga war dicht davor durchzudrehen.

Ruhig, befahl sie sich, ganz ruhig. Du machst sonst alles nur schlimmer.

Sie begann wieder damit, ihre Muskeln anzuspannen, um die Wäscheleine zu dehnen. Es kostete sie viel mehr Kraft als beim ersten Mal, sie musste viel öfter zwischendurch eine Pause einlegen, weil die Erschöpfung sie lähmte. Ihre geschwollene Lippe spannte. Ihr Durst war mörderisch. Die Hitze trieb sie in die Verzweiflung.

Ihre Gedanken irrten herum, in diesen langen, langen Stunden. Wenn es ihr nicht gelang zu fliehen – wie sah dann das Ende aus? Würde Marius es dabei bewenden lassen, ihr und Rebecca endlose Vorträge über sein Leben zu halten? Oder trieb ihn Rache? Was würde er am Schluss mit Rebecca tun? Und was mit ihr, Inga? Er sah sie als Komplizin.

Und ich weiß nicht einmal, in welcher Sache ich eigentlich Komplizin bin! Es ist alles so verrückt.

Immer wieder fiel ihr Maximilian ein. Eigentlich war er ihre einzige, letzte Hoffnung. Ein Blinder hätte gesehen, dass er sich für Rebecca interessierte. Inga wusste nicht genau, was zwischen ihm und Rebecca vorgefallen war; Rebecca hatte sich nur auf äußerst vage Andeutungen eingelassen. Auf irgendeine Weise hatte sie ihn so verletzt, dass er Hals über Kopf abgereist war. Die Frage war, ob er sich nicht doch noch einmal melden würde. Anrufen vielleicht, sich dann wundern, dass niemand an den Apparat ging, und sofort angereist kommen.

Inga kamen schon wieder die Tränen, weil sie begriff, wie klein die Hoffnung war, dass Maximilian als Retter in der Not herbeieilen würde. Und das hieß, dass es praktisch überhaupt keine Hoffnung mehr gab.

Es gibt nur mich. Ich bin meine einzige Hoffnung. Wenn ich mich befreien und flüchten kann, haben wir eine Chance.

Sie fuhr fort, ihre Fesseln zu dehnen. Obwohl ihr der Schweiß in Strömen über das Gesicht lief und ihre Kleider nass waren, ließ sie in ihren Anstrengungen nicht nach.

Und jetzt wurde es Abend, die Sonne stand so tief, dass sie direkt zum Fenster hereinschien. Es war so heiß, so heiß, dass man glaubte zu sterben. Aber es konnte nicht mehr lange dauern. Ihre Fesseln hatten sich deutlich gelockert. Sie schätzte, dass es noch zwei Stunden dauern mochte, dann könnte es ihr gelingen, sich zu befreien.

Ihr Herz ging wie rasend. Sie wusste, dass sie alles auf eine Karte setzte. Wenn Marius entdeckte, was sie den ganzen Tag über getrieben hatte, würde er außer sich geraten. Einen zweiten Versuch, ihn zu hintergehen, würde er nicht verzeihen. Sie war überzeugt, diesmal würde er sie töten.

Lass es gelingen, lieber Gott. Bitte!

Die Sonne hatte gerade den Baum erreicht, der das Haus gegen sie abschirmte, und Inga atmete auf, weil wenigstens die Strahlen sie nicht mehr trafen, da klingelte das Telefon. Leise und gedämpft.

Sie erstarrte, blickte voller Entsetzen und Verwirrung auf den Apparat und stellte im selben Moment fest, dass er es nicht war, der läutete. Sie war so dumm! Den ganzen Tag hatte sie gewünscht, Maximilian würde anrufen, dabei konnte er es gar nicht. Die Telefonschnur war schließlich durchschnitten. Niemand würde zu ihnen durchdringen.

Es musste ein Handy sein, das klingelte, und es schien sich draußen im Gang zu befinden.

Inga leckte sich über die rissigen Lippen, die mit einem Schlag noch trockener schienen als zuvor. Rebecca besaß ihres Wissens gar kein Handy. Es musste das von Marius sein. Sie lauschte angstvoll nach oben. Die ganze Zeit über hatte sie seine Schritte gehört. Jetzt schien er stehen geblieben zu sein.

Auch das Handy war verstummt. Aber eine halbe Minute später fing es erneut an zu klingeln.

Sie hörte, wie Marius die Treppe herunterkam. Sie hielt den Atem an.

„Hallo?“, sagte er. Dann wiederholte er zweimal: „Hallo? Hallo?“ Er sagte nichts weiter, offenbar hatte der unbekannte Anrufer aufgelegt, ohne sich zu melden.

Bitte, komm jetzt nicht hier herein. Bitte geh wieder nach oben!

Marius schien unschlüssig auf dem Gang herumzustehen. Aber dann hörte Inga seine Schritte auf der Treppe. Er verschwand wieder nach oben.

Sie holte tief Luft. Und in diesem Moment hörte sie, wie er umkehrte.

Er lief die Treppe herunter. Ihm schien noch etwas eingefallen zu sein.

Das ist das Ende, dachte sie.

UND DIE wollen überhaupt nichts Konkretes zu deinem Schutz unternehmen?“, fragte Bert ungläubig.

Er war gerade von der Arbeit gekommen, hatte sich umgezogen und saß nun in Shorts und kurzärmeligem Hemd auf der Veranda.

„Was sollen sie schon unternehmen?“, fragte Clara zurück. Sie hatte Marie ins Bett gebracht und kam mit zwei Bierflaschen und zwei Gläsern heraus. „So viele Leute haben die gar nicht. Das weiß ich noch von meiner Arbeit her.“

„Aber Kronborg hält dich für gefährdet?“

„Ja.“

„Ich möchte wirklich einmal wissen, worin eigentlich dein Fehler damals bestanden hat!“, ereiferte sich Bert. „Du hast dich nach deiner Vorgesetzten gerichtet. Was hättest du anderes tun sollen? Wenn jemand verantwortlich ist, dann sie!“

„Sag das dem Killer“, gab Clara zurück. Sie merkte, dass sie Kopfweh bekam. Wie so oft wollte Bert die Welt nach seinen persönlichen Vorstellungen geordnet wissen. Wie so oft scherte sich die Welt nicht darum.

Kronborg war bis zum Schluss verständnisvoll geblieben. „Was hat Marius Ihnen erzählt?“, hatte er gefragt.

Sie hatte eine Weile gebraucht, um ihm antworten zu können. Nie würde sie den noch sehr kalten Vorfrühlingstag vergessen, an dem sie wieder einmal die Familie Lenowsky aufgesucht hatte. Marius war noch in der Schule gewesen. Nachmittäglicher Sportunterricht. Lenowsky hatte ihr das Halbjahreszeugnis des Jungen gezeigt. Wie immer war es ausgezeichnet. Wie immer hatte sie versucht, sich damit zu beruhigen.

Marius war ihr begegnet, als sie das Grundstück der Lenowskys bereits verlassen hatte. Die Straße war bei ihrer Ankunft ziemlich zugeparkt gewesen, und sie hatte ein Stück zu ihrem Auto laufen müssen. Er kam von der Bushaltestelle.Ihr fiel sein müder, schleppender Schritt auf. Er war dünn wie ein Spargel. Zu dünn, selbst für einen erst zehnjährigen Jungen.

„Hallo, Marius“, sagte sie betont munter, „du hattest noch Sportunterricht, habe ich gehört.“

Er sah sie an. Er hatte auffallend schöne grüne Augen. Sehr traurige Augen. Er zuckte mit den Schultern.

„Ich habe dein Zeugnis gesehen“, fuhr Clara fort. Sie hatte den Eindruck, ein paar Worte mit ihm wechseln zu müssen, obwohl sie viel lieber weitergegangen wäre. „Du hast ja wirklich fantastische Noten! Gratuliere!“

„Danke“, murmelte er. Er sah sich um, wirkte gehetzt. Das Haus der Lenowskys lag hinter der Straßenecke. Man konnte es nicht sehen. Clara hatte den Eindruck, er wolle sich vergewissern, dass man vor allem sie beide nicht sehen konnte. „Sie müssen mir helfen“, sagte er, „ich kann dort nicht bleiben.“

Sie war entsetzlich erschrocken. Nicht so sehr wegen seiner Worte an sich, sondern weil er sie sagte. Er überschritt die Grenze. Noch einen Schritt weiter, und sie würde nichts mehr beschönigen können. „Aber Marius“, sagte sie. „Was redest du denn da?“

„Ich habe immer solchen Hunger“, sagte er. „Sie geben mir nichts. Manchmal kriege ich von Freitagmittag bis Montag früh nichts zu essen.“

Sie hatte derlei Aussagen so oft gehört. *Ich bekomme nichts zu essen. Ich werde geschlagen. Mein Pflegevater fasst mich ganz komisch an.* Sie war es gewohnt, damit umzugehen.

In diesem Fall bekam sie plötzlich fast keine Luft mehr.

„Aber Marius! Ist es nicht eher so, dass du manchmal von Freitag bis Montag keine Lust hast, etwas zu essen? Dass du zu allem Nein sagst?“

Er schüttelte den Kopf.

Sie hakte nach. „Sicher vermisst du deine richtigen Eltern. Ist es so?“

Er nickte. Er presste die Lippen ganz fest aufeinander wie jemand, der nicht weinen will.

„Kann es sein, du bereitest deinen Pflegeeltern ganz gern ein paar Probleme? Weil du ihnen und dir selbst damit deutlich machst, auf wessen Seite du stehst: nämlich auf der von Mama und Papa?“

Jetzt schüttelte er wieder den Kopf, ungleich heftiger als zuvor. Der Blick, mit dem er sie bedachte, war fast verächtlich. „Meinen Eltern habt ihr mich weggenommen. Aber bei den Lenowskys muss ich bleiben. Nur weil er ein Anwalt ist und alle Angst vor ihm haben! Ich hasse Sie! Ich bin euch allen scheißegal!“ Schon rannte er los.

Sie stand allein auf der Straße im eisigen Wind des letzten Februartages.

„UND DANN?“, hatte Kronborg in seiner ruhigen Art gefragt. „Was taten Sie?“

Sie hatte sich die Nase geputzt. Sie hatte nicht geweint während ihrer Schilderung, aber sie merkte, dass sie schniefte. „Ich tat, wozu ich verpflichtet war. Ich meldete den Vorfall meiner Abteilungsleiterin.“

„Und?“

„Sie sagte, sie werde mit dem Sozialdezernenten sprechen.“

„Tat sie das?“

„Ich glaube schon. Ich ... es dauerte eine Weile, bis ich sie wieder auf den Fall ansprach. Sie erklärte, es sei alles in Ordnung. Man habe die Familie noch einmal überprüft, und es bestehe nicht der geringste Anhaltspunkt dafür, dass an Marius' Aussagen etwas dran sei. Im Übrigen wurde mir der Fall dann auch entzogen.“

Kronborg hatte die Augenbrauen gehoben. „Mit welcher Begründung?“

„Meine Chefin persönlich übernahm die Lenowskys. Sie meinte, ich hätte ein gestörtes Verhältnis zu der Familie, und sie glaube nicht, dass daraus noch eine konstruktive Zusammenarbeit werden könne. Ich war froh …“ Sie hatte gestockt. „Ich war einfach froh, es hinter mir zu haben. Die Verantwortung abgeben zu können. Aber …“

Er sah sie aufmerksam an.

„Seine Augen“, sagte sie, „dieser Blick, mit dem er mich an jenem Tag angesehen hat … der hat mich noch sehr lange verfolgt.“

„Meine Güte“, sagte Bert, „und du hast nie etwas erzählt. Aber ich finde, du solltest dich nicht verrückt machen. Du hast dich absolut korrekt verhalten. Niemand kann dir etwas vorwerfen.“

„Mag sein, dass ich mich korrekt verhalten habe. Aber darum geht es doch nicht. Bert, da war ein verzweifeltes Kind, das Hilfe brauchte. Ich hätte alle Hebel in Bewegung setzen müssen, diesem Klüngel das Handwerk zu legen.“

Beide schwiegen sie eine Weile. Tranken ihr Bier, sahen zu, wie sich die Dämmerung über den Garten senkte.

„Ich finde, eigentlich müsste deine Chefin von damals das Ziel dieses Irren sein“, brach Bert das Schweigen. „Sie hat die Angelegenheit vertuscht. Sie hat dich unter Druck gesetzt. Weshalb bedroht er nicht sie?“

„Offenbar fühlte er sich eben von mir im Stich gelassen. Zu mir hatte er ein gewisses Vertrauen gefasst. Es ist für ein misshandeltes Kind ein gewaltiges Risiko, sich gegenüber einem Außenstehenden zu öffnen. Denn wird ihm nicht geholfen, hat es allein die Folgen zu tragen. Ich wundere mich nicht, dass Marius mich hasst.“

„Aber deine Kollegin Agneta …“

„Kronborg meint, die hatte eine Stellvertreterfunktion. Marius’ Hass richtet sich wahrscheinlich auf die verstorbene Stella, die ihn damals seinen Eltern weggenommen hat. Da Stella aber nicht mehr greifbar ist, bekommt Agneta eben ihr Fett weg.“

„Und diese Dritte …“

„Sabrina Baldini betreute das so genannte Sorgentelefon von *Kinderruf*. Ich kannte die Geschäftsführerin recht gut. Rebecca Brandt. Da die Nummer immer wieder in Schulen oder Jugendklubs ausgelegt wurde, ist anzunehmen, dass sie Marius dort irgendwo in die Hände gefallen ist. Es war einige Zeit nach seinem Gespräch mit mir. Sein zweiter Versuch. Er berichtete schreckliche Dinge. Immer wieder sprach er von seinem Hunger. Ganze Wochenenden verbrachte er im dunklen Heizungskeller eingesperrt, weil er sich ein Stück Brot genommen hatte. Lenowsky schlug ihn auch.“

„Und? Was tat Sabrina?“

„Die wandte sich ans Jugendamt. Also wieder an uns. Die Geschichte landete dann gleich bei der Chefin. Sabrina hatte ein gutes Gefühl, weil sich immerhin die Abteilungsleiterin selbst kümmerte. Und sie kannte Lenowsky nicht."

Bert pfiff leise durch die Zähne. „Sie ließ Marius also auch im Stich."

Clara sah Bert nicht an. „Sabrina konnte ja im Grunde auf eigene Faust überhaupt nichts machen. Sie brauchte das Jugendamt, und da dort die große Vertuschung stattfand ..."

„Und was gedenkt die Polizei nun zu tun?"

„Sie fahnden nach ihm. Er ist natürlich der Hauptverdächtige. Nachbarn haben ihn und seine Frau seit über einer Woche nicht gesehen. Ihrer Aussage nach ist er aber wohl ganz einfach verreist. Seine Frau und er wurden gesehen, wie sie am Dienstag letzter Woche gegen Abend mit Rucksäcken davonzogen."

„Ich möchte mal wissen, woher die Leute alle so viel Geld haben", murrte Bert. „Wir können uns das Verreisen nicht so einfach leisten."

„Im Moment haben wir aber ganz andere Probleme."

„Stimmt. So wie Sabrina und Agneta."

„Und Rebecca Brandt. Kronborg hat mir erzählt, dass sie in den Briefen an Sabrina Baldini ebenfalls heftigst attackiert wird. Der Schreiber droht alles Mögliche an, was er mit ihr machen will. In ihren *Kinderruf*-Broschüren wandte sie sich direkt an die Kinder, versprach Hilfe für ihre Probleme. Möglich, dass Marius sich von ihr besonders verraten fühlt. Dabei hat sie von der ganzen Geschichte überhaupt nichts mitbekommen. Sabrina hatte das in Eigenregie gemanagt."

„Was der Irre natürlich nicht weiß."

„Offensichtlich nicht. Kronborg sagt, dass Sabrina seit etwa eineinhalb Jahren praktisch keinen Kontakt mehr zu Rebecca hatte. Aber sie hatte gehört, dass Rebeccas Mann im letzten Jahr tödlich verunglückt ist, und war auch bei der Beerdigung. Danach ist Rebecca völlig untergetaucht."

„Wahrscheinlich sucht der Irre sie."

„Das kann sein." Clara sagte das ganz ruhig, doch innerlich war sie starr und kalt vor Angst. „Aber wenn das so ist, dann verfolgt er wirklich den Plan, mit allen an seinem Fall Beteiligten so zu verfahren wie mit den Lenowskys. Dann läuft er jetzt Amok."

INGAS Körper war nass vor Schweiß. Sie zitterte, obwohl fast eine Stunde vergangen war, seitdem sie seine Schritte auf der Treppe gehört hatte. Seitdem sie hatte befürchten müssen, dass er jeden Moment im Zimmer stehen und ihre gelockerten Fesseln entdecken würde. Sie war fast wahnsinnig geworden vor Angst.

Sie hatte es fast nicht glauben können, als sie ihn abermals hatte die Treppe hinaufgehen hören. Was immer er noch einmal unten im Flur zu tun gehabt hatte, es war ihm nicht eingefallen, ins Zimmer hereinzuschauen.

Als Inga wieder klar denken konnte, stellte sie voller Erstaunen fest, dass sie trotz des Panikanfalls die ganze Zeit über nicht aufgehört hatte, in den Bewegungen fortzufahren, mit denen sie ihre Fesseln zu lockern versuchte. Offenbar tat sie das schon reflexartig.

Sie kämpfte weiter, während draußen das letzte Abendlicht am Himmel erlosch und Dunkelheit sich über den Garten senkte. Auch im Zimmer war es jetzt ganz dunkel, jedoch kaum kühler.

Als Inga plötzlich ihre Handgelenke aus der Verschnürung ziehen konnte, wollte sie es im ersten Moment nicht glauben.

Im schwachen, leicht silbrigen Mondlicht, das ins Zimmer floss, betrachtete sie ihre geschwollenen Hände voller Verwunderung. In ihren Armen und Schultern wütete der Schmerz, denn ihre Muskeln hatten sich durch die stundenlange Anspannung völlig verkrampft. Sie neigte sich nach vorn und zerrte an den Fußfesseln. Ihre Finger waren entsetzlich unbeweglich, und sie fluchte lautlos und verzweifelt vor sich hin. Es schien ihr eine Ewigkeit zu dauern, bis sie endlich ihre Füße befreien konnte. Auch ihre Knöchel waren dick geschwollen, und als sie aufstand und zögernd den ersten Schritt tun wollte, konnte sie nur mühsam einen Schmerzensschrei unterdrücken. Ihre Durchblutung war durch die extreme Fesselung behindert gewesen. Es gab keine Stelle mehr, die nicht schmerzte.

Dennoch rang sie sich ein paar humpelnde Bewegungen im Kreis herum ab. Keine Zeit für Wehleidigkeit. Und wenn sie auf allen vieren kriechen würde – sie musste jetzt so schnell wie möglich dieses Haus verlassen.

Wieder lauschte sie in die Stille hinein. Von oben drang nicht der geringste Laut. Aber dann hörte sie plötzlich ein lautes Klappern, das sie zusammenzucken ließ. In der darauf folgenden Stille hörte sie ihr eigenes Herz hämmern. Dann vernahm sie das Geräusch einer Tür, die auf- und zuging – und die sie endlich einzuordnen wusste: Es war die Kühlschranktür.

Marius war in der Küche!

Ihr eben noch jagendes Herz schien für Sekunden auszusetzen, ehe es weitertobte. Er war in ihrer Nähe. Er war unten. Sie hatte seine Schritte auf der Treppe nicht gehört.

Er war nur noch durch den schmalen Flur jenseits der geschlossenen

Wohnzimmertür von ihr getrennt. Wahrscheinlich kochte er. Vom eigenen Hunger überwältigt oder auch endlich zu der Erkenntnis gelangt, dass er seine beiden Opfer nicht einfach verhungern lassen konnte, hatte er sich ausgerechnet jetzt herunter in die Küche begeben. Was bedeutete, dass er über kurz oder lang hier im Zimmer aufkreuzen würde. Bis dahin musste sie verschwunden sein.

Sie humpelte zur Verandatür, drehte lautlos den Schlüssel um, zog die Tür ganz langsam und vorsichtig auf. Rasch huschte sie hinaus, atmete tief die warme Nachtluft, die ihr nach der stickigen Atmosphäre drinnen im Zimmer kühl und prickelnd erschien. Ein ganz leichter Wind ließ die Blätter in den Bäumen rascheln. Es tat ihr unendlich gut, sich wieder bewegen zu können.

Eigentlich hatte sie um das Haus herum nach vorne auf die Straße laufen wollen, aber da Marius sich nun in der Küche aufhielt, deren Fenster nach vorne ging, kam dieser Weg natürlich nicht mehr infrage. Trotz der Büsche und Bäume vor dem Haus gab es zu große Lücken, in denen sie keine Deckung hatte. Wenn Marius sie dort entdeckte, hätte sie keine Chance, ihm zu entkommen.

Es blieb ihr nichts anderes übrig, als den hinteren Garten zu durchqueren und die Treppe hinunter zum Strand zu nehmen. War sie erst dort unten, wollte sie die andere Treppe, die zum Grundstück der Nachbarn führte, wieder hinauflaufen. Wenn sie ganz großes Glück hatte, waren die Leute da, dann konnte sie von dort aus die Polizei informieren. Allerdings glaubte sie nicht recht daran. Sie hatte während der Tage mit Rebecca nie eine Bewegung nebenan wahrgenommen. Das machte ihre Situation komplizierter, aber nicht aussichtslos. Sie konnte über das Nachbargrundstück nach vorn auf die Straße gelangen und dann den Weg nach Le Brusc einschlagen. Sie musste allerdings an Rebeccas Haus vorbei, und wer wusste, ob Marius nicht ihren Plan durchschaute und ihr dort irgendwo in der Dunkelheit auflauerte? Sie gab sich keiner Illusion darüber hin, dass er vermutlich innerhalb der nächsten Viertelstunde ihre Flucht entdecken würde.

Steh nicht hier und grüble, befahl sie sich, du musst weg!

Ihre Schmerzen mit zusammengebissenen Zähnen ignorierend, bewegte sie sich schwerfällig wie ein angeschossenes Tier durch den nächtlichen Garten. Wenn nur der Mond nicht so hell wäre! Sie bemühte sich, am Rand der Wiese zu bleiben, wo es immer wieder Bäume gab. Dennoch hatte sie den Eindruck, sich wie ein großer, gut sichtbarer Schatten über das Grundstück zu bewegen. Sie konnte nur hoffen, dass es ihr gelang, zwischen den Felsen abzutauchen, ehe Marius ihre Flucht bemerkte.

Ihre Füße traten bereits auf felsiges Gestein. Noch ein paar Schritte … Sie bewegte sich deutlich besser, die Schmerzen wurden weniger. Ihr Blut zirkulierte wieder, ihre Muskeln entkrampften sich.

Ich schaffe das, dachte sie, ich schaffe das wirklich.

Sie erreichte die Treppe. Sie nahm die ersten Stufen. Schwarz und rauschend lag unter ihr das Meer.

Sie wusste, dass man sie jetzt vom Haus aus nicht mehr sehen konnte.

KRONBORG hatte nicht damit gerechnet, Inga Hagenaus Eltern zu erreichen. Ein Mitarbeiter hatte es den ganzen Tag über versucht, aber es war stets nur der Anrufbeantworter angesprungen.

„Die sind verreist", hatte er zu Kronborg gesagt. „Juli! Was willst du da schon erwarten?"

Es war halb zehn am Abend. Kronborg war schon aufgestanden und hatte nach seinem Jackett gegriffen – das er natürlich an diesem sehr warmen Abend nicht anziehen würde –, da nahm er, einer plötzlichen Eingebung folgend, den Telefonhörer und wählte die Nummer in Norddeutschland.

Das Gefühl von Bedrohung, das über ihm lag, seitdem er von der Existenz Marius Peters' wusste, war in den letzten 24 Stunden immer stärker geworden.

Alles schien für den jungen Mann als Täter zu sprechen. Er kannte sich aus bei den Lenowskys, und auch wenn ihm von den einstigen Pflegeeltern möglicherweise kein Hausschlüssel ausgehändigt worden war, so hätten sie ihm wohl doch arglos geöffnet, wenn er geklingelt hätte. Auch die Zeitabläufe schienen zu stimmen: Am vorletzten Wochenende musste der Täter das alte Ehepaar überfallen haben. Am darauf folgenden Dienstagmittag war die Pizza bestellt worden. Laut Obduktionsbericht waren Greta Lenowsky die Messerstiche, an denen sie etwa zwei Tage später starb, irgendwann am Dienstagnachmittag beigebracht worden. Am frühen Dienstagabend waren Marius und Inga Hagenau, wie Nachbarn ausgesagt hatten, in die Ferien aufgebrochen. Marius Hagenau hätte also durchaus die Möglichkeit gehabt, seine Pflegemutter tödlich zu verletzen, dann nach Hause zu fahren, die vermutlich schon am Vortag gepackte Campingausrüstung zu schultern und mit seiner Frau loszuziehen.

Er erschrak fast, als sich plötzlich eine Frauenstimme meldete, etwas hektisch und atemlos. „Ja?"

„Kronborg. Spreche ich mit Frau Hagenau?"

„Ja."

„Verzeihen Sie, dass ich so spät noch störe. Kriminalkommissar Kronborg. Wir haben eine Frage, Ihre Tochter Inga betreffend."

„Um Gottes willen! Ist etwas passiert?"

„Machen Sie sich keine Gedanken. Wir suchen den Ehemann Ihrer Tochter. Es hat einen Unglücksfall in seiner Familie gegeben."

„Aber meiner Tochter ist nichts passiert?"

„Nein. Frau Hagenau, es besteht für Sie wirklich kein Grund zur Unruhe. In der Verwandtschaft Ihres Schwiegersohns hat sich ein Verbrechen ereignet. Wir müssen ihn verständigen, und wir hoffen darüber hinaus, dass er einige unserer Fragen beantworten kann."

Sie schien ein klein wenig ruhiger zu werden. „Wir waren acht Tage in Dänemark. Mein Mann und ich. Wir sind heute Abend erst zurückgekehrt."

„Wir dachten uns schon, dass Sie Ferien machen. Sagen Sie, haben Sie vorher noch mit Ihrer Tochter gesprochen? Hat sie Ihnen gesagt, wohin sie zusammen mit ihrem Mann verreisen wollte?"

„Ja, wir haben telefoniert." Ingas Mutter hatte sich so weit gefasst, dass sie normal sprechen konnte. „Wie üblich war das Ziel ihrer Reise etwas unklar. Marius – mein Schwiegersohn – hatte es sich in den Kopf gesetzt, mit Zelt und Rucksack irgendwohin in den Süden zu trampen. Inga war nicht besonders begeistert. Aber – in dieser Ehe geschieht, was Marius will."

Bei dem letzten Satz klang Verbitterung in ihrer Stimme.

„Sie hat das Ziel *Süden* nicht näher definiert?", fragte Kronborg. In seinem Gehirn hatte eine Glocke angeschlagen. Sabrina Baldini hatte ausgesagt, Rebecca Brandt habe sich nach dem Tod ihres Mannes nach Südfrankreich zurückgezogen. *Sie hatten dort ein Ferienhaus. Wo genau, das weiß ich auch nicht. Jedenfalls direkt am Meer. Irgendjemand hat erzählt, dass sie jetzt wohl dort wohnt.*

„Nein", antwortete Ingas Mutter auf seine Frage, „näher konnte sie den Ort nicht definieren. Sie hätte das sicher gern getan. Inga ist überhaupt nicht der Typ für derart spontane Unternehmungen. Aber Marius meinte, nichts gehe über eine Fahrt ins Blaue." Sie sprach voller Ironie.

Kronborg seufzte unhörbar. Er musste morgen mit den südfranzösischen Polizeibehörden Kontakt aufnehmen. Auch wenn Marius seiner Frau gegenüber das Reiseziel offen gelassen hatte, konnte er insgeheim sehr genaue Vorstellungen davon gehabt haben, wohin der Weg führen sollte. Über die Meldebehörde musste so rasch wie möglich die Adresse von Rebecca Brandt ausfindig gemacht werden. Es war dringend notwendig, die einstige Chefin von *Kinderruf* zu warnen.

Ihm fiel noch etwas ein. „Was wissen Sie eigentlich über Ihren Schwiegersohn? Über seine Familie, seine Jugend?"

„Ich weiß praktisch gar nichts. Inga auch nicht."

„Hm", machte Kronborg. Ingas Eltern waren in Dänemark gewesen und hatten wahrscheinlich keine deutschen Zeitungen gelesen. Vom Doppelmord an den alten Lenowskys wussten sie nichts. Aber es konnte jetzt sehr rasch geschehen, dass die Presse Wind von der Existenz des einstigen Pflegesohns bekam, und dann würde Marius Hagenau in den Blättern auftauchen. Besser, wenn Ingas Familie vorher Bescheid wusste.

„Ihnen war nicht bekannt, dass Marius Peters im Alter von sechs Jahren seinen leiblichen Eltern weggenommen wurde?", fragte Kronborg.

Am anderen Ende der Leitung entstand ein kurzes, fassungsloses Schweigen, dann wurde hörbar geatmet. „Nein", sagte Ingas Mutter, „nein. Das war mir nicht bekannt. Und meiner Tochter mit ziemlicher Sicherheit auch nicht."

„Marius Peters ist bei Pflegeeltern groß geworden. Fred und Greta Lenowsky. Ein Rechtsanwalt und seine Frau."

Ihr Atem ging schneller. „Was … was ist mit meinem Schwiegersohn, Herr Kommissar? Was hat er mit dem Verbrechen zu tun, das Sie erwähnt haben? Was ist mit seinen Pflegeeltern?"

„Sie wurden ermordet", sagte Kronborg, „aber es gibt keinen gesicherten Anhaltspunkt dafür, dass Marius Hagenau etwas damit zu tun hat."

Sie glaubte ihm nicht. Sie rief nach ihrem Mann, und während sie rief, brach ihre Stimme und ging in entsetztes, fassungsloses Schluchzen über.

INGA keuchte, als sie die letzten Stufen nach oben erklomm. Aber die Todesangst mobilisierte Kräfte, von denen sie nichts geahnt hatte.

Sie war die ganze Zeit über nicht einmal stehen geblieben. Sie war zwischen den Felsen hinuntergehuscht wie ein Wiesel. Sie langte ohne Katastrophe unten an, stolperte durch den Sand, schaute einmal kurz zurück und erwartete voller Angst, Marius als riesigen schwarzen Schatten hoch über sich auf den Klippen zu sehen. Aber dort war niemand. Entweder hatte er ihre Flucht noch nicht entdeckt, oder aber ihm kam keinen Moment lang der Gedanke, sie könnte den absurden Weg über den Strand gewählt haben.

Gott gebe, dass ich bis ins Dorf hinunter durchhalte, dachte sie.

Sollte Marius ihren Weg doch durchschaut haben, hätte es ihm ähnlich gesehen, sie hier oben mit einem kalten Lächeln zu erwarten, und so begann ihr Herz wie rasend zu schlagen, als sie sich zwischen den letzten beiden Felsen hindurch auf die Anhöhe schwang.

Aber niemand tauchte aus der Dunkelheit auf, niemand packte mit hartem Griff ihren Arm. Keine Schritte waren zu hören. Unter ihr rauschte das Meer, und irgendwo schrie eine Möwe. Sonst blieb alles still.

Sie bewegte sich gebückt, denn noch immer hätte man sie von den Felsen auf der anderen Seite sehen können. Ein Stück weiter stellte sie durch einen Blick über die Schulter fest, dass man sie nun von Rebeccas Seite aus nicht mehr sehen konnte, und so riskierte sie es endlich wieder, sich aufrecht zu bewegen. Sie hatte Seitenstechen, und ihre Lungen schmerzten. Obwohl es auf dem riesigen Grundstück einen Umweg für sie bedeutete, schlug sie den Bogen zum Haus in der winzigen Hoffnung, es könnte doch jemand dort sein.

Die braunen Fensterläden waren fest verschlossen, und in ihren Scharnieren wuchsen Spinnweben. Nirgendwo sickerte ein Lichtstrahl nach draußen. Keine Sommergäste in diesem Jahr.

Inga hielt kurz inne, versuchte ihren Atem zu beruhigen. Jetzt kam der gefährlichste Teil des Weges, wenn sie wieder zurück und versuchen musste, an Rebeccas Haus vorbei das Dorf zu erreichen. Jedes Geräusch konnte sie verraten. Sie konnte sich nicht vorstellen, dass Marius noch nichts bemerkt haben sollte, und voller Angst fragte sie sich auch, was dieser Umstand für Rebecca bedeuten würde. Traf sie jetzt seine unberechenbare Wut? Musste sie Ingas Flucht ausbaden?

Die Wildnis gegenüber von Rebeccas Haus erwies sich nun als Ingas wichtigste Verbündete. Sie hielt sich so tief im Gestrüpp, wie sie nur konnte. Das Vorankommen war extrem schwierig, oft versperrten ihr dornige Zweige den Weg, und sie musste sich umständlich und unter hohem Zeitverlust in weiten Bogen daran vorbeiquälen. Dabei durfte sie keinesfalls die Richtung verlieren. Wenn sie zu weit von der Straße abkam, konnte es ihr passieren, dass sie am Ende sogar noch im Kreis lief.

Ruhig atmen. Nicht keuchen. Ganz ruhig atmen. Sie tauchte an einer Brombeerhecke vorbei, und ein langer, dorniger Zweig riss ihr einen tiefen, schmerzhaften Streifen über das ganze rechte Bein. Sie war immer noch im Nachthemd, und sie hätte im Moment ein Vermögen für eine Jeans gegeben. Die Tränen schossen ihr in die Augen, und sie musste die Zähne zusammenbeißen. Sie spürte, wie ihr das Blut über die Knöchel lief.

Angestrengt spähte sie hinüber. Sie erkannte die Straße wieder und schloss die Augen vor Erleichterung. Nach ihrer Berechnung musste sie an Rebeccas Haus knapp vorbei sein. Wenn sie nicht alles täuschte, befand sie sich genau gegenüber von dem verwilderten Garten, in dem sie und Marius ihr Zelt aufgebaut hatten. Das, so schien es ihr in diesem Moment, war in einer anderen Zeit gewesen. In einem anderen Leben.

Weiter, weiter. Instinktiv zog sie sich ein Stück tiefer in die Wildnis zurück. Es war gut zu wissen, wo die Straße verlief, aber keinesfalls durfte sie zu sehr in deren Nähe geraten.

Sie kroch, robbte, schob sich weiter. Wenn sie so weitermachte wie jetzt, wäre sie nicht vor Ablauf von zwei oder drei Stunden in Le Brusc – unerheblich, was sie selbst betraf, aber möglicherweise eine Tragödie für Rebecca. Nach ihrer vagen Vorstellung musste sie sich einen knappen Kilometer vom Haus ihrer Gastgeberin entfernt befinden. Das dürfte reichen.

Sie bewegte sich in Richtung Straße. Dichtes Unterholz sowie wild wuchernde Brombeerranken machten das Vorwärtskommen fast unmöglich. Mehr als einmal hörte Inga, wie der Stoff ihres Nachthemdes riss, und auch sie selbst trug zahlreiche Verletzungen davon.

Da lag wieder die Straße, dunkler als vorher, da die Bäume rechts und links das Mondlicht auffingen. Inga holte tief Luft und setzte alles auf eine Karte: Sie verließ das schützende Dickicht und bewegte sich nun aufrecht entlang der Straße – sichtbar für jeden, der des Wegs kommen würde.

Inga erhöhte nun ihre Geschwindigkeit, obwohl ihre Beinmuskeln nach dem langen Kriechen fast unerträglich schmerzten. Kleine Steinchen auf dem Asphalt bohrten sich bösartig in ihre Füße. *Laufen, laufen, laufen. Schmerzen ignorieren. Nicht zurückschauen. Nicht im Tempo nachlassen. Du hast später alle Zeit der Welt auszuruhen. Aber nicht jetzt. Nicht jetzt.*

Sie hörte den Motor eines Autos, noch ehe sie die Lichter sah. Sie blieb abrupt stehen. Und nun bemerkte sie auch den Lichtschein, der durch die Bäume fiel.

Mitten in der Nacht, auf dieser einsamen Landstraße, traf sie auf ein Auto! Jemand, der ihr helfen konnte. Der sie mitnahm, der die Polizei verständigte. Vor Erleichterung schossen ihr die Tränen in die Augen. Sie konnte nicht mehr! Sie war am Ende.

Mit letzter Kraft schleppte sie sich zur Mitte der Straße. Hob die Arme und winkte.

Die Scheinwerfer kamen jetzt direkt auf sie zu. Sie blendeten so, dass sie das Auto nicht erkennen konnte. Es wurde noch langsamer. Der Fahrer empfindet mich bestimmt auch als Bedrohung, dachte sie, aber er ist auch vorher schon sehr langsam gefahren. Weshalb kriecht einer hier so zögernd entlang?

Und im selben Moment traf sie die Erkenntnis, die Antwort auf ihre Frage, und ihr wurde übel vor Entsetzen.

Wie hatte sie so dumm sein können? Wer kroch hier wohl um diese Zeit mit einem Auto entlang? Jemand, der nach etwas suchte und es unter allen Umständen finden wollte. Jemand, der einen Flüchtenden verfolgte und nicht so blöd gewesen war, die Jagd zu Fuß aufzunehmen.

Er hatte sich Rebeccas Auto geschnappt. Er war die Straße bis zum Ende gefahren, und nun fuhr er sie langsam zurück, weil er wusste, dass ihm sein Opfer dabei in die Arme laufen musste, es war nur eine Frage der Zeit.

Aber sie hatte es ihm besonders leicht gemacht. Stellte sich mitten auf die Straße und winkte.

Alles zu Ende. Verloren. Es ist vorbei.

Der Brechreiz überwältigte sie fast.

In einem instinktiven, nutzlosen Fluchtversuch wankte sie zur Seite, mühte sich ab, wieder in das Dickicht einzutauchen. Die Brombeerranken schlugen ihre scharfen Dornen in ihre Arme und in ihr Gesicht, sie weinte vor Schmerz und vor Angst und schaffte es nicht, eine Stelle zu finden, an der sich ihr ein Durchkommen ermöglicht hätte. Ihre Beine knickten ein, sie fiel auf die Erde, das Gesicht auf einem weichen Bett aus Moos, und sie wusste, gleich würde sie gepackt werden, hochgerissen, und dann würde er sie töten.

Sie hörte die Autotür. Es war das Ende.

Unerwartet sanfte Hände fassten ihre Schultern. Sehr behutsam wurde sie umgedreht. Sie hielt die Augen geschlossen, hob den Arm schützend vor ihr Gesicht.

„Inga!“, sagte eine Männerstimme tief erstaunt. Es war nicht die Stimme ihres Mannes.

Sie öffnete die Augen. Die Scheinwerfer des Autos gaben genug Licht. Sie erkannte Maximilians Gesicht.

Voller Verwunderung und Besorgnis starrte er sie an. „Inga“, wiederholte er, „um Gottes willen!“

Sie wollte etwas sagen. Aber ihre Stimme versagte ihr den Dienst, und alles, was sie herausbrachte, war ein undeutliches Krächzen.

ES ROCH durchdringend nach etwas Angebranntem. Das ganze Haus war davon erfüllt. Rebecca hoffte, dass sich nichts Entzündliches in der Nähe der offenbar glühenden Herdplatte befand. Es war fraglich, ob Marius auf ein in Flammen stehendes Haus überhaupt reagieren würde.

Er saß Rebecca gegenüber auf dem Fußboden des Schlafzimmers, zu einem Häufchen Elend zusammengesunken. Seine verschwitzten Haare standen in alle Himmelsrichtungen vom Kopf ab. „Sie hat mich verlassen. Sie hat mich nie geliebt. Ich bin ein Nichts in ihren Augen."

Rebecca wusste, dass sie alles, was sie jetzt sagte, sehr vorsichtig abwägen musste. Ihre Lage hatte sich verschärft. Und das gerade zu dem Zeitpunkt, da es ihr gelungen war, Marius ein klein wenig zu entspannen.

Er hatte ihr schreckliche Dinge erzählt. Erniedrigungen und Demütigungen, die ihm von Fred Lenowsky angetan worden waren. Davon, wie Greta schweigend zugesehen hatte. Und er hatte von seinem Gespräch mit Sabrina Baldini berichtet.

„Ich habe ihr das alles erzählt. Alles, hörst du, alles, was ich auch dir erzählt habe. *Kinderruf* – dass ich nicht lache! Wenn es hart auf hart kam, habt ihr ein Kind hängen lassen."

Rebecca hatte begonnen, ihn zu verstehen. Seinen Hass, seine Verbitterung. Und das Seltsamste für sie war: Sie glaubte ihm jedes Wort. Marius mochte krank sein, er mochte ein Psychopath sein, was angesichts der Geschehnisse in seiner Jugend nicht verwunderte, aber er log nicht. Sie fühlte den echten Schmerz, den die Erinnerungen in ihm wachriefen.

Er log nicht, aber leider machte ihn das nicht weniger gefährlich. Im Gegenteil.

Sie hatte ihm erklärt, von seinem Anruf beim Sorgentelefon nichts gewusst zu haben, und da war er für einige Momente sehr zornig geworden.

„Du versuchst, deine Haut zu retten", erklärte er verächtlich, „du weißt, dass du in der Falle sitzt. Du bist ein jämmerliches Stück Dreck, hat dir das noch niemand gesagt?"

„Ich würde es zugeben, wenn ich es gewusst hätte. Aber ich hatte mit dem Sorgentelefon nichts zu tun. Nur wenig von dem, was dort gesprochen wurde, ist überhaupt je zu mir gelangt. Verstehen Sie, ich war die Geschäftsführerin des Vereins. Ich hatte im Wesentlichen mit der Verwaltung zu tun. Mit den Geldern, die wir bekamen, mit der Bezahlung meiner Mitarbeiterinnen. Solche Dinge."

Sie konnte sehen, dass ihm ihre Ausführungen einzuleuchten begannen, auch wenn er sich noch dagegen sträubte.

„Marius, wenn Sie mir die Möglichkeit geben, werde ich versuchen, das Versäumnis meines Vereins wieder gutzumachen. Ich werde die Sache aufrollen, und vielleicht gelingt es mir zu erreichen, dass die Verantwortlichen von damals zur Rechenschaft gezogen werden. Allen voran Fred Lenowsky. Aber auch andere. Die ganze Seilschaft. Ich weiß, das ändert nichts mehr an den langen Jahren des Leidens, die Sie durchstehen mussten, aber vielleicht nimmt es Ihnen einen Teil Ihres Gefühls, auf ewig das Opfer zu sein, wenn die Täter nicht ganz ungeschoren davonkommen."

Sie hatte ihn erreicht, das konnte sie spüren, und von da an war es bergauf gegangen. An dem Gedanken, alle seine Peiniger auf einer Anklagebank vorzufinden, konnte er sich geradezu festhalten. Er lief auf und ab, wie befreit plötzlich von der tiefen Müdigkeit, die ihm in den Stunden zuvor so sehr zu schaffen gemacht hatte, warf mit Namen um sich, sprach von Beweisen, die er beschaffen konnte, und von Strategien, die man anwenden würde, alle Schuldigen zu erreichen. Etwas Wichtiges war ihr gelungen: Sie hatte sich zu seiner Verbündeten gemacht. Solange er in ihr die Komplizin sah und nicht die Feindin, hing ihr Leben nicht mehr ausschließlich an einem seidenen Faden. Es würde jedoch ein Balanceakt werden, in ihm das Gefühl wach zu halten, dass sie auf seiner Seite stand. Er war krank, er war schwer gestört. Und dadurch blieb er letztlich für sie unberechenbar.

Irgendwann hatte er verkündet, er werde etwas zu essen kochen. Sie hatte dies als ausgesprochen gutes Zeichen gewertet. Als einen winzigen Schritt zurück zur Normalität.

Sie hatte ihn in der Küche mit allerhand Geschirr klappern hören, Schränke und Schubladen gingen auf und zu, einmal pfiff er sogar leise vor sich hin.

Und dann war es zu der Katastrophe gekommen.

Sie hatte ihn von unten her plötzlich brüllen hören: „Das kann nicht wahr sein! Das gibt's doch gar nicht!" Türen schlugen, Fensterscheiben klirrten. Rebecca hörte ihn im Garten nach seiner Frau rufen. „Inga! Inga, verdammt, wo bist du? Inga, komm sofort zurück! Wenn du nicht sofort da bist, wirst du mich kennen lernen!"

Jetzt dreht er durch, dachte Rebecca. Ihre Chancen, die ganze Geschichte zu einem guten Ausgang zu führen, waren erheblich gesunken.

Irgendwann war Marius wieder heraufgekommen. Schweißnass im Gesicht, fahl, mit grauen Lippen und zitternden Händen.

„Ich verstehe das nicht. Ich verstehe das nicht! Was hat sie mir nicht immer alles erzählt! Dass sie mich liebt, dass sie für immer mit mir zusammen sein will … Und jetzt das! Jetzt tut sie so etwas!"

„Es ist doch nicht so, dass sie Sie nicht mehr liebt, Marius. Aber sie hatte Angst. Versuchen Sie doch einmal, sich in ihre Lage zu versetzen. Sie haben sie gefesselt. Bedroht. Sie musste doch denken, sie ist in einem Albtraum gelandet. Haben Sie ihr überhaupt irgendetwas erzählt?"

Für einen Moment schien er fähig, Schmerz und Wut beiseite zu schieben und nachzudenken. „Ich habe ihr von meinen Eltern erzählt. Von meinen richtigen Eltern. Dass es … dass es da Probleme gab. Sie weiß von der Sozialtante, die unser Leben zerstört hat. Ich glaube … ich glaube“, sagte er verunsichert, „mehr weiß sie nicht.“

Rebecca sprang sofort darauf an. „Sehen Sie! Wenn sie von den Lenowskys gar nichts weiß, dann kann sie Sie nicht verstehen! Wie sollte sie denn? Dann muss ihr doch Ihr Verhalten ganz unverständlich erscheinen, und ganz sicher hatte sie inzwischen nur noch schreckliche Angst. Deshalb ist sie davongelaufen.“

Marius starrte Rebecca an, feindselig jetzt und unzugänglich. „Ach, halt's Maul mit dem Therapeutenquatsch“, sagte er, „das sind doch alles nur dumme Sprüche!“

„Marius, ich …“

„Ich hab gesagt, du sollst dein Maul halten!“, brüllte er. Er sprang auf. „Kannst du mir mal sagen, für wie blöd du mich hältst? In deinen Augen bin ich ein Stück Dreck, stimmt's?“

Nicht schon wieder, dachte sie, und ehe ihre Vernunft einschreiten und ihr gebieten konnte, vorsichtig zu sein und sich zu beherrschen, platzte sie heraus: „Jetzt hören Sie doch endlich mal mit dieser ewigen Leier auf!“

Er starrte sie entgeistert an. Und sie dachte entsetzt: Du bist wahnsinnig. Provozierst ihn auch noch! Lieber Gott, wie konnte ich das sagen?

Zu ihrer Überraschung geschah nichts. Im Gegenteil, Marius schien sich sogar ein klein wenig zu beruhigen.

„Okay“, sagte er, „okay. Ich muss überlegen.“ Wieder ein paar große Schritte auf und ab. „Sie geht zur Polizei“, sagte er, „glaub mir, ich kenne Inga. Das heißt, bis die Bullen hier aufkreuzen, müssen wir weg sein.“

Rebecca erschrak zutiefst. Eine Flucht mit dem geisteskranken Marius durch die Nacht würde die Situation dramatisch verschärfen. „Das nutzt doch nichts, Marius. Wohin sollten wir fliehen? Sie finden uns doch, und …“

„Sei still!“, schnauzte er, „ich habe einen Plan. Wir nehmen das Schiff.“

„Das Schiff?“

„Damit segeln wir rüber nach Afrika.“

Er war völlig verrückt. „Das schaffen wir nicht. Ich habe nie einen Segelschein gemacht, ich würde dir nicht helfen können.“

Er musterte sie verächtlich. „Ich brauche deine Hilfe nicht. Ich bin ein sehr guter Segler. Wir hauen ab. Ich habe nichts mehr zu verlieren.“

Sie fragte sich, was er damit meinte, und brach in Tränen aus, während er anfing, ihre Fesseln zu lösen.

MAXIMILIAN half Inga vorsichtig auf die Beine. Sie realisierte, dass sie am ganzen Körper zitterte.

„Langsam“, sagte er beruhigend, „langsam. Es ist alles in Ordnung, Inga. Beruhigen Sie sich.“

Er hatte keine Ahnung. Nichts war in Ordnung. Sie versuchte, Worte zu formen, brachte aber keinen Laut hervor.

„Sie werden mir gleich alles erzählen“, sagte er. Offenbar bemerkte er ihre vergeblichen Anstrengungen. „Aber erst einmal atmen Sie ganz tief durch. Kommen Sie. Setzen Sie sich in mein Auto.“

Auf seinen Arm gestützt, humpelte sie zum Wagen. Sie sank auf den weichen Beifahrersitz, und es war ein sich auf eigenartige Weise wiederholendes Gefühl: wie damals – es schien Ewigkeiten her zu sein und lag doch nur acht Tage zurück –, als sie am Straßenrand in jenem gottverlassenen Dorf gekauert hatte. Maximilian hatte ein Talent aufzutauchen, wenn nichts mehr ging.

Aber du darfst dich jetzt nicht fallen lassen. Rebecca ist in höchster Gefahr!

Er setzte sich neben sie, schaltete den Motor aus und knipste das kleine Lämpchen über dem Rückspiegel an.

Sie konnte sehen, wie er bei ihrem Anblick, den er jetzt zum ersten Mal richtig wahrnahm, erschrak.

„Mein Gott“, sagte er, „Ihr Gesicht … wer war das?“

Sie erinnerte sich an ihr geschwollenes Auge. Dazu kamen ihr zerrissenes Nachthemd und die vielen blutigen Kratzer auf ihren Beinen.

„Marius“, sagte sie, „wir müssen … er ist gefährlich …“

In Maximilians Augen trat ein angespannter Ausdruck. „Hat Marius Sie so zugerichtet?“

Sie nickte. „Er … ist verrückt, Maximilian. Völlig verrückt.“

„Wo ist er?“

„Bei Rebecca. Ich … ich konnte fliehen, aber sie befindet sich noch mit ihm im Haus.“

Maximilian schaltete das Licht aus und ließ den Motor an. Die Scheinwerfer beleuchteten die Straßenränder und die Bäume, machten den Wald zu einem unheimlichen, gespenstischen Ort.

„Wir müssen zur Polizei“, sagte Inga.

Maximilian schüttelte den Kopf. „Das dauert zu lang. Nein, wir fahren jetzt direkt zu Rebecca.“

„Wenn wir anrufen …“

Er starrte auf die Straße. „Der Akku meines Handys ist leer. Und Sie haben wohl keines dabei." Das war eine Feststellung, keine Frage.

„Er ist wirklich gefährlich, Maximilian! Unterschätzen Sie ihn nicht."

„Ich weiß", sagte Maximilian. Er fuhr schnell und konzentriert. Sein Gesicht war sehr angespannt.

„Sie wissen das?"

„Was glauben Sie, warum ich hier mitten in der Nacht aufkreuze?" Er sah sie kurz an, blickte dann wieder nach vorn. „Sie haben hier wohl keine deutsche Zeitung gelesen, oder? Ein altes Ehepaar ist ermordet worden. Wie die Polizei herausgefunden hat, hatten die alten Leute einen Pflegesohn. Marius."

Inga versuchte zu begreifen, was er da sagte. In ihrem Kopf begann sich alles zu drehen.

„Marius?", wiederholte sie.

„Ich weiß nur, was in den Zeitungen steht", sagte Maximilian, „Tatsache ist, dass die deutsche Polizei intensiv nach Marius fahndet. Es wird wohl nicht direkt ausgesprochen, aber es ist die Rede von einem sehr schlechten Verhältnis zwischen ihm und seinen Pflegeeltern. Kann sein, er gilt als Verdächtiger."

Inga wurde das schwindlige Gefühl nicht los. „Er hat mir erzählt, dass er seinen leiblichen Eltern weggenommen wurde", sagte sie. Ihre Stimme war beinahe tonlos. „Er ist misshandelt worden. Gestern hat er es mir gesagt. Vorher hatte ich keine Ahnung."

„Ich habe gestern Abend sein Bild in der Zeitung gesehen. Und dann habe ich es nicht mehr ausgehalten. Ich bin in aller Herrgottsfrühe heute los." Maximilian schlug mit der Faust auf das Lenkrad.

Inga sah ihn von der Seite an. Seine Lippen waren weiß und fest aufeinander gepresst. Er liebt Rebecca, dachte sie, er ist krank vor Sorge um sie.

Als wüsste er, was sie gedacht hatte, sagte er: „Ich bin von hier abgereist, weil sie mir deutlich zu verstehen gegeben hat, dass sie mich nicht haben möchte in ihrem Leben. Aber dann sah ich das Bild von Marius, und letztlich war ich ja auch noch derjenige, der ihn Rebecca sozusagen vor die Haustür gesetzt hat. Ich hatte auf einmal ein ganz schreckliches Gefühl – und es hat mich ja wohl nicht getrogen." Er warf einen vielsagenden Blick auf Ingas grün und blau geschlagenes Gesicht.

„Glauben Sie, er hat seine Pflegeeltern umgebracht?", fragte Inga. Sie kannte die Antwort.

„Ja", antwortete Maximilian knapp. Er bremste und schaltete die Scheinwerfer seines Wagens ab. Inga sah von ihm jetzt nur noch die Umrisse.

„Wie sagten Sie eben noch, Inga? Er ist verrückt. Völlig verrückt." Er öffnete die Wagentür. „Die letzten Meter gehe ich zu Fuß. Die sollen mich nicht kommen hören."

„Ich begleite Sie", sagte Inga und wollte aussteigen.

Nicht grob, aber sehr energisch drückte er sie in den Sitz zurück. „Sie sind völlig fertig. Sie können mir im Moment überhaupt nicht helfen. Sie warten hier. Sagen Sie mir nur, wo im Haus sich die beiden befinden."

„Rebecca ist oben in ihrem Schlafzimmer. Gefesselt. Marius war zuletzt unten in der Küche. Aber inzwischen … ist er entweder wieder bei ihr, oder er sucht mich." Sie musste heftig schlucken. „Maximilian, wenn er hier plötzlich aufkreuzt …"

„Ganz ruhig. Wenn ich jetzt draußen bin, betätigen Sie die Zentralverriegelung. So schnell kommt dann keiner hier herein. Und sollte er wirklich auftauchen, dann hupen Sie. Ich höre Sie und komme sofort. In Ordnung?"

Er lächelte sie an, dann verließ er das Auto. Inga vergrub ihr Gesicht in den Händen. Sie hatte Angst, und es erschien ihr fast unerträglich, warten zu müssen und nicht zu wissen, was geschah.

Es war klar, dass Maximilian recht getan hatte, sie nicht mitzunehmen. Ihre körperliche Schwäche wurde ihr von Minute zu Minute stärker bewusst. Sie hatte seit Ewigkeiten nichts gegessen und getrunken. Im Grunde konnte sie sich nicht vorstellen, auch nur einen einzigen Schritt zu tun.

Jedoch empfand sie es zunehmend als Folter, hier zu sitzen. Wie viel Zeit war eigentlich verstrichen? Zwanzig Minuten? Eine halbe Stunde? Die Uhr im Wagen zeigte auf fast halb zwölf, aber das brachte Inga nicht viel weiter, weil sie versäumt hatte, die Zeit zu kontrollieren, als Maximilian sie verlassen hatte. Es schien ihr eine Ewigkeit her zu sein. Hätte Maximilian nicht längst zurück sein müssen, wenn es ihm gelungen wäre, Rebecca zu befreien?

Das alles dauerte zu lang. Irgendetwas stimmte da nicht. Es würde ihr nichts übrig bleiben, als auszusteigen und selbst noch einmal zum Haus zu laufen. Nachzusehen, ob Maximilian in Bedrängnis war.

Fraglich blieb, ob sie es in ihrem geschwächten Zustand schaffen würde, Rebeccas Haus zu erreichen. Sie war entsetzlich durstig. Im Dunkeln tastete sie auf dem Rücksitz herum. Vielleicht hatte er etwas zu trinken dort. Ihre Hand fand einen kleinen, harten Gegenstand. Ein Handy.

Sie holte es nach vorne und starrte überrascht auf das Display, dessen Beleuchtung sie mit ihrer Berührung angeschaltet hatte. Das Handy hatte vollen Empfang und war vollständig geladen. Wieso hatte Maximilian vorhin behauptet, das Gerät sei leer und man könne nicht telefonieren? Vielleicht hatte er sich einfach geirrt. Oder …

Oder er wollte nicht, dass die Polizei kommt, dachte Inga, er will Rebecca befreien, er allein. Vielleicht sieht er darin seine Chance, ihr Herz zu gewinnen. Männer können sich so schrecklich idiotisch aufführen.

Es half ihr nicht viel, über ein Telefon zu verfügen, da sie die Notrufnummer der französischen Polizei nicht kannte. Entschlossen löste sie die Zentralverriegelung und stieß die Autotür auf. Das Handy steckte sie unter ihr Nachthemd in den Gummibund ihrer Unterhose; vielleicht konnte sie es noch brauchen.

Freitag, 30. Juli

Das Haus lag so dunkel und schweigend, als sei es verlassen. Nirgends ein Lichtschein. Nichts bewegte sich. Nur die Bäume entlang des Zauns im Vorgarten raschelten leise im Nachtwind.

Inga nutzte den Schutz der Bäume, um das Haus zu erreichen. Als sie mit den Händen die dicken, steinernen Mauern berührte, merkte sie erst, dass sie auf den Metern durch den Garten nicht geatmet hatte.

Direkt über ihr befand sich das eingeschlagene Fenster der Toilette. Marius hatte es wieder geschlossen, aber es bereitete ihr keine Probleme, das hoch gelegene Fenster zu öffnen, sie war zum Glück groß genug. Als wesentlich schwieriger erwies es sich, die Kraft zu finden, um sich mit einem Klimmzug auf das Fensterbrett hochzustemmen.

Beim vierten Anlauf war sie oben und schaffte es, ihr rechtes Bein nach innen zu schwingen, sodass sie nun rittlings im Fensterrahmen saß. Ihr Herz raste von der Anstrengung.

Endlich rutschte sie auf der Innenseite hinunter, kam mit den Füßen auf der Toilette zu stehen und stieg von dort auf den Fußboden.

Zu spät fiel ihr ein, dass dort noch alles voller Glasscherben lag. Erst ein scharfer Schmerz in ihrem rechten Fuß brachte ihr diesen Umstand ins Gedächtnis.

Sie fühlte warmes Blut zwischen ihren Zehen hindurchquellen. Als ob ihre Lage nicht auch so schon schlimm genug gewesen wäre, hatte sie sich nun auch noch eine erhebliche Verletzung zugezogen.

Sie humpelte hinaus in den Flur. Auch hier brannte kein Licht, aber durch die Küche fiel Mondschein herein, und sie konnte in Umrissen die Möbel sehen und die Treppe, die nach oben führte. Es herrschte völlige Stille.

„Maximilian?“, wisperte sie, und dann: „Rebecca?“

Aber niemand antwortete.

So leise sie konnte, schlich sie die Treppe hinauf, wobei sie den schneidenden Schmerz in ihrem Fuß zu ignorieren versuchte.

Auch oben brannte nirgends Licht, und sie fragte sich, wer es wohl überall im Haus gelöscht hatte. Marius? Maximilian? Und warum?

Am Ende des Ganges lag Rebeccas Schlafzimmer, gleich neben der Treppe, die zum Gästezimmer unter dem Dach führte. Hier konnte absolut Entsetzliches auf sie warten.

Inga schob langsam und voller Angst die Tür auf.

Auf dem Fußboden mitten im Zimmer lag eine Gestalt. Inga hörte ein leises, keuchendes Atmen; es klang, als ringe jemand um jeden Atemzug.

„Rebecca?“

Es kam keine Antwort.

Sie huschte ins Zimmer, kauerte neben der Gestalt nieder. Im Schein des Mondes erkannte sie Marius’ kalkweißes Gesicht, das von Schweiß überströmt war. Sein ungewaschenes, stinkendes T-Shirt war nass und roch durchdringend nach Blut. Marius lag hier im Zimmer, schwer verletzt, und verblutete. Sein Atem hörte sich an, als ringe er mit dem Tod.

„Marius“, flüsterte sie. Sehr vorsichtig nahm sie seinen Arm hoch und fühlte seinen Puls. Er war schwach und langsam.

Wo, zum Teufel, waren Maximilian und Rebecca? Offenbar war Maximilians Vorhaben geglückt, er hatte Marius außer Gefecht gesetzt. Auf welche Weise eigentlich? Hatte er ein Messer gehabt? Eine so stark blutende Wunde konnte man nur mithilfe einer Waffe herbeiführen.

Draußen im Gang schaltete sie das Licht ein. Sofort sah alles um sie herum normaler, Vertrauen erweckender aus. Der weiße hölzerne Schrank, das Bild an der Wand, das ein Lavendelfeld zeigte … Und doch lag dort hinten in dem Zimmer ihr Mann, schwer verletzt, um Atem ringend, und er hatte möglicherweise zwei alte Leute auf grausame Weise umgebracht. Es war unvorstellbar. Inga konnte spüren, dass das ungeheuerliche Ausmaß dieser Nachricht noch gar nicht wirklich von ihr begriffen wurde.

Marius stellte keine Gefahr mehr dar. Rebecca war frei. Warum wurde sie, Inga, das Gefühl einer Bedrohung nicht los?

Sie humpelte die Treppe hinunter und schaltete auch im unteren Flur das Licht an. „Rebecca!“, rief sie. „Ich bin es, Inga! Maximilian! Wo seid ihr?“

Sie hatte das Wohnzimmer erreicht, öffnete die Tür. Ihre Augen mussten sich an das Dämmerlicht gewöhnen. Die Fensterläden waren geschlossen, kein Mondlicht sickerte ein, aber es brannten ein paar Kerzen. Auf dem Stuhl, auf dem Inga so viele Stunden gefesselt, elend und gequält gesessen hatte, saß nun Rebecca. Sie war nicht gefesselt, aber sie sah entsetzlich aus, was sogar in der seltsam schummrigen Beleuchtung zu erkennen war. Strähnige, wirre Haare, kreidebleich, tiefe Ringe unter den Augen. Ihr gegenüber, auf einem anderen Stuhl, saß Maximilian.

Das Bild drang langsam und schwerfällig in Ingas Bewusstsein, und sie dachte: Wie seltsam. Wieso sitzen die hier bei Kerzenlicht herum?

Im selben Moment, da sie dies dachte, öffnete Rebecca den Mund. Sie schrie so plötzlich, dass Inga entsetzt zusammenfuhr: „Verschwinde, Inga! Lauf weg! Lauf, so schnell du kannst! Er ist wahnsinnig! Lauf doch weg!"

Sie begriff nicht. Marius konnte keiner Fliege mehr etwas zuleide tun. Wusste Rebecca das noch nicht?

Sie wollte ihr antworten, wollte ihr erklären, dass sie keine Angst mehr zu haben brauchte. Da fiel ihr Blick auf Maximilian. Er hatte eine Pistole in der Hand, und er grinste sie an – krank und gemein.

WIE HEISST der Ort?", fragte Kronborg. „Können Sie mir das bitte buchstabieren?"

Es war kurz nach sieben am Morgen, und er befand sich schon wieder in seinem Büro. Außer ihm war noch kein Mensch in der Abteilung. Er hatte die aufgeregte Sabrina Baldini am Telefon.

„Le Brusc", wiederholte er, „Gemeinde Six Fours. Da sind Sie sicher?"

Sabrina klang hektisch. „Ganz sicher. Ich wusste genau, dass noch irgendwo ein Brief sein musste, den mir Rebecca vor ein paar Jahren aus dem Urlaub geschrieben hatte. Da stand auch der Absender. Ich bin jetzt richtig erleichtert, dass ich Sie so früh erreichen konnte. Um diese Uhrzeit hatte ich gar nicht damit gerechnet."

„Ich bin ein Frühaufsteher", behauptete Kronborg. „Also dort, in Le Brusc, hatte sie ihr Ferienhaus?"

„Ja. Zusammen mit ihrem Mann. Ich meine, die Wahrscheinlichkeit, dass sie sich dorthin zurückgezogen hat, ist recht groß, weil ihr Mann den Ort so geliebt hat. Natürlich kann man es nicht genau wissen, aber …"

„Aber wir können versuchen, sie dort aufzustöbern", sagte Kronborg. „Das war ein sehr wichtiger Hinweis, Frau Baldini."

„Ja … hoffentlich", meinte Sabrina zaghaft.

Kronborg hatte feine Antennen, er nahm Schwingungen wahr, die andere gar nicht bemerkten. Diese Fähigkeit war unerlässlich in seinem Beruf. Er spürte, dass Sabrina Baldini noch irgendetwas loswerden wollte, sich aber nicht durchringen konnte, den Anfang zu machen.

„Haben Sie noch etwas auf dem Herzen?“, fragte er.

„Ich … es hat wahrscheinlich mit all dem gar nichts zu tun, aber … ich muss da immer an etwas denken … Sie wissen ja vielleicht, dass ich von meinem Mann getrennt lebe?“

„Sie erwähnten das, ja.“

„Der Grund für unsere Trennung war …“ Es war Sabrina sichtlich peinlich, mit der Sprache herauszurücken. „Ich hatte vor einem Jahr eine Affäre. Genauer gesagt, vom Dezember des vorletzten Jahres bis zum November letzten Jahres.“

Kronborg begann sich nun ebenfalls zu fragen, wo der Zusammenhang liegen mochte. „Frau Baldini“, setzte er an, mit einer ersten leisen Ungeduld in der Stimme, die ihr zeigen sollte, dass es nicht seine Aufgabe war, anderen Menschen eine Generalbeichte abzunehmen.

„Mich beschäftigt der Gedanke, dass ich … diesem Mann von der Sache erzählt habe“, sagte Sabrina hastig. „Von der Sache mit Marius Peters. Das muss natürlich gar nichts bedeuten, aber …“

Kronborg war jetzt ganz hellhörig. „Sie haben Ihrem … Liebhaber von Marius Peters erzählt? Weshalb?“

„Er … also, mein Freund, er wollte immerzu über Rebecca Brandt sprechen. Am Anfang nicht so sehr, aber es wurde dann immer intensiver. Das war schließlich auch der Grund, weshalb ich die Geschichte beendet habe. Weil ich das Gefühl bekam, dass es ihm überhaupt nicht um mich ging. Sondern nur um Rebecca.“

„Kannte er sie denn? Rebecca Brandt, meine ich?“

„Ja“, sagte Sabrina, „ich habe ihn ja in ihrem Haus kennen gelernt. Bei einer Weihnachtsfeier, die sie und ihr Mann veranstaltet haben.“

„Das müssen Sie mir jetzt alles ganz genau erzählen“, sagte Kronborg. Sein Instinkt sagte ihm, dass hier etwas sein konnte. „Wie heißt der Mann?“

„Maximilian. Maximilian Kemper.“

WARUM hatte sie nicht gleich gemerkt, dass etwas nicht stimmte? Warum waren ihr nicht die Ungereimtheiten ins Auge gefallen?

Inga wusste, dass sie einen furchtbaren Fehler gemacht hatte. Maximilian war ihr Retter in der Not gewesen, und nichts von dem, was er sagte, hatte sie stutzig werden lassen. Er hatte Marius' Bild in der Zeitung entdeckt und erfahren, dass die deutsche Polizei fieberhaft nach ihm fahndete. Wäre es da nicht normal gewesen, bei der Polizei anzurufen und zu sagen, was man wusste? Anstatt sich ins Auto zu setzen und auf eigene Faust nach Südfrankreich zu fahren, was eine Verzögerung von zwölf Stunden bedeutete. Zwölf Stunden, in denen viel geschehen konnte.

Aber natürlich war es das richtige Verhalten, wenn man nie vorgehabt hatte, sich an die Polizei zu wenden.

Und dann sein Handy. Spätestens da hätten alle Alarmglocken bei ihr schrillen müssen. Wie konnte er behaupten, der Akku sei leer, wenn er voll geladen war?

Das Handy war Ingas einziger kleiner Strohhalm. Es klemmte noch immer unter ihrem Nachthemd, das Metall auf ihrer nackten Haut war inzwischen ganz warm geworden. Solange Maximilian keine Ausbuchtung bemerkte oder das Gerät im schlimmsten Fall zu klingeln begann, wusste er nicht, dass sie es hatte. Und damit möglicherweise über einen Kontakt zur Außenwelt verfügen konnte. Es war eine minimale Chance, aber sie hielt sich innerlich daran fest, um nicht in Panik zu geraten.

Allerdings zeichnete sich für den Moment keine Gelegenheit ab, irgendjemanden anrufen zu können. Sie und Rebecca saßen seit Stunden in dem abgedunkelten Zimmer, in dem nur der Kerzenschein ein unheimlich flackerndes Licht verbreitete, in Schach gehalten von Maximilians Pistole. Rebecca kauerte auf demselben Stuhl wie zuvor. Inga war von Maximilian zu einem Ohrensessel in der Ecke des Zimmers dirigiert worden. Sie saß dort sehr verkrampft, bemüht, sich nicht zu bewegen, um das Handy nicht verrutschen zu lassen. Maximilian, der auf und ab ging, sich gelegentlich setzte, dann wieder aufstand, war hauptsächlich auf Rebecca konzentriert. Allerdings musste sie auf der Hut bleiben. Unvermittelt richtete er zwischendurch auch das Wort an sie, und er schaute auch immer wieder zu ihr herüber.

Maxilimian hatte ihr fast beiläufig erklärt, er habe auf Marius geschossen – ein Kissen hatte verhindert, dass man in der Umgebung etwas hatte hören können –, und wahrscheinlich sei er schon tot.

Sie hatte versucht zu verstehen, was sich hinter alldem verbarg. „Marius … ist Marius überhaupt gefährlich?"

Maximilian hatte gelacht. Ein kaltes und böses Lachen. „Marius? Der tut keiner Fliege etwas zuleide!" Dann hatte er wieder gelacht. „Obwohl mich dein blaues Auge schon beeindruckt. Hätte ich ihm gar nicht zugetraut."

Inga dachte an Marius auf dem Schiff. Als er sie grob in die Kajüte geschubst hatte. Später, hier im Wohnzimmer, als er sie ohrfeigte. Wahrscheinlich das Äußerste, wozu er fähig war. Er war kein Killer. Er hätte weder ihr noch Rebecca jemals ernsthaft etwas zuleide getan. Er hätte sie vor Maximilian beschützt. Nun lag er dort oben in Rebeccas Schlafzimmer auf dem Fußboden und verlor literweise Blut, und wenn nicht sehr bald Hilfe käme, wäre er tot, ehe der Morgen anbrach.

Und wir auch, dachte sie voller Gewissheit, wir sind auch tot, ehe es wieder Abend wird.

KRONBORG gewann ein Bild. Noch war vieles unklar, manche Konturen verwischt. Dennoch war es, als setze sich langsam ein Puzzle zusammen.

Maximilian Kemper war ein Freund des verstorbenen Felix Brandt gewesen. Er war im Hause Brandt aus und ein gegangen, ganz besonders nach seiner Scheidung, die inzwischen sieben Jahre zurücklag.

Maximilian war bei der besagten Weihnachtsfeier natürlich allein gewesen, ebenso wie Sabrina Baldini. Er flirtete heftig mit Sabrina, gab ihr das Gefühl, sie sei begehrenswert, und Sabrina, in ihrer Ehe schon lange einsam und frustriert, ließ sich mit Haut und Haaren auf ihn ein.

„Ich hätte mich ja gleich von meinem Mann getrennt. Diese ganze Heimlichtuerei lag mir überhaupt nicht. Aber Maximilian wollte nicht, dass wir unsere Beziehung öffentlich machten. Er hatte dafür immer wieder tausend Gründe und Erklärungen parat. Ich war süchtig nach ihm, ich ließ mir alles einreden. Heute denke ich, er wollte tatsächlich nie etwas von mir. Wäre ich plötzlich frei gewesen, wäre ich ihm viel zu anstrengend geworden."

Sie hatten sich in Hotels getroffen, in einsamen Gasthöfen. In der Anfangsphase war Maximilian ein aufmerksamer und feinfühliger Liebhaber gewesen. Er nahm großen Anteil an Sabrinas Leben, wollte immer genau wissen, was sie tat, was sie fühlte. Es fiel Sabrina zunächst nicht auf, dass er sich dabei besonders für ihre Freundschaft mit Rebecca interessierte.

Verliebt und vernarrt, wie sie in Maximilian war, hatte sie sich immer bemüht, seine Neugier, was Rebecca anging, zu befriedigen. Irgendwann war Maximilian unverblümter geworden, hatte immer direkter gefragt. Natürlich hatte Sabrina wissen wollen, was ihn denn so an Rebecca interessiere.

„Ich dachte, er müsste sie doch viel besser kennen als ich. Schließlich hielt er sich so oft im Haus der beiden auf. Er erklärte, er sei ein so großer Bewunderer von Rebeccas Arbeit, und leider sei sie in diesem Punkt überhaupt nicht gesprächig. Mich wunderte das ein bisschen, denn ich hatte Rebecca immer als einen Menschen erlebt, der sich sehr mit seiner Arbeit identifiziert und gern darüber redet. Natürlich, ohne dass sie die Namen betroffener Personen genannt hätte. Sie war immer sehr korrekt.“ Sabrina hatte einen Moment geschwiegen. „Ich wollte ihn um keinen Preis verlieren. Also kramte ich in meinem Gedächtnis herum nach Details aus meiner Zeit bei *Kinderruf*. Details über Rebecca natürlich. Über ihre Erfolge und ihre Fehlschläge. Es … es war viel mehr, als ich hätte sagen dürfen. Und ich schäme mich heute so dafür.“

Kronborg formulierte seine nächste Frage sehr vorsichtig. „Kam Ihnen jemals der Gedanke, dass … nun, dass Maximilian Kempers Interesse an Rebecca über die normale Faszination eines Fastfamilienmitglieds hinausging? Dass es vielleicht gar nicht so sehr ihr Engagement für Kinder war, was ihn derart reizte? Sondern dass es … die *Frau* Rebecca war?“

Er hatte natürlich ins Schwarze getroffen.

„Mehr als einmal“, sagte Sabrina heftig, „wirklich, mehr als einmal kam mir dieser Gedanke. Wir redeten ja nur noch über sie! Aber wenn ich etwas davon andeutete, er könne … verliebt sein in Rebecca, wurde Maximilian richtig wütend. Ich bekam dann fast Angst vor ihm.“

„Wie kamen Sie darauf, ihm von Marius Peters zu erzählen?“, fragte Kronborg.

Sie biss die Lippen aufeinander. „Er … er drängte wieder nach Informationen. Er meinte, wenn jemand so viele Jahre einer gemeinnützigen Tätigkeit nachgeht wie Rebecca, dann müsste es doch auch einmal einen Skandal gegeben haben.“ Sie atmete tief. „Aber ich konnte ihm nicht helfen. Rebecca Brandt hatte sich nie etwas zuschulden kommen lassen. Sie ist eine durch und durch integre Person.“

Kronborg ahnte, was kam. „Maximilian Kemper ließ Sie nicht in Ruhe, nicht wahr?“

„Er war … wie ein Terrier, der sich festgebissen hat. Unnachgiebig. Böse, gehässig und aggressiv, wenn er nicht bekam, was er wollte. Ich hatte Angst. Ich überlegte, ob man nicht irgendetwas hindrehen konnte … Ich weiß, dass ich bereit war, Rebeccas guten Ruf, ihr Ansehen meiner kranken, verkorksten Beziehung zu Maximilian Kemper zu opfern … aber ich konnte nicht anders. Ich hasste mich, aber …“ Sabrina sprach nicht weiter.

Irgendwann war ihr Marius Peters eingefallen.

ER HATTE sie geliebt. Er hatte sie wie verrückt geliebt. Wenn sie jetzt behauptete, dies nicht bemerkt zu haben, dann log sie. Genau genommen stritt sie nicht völlig ab, etwas von seinen Gefühlen mitbekommen zu haben. Nur deren Intensität wollte sie nicht realisiert haben. Aber natürlich, ihr ging es darum, ihren Kopf zu retten. Sie passte jetzt genau auf, was sie zugab und was nicht.

Sie waren beide noch so jung gewesen, Studenten, unbeschwert, das Leben vor sich. Sie saß im Hörsaal vor ihm, er sah immer ihre langen schwarzen Haare, die sie wie ein Mantel einhüllten. Aber es war nicht allein ihr Aussehen gewesen, was ihn anzog. Rebecca war ernsthafter als die anderen, oft ein wenig in sich gekehrt. Manchmal kam sie mit Listen an, auf denen sie Unterschriften gegen irgendeinen Missstand sammelte. Er hatte das entzückend gefunden. Er selbst glaubte nicht daran, dass sich die Welt auch nur in Ansatzpunkten verändern ließe, und für gewöhnlich fand er Menschen dumm und irrational, die es dennoch probierten. Seltsamerweise nicht bei Rebecca. Irgendetwas in ihr ließ ihn anders fühlen und denken als sonst. Vielleicht hatte ihn das sprachlos werden lassen.

Denn er war sonst nie auf den Mund gefallen. Als gut aussehender, intelligenter junger Mann hatte er nie Probleme mit Mädchen gehabt. Er fing nicht an zu stottern oder wurde rot, wenn er mit ihnen sprach. Bei keiner war ihm das je passiert – nur bei Rebecca. Ihre Gegenwart lähmte, verunsicherte ihn. Was hätte sie da an ihm reizen sollen?

Es hatte sie ja auch nichts gereizt. Sie hatte sich in seinen Freund Felix verliebt.

Jetzt aber hatte er eine Waffe, er hatte sie in seiner Gewalt, und diese überflüssige Inga auch, derer er sich ebenfalls würde entledigen müssen. Inga, das hatte ihn amüsiert, hatte von seinem Spiel tatsächlich nicht die geringste Ahnung gehabt. Was bewies, dass Marius wirklich selbst seiner Frau gegenüber dichtgehalten hatte. Wie vereinbart. Braver Junge.

Damals, nach Maximilians Scheidung, hatte Rebecca zu spüren begonnen, dass sie mehr für ihn war als die Frau seines besten Freundes. Er nahm an, dass sie mit Felix darüber gesprochen hatte, und die Tatsache, dass beide weiterhin einen normalen Umgang mit ihm gepflegt hatten, ließ ihn manchmal fast rasend werden vor Wut. Denn das hieß nichts anderes, als dass sie ihn kein bisschen ernst genommen hatten. Er verzehrte sich fast bis zur Besinnungslosigkeit nach der Frau seines Freundes, und den juckte das nicht im Geringsten, weil er ihn für vollkommen ungefährlich hielt. Vielleicht hatte er mit Rebecca zusammen sogar über ihn gelacht. Wenn er daran dachte, hätte er der Schlampe am liebsten sofort eine Kugel durch den Kopf gejagt.

Wie sie dort saß und ihn ängstlich anstarrte! Er hätte auch Angst gehabt an ihrer Stelle. Sie musste sterben, das war klar, aber sie sollte auch wissen, warum. Sie sollte wissen, dass sie sein Leben zerstört hatte, und sie sollte wissen, welch genialen Plan er geschmiedet hatte, sich dafür zu rächen. Leider war er den Wunsch, ihr zu gefallen, noch immer nicht ganz losgeworden. Sie sollte, ehe sie starb, kapieren, wie schlau und gerissen er war.

Aber es war klar, er musste sich beeilen. Denn draußen war es hell, der Tag hatte begonnen, und er stand hier und redete. Das Problem war, dass sein ganzes Vorhaben darauf fußte, dass Marius am Ende für den Täter gehalten wurde, aber Marius lag da oben in Rebeccas Schlafzimmer und verreckte oder war schon tot, und wenn Inga und Rebecca allzu lange Zeit danach über den Jordan gingen, würde ein Gerichtsmediziner herausfinden, dass Marius dafür nicht mehr hatte verantwortlich sein können.

Er hatte so lange auf diesen Moment gewartet. Vor ihr zu stehen, und sie war ihm ausgeliefert und musste ihm zuhören. Da war der Schmerz, der ihm fast das Herz zerrissen hatte, als er für Felix bei der Hochzeit den Trauzeugen spielen musste. Dann seine eigene, eilig geschlossene Ehe, mit der er sich von seinen Gefühlen hatte ablenken wollen und deren Scheitern ihm schon beim Jawort völlig klar gewesen war.

Rebecca hätte seine Frau sein müssen. Er war ihr nachgelaufen wie ein Hund, um wenigstens ein Lächeln, ein Wort, einen Blick zu bekommen. Ob sie sich vorstellen konnte, wie gedemütigt er sich gefühlt hatte?

Allein die Notwendigkeit, die Freundschaft zu Felix aufrechtzuerhalten! Keinen Menschen auf der Welt wünschte er so innig zum Teufel wie ihn, aber mit ihm zu brechen hätte ihn aus Rebeccas Umfeld katapultiert.

Rebecca sprach nicht viel, aber als er von seinem Wunsch redete, Felix auf den Mond zu schießen, hatten sich ihre Augen plötzlich geweitet.

„Hattest du etwas mit seinem Unfall zu tun?“

Lässig ließ er die Pistole am gekrümmten Zeigefinger herumschwingen. Gern hätte er Felix’ Unfall auf seine Kappe genommen. Aber was Felix anging … da hatte er tatsächlich seine Hände nicht im Spiel gehabt. Felix war netterweise ganz von allein frontal mit einem durchgedrehten Geisterfahrer zusammengekracht.

Die Nachricht vom Tod Felix’ war ihm im ersten Moment wie die Antwort auf alle seine Gebete erschienen, aber schon wenig später hatte er begriffen, dass sich seine Situation nur verschlechtert hatte. Rebecca würde in endloser Trauer versinken und sich nie im Leben auf eine Beziehung mit einem anderen Mann, schon gar nicht mit ihm, einlassen, und von nun an würde er auch in ihrem Haus nicht mehr ein und aus gehen können, denn das hätte sie als anstößig und ungehörig empfunden. Er würde sie verlieren. Sie hatte ihn alles gekostet: seine Ehe. Die Chefarztstelle. Für nichts. Für gar nichts.

Die Chefarztstelle. Er war so dicht dran gewesen. Er war ein Könner, er hatte gute Beziehungen, er hatte Charisma. Leider hatte er auch ein kleines Alkoholproblem. Weil er das Alleinsein manchmal nicht ertrug, weil er es nicht ertrug, Rebecca und Felix zu sehen … Es mussten sich Gerüchte gebildet haben … Jedenfalls hatte er Nachforschungen angestellt, nachdem die Chefarztstelle an einen anderen vergeben worden war, und er hatte herausgefunden, dass von ihm behauptet wurde, er sei nicht ganz unanfällig für Alkohol. Diese Sache war gelaufen, und Rebecca konnte sich nun auch noch seine geplatzten Berufswünsche ans Revers heften.

Wenn er es sich richtig überlegte, war es auf der Beerdigung von Felix gewesen, dass erstmals in ihm der Gedanke erwacht war, Rebecca müsse sterben, damit er eine Chance hätte, ins Leben zurückzufinden. Denn wäre sie erst tot, das fühlte er voll herrlicher Gewissheit, dann wäre er frei. Er würde endlich wieder eine Beziehung mit einer anderen Frau eingehen. Er würde keinen Tropfen Alkohol mehr trinken und noch einmal nach einem Chefarztposten streben. Leben. Einfach leben.

Dann hatte er in der Menge plötzlich Sabrina Baldini entdeckt. Sie war mit ihrem Mann gekommen und sichtlich darum bemüht, ihrem Liebhaber nicht zu begegnen. Armes, frustriertes Wesen. Wenn sie wüsste, wie satt er sie hatte. Dennoch war sie von unschätzbarem Wert gewesen. Er hatte alles aus ihr herausgefragt, was es an Wissenswertem über Rebecca gab. Zunächst in der unbestimmten Absicht, etwas gegen sie in der Hand zu haben. Doch nun hatte er einen Plan, und plötzlich war es ganz klar für ihn, wie es weitergehen würde.

Er wischte sich mit der Hand über die Stirn. Der Tag schritt voran. Er musste sich beeilen. Er sah Rebecca an, sie wirkte bleich, übernächtigt, hatte aufgesprungene Lippen, aber war so schön, so überirdisch schön. Er musste ihr von Marius erzählen, ehe er sie tötete. Er musste ihr erzählen, was er mit Marius' Pflegeeltern getan hatte. Es war wichtig. Aber ihm blieb nicht mehr viel Zeit. Und die wollte er mit ihr allein verbringen. Nur er und sie.

Wie es immer, von Anfang an, hätte sein sollen.

Er starrte Inga an. Sie störte. Sie störte ganz entschieden. Warum war die dumme Person nicht im Auto geblieben?

„Lästig", sagte er, „du bist so lästig."

Er stand auf. Inga starrte ihn aus schreckgeweiteten Augen an.

INGA wusste, dass sie sterben mussten, sie und Rebecca, am Ende dieses Schauspiels. Maximilian hatte es oft genug erwähnt, während seiner langen, wirren Reden, die von seiner unerfüllten Liebe handelten und von den Fehlschlägen in seinem Leben, für die er ausschließlich Rebecca verantwortlich machte. Die Zeit, die ihnen blieb, war die Zeit, die er brauchte, seine kranke Seele vor ihnen auszubreiten. Danach kam das Ende. Und als er Inga plötzlich fixierte mit diesen kalten, starren Augen, war sie überzeugt, dass es für sie jetzt so weit war.

„Ich will mit Rebecca allein sein“, sagte er, „dich geht das alles eigentlich überhaupt nichts an.“

Weshalb er sie nicht sofort abknallte, wusste sie nicht. Weshalb er sich die Mühe machte, Rebecca mit der Wäscheleine zu fesseln, und sie, Inga, dann grob auf die Füße zu ziehen und aus dem Zimmer zu bugsieren, konnte sie sich nicht erklären. Er hastete mit ihr die Treppe hinauf, zog sie hinter sich her den Gang entlang zu Rebeccas Schlafzimmer, in dem der schwer verletzte Marius auf dem Fußboden lag. Die ganze Zeit über dachte sie nur: Lieber Gott, lass ihn das Handy nicht entdecken!

In der Zimmertür gab er ihr einen kräftigen Stoß, und sie torkelte gegen Rebeccas Frisierkommode, stieß schmerzhaft mit dem Oberschenkel an die Kante und schrie auf.

„Um euch beide“, sagte Maximilian, „kümmere ich mich später.“

Er knallte die Tür zu und drehte den Schlüssel zweimal herum.

Inga brauchte ein paar Sekunden, ehe sie sich bewegen konnte. Sie lebte noch immer, was sie als ein Wunder empfand. Es kostete sie einige Überwindung, an sich hinab auf den verletzten Fuß zu schauen. Offenbar hatte die Wunde wenigstens endlich zu bluten aufgehört.

Sie zog das Handy unter ihrem Nachthemd hervor und kroch zu ihrem schwer verletzten Mann. „Marius“, wisperte sie, „ich hole Hilfe.“

Er öffnete die Augen. Seine Lider flatterten, sein Blick war im ersten Moment verschwommen, wurde dann aber klarer. „Inga“, sagte er voller Staunen.

Er erkannte sie. Ihr schossen die Tränen in die Augen, voller Erleichterung und Rührung. „Marius“, fragte sie eindringlich, „weißt du die Notrufnummer der französischen Polizei?“

Er versuchte sich aufzurichten, aber sein Kopf fiel sogleich wieder auf den Boden zurück. „Ich … ich glaube nicht. Was ist passiert? Wo ist Maximilian?“

„Er hat auf dich geschossen, Marius. Jetzt ist er unten im Haus mit Rebecca.

Marius, er wird uns alle töten. Wir müssen um Hilfe telefonieren. Ich habe sein Handy. Maximilians Handy!“

Und wir haben nur noch so verdammt wenig Zeit, dachte sie verzweifelt. Sie hatte keine Ahnung, bei welcher deutschen Polizeidienststelle sie landen würde, wenn sie den Notruf aus dem Ausland anwählen würde. Würde man ihrer wirren Geschichte glauben?

„Ich rufe Mama an“, sagte sie entschlossen, „die soll die Polizei verständigen.“ Warum war ihr dieser Einfall nur nicht eher gekommen? In Windeseile tippte sie die Nummer ihrer Eltern ein. Bitte seid zu Hause, betete sie stumm.

Ihre Mutter nahm beim ersten Klingeln ab, so als habe sie neben dem Apparat gesessen.

„Ja?“, fragte sie. Ihre Stimme klang rau und verweint.

„Mama?“

„Inga? Inga, um Gottes willen, bist du es? Wie geht es dir? Wo bist du?“

Sie fiel ihrer Mutter hastig ins Wort. „Mama, ich brauche Hilfe. Du musst die Polizei verständigen. Marius und ich sind …“

„Du musst dich vor Marius in Acht nehmen! Inga, die Polizei in Deutschland sucht ihn. Ein Kommissar hat mit mir gesprochen. Marius hat zwei Menschen umgebracht. Er ist gefährlich. Er ist …“

„Mama, das ist ein Irrtum, aber das ist jetzt egal. Wir haben nicht viel Zeit. Wir werden hier festgehalten und sind in Lebensgefahr. Bitte rufe diesen Kommissar an, der mit dir gesprochen hat. Er soll sofort die französische Polizei verständigen. Er wird wissen, was zu tun ist. Aber es muss jetzt alles ganz schnell gehen.“

„Wo seid ihr?“

Sie nannte Rebeccas Adresse. Sie konnte hören, dass ihre Mutter hastig kritzelnd die Worte notierte.

„Inga … bitte pass auf dich auf!“

„Mama, bitte beeil dich!“

Ihr blieb nur zu warten. Inga hatte, kaum dass sie das Gespräch mit ihrer Mutter beendet hatte, aus dem Fenster geschaut und die Möglichkeiten einer Flucht auf diesem Weg abgeschätzt, aber es war ihr sofort klar geworden, dass sie diesen Gedanken nicht weiterverfolgen musste. Für einen Sprung befanden sie sich in viel zu großer Höhe. Außerdem hätte dies alles bedeutet, Marius zurückzulassen, und letztlich erschien ihr das undenkbar.

„Die Polizei wird kommen“, flüsterte sie ihm zu, „und dann sind wir in Sicherheit.“

Er versuchte zu lächeln. „Klar. Das sind wir dann.“

„Warum hast du mir nie etwas erzählt, Marius?“

Er antwortete nicht.

Bin ich eigentlich sicher, dass er es nicht doch war, der die beiden alten Leute umgebracht hat? Wann werde ich wissen, wer er ist?

Sie glaubte schon, er sei eingeschlafen, da öffnete er die Augen. „Maximilian“, sagte er.

Sie nickte. „Er ist krank. Ich kann nur beten, dass die Polizei hier ist, ehe er völlig durchdreht.“

„Er wollte meinen Albtraum beenden. Er wusste … davon. Er hat mich verstanden. Die … ganze Qual … hat er begriffen …“

„Ich verstehe. Und er wollte dir helfen?“

Ein schwaches Nicken. „Ja. Er … meinte, ich soll mit Rebecca reden. Ihr erzählen, wie ich im Stich gelassen wurde. Er sagte, nur so könnte ich damit fertig werden. Indem … ich mich an die Leute wende, die … die damals verantwortlich waren.“ Das Sprechen fiel ihm sehr schwer. „Ich … mir leuchtete das ein.“

Inga, die bislang nur Teile der Geschichte kannte, konnte nur mutmaßen, was Marius meinte. „Du hattest sie um Hilfe gebeten? Als Kind? Aber sie kennt deinen Namen überhaupt nicht.“

Wieder nickte er mühsam. „Sie … wusste von nichts. Maximilian hatte … hatte behauptet, sie hätte es gewusst. Sie hätte es … ihm gesagt. Aber in Wahrheit … die Sache ist … nie an Rebecca weitergeleitet worden.“

Das Puzzle vervollständigte sich. „Es war kein Zufall“, sagte Inga, „dass uns Maximilian in jenem Dorf auflas?“

„Nein. Ich … hatte ihn angerufen und ihm gesagt, wo wir sind. Das war verabredet. Er sollte uns auf dem letzten Stück mitnehmen und auf dem Grundstück neben Rebecca absetzen. Von ihm hatte ich übrigens auch die Campingausrüstung.“

„Aha. Aber das Auto, von dem du am Anfang sprachst … das uns ein Freund leihen wollte …?“

Er lächelte schwach. „Sorry. Das … hatte ich erfunden. Um … dich für den Plan … zu gewinnen …“

„Und dann wolltest du das Gespräch mit Rebecca suchen. Aber weshalb hast du dann versucht, mit dem Schiff abzuhauen?“

„Ich bekam Angst."

„Angst? Wovor?"

„Vor allem. Davor, die Sache wieder aufzurollen. Ich … fühlte mich … diesem Vorhaben nicht gewachsen. Zu vieles, das wieder … auftauchte …" Seine Sprechweise wurde immer schleppender.

Inga brannten tausend Fragen auf den Lippen, aber sie begriff, dass sie ihn zu sehr anstrengte. „Versuch zu schlafen", bat sie, „du erklärst mir alles später. Es ist jetzt nur wichtig, dass du gesund wirst." Es ist mir wirklich wichtig, dachte sie fast erstaunt, trotz allem, was war. Ich will eine zweite Chance für ihn.

Sie betrachtete sein Gesicht. Er hatte die Augen geschlossen. Sie kannte jede Linie in seinen Zügen, und die Vertrautheit erfüllte sie mit Wärme.

Marius öffnete die Augen, sah sie an. Sehr mühsam hob er den Arm, berührte vorsichtig mit der Hand die geschwollene Haut um Ingas Auge. Sie zuckte vor Schmerz unter dieser Berührung.

„Es tut mir Leid", sagte er leise, „das hier tut mir sehr Leid."

„Mach dir keine Sorgen deswegen. Schlaf jetzt." Sie lächelte. Er erwiderte ihr Lächeln.

Und in genau diesem Moment hörten sie, wie der Schuss fiel. Er durchbrach die Stille des heißen provenzalischen Vormittags laut und brutal.

Beide, Marius und Inga, fuhren entsetzt zusammen.

„Scheiße", flüsterte Marius heiser, „er hat Rebecca abgeknallt!"

Inga zitterte am ganzen Körper. „Und gleich kommt er zu uns." Sie schluckte. Ein großer, heißer Ballen Watte schien ihren Mund auszufüllen.

Sie starrte auf die Tür und wartete auf die Schritte, die jeden Moment auf der Treppe erklingen mussten.

Sie wartete darauf, ihrem Mörder gegenüberzustehen.

Aber alles blieb still, und nichts regte sich im Haus.

Montag, 2. August

Ein warmer Wind strich vom Meer herauf zu den Felsen, die noch heiß waren von der Sonne des Tages. Ein rotes Licht erhellte den westlichen Horizont, aber die Dunkelheit des Augustabends senkte sich schon über das Land, und die Wellen, die tief unten in die Bucht rauschten, waren schwarz und geheimnisvoll.

Rebecca saß auf einem flachen Stein, und es hatte den Anschein, als sei sie völlig in Gedanken vertieft, aber sie hatte die leisen Schritte gehört, die sich näherten, und sah auf. Inga kam herangehinkt, sie zog den verletzten, dick verbundenen Fuß etwas nach. Ihr Auge war noch immer verschwollen.

„Setz dich zu mir“, sagte Rebecca. „Wie geht es Marius?“

„Besser. Ich habe mit dem Arzt gesprochen, er meint, dass Marius Ende der Woche nach Hause kann. Die Kugel hat keine wichtigen Organe getroffen, aber er hat sehr viel Blut verloren und ist äußerst schwach.“

„Aber er wird es überleben. Das ist das Wichtigste.“

„Ja. Sein Überleben steht außer Zweifel“, bestätigte Inga. Sie setzte sich neben Rebecca auf den Felsen, atmete tief die salzige Luft ein. „Welch ein wunderbarer Abend. Und welch ein Wunder, dass wir ihn erleben.“

„Ja. Das ist es.“ Rebecca berührte mit der flachen Hand den warmen Stein. Alles, auch solch eine Berührung, trug seit jenen Nächten einen besonderen Zauber in sich. Für den Moment war nichts mehr selbstverständlich. Das ganze Leben nicht. „Was wird mit Marius geschehen?“, fragte sie.

Inga zögerte. „Das hängt wohl auch ein Stück weit von uns ab. Ob wir Strafantrag stellen. Er ist in dein Haus eingebrochen, er hat uns gegen unseren Willen festgehalten … es kommt einiges zusammen.“

„Was mich betrifft“, sagte Rebecca, „bin ich an einer Strafverfolgung überhaupt nicht interessiert. Marius braucht Hilfe. Nicht eine Verurteilung durch die Justiz. Er ist kein Verbrecher.“

Inga sah sie von der Seite an. „Danke“, sagte sie.

Beide schwiegen sie eine Weile. Der rote Streifen am Himmel wurde schmaler, bald würde er ganz verlöschen, und es würde Nacht sein. Hinter ihnen, am anderen Ende des Gartens, leuchteten warm die Lichter aus dem Haus.

Das Haus, von dem Rebecca nicht wusste, ob sie es je wieder als einen Ort der Geborgenheit und Sicherheit empfinden konnte. Nie würde sie das Bild vergessen, das sich ihr bot, als Maximilian seine Waffe hob, den Lauf in seinen Mund nahm und den Schuss auslöste.

Nach all den endlosen Reden und Hasstiraden musste Maximilian in einem Moment der Klarheit seine völlig verfahrene Situation, die Ausweglosigkeit seiner Lage, das Ausmaß der Fehler und Irrtümer seines Lebens erkannt haben. Er hatte nur noch eine Möglichkeit gesehen, sich zu befreien: Er hatte sich in einer letzten dramatischen Geste vor den Augen der Frau, die er fanatisch geliebt und gehasst hatte, selbst gerichtet.

Nicht viel später war die Polizei erschienen, von der Rebecca dann erfuhr, dass es Inga gewesen war, die um Hilfe telefoniert hatte. Ein Krankenwagen hatte Marius abtransportiert, ein Arzt hatte sich um Inga und Rebecca gekümmert, Maximilians Leiche wurde fortgebracht.

„Seltsam", sagte Rebecca nun, „ich hatte nie ein wirklich gutes Gefühl, was Maximilian anging. Er war Felix' bester Freund, und deswegen habe ich mir nie eingestehen wollen, dass ich mich unwohl fühlte in seiner Gegenwart. Meine Warnleuchten brannten, und ich hätte sie unbedingt ernst nehmen sollen."

„Marius sagt, Maximilian habe ihn eines Tages aufgesucht und ihm erklärt, er habe von einer ehemaligen Mitarbeiterin von *Kinderruf* erfahren, was damals geschehen war. Als man den Hilferuf des kleinen Jungen ignorierte. Natürlich stellte er es so dar, als seist du die Hauptschuldige, als habest du mit ganzem Einsatz auf der Seite derer agiert, die alles daransetzten, den möglichen Skandal zu vertuschen. Dann meinte er, er könnte euch zusammenbringen. Es sei wichtig, dass Marius über alles rede, sich seiner Vergangenheit stelle, die Schuldigen mit ihren Taten konfrontiere …"

„Maximilian hat einiges riskiert", meinte Rebecca, „denn Marius hätte sich dir anvertrauen können."

„Ich denke, ihm war rasch klar, dass dies eher unwahrscheinlich war. Denn schließlich hatte Marius, wie er es Maximilian auch berichtete, bis zu diesem Zeitpunkt nicht den Mut gefunden, mir überhaupt irgendetwas von früher zu erzählen. Warum sollte er nun plötzlich dazu in der Lage sein? Abgesehen davon … Maximilians Plan ging dahin, dich zu töten und dies Marius in die Schuhe zu schieben."

„Er hat furchtbare Dinge getan, um den Verdacht auf Marius zu lenken", sagte Rebecca schaudernd. „Er hat mir alles erzählt, als wir allein waren. Er hat Marius' Pflegeeltern ermordet. Er hat mitten in der Nacht bei ihnen geklingelt, hat sich als Marius ausgegeben und sie überwältigt, nachdem ihm die Tür geöffnet worden war. Er hat sie auf bestialische Weise sterben lassen. Um die Tat als einen Racheakt hinzustellen, für den einzig Marius ein Motiv gehabt hätte. Er hat Drohbriefe an die Leute geschrieben, die damals beteiligt waren, und der Inhalt muss so gewesen sein, dass auch da rasch der Verdacht auf Marius fallen musste. Niemand hätte wohl später daran gezweifelt, dass Marius auf seinem wahnsinnigen Rachefeldzug auch mich getötet hat. Es hätte gelingen können. Es war entsetzlich, ihn da stehen zu sehen und prahlen zu hören."

Obwohl es so warm war, zog Inga fröstelnd die Schultern hoch. „Ihm wäre nichts anderes übrig geblieben, als mich und Marius ebenfalls umzubringen“, sagte sie übergangslos. „Uns leben zu lassen hätte ihm Schwierigkeiten ohne Ende bereitet.“

„Natürlich wollte er euch töten. Deine Ermordung wäre wiederum Marius angekreidet worden, und Marius’ Tod hätte er als Selbstmord darstellen müssen. An diesem Punkt ist ihm einiges schief gegangen. Maximilian hatte sich wohl ausgerechnet, Marius hier im Haus zu überraschen. Stattdessen kamen wir ihm entgegen, weil Marius sich ja entschlossen hatte, mit mir zusammen zu fliehen. Maximilian stand vor uns, als wir gerade oben aus dem Zimmer kamen. Er drängte uns zurück, schnappte sich ein Kissen, hielt es vor den Lauf seiner Waffe und schoss. Im Grunde hat er die Nerven verloren. Das sollte so nicht ablaufen.“

„Vielleicht ist ihm das plötzlich klar geworden“, meinte Inga, „ich meine, dass die Dinge anfingen, ihm aus dem Ruder zu laufen. Vielleicht hat er sich deshalb …“

„… erschossen“, vollendete Rebecca, „ja, das kann sein. Aber vielleicht … Ich hatte den Eindruck, ihm ging auf, dass er es nicht schaffen würde, mich zu töten. Er liebte mich seit mehr als zwanzig Jahren. Der Hass, den er am Ende gegen mich hegte, war mit seiner Liebe noch zu eng verwandt. Ich … ich glaube, er tötete sich, um mich nicht zu töten.“

Sie war überzeugt, dass es so gewesen war. Sie hatte es in seinen Augen gelesen, kurz bevor er starb.

Die beiden Frauen schwiegen eine Weile, lauschten auf das Rauschen der Wellen tief unter ihnen.

„Er war die ganze Zeit hier“, sagte Inga schließlich, „immer. Er war immer um uns.“

„Er hat mir hier eine Szene gemacht und ist abgerauscht, und ich habe keinen Moment lang daran gezweifelt, dass er nach Deutschland zurückgefahren ist. Stattdessen hat er sich unter falschem Namen in einer Pension ganz in der Nähe eingemietet. Aber nun ging zum ersten Mal etwas schief: Marius kehrte nicht von eurem Segelausflug zurück, und alles deutete darauf hin, dass er in dem Unwetter ertrunken war. Maximilian war im Hafen, er bekam alles mit. Es muss ihn in ziemliche Verzweiflung gestürzt haben. Einem verschollenen Marius einen Mord in die Schuhe zu schieben hätte eine Menge Probleme nach sich ziehen können. Zudem konnte er ja nicht sicher sein, dass Marius wirklich tot war. Er musste warten und hoffen, dass Marius doch noch auftauchte. Ich denke, die Sache mit dem Schiff war der Einstieg dafür, dass Maximilians Nerven nachließen“, sagte Rebecca. „Er saß hier eine Woche lang fest und konnte seinen Plan nicht vollenden. Und das nach all der Mühe, die er auf sich genommen hatte. Er hatte sich durch das Verhältnis mit meiner einstigen Mitarbeiterin gequält, um an brauchbare Informationen über mich zu kommen. Es dürfte danach nicht einfach gewesen sein, Marius, der seit eurer Heirat einen anderen Namen trug, aufzuspüren. Er hatte endlose Vorarbeit geleistet, und nun hing er in diesem südfranzösischen Ferienort fest und konnte nicht tun, was sein eigentliches Ziel von Anfang an gewesen war: Er konnte mich nicht töten."

„Weißt du, ob er schließlich mitbekommen hatte, dass Marius wieder da war?", fragte Inga. „Oder ob er zufällig in jener Nacht auf dem Weg zu dir war?"

Rebecca zuckte die Schultern. „Keine Ahnung. Davon hat er nichts gesagt. Vielleicht hat er es einfach nicht mehr ausgehalten, wollte die Sache jetzt so oder so zu Ende bringen. Am Abend hatte ja Marius' Handy geklingelt. Marius sagte, niemand habe sich gemeldet. Ein Kontrollanruf von Maximilian? Er machte sich auf den Weg hierher, und dann bist du ihm über den Weg gelaufen. Oder er hatte Marius vorher schon beobachtet. Marius schwirrte ja schließlich auch schon eine ganze Weile unbemerkt um uns herum. Ein eigenartiges Gefühl, findest du nicht? Tagelang werden wir von zwei Männern belauert, aber wir merken überhaupt nichts."

„Wir waren sehr aufeinander konzentriert", sagte Inga.

„Ja", erwiderte Rebecca leise, „das waren wir wohl." Die Tage nach ihrem geplanten Selbstmord.

Würde sie Inga je davon erzählen? Später vielleicht, viel später. Es war eine Ironie, dass ausgerechnet Maximilian sie an der Ausführung ihres Vorhabens gehindert hatte. Ohne Maximilian, ohne den Mann, der seit über einem Jahr ihre Ermordung geplant und auf perfideste Art eingefädelt hatte, wäre sie längst tot.

Sie stand auf. „Ich gehe schlafen", sagte sie übergangslos, „ich bin entsetzlich müde."

„Ich bleibe noch eine Weile hier draußen", sagte Inga. Seit den schrecklichen Ereignissen hielt sie sich in Rebeccas Haus nicht mehr gern auf. Sie sehnte sich nach ihrem Zuhause, aber sie musste warten, bis Marius das Krankenhaus verlassen durfte. Sie wäre gern in ein Hotel gezogen, aber sie mochte Rebecca nicht allein lassen.

„Wirst du hier wohnen bleiben?", fragte sie. „Nach allem, was war?"

Rebecca zögerte. „Ich weiß es nicht." Sie wandte sich zum Gehen. „Wirst du bei Marius bleiben?", fragte sie dann. „Nach allem, was war?"

„Ich weiß es nicht", sagte Inga.

Freitag, 6. August

Also, du bleibst dabei?", fragte Wolf schon zum dritten Mal an diesem Morgen. „Du willst wirklich nicht mitkommen?"

Sie standen in der Abflughalle des Flughafens. Die Kinder jagten einander um einen Zeitungsstand herum. Sie hatten auf die Nachricht, ihre Mutter werde sie nicht in die Türkei begleiten, gelassen reagiert. Ihre ganze Sorge war gewesen, auch der Vater könne noch einen Rückzieher machen und damit die Badeferien am Mittelmeer platzen lassen.

„Ich habe doch jetzt auch gar keinen Koffer dabei, Wolf", sagte Karen etwas genervt. Weshalb fragte er immer wieder? „Und Kenzo wartet zu Hause. Niemand ist bestellt, sich um Haus und Garten zu kümmern …"

„Ich weiß", sagte Wolf.

„Warum fragst du dann?"

„Weil …" Er zögerte. „Ich weiß nicht", sagte er schließlich, „vielleicht, weil ich es einfach nicht richtig finde, was du tust."

Die Frage, dachte Karen, ist immer, was Gespräche bringen. Früher war ich überzeugt, dass sie helfen, Missverständnisse zu vermeiden, Klarheit in scheinbar verfahrene Situationen zu bringen. Vielleicht stimmt das auch. Aber irgendwann nutzen sie nichts mehr.

Noch vor wenigen Wochen hätte sie ihm geantwortet. Und dann hätte der Schlagabtausch begonnen. Jetzt aber ging sie auf seine Feststellung nicht weiter ein. „Es wird Zeit", sagte sie. „Ihr müsst an euer Gate."

Wolf schien noch etwas sagen zu wollen, aber er verschluckte die Bemerkung. „Na ja, also dann", sagte er unbeholfen, „in zwei Wochen sind wir ja wieder da."

„Ich hole euch ab", versprach Karen. Sie wich seinem zögernd vorgebrachten Ansinnen einer Umarmung aus und ging auf den Zeitungsstand zu, um sich von ihren Kindern zu verabschieden.

Daheim tat Kenzo wie immer so, als sei sie mindestens ein Jahr lang fort gewesen.

Warum können Männer nicht so sein, dachte sie, während sie ihn streichelte, oder können sie so sein, und ich habe nur das falsche Exemplar erwischt?

Sie öffnete die Gartentür, um Kenzo hinauszulassen. Sie versuchte, den Anblick des leer stehenden Nachbarhauses zu ignorieren, aber natürlich gelang es ihr nicht. Sie wollte sich rasch wieder abwenden und im Haus verschwinden, als sie hörte, wie ihr Name gerufen wurde. Es war die alte Nachbarin auf der anderen Seite. Sie stand am Zaun und winkte herüber.

„Neuigkeiten“, sagte sie, als Karen etwas widerwillig näher trat, „die Polizei war bei mir.“

„So?“, sagte Karen.

Die Alte neigte sich vor und senkte die Stimme. „Es scheint, dass der Täter doch nicht der Pflegesohn gewesen ist.“

„Nein?“

„Nein. Der Beamte hat mir ein Foto von einem Mann gezeigt und wollte wissen, ob ich den irgendwann in den letzten Wochen hier gesehen hätte. Hatte ich aber nicht.“ Sie holte Luft. „Dunkelblauer BMW. Den hat er gefahren. Habe ich aber auch nirgends hier in der Straße gesehen. Na ja, so blöd wird er nicht gewesen sein, vor dem Haus der Lenowskys zu parken. Wer so etwas tut, der ist raffiniert. Der macht keine Fehler.“

„Offensichtlich doch“, sagte Karen, „denn sonst wüsste die Polizei jetzt ja nicht, dass er es war.“

„Kommt eben immer alles irgendwann ans Tageslicht“, meinte die Alte vage.

Karen wandte sich zum Gehen. „Ich habe noch ein wichtiges Telefongespräch zu führen“, sagte sie. „Einen schönen Tag wünsche ich Ihnen.“ Sie wandte sich ab und machte sich mit raschen Schritten auf den Rückweg zum Haus. So schrecklich die Ereignisse waren, die hinter ihr lagen: Mit dem Haus hatte alles angefangen. Sie hatte sich, zum ersten Mal in all den Jahren ihrer Ehe, über Wolf hinweggesetzt und war eigenmächtig vorgegangen. Es hatte ihrem Selbstbewusstsein gut getan. Zusammen mit einem zaghaft erwachenden Glauben an sich selbst würde sie die Kraft finden, die Schritte zu tun, von denen ihr klar war, dass sie sie tun musste.

Kenzo hob sein Bein an einem saphirblauen Rittersporn, den er in der letzten Zeit öfter zu diesem Zweck benutzte, und plötzlich fiel Karen etwas ein.

Es war die Erinnerung an einen frühen Morgen, der bald drei Wochen zurücklag. Die Straßen der Siedlung im ersten Tageslicht, sie und Kenzo unterwegs. Es war ein ganzes Stück weit entfernt von ihrer Straße gewesen, als Kenzo sein Bein an dem Hinterreifen des parkenden Autos gehoben hatte. Ein dunkelblauer BMW. Sie erinnerte sich, wie erschrocken sie gewesen war, als plötzlich die Fahrertür aufging. Der große, gut aussehende Mann, der so schrecklich wütend wurde. War er es gewesen? Hatte sie dem

Mörder der Lenowskys gegenübergestanden? War er der furchtbare Gast gewesen, den das alte Ehepaar unfreiwillig hatte beherbergen müssen?

Manches sprach dafür. Denn es war merkwürdig, dass ein Mann zu so früher Stunde in einem parkenden Auto saß, während die ganze Stadt noch schlief. Merkwürdig zumindest, wenn einige Straßen weiter ein so ungeheuerliches Verbrechen stattfand.

Egal. So oder so, sie hatten den Kerl.

Sie ging ins Wohnzimmer zum Telefon, nahm den Hörer ab und wählte die Nummer der Anwaltskanzlei, die sie sich vor zwei Tagen schon aus dem Telefonbuch gesucht hatte. Es war fast Mittag, trotzdem hatte sie Glück: Am anderen Ende meldete sich jemand. Eine Sekretärin.

Karen bat um einen Termin in der nächsten Woche.

„Worum geht es denn?“, fragte die Sekretärin.

Sie antwortete feierlich: „Ich möchte die Scheidung von meinem Mann einreichen.“ Ihr war ein bisschen schwindlig bei diesen Worten.

Aber es waren die richtigen Worte. Daran hatte sie nicht den mindesten Zweifel.

Brief von Sabrina Baldini an Clara Weyler

München, im September

Liebe Clara,
nur ein kurzer Brief, damit Sie wissen, wie es mir weiter ergangen ist. Ich hoffe, Sie sind wohlauf und haben all die schrecklichen Ereignisse einigermaßen verarbeitet.

Mir geht es recht gut, jedenfalls komme ich langsam wieder ein bisschen zur Ruhe. Ich finde es sehr angenehm zu wissen, dass dort draußen niemand herumläuft, der mir nach dem Leben trachtet. Vor allem bin ich froh zu wissen, dass Marius das abscheuliche Verbrechen an seinen Pflegeeltern nicht begangen hat. Es mindert nicht unsere Schuld, was die Versäumnisse ihm gegenüber angeht, aber es erleichtert mich zu wissen, dass wir mit unserer Ignoranz, unserer Bequemlichkeit wenigstens keinen Verbrecher auf die Welt losgelassen haben.

Ich schaue wieder nach vorn, und ich hoffe, das tun Sie auch, Clara. In meinem Leben hat sich eine überraschende Wende ergeben. Raten

Sie, wer mich angerufen hat: Rebecca Brandt. Sie verlässt Südfrankreich und kehrt nach Deutschland zurück. Sie will *Kinderruf* wieder aufleben lassen, und sie hat mich gefragt, ob ich mitmachen möchte. Ich konnte es gar nicht fassen, denn sie hätte jeden Grund, für immer böse mit mir zu sein. Stattdessen hat sie Verständnis für alles und meint, die beste Art, unsere Fehler wieder gutzumachen, sei die, uns verstärkt um Kinder und ihren Schutz zu kümmern. Natürlich habe ich ihr Angebot voller Freude angenommen. Endlich wieder eine Aufgabe, noch dazu eine, die sinnvoll ist und mich wirklich befriedigt. Nächste Woche ist übrigens mein Scheidungstermin. Es ist dann endlich vorbei. Manchmal kann man erst nach einem ganz dicken Schlussstrich den Neuanfang in Angriff nehmen.

Rebecca erzählte übrigens, dass Marius in eine Therapieeinrichtung gehen wird und dass er hofft, seine Probleme dort aufzuarbeiten und besser damit leben zu können. Seine Frau wird nicht bei ihm bleiben, aber das war nach allem, was geschehen ist, wohl auch nicht zu erwarten. Es muss viel Unschönes zwischen den beiden vorgefallen sein. Inga – so heißt sie – will die Zelte hier in München abbrechen. Sie geht nach Hamburg, bringt dort ihr Studium zu Ende.

Ich bete darum, dass die Trennung Marius nun nicht völlig aus den Gleisen wirft, dass auch er die Chance erkennt, ganz neue Wege für sich zu suchen. Vielleicht bringe ich irgendwann einmal den Mut auf, ihn zu besuchen. Ich möchte mich entschuldigen und ihm etwas über meine damalige Situation erklären. Rebecca meint auch, das könnte ihm nützen.

Das war es eigentlich schon von meiner Seite. Es wäre schön, könnten wir beide uns irgendwann einmal sehen!

Ich umarme Sie, Clara. Denken Sie nicht zu viel an das, was war. Schauen Sie nach vorn.

Ihre Sabrina

CHARLOTTE LINK

Foto: Gudrun Stockinger

„Nach meiner Erfahrung hat praktisch jeder Mensch eine Fassade um sich errichtet."

Einer der Antriebe bei ihrer Arbeit als Autorin besteht für Charlotte Link darin, einen Blick auf verborgene Charakterzüge und Sehnsüchte der Menschen zu werfen. „Wenn ich ein Buch schreibe, reizt es mich, nach und nach zum unverhüllten Kern einer Figur zu gelangen", erklärt die in Wiesbaden beheimatete Schriftstellerin. „Die Mauern, hinter denen sich Menschen verstecken, mögen unterschiedlich hoch und dick sein, aber immer ist da etwas Interessantes aufzuspüren."

Damit aus den Beobachtungen ein packender Roman entstehen kann, bedarf es jedoch eines entscheidenden Auslösers. „Um eine Geschichte entwickeln zu können, muss ich auf den berühmten Funken warten, der von irgendwoher auf mich überspringt", betont Charlotte Link. Bei *Der fremde Gast* war dies die Begegnung mit einer Frau in Südfrankreich, wo die Autorin mit ihrer Familie meist die Ferien verbringt. „Diese Frau lebte dort nach dem Tod ihres Mannes völlig abgeschieden. Sie wurde das Vorbild für die Hauptfigur Rebecca Brandt im Buch."

Charlotte Link, Jahrgang 1963, schreibt seit ihrem 16. Lebensjahr Bücher. Sie machte sich mit großen Gesellschaftsromanen wie *Das Haus der Schwestern* ebenso einen Namen wie mit psychologischen Spannungsromanen (unter anderem *Die Täuschung*, eine Geschichte, die ebenfalls in den *Reader's Digest Auswahlbüchern* enthalten war). Um Beruf und Familie unter einen Hut zu bringen, wahrt die Autorin strenge Disziplin: „Ganz wichtig ist der Lauf durch den Wald morgens von sechs bis sieben zusammen mit meinem Hund. Danach bin ich hellwach und gewappnet für den Tag."

Das Kind von Noah

Eric-Emmanuel Schmitt

Wir waren an die zwanzig,
schrien und plantschten vergnügt
unter den erfrischenden
Wasserstrahlen der Duschen,
als plötzlich ein deutscher Offizier
im Umkleideraum stand.
Wir erstarrten, verstummten,
und Pater Bims erbleichte.

Als ich zehn war, gehörte ich zu einer Gruppe von Kindern, die man Sonntag für Sonntag der Öffentlichkeit vorführte. Man bot uns nicht zum Kauf an, man bat uns, auf einem Podium auf und ab zu gehen, um einen Abnehmer für uns zu finden. Im Publikum konnten sowohl unsere wahren, endlich aus dem Krieg zurückgekehrten Eltern sein als auch adoptionswillige Paare.

Sonntag für Sonntag stieg ich auf eine Bretterbühne in der Hoffnung, dass jemand mich erkannte oder aber haben wollte. Sonntag für Sonntag hatte ich in dem überdachten Innenhof der Gelben Villa genau zehn Schritte, um mich zu zeigen, zehn Schritte, um wieder zu einer Familie zu gehören, zehn Schritte, um keine Waise mehr zu sein. Die ersten Meter fielen mir immer leicht, die Ungeduld trieb mich geradezu auf die Bretter, aber auf halber Strecke bekam ich plötzlich weiche Knie und schaffte das letzte Stück nur mit Mühe. Dann stand ich da wie vor einem Sprung ins Leere, vor einer Stille, tiefer als ein Abgrund. Unter diesen zahllosen Köpfen, Hüten, Glatzen und Haarknoten musste sich doch ein Mund auftun und „Mein Sohn!“ rufen oder „Das ist er! Er und kein andrer! Den adoptier ich!“. Mit jeder Faser meines Körpers diesem Ruf entgegenfiebernd, der mich der Verlassenheit entriss, vergewisserte ich mich, dass ich auch anständig aussah.

Ich war im Morgengrauen aufgestanden, vom Schlafsaal direkt in die kalten Waschräume gehüpft, hatte mich mit einer steinharten grünen Seife geschrubbt, die kaum weich zu kriegen war und nur sparsam schäumte, war mir mit dem Kamm an die zwanzigmal durchs Haar gefahren, bis ich es endlich gebändigt hatte, und da mein blauer Sonntagsanzug aus grobem Stoff an den Schultern zu eng und an den Hand- und Fußgelenken zu kurz geworden war, hatte ich mich so klein wie möglich gemacht, damit man nicht merkte, dass er mir längst nicht mehr passte.

Meine Schuhe sahen auch nicht gerade berückend aus. Zwei Stück kotzfarbene Pappe. Mehr Löcher als Material. Mit Bast umwickelt. Ein windiges Modell, nach allen Seiten hin offen. Plumpe Treter, die erst wasserdicht waren, wenn mehrere Schichten Schlamm sie verkrustet hatten. Beim Putzen lief ich Gefahr, dass sie sich in nichts auflösten. Das Einzige, was meine Schuhe als solche kenntlich machte, war die Tatsache, dass ich sie an den Füßen trug. Hätte ich sie in der Hand gehalten, hätte man mir gewiss zuvorkommend die nächste Mülltonne gezeigt. Vielleicht hätte ich ja die Holzschuhe anbehalten sollen, die ich die Woche über trug. Aber die Besucher der Gelben Villa konnten das von da unten aus gar nicht sehen. Und wenn schon! An den Schuhen durfte es kaum liegen. Schließlich hatte der rote Léo seine Eltern wieder gefunden, als er sich barfuß präsentierte.

„Du kannst jetzt zurück in den Speisesaal, Joseph."

Sonntag für Sonntag machte dieser Satz meine Hoffnung zunichte. Mit anderen Worten, Pater Bims gab mir zu verstehen, dass es auch diesmal wieder nichts war und ich die Bühne räumen musste.

Kehrtmachen also. Zehn Schritte, um zu verschwinden. Zehn Schritte, und wieder war man allein mit seinem Schmerz. Zehn Schritte, und wieder war man Waise. Am anderen Ende des Podiums trat schon das nächste Kind unruhig auf der Stelle. Es drückte mir das Herz ab.

„Glauben Sie, ich schaff es irgendwann, *mon père*?"

„Was, mein Junge?"

„Eltern zu finden."

„Ich hoffe, deine richtigen Eltern sind der Gefahr entronnen und tauchen bald hier auf."

Alles Zur-Schau-Stellen war bisher erfolglos geblieben, und ich fühlte mich zusehends schuldig. Als könnte ich etwas dafür, dass sie nicht kamen. Nicht wiederkamen. Aber war das überhaupt ihre Schuld? Lebten sie noch?

Ich war zehn Jahre alt. Drei Jahre zuvor hatten mich meine Eltern Fremden anvertraut.

Seit einigen Wochen war der Krieg vorbei. Und mit ihm die Zeit der Hoffnung und der Illusionen. Für uns, die versteckten Kinder, bedeutete das, zurück in die Wirklichkeit zu müssen, um per Holzhammermethode herauszufinden, ob wir noch immer eine Familie hatten oder mutterseelenallein zurückgeblieben waren …

Angefangen hatte alles in einer Straßenbahn.

Mama und ich fuhren durch Brüssel, wir saßen hinten in einem gelben Waggon, der Funken spuckte und laut blechern schepperte. Auf dem Schoß meiner Mutter, in ihr süßes Parfüm gehüllt und an ihren Fuchsschwanzkragen geschmiegt, kam ich mir mit meinen sieben Jahren auf dieser sausenden Fahrt mitten durch die graue Stadt wie der Herrscher der Welt vor: Die Automobile gaben den Weg frei, die Karren ließen uns erschrocken passieren, die Fußgänger stoben auseinander, während der Fahrer meine Mutter und mich wie ein kaiserliches Paar in seiner Karosse kutschierte.

Fragen Sie mich nicht, wie meine Mutter aussah. Kann man die Sonne beschreiben? Von Mama kamen Wärme, Zuversicht und Freude. Und die Erinnerung an ihre Ausstrahlung ist stärker als die Erinnerung an ihr Gesicht. In ihrer Nähe war mir froh ums Herz, und nie und nimmer konnte mir etwas Schlimmes passieren.

So blieb ich auch ganz ruhig, als deutsche Soldaten zustiegen. Ich wurde einfach das stumme Kind. Aus Angst, mein Jiddisch könne mich verraten, hatten mir meine Eltern eingeschärft, augenblicklich zu schweigen, sobald sich graugrüne Uniformen oder schwarze Ledermäntel näherten. Seit diesem Jahr, seit 1942, waren wir gezwungen, gelbe Sterne zu tragen, aber mein Vater, ein geschickter Schneider, hatte für uns Mäntel gemacht, die uns erlaubten, den Stern je nach Bedarf verschwinden oder wieder zum Vorschein kommen zu lassen. Für meine Mutter waren das unsere „Sternschnuppen".

Obwohl sich die Soldaten unterhielten und uns keinerlei Beachtung schenkten, merkte ich, wie meine Mutter erstarrte und zu zittern begann. Spürte sie etwas? Hatte sie einen verdächtigen Satz gehört?

Sie erhob sich, legte mir die Hand auf den Mund und schob mich an der nächsten Haltestelle hastig die Stufen hinab. Als wir auf dem Bürgersteig standen, fragte ich: „Warum sind wir schon ausgestiegen? Wir sind doch noch gar nicht zu Hause!"

„Wir machen einen kleinen Spaziergang, Joseph. Was hältst du davon?"

Mir war es recht, ich wollte alles, was meine Mutter wollte, auch wenn es mich Mühe kostete, mit ihr Schritt zu halten, sie stürmte plötzlich so energisch voran, ging viel schneller als sonst.

Bis sie dann irgendwann sagte: „Wir besuchen jetzt eine große vornehme Dame, hast du Lust?"

„Ja. Wen denn?"

„Die Comtesse de Sully."

„Und wie groß ist sie?"

„Ich wollte damit sagen, dass sie adelig ist."

„Adelig?“

Während sie mir erklärte, dass ein Adeliger ein Mensch von hoher Geburt ist, der von einer sehr alten Familie abstammt und dem man große Achtung entgegenbringen muss, führte sie mich zu einem prächtigen Stadtpalais mit Dienern und allem Drum und Dran.

Aber irgendwie war ich enttäuscht, denn obwohl aus einer „alten“ Familie, sah die Comtesse de Sully sehr jung aus, und obwohl eine „große“ Dame von „hoher“ Geburt, war sie kaum größer als ich.

Die beiden Frauen tuschelten kurz miteinander, dann umarmte mich meine Mutter und ermahnte mich, hier auf sie zu warten.

Die kleine, junge und enttäuschende Comtesse nahm mich mit in ihren Salon, wo sie mir Kuchen und Tee servierte und auf dem Klavier vorspielte. Angesichts der hohen Decken, des überreichen Kuchenangebotes und der schönen Musik war ich bereit, meine Einstellung ihr gegenüber noch einmal zu überdenken, und kam, während ich mich tief in einen Polstersessel kuschelte, zu dem Schluss, dass sie doch eine „große“ Dame war.

Irgendwann hörte sie auf zu spielen, sah mit einem Seufzer auf die Uhr, machte ein besorgtes Gesicht und setzte sich zu mir. „Joseph, ich weiß nicht, ob du verstehen wirst, was ich dir jetzt sage, aber unser Blut verbietet uns, Kindern die Wahrheit zu verschweigen.“

Wieso sagte sie mir das? Hielt sie mich etwa auch für adelig? Ja … warum eigentlich nicht? Wenn man dazu, wie sie, weder groß noch alt sein musste, konnte es durchaus sein.

„Joseph, deine Eltern und du, ihr seid in ernster Gefahr. Deine Mutter hat gehört, dass man in dem Viertel, in dem ihr wohnt, Verhaftungen durchführen will. Nun ist sie dorthin, um deinen Vater und so viele Menschen wie möglich zu warnen. Sie hat dich mir anvertraut, damit dir nichts passiert. Ich hoffe, dass sie wiederkommt.“

„Mama kommt immer wieder. Warum sollte sie denn nicht wiederkommen?“

„Die Polizei könnte sie verhaften.“

„Was hat sie denn getan?“

„Nichts. Sie hat nichts getan. Nur, sie ist …“ Die Comtesse stockte und seufzte tief. Ihre Augen wurden feucht.

„Sie ist was?“, fragte ich.

„Jüdin.“

„Ja und? In meiner Familie sind wir alle Juden. Ich auch, weißt du.“

Und weil ich Recht hatte, küsste sie mich auf beide Wangen.

„Und du, Madame, bist du auch Jüdin?"

„Nein. Ich bin Christin."

„Christ, ist das das Gegenteil von Jude?"

„Das Gegenteil von Jude ist Nazi."

„Und Christinnen werden nicht verhaftet?"

„Nein."

„Dann ist es also besser, man ist Christin?"

„Nicht unbedingt, es hängt davon ab, mit wem man es zu tun hat. Ich zeig dir jetzt das Haus, Joseph, bis deine Mutter wiederkommt, hast du Lust?"

„Na siehst du, sie kommt doch wieder!"

Die Comtesse de Sully nahm mich bei der Hand und führte mich durch die Stockwerke, und ich bestaunte die Vasen, die Bilder und die Rüstungen. In ihrem Schlafzimmer entdeckte ich eine ganze Wand voll mit Kleidern, die auf Bügeln hingen. Bei uns in Schaerbeek lebten wir auch zwischen Kleidern, Garn und Stoffen.

„Bist du Schneider wie Papa?"

Sie lachte. „Nein. Das hier ist alles gekauft, von Modeschöpfern wie deinem Papa. Schließlich müssen sie ja für irgendwen arbeiten, oder?"

Ich nickte, aber ich war mir sicher, dass sich die Comtesse ihre Kleider nicht bei uns bestellt hatte. So etwas Schönes hatte ich bei meinem Vater nie gesehen, dieser bestickte Samt, die schimmernde Seide, Spitzenmanschetten, diese Knöpfe, die wie Juwelen funkelten.

Dann kam der Comte, und nachdem die Comtesse ihm die Lage erklärt hatte, nahm er mich in Augenschein.

Er entsprach meinem Bild von einem Adeligen schon sehr viel mehr. Groß, schmal und alt – jedenfalls verlieh ihm sein Schnurrbart etwas Ehrwürdiges – musterte er mich derart von oben herab, dass mir klar wurde, weshalb die Decken hier so hoch waren.

„Komm und iss mit uns, mein Kind."

Eine solche Stimme hatte nur ein Adelsmann, da war ich mir sicher: fest, kräftig, dunkel.

Während wir bei Tisch saßen, beantwortete ich brav alle Fragen, und das, obwohl mich nur eines beschäftigte: War ich nun adelig oder nicht? Wenn sich die Sullys bereit fanden, mir zu helfen, und mich bei sich aufnahmen, geschah das dann, weil ich ihresgleichen war? Also ein Adelsmann?

Als wir schließlich in den Salon gingen, um eine Tasse Orangenblütentee zu trinken, hätte ich sie offen danach fragen können, aber da ich fürchtete, die Antwort könnte negativ ausfallen, zog ich es vor, mich dieser schmeichelhaften Vorstellung noch ein wenig hinzugeben …

Darüber musste ich eingeschlafen sein. Als es dann läutete und ich von dem Sessel aus, in dem ich es mir bequem gemacht hatte, plötzlich meinen Vater und meine Mutter in der Vorhalle sah, wurde mir schlagartig klar, dass sie anders waren. Ihre Haltung war gebeugt, ihre Kleidung schlicht, sie trugen Pappkoffer bei sich, und ihre Stimmen klangen so unsicher und besorgt, als fürchteten sie die vornehmen Gastgeber, an die sie sich wandten, nicht weniger als die Nacht, aus der sie kamen. Waren meine Eltern am Ende arm?

„Eine Razzia! Sie haben alle festgenommen. Die Frauen und auch die Kinder. Die Rosenbergs. Die Meyers. Die Laegers. Die Perelmuters …"

Mein Vater weinte. Ich schämte mich, dass er, der nie weinte, hier vor Leuten wie den Sullys Tränen vergoss. Was hatte diese Vertrautheit zu bedeuten? Dass auch wir adelig waren? Mucksmäuschenstill verfolgte ich von dem Sessel aus, in dem ich ihrer Meinung nach schlief, alles mit.

„Ja, Mishke", sagte meine Mutter, „wir hätten eben doch mit Tante Rita nach Brasilien gehen sollen."

„Mit meinem kranken Vater? Wie denn?"

„Jetzt ist er tot, Gott hab ihn selig."

„Ja, nun ist es zu spät."

Da schaltete sich der Comte de Sully ein. „Ich werde Ihnen helfen."

„Nein, Monsieur le Comte, was mit uns geschieht, das ist nicht so wichtig. Aber Joseph muss in Sicherheit gebracht werden. Er zuallererst."

„Ja", bekräftigte meine Mutter, „Joseph darf nichts passieren."

So viel Rücksichtnahme war der sichere Beweis: Ich hatte mich nicht getäuscht. Ich war adlig. Jedenfalls für meine Eltern.

Der Comte versuchte sie erneut zu beruhigen. „Aber natürlich kümmere ich mich um Joseph. Und auch um Sie. Aber Sie werden sich damit abfinden müssen, dass man Sie vorübergehend trennt."

„Mein Josephle …" Meine Mutter sank in die Arme der kleinen Comtesse. Anders als die Tränen meines Vaters, die mir peinlich gewesen waren, zerrissen ihre mir das Herz.

Als echter Adelsmann konnte ich einfach nicht weiter tun, als ob ich schliefe! Mir meiner Würde bewusst, sprang ich galant aus dem Sessel, um meine Mama zu trösten. Doch was war nur los mit mir? Kaum bei ihr, umklammerte ich ihre Beine und begann noch heftiger zu schluchzen als sie. Da sahen die Sullys an einem einzigen Abend die ganze Sippschaft in Tränen aufgelöst!

Um von der verfahrenen Situation abzulenken, machte sich mein Vater an seinen Koffern zu schaffen. „Bitte, Monsieur le Comte. Da ich Sie niemals angemessen werde bezahlen können, möchte ich Ihnen geben, was mir geblieben ist. Hier meine letzten Anzüge."

An Kleiderbügeln hielt er die Jacken, Westen und Hosen aus seiner Werkstatt hoch; strich, wie in unserem Laden, mit dem Handrücken schnell und zärtlich über die Ware, um ihren Wert hervorzuheben und den weich fallenden Stoff.

Ich war erleichtert, dass mein Vater das Schlafzimmer der Comtesse nicht gesehen hatte und ihm somit der Anblick ihrer schönen Garderobe erspart geblieben war, andernfalls wäre er auf der Stelle tot umgefallen vor Scham, dass er es gewagt hatte, so feinen Leuten eine so gewöhnliche Ware anzubieten.

„Ich möchte in keiner Weise bezahlt werden, mein Freund", sagte der Comte.

„Ich bestehe darauf …"

„Ich bitte Sie, behalten Sie Ihre wertvollen Schätze, Sie könnten Ihnen noch von Nutzen sein."

Schätze? Der Comte hatte die Anzüge meines Vaters als „Schätze" bezeichnet! Ich begriff nicht ganz! Hatte ich mich womöglich verhört?

Und dann sollten wir bis ganz nach oben gehen, wo man uns ein Mansardenzimmer zuwies. Mitten im Dach war ein Fenster, es zeigte auf den Sternenhimmel. Ich war fasziniert. So einen Blick hatte ich noch nie gehabt, durch das Fenster unserer Kellerwohnung sah ich immer nur Schuhe, Hunde und Einkaufstaschen. Das Himmelsgewölbe, dieser tiefschwarze, von Diamanten übersäte Samt, schien mir das i-Tüpfelchen eines so noblen Hauses, in dem einem die Schönheit auf jeder Etage entgegenstrahlte.

„Sieh nur, Joseph", sagte Mama, „der Stern da, das ist unser Stern. Deiner und meiner."

„Und wie heißt er?"

„Die Leute nennen ihn den Abendstern, aber wir, wir nennen ihn den ‚Stern von Joseph und Mama'."

Meine Mutter musste den Sternen immer andere Namen geben.

Sie legte mir meine Hände auf die Augen, hieß mich ganz schnell um meine eigene Achse drehen und sagte dann: „Schau dir den Himmel an. Wo ist unser Stern? Zeig ihn mir!"

Und so lernte ich, den „Stern von Joseph und Mama" in der unendlichen Weite sicher zu erkennen.

Meine Mutter zog mich an ihre Brust und begann ein jiddisches Wiegenlied zu summen, und wieder musste ich ihr unseren Stern zeigen. Dann sang sie erneut.

Im Hintergrund war mein Vater leise brummend mit den Koffern und seinen Anzügen beschäftigt. Zwischen zwei Liedern meiner Mutter fand ich die Kraft, ihn zu fragen: „Papa, bringst du mir das Nähen bei?"

Diese Frage überraschte ihn so sehr, dass er nach Worten suchte.

„Ja", sagte ich. „Ich möchte auch gern solche Schätze machen wie du."

Da kam er zu mir, und er, der oft so steif und unnahbar war, zog mich an sich und umarmte mich. „Alles werde ich dir beibringen, Joseph, alles, was ich weiß. Und selbst, was ich nicht weiß."

Ich hatte immer das Gefühl gehabt, dass ihm sein stacheliger schwarzer Backenbart irgendwie wehtat, weil er ihn sich so oft rieb und niemand ihn anfassen durfte. An diesem Abend aber schien alles in Ordnung zu sein, ja, ich durfte ihn sogar neugierig betasten.

„Weich, stimmt's?", murmelte Mama und wurde dabei rot, als würde sie mir ein Geheimnis anvertrauen.

„Nun red keinen Unsinn", grollte Papa.

Obgleich es zwei Betten gab, ein großes und ein kleines, wollte Mama unbedingt, dass ich mich mit ihnen auf das große legte. Mein Vater hatte nichts dagegen. Er war wirklich ganz anders, seit wir Adelsleute waren.

Und dann schlief ich, den Blick fest auf die Sterne gerichtet, die jiddische Lieder sangen, ein letztes Mal in den Armen meiner Mutter ein.

Wir haben uns nie Lebewohl gesagt. Vielleicht hatte es mit den sich überstürzenden Ereignissen zu tun. Vielleicht hatten sie es bewusst unterlassen. Sie gingen am Nachmittag des folgenden Tages und kamen nicht wieder.

Und wann immer ich den Comte und die kleine Comtesse nach meinen Eltern fragte, erhielt ich die gleiche Antwort: „Sie sind in Sicherheit."

Ich gab mich damit zufrieden, denn die Entdeckung meines neuen Lebens, meines Lebens als Adelsmann, beanspruchte meine ganze Energie.

Wenn ich nicht allein alle Winkel und Ecken meiner neuen Bleibe erkundete, saß ich im Salon mit der Comtesse, die sich um mein Französisch kümmerte und mir verbot, auch nur ein Wort Jiddisch in den Mund zu nehmen. Ich betrug mich artig, denn sie fütterte mich mit Kuchen und spielte mir auf dem Klavier Walzer vor. Zudem war ich felsenfest überzeugt, dass meine Erhebung in den Adelsstand die Beherrschung dieser Sprache verlangte. Sie war zwar farblos und schwierig und bei weitem nicht so witzig und lebendig wie meine eigene, dafür aber weich, maßvoll und vornehm.

Vor Besuchern musste ich den Comte und die Comtesse mit „Onkel" und „Tante" ansprechen, da sie mich als einen ihrer Neffen aus Holland ausgaben.

Ich glaubte schon fast selbst daran, als eines Morgens die Polizei das Haus umstellte. „Polizei! Aufmachen! Polizei!" Männer schlugen brutal gegen die Eingangstür, die Klingel genügte ihnen offenbar nicht. „Polizei! Aufmachen! Polizei!"

Die Comtesse stürzte im Negligé in mein Zimmer, nahm mich auf den Arm und trug mich in ihr Bett. „Hab keine Angst, Joseph, antworte ihnen immer schön auf Französisch, genau wie ich."

Als die Polizisten die Treppe hinaufstürmten, begann sie mir eine Geschichte vorzulesen, und wir beide lehnten uns in die Kissen zurück, als wäre nichts geschehen.

Sie kamen herein und warfen uns zornige Blicke zu. „Sie verstecken eine jüdische Familie!"

„Durchsuchen Sie alles, tun Sie sich keinen Zwang an", sagte die Comtesse von oben herab, „horchen Sie die Wände ab, sehen Sie unter den Betten nach: Sie werden nichts finden. Dafür aber kann ich Ihnen versichern, dass Sie noch von mir hören werden."

„Es ist Anzeige gegen Sie erstattet worden, Madame."

Gelassen erklärte die Comtesse, sie finde es unerhört, dass man jedem Denunzianten Glauben schenke, und dass sie Königin Elisabeth, ihre enge Freundin, über diese Angelegenheit in Kenntnis setzen werde. Diese unverzeihliche Dummheit werde sie ihre Karriere kosten, darauf könnten sie sich verlassen! „Und nun machen Sie schon! Aber schnell!"

Um ein Haar hätte der Chef des Einsatzkommandos vor so viel Selbstsicherheit und Entrüstung die Waffen gestreckt. „Darf ich Sie fragen, Madame, wer dieses Kind ist?"

„Mein Neffe. Der Sohn von General von Grebbels. Möchten Sie etwa auch noch unseren Stammbaum sehen?"

Nach einer unergiebigen Durchsuchung zogen die Polizisten unter Entschuldigungen linkisch und beschämt ab.

Die Comtesse sprang aus dem Bett und brach, mit ihren Nerven am Ende, zugleich in Weinen und Lachen aus. „Jetzt hast du mich ertappt, Joseph, bei einer meiner Frauenstrategien."

„Und bei welcher?"

„Anklagen statt sich rechtfertigen. Zum Angriff übergehen, sobald man in Verdacht gerät. Die Zähne zeigen statt sich verteidigen."

„Dürfen das nur Frauen?"

„Nein. Das kannst du ruhig auch so halten."

Am nächsten Tag erklärten mir die Sullys, ich könne nicht länger bei ihnen bleiben, da ihre Schwindeleien bei weiteren Ermittlungen unweigerlich ans Licht kämen.

„Pater Bims wird sich um dich kümmern. Bei ihm bist du so gut aufgehoben wie nirgendwo sonst. Du musst ‚*mon père*, mein Vater' zu ihm sagen."

„Ja, Onkel."

„Aber nicht etwa, damit man glaubt, er sei dein Vater, so, wie du mich ‚Onkel' nennst. Alle Welt nennt ihn so."

„Sie auch?"

„Ja, auch wir. Er ist ein Priester, und wenn wir ihn ansprechen, sagen wir ‚*mon père*'. Selbst die Polizisten. Und auch die deutschen Soldaten. Alle Welt. Selbst die, die nicht glauben."

„Nicht glauben, dass er ihr Vater ist?"

„Selbst die, die nicht an Gott glauben."

Ich war tief beeindruckt. Da sollte ich also jemanden kennen lernen, der der Vater der ganzen Welt war oder zumindest als solcher angesehen wurde.

ALS ES läutete und er hereinkam, wusste ich sofort: Das ist er.

Ein langer, schmaler Mensch, der wirkte, als bestünde er aus zwei unzusammenhängenden Teilen: dem Kopf und dem Rest. Sein Körper schien überhaupt nicht vorhanden zu sein, nichts zeichnete sich ab unter der schwarzen Soutane, die so schlaff an ihm hing wie an einem Bügel. Sein Kopf aber war unübersehbar, aus Fleisch und Blut und so rosig wie bei einem frisch gebadeten Baby.

Man bekam richtig Lust, ihn in die Hände zu nehmen und auf beide Wangen zu küssen.

„Guten Tag, *mon père*", sagte der Comte. „Das hier ist Joseph."

Mit seinen schwarzen Augen hinter den randlos runden Brillengläsern betrachtete er mich wohlwollend.

„Sie haben ja gar keine Haare!“, rief ich.

Er grinste, und von diesem Augenblick an mochte ich ihn. „Sie sind mir ausgefallen. Und das bisschen, das mir noch wächst, rasiere ich ab.“

„Warum?“

„Damit ich keine Zeit mit Kämmen vertue.“

Ich prustete laut los. Da wusste er also selbst nicht mal, warum er eine Glatze hatte? Das war ja ein Ding … Die Sullys sahen mich fragend an. Sie etwa auch nicht? Sollte ich es ihnen sagen? Die Sache war doch sonnenklar. Pater Bims hatte einen so steinglatten Schädel, weil er seinem Namen Ehre machen musste.

Da sie immer noch ungläubig dreinschauten, dachte ich: Besser, ich sag nichts mehr. Auch wenn sie mich für einen Einfaltspinsel halten …

„Kannst du Rad fahren, Joseph?“

„Nein.“

Seit Kriegsbeginn hatten mir meine Eltern verboten, auf der Straße zu spielen. Eine Vorsichtsmaßnahme. Und so hinkte ich den Jungen meines Alters in dieser Hinsicht um einiges hinterher.

„Dann bring ich es dir jetzt bei“, sagte der Pater. „Halt dich einfach an mir fest, und versuch, hinter mir sitzen zu bleiben.“

Im Hof der Sullys gab ich mir alle Mühe – schließlich sollten sie stolz auf mich sein –, nicht vom Gepäckträger zu fallen, was mir nach mehreren Anläufen auch gelang.

Als ich es geschafft hatte, kamen der Comte und die Comtesse. Sie umarmten mich hastig. „Bis bald, Joseph. Wir besuchen dich. Und nehmen Sie sich in Acht vor dem dicken Jakob, *mon père*!“

Ehe ich mich versah, rollten der Pater und ich durch die Straßen von Brüssel. Alles war so schnell gegangen, dass mir erst jetzt klar wurde, dass gerade eben wohl ein Abschied stattgefunden hatte. Aber da ich auf mein Gleichgewicht achten musste, konnte ich mich meinem Kummer gar nicht erst hingeben.

Unter einem feinen Regen, der den Asphalt in einen öligen Spiegel verwandelte, kamen wir, wenn auch bibbernd und schwankend, auf den dünnen Reifen rasch voran.

„Falls wir dem dicken Jakob begegnen, dann beug dich vor zu mir, und tu, als würden wir uns schon ewig kennen.“

„Und wer ist der dicke Jakob, *mon père*?“

„Ein Jude, der andere Juden verrät. Er fährt in einem Auto der Gestapo durch die Gegend. Er zeigt den Nazis die Juden, die er kennt, damit man sie gefangen nimmt."

In genau diesem Augenblick war mir ein schwarzer Wagen aufgefallen, der uns langsam folgte. Als ich mich noch einmal nach ihm umdrehte, sah ich hinter der Windschutzscheibe zwischen Männern in dunklen Mänteln ein bleiches, schwitzendes Gesicht, das mit seinen runden Knopfaugen flink die Trottoirs der Avenue Louise absuchte.

„Der dicke Jakob, *mon père*!"

„Schnell, erzähl mir etwas, Joseph. Du kennst doch bestimmt ein paar lustige Geschichten?"

Ohne lange zu überlegen, begann ich meinen gesamten Vorrat an Witzen zu plündern. Ich hätte nie gedacht, dass sie den Pater dermaßen erheitern könnten. Bims lachte aus vollem Hals. Berauscht von meinem Erfolg, begann ich ebenfalls zu lachen und war, selbst als der Wagen gefährlich näher kam, zu siegestrunken, um mich noch von ihm einschüchtern zu lassen.

Der dicke Jakob beäugte uns missmutig und bedeutete, angewidert von unserer Heiterkeit, dem Fahrer, er solle Gas geben.

Wir verloren das Automobil aus den Augen. Ich aber war in meiner Komikerdarbietung gar nicht mehr zu bremsen, bis Pater Bims schließlich rief: „Um Himmels willen, Joseph, hör auf damit! Wie soll ich denn noch radeln, wenn ich so lachen muss?"

„Schade. Dann erfahren Sie ja gar nicht die Geschichte von den drei Rabbis, die ein Motorrad ausprobiert haben."

ALS ES dunkel wurde, waren wir noch immer unterwegs. Wir hatten die Stadt schon lange hinter uns gelassen und fuhren jetzt über Land, wo die Bäume bereits wie schwarze Schatten aussahen.

Pater Bims war zwar nicht außer Atem, aber auch nicht gerade gesprächig und beschränkte sich auf „Alles in Ordnung?", „Geht's noch?" oder „Bist du auch nicht zu müde, Joseph?".

Und trotzdem, je länger wir fuhren, desto stärker wurde das Gefühl der Vertrautheit zwischen uns, wahrscheinlich, weil ich seine Taille umfasst hielt, mein Kopf an seinem Rücken ruhte und durch den dicken Stoff seiner Sutane hindurch die Wärme seines Körpers fast unmerklich auf mich überging. Irgendwann kam endlich das Ortsschild mit der Aufschrift CHEMLAY, das Dorf von Pater Bims, und er bremste. Das Rad quietschte, und ich purzelte in den Straßengraben.

„Bravo, Joseph, du bist fleißig geradelt! 35 Kilometer! Nicht schlecht für den Anfang!“

Ich rappelte mich auf, wagte aber nicht, Pater Bims die Wahrheit zu sagen. Denn zu meiner großen Schande hatte ich während unserer Reise meine Beine einfach ins Leere hängen lassen. Ja, waren denn da etwa Pedale gewesen, die ich nicht bemerkt hatte?

Er stellte das Rad so schnell beiseite, dass ich nicht einmal nachsehen konnte, und nahm mich bei der Hand. Wir liefen querfeldein bis zum ersten Haus am Ortsrand, einem niedrigen, gedrungenen Gebäude. Dort machte er mir ein Zeichen, dass ich mich still verhalten solle, ging um den Haupteingang herum zur Hintertür und klopfte.

Ein Gesicht erschien. „Kommen Sie herein, schnell!“

Rasch schloss Mademoiselle Marcelle, die Apothekerin, die Tür wieder hinter uns und führte uns die wenigen Stufen hinab in ihren Keller, den eine Öllampe erhellte.

Als Mademoiselle Marcelle sich zu mir herunterbeugte, hätte ich um ein Haar laut aufgeschrien. Sie ähnelte allem, nur keiner Frau, eher einer Kartoffel auf einem Vogelkörper. Ihr Gesicht, matt, braun, gefleckt und unförmig, wirkte mit seinen grob geschnittenen, faltigen Zügen und den zusammengekniffenen Lidern wie eine frisch geerntete Rübe, in die ein Bauer mit seiner Hacke einen schmalen Mund und zwei kleine Ausbuchtungen – die Augen – geschlagen hatte; schütteres, an den Wurzeln weißes und an den Spitzen rötliches Haar ließ vermuten, dass es im Frühjahr möglicherweise neu wuchs. Auf dünnen Beinen, ihren bauchigen Rumpf vornübergebeugt, die Hände in die Hüften gestemmt und die Ellbogen wie Flügel nach hinten gelegt, beäugte mich Mademoiselle Marcelle, ehe sie nach mir pickte. „Jude, stimmt's?“

„Ja“, sagte Pater Bims.

„Wie heißt du?“

„Joseph.“

„Sehr gut. Da müssen wir den Vornamen nicht ändern, er ist jüdisch wie christlich. Und der Nachname?“

„Bernstein.“

„Auch das noch! Ich werde dir Papiere auf den Namen Joseph Bertin ausstellen. Komm mit. Ich fotografier dich jetzt.“

In einer Ecke des Raums stand ein Schemel vor einer gemalten Kulisse: ein Waldstück mit Himmel. Pater Bims kämmte mich, brachte meine Kleidung in Ordnung und bat mich, in den Apparat zu schauen, einen riesigen

Holzkasten mit mehreren Bälgen auf einem fast mannshohen Gestell. Im gleichen Augenblick schoss ein so heller Blitz durch den Raum, dass ich mir verwirrt die Augen rieb. Hatte ich geträumt? Da aber schob Mademoiselle Marcelle schon die nächste Platte in die Ziehharmonika, und wieder blitzte es so unglaublich.

„Noch mal!", rief ich.

„Nein, zwei reichen. Ich entwickle sie gleich heute Nacht. Ich hoffe, du hast keine Flöhe? Jedenfalls reibst du dich mit dieser Flüssigkeit hier ein. Und Krätze? Ein bisschen Schwefel kann nie schaden. In ein paar Tagen kriegen Sie ihn wieder zurück, Monsieur Bims, ist Ihnen das recht so?"

„Ja."

Mir war das überhaupt nicht recht. Ich mit der da allein? Eine Vorstellung, bei der mir graute. Da ich aber nicht zu protestieren wagte, fragte ich stattdessen: „Warum nennst du ihn Monsieur? Man muss *‚mon père'* zu ihm sagen."

„Ich sage, was ich will. Monsieur Bims weiß genau, dass ich Pfaffen nicht ausstehen kann. Ich bin Apothekerin, die erste Apothekerin von ganz Belgien! Ich hab studiert und kenn mich aus in Naturwissenschaften. Also, komm mir nicht mit *‚mon père'*! Und im Übrigen nimmt mir Monsieur Bims das nicht übel."

„Nein", sagte der Pater, „ich weiß, dass Sie ein guter Mensch sind."

Sie begann zu grummeln, als ob das Wort „gut" zu sehr nach Sakristei riechen würde. „Ich bin nicht gut, ich bin gerecht. Ich mag keine Priester, ich mag keine Juden, ich mag keine Deutschen, aber ich lass nicht zu, dass man sich an Kindern vergreift."

„Ich weiß, dass Sie Kinder mögen."

„Nein, auch Kinder mag ich nicht. Aber immerhin sind sie menschliche Wesen."

„Dann lieben Sie also die Menschen!"

„Ach, Monsieur Bims, warum wollen Sie denn unbedingt, dass ich etwas liebe? Das ist typisch Pfaffe. Ich liebe nichts und niemanden. Ich bin Apothekerin und damit verpflichtet, dafür zu sorgen, dass die Leute am Leben bleiben. Ich mach nur meine Arbeit. Nun gehen Sie schon, hopp, hopp. Ich werde Ihnen diesen Bengel ordentlich geschniegelt und gestriegelt wiedergeben, und mit Papieren, dass man ihn in Frieden lässt, Kruzitürken!"

Sie wandte sich ab, und somit war jedes weitere Gespräch beendet. Pater Bims beugte sich zu mir und meinte mit einem Lächeln: „Die Leute im

Dorf nennen sie ‚Kruzitürken'. Sie flucht mehr als ihr Vater, und der war Oberst."

Kruzitürken brachte mir zu essen, richtete mir ein Bett und befahl mir mit einer Stimme, die keinen Widerspruch duldete, mich ordentlich auszuruhen. Beim Einschlafen an diesem Abend konnte ich nicht anders, ich empfand eine gewisse Bewunderung für eine Frau, die so selbstverständlich „Kruzitürken" sagte.

UND SO verbrachte ich mehrere Tage bei der einschüchternden Mademoiselle Marcelle. Nach ihrer Arbeit in der Apotheke kam sie Abend für Abend zu mir in den Keller, um dort, als sei das ganz normal, falsche Papiere für mich auszustellen.

„Stört es dich, wenn ich schreibe, du bist sechs statt sieben?"

„Ich werd doch bald acht!", protestierte ich.

„Also sechs. Das empfiehlt sich. Keiner weiß, wie lange dieser Krieg dauert. Und je jünger du bist, umso weniger Schwierigkeiten bekommst du."

Stellte Mademoiselle Marcelle eine Frage, brauchte man ihr gar nicht erst zu antworten, denn die Frage galt immer nur ihr selbst und wurde demnach auch von ihr selbst beantwortet.

„Wenn man dich fragt, sagst du, deine Eltern sind gestorben. Eines natürlichen Todes. Welche Krankheit hätte es denn sein können?"

„Bauchweh?"

„Grippe! Dahingerafft von der Grippe. So, und nun erzähl mir deine Geschichte."

Ging es darum, zu wiederholen, was sie sich ausgedacht hatte, konnte Mademoiselle Marcelle plötzlich sehr genau zuhören.

„Ich heiße Joseph Bertin, ich bin sechs Jahre alt, ich bin in Antwerpen geboren, und meine Eltern sind im letzten Winter an der Grippe gestorben."

„Gut so. Hier, nimm ein Pfefferminzplätzchen." War sie mit mir zufrieden, warf sie mir wie ein Dompteur eine Schleckerei zu, die ich auffangen musste.

Pater Bims besuchte uns jeden Tag und verheimlichte dabei nicht, wie schwierig es war, eine Unterkunft für mich zu finden. „Alle ‚sicheren' Bauernhöfe in der Umgebung haben schon ein, zwei Kinder aufgenommen. Und die Leute, die sonst noch infrage kämen, sind zögerlich, es müsste schon ein Kleinkind sein. Joseph ist mit seinen sieben Jahren bereits zu groß."

„Sechs, *mon père*“, funkte ich dazwischen.

Zur Belohnung schob mir Mademoiselle Marcelle ein Bonbon in den Rachen. Dann sah sie mich an und fragte: „Würdest du gern zu Monsieur Bims ins Internat gehen?“

Da ich wusste, dass ich mir die Antwort sparen konnte, hielt ich meinen Mund und ließ sie weiterreden.

„Nehmen Sie ihn mit in die Gelbe Villa, Monsieur Bims ...“

„Was soll ich ihm denn zu essen geben? Meinen Sie, die Behörden rücken auch nur noch eine einzige Lebensmittelmarke heraus? Die Kinder in der Gelben Villa sind unterernährt, das wissen Sie doch.“

„Pah, kein Problem! Heute Abend kommt der Bürgermeister wegen seiner Spritze zu mir. Ich regle das schon.“

Kaum hatte Mademoiselle Marcelle abends nach Geschäftsschluss das Eisengitter vor ihrer Apotheke heruntergelassen, kam sie zu mir in den Keller. „Joseph, ich brauche dich vielleicht. Sei doch bitte so nett, komm mit mir nach oben und versteck dich im Garderobenschrank. Aber keinen Mucks, verstanden?“ Da ich nicht reagierte, wurde sie wütend. „Ich hab dich was gefragt, Kruzitürken! Bist du schwer von Begriff oder was?“

„Geht in Ordnung.“

Als es läutete, schlüpfte ich zwischen die stark nach Mottenkugeln riechenden Mäntel, während Mademoiselle Marcelle den Bürgermeister in das Hinterzimmer ihrer Apotheke führte. Sie nahm ihm seinen Mantel ab und hängte ihn mir direkt vor die Nase. „Es wird immer schwieriger, Insulin aufzutreiben, Monsieur van der Mersch. Ehrlich gesagt, ich weiß nicht mehr, wie ich Ihnen nächste Woche noch Ihre Spritze geben soll.“

„Mein Gott ... und mein Diabetes?“

„Tja, keine Ahnung, Herr Bürgermeister. Es sei denn, Sie ...“

„Es sei denn was, Mademoiselle Marcelle? Reden Sie! Ich bin zu allem bereit.“

„Es sei denn, Sie geben mir einige Lebensmittelmarken. Die könnte ich gegen Ihr Medikament eintauschen.“

Da geriet der Bürgermeister in Panik: „Ausgeschlossen ... man überwacht mich ... Die Einwohnerzahl hier im Dorf ist in den letzten Wochen zu stark gestiegen ... und Sie wissen, weshalb ... Ich kann unmöglich noch mehr Lebensmittelmarken anfordern, ohne dass die Gestapo auf uns aufmerksam wird ... Das ... das ist viel zu gefährlich ... für uns alle!“

„Hier, nehmen Sie den Wattebausch, und drücken Sie. Fester!“

Während Mademoiselle Marcelle dem Bürgermeister weiter zusetzte, kam sie zum Schrank und flüsterte hastig: „Nimm die Schlüssel aus seinem Mantel, aber die an dem Schlüsselring, nicht die in dem Lederetui. Und dalli, Kruzitürken!“

Als sie zurückging, um dem Bürgermeister ein Pflästerchen aufzudrücken, erleichterte ich ihn im Stockfinsteren um seinen Schlüsselbund.

Nachdem sich ihr Patient verabschiedet hatte, befreite mich Mademoiselle Marcelle aus dem Garderobenschrank, schickte mich zurück in den Keller und verschwand in der Dunkelheit.

AM NÄCHSTEN Tag, in aller Frühe, kam Pater Bims und teilte uns mit: „Jetzt geht es erst richtig los, Mademoiselle Marcelle, man hat die Lebensmittelmarken aus dem Bürgermeisteramt entwendet!“

Mademoiselle Marcelle rieb sich die Hände. „Ach ja? Wie denn das?“

„Die Plünderer haben die Fensterläden aufgebrochen und eine Scheibe eingeschlagen.“

„Na, so was! Da hat der Bürgermeister aber saubere Arbeit geleistet in seinem Rathaus!“

„Wollen Sie damit etwa sagen, er selbst hat die Marken ...?“

„Nein, ich. Mit seinen Schlüsseln. Als ich sie heute Morgen wieder in seinen Briefkasten geworfen habe, war ich mir sicher, dass er einen Einbruch vortäuschen würde, um nicht in Verdacht zu geraten. Nun, Monsieur Bims, nehmen Sie schon. Der Block mit den Marken gehört Ihnen.“ Obgleich sie barsch wie immer war und keine Miene verzog, blitzte der Schalk in ihren Augen nur so auf.

Sie gab mir einen Schubs. „Los! Du gehst jetzt mit Monsieur Bims!“

Man packte mir rasch ein paar Sachen zusammen, einschließlich der falschen Papiere, und ließ mich noch einmal meine falsche Lebensgeschichte aufsagen.

Als wir ins Internat kamen, aßen die Schüler gerade zu Mittag.

Die Gelbe Villa lag wie eine zusammengerollte riesige Katze auf einem Hügel. Die Freitreppe mit den steinernen Pranken rechts und links führte geradewegs in den Rachen: eine einstmals rosa gestrichene Eingangshalle, wo durchgesessene Sofas ein fragwürdiges Dasein fristeten. Zwei große ovale Glasfenster im oberen Stockwerk verfolgten aufmerksam wie Augen, was auf dem Hof, zwischen dem Eisengitter und den Platanen, geschah. Die beiden mit schmiedeeisernen Stacheln gespickten Balkons im Dachgeschoss erinnerten an Ohren, und der linke Flügel mit dem Speisesaal rundete sich wie ein Schwanz.

„Gelb“ war an der Villa nur noch ihr Name. Hundert Jahre Schmutz, Regen und Abnutzung hatten ihr Fell zerzaust, Streifen auf ihm hinterlassen, und es war nach und nach matt und fahl geworden.

Pater Bims hieß mich in der Gelben Villa willkommen. „Sie ist von nun an deine Schule und dein Heim. Wir haben drei Arten von Schülern: die Externen, die zu Hause zu Mittag essen, die Ganztagsschüler, die zum Mittagessen bleiben, und die Internatsschüler, die hier wohnen. Du wirst Internatsschüler sein. Ich zeige dir jetzt dein Bett und deinen Spind im Schlafsaal.“

Offenbar gab es hier nicht nur eine Ordnung, sondern auch eine Hierarchie: vom einfachen Schüler über den Halbschüler zum Ganzschüler. Und ich kam auf Anhieb in die Spitzenklasse! Da man mich in den letzten Tagen um meinen Adel gebracht hatte, war ich für dieses Privileg überaus dankbar.

Als ich dann im Schlafsaal vor meinem Spind stand, geriet ich völlig aus dem Häuschen. Ich hatte noch nie einen eigenen Schrank besessen. Beim Anblick der leeren Fächer sah ich schon all die Schätze, die ich dort verstauen würde, wobei ich nicht bedachte, dass ich vorläufig kaum mehr als zwei gebrauchte Straßenbahnfahrscheine besaß.

„Ich stelle dir jetzt deinen Tutor vor. Jeder Internatsschüler in der Gelben Villa hat einen größeren Kameraden, der ihm zur Seite steht. Rudy!“

Pater Bims rief mehrmals erfolglos nach Rudy. Erst leiteten die Aufseher den Namen wie ein Echo weiter, dann die Schüler. Nach einer geraumen Weile, die die ganze Schule in Aufruhr versetzte, erschien er endlich.

Pater Bims hatte nicht zu viel versprochen, als er mir einen „Großen“ als Tutor angekündigt hatte: Rudy war so hoch aufgeschossen, dass man hätte meinen können, er sei hinter seinen hängenden Schultern an einem Seil aufgeknüpft, und Beine und Arme baumelten wie bei einem Hampelmann kraftlos im Leeren. Das Haar auf seinem schweren, nickenden Kopf schien selbst nicht zu glauben, dass es so braun, dicht und störrisch war. Er kam langsam näher wie ein unbekümmerter Dinosaurier, der sich für seinen Riesenwuchs mit etwa den Worten entschuldigt: „Immer schön mit der Ruhe, ich bin ein harmloser Bursche, ich fresse nur Gras.“

„Ja bitte, *mon père*?“, fragte er mit ernster, aber sanfter Stimme.

„Rudy, hier ist Joseph, dein Schützling.“

„Oh nein!“

„Keine Widerrede.“

„Scheint doch ein netter Kerl zu sein … Das hat er nicht verdient.“

„Du zeigst ihm jetzt die Schule und erklärst ihm die Hausordnung. Ich denke, da du schon öfter mit ihr in Konflikt geraten bist, kennst du sie besser als jeder andere. Beim zweiten Läuten bringst du deinen Schützling zu den Kleinen in die Klasse."

Pater Bims verschwand. Rudy sah mich an wie eine zentnerschwere Last, die er sich aufbürden sollte. Er seufzte tief. „Wie heißt du?"

„Joseph Bertin. Ich bin sechs Jahre alt. Ich bin in Antwerpen geboren, und meine Eltern sind an der Grippe gestorben."

Er verdrehte die Augen. „Mir brauchst du deine Lektion nicht aufzusagen. Wenn du willst, dass man dir glaubt, warte, bis man dich fragt."

Aus Ärger über mein Eigentor wandte ich den Rat der Comtesse de Sully an und ging kurzerhand zum Angriff über: „Warum willst du eigentlich nicht mein Tutor sein?"

„Weil ich den bösen Blick habe. Wenn beim Mittagessen in den Linsen ein Stein ist, dann erwisch ich ihn. Wenn ein Stuhl zusammenbricht, dann unter mir. Ich hab kein Glück, und ich bring kein Glück. Am Tag meiner Geburt hat mein Vater seine Anstellung verloren, und meine Mutter hat geweint. Soll ich eine Pflanze pflegen, geht sie ein. Leih ich mir ein Fahrrad, hat es prompt einen Platten. Ich bin das Unglück in Person, ein Fehler, eine Katastrophe, ein Unglücksrabe, der reinste Schlemihl!"

Je mehr Beispiele er mit seiner klagenden, vor Erregung immer wieder überkippenden Stimme anführte, umso mehr kringelte ich mich vor Lachen. Schließlich fragte ich ihn: „Gibt es hier eigentlich Juden?"

Er richtete sich kerzengerade auf. „Juden? In der Gelben Villa! Nicht einen! Ausgeschlossen! Wieso fragst du?" Er packte mich bei den Schultern und starrte mich an. „Bist du etwa Jude, Joseph?" Er durchbohrte mich mit seinem Blick. Ich wusste, er wollte meine Kaltblütigkeit testen. Aber irgendetwas in seinen Augen flehte: Lass dir eine Lüge einfallen, und zwar eine gute.

„Nein, ich bin kein Jude."

Beruhigt lockerte er seinen Klammergriff. Und ich weiter: „Ich weiß nicht mal, was ein Jude ist. Wie sehen Juden denn überhaupt aus, Rudy?"

„Hakennase, Glupschaugen, Hängelippe, abstehende Ohren."

„Klingt fast, als hätten sie Hufe statt Füße und am Hintern einen Schwanz."

„Müsste man eigentlich mal nachsehen", sagte Rudy ernst. „Jedenfalls ist ein Jude derzeit jemand, den man verfolgt und verhaftet. Trifft sich gut, dass du keiner bist, Joseph."

„Und auch gut, dass du keiner bist, Rudy. Nur wär's besser, du würdest das Jiddisch lassen und nicht ‚Schlemihl' statt ‚Pechvogel' sagen."

Er zuckte zusammen. Ich grinste. Jetzt, wo wir uns gegenseitig auf die Schliche gekommen waren, konnten wir getrost Komplizen sein. Um unser Einverständnis zu besiegeln, musste ich ein schwieriges Ritual ausführen, mit Fingern, Händen und Ellbogen, und anschließend auf den Boden spucken.

„Komm, wir sehen uns jetzt die Villa an."

Wie selbstverständlich nahm er meine Hand in seine warme Riesenpranke, und als wären wir seit jeher Brüder, zeigte er mir die Welt, in der ich die nächsten Jahre verbringen sollte.

„Nun mal ehrlich, findest du nicht, dass ich was von einem Opfertier habe? Und mein Gang? Ist dir nicht aufgefallen, dass ich Quadratlatschen habe und Hände wie Pranken?"

„Na ja, die sind eben eher gewachsen als der Rest, Rudy."

„Ich schieß in die Höhe, werd immer größer, ist nicht gerade witzig, wenn man zur wandelnden Zielscheibe wird!"

„Ach was, so eine Statur flößt Vertrauen ein. Und die Mädchen mögen das."

„Hm … du meinst also, man muss schon ein gewaltiger Schlemihl sein, um dauernd solchen Schlamassel zu haben!"

„Dir fehlt nicht das Glück, Rudy, dir fehlt der Grips."

So begann unsere Freundschaft: Ich nahm meinen Beschützer umgehend unter meinen Schutz.

Am ersten Sonntag bestellte mich Pater Bims für neun Uhr in sein Büro. „Joseph, es tut mir Leid, aber ich möchte, dass du mit den anderen Internatsschülern in die Messe gehst."

„Einverstanden. Nur, wieso tut Ihnen das Leid?"

„Ja, ist dir das denn nicht unangenehm? Es handelt sich schließlich um eine Kirche und um keine Synagoge."

Da erklärte ich ihm, dass meine Eltern nie in die Synagoge gegangen waren und ich mich schon gefragt hatte, ob sie überhaupt an Gott glaubten.

„Das tut nichts zur Sache", meinte Pater Bims. „Du kannst glauben, woran du willst, an den Gott der Juden, den Gott der Christen oder an nichts, aber hier musst du tun, was alle anderen auch tun. Wir gehen jetzt gemeinsam ins Dorf zur Kirche."

„Nicht in die Kapelle hinten im Garten?“

„Die wird nicht mehr benutzt. Außerdem möchte ich, dass die Dorfgemeinschaft die Schäfchen aus meiner Herde alle kennt.“

Ich flitzte in den Schlafsaal, um mich umzuziehen. Warum fand ich es so toll, in die Messe zu gehen? Wahrscheinlich spürte ich, dass es von Vorteil war, Katholik zu werden; genauer gesagt, ein ganz normaler Mensch. Jude zu sein, das bedeutete im Augenblick: Ich konnte nicht bei meinen Eltern bleiben, hatte einen Namen, den man besser durch einen anderen ersetzte, musste ständig meine Gefühle kontrollieren und immerzu lügen. Was also war daran gut?

In unseren blauen Anzügen marschierten wir zum Rhythmus eines Pfadfinderliedes der Größe nach in Zweierreihen nach Chemlay hinunter. Überall ließ man wohlwollend die Blicke auf uns ruhen. Man lächelte uns zu. Winkte freundlich. Wir waren fester Bestandteil des sonntäglichen Schauspiels, wir, die Waisenkinder von Pater Bims.

Nur Mademoiselle Marcelle stand grimmig wie ein Zerberus in der Tür ihrer Apotheke. Und als unser Hirte, der seiner Herde folgte, an ihr vorbeikam, war sie nicht mehr zu halten und kläffte: „Auf, auf, zur Volksverdummung! Füttert sie mit Weihrauch! Gebt ihnen ihr Opium! Ihr glaubt, ihr macht ihnen das Leben leichter, aber Religion ist Gift!“

„Guten Morgen, Mademoiselle Marcelle“, entgegnete Pater Bims mit einem Lächeln, „der Zorn steht Ihnen ausgezeichnet, wie jeden Sonntag.“

Verblüfft über das Kompliment, flüchtete sie wütend in ihre Apotheke.

Unser Trupp durchquerte das Portal mit seinen Angst einflößenden Skulpturen, und ich stand zum ersten Mal in meinem Leben in einer Kirche.

Von Rudy wusste ich, dass man die Finger in das Weihwasserbecken tauchen, sich bekreuzigen und dann schnell im Mittelgang das Knie beugen musste. Mit Schrecken sah ich die Reihe an mich kommen. Ich hatte Angst, dass mir just in dem Augenblick, in dem ich das Weihwasser berührte, zornig entgegenhallen könnte: „Dieses Kind ist kein Christ! Es ist ein Jude!“ Aber nichts dergleichen geschah, das Wasser kräuselte sich unter meiner Berührung, nahm meine Hand auf und schmiegte sich rein und frisch an meine Finger. Das machte mir Mut, und ich setzte alles daran, ein tupfengenaues Kreuz zu schlagen, und beugte das Knie an genau der gleichen Stelle wie meine Kameraden, ehe ich ihnen auf unsere Bank folgte.

„So sind wir denn hier im Hause Gottes“, verkündete eine brüchige Stimme. „Danke, Herr, dass du uns in deinem Hause aufnimmst.“

Ich sah auf: kein schlechtes Haus für ein Haus! Nicht irgendein Haus! Ein Haus, das innen keine Türen und keine Wände hatte, aber Fenster, die bunt waren und nicht aufgingen, Pfeiler– wofür, wusste man nicht – und gewölbte Decken. Weshalb gewölbt? Und weshalb so hoch? Und weshalb hatte man da, wo der Priester stand, am helllichten Tag Kerzen angezündet? Ich sah mich kurz um und bemerkte, dass es zwar für jeden von uns genügend Sitzgelegenheiten gab, aber wo saß denn Gott? Und warum drängten sich die vielen Menschen in diesem Haus mit dem Steinfußboden auf so engem Raum? Wozu der viele Platz? Wo in seinem Haus lebte denn Gott?

Da begannen auch schon die Mauern zu vibrieren, und die Vibrationen wurden Musik: Die Orgel hatte eingesetzt. Die hohen Töne kitzelten mich in den Ohren. Die tiefen kribbelten mich am Hintern. Ein gewaltiges melodisches Brausen breitete sich aus.

Und sofort verstand ich: Gott war da. Um uns. Unter uns. Dieser Taumel, dieser Gesang, dieser Widerhall unter den Gewölben, diese Musik unter der Kuppel, das war Er. Er war die Luft, die sich über die Farben der Glasfenster legte, die Luft, die strahlte, die Luft, die schillerte, die Luft, die nach Myrrhe duftete, nach Bienenwachs und süß nach Lilien.

Das Herz ging mir auf. Ich atmete Gott in vollen Zügen, war überwältigt.

Die Liturgie nahm ihren Lauf. Ich verstand zwar nichts, verfolgte aber alles wie gebannt. Sosehr ich mich auch bemühte, ich begriff nicht, was der Priester da sagte. Erst war Gott eins, dann war er zwei: der Vater und der Sohn, und manchmal auch drei: der Vater, der Sohn und der Heilige Geist. Wer aber war der Heilige Geist? Ein Cousin? Völlig verwirrt über diese schlagartige Vermehrung der Götter, gab ich auf und konzentrierte mich ganz aufs Singen, denn ich tat nichts lieber, als laut loszuschmettern.

Und als der Pfarrer dann etwas von Oblatenausteilen sagte, war ich gleich dabei und wollte mich dafür anstellen, aber meine Kameraden hielten mich zurück. „Das darfst du nicht. Dazu bist du noch zu klein. Du hast deine Kommunion noch nicht empfangen.“

Ich war zwar enttäuscht, seufzte aber erleichtert, immerhin hatten sie mich nicht unter dem Vorwand, dass ich Jude war, zurückgehalten, man sah es mir also nicht direkt an.

Zurück in der Gelben Villa, lief ich sofort zu Rudy, um meine Begeisterung mit ihm zu teilen. Da ich noch nie im Theater oder im Konzert gewesen war, empfand ich die kirchliche Zeremonie als hinreißendes Schauspiel. Rudy hörte mir geduldig zu, ehe er kopfschüttelnd meinte: „Aber das Schönste hast du nicht gesehen …“

Er ging nach oben, um etwas aus seinem Spind zu holen, und gab mir dann ein Zeichen, ihm in den Park zu folgen. Abseits, vor neugierigen Blicken geschützt, setzten wir uns im Schneidersitz unter den Esskastanienbaum, und er hielt mir ein Buch hin.

Es war ein Messbuch, in Chamoisleder gebunden, unwirklich weich in der Hand. Zwischen seinen Seiten, die mit ihrem Goldschnitt an das Gold des Altars erinnerten und mit ihren seidenen Lesezeichen an das Messgewand des Priesters, zauberte Rudy himmlisch schöne Bilder hervor. Sie stellten eine Frau dar. Die immergleiche, auch wenn ihre Züge, ihr Haar, ihre Frisur und die Farbe ihrer Augen jedes Mal anders waren. Woran erkannte man, dass es immer die gleiche Frau war? Am Leuchten ihrer Stirn, an der Klarheit ihres Blickes, an ihrem unglaublich blassen Teint, der sich an den Wangen rosig färbte, an der Schlichtheit ihrer langen, in Falten liegenden Gewänder, an ihrer hoheitsvollen Haltung, ihrer Würde, ihrer Schönheit.

„Wer ist das?“

„Die Jungfrau Maria. Die Mutter Jesu. Die Frau Gottes.“

Ein göttliches Wesen also, das sah man. Das strahlte sie aus.

Plötzlich stiegen mir Tränen in die Augen, und ich ließ mich der Länge nach auf die Erde gleiten. Auch Rudy. Wir weinten still, unsere Kommunionsbildchen ans Herz gedrückt. Jeder von uns dachte an seine Mutter. Wo war sie? War sie innerlich so ruhig wie Maria? War in ihrem Gesicht noch diese Liebe, mit der sie sich so oft über uns gebeugt hatte und wie wir sie auf den Bildern hier wieder fanden, oder war es von Kummer gezeichnet, von Angst und Verzweiflung?

Ich sah durch das Astwerk zum Himmel und fing an, ein Wiegenlied meiner Mutter zu summen. Zwei Oktaven tiefer fiel Rudy mit seiner rauen Stimme ein. Und so entdeckte uns Pater Bims, zwei Kinder, die ein jiddisches Lied vor sich hin sangen und beim Anblick naiver Marienbildchen weinten.

Rudy ergriff die Flucht. Mit seinen 16 Jahren fürchtete er mehr als ich, sich lächerlich zu machen. Pater Bims setzte sich neben mich. „Bist du auch nicht zu traurig hier?“

„Nein, *mon père*.“

Ich schniefte und wollte ihm etwas Nettes sagen. „Die Messe hat mir gut gefallen. Ich freu mich schon auf den Religionsunterricht nächste Woche."

„Na, umso besser", sagte er ohne große Überzeugung.

„Ich glaube, wenn ich groß bin, werd ich katholisch."

Er sah mich liebevoll an. „Du bist Jude, Joseph, und du bleibst Jude, selbst wenn du dich für meine Religion entscheidest."

„Was heißt das eigentlich, Jude sein?"

„Auserwählt zu sein. Abzustammen von einem vor vielen tausend Jahren von Gott auserwählten Volk."

„Und warum hat er uns auserwählt? Weil wir besser waren als die anderen? Oder schlechter?"

„Weder noch. Ihr seid weder besonders gut noch besonders schlecht. Es ist euch auferlegt worden."

„Was ist uns auferlegt worden?"

„Eine Mission. Eine Pflicht, Zeugnis abzulegen vor den Menschen, dass es nur einen Gott gibt, und durch diesen einen Gott die Menschen dazu zu bringen, dass sie einander achten."

„Ich glaub, das hat nicht funktioniert, oder?"

Darauf sagte der Pater nichts, und ich hakte nach: „Also, wenn wir auserwählt worden sind, dann als Zielscheibe. Hitler will uns an den Kragen."

„Weil ihr ihm im Weg steht bei seiner Barbarei. Der Auftrag, mit dem Gott euch betraut hat, ist etwas Besonderes. Nicht euer Volk. Weißt du, dass Hitler am liebsten auch die Christen beseitigen würde?"

„Die sind aber zu viele, das schafft er nicht!"

„Vorläufig. In Österreich hat er es bereits versucht, hat es dann aber schnell sein lassen. Jedenfalls gehört es zu seinem Plan. Erst die Juden, dann die Christen. Er fängt mit euch an und hört mit uns auf."

Da begriff ich, dass sich Pater Bims nicht nur aus Freundlichkeit für uns einsetzte, sondern aus Solidarität. Ich dachte an den Comte und die Comtesse de Sully. „Ich hab da eine Frage, *mon père*, wenn ich also von einer Rasse abstamme, die mehrere tausend Jahre alt ist, ehrbar und all das, heißt das dann, dass ich adelig, dass ich vornehm bin?"

Er war so überrascht, dass er erst einmal gar nichts sagte, ehe er murmelte: „Ich denke, du bist adelig im Sinn von menschlich vornehm."

Ich war beruhigt, dass ich nicht ganz falsch lag in meiner Annahme. Pater Bims fuhr fort: „Für mich kann das jeder sein, sofern er will." Diesen Zusatz überhörte ich, denn mich interessierte nur, was mir gerade gelegen kam.

Bevor er ging, klopfte er mir auf die Schulter. „Versteh mich nicht falsch, aber ich möchte nicht, dass du dich zu sehr für unseren Religionsunterricht und unsere Messen interessierst. Nur so weit wie nötig, ja?"

Ich war wütend. Weil ich Jude war, hatte ich also kein Recht auf ein normales Leben! Ich durfte nur den kleinen Finger haben, nicht die ganze Hand! Die Katholiken, diese scheinheilige Bande, diese Lügner, wollten unter sich bleiben!

Außer mir kam ich zu Rudy und ließ meinem Zorn gegen den Pater freien Lauf. Er versuchte gar nicht erst, mich zu beruhigen, sondern ermutigte mich, auf Distanz zu gehen. „Ich versteh dich vollkommen. Der Kerl ist verdächtig. Ich hab da was entdeckt."

„Was?"

„Er führt so eine Art Doppelleben. Bestimmt nicht ganz koscher."

„Erzähl mal!"

„Nein, geht nicht."

Am Abend dann hatte ich ihm so zugesetzt, dass er mir endlich verriet, was er herausgefunden hatte. Jede Nacht, wenn alle Lichter gelöscht und die Schlafsäle verschlossen waren, schlich sich Pater Bims lautlos nach unten, entriegelte vorsichtig wie ein Einbrecher die Hintertür und ging in den Park, von wo er erst zwei, drei Stunden später wiederkam. Unterdessen ließ er ein Nachtlicht in seiner Wohnung brennen, damit keiner merkte, dass er nicht da war. Während seiner eigenen nächtlichen Eskapaden, beim heimlichen Rauchen auf der Toilette, hatte Rudy dieses Kommen und Gehen bemerkt und war dem Pater schließlich auf die Spur gekommen.

„Wohin geht er denn?"

„Keine Ahnung. Wir dürfen die Villa ja nicht verlassen."

„Ich geh ihm hinterher."

„Du bist verrückt! Die werfen dich von der Schule!"

„Glaubst du, ich komm dann zurück zu meiner Familie?"

Obgleich Rudy sich entschieden weigerte mitzumachen, ließ er sich seine Uhr abschwatzen. Ich konnte die Nacht kaum erwarten und hatte vor lauter Ungeduld nicht die geringste Mühe, wach zu bleiben.

Um halb zehn schlängelte ich mich zwischen den Betten hindurch in den Flur und bezog hinter dem großen Ofen Stellung. Von dort aus sah ich, wie Pater Bims nach unten ging und lautlos wie ein Schatten die Wände entlangschlich.

Teuflisch schnell setzte er die schweren Riegel der Hintertür in Bewegung und schlüpfte nach draußen. Da ich ungefähr eine Minute brauchte, um die Tür geräuschlos zu öffnen und ebenso geräuschlos wieder hinter mir zu schließen, hätte ich seine schmale Silhouette zwischen den Bäumen beinahe aus den Augen verloren. War das derselbe Mann, derselbe Priester, der würdige Kinderretter, der sich da im trüben Mondlicht schnell und geschmeidiger als ein Wolf vorwärts bewegte, Büsche und Baumstümpfe geschickt umging, zwischen denen ich mich mit meinen nackten Füßen verfing? Ich hatte Angst, er könnte mich abhängen, ja, schlimmer noch, er könnte sich in nichts auflösen, so dubios erschien er mir in dieser Nacht.

Auf der Lichtung am Ende des Parks, kurz vor der Umfriedungsmauer, wurde er langsamer. Es gab dort nur einen einzigen Ausgang, das niedrige Eisentor neben der stillgelegten Kapelle, das auf die Landstraße führte. Hier hörte die Verfolgungsjagd für mich auf: im Schlafanzug, mit Füßen wie Eiszapfen, im Dunkeln und in einem mir unbekannten Gelände würde ich es nie schaffen, ihm auf den Fersen zu bleiben. Aber er ging nicht hinaus, sondern geradewegs zu der kleinen Kirche. Dort zog er einen riesigen Schlüssel aus seiner Sutane, öffnete die Tür und schloss dann von innen rasch zweimal hinter sich zu.

Das war also das ganze Geheimnis von Pater Bims? Er ging allein zum Beten, heimlich, spätabends hinten im Park? Ich war enttäuscht. Wie langweilig! Wie unspektakulär! Ich schlotterte vor Kälte, meine Füße waren pitschnass, nichts wie zurück also.

Da ging plötzlich das verrostete Eisentor auf, und jemand kam mit einem Sack auf dem Rücken in den Park, marschierte schnurstracks auf die Kapelle zu und klopfte mehrmals leise an. Es klang wie ein Erkennungszeichen.

Der Pater öffnete, wechselte mit dem Unbekannten einige Worte, die ich nicht verstand, nahm den Sack entgegen und schloss sich wieder ein. Der Fremde machte unverzüglich kehrt.

Ich blieb verdutzt hinter meinem Baumstamm. Was für einen Handel trieb Pater Bims da? Was war in dem Sack? Ich setzte mich ins Moos und beschloss, an den Baum gelehnt, abzuwarten, was sich weiter tat.

Die Stille der Nacht knackte an allen Ecken und Enden, als verzehrte sie ein Feuer der Angst. Undeutliches Knistern, vereinzelte, unerklärliche Laute, ein kurzes Zerreißen der Stille. Mein Herz schlug wie wild. Mir war, als stecke mein Schädel in einem Schraubstock. Ich fieberte vor Entsetzen.

Ich weiß nicht, was ich gemacht hätte, wäre Rudys Uhr mit ihrem beruhigenden Ticken nicht gewesen. Auf sie war Verlass, unbeeindruckt von der Finsternis zeigte sie weiter die Zeit an.

Um Mitternacht verließ der Pater die Kapelle, verschloss sorgfältig die Tür und verschwand dermaßen schnell zwischen den Bäumen, dass ich kaum hinterherkam. Diesmal war ich weniger vorsichtig als auf dem Hinweg. Ich trat mehrere Male auf herumliegende Zweige. Und bei jedem Knacken blieb der Pater beunruhigt stehen und spähte in die Nacht. Kaum hatte er die Gelbe Villa erreicht, ging er auch schon hinein und schob die Riegel mit lautem Knarren hinter sich zu.

Verdammt, ich war ausgeschlossen! Damit hatte ich nicht gerechnet. Steil, massig, düster und abweisend ragte das Gebäude vor mir auf. Die Kälte und das nächtliche Wachen hatten mich völlig erschöpft. Was tun? Davon abgesehen, dass sie morgen bestimmt merken würden, dass ich die Nacht außer Haus verbracht hatte, wusste ich beim besten Willen nicht, wo ich schlafen sollte.

Ich setzte mich auf die Stufen und begann zu weinen. Da legte sich eine Hand auf meine Schulter. „Schnell, komm rein!“

Ich schreckte auf. Rudy sah mich traurig an. „Als ich dich nicht hinter dem Pater hab heraufkommen sehen, wusste ich sofort, dass irgendwas nicht stimmt.“

Obwohl er mein Tutor war und ich ihm das Leben schwer machen musste, wenn ich weiter das Sagen haben wollte, warf ich mich in seine Arme und akzeptierte, zumindest solange die Tränen noch flossen, dass ich wirklich erst sieben war.

AM NÄCHSTEN Tag, in der Pause, erzählte ich Rudy von meiner Entdeckung, worauf er mit Kennermiene meinte: „Schwarzmarkt! Er macht, was alle machen. Klarer Fall.“

„Und was ist in dem Sack?“

„Lebensmittel, was sonst!“

„Warum nimmt er ihn dann nicht mit hierher, den Sack? Und warum bleibt er zwei Stunden in der Kapelle, im Stockfinstern? Was treibt er da?“

Rudy rieb sich den Kopf auf der Suche nach einer Antwort. „Ich weiß nicht … Vielleicht macht er sich ja über die Lebensmittel in dem Sack her?“

„Das glaubst du doch selbst nicht! Der Pater und zwei Stunden lang essen, so dünn, wie er ist?“

„Stimmt auch wieder."

Während des Tages beobachtete ich, wann immer sich die Gelegenheit bot, Pater Bims. Er verstellte sich so gut, verhielt sich so normal, dass ich es mit der Angst bekam. Wie konnte man seine Mitmenschen nur dermaßen hinters Licht führen? Wie konnte man nur so falsch sein! Und wenn er nun der Teufel im Priesterrock war?

Vor dem Abendessen stürzte mir Rudy fröhlich entgegen. „Ich hab's. Er gehört zum Widerstand. Er muss eine geheime Funkstation in der Kapelle haben. Er erhält dort jeden Abend Informationen und gibt sie weiter."

„Aber ja!" Diese Vorstellung gefiel mir auf Anhieb, damit war Pater Bims gerettet, sie rehabilitierte den Helden, der mich bei den Sullys abgeholt und in Sicherheit gebracht hatte.

Gegen Abend richtete Pater Bims im Hof eine Partie Völkerball aus. Ich spielte nicht mit, um ihn besser bewundern zu können. Wie er da so ungezwungen, freundlich und lachend unter seinen Schützlingen stand, war beim besten Willen nichts Teuflisches an ihm auszumachen, nur Güte. Eindeutig.

In den folgenden Tagen schlief ich etwas besser. Seit ich im Internat war, bekam ich jede Nacht Angstzustände. In meinem Eisenbett, zwischen den kalten Laken, unter der imposanten Decke unseres Schlafsaals und auf dieser Matratze, die so dünn war, dass ich jede einzelne Sprungfeder spürte, fühlte ich mich trotz des Aufsehers und der dreißig Kameraden, mit denen ich den Raum teilte, so einsam wie noch nie. Ich fürchtete mich vor dem Einschlafen, ja, setzte Himmel und Hölle in Bewegung, damit es nicht passierte, und während ich dagegen ankämpfte, hasste ich mich. Doch irgendwann schlief ich dennoch ein … Und sosehr ich mich auch bemühte, es zu vermeiden, erwachte ich Morgen für Morgen auf einem warmen, feuchten Fleck, der den schweren Geruch geschnittenen Heus verströmte: Ich hatte wieder einmal ins Bett gepinkelt! Ich schämte mich umso mehr, als mir das seit Jahren nicht mehr passiert war. Die Gelbe Villa warf mich wieder vollkommen zurück – weshalb nur?

Ein paar Nächte lang, vielleicht weil ich kurz vor dem Wegdämmern noch an den Heldenmut von Pater Bims gedacht hatte, schaffte ich es, meine Blase in den Griff zu bekommen.

Eines Sonntagnachmittags kam Rudy mit Verschwörermiene zu mir: „Ich hab den Schlüssel …"

„Den Schlüssel wozu?"

„Den Schlüssel zur Kapelle natürlich."

Jetzt also kamen wir unserem Helden endlich auf die Schliche.

Wenig später verschafften wir uns außer Atem, aber voll freudiger Erwartung Zutritt zur Kapelle.

Sie war leer.

Keine Bänke, keine Betstühle, kein Altar. Nichts. Von den Wänden blätterte der Verputz. Auf dem Fußboden lag Staub. Überall hingen Spinnweben. Hier war nichts mehr los. Eindeutig. So eine Pleite.

Wir vermieden bewusst, uns anzuschauen, jeder hatte Angst, in der Enttäuschung des anderen die eigene wieder zu erkennen.

„Lass uns auf den Glockenturm steigen. Wenn hier eine Funkstation ist, dann oben."

Wir flogen die Wendeltreppe nur so hinauf. Doch oben war nur Taubendreck.

„Das gibt's doch nicht!" Rudy stampfte mit dem Fuß auf. Tja, Pech gehabt. Der Pater war nicht zu fassen. Wir kamen einfach nicht hinter sein Geheimnis.

Und wie sollte ich nun wissen, ob er ein Held war oder nicht?

„Lass uns zurückgehen!"

Auf unserem Weg durch den Park wechselten wir kein Wort. Die Frage: Was treibt der Pater, Nacht für Nacht, ohne Licht in diesem Gemäuer? beschäftigte uns zu sehr. Meine Entscheidung stand fest, ich wollte nicht einen Tag mehr warten, ich musste es so schnell wie möglich herausfinden, zumal ich Gefahr lief, meine Matratze weiter zu wässern.

Um halb zehn stand ich abmarschbereit im Treppenhaus der Villa und besser ausgerüstet als beim letzten Mal, ich trug ein Tuch um den Hals und an den Füßen Holzschuhe, umwickelt mit aus der Werkstatt stibitztem Filz. Die Sache sollte so lautlos wie möglich vor sich gehen.

Ich flitzte die Treppen hinunter und hinein in den Park, wo die Dunkelheit alle Umrisse ausgelöscht hatte.

An der Lichtung angekommen, huschte ich schnell zur Kapelle hinüber und trommelte den Geheimkode an die Tür. Kaum ging sie einen Spaltbreit auf, war ich auch schon drin.

„Aber …"

Alles ging so schnell, dass mich der Pater nicht hatte erkennen können, sondern nur einen fremden Schatten. Instinktiv hatte er die Tür sofort wieder geschlossen. Da standen wir nun beide, gefangen im Dunkel, und keiner konnte das Gesicht oder auch nur die Konturen des anderen erkennen.

„Wer da?“, rief der Pater.

Über meinen eigenen Wagemut erschrocken, war ich unfähig, auch nur einen Ton herauszubringen. Ich hätte am liebsten stehenden Fußes kehrtgemacht, als ich ein reibendes Geräusch hörte und ein Licht aufflammte. Hinter einem Zündholz zeichnete sich das Gesicht von Pater Bims ab, zur Fratze verzerrt. Ich wich erschrocken zurück. Die Flamme kam näher.

„Was? Du bist es, Joseph?“

„Ja.“

„Wie konntest du es wagen, die Villa zu verlassen?“

„Ich will wissen, was Sie hier machen.“ In einem einzigen langen Satz erzählte ich ihm ohne Punkt und Komma von meinen Zweifeln, meinen Fragen, meinen Nachstellungen, der leeren Kirche.

„Geh sofort zurück in den Schlafsaal!“

„Nein. Wenn Sie mir nicht sagen, was Sie hier machen, fang ich an zu schreien, und Ihr Komplize weiß sofort, dass Sie nicht aufgepasst haben.“

„Das ist Erpressung, Joseph.“

In genau diesem Augenblick klopfte es an die Tür. Ich verstummte. Der Pater machte auf, streckte den Kopf hinaus und nahm nach kurzem Getuschel einen Sack in Empfang.

Als der heimliche Lieferant wieder gegangen war, sagte ich: „Wie Sie sehen, hab ich meinen Mund gehalten. Ich bin auf Ihrer Seite und nicht gegen Sie.“

„Ich dulde keine Spione, Joseph.“

Eine Wolke gab den Mond frei, der sein fahles Licht in den Raum warf. Plötzlich kam mir der Pater erschreckend mager vor, dürr wie ein Strich, fast wie die Karikatur des hässlichen Juden mit dem beängstigend wachen Blick, die die Nazis überall in unserem Viertel an die Wände klebten.

Er lächelte. „Na, nun komm schon!“ Er nahm mich bei der Hand und führte mich in das linke Seitenschiff der Kapelle, wo er einen alten, vor Schmutz starrenden Läufer beiseite zog. Auf dem Fußboden kam ein Eisenring zum Vorschein. Der Pater ergriff ihn und hob damit eine Steinplatte an.

In das Dunkel des Erdinnern hinein führten Stufen. Auf der ersten stand eine Öllampe. Der Pater zündete sie an, stieg langsam weiter in den unterirdischen Schlund und befahl mir, ihm zu folgen. „Na, mein kleiner Joseph, was, glaubst du, ist unter einer Kirche?“

„Ein Keller?“

„Eine Krypta.“

Auf den letzten Stufen wehte uns aus der Tiefe der Duft von Champignons entgegen. Der Atem der Erde?

„Und was, glaubst du, ist in meiner Krypta?“

„Keine Ahnung.“

„Eine Synagoge.“

Er zündete ein paar Kerzen an, und ich entdeckte die geheime Synagoge, die der Pater hier eingerichtet hatte. Unter einer reich bestickten Decke verwahrte er eine Thorarolle, ein langes, ganz mit der Heiligen Schrift beschriebenes Pergament. Ein Foto von Jerusalem zeigte die Richtung an, in die man sich zum Gebet wenden muss, denn von dieser Stadt steigen die Gebete auf zu Gott.

Hinter uns befanden sich Regale mit einer Reihe von Gegenständen.

„Was ist das?“

„Meine Sammlung.“

Es waren Gebetbücher, Gedichtbände von Mystikern, Textauslegungen von Rabbinern, sieben- und neunarmige Leuchter. Neben einem Grammophon stapelten sich flache runde Scheiben aus schwarzem Schellack.

„Was sind das für Platten?“

„Religiöse Gesänge und jiddische Lieder. Weißt du, wer der erste Sammler in der Geschichte der Menschheit war, mein Kleiner?“

„Keine Ahnung!“

„Noah.“

„Kenn ich nicht.“

„Vor sehr langer Zeit ging ein lang anhaltender Regen über der Erde nieder. Das Wasser drang durch die Dächer, brachte die Mauern zum Einsturz, ließ Ströme und Flüsse anschwellen und zerstörte die Brücken. Gewaltige Fluten rissen Dörfer und ganze Städte mit sich. Wer mit dem Leben davonkam, suchte Zuflucht auf den Gipfeln der Berge, die anfangs noch Schutz boten, dann aber durch das abfließende Wasser unterhöhlt und rissig wurden und schließlich auseinander brachen. Ein Mann namens Noah ahnte, dass unser Planet ganz in den Fluten versinken würde. Und so begann er eine Sammlung anzulegen. Mithilfe seiner Töchter und Söhne gelang es ihm, ein Weibchen und ein Männchen von allen lebenden Gattungen zu finden, einen Fuchs und eine Füchsin, einen Tiger und eine Tigerin, einen Fasan und eine Fasanenhenne, ein Spinnenpaar, ein Straußenpaar, ein Schlangenpaar und so weiter und so fort, auch die Fische vergaß er nicht und die

Meeressäuger, die sich in dem immer größer werdenden Ozean stark vermehrten. Gleichzeitig baute er ein riesengroßes Schiff, und als das Wasser selbst ihn erreichte, nahm er alle noch lebenden Tiere und Menschen dort auf. Noahs Arche trieb viele Monate ziellos auf dem unendlichen Ozean umher, zu dem die Erde geworden war. Eines Tages hörte es auf zu regnen. Aber das Wasser sank nur langsam. Und Noah wusste nicht mehr, wie er die Bewohner seiner Arche weiter versorgen sollte. Er sandte eine Taube aus, die mit einem frischen Ölzweig im Schnabel zurückkam, das Zeichen dafür, dass die Gipfel der Berge endlich aus den Wogen auftauchten. Da wusste Noah, dass sich sein verrückter Einsatz gelohnt hatte. Die Geschöpfe Gottes waren gerettet."

„Warum hat Gott sie nicht selbst gerettet? Waren sie ihm egal? War er im Urlaub?"

„Gott hat die Welt ein für alle Mal erschaffen. Und damit das Gefühl und den Verstand, auf dass wir auch ohne ihn zurechtkommen."

„Ist Noah Ihr Vorbild?"

„Ja. Ich bin Sammler wie er. In meiner Kindheit habe ich in Belgisch-Kongo gelebt, wo mein Vater Regierungsbeamter war; die Weißen haben die Schwarzen so gering geschätzt, dass ich aus Protest eine Sammlung von den verschiedensten Gegenständen dieser Menschen angelegt habe."

„Und wo ist sie jetzt?"

„Im Museum von Namur. Heute haben die Leute, dank der Malerei, Geschmack an derlei Dingen gefunden, man bezeichnet sie als ‚afrikanische Kunst'. Zurzeit stelle ich zwei neue Sammlungen zusammen, aus Objekten der Zigeuner und der Juden, Menschen und Kulturen, die Hitler vernichten will. Jeden Abend ziehe ich mich hierher zurück, um mich in die jüdischen Bücher zu vertiefen. Und tagsüber, im Büro, lerne ich Hebräisch. Man weiß nie …"

„Was weiß man nie?"

„Falls es weitergeht mit der Sintflut und irgendwann auf unserem Planeten kein Jude mehr Hebräisch spricht, könnte ich es dir beibringen. Und du anderen."

Ich nickte und trompetete voll Inbrunst: „Dann wären Sie sozusagen Noah und ich Ihr Sohn!"

Ich spürte, dass er mich am liebsten umarmt hätte vor Rührung, sich nur nicht traute. Aber das war in Ordnung.

„Wir treffen jetzt ein Abkommen, einverstanden? Du, Joseph, gehst in Zukunft wie ein Christ in die Messe, in den Religionsunterricht und lernst die Geschichte Jesu im Neuen Testament, und ich erzähle dir wie ein Jude aus der Thora, der Mischna und dem Talmud, und zusammen üben wir die hebräischen Schriftzeichen. Was hältst du davon?"

„Find ich toll!"

„Das ist unser Geheimnis, das größte von allen. Und wer es verrät, der kann sterben. Abgemacht?"

„Abgemacht." Als Zeichen meines Einverständnisses wiederholte ich das komplizierte Ritual, das mir Rudy beigebracht hatte, und spuckte anschließend auf den Boden.

Von dieser Nacht an durfte ich an der Seite von Pater Bims eine Art Doppelleben führen. Ich verheimlichte Rudy meine Ausflüge in die Kapelle und richtete es so ein, dass sein Interesse am Verhalten des Paters allmählich schwand und sich Dora zuwandte, einem hübschen blonden Mädchen, 16 Jahre alt und unbekümmert, das dem Verwalter in der Küche half. Ich behauptete schlicht, sie würde Rudy immer ansehen, wenn er es nicht merkte. Und Rudy tappte blindlings in die Falle, bald gab es nur noch Dora für ihn. Die unerreichbare Liebe, die er inbrünstig beseufzte.

Unterdessen lernte ich nicht nur Hebräisch, die Sprache mit den 22 Konsonanten und zwölf Vokalen, sondern mir ging vor allem auf, wie nach scheinbar offiziellen Regeln unser Internat in Wirklichkeit regiert wurde. Findig, wie Pater Bims war, hatte er es so eingerichtet, dass uns die Hausordnung erlaubte, den Sabbat zu achten, denn der Samstag war allgemeiner Ruhetag. Unsere Schulaufgaben durften wir erst am Sonntag nach dem Vespergottesdienst erledigen.

„Für die Juden beginnt die Woche am Sonntag, für die Christen am Montag."

„Und warum, *mon père*?"

„In der Bibel, die Juden wie Christen gleichermaßen lesen sollten, steht geschrieben, dass Gott, als er die Welt erschuf, sechs Tage lang arbeitete und am siebten Tag ruhte. Wir müssen es ihm gleichtun. Der siebte Tag ist nach jüdischer Auffassung der Samstag. Später haben die Christen, um sich von den Juden zu unterscheiden, die Jesus nicht als Messias anerkennen wollten, behauptet, es sei der Sonntag."

„Und wer hat nun Recht?"

„Ist das so wichtig?"

„Könnte Gott den Menschen nicht einfach sagen, was er denkt?"

„Wichtig ist nicht, was Gott von den Menschen denkt, sondern was die Menschen von Gott denken."

„Hm … also, wenn ich das richtig verstehe, dann hat Gott sechs Tage lang malocht – und die Sache sich dann selbst überlassen!"

Der Pater musste lachen, als er meine Entrüstung sah. Ich versuchte immer wieder, die Unterschiede zwischen den beiden Religionen aufzuheben, ich wollte, dass sie eins werden; doch stets hielt mich Pater Bims davon ab, die Dinge zu vereinfachen. „Joseph, du möchtest wissen, welche von den beiden Religionen die wahre ist. Keine von beiden! Keine Religion ist falsch oder wahr, sie bietet den Menschen lediglich eine Lebensform an."

„Aber wie soll ich die Religionen achten können, wenn sie nicht wahr sind?"

„Wenn du nur die Wahrheit achtest, achtest du nicht viel, nicht viel mehr jedenfalls, als dass zwei und zwei vier ist. Davon abgesehen, missachtest du dann alles Unbestimmte: Gefühle, Regeln, Werte, Entscheidungen wie auch alles, was Unsicherheit und Schwankungen unterworfen ist. Ausgenommen die Mathematik. Achtung gebührt nicht dem, was sicher ist, sondern allem, was schlicht und einfach da ist."

Im Dezember wandte der Pater einen Trick an, den nur die jüdischen Kinder durchschauten: Wir feierten das christliche Weihnachten und das jüdische Chanukka zur gleichen Zeit. Zum einen gedachten wir der Geburt Jesu, schmückten die Dorfkrippe und nahmen an den Messen teil, zum anderen mussten wir in einer „Kerzenwerkstatt" arbeiten, wo wir lernten, wie man Dochte herstellt, Wachs schmilzt, färbt und in Formen gießt. Abends zündeten wir unsere Werke an und stellten sie in die Fenster; auf diese Weise wurden die christlichen Kinder ebenso für ihre Anstrengungen belohnt wie wir jüdischen Kinder, die ihre Chanukka, das Fest der Lichter, begehen konnten, die Zeit der Spiele und der Geschenke, in der man Almosen geben und bei Dunkelheit Kerzen entzünden muss.

Während des Jahres 1943 drang die Polizei mehrmals gewaltsam in die Villa ein. Jedes Mal mussten sich die Schüler einer bestimmten Altersgruppe einer Überprüfung der Personalien unterziehen. Ob echt oder falsch, unsere Papiere hielten der Überprüfung stand. Auch die systematische Durchsuchung unserer Spinde brachte nichts zutage. Nie wurde jemand verhaftet.

Doch der Pater zeigte sich zunehmend besorgt. „Vorerst haben wir es nur mit der belgischen Polizei zu tun, ich kenne die Burschen alle, und wenn ich dabei bin, trauen sie sich nicht so richtig. Aber ich habe gehört, dass die Gestapo ohne Vorankündigung Razzien durchführt …"

Gleichwohl nahm unser Leben nach jedem Alarm seinen üblichen Lauf. Wir hatten wenig und schlecht zu essen, Gerichte mit Esskastanien und Kartoffeln, Suppen, in denen man die Rüben suchen musste, und zum Nachtisch dampfende Milch. Wir Internatsschüler hatten es uns zur Gewohnheit gemacht, die Spinde der Schüler aufzubrechen, die ein Fresspaket erhalten hatten. So kamen wir hin und wieder in den Genuss eines Kuchens, einer Marmelade oder an einen Topf Honig, den man sich aufgrund der vielen anderen Interessenten so schnell wie möglich einverleiben musste.

IM FRÜHLING, während einer Hebräischstunde in seinem zweifach verschlossenen Büro, konnte sich Pater Bims einfach nicht konzentrieren. Er sah nachdenklich aus und nahm nicht einmal mehr meine Fragen wahr.

„Was haben Sie, *mon père*?“

„Jetzt kommt die Zeit der Kommunionen, Joseph. Ich mache mir Gedanken. Die jüdischen Internatsschüler, die im Alter der Erstkommunion sind, können sie unmöglich zusammen mit ihren christlichen Kameraden empfangen. Das kann ich nicht zulassen. Das verbietet mir sowohl die Achtung vor ihrer als auch vor meiner Religion. Es ist ein Sakrileg. Was soll ich nur machen?“

Ich zögerte nicht eine Sekunde: „Fragen Sie Mademoiselle Marcelle.“

„Wie kommst du darauf?“

„Wenn jemand bereit ist, eine Kommunion zu verhindern, dann Kruzitürken, oder?“

Er lächelte verschmitzt.

Am nächsten Tag durfte ich ihn in die Apotheke von Chemlay begleiten.

„Was ist er doch für ein süßer kleiner Kerl“, knurrte Mademoiselle Marcelle, als sie mich sah. „Da, fang!“ Sie warf mir ein Honigplätzchen zu. Während sich meine Zähne mit dem Naschwerk befassten, setzte ihr Pater Bims die Lage auseinander.

„Kein Problem, Monsieur Bims, ich werd Ihnen zur Hand gehen, Kruzitürken aber auch. Wie viele sind es denn?“

„Zwölf.“

„Sie brauchen nur zu behaupten, die Jungen seien krank! Und ab ins Bett mit ihnen!“

Der Pater überlegte. „Es wird auffallen, wenn sie fehlen.“

„Und wie wär es mit einer kleinen Epidemie ...?“

„Selbst dann. Man wird sich fragen, was los ist.“

„Also müssen noch ein, zwei Jungen her, die absolut unverdächtig sind. Da hätten wir zum Beispiel den Sohn des Bürgermeisters. Und, besser noch, den Sohn der Brognards, dieser Schwachköpfe, die ein Hitlerfoto in die Auslage von ihrem Käseladen gehängt haben.“

„Wunderbar! Aber wie bewerkstelligt man, dass 14 Jungen auf einen Schlag krank werden …?“

„Nur keine Sorge, darum kümmere ich mich.“

Und das tat sie dann auch. Unter dem Vorwand einer Routineuntersuchung kam sie in die Schule und nahm sich die Kommunionsanwärter vor. Zwei Tage später zerriss es dem Sohn des Bürgermeisters und dem Sohn von Brognard förmlich den Bauch vor Dünnpfiff, die armen Kerle konnten nur noch zu Hause das Bett hüten und dem Unterricht fern bleiben. Kruzitürken beschrieb dem Pater die Krankheitssymptome, die die zwölf jüdischen Kommunikanten simulieren mussten.

Die Kommunion war für den folgenden Tag vorgesehen, und den zwölf Pseudokranken wurden drei Tage Krankenstation verordnet.

Die Zeremonie, eine würdevolle Messe, fand in der Dorfkirche statt, die Orgel dröhnte wie nie zuvor. Wie sehr ich meine Kameraden beneidete, die, in ein langes weißes Gewand gekleidet, an einem solchen Schauspiel teilnehmen konnten! So wunderbar mich Pater Bims auch in die Geheimnisse der Thora einführte, nichts bewegte mich so sehr wie der katholische Ritus mit seinem Gold, seinem Gepränge, seiner Musik und diesem unermesslichen, luftigen Gott, der, uns wohlgesinnt, unter der Kirchendecke schwebte.

Als wir wieder zurück in die Gelbe Villa kamen, stand zu meinem Erstaunen Mademoiselle Marcelle mitten in der Eingangshalle. Kaum sah der Pater sie, verschwand er auch schon mit ihr in seinem Büro.

Noch am gleichen Abend erfuhr ich von ihm, welcher Katastrophe wir mit knapper Not entgangen waren.

Während der Kommunionsfeier war die Gestapo gewaltsam in das Internat eingedrungen. Die Nazis hatten zweifellos die Überlegung angestellt, die Pater Bims befürchtet hatte: Mit den Kindern, die alt genug waren, zur Erstkommunion zu gehen, und dies nicht taten, musste etwas nicht stimmen.

Zum Glück hatte Mademoiselle Marcelle vor der Krankenstation Wache geschoben. Als die Nazis heranstürmten, begann sie, ihren eigenen Worten nach, „ganz widerlich“ zu husten und zu spucken. Wenn man bedachte, wie abstoßend sie in ihrer enormen Hässlichkeit schon von Natur aus wirkte, überkam einen geradezu das Grausen, stellte man sich vor, wie sie war, wenn sie die Sache auf die Spitze trieb. Anstandslos kam sie dem Befehl der Männer nach und machte ihnen die Tür zur Krankenstation auf, allerdings nicht ohne ihnen vorher zu sagen, wie gefährlich ansteckend die Kleinen seien. Zur Bestätigung ließ sie eine solche Nieskanonade los, dass die Nazivisagen eine volle Ladung Rotz und Spucke abbekamen.

Die Gestapoleute griffen unwirsch nach dem Taschentuch, machten auf dem Absatz kehrt und räumten das Feld. Nachdem die schwarzen Limousinen abgefahren waren, krümmte sich Mademoiselle Marcelle zwei geschlagene Stunden lang auf einem der Krankenbetten vor Lachen, was meine Kameraden zunächst erschreckte, dann aber ansteckte.

Obwohl Pater Bims sich nichts anmerken ließ, spürte ich, dass er immer unruhiger wurde. „Wenn sie nur keine Leibesvisitationen vornehmen, Joseph. Ich bin machtlos, wenn ihr euch vor den Nazis ausziehen müsst, damit sie sehen, wer von euch beschnitten ist!“

Ich nickte und verzog das Gesicht zum Zeichen, dass ich seine Sorge teilte. In Wirklichkeit hatte ich gar nicht verstanden, wovon er sprach. Beschnitten? Als ich Rudy danach fragte, begann er so glucksend zu lachen, wie wenn er auf die schöne Dora zu sprechen kam. „Jetzt aber mal im Ernst! Du weißt nicht, was eine Beschneidung ist? Rat mal, was du bist?“

„Was denn?“

„Na, beschnitten!“

Das Gespräch nahm eine Wendung, die mir nicht gefiel. Schon wieder war ich mit einem besonderen Merkmal ausgestattet, ohne dass ich etwas davon wusste! Als ob es nicht schon reichte, Jude zu sein!

„Bei deinem Pimmel, da geht die Haut doch nicht bis ganz vorn, oder?“

„Natürlich nicht!“

„Siehst du, die Christen, bei denen geht die Haut bis drüber weg. Da sieht man das Runde vorn nicht.“

„Dann stimmt es also, dass wir einer speziellen Rasse angehören!“ Meine Hoffnung, Christ zu werden, verflüchtigte sich. Wegen eines Stückchens Haut, das kein Mensch sah, war ich dazu verdammt, Jude zu bleiben.

„Mann, bist du blöd“, sagte Rudy, „das ist doch nicht von Natur aus so, das ist ein chirurgischer Eingriff! Der Rabbi hat dir ein paar Tage nach deiner Geburt die Vorhaut abgeschnitten.“

„Und warum?"

„Damit du bist wie dein Vater."

„Und warum?"

„Weil das seit tausenden von Jahren so ist!"

Ich war sprachlos. Noch am gleichen Abend unterzog ich, abseits von den anderen, mein Anhängsel einer eingehenden Untersuchung. Um sicherzugehen, dass Rudy nicht log, bezog ich während der großen Pause auf der Toilette im Hof Stellung, um mir dort ausgiebig die Hände zu waschen. Aus den Augenwinkeln heraus versuchte ich die Pimmel meiner Mitschüler vor den Pinkelbecken zu erspähen. Und so konnte ich mich ziemlich schnell davon überzeugen, dass Rudy die Wahrheit gesagt hatte.

„Rudy, das ist doch ein Witz! Bei den Christen endet das Ding in einer feinen zusammengezogenen und schrumpeligen Haut. Wie bei einem Luftballon, da wo man den Knoten macht. Und dann brauchen sie zum Pinkeln auch noch länger als wir, sie schütteln ihren Pimmel danach durch, als wären sie sauer auf ihn. Machen sie das zur Strafe?"

„Nein, sie schütteln nur die Tropfen ab, bevor sie die Haut wieder runterziehen. Wenn sie nicht aufpassen, fangen sie sich womöglich jede Menge Bakterien ein, das stinkt dann und tut weh."

„Und da sind sie trotzdem hinter uns her? Ich kapier das nicht, du etwa?"

Dafür aber war mir mit einem Schlag klar geworden, was Pater Bims so umtrieb. Ich begriff jetzt, welch ausgetüftelte Vorschriften unser wöchentliches Duschen regelten. Der Pater stellte Listen zusammen, nach denen er höchstpersönlich die Schüler aufrief, die, nicht nach Alter geordnet, aber in Zehnergruppen und nur von ihm beaufsichtigt, vom Umkleideraum in den Waschraum gehen mussten. Auf diese Weise konnte ein Nichtjude unmöglich einen Juden sehen und umgekehrt. Ich konnte jetzt mühelos erraten, für wen die Gelbe Villa ein Versteck war. Ich zog daraus meine Konsequenzen und machte es mir zur Gewohnheit, meine Blase hinter einer verriegelten Tür zu erleichtern, Pissoirs mied ich. Ich versuchte sogar, die Operation, die mich verstümmelt hatte, zu korrigieren. Wenn ich allein war, zog ich erbarmungslos die Haut meines Pimmels nach unten, doch vergeblich: Nach jeder Sitzung rutschte sie wieder hinauf, es wollte sich einfach kein nennenswerter Erfolg einstellen.

„Was tun, wenn ihr euch vor der Gestapo ausziehen müsst, Joseph?" Warum zog Pater Bims ausgerechnet den jüngsten seiner Schützlinge ins Vertrauen? Hielt er mich für wacher als die anderen? Brauchte er jemanden, mit dem er sprechen konnte? Belastete ihn die beängstigende Verantwortung, die er trug? „Hm, Joseph, was, wenn die Gestapo euch zwingt, die Hosen runterzulassen?“

Sie hätten uns um ein Haar mitgenommen, alle, im August 1943. Die Schule, offiziell geschlossen, war für den Sommer zu einer Ferienkolonie geworden. Wer keine Familie hatte, die ihn aufnahm, verbrachte die Zeit bis zum Wiederbeginn des Unterrichts im Internat. Wir Zurückgebliebenen fühlten uns alles andere als verlassen, wir waren die Könige: Die Gelbe Villa gehörte uns, und die an Früchten reiche Jahreszeit stillte hin und wieder unseren chronischen Heißhunger. Unterstützt von einigen jungen Seminaristen, widmete uns Pater Bims seine Zeit. Wir unternahmen Ausflüge, Ballspiele und saßen am Lagerfeuer. So unauffällig wir uns sonst in Gegenwart unserer Aufseher verhielten, so sorglos konnten wir jetzt sein, wir waren unter uns, waren alle Juden. Es war beeindruckend, mit welcher Hingabe wir, aus Dankbarkeit dem Pater gegenüber, am Religionsunterricht teilnahmen, dem einzigen Unterricht, der weiter abgehalten wurde, und mit welcher Inbrunst wir zum Lob Gottes sangen.

Bis dann bei einem Fußballspiel die Sportbegeisterten dermaßen in Schweiß gerieten, dass der Pater alle Beteiligten umgehend unter die Dusche schickte. Die Großen waren bereits fertig und auch die Mittleren. Und nun waren wir Kleinen an der Reihe. Wir waren an die zwanzig, schrien und plantschten vergnügt unter den erfrischenden Wasserstrahlen, als plötzlich ein deutscher Offizier im Umkleideraum stand.

Wir erstarrten, verstummten, und Pater Bims erbleichte. Stille, nur das Wasser plätscherte weiter fröhlich auf uns nieder, als wäre nichts geschehen.

Der Offizier musterte uns. Instinktiv bedeckten einige ihr Geschlecht, eine Geste natürlicher Scham, die zu spät kam, um kein Eingeständnis zu sein.

Der Offizier hatte gesehen, wer wir waren. Eine rasche Augenbewegung zeigte, dass er nachdachte. Pater Bims trat einen Schritt vor und fragte mit dünner Stimme: „Sie suchen?“

Der Offizier erläuterte ihm die Lage. Seit dem Morgen verfolgte sein Trupp einen Widerstandskämpfer, der auf der Flucht über die Parkmauer geklettert war, vielleicht habe sich der Mann ja im Internat versteckt.

„Wie Sie sehen, ist die flüchtige Person nicht hier“, sagte Pater Bims.

„Ja, das sehe ich in der Tat“, entgegnete der Offizier bedächtig.

Wieder trat Stille ein, Angst lag in der Luft, Gefahr. Ich begriff, dass meine Existenz an einem seidenen Faden hing. Ein paar Minuten noch, und sie würden uns hinausführen, in Reih und Glied, nackt, gedemütigt, uns auf einen Lastwagen verfrachten und ich weiß nicht wohin bringen.

Draußen hallten Schritte wider. Stiefelschritte. Kehlige Laute.

Der Offizier in der graugrünen Uniform eilte zur Tür und öffnete sie einen Spaltbreit. „Hier ist er nicht. Sucht weiter. Schnell!"

Und schon ging die Tür wieder zu, und der Trupp entfernte sich.

Der Offizier sah Pater Bims an, dessen Lippen zitterten. Einige fingen an zu weinen. Mir schlugen die Zähne aufeinander.

Ich dachte, gleich zieht er seinen Revolver aus dem Gürtel. Aber es war die Brieftasche. „Hier, nehmen Sie", sagte der Offizier zu Pater Bims und hielt ihm einen Schein hin, „kaufen Sie Bonbons für die Kinder."

Da Pater Bims, der wie versteinert dastand, nicht reagierte, stopfte ihm der Offizier den Fünffrancsschein in die Hand, grinste uns zwinkernd zu, knallte die Absätze zusammen und verschwand.

Wie lange standen wir noch schweigend da? Wie lange brauchten wir, bis wir begriffen, dass wir gerettet waren? Einige weinten still vor sich hin, der Schrecken saß ihnen noch in den Gliedern, andere wieder fielen verwirrt in eine Art Starre oder verdrehten die Augen, als wollten sie sagen: So was gibt's doch nicht, das gibt's doch nicht!

Pater Bims ging auf dem feuchten Zementboden in die Knie. Sein Gesicht war wächsern, seine Lippen waren bleich, sein Blick war erschreckend starr, er wiegte sich vor und zurück und murmelte vor sich hin. Ich eilte zu ihm und drückte ihn, nass, wie ich war, an mich, eine beschützende Geste, das Gleiche hätte ich für Rudy getan. Und nun verstand ich auch, was er immer wieder sagte: „Danke, mein Gott, danke. Im Namen meiner Kinder!" Dann sah er mich an, schien mich zu erkennen und begann haltlos zu schluchzen. Seine Erleichterung ging uns so unter die Haut, dass wir, zwanzig jüdische Jungen, nass und splitterfasernackt, und ein Priester in seiner Sutane uns gegenseitig lachend und weinend in die Arme fielen.

Eine vage Freude bestimmte die folgenden Tage. Der Pater war heiter. Er gestand mir, der glückliche Ausgang der Geschichte habe ihm sein Vertrauen wiedergegeben.

„Sagen Sie, *mon père*, glauben Sie wirklich, dass Gott uns geholfen hat?" Ich nutzte meine Hebräischstunde, um ihm Fragen zu stellen, die mir auf der Seele brannten.

Der Pater sah mich liebevoll an. „Um ehrlich zu sein, mein Kleiner, nein. Gott hat damit nichts zu tun. Wenn ich zuversichtlicher bin nach dem, was wir mit dem deutschen Offizier erlebt haben, dann weil ich wieder ein bisschen Vertrauen in die Menschen gewonnen habe."

„Glauben Sie etwa nicht, dass, wenn man fromm ist, ein guter Jude oder ein guter Christ, dass einem da nichts passieren kann?"

„Woher hast du denn diesen dummen Gedanken?"

„Aus dem Religionsunterricht. Pater Bonifazius ..."

„Halt! Das ist nicht nur dumm, sondern auch gefährlich! Die Menschen sind nicht gut zueinander, aber damit hat Gott nichts zu tun. Er hat die Menschen als frei erschaffen. Also leiden und lachen wir unabhängig von unseren Qualitäten oder unseren Fehlern. Was für eine furchtbare Rolle willst du Gott denn da zuschreiben? Glaubst du auch nur eine Sekunde lang, dass Gott den liebt, der den Nazis entkommt, und den, den sie fangen, verachtet? Gott mischt sich nicht in unsere Angelegenheiten."

„Wollen Sie damit sagen, dass Gott egal ist, was passiert?"

„Ich will damit sagen, dass Gott, gleich, was passiert, seine Aufgabe erfüllt hat. Jetzt ist die Reihe an uns. Wir allein sind verantwortlich für uns."

Mein zweites Schuljahr begann.

Rudy und ich wurden immer dickere Freunde. Obgleich wir uns in fast allem unterschieden, im Alter, in der Größe, im Verhalten und in dem, was uns beschäftigte, schweißten uns unsere Gegensätze nur noch mehr zusammen. Ich half ihm, Klarheit in seine wirren Gedanken zu bringen, während er mit seiner Körpergröße und vor allem seinem Ruf als schlechter Schüler dafür sorgte, dass die Raufereien, in die ich verwickelt war, glimpflich abliefen. „Bei dem ist Hopfen und Malz verloren", sagten die Lehrer immer wieder. Wir bewunderten Rudys völlige Unempfänglichkeit fürs Lernen. Standhaft und unbestechlich, bot er allen unerschütterlich die Stirn. Er wurde der Held jenes anderen Krieges, des Krieges der Schüler gegen die Pauker. Und die Strafen hagelten so heftig auf ihn nieder, dass sein wirrer, ungekämmter Kopf bald im Glanz einer weiteren Auszeichnung erstrahlte: der Märtyrerkrone.

Eines Nachmittags, als er wieder einmal nachsitzen musste, steckte ich ihm ein Stück gestohlenes Brot durchs Fenster zu und fragte ihn, warum er trotz aller Sanktionen so ungerührt blieb und sich so hartnäckig weigerte zu lernen. Da rückte er mit der Wahrheit heraus: „Wir sind sieben in meiner Familie, die Eltern und fünf Kinder. Alles Intellektuelle, bis auf mich. Mein Vater ist Anwalt, meine Mutter Pianistin, sie trat mit den besten Orchestern auf, und jedes meiner Geschwister hatte bereits mit zwanzig ein Diplom in der Tasche. Alles Kopfmenschen … alle verhaftet! Auf einem Lastwagen abtransportiert! Sie haben nicht geglaubt, dass ihnen das passieren könnte, und haben sich deshalb auch nicht versteckt. So intelligente Leute, so anständig. Und ich, ich bin nur davongekommen, weil ich weder in der Schule noch zu Hause war! Ich hab mich auf der Straße rumgetrieben. Gerettet, weil ich herumgestreunt bin … Komm mir also bloß nicht mit Lernen …"

Er brauchte nicht mehr zu sagen, ich hatte längst begriffen, dass auch er wütend war auf seine Eltern. Selbst wenn sie aus unserem Gesichtskreis verschwunden waren, so spielten unsere Eltern doch eine wichtige Rolle für uns in der Villa. Ich war sauer auf sie. Ich nahm ihnen übel, dass ich Jude war, dass sie mich zum Juden gemacht, uns der Gefahr ausgesetzt hatten. Zwei Unschuldige! Mein Vater? Ein unfähiger Mensch. Meine Mutter? Ein Opfer. Sie musste dafür büßen, dass sie meinen Vater geheiratet hatte, dass sie nichts als eine liebende und hingebungsvolle Frau war. Ich verachtete meine Mutter zwar, verzieh ihr aber, ich liebte sie einfach. Mit meinem Vater verhielt es sich anders, ich hasste ihn. Er hatte mich gezeugt, ohne mich zu fragen, war aber nicht in der Lage gewesen, mir eine annehmbare Existenz zu sichern. Warum nur war ich nicht der Sohn von Pater Bims?

Eines Nachmittags im November 1943 saßen Rudy und ich auf dem Ast einer alten Eiche, unter uns lag das weite Land mit seinen Feldern, wir suchten im Stamm nach Höhlen, in denen die Eichhörnchen überwinterten. Unsere Füße waren auf gleicher Höhe mit der Parkmauer; hätten wir gewollt, hätten wir ohne weiteres hinunter auf den Weg springen und uns aus dem Staub machen können. Aber wohin? Nichts war so sicher wie die Gelbe Villa. Während Rudy höher kletterte, blieb ich auf der ersten Astgabel sitzen – und von dort aus glaubte ich meinen Vater zu sehen.

Ein Traktor kam die Landstraße herunter. Am Lenkrad saß ein Mann. Obwohl ohne Bart und gekleidet wie ein Bauer, sah er meinem Vater zum Verwechseln ähnlich.

Ich war wie gelähmt. Ich wollte ihm nicht begegnen. *Hoffentlich sieht er mich nicht!* Ich hielt den Atem an. Der Traktor ratterte an unserem Baum vorbei und fuhr weiter Richtung Tal. *Uff, Glück gehabt!*

Ich schluckte trocken, wagte noch immer nicht zu atmen, wartete, bis das

Fahrzeug winzig wurde in der Ferne, nicht mehr zu hören war. Erst dann begann ich wieder aufzuleben, atmete tief durch, kniff die Augen zusammen und schüttelte mich.

Rudy spürte meine Verstörung. „Was ist denn mit dir los?“

„Ich dachte, ich hätte gerade auf dem Traktor meinen Vater gesehen.“

„Aber Joseph, das ist doch ganz unmöglich!“

Ich schüttelte den Kopf, als könnte ich diese idiotische Vorstellung damit loswerden. „Hast ja Recht …“

Ich wollte, dass Rudy mich bemitleidete, und setzte ein enttäuschtes Gesicht auf. In Wirklichkeit war ich heilfroh, dass keine Begegnung stattgefunden hatte. War es denn wirklich mein Vater gewesen? Rudy hatte wahrscheinlich Recht. Wir sollten nur wenige Kilometer auseinander wohnen und es nicht einmal wissen? Ziemlich unwahrscheinlich! Noch am gleichen Abend war ich davon überzeugt, dass ich mir alles nur eingebildet hatte, und strich die Sache damit aus meinem Gedächtnis.

Jahre später fand ich heraus, dass mein Vater sehr wohl an diesem Tag ganz in meiner Nähe vorbeigefahren war. Mein Vater, den ich hasste, mein Vater, den ich mir weit weg wünschte oder tot … Ich kann mir noch so oft sagen, dass ich damals schwach, hilflos und voll Angst war, aber diese impulsive Ablehnung, diese ungeheuerliche Reaktion bleibt etwas, was mich bis zum letzten Atemzug mit brennender Scham erfüllen wird.

IMMER wenn wir uns in seiner geheimen Synagoge trafen, informierte mich Pater Bims über den neusten Stand des Krieges. „Jetzt, wo die deutschen Truppen in Russland festhängen und die Amerikaner in den Krieg eingetreten sind, wird Hitler meines Erachtens verlieren. Aber zu welchem Preis? Hier werden die Nazis immer nervöser, sie verfolgen die Leute aus dem Widerstand unerbittlicher denn je, das ist die Wut der Verzweiflung. Ich habe Angst um uns, Joseph, große Angst.“

Wie ein Hund einen Wolf wittert, witterte er die Gefahr.

„*Mon père*, alles wird gut werden. Lassen Sie uns weiterarbeiten.“

Bei Rudy wie bei Pater Bims neigte ich dazu, den Beschützer zu spielen. Ich liebte beide über alles, und da ich nicht wollte, dass sie sich Sorgen machten, legte ich in ihrer Gegenwart, um sie zu beruhigen, einen unerschütterlichen Optimismus an den Tag.

„Ach, erklären Sie mir doch den Unterschied zwischen Juden und Christen, *mon père*.“

„Juden und Christen glauben an den gleichen Gott, den Gott, der Moses die Gesetzestafeln diktiert hat. Aber die Juden sehen in Jesus nicht den angekündigten Messias, den von Gott Gesandten, auf den sie warten; sie sehen in ihm nur einen weiteren jüdischen Weisen. Du bist Christ, wenn du glaubst, dass Jesus Gottes Sohn ist, dass Gott in ihm Fleisch geworden, gestorben und wieder auferstanden ist."

„Dann ist die Sache für die Christen also schon gelaufen, und die Juden haben noch alles vor sich."

„Richtig, Joseph. Die Christen sind diejenigen, die sich erinnern, und die Juden diejenigen, die noch warten."

„Könnte man dann sagen, ein Christ ist ein Jude, der mit dem Warten aufgehört hat?"

„Ja. Und ein Jude ist ein Christ noch vor Jesus."

Es machte mir Riesenspaß, mich in einen „Christen noch vor Jesus" hineinzudenken. Zwischen dem katholischen Religionsunterricht und der heimlichen Einführung in die Thora regte die Biblische Geschichte meine Fantasie weit stärker an als die Kinderbücher aus der Bibliothek: Sie war wirklicher, ging mehr zu Herzen, hatte Hand und Fuß. Ja, und dann handelte sie auch noch von meinen Vorfahren, von Moses, Abraham, David, Johannes dem Täufer und Jesus! In meinen Adern floss bestimmt das Blut von einem von ihnen. Und ihr Leben war nicht langweilig, jedenfalls nicht langweiliger als meines: Sie schlugen sich, sie schrien, weinten, sangen, und passten sie nicht auf, konnte die Sache schlecht für sie ausgehen. Aber dass ich Pater Bims sozusagen mit in diese Geschichte eingebaut hatte, das durfte er nicht wissen. Pontius Pilatus, den römischen Statthalter, konnte ich mir einfach nicht anders vorstellen als mit dem Gesicht von Pater Bims, für mich gehörte Pater Bims ins Evangelium, in die Nähe Jesu, zwischen die Juden und die künftigen Christen, er, der Vermittler mit seinen Zweifeln, der Ehrenmann, der sich nicht entscheiden konnte.

Wie viele Katholiken hatte er das Alte Testament nicht besonders gut gekannt, und ich spürte, dass seine Entdeckung ihn ebenso in Staunen versetzte wie so manche rabbinische Textauslegung.

„Joseph, es gibt Tage, da frage ich mich, ob ich nicht besser Jude wäre."

„Nein, *mon père*, bleiben Sie Christ, Sie haben ja keine Ahnung, wie gut Sie damit fahren."

„Die jüdische Religion besteht auf der Achtung, die christliche auf der Liebe. Nun aber frage ich mich: Ist Achtung nicht wesentlicher als Liebe? Und auch leichter … Meinen Feind zu lieben, wie Jesus vorschlägt, und ihm die andere Wange hinzuhalten, das finde ich zwar bewundernswert, aber nicht praktizierbar. Vor allem jetzt, in diesen Zeiten. Würdest du Hitler etwa deine andere Wange hinhalten?“

„Nie im Leben!“

„Ich auch nicht! Ja, ich bin Christi nicht würdig. Aber kann Liebe eine Pflicht sein? Kann man seinem Herzen befehlen? Ich glaube nicht. Den großen Rabbinern zufolge steht die Achtung über der Liebe. Sie ist eine fortgesetzte Pflicht. Das scheint mir möglich. Ich kann achten, wen ich nicht liebe und wer mir gleichgültig ist. Aber lieben? Muss ich denn unbedingt lieben, wen ich achte?“ Er kratzte sich am Schädel. „Ich frage mich, ob wir Christen nicht vielleicht nur sentimentale Juden sind …“

So verliefen meine Tage im Rhythmus des Lernens, des Nachdenkens über die Bibel, der Angst vor den Nazis, der Spiele mit meinen Kameraden und der Spaziergänge mit Rudy. Die Widerstandskämpfer wurden immer zahlreicher und wagemutiger. Wenn die englischen Piloten Chemlay auch nicht mit ihren Bomben verschonten, so doch immerhin die Gelbe Villa, wahrscheinlich, weil sie weit entfernt vom Bahnhof lag, und vor allem, weil Pater Bims vorsorglich die Rote-Kreuz-Fahne auf dem Blitzableiter gehisst hatte. Paradoxerweise hatte ich eine Schwäche für Fliegeralarme, ich ging nie mit meinen Kameraden in den Luftschutzraum, sondern sah mir das Schauspiel gemeinsam mit Rudy vom Dach aus an. Die Maschinen der Royal Air Force flogen so niedrig, dass wir die Piloten sehen und ihnen zuwinken konnten.

In Kriegszeiten ist die Gewohnheit die schlimmste aller Gefahren. Besonders die Gewöhnung an die Gefahr. Da in Chemlay Dutzende von Untergrundkämpfern den Nazibesatzern die Stirn boten und sie letztlich unterschätzten, mussten wir, als sich die Landung der Alliierten in der Normandie bestätigte, teuer dafür bezahlen.

Die Nachricht, dass zahlreiche gut bewaffnete amerikanische Truppen an Land gegangen waren, versetzte uns in einen Rauschzustand. Auch wenn wir schweigen mussten, war das Lächeln auf unseren Gesichtern unübersehbar.

An diesem Sonntag konnten wir die Messe vor lauter Ungeduld kaum abwarten, wir wollten diesen Beinahesieg zumindest durch einen Blickaustausch mit den Dorfbewohnern teilen. Auf dem Weg zur Kirche zwinkerten uns die Bauern in ihrem Sonntagsstaat verschwörerisch zu. Eine Frau hielt mir ein Stück Schokolade hin. Eine andere steckte mir eine Orange zu. Und wieder eine andere schob mir ein Stück Kuchen in die Tasche. Es traf sich gut, mein Bauch war ständig leer, denn ich war in der letzten Zeit kräftig gewachsen.

Ich konnte es kaum abwarten, dass wir an der Apotheke vorbeikamen. Ich war fest davon überzeugt, dass Mademoiselle Marcelle, die gemeinsam mit Pater Bims so viele jüdische Kinder in Sicherheit gebracht und gerettet hatte, uns mit strahlender Miene begrüßen würde. Wer weiß, vielleicht warf sie mir vor lauter Freude ein paar Pfefferminzplätzchen zu?

Vor ihrer Auslage aber waren die Gitter heruntergezogen.

Unsere Gruppe erreichte als erste den Dorfplatz, wo wir alle, Kinder und Erwachsene, wie vom Donner gerührt stehen blieben.

Aus den weit offenen Kirchentüren dröhnte uns Orgelmusik entgegen, martialisch laut, jemand hatte alle Register gezogen. Ich erkannte erstaunt den Refrain, es war die Brabançonne! Den Leuten verschlug es die Sprache. Die Brabançonne, unsere Nationalhymne, vor den Nasen der Nazis zu spielen, das war die schlimmste Beleidigung. So, als ob man ihnen sagte: „Haut ab, zieht Leine, ihr habt verloren, ihr zählt nicht mehr!“

Wer konnte nur so dreist sein?

Da flüsterten es die Ersten auch schon den anderen zu: Kruzitürken! Ja, da saß sie und griff voll in die Tasten; zum ersten Mal in ihrem Leben hatte Mademoiselle Marcelle den Fuß in eine Kirche gesetzt, und nur um den Nazis zu zeigen, dass sie den Krieg verloren.

In Hochstimmung und völlig aus dem Häuschen, umringten wir die Kirche, als wohnten wir einer spektakulären und gefährlichen Zirkusnummer bei. Kruzitürken spielte verdammt gut, viel besser als der blutleere Organist in der Messe. Unter ihren Fingern klang das Instrument wie eine barbarische Fanfare. Die Töne brandeten zu uns hinaus, der Boden unter unseren Füßen bebte, und die Glasscheiben der Läden vibrierten.

Plötzlich hörten wir Reifen quietschen. Ein schwarzer Wagen bremste vor der Kirche, und vier Gestapomänner sprangen heraus. Sie stürzten zu Mademoiselle Marcelle, die zwar aufgehört hatte zu spielen, sie dafür aber beschimpfte: „Ihr seid erledigt! Am Ende! Ihr könnt mit mir machen, was ihr wollt, es ändert nichts, Nieten, die ihr seid, Waschlappen, Schlappschwänze!“

Die Nazis stießen sie brutal in die Limousine und brausten mit ihr davon.

Weiß wie die Wand, bekreuzigte sich Pater Bims. Ich stand mit geballten Fäusten da, wäre am liebsten hinter dem Wagen hergerannt und hätte den Schweinen eine Abreibung verpasst. Ich griff nach seiner Hand, sie war eiskalt. „Die hält dicht, *mon père*. Hundertprozentig.“

„Ich weiß, Joseph, ich weiß. Kruzitürken ist mutiger als wir alle. Aber was werden sie mit ihr machen?“

NOCH am gleichen Abend, gegen elf, wurde die Villa von der Gestapo gestürmt.

Obwohl Mademoiselle Marcelle gefoltert worden war, hatte sie nicht ein Sterbenswort verraten. Bei der Durchsuchung ihres Hauses aber war man auf die Negative der Fotos für unsere falschen Papiere gestoßen.

Jetzt hatten sie uns. Wir brauchten nicht einmal mehr unsere Hosen runterzulassen. Die Nazis mussten nur noch unsere Pässe aufschlagen, und die Betrüger waren identifiziert.

Innerhalb von zwanzig Minuten befanden sich alle jüdischen Kinder der Gelben Villa in ein und demselben Schlafsaal.

Die Nazis frohlockten. Wir waren halb tot vor Entsetzen. Ich verspürte solche Angst, dass ich nicht mehr klar denken konnte. Automatisch tat ich, was sie uns befahlen.

„An die Wand, Hände hoch. Und dalli!"

Rudy stahl sich neben mich, aber das machte die Sache nicht besser, er hatte Schiss, das sah man an seinen Augen.

Pater Bims stürzte sich ins Getümmel. „Meine Herren, ich bin außer mir, ich hatte nicht die geringste Ahnung, wer diese Kinder sind. Ich hätte nie vermutet, dass es sich um Juden handeln könnte. Sie sind mir als Arier angedient worden. Man hat mich getäuscht, man hat meine Gutgläubigkeit schamlos ausgenutzt."

Der Gestapochef fuhr ihn barsch an: „Wer hat Ihnen diese Kinder gebracht?"

Pater Bims zögerte. Zehn lange Sekunden verstrichen. „Ich will Sie nicht anlügen: Es war Mademoiselle Marcelle, die Apothekerin."

„Haben Sie denn nie Verdacht geschöpft?"

„Sie hat immer wieder Waisenkinder in meine Obhut gegeben. Seit 15 Jahren. Schon lange vor dem Krieg. Sie ist ein guter Mensch. Sie gehört einer Wohltätigkeitsorganisation an, die sich für Not leidende Kinder einsetzt."

„Und wer kommt für Unterkunft und Verpflegung auf?"

Der Pater wurde aschfahl. „Es gab da bis jetzt immer Umschläge für die Kinder, jeden Monat, an sie adressiert."

„Und woher kommen diese Umschläge?"

„Von Wohltätern … Es ist alles registriert. Sie finden es schwarz auf weiß."

Die Nazis glaubten ihm. Ihr Chef lechzte förmlich nach den Listen.

Da ging der Pater unvermittelt zum Angriff über. „Wohin bringen Sie die Kinder?"

„Nach Malines."

„Und dann?"

„Das geht Sie nichts an."

„Wird das eine lange Reise?"

„Sieht so aus."

„Dann lassen Sie mich doch bitte ihre Sachen zusammenpacken, sie reisefertig machen und ihnen etwas Verpflegung mitgeben. Hätten Sie mir Ihre Kinder anvertraut, wollten Sie doch sicher nicht, dass ich sie einfach so gehen lasse, oder?"

Der Gestapomann zögerte, und der Pater fuhr rasch fort: „Ich weiß, dass Sie den Kindern nichts Böses wollen. Ich werde also für das Notwendige sorgen, und Sie kommen gleich morgen in aller Frühe und holen sie ab."

Peinlich berührt von der Naivität des Priesters und dessen Appell an die Kindesliebe, sah sich der Gestapochef in Zugzwang.

„Morgen früh, Schlag sieben, stehen sie mit Sack und Pack, in Reih und Glied zum Abmarsch bereit", beharrte Pater Bims sachte.

Der Gestapochef warf einen kurzen Blick auf die etwa dreißig jüdischen Kinder in ihren Nachthemden und rief sich ins Gedächtnis, dass er frühestens am nächsten Tag einen Lastwagen zur Verfügung hätte. Zudem war er müde, und so zuckte er die Schultern und brummte: „Einverstanden, *mon père*, ich vertraue Ihnen."

„Das können Sie, mein Sohn. So gehen Sie denn hin in Frieden!"

Die Männer in den schwarzen Uniformen verließen das Internat.

Kaum hatte sich der Pater vergewissert, dass sie auch tatsächlich gegangen waren, wandte er sich uns zu. „Pst, Kinder, pst! Schön still, keine Panik, ihr holt jetzt in aller Ruhe eure Sachen, und zieht euch an. Und dann nichts wie weg."

Wir seufzten erleichtert. Pater Bims rief nach den fünf Seminaristen, die in den anderen Schlafsälen Aufsicht führten, und verriegelte die Tür hinter ihnen. „Meine Lieben, ich brauche euch."

„Sie können auf uns zählen, Pater."

„Ich möchte, dass ihr lügt."

„Aber …"

„In Christi Namen. Morgen werdet ihr der Gestapo sagen, dass maskierte Widerstandskämpfer kurz nach ihrer Abfahrt in die Gelbe Villa eingedrungen sind. Ihr werdet behaupten, dass ihr euch zur Wehr gesetzt habt. Man wird euch im Übrigen an diese Betten gefesselt vorfinden, als Beweis eurer Unschuld. Seid ihr einverstanden, dass ich euch festbinde?"

„Sie können uns auch schlagen, Pater."

„Danke, aber das müsstet ihr schon selbst übernehmen."

„Und was wird aus Ihnen?"

„Ich kann nicht bei euch bleiben. Morgen wird mir die Gestapo nicht mehr glauben. Sie werden einen Schuldigen brauchen. Ich werde zusammen mit den Kindern verschwinden. Ihr müsst natürlich sagen, dass ich es war, der die Leute von der Résistance, meine Helfershelfer, informiert hat."

In den nun folgenden Minuten spielte sich vor meinen Augen etwas ab, wie es unglaublicher nicht hätte sein können. Die jungen Seminaristen begannen sich gegenseitig eifrig und nach allen Regeln der Kunst zu schlagen, auf Nase, Mund und Augen, wobei sie einander immer wieder fragten, ob es auch nicht zu schlimm sei. Anschließend band Pater Bims sie an den Bettpfosten fest und steckte ihnen einen Knebel in den Mund.

„Bekommt ihr noch genügend Luft?"

Die Seminaristen nickten. Einige hatten ein verschwollenes Gesicht, andere eine blutige Nase, alle aber Tränen in den Augen.

„Danke, meine Kinder", sagte Pater Bims. „Und denkt an unseren Herrn Jesus Christus, das gibt euch die nötige Kraft."

NACHDEM Pater Bims sich vergewissert hatte, dass wir nur leicht bepackt waren, wies er uns an, lautlos nach unten zu gehen und das Haus durch die Hintertür zu verlassen.

Wir durchquerten den Park bis zur Lichtung, wo wir auf ein Zeichen des Paters hin stehen blieben.

„Kinder, auch wenn ihr mich jetzt für verrückt haltet: Wir bleiben hier!"

Er erklärte uns seinen Plan, mit dessen Umsetzung wir die restliche Nacht verbrachten.

Die eine Hälfte von uns ging in die Kapelle, um sich in der Krypta auszuruhen. Die andere – zu der auch ich gehörte – setzte alles daran, in den folgenden Stunden unsere Spuren zu verwischen und unsere Verfolger auf die falsche Fährte zu locken. Es hatte stark geregnet, die Erde war wassergetränkt, und wir konnten mit jedem Schritt die perfektesten Fußabdrücke hinterlassen.

Also durchquerten wir die Lichtung und verließen den Park durch das kleine Tor. Wir zertraten den weichen Humus mit unseren Absätzen, zerbrachen Zweige, verloren vorsätzlich den ein oder anderen Gegenstand und marschierten so querfeldein bis hinunter zum Fluss. Dort führte uns der Pater zu einer Anlegestelle.

„Das wär's, man wird glauben, dass hier ein Boot auf uns gewartet hat … Und jetzt, Kinder, das Ganze noch einmal zurück, und zwar rückwärts, damit sie denken, wir wären doppelt so viele gewesen, und damit unsere Spuren nur in eine Richtung führen."

Wir kamen nur mühsam voran, im Schneckentempo, glitten immer wieder aus, denn wir waren müde und auch verängstigt. Wieder auf der Lichtung, stand uns das Schwierigste noch bevor, wir mussten alle Spuren, die zu der stillgelegten Kapelle führten, verwischen, also galt es, den feuchten Untergrund mit Blattwerk und Zweigen zu bearbeiten.

Der Morgen graute bereits, als wir uns zu unseren schlafenden Kameraden in die Krypta gesellten. Pater Bims verschloss sorgsam alle Türen, einschließlich der Falltür über uns, und entzündete eine Kerze, sie war unsere einzige Lichtquelle.

„Schlaft, Kinder, schlaft heute, solange ihr wollt."

Nicht weit von der Stelle, wo ich erschöpft zusammengesunken war, räumte er sich zwischen den Bücherstapeln einen Platz frei und schichtete sie wie Backsteine zu einer Mauer um sich auf. Als ich sah, dass er mich bemerkte, fragte ich: „Darf ich zu Ihnen kommen, *mon père*?"

„Ja, Joseph, komm nur."

Ich schlich mich zu ihm und drückte meine Wange an seine Schulter. Ich bekam gerade noch mit, dass er mich liebevoll ansah, dann war ich auch schon eingeschlafen.

ALS DIE Gestapo am Morgen in die Gelbe Villa eindrang, traf sie auf die gefesselten Seminaristen, schlug Alarm, folgte unseren falschen Spuren bis zum Fluss und suchte noch am anderen Ufer weiter; sie kamen nicht einmal auf die Idee, dass wir nicht geflohen sein könnten.

Für Pater Bims stand fest, dass er sich draußen nicht mehr zeigen durfte, für uns, dass wir in der geheimen Synagoge unter der Kapelle bleiben mussten. Wir waren zwar am Leben, aber dieses Leben war schwierig: das Reden, das Essen, das Verrichten der Notdurft. Selbst der Schlaf war keine wirkliche Zuflucht mehr, denn wir lagen auf dem nackten Boden, reihum, zu verschiedenen Zeiten.

„Siehst du, Joseph", sagte Pater Bims, „die Kreuzfahrt auf der Arche Noah war bestimmt kein Honigschlecken."

Doch die Leute aus dem Widerstand brachten uns rasch, einen nach dem anderen, in Sicherheit. Rudy gehörte zu den Ersten, wahrscheinlich, weil er zu viel Platz beanspruchte. Pater Bims erwähnte mich nie vor seinen

Kampfgefährten. Ob er es absichtlich tat? Ich glaube fast, er wollte mich so lange wie möglich bei sich behalten.

Er nutzte diese Wochen, um sich, gemeinsam mit mir, weiter mit dem Judentum zu beschäftigen. „Eure Leben sind mehr als nur eure Leben, sie tragen eine Botschaft in sich. Ich will nicht, dass man euch auslöscht, an die Arbeit also."

Eines Tages, als wir in der Krypta nur noch zu fünft waren, zeigte ich auf meine drei schlafenden Kameraden und sagte: „Mit denen da möchte ich nicht sterben."

„Und weshalb?"

„Weil sie nicht meine Freunde sind, auch wenn ich hier mit ihnen zusammen bin. Was haben wir denn schon gemeinsam, außer dass wir alle Opfer sind?"

„Warum sagst du mir das, Joseph?"

„Weil ich lieber mit Ihnen sterben würde." Ich lehnte meinen Kopf an seine Knie. „Ich würde lieber mit Ihnen sterben, weil ich Sie lieber habe als die anderen, weil ich nicht um Sie weinen möchte und auch nicht will, dass Sie um mich weinen. Ich würde lieber mit Ihnen sterben, weil Sie dann der letzte Mensch wären, den ich auf der Welt sehe, und weil mir der Himmel ohne Sie bestimmt nicht gefällt, da macht er mir eher Angst."

In diesem Augenblick wurden draußen Stimmen laut, und man schlug gegen die Tür. „Wir haben gesiegt! Die Engländer haben Brüssel befreit!"

Der Pater sprang auf und umarmte mich. „Frei! Begreifst du, Joseph? Wir sind frei! Die Deutschen ziehen ab!"

Die anderen Kinder wachten auf.

Die Leute von der Résistance holten uns aus der Krypta, und wir rannten außer Rand und Band durch die Straßen von Chemlay, sprangen herum und lachten. Freudenschreie drangen aus den Häusern, die Leute gaben Salutschüsse ab, hängten Fahnen aus ihren Fenstern, tanzten wild drauflos, ließen die Korken knallen von Flaschen, die sie fünf Jahre lang versteckt gehalten hatten.

Bis zum Abend hing ich wie eine Klette an Pater Bims. Er sprach mit jedem einzelnen Dorfbewohner über die Ereignisse und weinte Freudentränen. Und weil der Tag ein Jubeltag war, durfte ich trotz meiner neun Jahre wie ein Kind auf den Schultern des Mannes sitzen, der mich gerettet hatte, und ich durfte ihn herzen und lachen, laut und nach Herzenslust. Bis zu diesem strahlend schönen Abend ließ ich ihn nicht mehr los.

„Der Krieg ist bald vorbei!"

„Die Amerikaner rücken auf Lüttich vor."

„Ein Hoch auf die Amerikaner!"

„Ein Hoch auf die Engländer!"

„Ein Hoch auf uns!"

„Hurra!"

Seit diesem 4. September 1944 war ich davon überzeugt, Brüssel sei befreit worden, weil ich Pater Bims aus heiterem Himmel und frei heraus meine Liebe erklärt hatte. Und seither glaubte ich, wenn ich einer Frau meine Gefühle gestände, müssten Knallfrösche explodieren und Fahnen aus den Fenstern hängen.

Die nun folgenden Tage waren in unserer Region gefährlicher und verheerender als der eigentliche Krieg. Während der deutschen Besatzungszeit war der Feind klar erkennbar gewesen, und somit hatte man ihn im Visier; während der Befreiung aber schoss es aus allen Ecken und Enden, unkontrolliert und unkontrollierbar. Nachdem Pater Bims uns Kinder wieder in die Gelbe Villa zurückgebracht hatte, durften wir den Park nicht mehr verlassen. Was Rudy und mich nicht daran hinderte, weiter auf unsere Eiche zu klettern, die mit ihren Ästen über die Mauer reichte. Durch das Blattwerk hindurch sahen wir hinaus auf die Ebene, die sich kahl bis zu den fernen Gehöften hinzog. Wir konnten die Kämpfe zwar nicht unmittelbar mitverfolgen, aber immerhin ihre Auswirkungen.

Und so kam es, dass ich in einem offenen Wagen den deutschen Offizier entdeckte, der uns nicht verraten hatte, als wir unter der Dusche standen. Im Hemd, blutverschmiert, mit verschwollenem Gesicht und rasiertem Schädel, saß er zwischen bewaffneten Befreiern, die ihn zu irgendeiner Vergeltungsaktion mitnahmen …

Die Lebensmittelversorgung war noch immer ein Problem. Und so suchten Rudy und ich auf dem Rasen nach einem dunkelgrünen Kraut, kräftiger als die anderen, das wir uns bündelweise in den Mund stopften, um unser Hungergefühl zu betäuben.

Nach und nach kehrte wieder Ordnung ein. Aber sie hielt keine guten Nachrichten für uns parat. Mademoiselle Marcelle, die Apothekerin, war grausam gefoltert worden, ehe man sie in den Osten deportiert hatte. Würde sie zurückkommen? Was man während des Krieges vermutet hatte, bestätigte sich jetzt: Die Nazis hatten ihre Gefangenen in Konzentrationslagern umgebracht. Millionen Menschen waren massakriert worden, im Gas erstickt, verbrannt oder bei lebendigem Leib begraben.

Ich begann wieder ins Bett zu pinkeln. Das Entsetzen holte mich nachträglich ein: Ich war davongekommen und konnte es nicht fassen. Auch die Scham holte mich nachträglich ein: Ich musste an meinen Vater denken, den ich gesehen und nicht angesprochen hatte. Aber war er es denn überhaupt gewesen? Lebte er noch? Und was war mit meiner Mutter? Ich empfand erneut Liebe für meine Eltern, und diese Liebe war stark, denn ich fühlte mich schuldig.

In klaren Nächten schlich ich mich aus dem Schlafsaal und betrachtete den Himmel. Wenn ich den „Stern von Joseph und Mama“ fest ansah, begannen die anderen ringsum wie damals auf Jiddisch zu singen. Dann verschleierte sich mein Blick sehr schnell, ich dachte, ich erstickte, mit ausgebreiteten Armen lag ich auf dem Rasen und heulte Rotz und Wasser.

Mit dem Hebräischunterricht war es vorbei, Pater Bims hatte keine Zeit mehr. Monatelang war er von früh bis spät auf den Beinen und forschte nach unseren Eltern, verglich die von der Résistance erstellten und geheim gehaltenen Listen mit den aus Brüssel mitgebrachten, in denen die in den Konzentrationslagern Umgekommenen verzeichnet waren.

Einige von uns bekamen schnell Gewissheit: Ihre Familien waren ausgelöscht worden, sie hatten als Einzige überlebt. In der unterrichtsfreien Zeit kümmerten wir uns um sie, versuchten sie zu trösten, und zugleich trieb uns die Frage um: Bin ich vielleicht der Nächste?

Seit nackte Tatsachen an die Stelle der Hoffnungen getreten waren, hatte Rudy beschlossen zu glauben, seine Leute seien alle umgekommen. „Bei einem Schlemihl wie mir kann das gar nicht anders sein.“ Und es sollte sich bestätigen. Es verging keine Woche, ohne dass Pater Bims nicht mit einer Hiobsbotschaft zurückkam. Der älteste Bruder, dann auch die anderen, seine Schwestern und schließlich sein Vater – sie alle waren in Auschwitz vergast worden. Jedes Mal streckte meinen Freund ein übermächtiger, stummer Schmerz nieder. Wir lagen dann stundenlang im Gras, hielten uns bei der Hand, und über uns war der Himmel sonnenhell und voll Schwalben. Ich glaube, er weinte, aber ich wagte nicht, ihn anzusehen, ich wollte ihm nicht zu nahe treten.

Eines Abends kam Pater Bims mit purpurrotem Gesicht aus Brüssel zurück, er war wie wild geradelt und steuerte direkt auf Rudy zu. „Rudy, deine Mutter lebt. Sie kommt am Freitag nach Brüssel, mit einem Überlebendentransport.“

Nachts schluchzte Rudy so fürchterlich, dass ich dachte, er würde ersticken und sterben, noch bevor er seine Mutter wiedersähe; aber es war nur die Erleichterung.

Am Freitag stand er vor Tagesanbruch auf, um sich zu waschen, sich anzuziehen und seine Schuhe zu putzen. Das hatten wir bei ihm noch nie erlebt, er hatte sich in einen braven Bürger verwandelt. Er war völlig überdreht und brabbelte wild drauflos und brachte nicht einen Satz richtig zu Ende.

Pater Bims hatte sich einen Wagen geliehen und beschlossen, mich mitzunehmen, und zum ersten Mal seit drei Jahren verließ ich die Gelbe Villa und ihre Umgebung. Um Rudys Freude uneingeschränkt teilen zu können, verdrängte ich die Sorgen um meine eigene Familie.

In Brüssel wehte ein Regen, fein wie Wasserstaub, zwischen den grauen Fassaden hindurch. Kaum waren wir bei dem großen luxuriösen Hotel angelangt, in dem man die Überlebenden unterbrachte, eilte Rudy schnurstracks zu dem rot uniformierten, goldbetressten Portier. „Wo ist hier der Flügel? Ich muss ihn meiner Mutter zeigen. Sie ist Pianistin, Spitzenklasse. Eine Virtuosin. Sie gibt Konzerte."

Kaum hatten wir den Flügel in der Bar ausfindig gemacht, erfuhren wir, dass die Überlebenden bereits angekommen waren und man sie, nach einer Entlausung und einem Desinfektionsbad, im Restaurant verköstigte.

Rudy lief mit Pater Bims und mir zum Speisesaal. Dort saßen, bleich, eingefallen, nur noch Haut und Knochen, mit tiefen Ringen unter stumpfen Augen und so entkräftet, dass sie kaum den Löffel halten konnten, Männer und Frauen über einen Teller Suppe gebeugt. Sie beachteten uns gar nicht, denn sie waren viel zu sehr mit dem Essen beschäftigt.

Rudy suchte den Saal mit Blicken ab.

In diesem Augenblick erklang eine Stimme.

„Rudy!"

Eine Frau erhob sich, winkte uns zu und sank dabei fast um.

„Rudy!"

„Mama!"

Rudy eilte zu der Frau, die nach ihm gerufen hatte, und nahm sie in die Arme.

Ich konnte in ihr nicht die Mutter erkennen, die Rudy mir beschrieben hatte: eine große souveräne Dame, hoheitsvoll, üppig, mit stahlblauen Augen und langem, dichtem schwarzem Haar, das die Bewunderung ihres Publikums erregte. Das hier war eine kleine, alte, fast kahlköpfige Frau, die aus blassgrauen Augen starr und furchtsam blickte, mit einem knochigen Körper, der sich unter einem Wollkleid abzeichnete.

Sie weinten und sprachen leise auf Jiddisch miteinander, und ich kam zu dem Schluss, dass Rudy, sofern er sich nicht in ihrer Person getäuscht, sie in seiner Erinnerung doch gewaltig verschönt haben musste.

„Komm, Mama“, sagte er, „in diesem Hotel gibt es einen Flügel.“

„Nein, Rudy, ich will erst aufessen.“

„Komm schon, Mama, komm.“

„Aber ich hab meinen Teller noch nicht leer“, sagte sie und stampfte wie ein dickköpfiges Kind mit dem Fuß auf.

Rudy war überrascht. Das war nicht mehr die Respekt gebietende Mutter von früher, sondern ein kleines Mädchen, das sich nicht am Essen hindern lassen wollte. Pater Bims machte ihm ein Zeichen, dass er sie nicht weiter behelligen sollte.

Sie löffelte ihre Suppe sorgsam aus und wischte den Teller selbstvergessen mit einem Stück Brot aus, genau wie alle anderen um sie herum auch. Seit Jahren unterernährt, aßen sie mit hingebungsvoller Leidenschaft.

Danach reichte Rudy ihr seinen Arm, half ihr aufzustehen und stellte uns vor. Obgleich erschöpft, lächelte sie uns freundlich zu. „Wissen Sie“, sagte sie zu Pater Bims, „nur die Hoffnung, Rudy wieder zu finden, hat mich am Leben erhalten.“

Rudy schlug die Augen nieder und versuchte das Thema zu wechseln. „Komm, schauen wir uns den Flügel an, Mama.“

Nachdem die beiden mehrere Salons und Türen mit schweren Seidenvorhängen durchquert hatten, setzte er sie vorsichtig auf den Klavierschemel und klappte den Deckel auf.

Gerührt betrachtete sie das Instrument, schreckte dann aber zurück. Konnte sie noch spielen? Ihr Fuß suchte nach dem Pedal, ihre Finger strichen über die Tasten. Sie zitterte.

„Spiel, Mama, spiel!“, murmelte Rudy. „Auch ich hab den Krieg nur durchgestanden, weil ich dachte, dass du eines Tages wieder für mich spielen würdest.“

Sie schwankte, hielt sich am Flügel fest: Dieses Hindernis musste sie nehmen. Ihre Hände tasteten sich zaghaft vorwärts und griffen dann sanft in das Elfenbein.

Eine so zarte, so melancholische Melodie hatte ich noch nie gehört. Zunächst etwas dünn, etwas spärlich, dann voller und zunehmend bestimmter erklang die Musik, steigerte sich, gewann an Volumen, Leidenschaft, Heftigkeit, riss mit.

Und Rudys Mutter gewann an Körperlichkeit. Nach und nach erkannte ich in der Frau, die ich sah, die Frau, die Rudy mir beschrieben hatte.

Als der letzte Ton verklungen war, drehte sie sich nach ihrem Sohn um.

„Chopin", sagte sie leise, „er hat nicht erlebt, was wir erlitten haben, und doch hat er alles erahnt."

Rudy küsste sie auf den Nacken.

„Wirst du wieder lernen, Rudy?"

„Ich versprech's dir, hoch und heilig."

In den folgenden Wochen sah ich Rudys Mutter regelmäßig. Eine alte Jungfer aus Chemlay hatte sich bereit erklärt, sie bei sich unterzubringen. Ihr Haar wuchs wieder, sie nahm erneut Form, Farbe und Autorität an, und Rudy, der sie täglich abends besuchte, war mit einem Mal nicht mehr der unnachgiebige Junge, als den wir ihn alle kannten, sondern willens zu lernen und zeigte sogar eine erstaunliche mathematische Begabung.

Sonntags wurde die Gelbe Villa zum Treffpunkt für all die Kinder, die im Haus selbst oder in der näheren Umgebung versteckt worden waren und deren Angehörige sich noch nicht gemeldet hatten. Sie waren zwischen drei und 16 Jahre alt und stellten sich auf einem behelfsmäßigen Podium im Innenhof zur Schau. Die Leute kamen in Scharen in der Hoffnung, ihren Sohn oder ihre Tochter wieder zu finden, ihren Neffen oder ihre Nichte oder einen entfernten Verwandten, für den sie sich nach dem Holocaust verantwortlich fühlten. Auch adoptionswillige Paare meldeten sich.

Ich erwartete mir so viel von diesen Vormittagen, dass ich sie zu fürchten begann. Jedes Mal wenn ich namentlich aufgerufen wurde und über das Podium ging, hoffte ich auf einen Schrei, den Schrei meiner Mutter. Und jedes Mal wenn ich, umgeben von höflichem Schweigen, kehrt machte, hätte ich mir am liebsten etwas angetan.

„Es ist meine Schuld, *mon père*, wenn meine Eltern nicht wiederkommen, ich hab nicht an sie gedacht während des Krieges."

„Red keinen Unsinn, Joseph. Wenn deine Eltern nicht zurückkommen, dann sind die Nazis daran schuld und Hitler. Und weder du noch sie."

„Wollen Sie mich nicht zur Adoption freigeben?"

„Dazu ist es noch zu früh, Joseph. Ohne ein Papier, das den Tod der Angehörigen bestätigt, darf ich das nicht. Du darfst die Hoffnung nicht aufgeben."

„Ich hasse dieses Hoffen. Es macht mich klein und mies."

„Ein bisschen mehr Demut und Geduld, Junge."

Nachdem ich an diesem Sonntag die übliche Prozedur auf dem traditionellen Waisenmarkt wieder einmal erfolglos und zerknirscht über mich hatte ergehen lassen, beschloss ich, Rudy ins Dorf zu begleiten. Er wollte mit seiner Mutter Tee trinken.

Wir hatten uns gerade auf den Weg gemacht, als ich in der Ferne zwei Gestalten den Hang heraufkommen sah. Unwillkürlich rannte ich los. So schnell, dass meine Füße kaum noch den Boden berührten. Ich hatte weder den Mann noch die Frau erkannt, wohl aber den Mantel meiner Mutter. Schottenmuster, grün und rosa, mit Kapuze. Mama! Sie war der einzige Mensch, den ich je in einem solchen Mantel gesehen hatte.

„Joseph!"

Ich warf mich meinen Eltern entgegen, rang nach Luft, befühlte, betastete sie, zog sie immer wieder sprachlos an mich, hielt sie fest, ließ sie nicht einen Schritt weitergehen. Ja, sie waren es, standen leibhaftig vor mir, lebten noch.

Ich war so glücklich, dass es wehtat.

„Joseph, mein Joseph! Mishke, hast du gesehen, wie schön er ist?"

„Groß bist du geworden, mein Sohn!"

Sie sagten nichts als dummes Zeug und rührten mich zu Tränen. Und ich, ich brachte nicht ein Wort hervor. Ein drei Jahre alter Schmerz – so lange waren wir getrennt gewesen – hatte mich von Neuem überwältigt. Schluchzend stand ich da, den Mund zu einem langen, stummen Schrei geöffnet.

Meine Mutter wandte sich an Rudy. „Mein Josephle ist ganz durcheinander, nicht wahr?"

Rudy nickte. Wieder gehört, wieder wahrgenommen zu werden von meiner Mutter löste eine neue Tränenflut in mir aus.

Über eine Stunde lang war ich außerstande zu sprechen. Während dieser Zeit ließ ich die beiden nicht los, mit der einen Hand hielt ich den Arm meines Vaters umklammert, mit der anderen war ich in die Hand meiner Mutter geschlüpft. Unterdessen berichteten sie Pater Bims, wie sie den Krieg überlebt hatten. Nicht weit von hier, auf einem großen Hof, als Landarbeiter. Sie hatten so lange gebraucht, um mich ausfindig zu machen, da der

Comte und die Comtesse de Sully bei ihrer Rückkehr nicht mehr in Brüssel gewesen waren und die Leute von der Résistance sie auf eine falsche Fährte geschickt hatten, die sie bis nach Holland geführt hatte.

Während sie erzählten, zog meine Mutter mich immer wieder an sich, um mich zu streicheln und leise „mein Josephle" zu sagen.

Wie glücklich ich war, wieder Jiddisch zu hören, diese Sprache, die so zärtlich ist, dass man ein Kind nicht bei seinem Vornamen nennen kann ohne eine Liebkosung, eine Verkleinerung, eine Silbe, die dem Ohr schmeichelt, ein Naschwerk des Wortes für das Herz …

Als sie ihren Bericht beendet hatten, sagten sie, an mich gewandt: „Wir fahren jetzt nach Brüssel zurück. Pack bitte deine Sachen zusammen."

Endlich fand ich die Sprache wieder. „Wie? Ich kann nicht hier bleiben?"

Meine Frage löste betretenes Schweigen aus. Meine Mutter schlug die Augen nieder, nicht sicher, ob sie recht gehört hatte, mein Vater starrte zur Decke, und Pater Bims bekam einen langen Hals. „Was hast du da gesagt, Joseph?"

Da wurde mir schlagartig bewusst, wie furchtbar mein Anliegen in den Ohren meiner Eltern geklungen haben musste. Ich schämte mich in Grund und Boden. Zu spät! Ich machte einen zweiten Anlauf in der Hoffnung, die Sache wieder einrenken zu können. „Kann ich nicht doch hier bleiben?"

Wieder nichts. Jetzt hatte ich es noch schlimmer gemacht! Ihre Augen wurden feucht, sie wandten sich ab und sahen zum Fenster. Pater Bims runzelte die Brauen. „Ist dir bewusst, was du da sagst, Joseph?"

„Ja, dass ich hier bleiben möchte."

Die Ohrfeige traf mich völlig unerwartet. Pater Bims sah mich traurig an. Ich war fassungslos, er hatte mich noch nie geschlagen.

„Verzeihen Sie, *mon père*", stammelte ich.

Er schüttelte streng den Kopf, um mir zu bedeuten, dass dies nicht die Reaktion war, die er erwartet hatte; mit den Augen wies er auf meine Eltern. Ich gehorchte. „Verzeih, Papa, verzeih, Mama. Ich wollte nur sagen, dass ich mich wohl gefühlt habe hier, so eine Art Dankeschön."

Versöhnlich entgegnete meine Mutter: „Du hast Recht, Liebling. Wir werden Pater Bims nie genug danken können."

„Ja!", pflichtete mein Vater bei.

Den Blick auf Pater Bims gerichtet, unterbrach ich sie, um alle Zweifel auszuräumen: „Ich wollte eigentlich nur sagen, dass es mir schwer fallen wird, Sie zu verlassen …"

SOSEHR ich mich über das weitläufige Haus freute, das mein Vater, der mit geradezu revanchistischer Energie seinem alten Beruf nachging, in Brüssel gemietet hatte, und sosehr ich auch die Zuwendung, die Milde und den singenden Tonfall meiner Mutter genoss, ich fühlte mich allein, trieb dahin wie in einem Boot ohne Ruder. Brüssel, riesig und grenzenlos, war von keiner Mauer umgeben, hinter der ich mich hätte sicher fühlen können. Ich aß, soviel ich wollte, trug maßgeschneiderte Kleider und Schuhe, hatte ein herrliches Zimmer ganz für mich allein, aber die gemeinsamen Stunden mit Pater Bims, unser Nachdenken über die großen Mysterien fehlten mir. Ich fand meine neuen Schulkameraden fade, meine Lehrer roboterhaft, meinen Unterricht langweilig und mein Zuhause öde. Eine Umarmung bringt einem noch lange nicht die Eltern zurück. Sie waren mir fremd geworden in den drei Jahren der Trennung, wir waren zweifellos nicht mehr dieselben, sie wie ich. Meinen Vater hatte sein Verlangen nach materiellem Erfolg so stark verändert, dass ich in dem neuen Krösus des florierenden Import-Export-Unternehmens nur noch schwerlich den bescheidenen, oftmals klagenden Schneider aus Schaerbeek wieder erkannte.

„Du wirst sehen, mein Sohn, ich werde reich, und du brauchst später nur mein Geschäft zu übernehmen“, verkündete er mit glänzenden Augen.

Wollte ich denn überhaupt werden wie er?

Als er mir vorschlug, mich auf meine Bar-Mizwa vorzubereiten, meine Kommunion, lehnte ich spontan ab.

„Du möchtest deine Bar-Mizwa nicht begehen?“

„Nein.“

„Du möchtest nicht lernen, die Thora zu lesen, Hebräisch zu schreiben und auf Hebräisch zu beten?“

„Nein.“

„Und warum?“

„Ich möchte Katholik werden!“

Die Antwort blieb nicht aus: eine Ohrfeige, die sich gewaschen hatte. Nach Pater Bims jetzt also auch mein Vater.

Er rief meine Mutter, nahm sie zur Zeugin. Ich wiederholte und bekräftigte, dass ich Katholik werden wolle. Sie weinte, er schrie. Noch am selben Abend machte ich mich aus dem Staub.

Mit einem Rad ging es, wie schon einmal, nach Chemlay, ich verfuhr mich mehrmals und traf gegen 23 Uhr in der Gelben Villa ein.

Ich umrundete die Mauer, stieß das rostige Tor hinten im Park auf und steuerte auf die Kapelle zu. Die Tür stand offen. Auch die Falltür.

Wie erwartet war Pater Bims in der Krypta. Als er mich bemerkte, breitete er die Arme aus. Ich stürzte auf ihn zu und lud all meinen Kummer bei ihm ab.

„Eigentlich hättest du jetzt wieder eine Ohrfeige verdient", sagte er.

„Was habt ihr denn nur alle?"

Er befahl mir, mich zu setzen, und zündete einige Kerzen an. „Joseph, du bist einer der letzten Überlebenden eines ruhmreichen Volkes, das man vor kurzem hingemordet hat. Sechs Millionen Juden sind umgebracht worden … sechs Millionen! Angesichts all dieser Toten darfst und kannst du dich nicht mehr verstecken."

„Aber was verbindet mich denn mit ihnen?"

„Du bist durch sie ins Leben gekommen und warst zur gleichen Zeit wie sie vom Tod bedroht."

„Und? Ich hab doch wohl das Recht auf meinen eigenen Glauben, oder?"

„Natürlich. Aber du musst zu einer Zeit, in der sie fast ausgelöscht sind, Zeugnis ablegen von ihrer einstigen Existenz."

„Warum ich und nicht Sie?"

„Ich ebenso wie du, jeder auf seine Art."

„Ich möchte keine Bar-Mizwa. Ich möchte wie Sie an Jesus Christus glauben."

„Hör zu, Joseph, du wirst deine Bar-Mizwa begehen, denn du liebst deine Mutter und achtest deinen Vater. Jetzt ist es wichtig, dass du zu deinem Judentum stehst. Das hat nichts mit dem Glauben zu tun. Später kannst du, sofern du immer noch willst, ein konvertierter Jude werden. Aber mach deine Bar-Mizwa, Joseph. Andernfalls brichst du deinen Eltern das Herz."

Ich spürte, dass er Recht hatte. „Also, mit Ihnen, *mon père*, wär ich gern Jude."

Er lachte laut auf. „Ich auch, Joseph, mit dir wär auch ich gern Jude."

Wir haben beide eine ganze Weile gelacht. Dann nahm er mich bei den Schultern. „Dein Vater liebt dich, Joseph. Er liebt dich vielleicht falsch oder auf eine Art, die dir missfällt, und doch liebt er dich, wie er nie jemand anders lieben wird und wie nie jemand anders dich lieben wird."

„Selbst Sie nicht?"

„Joseph, ich liebe dich so wie jedes Kind, vielleicht ein wenig mehr. Aber diese Liebe ist nicht vergleichbar."

Erleichtert spürte, ja, begriff ich, dass dies der Satz war, den zu hören ich gekommen war.

„Mach dich frei von mir, Joseph. Ich habe meine Aufgabe erfüllt. Jetzt können wir Freunde sein."

Er zeigte auf die Krypta. „Hast du nichts bemerkt?"

Trotz des schlechten Lichts sah ich, dass die Kerzenleuchter verschwunden waren, auch die Thora und das Foto von Jerusalem … Ich ging zu den Büchern, die dicht an dicht in den Regalen standen. „Was … das ist doch kein Hebräisch …"

„Das ist keine Synagoge mehr."

„Was geht hier vor?"

„Ich beginne eine neue Sammlung." Er strich über mehrere Bücher mit mir unbekannten Schriftzeichen. „Stalin wird es noch schaffen, die russische Seele zu töten: Ich lege jetzt eine Sammlung mit Werken von Dissidenten an."

Der Pater verriet uns also! Er musste den Vorwurf in meinen Augen bemerkt haben. „Nein, ich verrate dich nicht, Joseph. Nun bist du da, stellvertretend für alle Juden. Noah, das bist von jetzt an du."

Ich beende diese Erzählung auf einer schattigen Terrasse mit Blick auf ein Meer von Olivenbäumen.

Fünfzig Jahre sind seither vergangen. Zu guter Letzt habe ich meine Bar-Mizwa doch noch begangen, bin nicht zum Christentum übergetreten und habe das Geschäft meines Vaters übernommen. Ich habe mich ernsthaft mit der Religion meiner Vorväter befasst und sie an meine Kinder weitergegeben. Aber Gott hat sich mir nie mehr gezeigt …

Nie mehr, nicht als frommer und auch später nicht als gleichgültiger Jude, habe ich den Gott meiner Kindheit auf dem Land wieder gefunden, den Gott, den ich in der kleinen Kirche mit den magischen Glasfenstern gespürt habe, mit den Girlanden tragenden Engeln und der dröhnenden Orgel, diesen wohlwollenden Gott, der über den Liliensträußen schwebte, den sanften Kerzenflammen und dem Duft gewachsten Holzes.

Ich habe Pater Bims immer wieder besucht. Zunächst 1948, als die Gemeinde von Chemlay eine Straße nach Mademoiselle Marcelle benannte, die nie aus dem Konzentrationslager zurückgekehrt war. Wir alle, die Kinder, die sie aufgenommen, versorgt und mit falschen Papieren ausgestattet hatte, waren anwesend. Bevor der Bürgermeister die ihr gewidmete Tafel enthüllte, hielt er eine Rede auf die Apothekerin, in der er auch ihren Vater erwähnte, Offizier und Held des vorangegangenen Krieges. Inmitten von

Blumen thronten die Fotografien von Kruzitürken und dem Oberst: wie aus einem Holz geschnitzt, einer so hässlich wie der andere, nur dass ihr der Schnurrbart fehlte.

Anlässlich meiner Eheschließung mit Barbara hatte der Pater Gelegenheit, eine echte Synagoge aufzusuchen. Mit Genuss verfolgte er den Ablauf des Rituals. Und auch später feierte er oft mit uns Jom Kippur, Rosch haSchana oder die Geburtstage unserer Kinder. Mich aber zog es nach wie vor nach Chemlay, und immer gingen wir zusammen in die Krypta, mit ihrer unvermindert anheimelnden Unordnung. Dreißig Jahre lang hörte ich des Öfteren von ihm: „Ich beginne eine neue Sammlung."

Sicher, nichts ist vergleichbar mit der Schoah und kein Leid mit einem anderen, aber jedes Mal wenn ein Volk auf der Erde durch den Wahnsinn anderer Menschen bedroht war, machte es sich der Pater zur Aufgabe, Gegenstände, die von diesem bedrohten Leben zeugten, zu retten. In seiner Arche Noah befand sich eine kunterbunte Sammlung, darunter Objekte der nordamerikanischen Indianer, der Vietnamesen und der Mönche Tibets.

Rudy und ich sind Freunde geblieben. Wir haben zum Aufbau Israels beigetragen. Ich habe Geld gegeben, er hat sich dort niedergelassen. Und Pater Bims erklärte unendlich oft, welch Freude es ihm sei, das Hebräische, diese heilige Sprache, wieder zu neuem Leben erweckt zu sehen.

In Jerusalem beschloss das Institut Yad Vashem, all denen, die während der Zeit des Naziterrors das Gute im Menschen verkörpert und Juden das Leben gerettet hatten, die Auszeichnung „Gerechte unter den Völkern" zu verleihen. Pater Bims erhielt sie im Dezember 1983.

Er hat es nie erfahren, er war kurz zuvor gestorben. Bestimmt wäre ihm in seiner Bescheidenheit die Feier, die Rudy und ich für ihn planten, nicht recht gewesen; bestimmt hätte er beteuert, dass man ihm nicht danken müsse, dass er nur auf sein Herz gehört und seine Pflicht erfüllt habe. Wir, seine Kinder, hätten dafür gesorgt, dass ihn dies alles gefreut habe.

Heute Morgen sind Rudy und ich die Wege des Waldes abgegangen, der hier in Israel seinen Namen trägt. Der „Wald von Pater Bims" umfasst 271 Bäume, stellvertretend für die 271 Kinder, die er gerettet hat. Inzwischen wachsen am Fuße dieser Bäume Ableger.

„Sieh mal, Rudy, es werden immer mehr Bäume, jetzt weiß man gar nicht mehr genau ..."

„Das ist normal, Joseph. Wie viel Kinder hast du? Vier. Und Enkel? Fünf. Indem er dich rettete, hat Pater Bims neun Personen gerettet. Bei mir sind es zwölf. In der nächsten Generation werden es noch mehr sein. Und immer so weiter. In einigen Jahrhunderten sind es Millionen, die ihm ihr Leben verdanken."

„Wie Noah."

„Du erinnerst dich an die Bibel, du Ungläubiger? Du erstaunst mich ..."

Es hat sich nichts geändert, Rudy und ich unterscheiden uns nach wie vor in allem – und stehen uns unvermindert nah. So heftig wir uns auch streiten, anschließend umarmen wir uns und gehen in Frieden auseinander. Wann immer ich ihn hier auf seinem Hof in Palästina aufsuche oder er mich in Belgien, geraten wir wegen Israel aneinander. Auch wenn ich diese junge Nation unterstütze, billige ich durchaus nicht jeden ihrer Schritte, Rudy hingegen befindet jeden Akt seitens der Regierung für gut und rechtfertigt ihn.

„Nun, Rudy, für Israel zu sein bedeutet noch lange nicht, alles zu billigen, was Israel tut. Man muss Frieden schließen mit den Palästinensern. Sie haben wie du das Recht, hier zu leben. Sie waren schon vor der Gründung Israels hier. Da wir wissen, was es heißt, verfolgt zu sein, sollten wir ihnen den Raum zugestehen, auf den wir selbst jahrhundertelang gewartet haben."

„Ja, aber unsere Sicherheit ..."

„Frieden, Rudy, Frieden, hat uns Pater Bims nicht in diesem Sinn erzogen?"

„Sei nicht naiv, Joseph. Die beste Garantie für den Frieden ist oft der Krieg."

„Das sehe ich anders. Je mehr Hass sich zwischen beiden Lagern aufstaut, umso geringer wird die Aussicht auf Frieden."

Als wir vorhin zur Olivenplantage zurückfuhren, kamen wir an einem palästinensischen Haus vorbei, das gerade von einem Panzer niedergewalzt worden war. Gegenstände lagen verstreut in dem Staub, der zum Himmel aufstieg. Mitten in den Trümmern lieferten sich zwei Kinderbanden eine Schlacht.

Ich bat Rudy, seinen Jeep anzuhalten. „Was hat das zu bedeuten?"

„Eine Vergeltungsmaßnahme. Gestern hat ein Palästinenser ein Selbstmordattentat verübt. Es gab drei Tote. Da mussten wir reagieren."

Ich stieg wortlos aus und ging durch den Schutt.

Zwei rivalisierende Banden, jüdische und palästinensische Jungen, bewarfen sich mit Steinen. Da sie einander verfehlten, griff einer von ihnen nach einem herumliegenden Balken und ging damit auf seinen nächsten Gegner los. Die Antwort ließ nicht auf sich warten. In Sekundenschnelle droschen die Kinder aus beiden Lagern heftig aufeinander ein.

Ich stürzte laut schreiend auf sie zu.

Hatte ich ihnen Angst eingejagt? Nahmen sie mich zum Anlass, ihren Kampf zu beenden? Jedenfalls rannten sie in entgegengesetzte Richtungen davon.

Rudy war mir langsam und teilnahmslos gefolgt.

Als ich mich bückte, bemerkte ich, dass die Kinder etwas verloren hatten. Ich hob eine Kippa auf und ein palästinensisches Tuch. Die eine Kopfbedeckung steckte ich in meine linke, die andere in meine rechte Tasche.

„Was machst du da?", fragte mich Rudy.

„Ich beginne eine Sammlung."

ERIC-EMMANUEL SCHMITT

Foto: Basso Cannarsa/OPALE

„Eine einzige Nacht machte mich zum Schriftsteller.“

Alles sah danach aus, als ob der am 28. März 1960 im französischen St-Foy-les-Lyon geborene Eric-Emmanuel Schmitt eine klassische Universitätslaufbahn einschlagen würde. Nachdem er in Lyon Klavier und in Paris Philosophie studiert hatte, promovierte er und wurde Lehrbeauftragter im Fach Philosophie an den Universitäten Besançon und Chambéry.

Doch es sollte anders kommen. Ein einziger Tag, der 4. Februar 1989, änderte sein Leben von Grund auf. „Ich war mit Freunden zum Ahaggargebirge in der südlichen Sahara gereist. Nachdem wir dort den höchsten Gipfel, den Tarat, erklommen hatten, stieg ich als Erster ab, merkte aber bald, dass ich den falschen Weg eingeschlagen hatte. Plötzlich fand ich die Vorstellung, mich verirrt zu haben, reizvoll. Eigentlich hätte ich Angst haben sollen, doch das Gegenteil war der Fall: Die einsame Nacht unter dem Sternenhimmel war unglaublich aufregend, und ich verspürte ein Gefühl von Absolutheit. Ich gewann die Überzeugung, dass es eine Ordnung oder eine Intelligenz gibt, die uns beschützt, und dass wir unseren Platz in dieser Ordnung haben. Und noch etwas bescherte mir diese Nacht – die Fähigkeit zu schreiben. Diese eine Nacht in der Wüste zeigte mir meine Bestimmung: Ich sollte Schriftsteller werden.“

Seit Beginn der Neunzigerjahre arbeitet Eric-Emmanuel Schmitt als Romancier, Dramatiker und als Autor für Theater, Film und Fernsehen, wobei er sich vor allem der populären Umsetzung von religiösen und philosophischen Themen widmet. Den internationalen Durchbruch schaffte Schmitt, der heute in Brüssel lebt, mit dem Bestseller „Monsieur Ibrahim und die Blumen des Koran“, der mit Omar Sharif verfilmt wurde.

EISFIEBER
Originalausgabe: *Whiteout*
erschienen bei Macmillan, London

DIE STELLINGS

DER FREMDE GAST

erschienen 2005 im Wilhelm Goldmann Verlag, München, in der Verlagsgruppe Random House GmbH

DAS KIND VON NOAH
Originalausgabe: *L'enfant de Noé*
erschienen bei Éditions Albin Michel, Paris
Mit freundlicher Genehmigung des Ammann Verlags & Co., Zürich

Übersetzer:
Eisfieber: Till R. Lohmeyer und Christel Rost
Das Kind von Noah: Inés Koebel

Illustrationen und Fotos:
Eisfieber: S. 4 (links), 6/7/8: Curtis Phillips-Cozier; Bilder: Taxi
Die Stellings: S. 4 (rechts), S. 184/185: akg-images
Der fremde Gast: S. 5 (links), S. 340/341/342: gefesselte Frau: Normal/Plainpicture; Haus auf Klippen: Lee Snider/Photo Images/CORBIS
Das Kind von Noah: S. 5 (rechts), S. 508/509/510: Marcelino Truong

Die ungekürzten Ausgaben von *Eisfieber, Die Stellings, Der fremde Gast* und *Das Kind von Noah* sind im Buchhandel erhältlich.